Staread
星 文 文 化

上

一丛音 著

长江出版社
CHANGJIANGPRESS

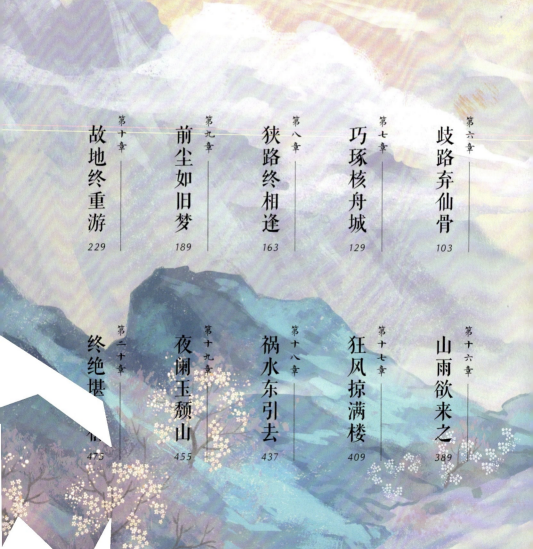

目录

第一章

故友重相逢

长川北境。

夏至，突如其来下了场大雪。横穿整个"此地无银城"的长川被冻上了薄薄一层冰，城中层楼叠榭的屋檐皆隐于皑皑白雪之中。

城门口，夜色已深，来往的人越来越少。数十个惩赦院修士排查了一整日进入城中的人，好不容易松懈下来，三五成群地冒着雪在那儿闲聊。

"今年这雪也太古怪了些，八成又是雪祸，真是晦气。"

"管他什么祸，咱们只要早一日抓到那姓奚的，自然也就能不在这儿挨冻了。"

"奚将阑真是个大祸害！啐！"

众人骂人的话"五花八门"。

旁边捧着热茶的少年好奇道："师父，奚将阑不是修为全无了吗，搜捕一个废人，哪里用得着这般兴师动众？"

师父靠在墙上抽着烟袋，横他一眼："……能让獬豸宗搜遍十三州也没找到蛛丝马迹的废人？"

少年讷讷道："可不都说他已修为尽失？"

"当年奚家执掌三州，家大业大，留给他几样能隐藏身形容貌的法器也不稀奇。"师父说道。

少年的茶差点儿抖洒了："那岂不是他在咱们眼皮子底下晃也发现不了？那要找到猴年马月去？"

"你倒是会瞎操心。"师父乐了，"明日獬豸宗的大人会过来搜查，到时候就没咱们什么事了。"

少年这才放下心来。

正说着话，一个戴着幂篱的男人拎灯从雪中走来。

暖黄烛光映着鹅毛大雪，好似一只只扑火的飞蛾，被漆黑袍裾横扫四散。那人气势冷而阴沉，好似深更半夜来取人性命的勾魂使。

刚刚放松下来的几人立刻警惕起来，横刀将其拦下。"站住！惩赦院执令——你的户籍鱼符呢？"

戴幂篱的男人并不说话，只是轻轻用剑柄撩开幂篱一角，露出宽袖处的獬豸宗神兽金织暗纹来。

众人当即一震，后退半步恭敬行礼："原来是獬豸宗的大人。"

獬豸宗，执掌十三州刑罚，更是关押穷凶极恶的罪犯的牢狱，数十年来但凡入獬豸宗的罪犯，几乎没有活着出来的，所以又被称为"鬼门关"。

惩赦院的人没想到獬豸宗这么快就到了，相互对视一眼。

方才那个抽烟袋的修士上前，恭敬地说："大人应当是为奚将阑之事而来吧？惩赦院院长已等候多时，夜色已深，我带您过去。"

男人撩开一半幂篱，露出半张冷漠威严的面容。他唇未动，声音却响起："不必。"

那修士一僵，反应过来时瞬间冒出一身冷汗。"盛……盛……盛宗主？"来人竟是獬豸宗宗主盛焦？！

整个十三州，没有人不知道中州獬豸宗宗主盛焦的名号——他执掌世间刑罚惩赦，奉公守正，是堪比天道的存在。

众人皆惊。獬豸宗宗主盛焦这个名字太有威慑力，根本不是他们能拦的，当即连户籍鱼符都没查，恭恭敬敬将大门打开。

盛焦身形如寒霜利剑，袍裾于鹅雪中翻飞，缓步走入城中。

众人呆怔地看着他的背影，好半天才重重吐出一口气来。

方才所有人都低着头不敢直视盛焦，倒是那个面容稚嫩的少年初生牛犊不怕虎，大着胆子瞥了一眼。他注视着盛焦消失在黑暗中，神色间有些茫然。

獬豸宗宗主盛焦……恍如山巅雪的仙君，肩上为何会露出一只猫爪？

长街上全是雪。

盛焦应该是第一次来这等偏僻之城，但他却能轻车熟路地穿过一条条错综复杂的街道。

"此地无银城"的街道都是用钱来命名的。很快，他走到一条名为"没奈何"的巷口，缓步走了进去。

一只黑猫不知何时出现，站在他肩上，口吐人言："奚将阑，整个十三州我就没见过有谁的胆子能比你大——连盛焦你都敢冒充，就不怕被发现吗？"

巷口的灯许是要燃尽了，"轰"的一声燃起最后的烛火。很快替代的烛油被自动灌入烛台中，火焰明灭两下，再次亮了起来。

烛光倾洒在幽巷中，男人身上的黑色幂篱像是潮水似的飞快退散，缓缓露出一个纤瘦的人形。刚才"盛焦"那张人人畏惧的脸竟然像是摘下画皮般，全然变了模样，赫然是整个十三州都在追捕的奚将阑。他像是病了许久，眉眼骨相本艳丽，现在却因病弱平添几分颓靡，泼墨长发披散而下，裹着几片雪瓣。

奚将阑懒洋洋道："不然你以为我这六年是怎么东躲西藏活下来的？胆子不够大，我早就死八百回了。"

"呸！"黑猫骂，"你这次出城做什么去了？惩赦院到处搜人，你都不怕的吗？"

"去其他城寻一味药。"奚将阑淡淡回答，他好像天生不知道害怕是什么，不紧不慢地溜达进幽长街巷。

拐角的糕点铺飘出阵阵香甜。十一二岁的白衣少女坐在门槛上赏雪，细白的手微微一抬，雪花像是遇着风旋，在她掌心萦绕飞个不停。

一只乌鸦扑扇着翅膀落到屋檐上，将冻得结结实实的冰凌震落了下来。奚将阑眼疾手快用手一挡，锋利的冰凌落地。

少女惊得"呀"了一声，看清他后，高兴地说："兰哥哥回来啦！"

"怎么这么晚了还在看铺子，你爹呢？"奚将阑抬手用骨节分明的五指随意一拢墨发，弯着腰注视着摊位上的糕点。

少女咯咯笑："爹爹赌去啦。"

奚将阑也跟着笑，抬手在她眉心轻轻一点："傻姑娘，你知道赌是什么意思吗，还笑？就你爹那脾气，迟早有一天把你也赌出去。"

少女心大得要命，高高兴兴拿了两张油纸："不会的——兰哥哥，还要桂花糕吗？"

奚将阑点头。

少女熟练地拿了张油纸，包了几块桂花水晶糕、桂花糖递给他。

"记账吗？"

奚将阑吃了口桂花糕，含糊道："记记记。"

少女笑个不停。

奚将阑一个有手有脚的大男人白吃人家糕点也不觉得害臊，和少女闲聊几句，溜达着撑着伞继续往巷里走。

少女继续坐在门槛上等爹爹回家，她下意识摊开五指，雪花轻柔地落在她的掌心——方才那股无形的旋风竟不知什么时候消失了，她疑惑地歪了歪头。

黑猫从奚将阑后颈冒出个脑袋来，翻了个白眼。"你刚才没听到吗，明日獬豸宗的人会过来重新搜查户籍鱼符，到时你又要怎么办？"

奚将阑这些年东躲西藏，很有经验，他轻轻舔了舔唇角的糕点渣儿，羽睫垂下时露出眼皮一点灼眼的红痣。"只要獬豸宗来的人不是盛焦，我就暂时死不了。"

盛焦现在身份尊贵，常年坐镇獬豸宗，哪里会有时间来这种穷乡僻壤转悠？奚将阑有恃无恐。

黑猫听奚将阑话头不太对："我一直都很想问，你和盛焦有什么旧仇吗？"

奚将阑已经走到巷尾将门轻轻打开，举手投足皆是世家常年养出来的尊贵，和那破破烂烂的医馆铺子格格不入。

"旧仇啊？"他歪歪头，认真想了一会儿，突然笑了，"总是顶着他的脸做坏事……"

黑猫一愣。

奚将阑的笑容里全是恶趣得逞的狡黠："……算仇吗？"

这病鬼十句话里有九句半都是假的，黑猫一时分辨不出来他是否在说瞎话，但不耽搁它熟练地唾骂他："你迟早死在这张口无遮拦的嘴上。"

奚将阑纵声大笑。

十二居是一处破破烂烂的医馆，牌匾还掉了一半，墙角长着一堆乱七八糟好像鬼爪的藤蔓，扒着墙长到屋檐，开出漆黑的花。看着这医馆并不像会治病救人，反而好似鬼宅。

将门推开，穿堂风呼啸而过，将奚将阑病恹恹的身子吹得微微一晃，忍不住捂唇闷咳几声。他走进昏暗无光的医馆内，正要拿火折子点灯。

突然，一个声音从黑暗中传来，像是伺机而动的毒蛇。

"奚将阑，你躲得还真深。"

"嗤——"火折子刚好蹿起一簇火苗，将狭窄的医馆照亮。

奚将阑的手一僵，关节因用力而泛起不自然的青白之色。他肩上的猫直接炸了毛，慌不择路地往奚将阑后颈躲。

医馆一整面墙全是药格，一个身着鬼字纹墨白袍的男人大马金刀地坐在桌案上，漫不经心用手拨弄着破破烂烂的木匣子。细看之下，那匣子里竟然有各式各样的伪造玉令。

男人钩起一个神兽獬豸纹样的半成品玉印，啧啧道："不错，连獬豸宗的玉印都能仿制得七七八八，好手艺啊——盛焦知道你冒充他的身份招摇过市吗？"

奚将阑一愣。刚才他一直跟在自己身后吗？

奚将阑将视线落在桌案上萦绕黑雾的鬼刀上，故作镇定道："养家糊口的小玩意儿罢了……酆聿，许久未见，你的鬼刀认主了？"

"可不是吗？"酆聿哼了一声，"六年时间，高高在上的奚家公子都能变成修为尽失的病秧子，我的鬼刀认个主又有什么稀罕的。"

奚将阑干咳一声。

桌案上放着一盏犀角灯，那是十三州各个地方用来传消息的法器，造价不菲，龙飞凤舞的字迹正飘浮在灯火之上，好似扑火的飞蛾。

酆聿漫不经心地摸着犀角灯，似笑非笑道："你说，如果我将你在此地的消息说与盛焦听，你还有命活吗？"

奚将阑："……"那必是有十八条命也不够活的。

黑猫小心翼翼道："你旧相识？"

奚将阑的唇轻轻动了动："仇……仇家。"

黑猫心想你怎么那么多仇家，但还是抱有一丝希望："多大仇？"

奚将阑保持着微笑，警惕着桌案上那把萦绕黑雾的鬼刀，唯恐酆聿突然暴起，一刀削了他的头。

"看到他那把本命刀的断痕了没，漂亮吧？——我毁的。"

黑猫一蹬后腿，溜了。

六年前，奚家如日中天，家世显赫，执掌中州三境。

奚将阑十三岁入天衍学宫的诸行斋修学，同窗皆是同龄人中数一数二的天纵奇才，酆聿就是其中之一。他是丰州酆家长子，能御精魅，可通阴阳，性子诡谲阴郁。

两人本是互看不顺眼，但因都被盛焦那厮狠狠收拾过，所以同仇敌忾，臭味相投，不重样地连骂盛焦三天三夜，结下了深厚友谊。

只是"兄友弟恭"没多久，奚将阑因手欠无意中将鄷聿得意扬扬炫耀好久的鬼刀折断，那点不靠谱的"情谊"顿时烟消云散，化为仇恨。

鄷聿暴怒，操控精魅追杀奚将阑八千里。最后还是盛焦将奚将阑救下，这才保住一条小命。

"你是怎么找到我的？"奚将阑尝试着问。

鄷聿两指一弹，犀角灯上的飞蛾落进灯芯中，转而燃起一簇幽火似的蓝光。"他们告诉我的。"

奚将阑还在疑惑"他们"指谁，却见幽火燃起的刹那，无数面目狰狞的精魅密密麻麻挤满整个医馆，比方才不点烛火还要阴暗。

奚将阑："……"

寒风裹挟着精魅身上的寒气呼啸而来，好似半夜三更回魂的鬼泣。

奚将阑本就病弱，被寒风一吹呛得咳了几声，脸色苍白如雪，怔怔地说："你也想要我的命？难道……你和盛焦联手了？"

鄷聿最厌恶盛焦那张棺材脸，闻言脸顿时拉了下来，冷冷道："谁同那锯嘴葫芦同流合污？！我只是自己想杀你泄愤，祭我鬼刀断身重淬之苦！"

"不必多说，我懂。"奚将阑幽幽叹息，"盛焦这些年一直想让我死，为此还下了搜捕令，拿我的尸首去獬豸宗能领悬赏的灵石十二万。鄷聿，我懂你，我真的懂。"

鄷聿本能觉得不对，但还是被他的话牵着鼻子走，从桌案上纵身跃下来，墨白衣袍翻飞，怒气冲冲。

"谁稀罕那十二万灵石？！本少爷可不是盛焦那个穷鬼，用得着拿你的尸首去领赏！瞧不起谁呢？！"

奚将阑说："是是是，鄷少爷自然腰缠万贯，乃十三州首富——那你为什么要杀我呢？"

鄷聿噎了一下，众精魅面面相觑。

鄷聿很快反应过来，抄起鬼刀就要砍人："我杀你，只是私怨，和盛焦无关！"

奚将阑一脸虚弱，明明一副病恹恹的模样，说出的话却让人恨得咬牙切齿。

"你不必多做解释，就算你要拿我的首级去向盛宗主邀功，我也不怪你。谁叫我现在落魄，不如人家盛焦身份尊贵呢。"

鄂聿被他的"善解人意"气得脑瓜子嗡嗡的，当即暴怒地挥刀朝着奚将阑面门劈下。再听这混账多说半句，他就要被气升天了！

鬼刀裹挟着阴气和罡风劈下，奚将阑垂在肩上的长发都被劲风带到了两侧。

明明即将沦为刀下亡魂，可他却连眼睛眨都不眨、面不改色地站在原地。

就在鄂聿即将一刀削了他的头时，奚将阑突然呢喃叹息。

"果然……重来一世，又是这个结局吗？"

鄂聿鬼刀一僵，眉头紧锁："什么意思？"

奚将阑说完这句话，似乎是厌倦了，颓然闭眸："多说无益，要杀便杀吧。"

鄂聿却不肯，顺势将鬼刀一收，冷冷道："什么重来一世，什么结局，你给我说清楚！"

奚将阑沉默不语，一派引颈待戮的等死架势。

鄂聿不耐烦地上前，五指猛地钳住奚将阑纤细的脖子："奚将阑，咱们久别重逢，你别逼我强拉你听鬼音。"

奚将阑羽睫一颤。"鬼音"是鄂家御鬼的秘术，能用咒术鬼音操控精魅魂魄，为己所用。鄂聿脑子活泛，在天衍学宫时到处鼓捣，竟然能将"鬼音"改成操控生者的秘术。只要听到"鬼音"，身体便会不受控制，让干什么干什么，问什么答什么。

奚将阑在十三州逃窜整整六年，再矜贵的少爷脾气也被磨没了，他很是能屈能伸，一改方才的坦然赴死的模样，干脆道："我说。"

酆聿一愣。同窗四年，他哪里见过矜贵的奚少爷认尿。但如今，锦衣玉食养尊处优的奚将阑身处如此落魄之地，就连那高傲的脾气也被磨得一丝不剩了。

酆聿看着这张陌生又熟悉的面孔，一时说不出心中是何滋味，只得松开手，色厉内荏："那就说。"

奚将阑那张脸因病弱更显颓然艳色，他胡乱将凌乱长发理了两下，命悬一线也不能丢了气度。"我若是说了，你信吗？"

酆聿不耐烦道："你先说与我听听。"

奚将阑扶着药柜踉跄起身，无声叹了一口气："你可知道……重生？"

只是两个字，酆聿的满脸的不耐烦逐渐消失，皱着眉打量着奚将阑："你重生过？"

"对。"奚将阑点头，"上一世我也是死在你手中，只不过那时的你，已是一具神魂俱散的傀儡。"

酆聿一呆，拍案厉喝："胡言乱语！"

"但的确就是如此。"奚将阑病恹恹地咳，"上一世，你在天衍学宫驯服那把鬼刀时，因灵力不足而遭鬼刀反噬，不到十六岁便陨落了。"

酆聿瞳孔剧震！

奚将阑眼眸露出些许哀戚："你因鬼刀的凶气而变成傀儡，肆意屠杀无辜生灵。我同盛焦前去追捕你时遭万鬼啃噬、神魂俱碎而死，却不知哪来的机缘，重生到十三岁。"

酆聿不可置信地看着奚将阑，似乎在判断此人说的到底是不是真的。不过很快他就反应过来，眼神阴沉。奚将阑从小就是个纨绔，两人在天衍学宫结识后，更是没从他嘴里听到过半句真话，这种重生的无稽之谈，怎么可以相信！再说，酆聿当年追杀奚将阑时，早就体会过此人花言巧语的能力。他这次，断然不会再上当！

"呵。"酆聿冷笑，"再信你的鬼话，我就不姓酆。"

奚将阑像是早就料到了，神色依然淡淡："我就知你不信——随你的便吧，死在你手中倒也好，我懒得再过这东躲西藏的日子。"

酆聿冷冷看他，周围精魅伺机而动，似乎准备下一瞬就扑上去将其分尸。

奚将阑表面上是看破红尘不屑生死，实则掌心冒汗。

突然，酆聿一抬手，奚将阑呼吸骤然屏住。只见酆聿却让周围的精魅往后退了数步，他似乎不打算杀奚将阑了。

奚将阑还未松一口气，就见酆聿突然启唇，念了几声鬼纹符咒。那是——"鬼音"！

奚将阑瞳仁剧缩，只听了两个音，就装作虚弱站不稳的样子踉跄了一下，眼疾手快将耳朵上扣着的璎珞扣耳饰不着痕迹地扒拉下来。耳饰垂落在肩上，顺着衣摆滑落到地面。

咔嗒。

下一瞬，酆聿念完鬼纹符咒。奚将阑好像被"鬼音"控制，目光涣散空洞地落在酆聿的脸上。

酆聿直勾勾看着他，沉声道："你方才所说，可有半句虚言？"

奚将阑声音如古井无波，毫无情感起伏："有。"

酆聿冷笑。果然是个满口谎话的骗子，六年过去半分没变。

但奚将阑却接着说："……我并不是和盛焦一起去杀你，我想救你。但盛焦以为你残害无辜，罪无可恕，要用雷罚将你劈成齑粉，永世不入轮回。"

酆聿脸上的冷笑瞬间僵住。"……那……那其他的呢，也是谎言？"

"不，其他皆属实，绝无半字虚言。"

那一瞬间，酆聿脸上的神色堪称精彩。他本能地怀疑鬼话连篇的奚将阑，但是却对自己的"鬼音"绝对自信，绝无可能出差错。

难道奚将阑所说的重生竟是真的？他当年折断自己的鬼刀，就是为了不让鬼刀反噬自己，避开前一世神魂俱散的结局？！奚绝那没心肝的混账东西……当真是一心为他？

一时间，酆聿杀气腾腾的眼神动摇了。他心神大震，完全没注意奚将阑聚焦一瞬又立刻涣散的眼瞳。

酆聿还想再问，奚将阑却像是魔怔般，麻木地重复："绝无半字虚言……皆为……"

酆聿一愣，后知后觉想起现在的奚将阑是个毫无灵力、修为尽失的病秧子，哪里能承受得住消耗心神的"鬼音"？

他立刻念咒将术解开。只是解咒符念了两遍，奚将阑还是眼神涣散，毫无动静。

酆聿脸色难看得要命，按住奚将阑的肩膀，一声厉喝："奚绝，醒来！"

奚将阑浑身一颤，涣散瞳孔终于聚焦。

酆聿眸中罕见浮现一抹懊恼："你、我……"他虽然一直和奚将阑不对付，但好歹同窗四年，又一起外出历练犯险过，情谊终究还是残存少许，不至于真要他的性命。

奚将阑的视线虚虚落在周围还未散去的精魅身上，突然瞳孔剧缩，踉跄着靠在药柜上，急促喘息两下，竟猛地吐出一口血来。

"奚绝！"

想起方才那句"万鬼啃噬而死"，酆聿脸色就难看至极，飞快掐了个诀，让精魅全部隐入黑暗之中。

奚将阑捂着唇，艳红鲜血从指缝中溢出，好似怎么都流不尽。

酆聿抬手贴在奚将阑后心，将一道温和灵力灌入他的经脉中——这一探他才惊愕发觉，奚将阑浑身经脉尽碎，连内府的灵丹也不知去向。俨然一副命不久矣的死相。

酆聿悚然："你……"

在天衍学宫时，奚将阑虽然纨绔，但却是个堪比盛焦的天纵奇才。如今盛焦年纪轻轻已是十三州獬豸宗宗主，奚将阑却……

奚将阑奋力摇头，边咯血边断断续续道："水，后……后院……"

酆聿思绪纷乱，根本来不及多想，立刻起身跑去后院取水。

只是酆聿刚一走，咳得浑身发抖的奚将阑突然一改要吐血的娇弱模样，猛地爬起来胡乱在地上摸索两下，终于找到那个精致的璎珞扣耳饰。

奚将阑拿袖子擦了擦，熟练地扣在耳郭上。

方才死一般的沉寂终于消失，隐隐约约的声音缓慢出现，他抬手在璎珞扣上调试了好一会儿，耳边的声音才彻底恢复。

——那竟是个助其听万物的法器。

奚将阑懒洋洋地摩挲着精致的耳饰，小声嘀咕："重生这种事，也只有酆聿这个大傻子信了。"但凡换个人，必定不会被这等无稽之谈左右心神。

黑猫去而复返，眼神像是在看一个混账、无赖："我还从来没从你这张嘴里听到过一句真话，整个十三州论说谎话的能力你当真是举世无双、无人能敌。"

奚将阑谦虚道："过奖过奖，普通无双、一般无敌。"

黑猫无语，它正要迈着猫步离开，桌案上酆聿的犀角灯突然爆出紫光，一只巴掌大的传讯重明鸟从火中飞出，围着犀角灯尖啸一声。黑猫顿时停下脚步，不受控制地追着那鸟扑。

奚将阑微微挑眉。犀角灯联通整个十三州，往往有重大消息时才会爆紫光、飞重明鸟。

酆聿还在后院找水，奚将阑也不和他客气，尝试着抬手掐了个枷鬼诀。犀角灯倏地一亮，几条消息飞萤似的飘在半空。

奚将阑一哂。当年在天衍学宫酆聿开启犀角灯的法诀便是枷鬼诀，没想到这么多年竟然全然没变。

犀角灯中传讯的皆是十三州最近的大事，奚将阑随意挑了几个感兴趣的扫了一眼，很快就寻到那则爆紫光、飞重明鸟的消息。

"盛焦于此地无银城露面！"

下方一堆小小的字在质疑这条消息的真假。

"'天道大人'不是在南境吗？莫要骗人。"

"发虚假消息超过十条以上，你犀角灯可就没了，谨慎点。"

"听说这是獬豸宗内部流出来的消息，可靠性十成！"

黑猫没扑到那只鸟，矜持地舔了舔爪子："你冒充盛焦的事儿败露了？"

奚将阑将犀角灯掐灭，跟没事人一样："反正又没人敢去找盛宗主问他的真正行踪，我怕什么？！"

黑猫见他如此熟稔，疑惑道："你为何如此笃定？"

"盛焦从来不看犀角灯。"奚将阑继续坐在地上装死，等酆聿回来伺候他，懒洋洋道，"三年前我曾冒充他去南境花楼招摇撞骗，犀角灯的重明鸟飞了三天，他也完全不知情啊。"

黑猫满脑袋问号，冒充盛焦……去花楼？这混账东西死的时候我肯定得跑远点，省得被溅一身血。

重明鸟飞了好一会儿，终于回到犀角灯中，没了动静。

奚将阑专心装虚弱，心中盘算着等会儿怎么敷衍酆聿，最好能哄骗他帮自己杀了盛焦，省得整日提心吊胆。因此，便没有瞧见方才那爆紫光的消息后面缓缓落了个"属实"的印。

医馆后院种着一棵遮天蔽日的桂树，大雪天依然郁郁葱葱。细碎的丹桂盛开，幽香沁人心脾。雪不知何时停了，呼啸寒风冷冽袭来。

酆聿在后院找水，被冷风一吹，刚才被奚将阑胡言乱语给骗蒙的脑袋突然清醒过来。不对，他是来落井下石的，怎么奚将阑三言两语就把自己骗得晕乎乎被他当小厮使了？

郛聿恨得咬牙切齿，一拂鬼字纹墨白袍，杀气腾腾地转身回去。奚将阑虽然修为尽失，但这鬼话连篇的能力却已修炼到了至臻之境！

郛聿快步回去，正要怒骂一番。却见奚将阑病恹恹靠在药柜上，微微屈着腿缩成小小一团，哪怕泼墨般乌发凌乱披了满身，依然遮掩不住那病骨支离的孱弱身形。他唇角带着一丝血痕，歪着头看来时眼眸涣散又迷茫，好似风雪中几欲折断的血莲。

郛聿愣了一下，不情不愿地熄了火。就算再不可置信，但他还是相信了奚将阑的那番重生说辞——他太过自负，坚信"鬼音"之下绝无人说谎。

奚将阑虚弱地问："水呢？"

郛聿粗暴地将奚将阑从地上拖起来扔到一旁的小榻上，冷冷地道："你这破房子，哪有干净的水喝？"

奚将阑羽睫微垂，轻轻地说："雪水也可以，我不挑的。"

郛聿见到奚将阑这副落魄惨状，本该欢天喜地，可不知为何反倒越发暴躁，皱着眉将价值连城的灵液从储物戒中取出递了过去。

奚将阑垂在榻沿的墨发都拖了地，保持着半死不活的架势，虚弱道："手抬不起来。"

郛聿后槽牙都要咬碎了："奚绝，差不多得了，别得寸进尺！"

奚将阑见好就收，抬手接过来。他像是许久没吃过好东西了，像只幼猫似的轻轻凑上前嗅了嗅，又倾斜玉杯舔了一口灵液，叹息道："上等的水底明——少爷，我喝一口这仙液，得去南境花楼卖身十年才能还清。"

郛聿不想听他卖惨，烦躁地说："你的伤到底是怎么回事？"

"老毛病。"奚将阑抿了一口灵液，姿态随意，像是在说其他人的事，"我体质特殊，每年都要用虞昙花续命。奚家没了，那一株上万灵石的虞昙花自然也寻不到。"

郛聿匪夷所思："……所以，你……你就被区区几万灵石给生生困死了?！"当年奚家执掌中州三境时，奚将阑嗑着玩的糖豆都不止上万灵石。

"灵石是一方面。"奚将阑轻轻叹息，"当年我逃离獬豸宗没多久，整个十三州的虞昙花一夜之间便不再售卖。"

鄨聿一愣，倒吸了一口凉气。这是有人想故意逼死奚将阑。

"不过没事。"奚将阑心很大，"……每年还是会有一两株漏网之鱼，我开医馆也是为了寻虞昙花，指不定运气好就能得到一株呢。"

鄨聿就算再不待见奚将阑，但还是敬佩他的乐观。若是易地而处，从天之骄子狼狈跌落红尘，他不见得能比奚将阑通透。

鄨聿不再多说，寻了个其他话头。"你方才说的重生之事的确稀奇，那你奚家上辈子也被屠戮了吗？"

奚将阑淡定地摇头胡诌："并无，我若知道奚家会遭难，早就想法子制止了，怎会束手待毙？"

"那奚家遭难，到底是何人指使？"鄨聿犹豫了一下，"他们是为了你的相纹而来？"

整个十三州的寻常修士皆是天生灵根，但那些世家不知从何处得到奇特的天衍灵脉，让天生灵根的修士在十二岁时便能觉醒一种名为"相纹"的灵根。先辈称之为天道恩赐。"相纹"分为凡、玄、天、灵四个等级，寻常人觉醒的最高等级便只到天级，灵级则是少之又少。有史以来，整个十三州也不过十余人，奚将阑便是其中之一。天衍学宫所收的学生，皆是身负相纹的修士。

奚将阑觉醒相纹后没多久，奚家便从中州末流的世家一跃成为中州四州的掌尊，如日中天。没人知晓奚将阑的相纹有什么能力，只知道奚家将其保护得极好。

奚将阑淡淡道："他们为奚家的天衍灵脉而来，我的相纹……已经废了，多说无益。"

鄨聿目不转睛地看着他。奚将阑是难得一见的灵级相纹，当年刚入天衍学宫时，他的修为已经甩了众人一大截，更是十三州史上唯二在十七岁结婴的人，另一人则是盛焦。

如此天生飞升命的天纵奇才，却硬生生被毁了。

酆聿深吸一口气："盛焦呢？你们到底是怎么回事？"

奚将阑咬着玉杯的动作轻轻一顿。

"当年我正在闭关结婴，出关后才知道奚家出事，"酆聿沉声道，"奚家全族只有你一个活口，他们就算要寻罪魁祸首，也不该将你抓去獬豸宗。当时我去问了盛焦……他却一言不发。"

奚将阑笑了起来："你几时见过'天道大人'亲口说过话？"

酆聿想想，好像也是。盛焦此人，和那些修了闭口禅的修士不同，他就像巍峨山巅落满冰霜寒雪的石头，又像是端坐云端不问人间世事的仙尊玉像，令人望而生畏。同窗四年，几乎没人见过盛焦张嘴讲过话，有时迫不得已他也是不启唇、用灵力来催动声音，像是怕累到自己的"尊口"。因为这个高深莫测的做派，诸行斋的其他人没少编派他。

"所以盛焦为何要杀你？还下了搜捕令满十三州追杀你？"

奚将阑垂眸心不在焉地道："他以为我是屠杀整个奚家的罪魁祸首。"

酆聿一惊："他疯了吗？！"

众所周知，奚家全族被灭，只有奚将阑一人因灵级相纹才侥幸存活。他明明是受害之人。

"他的相纹……"奚将阑顿了顿，道，"那一百零八颗天衍珠，如遇有罪之人，便会呈现'诛'字。"

酆聿蹙眉："多少颗珠子显示你有罪当诛了？"

奚将阑伸出一根手指。

"一百颗？"酆聿嗤笑，"不是一般都是一百零八颗全部呈现，才会定罪吗？"

奚将阑"扑哧"一声笑了出来："……不是。"

“那十颗？”

“一颗。”

酆聿倒吸一口凉气：“一颗？！”

才一颗天衍珠，盛焦就判定奚将阑有罪？！这是什么道理？连酆聿都觉得匪夷所思，替奚将阑喊冤叫屈。

“说真的……”酆聿一言难尽道，“盛焦是出了名的公正，你……你是不是哪里得罪了他？”

奚将阑将玉杯一放，那水底明灵液他只喝了一口便没了胃口，垂着眸突然问了个奇怪的问题：“你是信我，还是信盛焦？”

酆聿心说：“你惯会胡言乱语、鬼话连篇，我信你不如信盛焦。”但看奚将阑的神色似乎真的有难言之隐，酆聿只好将挖苦的话吞了回去。

“我……我勉强信你。”

奚将阑猛地抬眸，漂亮的眼瞳中竟然蒙上了一层水雾，荡漾起一圈雪白波光。

“当真？”

酆聿越发觉得奚将阑和盛焦必定有血海深仇，他更想知道了：“当真，我信你。”

这句违心的“信你”话音刚落，奚将阑脸上猛地滚下来两行清泪，“啪嗒”落在他苍白的手背上。

酆聿悚然。这是他第一次见到如此高傲的奚将阑落泪。

奚将阑满脸泪痕，且满脸颓然病色，落泪时更是可怜得要命，几乎让酆聿忘记此人是个招摇撞骗的惯犯。“我同其他人说，但他们全都不信，他们……只信盛焦。”

酆聿屏住呼吸，洗耳恭听。

“他……他……他。”奚将阑讷讷道。

酆聿急死了，恨不得把自己的嘴借给他。

终于，奚将阑向他最值得托付的“好兄弟”酆聿透露了那个深藏多年的秘密。

"盛焦他！盛无灼他！天道大人他！他……他……他看着人模狗样，实则是个嫉妒成狂的疯子，嫉妒我相纹出众、貌美无双，所以才对我赶尽杀绝！鄂聿救我！哥哥救我！"

鄂聿："……"他听到了什么？

长川落深雪，岸边万重梅树开。清晨，长街已有不少人三五成群赏雪，垂柳被冻成嫩绿冰晶，被寒风扫过，发出清响。

身着墨氅的男人缓步行走在熙攘人群中，腰间悬挂着的一把未开刃的剑若隐若现，细听之下似乎有锁链的碰撞声。

突然，一旁欢快奔跑的小女孩没瞧见路，一头撞在男人大腿上。小女孩感觉自己好像撞上一座巍峨雪山，坐在地上呆呆地看着这个奇怪的男人。好在女孩的父亲很快赶来，急忙扶起她，对着男人暴怒道："长不长眼啊你！"只是一抬眼，瞬间被那人的气势惊得一抖。

女孩父亲显然瞧出这不是好惹的主儿，色厉内荏地低声骂骂咧咧几句，又蹲下身给女儿拍了拍膝盖上的雪。

"囡囡摔疼没有啊？"女孩乖巧摇头。

"那就去吧。"父亲天生凶厉的脸上露出一抹难得的温柔，"不要跑远，爹爹就在这儿等着你回来。"

女孩高兴地点头，捏着两文钱朝着不远处的糖葫芦摊跑去。脚步声"嗒嗒"响起，像是奔跑的欢快小鹿。

女孩父亲笑了。

突然，一个仿佛从天边而来的声音响在耳畔。"杨络，中州雀替城人士，五年前残杀手足、师门十余人，重伤惩赦院搜捕执正，奔逃十三州。"

那位父亲——杨络脸上的笑容倏地一僵，惊悚地看向那人。"你……"这时他才看清，那墨氅上正是他畏惧了数年的暗金獬豸神兽纹。是獬豸宗的人！

杨络当即面如死灰。獬豸宗被十三州称为"鬼门关"，能入獬豸宗的修士，无一不是修为滔天、冷血无情之人。他们只认天道法则，杀人便要偿命。无论躲去何方，只要被身穿獬豸纹袍的人抓住，便必死无疑。

杨络抖若筛糠，踉跄着跪在地上："仙……仙君饶命，当年是我一时冲动才犯下弥天大错！我已知错了，望您网开一面，我……我……"这样大的动静，周围的人竟然还在若无其事赏雪，像是根本瞧不见似的。

男人不为所动，眼瞳毫无悲悯。

杨络呆怔地看着他，在巨大的惊恐下连身体都不再发抖："你是……盛……盛……"

男人目光缥缈，薄唇未动，古井无波的冰冷声音却在周围响起："诛。"

杨络浑身发软，嘶声道："求仙君饶命，我还有一个女儿——"话音刚落，只听到一阵轻微的珠子碰撞声。

一道天雷破开乌云雪雾，直直劈在杨络眉心上。明明阵仗如此之大，却无半丝雷音。

寒风倏地拂过。只是一眨眼工夫，地面上已无活人，只有一小撮骨灰融入雪中。冰封的长川如遇春风，转瞬化为潺潺流水，岸边梅花一瞬凋败，被狂风卷至半空。赏雪的众人一阵惊呼，惊愕地看着这一异状。

小女孩买完糖葫芦，高高兴兴地跑回来。她茫然环顾四周，却没瞧见等她的爹爹，呆怔许久，突然跌在地上号啕大哭。

男人眸中无丝毫悲悯，只是侧身看着一旁郁郁葱葱的桂树。满城的桂花开了。

倏地，一个身穿獬豸宗黑袍的人出现在男人身边。"……宗主，此地无银城夏至落雪，并非雪祸，倒像是有谁觉醒了相纹，倦寻芳已去搜查。"

盛焦突然道："奚绝？"

獬豸宗修士满脸古怪，似乎不懂宗主为何要过问此人。但他还是恭敬地说："惩赦院说，整个此地无银城暂时没有奚将阑的踪迹。"

盛焦转身就走。

修士忙追上去："盛宗主，姑唱寺明晚有那样灵物贩卖，您要现在过去吗？"

"嗯。"

这时，身后传来一个声音："盛宗主稍等！"

盛焦脚步一顿。

来人正是惩赦院的院长，他满脸堆着笑，恭恭敬敬向盛焦行了一礼。"昨夜就听说盛仙君到了，有失远迎！今年这场雪祸让我们城主头疼得要命，遍寻整个城池都寻不到源头，好在您来了。"

獬豸宗的修士愣了一下。盛焦位高权重，已经数年未出过獬豸宗，此番因有特殊之事前来长川北境，最终目的也是姑唱寺那样灵物。除了獬豸宗的寥寥几人外，无人知晓。这个人只是小小惩赦院的人，怎会知道此事？还有……昨夜就到了？

盛焦霍然回身，墨色大氅在空中划过半圈，宛如一道森森剑光。离得最近的一棵桂树猛地一颤，丹桂下雨似的噼里啪啦砸下，满树桂花瞬间凋零。

"盛……盛宗主？"

盛焦冷冷道："他在此处。"

第二章

偏逢连夜雨

"嫉妒成狂、人模狗样？"

这两个词儿怎么看怎么不像形容那个如同冰块的盛宗主的，偏偏奚将阑还说得振振有词。

奚将阑说："在天衍学宫时，我同他住一个院子，那时我可是身份尊贵的小仙君，腰细腿长，乌发雪肤，长得那叫一漂亮。"

鄷聿翻了个白眼，但为了听热闹还是勉强忍着："好，漂亮小仙君——然后呢？"

"反观盛焦呢，寒酸落魄鬼一个。"见鄷聿明显亢奋起来了，奚将阑再接再厉，"我于他而言是天边明月遥不可及，他对我嫉妒成狂、怨恨于我也不意外。"

鄷聿蹙眉："打住，我怎么记得当年盛焦总是找你碴儿，上课我同你传个纸条都被他那小天雷劈。"

奚将阑无语，心想："呃，容我编一编。"

鄷聿瞪他："你还记得盛焦的相纹是什么吧？"

"知道，'堪天道'。"奚将阑说，"入学那天咱俩在人来人往的学宫大门口被他吊起来抽，这么丢脸的事儿我还帮你记着呢。"

"……往事休提！"鄷聿的脸都绿了，"盛焦就是个冷面冷心的怪物，七情六欲于他而言比纸还薄，只要身犯罪业，就算父母他也会毫不留情地依天道而行屠戮。"

十三州的人私底下都称他为"天道大人"。这种天生飞升命格的人，怎么可能嫉妒奚将阑这个连相纹名字都无人知晓的纨绔子弟？

"本就如此。"奚将阑鬼话连篇，"盛无灼看着是遗世独立的高岭之花，但本性就是如此疯魔偏执，私底下可疯可恨我了。"

酆聿思考半天，还是打算放空脑袋不再思考，继续听乐子："那你说说看，他'恨'你什么？"

奚将阑张口就来："嫉恨我天资聪颖，身份家世样样甩他八百条街。"

酆聿直接笑出声来："小仙君，你可知道现在整个中州三境都是他盛家的了——可真是风水轮流转，莫欺少年穷啊。"

奚将阑见暗示半天，这混账东西一直想看他笑话，索性开门见山："我前世因你而死，今世又被你误会多年，你总得报答我吧。"

酆聿一噎。他虽脾气暴躁，但爱恨分明，憋了半天才不情不愿道："你要我怎么报答？"

奚将阑眸子一弯，苍白的唇都因喜悦而有了点血色，"只要你帮我做件很简单的事。"

"什么？"

奚将阑说："帮我杀了盛焦。"

酆聿满脸漠然，和他大眼瞪小眼。

犀角灯突然爆了一下。"小仙君。"酆聿认真地说，"我总觉得你离开中州太久，犀角灯又被封，消息有些闭塞了。"

奚将阑"嗯？"了一声，洗耳恭听。

"我这么和你说吧。"酆聿道，"我、让尘、横玉度、柳迢迢，把'小毒物'也叫上，咱们诸行斋的人一起上，再把盛焦的手脚捆住，也是送死的份儿。那锯嘴葫芦只要一点手指，一堆人就都得灰飞烟灭。"

奚将阑嫌弃地说："你们怎么这么没用啊？"

酆聿忍无可忍，直接抬手去拔鬼刀，打算削他一顿。"灵级相纹！灵级！天生飞升命，否则他怎么会年纪轻轻就执掌獬豸宗？"

奚将阑一抬脚，用纤细小腿压在鬼刀柄上，退而求其次："那不杀盛焦好了，你给我弄一株虞昙花来吧。"

酆聿漠然道："我还是替你杀盛焦吧。"

奚将阑不解。

鄮聿道："你可知道这些年截虞昙花的人是谁？"

"我哪儿知道？"奚将阑道，"当年奚家一家独大执掌中州三境，得罪的人数不胜数，曲家、盛家……哦对，还有让家。"

鄮聿："等等？让家？你不是一向和让尘交好吗？"

奚将阑无辜道："你还不知道吗，我……无意中把他闭口禅给破了，导致他数年修为毁于一旦，相纹都受损了。"

这混账东西到底能不能干点人事?！怪不得他落魄至此，全是他自己作的。

"虞昙花一株难寻，更何况若是我出面去寻，中州那些世家必定知晓我与你同流合污，甚至会循着我找上你。"鄮聿一巴掌抽在奚将阑的"猪蹄"上，"起开。"

奚将阑叹了口气，抬手将衣袍拢了拢。他的一举一动皆是常年养尊处优沉淀下来的贵气，好似他并不是在破破烂烂的医馆，仍是在堆金积玉、煊煊赫赫的饶乐州奚家。"只是若再寻不到虞昙花，我怕是连中元节都活不到了。"

鄮聿皱眉。刚才还眉飞色舞说热闹的奚将阑一垂眉梢，仿佛奄奄一息几欲濒死。

"反正前一世我也是死在中元节，也许这便是命数吧，你不必再管我了。"奚将阑叹气道，"等我死后，你还能拎着我的尸首去向盛焦邀功，好几万灵石悬赏呢，你就躺在我的尸骨上享乐好了，我不在意的，我真的不在意。"

鄮聿手轻轻探向鬼刀，似乎想拔剑削他。

奚将阑使出撒手锏，"呜哇"一声吐出一口血，心神俱伤地晕了。

鄮聿气得要命，但还是因"重生"之事，不能任由他去死。他冷冷瞪了装死的奚将阑一眼，真是欠了他的。

奚将阑眯着眼睛瞧见鄮聿阴沉着脸拿着犀角灯，似乎是给他寻虞昙花去了，这才满意地翻了个身，舒舒服服地睡了过去。

不知是不是说到盛焦的次数有点多，少年盛焦误入奚将阑的梦。鬼气森森的雾气中，盛焦一袭墨衣好似要融于墨似的黑暗中，宛如高高在上的神祇，居高临下冰冷地注视着他。突然，他开口说了什么。

"天道大人"难得亲开尊口说了话，但奈何奚将阑是个聋子，梦中耳畔只有无边无际的死寂，一个字都没听清。只能隐约辨认唇形，知道他在叫自己的名字。

"奚绝。"

"咔。"盛焦手腕上垂着的一串雷纹天衍珠无风而动，整齐划一飞快旋转，最后一百零八颗珠子悉数停留在同一个字上——诛。

一道天雷遽然劈下，轰隆——

奚将阑瞳孔剧缩，眼睁睁看着那雷朝着自己眉心落下。只是下一瞬，那能将人击成齑粉的天雷却像一股春风，轻轻抚过他额前乱发。

奚将阑猛地睁开眼睛，下意识捂住右肩。诡异至极的梦，短暂得好似只是一瞬。外面已是清晨。煞白的光从窗外映来，飘来浓烈的桂花香。

奚将阑耳畔死寂，手胡乱在枕头上摸了两下，却摸到一只冰凉的手。一只美貌精魅正趴在床边，见他醒来嘻嘻一笑，惨白的手钩着那枚璎珞扣耳饰，幽幽飘到门口。

在天衍学宫时，鄢聿也爱操控精魅去叫其他人起床，每日清晨诸行斋都能听到一串此起彼伏的惨叫和怒骂。没想到这么多年了，鄢聿的恶趣味依然没变。奚将阑撑起身，抬头看去。

果不其然，鄢聿倚着门框，长腿蹬在半开的门上，懒洋洋道："睡这么久，我还以为你死了呢。"

因他逆着光，奚将阑没辨认出他的唇形，但他了解鄢聿嘴里从来说不出什么好听的话，从善如流地回道："勉强还活着……你怎么还在这儿？"

鄷聿又说了句什么。

奚将阑没看清，只好随口敷衍道："哦，把耳饰还给我，那可是我最值钱的东西。"

鄷聿抬步走过来，嗤笑道："几颗廉价破珠子能值什么钱，我买一堆给你打水漂玩。"

这下奚将阑终于看清他说了什么，自然地接道："只要鄷少爷不怕破费，我自然乐意之至。"

鄷聿随手将璎珞扣耳饰抛过去："外面有人一直在敲门，吵死了。"

奚将阑无论做什么都很警惕，他本以为鄷聿拿他耳饰是发现"重生"之事有蹊跷，在试探他的耳朵，但仔细想来这直肠子根本不懂何为拐弯抹角，没有这种试探的脑子。他放下心来，叼着发带将长发随意一束，大大方方将耳饰戴回耳朵上。

声音骤然回笼，医馆外面的确有人砰砰敲门："兰哥哥！"

来敲门的是隔壁卖糕点的小姑娘，她大概是跑过来的，脸颊红扑扑的。

奚将阑："般般？出什么事儿了？"

小姑娘秦般般高兴道："兰哥哥之前不是想要那什么……昙花吗，城北的那家药铺老板说今日又进了一株，让我来告诉你！"

奚将阑一愣。昨日才刚说虞昙花，今日就捡到了漏网之鱼？

"是城北的永宁药铺吗？"

"嗯嗯，是的。"

奚将阑这才点头："多谢，我马上就过去。"这些年奚将阑续命的虞昙花，大多数是在这个药铺寻到的。

秦般般传完话，还将手中热腾腾的糕点塞给他，正要跑走。

奚将阑突然道："般般？"

秦般般一脚踩在雪水里，"哎呀"一声蹦起来，艳红裙摆飞旋，好似盛开的花。漂亮活泼的小姑娘站稳后回头，好奇道："什么？"

奚将阑叮嘱道："这几日许是有雪祸，你不要乱跑。"

秦般般灿笑起来："你都叮嘱多少遍啦，我记着呢。"说罢，踩着雪欢快地跑走了。

奚将阑退回医馆，盯着那几块桂花糕若有所思。

酆聿靠在药柜上，漫不经心地看犀角灯上的传讯，随口道："昨天我寻了一夜，就连横玉度都不知道虞昙花在哪里买得到，这个药铺怎么这么巧就正好有一株？不会是有人故意引你去，好瓮中捉鳖吧？"

奚将阑摇头："不至于，我前几年也是在这个药铺得到的虞昙花，时间也差不多是夏至前后。"

见他似乎打算出门，酆聿还是不放心，抬手将装了自己一缕神识的小纸人拍在奚将阑脸上："带着。"

奚将阑朝他笑："怎么，担心我？"

"是啊。"酆聿皮笑肉不笑，"我可担心死你了，你若死了，我去哪里听乐子去？"

奚将阑大笑，将厚厚鹤氅一披，优哉游哉地离开了医馆。

此地无银城下了一天一夜的雪，满城桂树竟然罕见开了花，奚将阑注视着金灿桂花，似乎想要摘来尝一尝。长街上依然有来来往往的惩赦院修士在搜查"可恶的奚将阑"。

奚将阑面不改色地同他们擦肩而过，眉梢都没动一下。片刻后，终于到了城北药铺。

这家药铺开了许多年，牌匾古朴，平日里往来之人数不胜数。

窝在奚将阑袖中的小纸人突然道："我刚才为你卜了一卦，大凶之兆。"

奚将阑正从容镇定地抬步进去，闻言脚步悬在门槛，不上不下："怎么不早说？"

酆聿又加了句："但凶兆之中又有生机，会有贵人相助，逢凶化吉。"

事已至此，就算知道是险境，奚将阑也不得不跳。他的伤势拖不得了。反正只要不是盛焦，他遇到谁八成都能全身而退。

药铺掌柜正在拨算盘，瞧见有人来了，笑着道："兰医师，今年的虞昙花刚到。"桌案放着个小匣子，里面灵力浓郁，带着奚将阑再熟悉不过的花香，的确是虞昙花。

自从酆聿说了"大凶之兆"的卦，奚将阑面上镇定，暗中却提着一颗心。但掌柜态度如从前一般，虞昙花全无异样，就连周围也没有陌生灵力的存在，奚将阑将储物袋里的灵石递过去，接过虞昙花时，心中石头终于落了地。仔细想想，当年学卜卦，酆聿那蠢货上课小试都是抄他的卦象，卜卦怎么可能会准？

奚将阑将虞昙花拿出来塞到袖中，将匣子还回去。酆聿看出来他是怕匣子上有追踪阵法，翻了个白眼，心想这病秧子真谨慎，怪不得能在獬豸宗追捕下逃了六年。

奚将阑和掌柜告辞，慢悠悠地打道回府，顺便对酆聿的卜卦之术鄙夷一通。"活该你被长老骂，还逢凶化吉，我看是逢吉化凶吧？"

"差不多得了！"酆聿怒道，"我这些年卜卦已准了许多！"

奚将阑得理不饶人："那我的凶呢？"

酆聿冷冷道："等你回来，我一刀砍了你也算遇凶。"没见过这么贱嗖嗖上赶着要"凶"的。

奚将阑不说话了。酆聿还以为他又暗暗憋着什么坏，却突然听到奚将阑说："酆贵人。"

酆聿满脸疑惑。

奚将阑面不改色走到没奈何巷口，保持着从容道："酆贵人、酆哥哥，救命。"

酆聿察觉到不对："怎么了？"

"凶。"奚将阑说，"有人在跟踪我。"

酆聿蹙眉，将神识扫出去："没有啊。"

"有，肯定有。"奚将阑能屈能伸，"我错了，酆聿大少爷卦象十三州第一！大凶之兆逢凶化吉，救命。"

酆聿见他这个尿样，冷笑道："你不是很会招摇撞骗吗，怎么连个追踪你的人都甩不开？"

奚将阑还在那喊："救命，救命。"

酆聿都被他气笑了："你自求多福吧，我现在已经到姑唱寺了。"

奚将阑一愣："你去姑唱寺做什么？"

"早上我不是说了吗！"酆聿不耐烦了，"姑唱寺今日有样灵物贩卖，还得和人竞价，现在回去，得半个时辰以后了。"

"那我的贵人呢？"奚将阑说，"你找贵人来救我。"

酆聿语塞，让这混账自生自灭算了！

奚将阑东躲西藏六年，早已练就出不用灵力也能敏锐感知追踪之人的能耐，他面不改色走进巷中，瞧见一旁丹桂开得漂亮，还抬手掐了一簇花。

酆聿正替他着急，借着小纸人探出脑袋一看，就见那病秧子正捏着碎花放在病白唇间，伸出舌轻轻一卷，将细碎桂花舔到口中，颓然病弱中又带着莫名的气息。桂花吃下去并无太多甘甜，倒是带着点汁液的苦涩。

酆聿一愣。那些被他当乐子听的话突然有了那么一丝真实。就奚将阑这张脸，的确能让人对他心生嫉妒。盛焦只是被人称为"天道"，却并非真的无心无情。

奚将阑吃完一簇桂花，踩着雪"吱呀、吱呀"回到十二居医馆。

酆聿回过神来："既然有追踪你的人，你为何还要回来？不怕被人掀了老巢？"

"那个掌柜知晓我的住处，若是跟踪之人用虞昙花钓我出来，肯定也是知道的。"奚将阑将门关上，淡淡道，"既然早就暴露，也不必遮遮掩掩。"

鄷聿蹙眉。

"而且……"奚将阑伸手摸了摸鄷聿的小纸人，笑了起来，"我知道你肯定会救我。"

鄷聿："啐！鬼才救你。"

奚将阑深情地说："你在说气话，我不信。"

鄷聿感觉自己这辈子的火气都被奚将阑勾出来了，忍了又忍，差点儿把肺给憋炸。但他的确不能眼睁睁看着奚将阑去死，只好不情不愿道："那面镜子看到没？不是那个，左边那个菱花镜，嗯对。我在里面放了个传送阵法。"

"去哪儿的？"

"自然是我这里。"

"姑唱寺？"奚将阑犹豫，"每次姑唱寺贩卖灵物，中州许多世家的人都会过去，你先看看有没有我仇人……哦对，重点看看盛焦。"

鄷聿不耐烦道："晚上才开始贩卖，我哪儿知道来的人是谁？我正在姑唱寺外面的林子里逮精魅玩儿，你爱来不来。"

奚将阑只好道："来来来。"他没迟疑，快步朝着菱花镜走去。那镜面上蒙了一层水雾，黑雾似的阴气盘旋其上，的确是丰州的传送阵法。

奚将阑抬手就去触碰。只是指尖还未碰到镜面，突然一阵劲风从后袭来，擦着奚将阑的耳朵呼啸而过。

"锵"——菱花镜应声而碎。

奚将阑霍然回身。医馆的门依然紧合，但药柜旁不知何时出现两人，一人黑衣一人白衣，在阴暗医馆中活似来勾魂的黑白无常，更别说他们还在用直勾勾的眼神死死盯着奚将阑。

一阵狂风吹破纸糊的窗户，将两人单薄衣衫吹得猎猎作响。神兽猂豸纹袍，是猂豸宗的人。

鄷聿倒吸一口凉气："猂豸宗的倦寻芳和上沅，他们是盛焦的左膀右臂，你完了。"能让盛焦那种人重用的，必定也是六亲不认无心无情的人。

奚将阑被寒风吹了个正着，呛得他闷咳几声，踉跄着往后退了数步。盛焦知道他在此地无银城了？

不对。若是知道，盛焦早就亲身而至取他狗命了，不会让两个手下来抓他。

黑衣男人名唤倦寻芳，他面无表情从袖中拿出一枚搜捕玉令，冷冷道："奚将阑，疑似屠戮奚家全族，奉宗主之命，带你回獬豸宗问审。"

搜捕玉令一拿出来，奚将阑便像是硬生生受了一击，羽睫颤抖，手奋力地捂住右肩，因太过用力指节一阵青白。他这具身体太过虚弱，吹了寒风都能大病一场，更何况前去獬豸宗那种有去无回的"鬼门关"。最轻的"审问"刑罚都能让他丢掉半条命。

袖中小纸人霍然落地，原地化为虚幻的人影。鄾聿冷声道："只是疑罪，便要抓人去獬豸宗受刑，这是哪里的道理？你让盛无灼来！"

一旁的白衣少女上沅微微一愣，似乎是被说服了："是啊，倦大人，只是疑罪，为何要抓他？"

倦寻芳瞪她："闭嘴！你到底听他的还是听宗主的？"

"哦。"上沅看起来有点呆，细白的手微微一抬，数十丈的冰冷锁链陡然出现，萦绕在她周身好似一条细长游龙。她歪歪脑袋说："那就听宗主的。"

话音刚落，锁链丁零，呼啸破空朝着奚将阑打来。那是獬豸宗的缚绫，一旦被抓住，可就无法挣脱了。

鄾聿一把拽住奚将阑，怒道："还在等什么，后院那破水池里我还放了个传送阵……"

"砰——"缚绫擦着奚将阑的肩膀直直撞到墙上，只是一下就将半堵墙毁了，若是打在身上，怕是不死也去半条命。

奚将阑用力捂着后肩，那缚绫似乎只是想捆住他，并无杀意。

鄾聿靠着一缕神识挡住上沅的缚绫攻击，转瞬拖着奚将阑到了后院。那小池塘是奚将阑细心打理的，大雪天还绽放着几株莲。两尾锦鲤自在游着，清澈见底。

鄂聿强撑许久，那缕神识终于遭不住即将散去，他猛地将奚将阑一推，飞快地说："我在姑唱寺等你！"

话音刚落，缚绫从后而来，砰地将鄂聿神识彻底撞碎。小纸人化为碎片，雪花似的簌簌落下。

上沅欢快地走来，见状"呀"了一声，这才反应过来："丰州鄂家的人？糟了，我惹祸了。"

倦寻芳自始至终都没插手，他把玩着掌心一团奇怪的灵力，抬手屈指一点。"滴答"一声，一滴水落入池塘中，微微荡漾开一圈阵法似的涟漪。

奚将阑来不及多想，直接翻身跃入池塘。上沅立刻就要用缚绫去抓人。只是刚伸手，倦寻芳突然拦住她："好了。"

上沅的缚绫停在半空："宗主不是说要带他回去吗？"

倦寻芳瞪她一眼："宗主也说了不可伤他，你一缚绫抽过去他还有命活吗？"

上沅大概是个死脑筋，愁眉苦脸道："可宗主说……"

"担心什么？"倦寻芳五指微微收拢，那团灵力瞬间消散，化为星星点点的碎光，"我不是已经把人给宗主送过去了吗？"

上沅一歪头。

池塘中，锦鲤被惊得四处逃窜，水再次恢复清澈时，却只剩一条锦鲤躲在角落。

姑唱寺外，树林中。

鄂聿盘腿坐在一汪小水潭边，盯着水面安静等待。传送阵会有几息的延迟，他默默数了十个数，便早有准备地朝着水潭中探了探，打算去捞人。只是他蹙眉探了半天，把水都搅浑了，本该顺着阵法被传送到此处的奚将阑却迟迟不见出来。水中只有一条不知何时出现的锦鲤。

鄸丰和那条晕头转向的锦鲤大眼瞪小眼，心间重重一跳，突然有种不好的预感。奚绝呢？

奚绝正在骂人。

他也在等鄸丰捞自己，但身上大氅太厚，浸了水后硬生生拽着他往深不见底的下方坠去。他挣扎着脱掉大氅，只着单衣往上游。但他这具身体太虚弱，后肩处还残留着隐隐的酸疼，又无灵力助其闭气，才奋力两下便泄了力气。

水面似乎近在咫尺，但奚将阑却没了力气，身体越来越冷，像是有一股奇怪的寒意缓缓往他心脏中钻，那是——冰冷的死气。

奚将阑呛出一口气，耳畔逐渐嗡鸣，无数人的声音嘈杂而至。

"奚绝……"

"奚家屠戮，可与你有关？"

"你的相纹是什么？是不是你的相纹失控，才导致奚家遭难？"

"你那晚到底看到了什么？"

迭声的质问充斥着他的脑袋，好似要将他的神识击碎。奚将阑眼眸逐渐涣散，神志模糊间不可自制地想："这世间当真有'公道'二字吗？"人人都说盛焦奉公守正，但为何獬豸宗只凭着一颗天衍珠，就认定自己有罪？

奚将阑被水包围，气息越来越弱，只能循着本能将手往上抬起。他似乎想抓住什么，又像是在向不知存不存在的天道寻求一丝公道。只是摊开五指，却连掌心最后一点温度都留不住。

就在他即将窒息之际，一只手突然从水面探来，用力扣住奚将阑纤细的手腕，硬生生将他拖了出去。

奚将阑骤然得到呼吸，猛地喘了一口气，却又使冷风灌入肺腑，当即呛了个死去活来。"咳！"

猛烈的咳嗽把脑袋震得一阵阵发疼，奚将阑的墨发被水浸透更显乌黑，不住地往下滴着水，眸光清凌凌好似要落泪，双颊带着一抹病态的潮红，连呼吸都是一截一截的，像是要喘不过气来。

"酆……"奚将阑跪坐在地上，下意识伸手抓住旁边人的衣摆稳住摇坠的身躯，断断续续地说，"我……咳，我迟早死你手里。"

谁家会把传送阵放水里面？酆聿就不怕他淹死吗？

没有等到回答。奚将阑后知后觉不对。若是寻常，酆聿早就咋咋呼呼地回他了，这次怎么……耳饰还在耳朵上，隐约能听到发上滴水到地面的轻微声响。

奚将阑心脏猛地一跳，茫然抬头。视线所及，先是自己微抬的手——他正抓着一件厚厚鹤氅，苍白的五指细细发着抖微微一动，露出拽着的衣袍上那抹熟悉的——神兽獬豸暗纹。

奚将阑一呆。他许是在水里被冻蒙了，脑子一时没反应过来。直到一柄寒光凛凛的剑悄无声息落在奚将阑脖颈处，带来的森寒凉意让他无法自控打了个哆嗦。

"奚绝。"那人说。

奚将阑浑身一抖，单薄的后肩处再次袭来一股灼烧感，疼得他浑浑噩噩的神志瞬间清醒。隔着湿漉漉的衣衫，肩上那枚烙下已久的獬豸宗黥印微闪出幽蓝雷纹路——那是一个"灼"字。

奚将阑五指猛地一蜷。又是獬豸宗的人。明明命悬一线，奚将阑第一反应竟是厌烦。獬豸宗为什么总是阴魂不散？迟早有一天得想个法子杀了盛焦。

剑刃锋利冰冷，紧贴着奚将阑脖颈的血脉，将他脖颈处的水直接冻成了薄薄的冰。奚将阑一袭湿透的单衣病骨支离，感受此人恍如森罗地狱而来的气势，内心也毫无波澜，甚至大着胆子将视线微微上移，终于落在那人的脸上。

呵，平平无奇。

此人墨发半束，手中只是寻常凡剑，却寸寸充斥森戾寒芒，居高临下注视他时，压迫感十足。腰间悬着一枚玉令，微闪着幽蓝雷纹光——那是奚将阑的搜捕令，肩上的獬豸宗黥印也是因这枚玉令才起的反应。

奚将阑的心瞬间放下一半。不是盛焦。也是，盛焦无论做何事全都用"堪天道"——天雷劈死完事，没必要易容掩藏身份。

只是奚将阑还没松一口气，突然看到那人握剑的虎口此时正缓缓往下滴血，一股熟悉的剑意随着血腥味扑面而来。

奚将阑心中咯噔了一下："完了。是春雨的剑意。"

奚将阑的本命剑名唤春雨，凡为它所伤，伤口处皆会残留锋利剑意，很难痊愈。这人不仅是獬豸宗的人，竟然还是被他伤过的仇家？！少年时他虽纨绔，却不爱用春雨，奚将阑绞尽脑汁也记不清自己到底用春雨伤过什么人了。

这时，平平无奇的男人又开口说了什么："奚绝，你……"

奚将阑的璎珞扣耳饰浸了水，运转得也不怎么流畅，耳饰"滋滋"几声，后面半句话奚将阑没听清楚。他下意识去看那人的唇形，但因抬头的动作使冰冷的剑刃贴着脖颈直直划出了一道血痕。

那人稳如磐石的手倏地一顿。

奚将阑眸瞳轻转。怕伤他？方才那个名唤上沅的少女也是，看似招招凌厉，缚绫每每落在自己身上时却又迅速收回，唯恐碰到他。他们在忌惮什么？

刹那间，奚将阑脑子像是被人抽了一鞭的陀螺，飞快转起来。"大人，你可知道十三州的獬豸宗搜捕令，为何只有我的特意注明活捉？"

冰冷剑意微微一凝。那人居高临下看着他，许久终于开口："为何？"只是两个字，他仿佛说得很是艰难，薄唇轻动，一字一顿。

奚将阑心道："还真是活捉啊，蒙对了。"

他高深莫测地轻笑一声——即使还跪坐在那扯着人家衣摆勉强支撑

身体，依然不失风度："自然是你獬豸宗内有人对我私心过甚，不舍得我死。"

那人的声音似乎很古怪："谁？"

奚将阑从容不迫："我的搜捕令是谁下的，自然就是谁。"

那人眉头轻皱。

"对，你想得没错。"奚将阑说，"是盛宗主。"

奚将阑看着人似乎被震住了，再接再厉信口胡诌："盛焦和我情同手足，他英明神武，修为当数十三州第一。你若伤我，没好果子吃。"

奚将阑靠着这张嘴在十三州招摇撞骗，躲躲藏藏六年都没被獬豸宗抓住，能耐可见一斑。反正只要来的人不是盛焦，天皇老子他也敢信口胡诌。

那人沉默不语，注视了他良久，一字一顿地重复："情同手足？"

"对。"奚将阑点头，抬手一拢璎珞扣耳饰，"这便是你家宗主送我的信物，价值一百灵石呢。"

奚将阑也没说错，这璎珞扣的确是盛焦送他的，只不过是被他强逼着送的。但此时在奚将阑口中就是盛焦主动奉上的信物，脸都没红一下。

那人似乎有所动容，锋利剑刃倏地收回。"锵"——是剑入鞘的声音。

那人——盛焦不动声色地道："是吗？"

奚将阑心道有门："正是如此，若想杀我，你仔细掂量掂量自己能不能打过盛焦再说。"

盛焦漠然看他。奚将阑湿透的雪白里衣半透明地紧贴在身上，他病弱太久，跪坐成小小一团，看着像是个身量初长成的少年。

奚绝十七岁结婴，身量本该最终停在那年，但他嫌自己不够威武，便铆足了劲吃灵丹。后来，好不容易将身量长高些，但一扭头就见同样十七岁结婴的盛焦竟比他还高半头，气得他当天少吃了两碗饭。

盛焦的视线不着痕迹地在奚将阑右肩上的"灼"字黥印上扫了一眼，轻轻启唇："随我——回獬豸宗。"

奚将阑羽睫都冻出一层白霜，闻言蹙起眉头。刚才这人不是还忌惮盛焦吗？

年少时，奚将阑就靠着自己招猫逗狗的本事将盛焦得罪得死死的。后来奚家满门被屠诛后，他被抓去獬豸宗，又在盛焦眼皮子底下逃狱。若是再被抓回獬豸宗，盛焦那尊冷面冷心的杀神，八成能把他的头削了悬尸示众。

奚将阑哪敢和他回去，正要再胡言乱语，却见眼前男人终于不耐，抬手将奚将阑的搜捕令从腰间捯下。随手一握，玉令顿时化为雪白齑粉簌簌地落地。同时，奚将阑肩上的黥印也跟着一寸寸收缩，最终化为一颗红痣，仿佛一滴血。肩上的灼烧感终于退去。

盛焦一言不发，转身就走。

奚将阑捂着右肩愣了一会儿神。獬豸宗的人认出他竟然不出手抓他，竟还有此等好事？但他还未乐完，突然感觉手腕上一股无形的力量一扯，将他纤瘦的身子扯了个趔趄，跌跌撞撞向前跑了两步。

奚将阑怔然看向盛焦手腕处，果不其然发现一条隐于空中不易察觉的玄铁锁链。那是獬豸宗逮捕犯人时的缚绫，能让人灵力全无，插翅难逃。

奚将阑无语，自己还是被逮着了。

奚将阑刚从水里泡了一遭，浑身隐约开始发烫，他踉跄走了两步便"扑通"一声摔在地上。缚绫猛地紧绷，将他纤细手腕拖得往上一抬。

盛焦停下步子，侧身冷冷看他。他的眼神太有攻击性，就像一股阴风从脚底灌入，渗入骨髓的寒意遍布全身。

奚将阑最大的优点就是审时度势、能屈能伸，眼见缚绫都戴上了已无处可逃，迅速转变战术，仰着头可怜兮兮道："大人，我兄长下的搜捕令的确是活捉我吧？"

盛焦愣了一瞬，才道："嗯？"

"是要活捉我啊。"奚将阑身体微微发抖，长发结着厚厚白霜，无辜道，"您要是再不救救我，我就要冻死在这里啦。到时你们宗主肯定抱尸恸哭，一怒之下杀了你为我陪葬。"

盛焦沉默良久，道："你要什么？"

"衣服。"奚将阑理所应当朝他伸出手，"我看您身上这件鹤氅就不错，劳烦大人脱了借给我吧。"

盛焦居高临下看着他，似乎不理解此人为何把扒人衣裳的不雅之事都能说得如此理直气壮。

他抬手就要掐缚绫诀，打算将他拖着走。

但奚将阑动作迅速，活像是"碰瓷"碰习惯的，直接摊平，奄奄一息地装死。"我要死了，我爹娘来接我了。啊，黄泉罗刹近在眼前——大人，你若见了盛宗主，一定要转告他中元节记得给我多烧纸钱。"

奚将阑苍白着脸，一副"即将赴黄泉，有事烧纸钱"的表情。突然，残留着温度的鹤氅和墨色外袍直接兜头扔到他身上。

盛焦只着黑色单衣，宽肩窄腰，丝毫不畏凛冽寒风。"穿上，走。"

奚将阑冻得打哆嗦，没再废话，四处扫了一圈发现左右无人，抖着手将冻成冰碴儿的里衣脱下来。藏在袖中的虞昙花早随着外袍掉在水中不知所终。今日当真是大凶，诸事不宜。

盛焦无意中回头一看，猛地侧身。剑鞘倏地横扫出一圈灵力，轰然将一旁湖水轰得炸开数十丈雪白的水花。"你！"

奚将阑一边"悼念"虞昙花一边将长袍的衣带系上，一头墨发被冻成冰，他随手搓了两下，冰碴儿簌簌落下。听到动静，他诧异抬头，瞧见男人背对着自己紧握着剑柄浑身紧绷的模样，心道："哦哦哦，此人和盛焦还真是同一类人。"连看人脱个衣服都害臊。

姓奚的脸皮厚到已经不知害羞为何物，随意穿好外袍，又将厚厚鹤氅裹好，笑着说："大人这是非礼勿视吗？"

盛焦一言不发，抬步就走。奚将阑哈哈大笑，也溜达着跟上去。

獬豸宗衣袍上有银线暗纹，织成冷暖不侵的阵法，奚将阑几乎冻僵的身子逐渐暖起来。他缓过神后，抬头一扫周遭，这才后知后觉此处竟是姑唱寺外围。

姑唱寺并非一座真正的寺庙，而是长川北境靠近雪山下的佛寺旧址，因常年有灵物贩卖，逐渐聚集了无数修士扎根落住。姑唱寺外是一片广袤无垠的树林，满地纸钱黄纸，幽火在山林间跳跃。周围鬼气森森，时不时传来几声鬼泣鬼笑声，回荡在耳畔，让人汗毛直立。

"大人？"奚将阑察觉到不对，"您不是要带我回獬豸宗吗？"

盛焦抬步朝着千层台阶走去，惜字如金："先去姑唱寺。"

奚将阑弯着眼眸笑起来。天无绝人之路，鄷聿也在姑唱寺。也不知道今日姑唱寺到底贩卖什么灵物，能让此人不管夜长梦多也要带着他一个罪犯过去。反正只要找到姓鄷的冤大头，自己肯定能从此人手中逃脱。

奚将阑彻底放下心来，赤着脚小跑几步，毫不客气地跑到盛焦身边："大人同我有什么旧仇吗？"

盛焦浑身一僵，往旁边撤了半步。他已用灵力将右手虎口的伤处强行抚平痊愈，但剑意依然四窜，没一会儿便再次崩开，血顺着苍白的手不住往下滴。

奚将阑心想，真可怜。剑意硬生生在血肉中横冲直撞，撕开愈合的骨血，简直是一种刑罚折磨。这般想着，奚将阑无声叹息，突然抬手拽住盛焦的手腕。

盛焦小臂瞬间紧绷，几乎克制不住灵力，要将这病秧子直接甩到数里之外去。

"多谢大人不杀之恩。"奚将阑像是没察觉到他的抗拒，眼眸好似带着钩子和盛焦对视一眼，轻轻地说，"我替大人将剑意引出来吧。"

盛焦依然收拢五指，将伤口藏起，漠然看他。

"这伤势看起来也有五六年了。"奚将阑心生愧疚，一直虚伪的眼眸中难得带着些真情，"八成是我年少无知时伤了大人，您今日不计前嫌救我性命，此等以德报怨之举，我岂能再看着您受春雨剑意的折磨？"

盛焦宛如山巅雪，无论奚将阑说什么都不为所动。奚将阑有"兄长"的保命符，索性胆大包天地抬手强行掰开盛焦紧握的手。

盛焦手指一动，瞬间将伤口治愈，血痕消失了。他被迫摊开掌心，露出虎口处狰狞的伤疤。若是寻常，一次治愈伤口起码会撑上半个月才会再次崩开，但此时奚将阑在侧，春雨剑意疯狂在伤口乱窜。顷刻，伤疤再次裂开一条细微的伤痕，一绺殷红的血丝缓缓溢出。

奚将阑捧着那只满是剑茧的手，眼眸微微闪现一丝幽光。奚将阑这个病秧子在冰水里泡了一遭，此时浑身起了烧，烫得盛焦手指不自觉蜷了一下，又强迫自己放松。伤口的剑意被聚拢在一处，似乎正在被一点点引出来。

盛焦眸子沉沉地盯着奚将阑那张脸。奚将阑有着一张十三州皆惊的秾丽面容，此时他披头散发，滚着毛边的鹤氅堆在漂亮的脖颈处，显得脸庞越发苍白，正抬着浓密的羽睫看自己。就像是地狱黄泉摄人魂魄的精怪。

奚将阑漂亮的眸瞳直勾勾注视着盛焦的眼睛，悄无声息地靠近那只手，张开齿缝，将两颗小尖牙一点点合在盛焦虎口。就在他即将咬下时，盛焦突然伸手掐住他的下颌。

奚将阑一怔。

盛焦面无表情，拇指强行分开奚将阑的齿缝，用力在那颗尖牙上狠狠一摩挲。

奚将阑被迫仰着头，瞪大眼睛看着他："唔……"

盛焦面如寒霜，指腹按在奚将阑犬牙缝间，隐约感觉到一颗微小的芝麻大小的毒丹：

"想杀我？"

第三章

姑唱唱相纹

那一瞬，奚将阑的脸上是彻底的茫然无辜，像是不明白盛焦为何会说出这句话。就算獬豸宗最擅长审问的执正在此处，恐怕也看不出他的丝毫异样。

盛焦又重重按了下那颗尖牙，手指擦着奚将阑苍白的唇探出，露出指腹上那颗漆黑毒丹。

证据确凿。

奚将阑依然迷茫："大人说什么呢，我怎会恩将仇报对您下手？"

盛焦眼眸好似凝着寒霜，冷眼看他打算如何编。

奚将阑无声叹息，轻轻上前，将那枚漆黑的毒丹卷到口中。他喉结轻轻一动，吞咽了下去。

盛焦面无表情看着他当着自己的面"销赃"。

"那是我吊命用的灵丹。"奚将阑解释，"能让我这个废人在紧要关头积攒些逃命的灵力，不信您看。"

他抬手轻轻一动，本来毫无灵力的经脉竟然飘出一团灵力，浮在掌心发出雪白微光。

盛焦不知有没有信，甩开他的手，任由伤口崩开血流如注。蜿蜒朝上的密林山阶上，无数精魅嗅到鲜血的气息从四面八方而来，一双双死瞳直勾勾盯着鲜活的血肉和生魂。

奚将阑心疼地看着他狰狞的伤口。"大人，您伤口又裂开了，真的不需要我为您引出剑意？"

盛焦不需要，他一抬手，铺天盖地的灵力随着呼啸寒风疾冲而去。

"砰砰。"那灵力好似一道曲折惊雷，顺着千层山阶一路狂掠，所过之处精魅生生被撞成齑粉。一阵凄厉惨叫，半个林子的精魅瞬间灰飞烟灭。

狂风呼啸，将满脸麻木的奚将阑散乱的长发吹得胡乱飞舞。完了，獬豸宗的人怎么一个比一个凶残？

盛焦一语不发拾级而上。

奚将阑隐约知道此人是个不输盛焦的狠茬，只好舔了舔另一颗虎牙里藏着的毒丹，乖巧地跟上去。只盼这么大的动静，酆聿能快点寻到他来以便救他于水火。

奚将阑慢吞吞地爬山阶，注视着盛焦宽阔的背影，也不知在盘算什么坏主意。突然，身后传来脚步声。

奚将阑心中一喜。酆聿来得这般快？若是此番能被解救，奚将阑决定三日不骗酆聿作为报答。

奚将阑按捺住狂喜，淡定地回头看去。只是一眼，脸瞬间垮下来。来人并不是酆聿。之前在十二居医馆抓捕他的两个獬豸宗"黑白无常"衣袂翻飞，转瞬便到跟前。

倦寻芳远远瞧见两个人，顿时知道自家宗主已得手。他正要上前行礼，盛焦突然侧身冷冷看他一眼，传了一道密音过去。

倦寻芳一愣，差点儿弯下去的膝盖瞬间绷直，视线无意中落在奚将阑身上的獬豸宗外袍，轻轻吸了一口气。宗主的鹤氅？为何会在一个犯人身上！"大人？"

盛焦看他。

"奚绝此人阴险狡诈，最好收到囚芥中，省得夜长梦多。"倦寻芳道，"六年前他都有本事从獬豸宗逃出去，不能不防。"

阴险狡诈的奚将阑"无辜"地眨了眨眼，盛焦眉头一皱。

倦寻芳说着，将搜捕令拿出，准备将奚将阑收进囚芥中。搜捕令一拿出来，奚将阑肩上好不容易褪去的黥印再次席卷而来，烧得他险些直接跪下去。

"冷静啊。"奚将阑骗都骗了，也不在乎再多骗几个人，抬手比了个

"打住"的姿势，"你家盛宗主早已认了我当哥哥，要是知道你如此苛待我，必定将獬豸宗那六十二套刑罚全都让你体验一遍。"

佬寻芳和上沆眼珠子都要瞪出来了。

"……什么？！"

"胡说八道什么！！！"

佬寻芳平生最尊敬之人便是盛焦，听到此人竟敢诋毁宗主，当即丢下淡然气度，直接连兵刃都祭出来了，厉声道："胡言乱语！我杀了你——"

上沆倒是大吃一惊："宗主竟然叫他哥哥？！"

佬寻芳："他在骗人，别信他！"

奚将阑飞快躲到盛焦身后，有恃无恐道："不信你可以去问盛焦啊，我俩在天衍学宫里共学四年，整个诸行斋尽人皆知呢！"

佬寻芳第一反应便是去看盛焦。但盛焦常年喜怒不形于色，单从那张脸上根本看不出什么。

上沆倒吸一口凉气："宗主竟然和奚绝……"

"没有！"佬寻芳一巴掌拍在上沆脑袋上，"别人说什么你信什么啊？！"

佬寻芳眼皮直跳，抬手就要用搜捕令收了这个妖孽。一直沉默的盛焦却抬手一招，佬寻芳和上沆的搜捕令瞬间出现在他掌心。五指轻轻一捻，玉令瞬间粉碎。

奚将阑肩上的黥印再次变回红痣，灼意顿消。

佬寻芳急道："大人！"

见盛焦如此维护他，奚将阑更加确定此人定是信了自己的鬼话。只不过，一个化神境都够他吃一壶的了，现在又来了俩。鄷聿能不能一打三？

奚将阑莫名有种撞进天罗地网无法脱身的错觉，得尽快脱身。

姑唱寺的钟声倏地响彻山阶。午时到了。

奚将阑走了两步，突然抬手拽住那隐藏在空中的半透明缚绫，手腕反转几下，将两人相连的缚绫猛地绷紧。"大人啊。"

盛焦被扯得手腕往后一垂，蹙眉回头看他又作什么妖。

奚将阑脸色苍白，不迭喘息着，病恹恹道："我……我走不动了，姑唱寺戌时才开始唱价，现在还早，能休息一会儿吗？"

盛焦没说话，倦寻芳就冷冷接口："区区阶下囚，有什么资格休息？"

倦寻芳自十六岁就跟在盛焦身边，自认极其了解他。这等一听就欠打的矫情话，宗主肯定一个天雷劈下……

他还没想完，就见盛焦古井无波地开口："今日午时唱价。"

竟是在给一个阶下囚解释？最重要的是……倦寻芳愕然看他。獬豸宗人人都在传宗主盛焦修了闭口禅，常年只用灵力传音，现在……竟然开口说话了？

上沅呆呆地说道："大人竟然不是哑……唔！"倦寻芳一把捂住她的嘴。

奚将阑没注意到两人的异样，蹙眉思绪翻飞。午时？姑唱寺自建立以来，从来都是初一、十五的戌时贩卖灵物，这还是头一回午时就唱价。看来这件灵物的确特殊。

"今日姑唱寺贩卖的是什么灵物，为何要在午时唱价？"

盛焦道："一幅画。"

姑唱寺常年售卖奇珍异宝。今日唱价的那幅画并非花鸟鱼虫、盛景美人，而是一幅像是盘根错节的古树树根的诡画。能入姑唱寺唱价售卖的自然不是俗物，就在众人纷纷猜测这是哪位大家醉酒后的"名作"时，画作下方标注了著者名字——奚清风。

十三州皆惊。

奚清风，奚家旁支的长子，曾任职惩赦院，没听过他会什么丹青。而且众所周知，奚清风早在六年前那场残忍屠戮中尸骨无存。众人面面相觑，细看下才悚然！那幅画根本不是寻常的画，竟是被活生生剥下的灵根相纹！

盛焦在獬豸宗坐镇多年，此番难得来长川北境，便是因为这幅画。卖画之人，不是屠戮奚家的罪魁祸首，也定是有关联之人。这是奚家遭难后的六年来，除了奚将阑外，唯一的一条线索。

奚将阑问："什么画？"

盛焦没回答。

一阵狂风呼啸而来，卷来一堆黄纸落在山阶上。奚将阑还在那儿思索，视线无意中扫了几片乱飞的黄纸。

林中山阶的风像是从地狱黄泉吹来的寒风，将身形单薄的奚将阑吹了一个趔趄，直直跪了下去。奚将阑下意识将手按在地面脏乱的黄纸上，但还未落地，一只冰凉的手突然扣住他的手腕，微微用力一拉。

奚将阑猝不及防，单薄身形好似折翼蝴蝶往旁边一扑，厚厚的獬豸宗外袍扫过厚厚黄纸，踉跄坐在台阶上。

盛焦冷冷地道："站稳。"

奚将阑惊魂未定，感激地朝着盛焦笑："多谢大人相救，否则我必定磕个头破血流。"他的恭维、道谢从不走心。

盛焦根本不在意："走。"

奚将阑乖巧道："是，大人。"他故意将"大人"这声尾音拖得长长的，约莫是在中州长大，语调带着些温软，带着点孩子的稚气。

盛焦脚步顿了一下，才继续往前走。

奚将阑目送着他走了几层台阶后，不知为何一抬步，脚下又是一滑，踉跄栽了下去。他本以为盛焦都离了这么远，这下肯定救不了自己，正闭着眼睛打算摔个正着，却感到一道灵力朝着他而来。

一阵天旋地转，奚将阑单薄身躯一个踉跄，再次睁开眼睛时，他已被盛焦的缚绫五花大绑，细长的锁链线含着灵力，缠住他的双膝和后背，强行摆出个不会让他逃走的姿势。

"大人……"

獬豸宗的缚绫从来绑犯人毫不留手，倦寻芳哪里见过这么"温和"的绑法，大概是震惊过了头，整个人麻木地僵在原地，眼珠都不会动了。

上沅掩唇，震惊道："还真是哥哥？！"

盛焦眸子漠然地看他。"不是说走不动了吗？"

奚将阑干笑，缚绫让他整个人悬空，全然没有安全感，下意识想要挣脱缚绫："不……不劳烦大人了，若是盛宗主知道……唔！"

盛焦大概不想再听自己如何如何"暴怒"，直接给他下了个短暂的闭口禅，抬步就走。

奚将阑目瞪口呆地被缚绫托着往前飘，下意识往后看去。刚才那堆被吹来的黄纸中……鄠聿散落四处寻人的小纸人就夹在其中！

鄠聿御鬼寻人之术简直是十三州第一，奚将阑估摸着方才那群精魅中也有被鄠聿驱使的，但还没看到奚将阑就被盛焦杀了个片甲不留。这卡在山阶缝隙中的小纸人是鄠聿灵力所化，只要触碰到它就能立刻让鄠聿知晓自己的位置。看着救命的小纸人离自己越来越远，奚将阑心都凉了半截儿。

盛焦目不斜视，一脚将地上飘来的又一个小纸人踩入一堆黄纸中动弹不得。

奚将阑从未栽过这么大的跟头，满脸木然地盯着盛焦的后脑勺，轻轻舔了舔牙缝中的毒丹。此人，真是个难啃的硬茬儿，得换个法子才行。

盛焦身上有股很奇特的气息，像是山巅之雪，又像是雪后清冽的寒梅香。

奚将阑本是在那直勾勾盯着盛焦的脖颈，恨不得上去咬一口将毒丹注入他的经脉中让其化为一摊血水，但也不知是周遭味道太过安神，还是他烧得太厉害，迷迷糊糊间竟然逐渐失去意识。半梦半醒间，隐约感觉有一道冷冽灵力在他遍体鳞伤的经脉中四处流窜，将那灼烧的热意轻缓散去，整个人像是浸泡在温水中般舒爽。

奚将阑惬意得不得了，耳边隐约听到有人在说什么"奚清风"。奚？奚将阑烧迷糊的神志清明了一瞬。不对，自己明明在盘算着从獬豸宗的人手中脱身，怎么会突然睡着了！

奚将阑微微一僵，瞬间清醒。那股气息依然包裹着他，是盛焦鹤氅上的气味，手腕像是被什么拽着似的。那硬茬儿竟然还在防备酆丰的小纸人。

奚将阑浓密的羽睫轻轻颤了颤，故意装作还在梦中，梦呓似的喃喃："盛焦……"

盛焦一愣。

奚将阑又喊了一声："盛无灼。"

盛焦目不转睛地看着他。

奚将阑得寸进尺，手胡乱地往上一攀抓住盛焦的袖子，像是睡迷糊了眼睛都没睁开就往前一撞。修长脖颈近在咫尺，奚将阑将牙缝处的毒丹猛地咬破，毒汁悄无声息溢到唇缝处。

只要轻轻碰在脖颈命门，任由此人通天手段也难逃一死。

盛焦冷眼看他越凑越近，即将触碰到喉结处时，盛焦突然一伸手，宽大如幕的掌心猛地捂住奚将阑的嘴，将他死死往下一按。

奚将阑腰身卡在一层山阶上，墨色鹤氅层叠铺了满地，好似漆黑的墨，倏地睁开眼睛。

"奚绝。"

盛焦似是终于不耐，空洞无神的眼眸冷冷地注视着他："不想死，就收起你的手段。"

这个硬茬儿怎么比盛焦更胜一筹？硌牙。

奚将阑"唔"了一声，想要解释。盛焦的手却捂得更紧了，将他所有虚伪的辩解强行堵了回去。眼神宛如寒风凛冽，不怒自威。

倦寻芳已经掐了一路人中，此时瞧见自家宗主终于大发神威，当即双眸都要大放光芒。

"看到没有？"他激动地对上沅说，"宗主忍不了他了，终于动怒！"

上沅好奇道："但是宗主平时动怒，不都是用天雷劈人吗？"

倦寻芳满脸痛苦，不愿相信："住口！"

上沅不明所以，只好乖巧住口。

受制于人，奚将阑终于收了神通，能屈能伸地点头。

盛焦打量他半晌，似乎在判断他是否真的会听话。但他不知看出了什么，终于将奚将阑松开。

奚将阑纤瘦腰身被山阶硌得生疼，轻轻舔唇将毒汁吞了下去，默默磨了磨牙。浪费了两颗毒丹都没能伤到此人一分一毫，奚将阑从小到大——除了盛焦，还从没有吃过这么大的亏。

盛焦不再理会他，转身往前一步。千层台阶之上，姑唱寺到了。

姑唱寺处于深山之中，庙宇巍峨，古刹飞檐上悬挂着黑而重的惊鸟铃，阴风拂过，沉闷铃声将无数精魅惊得四处逃窜。

今日姑唱寺罕见地在午时三刻唱价，又因是首次售卖相纹，这种稀奇的大事就算不买也要好好凑一凑热闹，小小的姑唱寺黑压压全是密密麻麻的人。

迎客的僧人手持着佛珠，对来往众人颔首行礼。外面的修士三五成群，有人窃窃私语，有人侃侃而谈。

"喂，和尚。"有个带刀的修士大声嚷道，"你们公然贩卖天衍相纹，不算违背道义吗？就不怕被獬豸宗的人将你们这群野狐禅给一锅端了？"

僧人面容淡然，被如此讥讽也依然平和，双手合十道了声法号："施主说笑了。姑唱寺今日售卖的是奚清风的画，并非相纹。"

明眼人哪里信他这种胡话，全都哄然大笑。话虽如此，热闹还是要看。

鄾聿不耐烦地站在一棵桂树下，掌心飘着一堆小纸人，但却没有一个有反应的。奚将阑难道真的被抓走了？一旦他进了獬豸宗，怕是到死都出不来了。今日姑唱寺唱价的这幅画定然和当年屠戮奚家的罪魁祸首有关联，只要将画拿到，奚将阑或许还有一线生机。酆聿这样想着，将小纸人收拢到袖中，抬步朝着姑唱寺走去。

与此同时，奚将阑刚走上台阶。他匆匆一扫就瞧见酆聿那招摇的鬼字纹墨白袍，当即眼睛一亮，往前快跑两步："酆贵……"

声音戛然而止。奚将阑的嘴张张合合，却没发出任何声音，同时手腕上的缚绫也被人一拽，强行将他拖了回去。

盛焦面无表情道："想进囚芥？"

奚将阑温顺地朝他笑，熟练地抬手打了个手语："不想，望大人高抬贵手。"同时心中骂道："迟早有一天得弄死你。"

不过也不知酆聿是不是真的贵人，奚将阑只喊了两个字，周围熙熙攘攘，酆聿竟然似有所感，停下步子回头看来。

奚将阑眼睛再次一亮，几乎要落下泪来。酆贵人，好哥哥！闭口禅封住他的一张巧嘴，奚将阑只能朝着酆聿拼命使眼色。救命啊，救命！

两人似乎真的心有灵犀，酆聿在茫茫人海中一眼就和奚将阑对视上。奚将阑安详地双手合十，甚至想念一句"阿弥陀佛"，只觉酆聿简直如神兵天降，浑身上下都散发着救人于水火的佛光。

下一瞬，酆神兵眉头紧锁，转身走了。

奚将阑脸一僵。这……这就走了？这是……没认出来自己？奚将阑转头一看，却见盛焦三人早已换了身行头，衣袍上的獬豸暗纹隐去，佩剑也不知放在何处，走在人群中毫不起眼。

奚将阑立刻抬手摸脸，果不其然发现自己那张俊脸已经变得平平无奇。怪不得酆聿没认出来自己。奚将阑盯着前方的盛焦，咬着牙恨恨地将手放下，手腕上的缚绫相撞发出叮当声响。算他狠。技不如人，他认了。

午时三刻即将到来，在外的人陆陆续续进入了姑唱寺。

走进高高门槛，寺庙内举目所见竟是一棵参天菩提树，枝繁叶茂遮天蔽日。姑唱寺并未供奉神像，正当中一处巨大牌匾处上书两个龙飞凤舞的大字——天衍。这二字不知是哪位大能的墨宝，只是看上一眼就能察觉到森森威慑的剑意和一股与之矛盾的禅寂包容。寺庙正当中的高台上悬挂着的那幅画，正是奚清风的相纹。

相纹本是天衍灵脉衍生的第二重灵根，也不知当年那罪魁祸首是如何才能将相纹完好无损地剥下来，甚至还做成了一幅画。整幅画散发着阴诡冰冷的气息，让人一看就隐约觉得不适。

姑唱寺有七层，下方三层法堂被隔出一个个雅间，撩开竹帘就能扫见当中的菩提树。

奚将阑被缚绫拽着进了个小隔间，不着痕迹地将视线向下方扫来扫去，想要找一找酆聿。只是才扫了一圈，视线就被正当中那幅画吸引。

他是个聋子，眼力却极好，看到落款微微一愣："奚清风？"

倦寻芳本能地站在盛焦身后，被冷眼一扫，只好硬着头皮和宗主"平起平坐"，听到奚将阑的低喃，蹙眉道："你不会还不知道吧？"

奚将阑越看那幅画越觉得不对，回头迷茫道："知道……什么？"

盛焦撩开竹帘，垂眸看着那幅树根似的诡画，眸子微沉，不知在想什么。

倦寻芳言简意赅："那幅画是从奚家旁支的长子——奚清风身上剥下来的相纹。"

奚将阑一愣，他一时没有反应过来这短短一句话的意思，好似听天书般满脸茫然。好一会儿才轻轻"啊"了一声，他怀疑自己的耳饰法器是不是刚才磕坏了，否则怎么会听到如此荒谬的话？相纹能被剥下？还贩卖？獬豸宗的人前来姑唱寺，是因为这幅画？

彻底明白这幅画是什么，奚将阑的脸色瞬间煞白，喉中浮现出一股浓烈的血腥气，险些心神俱伤一口血吐出来。奚将阑捂着唇，强行压抑住喉中的血，眼瞳剧震，看起来几乎已到了崩溃边缘。"我……我兄长……"

盛焦眉头一蹙。

上沅情感淡薄，满脸懵懂；倒是一直看不惯奚将阑的倦寻芳觉得有些不忍。

奚家当年遭此大祸，已经足够悲惨，谁能想到六年过去，自己朝夕相处多年的兄长不仅惨死，竟还被人剥下相纹，当众唱价售卖？搁谁谁受得了？

奚将阑猛地吸了一口气，霍然起身，双眸赤红，发了疯似的踉跄着朝外跑去。盛焦猛地一抬手，缚绫瞬间制住奚将阑，强行将他扣着手腕按在一旁的雕花石柱上。

奚将阑几乎算是被一条锁链高高吊起手腕，足尖拼命点地才能保持身体不悬空，那厚厚的鹤氅被分开，露出剧烈发抖的纤细身形。那眸光清凌凌的，两行泪倏地落下，顺着苍白的脸颊滑到鹤氅毛边上，他的声音全是愤怒和怨恨，厉声道："放开！六年时间你们獬豸宗都未寻到罪魁祸首，还让我兄长的相纹……我兄长是如此良善温和的人，死后竟……竟还要受此侮辱！"

奚将阑彻底崩溃，满脸都是泪痕，几缕黑发贴在湿漉漉的脸侧，衬得面容更加病弱惨白。盛焦漠然地看着他，哪怕对着泪水也无动于衷。

倦寻芳在獬豸宗摸爬滚打这么多年，早已见过无数凄惨之事，他本以为自己和尊敬的盛宗主一样铁石心肠、奉公守正，将自己活成麻木的傀儡。但见到奚将阑这副几欲崩溃的惨状，再硬的心肠也难免露了些柔软。

"大人。"倦寻芳生平第一次大发善心，连此子玷污宗主清誉的仇都暂时抛诸脑后，"只要寻到卖画之人，必然能知晓罪魁祸首的线索，奚绝……"兄长相纹被当众贩卖，如此悲惨可怜，他没有崩溃发疯已是克制到了极限，情有可原。手段不必如此强硬。

盛焦充耳不闻，突然问："奚清风父母是谁？"

哭得正凶的奚将阑身体一僵。

盛焦又问："奚清风年纪几何，姓奚名何？"

奚将阑沉默不语。

"他的相纹是什么？"

最后，盛焦冷冷道："你根本不记得奚清风是谁。"

奚将阑沉默，心道："我杀了你！"

奚家是中州世家之一，家族枝繁叶茂，旁支更是数不胜数。奚将阑当年众星捧月只知享乐，无论走到哪儿都有一堆人围着，哪会将奚家旁支的所有人都能记清楚。

"……但他也是我奚家之人。"奚将阑眼圈依然红着，嘴硬道，"你们獬豸宗不是自诩公道吗，我明明才是受害人，为何还要被你们用缚绫当成犯人一般对待？"

盛焦道："天衍珠。"

"才一颗天衍珠就断我有罪。"奚将阑破罐子破摔，胡说八道，"'堪天道'是盛焦的相纹，那珠子还不是他说'诛'就'诛'？"

上沆诧异："宗主竟然枉顾……唔。"倦寻芳一个闭口禅打了过去。

盛焦面无表情地道："你之前不是说，盛焦和你……情同手足？"最后四个字，几乎是从牙缝里飘出来的。

奚将阑仗着那个要求"活捉"的搜捕令，嘚啵嘚啵："呵，你索性用你獬豸宗强硬手腕让我魂飞魄散好了，到时盛无灼必定无情道破、一朝入魔、屠杀十三州！"

倦寻芳终于爆发，倏地拔剑："我杀了你！"

"来。"奚将阑有恃无恐，眉眼间罕见浮现一抹凌厉之色，"动手，我就在此等你来杀——只要你有胆子。"

倦寻芳握剑的手一僵。奚将阑鬼话连篇，是个不折不扣的纨绔，以至于让倦寻芳几乎忘记了……此人在天衍学宫常年位居榜首，更和盛焦一样，十七岁结婴，惊动十三州。他是整个十三州第十二个灵级相纹，虽然无人知晓相纹到底是什么，但当年的修炼速度让无数人惊愕，堪称妖孽。

倦寻芳还小的时候，便听说过"奚家小仙君"的威名。若不是六年前奚家遭难，按照奚将阑的天赋，此时恐怕已是个不输盛焦的一方大能，也许再过数十年，便能得道飞升成为万人惊羡的仙君……如今，却连一条缚绫都挣脱不开。

倦寻芳正愣着，盛焦侧身看他一眼。倦寻芳一个激灵，讷讷将剑收起。

奚将阑还要再大声嚷嚷，盛焦终于忍无可忍，又给他封了个闭口禅。整个隔间都安静了。

缚绫倏地被收回，奚将阑被硬拖着踉跄几步撞到盛焦身旁，不情不愿地坐下了。刚才差点儿被吊起来抽，病弱而惨白的纤细手腕被勒出一条红痕，奚将阑一边透过竹帘缝隙去看正当中的那幅画，一边轻揉着手腕。大概是碰疼了，他眉头一皱，轻轻在伤口处吹了吹。

那的确是一副完整的相纹。天衍相纹所散发出来的气息和寻常灵根并不同，奚将阑修为被废，察觉不出到底是哪等相纹，但就算是玄级，也足够让十三州掀起轩然大波。

奚将阑沉着脸看着，不知想到了什么，朝着一旁的盛焦张了张嘴，但却没发出声音。他只好飞快打了一串手语，缚绫被他翻飞的手带得叮当作响。"獬豸宗不能强行征了那幅画吗？难道还要用灵石买下来？"

盛焦蹙眉："吵。"奚将阑猛地甩手，让缚绫吵得更厉害了。

盛焦道："不必买，獬豸宗只想知道卖主是谁。"玄级的相纹，就算买到也寻不到线索。

奚将阑唰唰打手语："那我兄长的相纹呢？！你们不管啦？"

他打完手语才突然意识到：不对，这个人怎么懂手语的？

奚将阑懂手语是因为同在天衍学宫诸行斋的同窗让尘是个修闭口禅的，带得其他人也都会了七七八八。平常人不聋不哑，应该不懂手语才对。

奚将阑盯着他看了好一会儿，心口突然重重一跳。"此人……不会是盛焦吧？"

这个念头一起，奚将阑猛地打了个哆嗦。不，不对。他立刻推翻这个可怕的想法。若是盛焦，他见了自己第一面就该一剑抹了他脖子才对，而且听自己这一路上杜撰那不存在的事情，更是会火冒三丈用堪天道劈死他。不该如此淡然。况且盛焦十分好骗，此人却精明得很。不可能是盛焦。虽然这么想着，奚将阑还是决定找机会试探一番。

今日姑唱寺大概是想让那幅画压台，随着磬声响起，菩提树下一个身披袈裟的大师终于悄无声息出现，双手合十朝着四周的人施了一礼。开始唱价售卖其他灵物。

奚将阑的视线一直直勾勾盯着那幅画，心中不知在盘算什么。片刻后，闭口禅终于解除。要是换了之前，一能开口说话他必定要唧唧喳喳个不停，但这次却乖顺无比，一个字都没吭。

盛焦看了他一眼。奚将阑冲他笑，乖顺得不得了。

盛焦又将视线往下落，继续看那幅画。

奚将阑懒洋洋地支着下颌，开始目不转睛盯着盛焦的侧脸看，刚才因为假哭过一场，眸子宛如泛着波光的幽潭。

盛焦不为所动，连个余光都没给他。

倒是倦寻芳看不下去，低声道："你看什么呢？"

奚将阑笑着往后一仰，后背刚好抵在桌案上，微微仰着头和旁边坐着的倦寻芳对视一眼，勾唇笑了笑："看你家大人貌美如花。"

倦寻芳面无表情地看他，只恨自己刚才为什么瞎了眼，竟然觉得此人可怜。可怜个鬼！

"我听说盛宗主昨日在此地无银城。"奚将阑笑眯眯地说，"你可能不知道，我也住在那儿，盛焦八成是来找我的。"

倦寻芳："你胡说八道！"

"小姑娘。"奚将阑转向旁边呆呆的上沇，"你信吗？"

上沇信，无论别人说什么她都会信，她诧异道："真的吗？"

"是啊。"奚将阑将手肘撑在桌子上，眯着眼睛笑个不停，"否则奚清风相纹画出现在姑唱寺，如此大的事他为何不亲自过来。"

上沇歪歪头，认真思索这个对她来说很复杂的问题。

奚将阑心中"啧"了一声。他瞎扯了一通，上沇、倦寻芳却全无异样，就连后面那人也没看他一眼。难道真的不是盛焦？

恰在这时，下方菩提树下，小沙弥捧上来一个精致花盆，雪白的灵花摇曳不停，散发出一股浓烈的香味。竟是虞昙花！

奚将阑皱起眉头。今日接连出现两株虞昙花，未免太过古怪。又是谁在钓他？

今日前来姑唱寺的人没一个是真心要买东西的，虞昙花又不是什么人人都需要的灵药，乍一拿出，竟然无一人叫价。

奚将阑盯着那棵虞昙花，下意识地舔了舔苍白的唇。

这时，一个熟悉的声音响彻整个姑唱寺："五万灵石。"

奚将阑眼眸一亮，酆聿的声音！

酆聿懒得和别人争，索性直接把价格叫到顶。一株虞昙花，在六年前叫破了天也就一万灵石的价格，五万灵石足够了。

围观的修士面面相觑，不太懂这株虞昙花竟然如此金贵吗？

奚将阑的心瞬间落了下来。酆聿脾气虽然不好，但在关键时刻还是很靠谱的。

奚将阑双手扒着栏杆，从竹帘缝隙中往外看去，搜寻着酆聿的身影，漂亮的眼眸中全是期待和欣慰。

盛焦看了他一眼。

奚将阑不知想到了什么，突然歪着脑袋笑吟吟地对盛焦道："大人。"

盛焦不应声。每次奚将阑故意放软嗓音唤"大人"时，必定要作妖。

果不其然，就算盛焦不搭理他，奚将阑也能将独角戏给唱下去。"大人啊，我想要那株花，您能买来给我吗？"

盛焦懒得搭理他。

倦寻芳蹙眉："你要那花，为何要……大人买给你？"

"这是为了你家盛宗主好啊。"奚将阑说。

倦寻芳大怒："关我们宗主什么事？！"

"你不懂。"奚将阑又开始瞎说，"我现在已身中剧毒，时日无多，你家宗主又护短得很，若是知道你们眼睁睁看着我毒发身亡，定要抱尸恸哭，屠尽十三州为我陪葬！"

倦寻芳发抖的手又开始在腰间不断摸索，大概是在找刀。

奚将阑最终下了结论："所以，你们买虞昙花给我续命，就是拯救十三州苍生啊！"

上沅被这番话说得目瞪口呆。

倦寻芳浑身都在哆嗦，喃喃道："我刀呢？"刀呢？！今日他不劈了此人，就对不起宗主对自己的栽培之恩！

上沅一把拦住他，惊恐道："冷静！宗主会为了他屠尽十三州啊！！"

倦寻芳咆哮如恶犬："你怎么又信？！宗主才不会！"

奚将阑笑嘻嘻地坐回去，墨色鹤氅衬着病白脸庞，宛如菩提树下绽放的幽昙，笑起来时又艳又冷的。他冲盛焦一笑："所以，大人，为了盛宗主……"

早就准备的话还没说完，就见盛焦似是终于不想听他胡言乱语，冷然传音出去。"六万。"

鄹聿蹙眉，哪来的冤大头？

倦寻芳和上沅也全都惊呆。上沅喃喃道："第一次见大人这般豪气。"

奚将阑对他的财大气粗肃然起敬。他终于确定，此人……绝对不可能是那个送生辰礼物只挑廉价玉石的吝啬鬼盛焦！

第四章

虞昙不自由

奚将阑摸了摸那廉价的璎珞扣耳饰，彻底放下心来。

酆聿是个不服输的性子，当即冷冷道："八万。"

奚将阑感动不已，掀开竹帘想要欣赏酆聿大少爷为自己一掷千金的英勇模样，细长的手指探到外面漫不经心翻飞了两下。

盛焦突然冷着脸一拽缚绫，奚将阑的爪子猛地被拖回来，冰凉的缚绫再次触碰到手腕的勒痕，疼得他"嘶"了一声——他大概想使坏没使成，暗暗瞪了盛焦一眼。

下方已然敲磬，盛焦却没有再加价的意思，就好像刚才他开口竞价只是心血来潮。

三声磬音响起，虞昙花归了酆聿。酆聿哼笑一声，像是打了一场胜仗："敢和我抢？"

此时，一个美貌精魅飘回来，道："方才在您叫价时，三楼法堂伸出一双手打了个奇怪的手势……"

她不懂意思，便用惨白的手比画了两下："救命——"

酆聿满脸疑惑。

磬声落地。盛焦突然起身，手腕缚绫带动的奚将阑也被迫抬起手，迷茫地看他："大人？"

盛焦手指轻动，缚绫竟然从他手腕上解开，飘在半空中。奚将阑心口一跳。

盛焦将缚绫交给倦寻芳："不要信他一个字。"

倦寻芳忙接过，就差指天画地发誓了："大人放心，我必定不会再被蒙骗！"方才已经被此人的眼泪骗了一回，要是再相信此人的鬼话，他就不姓倦！

奚将阑手指撑着下颌，满脸无辜道："大人，我好冤枉啊。"

盛焦冷冷道："你若是再逃……"

"不敢。"奚将阑干咳一声，难得心虚道，"前来姑唱寺凑这幅画热闹的，八成同我、同奚家都有仇，我毫无修为，若擅自逃出，许是没命活。"思来想去，此处虽然不得自由，但起码没有性命之忧。奚将阑很惜命。

盛焦漠然看他，不知有没有信。他大概真有要事，一言不发地离开了。

奚将阑托着下巴，懒洋洋地注视着盛焦离开的背影。直到身影彻底消失在游廊中，他才勾唇轻轻一笑。

倦寻芳警惕地看着他。

奚将阑一歪头，笑得好似罂粟花，美艳又危险："倦大人。"

姑唱寺唱完价，往往都是小沙弥主动将灵物送到法堂雅间。

酆聿抱着鬼刀皱起眉头，看着前方带路的小沙弥，还是没忍住开口问道："卖花之人到底是谁？"怎么这么大的架子，还要买主亲自过去？

小沙弥并不说话，恭恭敬敬朝他颔首一礼，将四楼雕花木门推开，道："请。"

姑唱寺四楼不像下面三层是用屏风法器一个个隔开的雅间，偌大法堂一览无遗，中央放置着一尊不知是哪位尊者的玉佛像，一股虞昙花的香味弥漫周遭。

酆聿自来天不怕地不怕，抱着鬼刀直接抬步走了进去。但刚踏入，几个化神境的修士鬼魅般出现，冰冷剑刃悄无声息落在酆聿脖颈上。

酆聿也不把那剑刃放在眼中，双手环臂微微挑眉，似笑非笑道："哟，我当谁呢？原来是横掌院，好大的阵仗啊。"

一串木轮摩擦地面的声音从屏风后幽幽传来，身着白鹤玉兰纹袍的男人端坐在木轮椅上，他面容清秀俊美，周身飘着几枚晶莹剔透的空白玉简，鸟雀般上下飘浮。

横玉度。

天衍亥年的天衍学宫第一斋诸行斋极其特殊，因为当年入学的小修士中，竟有四个灵级相纹，一时震惊十三州。奚绝、盛焦……横玉度也是其中之一。

横玉度气质温润而空灵，像是高山之巅迎风而立的苍兰，他淡淡道："酆聿，你要虞昙花何用？"

"我乐意，我钱多，难道这也犯了学宫条规？"酆聿嗤笑，"但我不是你的学生，就算我买来打水漂玩儿，你又能奈我何？"

横玉度温和地解释："我并非这个意思。"

酆聿翻了个白眼，心想又他娘的来了。

"虞昙花虽是灵物，但花瓣却是剧毒。"横玉度操着一颗老妈子的心，轻轻道，"我并不是在质问你，你不要误会。"

"别解释了，烦不烦？"酆聿没好气道，"我昨天问你时，你还说寻不到虞昙花，怎么今日竟有一株，还拿来姑唱寺唱价？"

横玉度又说："你不要误会。"

横玉度不知是不是相纹的缘故，每说一句话都仔仔细细斟酌再三，唯恐旁人会误解他。但凡他觉得自己有哪一个字或哪一句话的语气不对，便会花费大量口舌去解释、补充、打补丁，往往开口的句式是："啊，你不要误会。"

酆聿自动无视他的烦琐解释，诧异道："你不会打算用虞昙花来吊奚绝吧？！"

横玉度一抬手，护卫终于将酆聿脖子上的剑刃撤开，瞬间消失在原地。

"你果然见了奚十二。"横玉度多智近妖，淡淡道，"诸行斋中只有你最好骗，他必定同你说了什么，才让你心甘情愿为他一掷千金买虞昙花。”

酆聿不爱和他多说话，不耐道：“快把虞昙花给我，钱我就不付了。”

横玉度温声道：“把奚绝的下落告诉我。”

酆聿是个暴脾气，见谈不拢，转身就走。

横玉度突然道：“站住。”

刹那间，再寻常不过的两个字却宛如千钧之力，玉简如鸟雀般翩然飞起，轰然将酆聿的四肢百骸乃至相纹强横压制住，硬生生让他停在了原地。

这便是横玉度的灵级相纹——“换明月”，若是修为再高一些，两个字便能让人魂飞魄散。

酆聿怒道：“横玉度！”

横玉度只说两个字，便像是耗费了全部灵力似的，捂着唇咳了几声，才温和地说：“我只想知道奚十二身在何处。”

“他一个废人，放着不管也时日无多了，你寻他做什么？”酆聿冷冷道，“还是说让尘闭口禅被破、修为毁于一旦，你们所有人都认为是奚绝故意为之，想要杀他泄愤？”

横玉度沉默了好一会儿，道：“我不信他会故意害让尘。”

“那你……”

“我只想知道，奚十二的灵级相纹到底是怎么没的。”

酆聿眉头紧锁：“此事尽人皆知。”

六年前的獬豸宗，是中州曲家掌管。曲家自来和奚家不对付，奚家遭难后，当时的獬豸宗宗主心怀怨恨，胡乱给奚绝安了个“灵级相纹失控、发狂屠杀全族”的罪名，将其抓入獬豸宗。奚绝的灵级相纹便是在獬豸宗被废的。

横玉度摇头：“你真信了这番话？”

酆聿不明白横玉度到底钻什么牛角尖：“不然呢？奚绝的相纹的确被废，他现在命都没了半条，难道还有假？！”

横玉度无声叹了一口气。叹完他好像是怕酆聿误会，解释道："我叹气只是觉得你果然如奚十二说的最为好骗，我若是他，也会挑你当冤大头。"

酆聿脸都绿了。

就在这时，一旁的门被霍然推开。来人一身黑衣，好似从如墨似的深渊踏来，一身伪装随着他前行几步宛如潮水般轻轻退去，圈圈水纹在身体上荡漾，顷刻间露出一张冷峻如山巅寒雪的面容。

酆聿一愣，满脸愕然："……盛……盛焦？"

横玉度却早已料到，淡淡道："果然是你，你终于找到奚绝了？"

盛焦唇未动，寒冰似的声音响彻两人耳畔："何事？"

"将十二交给我。"横玉度也不和盛焦拐弯抹角，开门见山，"天衍学宫怀疑曲家出事和奚十二有关。"

盛焦看着他，眸中毫无情感。但横玉度、酆聿和盛焦同窗多年，敏锐地瞧出来他眼中的讥讽。他似乎在说："凭什么？"

横玉度手撑在轮椅扶手上，气质淡然，一举一动令人心旷神怡。"前些日子，有人闯入曲家天衍灵脉中，屠杀受灵脉的化神境长老，似乎在找什么东西。"

盛焦冷眼旁观。

"什么？"酆聿道。

"——相纹。"横玉度语不惊人死不休，"中州有人传言，六年前曲家丧心病狂，抽出了奚绝的灵级相纹占为己有。"

盛焦瞳仁剧缩。

酆聿悚然道："抽……出相纹？"

就像是菩提树下奚清风的那幅相纹画一样吗？

横玉度心不在焉地摩挲着飘在身边的玉简："天衍学宫只想知道，奚十二的相纹是什么，又是怎么被废的——我盘问完，自然会将奚绝送去獬豸宗。"

盛焦瞳孔全是森寒戾气，转身就走。

横玉度轻启苍白的唇："盛焦，站住——""换明月"卷起泼天灵力，势如破竹朝着盛焦的背影强压而去，灵力狂扫过鄳聿时却宛如明月下的一场清风，轻柔地刮了过去。

"轰！"

盛焦霍然回身，眼眸枯涸如焦土，周身雷纹噼里啪啦一闪，空无一物的手腕上突然出现一百零七颗天衍珠的手串。天衍珠无风自动，幽蓝雷纹宛如游龙悄无声息萦绕全身，盛焦长发胡乱飞舞。

同为灵级相纹的"堪天道"和"换明月"骤然相撞，在狭窄法堂中无声厮杀，好似虚空爆裂。

"锵！"一道无声雷悍然劈下。

横玉度身边飘浮的玉简猛地碎成齑粉，簌簌落在他的衣衫上。

盛焦冷冷看他。尽管这个时候，他也是懒得开口，漠然用灵力发出声音："想要奚绝，来抢。"说罢，拂袖而去。

横玉度端坐在轮椅上，脸上的温和之色依然还在，他捂着唇闷咳几声，似乎毫不意外盛焦会对他出手。

鄳聿躲在角落，不知道从哪里抓了一把松子，正在那双眸发光地旁观。两个灵级相纹之间的交手啊，这辈子都见不着几回。鄳聿觉得自己可算是来着了。

横玉度："……"

盛焦面无表情地将天衍珠隐藏在手腕上，沉着脸下到三楼处。但还未到法堂，突然像是察觉到了什么，脸色一变，衣袍猎猎疾走几步，猛地推开雕花木门。盛焦才离开半刻钟不到，法堂中却只见满脸呆滞的倦寻芳和上沅。奚将阑已不知去向。

盛焦五指握紧，指尖险些陷入掌心："人呢？"

倦寻芳满脸呆滞，见到盛焦那张冷脸猛地哆嗦了一下。他像是被灌了什么迷魂汤，此时终于清醒，意识到自己做了什么，脸色瞬间惨白："奚绝说……他……他重生……"

盛焦无语，重生？

横玉度不死心，也跟着过来打算见一见奚将阑再说。他被鄷聿推到三楼，恰好在门口听到"重生"这两个字，无声叹息道："这种无稽之谈，也只有傻子才信。"

倦寻芳"扑通"一声重重跪下："宗主恕罪！"

盛焦冷冷注视着他，却并未多说什么，而是抬手轻轻一抚，左手小指处倏地浮现出一条虚幻绳子——是另外一条绑着奚将阑的缚绫。

绳子另一端的人似乎还不知道另一条缚绫的存在，他极其亢奋，跑得飞快。缚绫急促地往外冲，拉都拉不住。

奚将阑边跑边"哈哈哈"狂笑，心道："天助我也！"谁能想到最难啃的硬茬儿竟然直接离开，让他钻了个大空子，轻而易举从獬豸宗眼皮子底下逃了出来，简直是天上掉馅饼。奚将阑乐得颠颠的，从姑唱寺三楼木阶一路跑下去，差点儿崴脚。

正午时分，太阳当头。黑猫不知从哪里出现，悄无声息地跳到奚将阑肩上，参毛道："呕！难闻死了！那什么玩意儿？"

姑唱寺极大，奚将阑一路闷头猛蹿才终于跑下一楼。他跑得双颊微红，扶着石柱轻轻喘息，像是早就习惯这只猫的神出鬼没，抬手胡乱在它脖子上摸了两下："虞昙花的味道。"

黑猫扬起头，它太胖，奚将阑费好大劲才终于摸到一个无舌铃铛，那是个储物法器。

奚将阑熟练地摸了身衣裳出来，匆匆避着人转瞬将身上的神兽獬豸纹鹤氅和外袍换下，省得这衣服上带有跟踪的法器。

等再次从石柱后出来，奚将阑已经大变模样。哪怕伪装逃命，奚将阒也不肯将自己伪装得太丑，此时一身绯衣，面容明艳张扬，眼尾还有一点红痣，羽睫微抬看人时，好似含着千种情谊万般缱绻。就算盛焦在此处，怕也瞧不出他的伪装。

黑猫被虞昙花的气味熏得直接趴在奚将阒肩上，几乎要吐了，它虚弱道："不继续逃了吗？"

奚将阒寻了处隐蔽角落，坐在一楼窗棂上借着雕花窗户的遮掩直勾勾盯着那幅相纹画，漫不经心道："我想知道这幅画的卖主是谁。"卖主和当年屠诛奚家的罪魁祸首肯定有关联。

黑猫无语。它始终无法理解奚将阒到底是怎么想的。好不容易逃出魔掌，难道不是跑得越远越好吗？

奚将阒心大得要命，抬手从外面的桂树上摘了一簇桂花，懒洋洋地放在唇边舔着吃。

虞昙花已经归鄂聿。然而，菩提树下，小沙弥再次捧来一株花——竟然又是虞昙花？！

奚将阒唇角抽动："看来想杀我的不止一位。"但怎么都用同样的蠢办法钓他？在那些人眼中，自己只要见到虞昙花就会不长脑子地往上扑吗？

黑猫已经要被熏吐了，四爪瘫软地耷拉在奚将阒肩上："……喂！"

奚将阒轻轻摸了摸它的脑袋，一边盘算怎么办，一边随口道："吐我身上就炖了你。"

黑猫："……"这么漂亮的一张脸，为何会说出这么可怕的话？

第二株虞昙花没有鄂聿和盛焦两个冤大头，自然无人竞价。小沙弥耐心等了一会儿，等到敲磬声响起后，又乖乖地捧着花走了，似乎是要物归原主。

奚将阒眸子微闪，突然轻飘飘从窗棂上跃下，绯衣混着细碎桂花翻飞。

黑猫被他颠得差点儿吐了，余光扫见奚将阒的神情，突然有种不好的预感："你……你又要做什么?"

奚将阑说:"嘻嘻。"

黑猫立刻知道了,这家伙肯定要使坏。

奚将阑溜达着跟上捧花的小沙弥,瞧见他进入一楼的一处雅致法堂,没一会儿便恭敬离开。

黑猫哆嗦道:"你冷静,指不定里面就是你仇家,你这么正大光明地过去,不是去寻死吗?"

奚将阑轻轻一眨眼:"光明正大?"

黑猫正要说话,却见奚将阑抬步往前一踏。三步之内,那身刚换上的绯衣像是被一圈水痕荡漾开来似的,随后在黑猫目瞪口呆的注视下……奚将阑再次伪装成了盛焦的模样。

黑猫差点儿从他肩上翻下去,怒骂道:"你不要命啦?!在獬豸宗的人面前伪装人家宗主!"

奚将阑根本不在意,手腕上缠着伪装出来的天衍珠,强行板着盛焦那张"不日取你狗命"的脸,面不改色地缓步走到法堂门口。

"砰——"里面传来一阵砸碟的破碎声,有个男人怒气冲冲的声音传来。

"……不可能!奚绝绝对在此处!我就不信奚家的相纹画都挂在那任人贩卖了,他还坐得住?!"

"公子,刚才已经有一株虞昙花被卖出去了,我去瞧了,并非奚绝。"

公子骂道:"继续给我找!他灵级相纹被我们抽去占为己有的传言肯定是他传出去的!他将我曲家害得如此之惨,我不杀他难泄心头之愤!"

奚将阑微微挑眉。曲家的人?那还真是冤家路窄。奚将阑在黑猫心惊胆战的注视下推门而入。

里面的人怒声道:"谁这么大胆子!"视线落在奚将阑身上,那人声音戛然而止,像是被人掐住了脖子,好半天才发出变调的声音:"盛……

宗主？"即将要出手护主的护卫也猛地一僵。

奚将阑学着盛焦的眼神，像是看蝼蚁般冷然看他一眼。六年前曲家执掌獬豸宗，能和奚家分庭抗礼。按理说，奚家没落，曲家应当崛起执掌中州才对，但不知为何却是盛家平步青云，曲家倒是江河日下，越来越衰败。据说因为"曲家将奚将阑相纹占为己有"的传言，这些年曲家一直遭中州其他世家排挤，就连天衍灵脉也被寻各种缘由瓜分。

这个骂骂咧咧的人是曲家幼子，名唤曲饶。他本欲仗着家世肆意妄为，骨子里却欺软怕硬，一瞧见盛焦顿时被吓得魂飞魄散，直接一屁股坐在地上。好半天才讷讷道："盛宗主，您怎么在这里？"

奚将阑冷冷看他，面无表情抬手一招。

曲饶胆子小，还以为这位杀神要薅自己脑袋，吓得立刻抱头蹲下去："盛宗主饶命！我并非要杀奚绝，您高抬贵手饶我一命！"

奚将阑不明所以，心想："你和盛焦说这个能保命？盛宗主若是知道你愿意代劳杀了我，肯定赞赏你年少有为呢。"

曲饶吓得浑身哆嗦，那点把奚绝钓出来后直接杀掉泄愤的冲动瞬间烟消云散，他恨不得抽自己嘴巴。但瑟瑟发抖了半天，也没感觉到有疼痛降临。

曲饶怯怯地抬起头来，却只瞧见"盛焦"手中拿着一样东西漠然转身离去的背影。

曲饶茫然道："盛宗主……方才拿了什么？"

护卫讷讷道："好像是虞昙花？"

奚将阑优哉游哉地走出曲饶的雅间，手中捏着那株盛开的虞昙花，唇角勾起一抹笑。

"不愧是盛宗主。"奚绝将漂亮的昙花转来转去，捏着那薄如蝉翼的花瓣放在唇边轻轻一舔，殷红的唇好似涂了胭脂，他嗔笑道，"名头真好用。"

黑猫被奚将阑那套行云流水的动作给吓蒙了。就算跟此人再久，也还是被他不要命的行为举止给惊得哆嗦。这人……到底什么时候才能知道怕啊？就这么光明正大把人家虞昙花给顺走了，难道他就不怕被拆穿身份吗？刚才那曲饶的护卫可有一个是化神境啊，捏死他只是两个手指一用力的事儿。

黑猫虚弱道："他们若是回过神来找你麻烦怎么办？"

奚将阑懒洋洋地说："要找也是找盛焦麻烦——但你看那兔崽子见了盛焦后的熊样儿，他敢去吗？"

黑猫无语片刻，心道："也是。"

虞昙花花瓣全是剧毒，平时都是用来炼药才能服用，但此时奚将阑浑身经脉隐隐作痛，只好将一片花瓣卷入口中，硬生生吞了下去。

黑猫十分厌恶虞昙花的味道，当即骂骂咧咧地跑了。

奚将阑闭着眸等了好一会儿，直到虞昙花效用发作，浑身经脉好似潺潺春水流过，这才吐出一口气，将剩下的虞昙花收到衣襟中。

盛焦这张脸太好用了，奚将阑有点舍不得换下，便继续顶着那张脸在角落中观看。

菩提树下的僧人敲磬。一直悬挂在半空的相纹画终于被缓缓放下，放置在高台之上。闲得拍苍蝇的众人终于精神一振。

姑唱寺的压台灵物，从来都是一个比一个稀罕，可遇不可求。但如今日这样贩卖死人相纹，众人也是头一次见。

奚将阑并不在意这幅画会到谁手中，无非会被中州一些和奚家有仇的世家作为胜利者来折辱这幅画泄愤罢了。人死如灯灭，就算相纹是"活物"，却也不是那个人了。

奚清风的相纹画已经开始唱价。今日姑唱寺来了数百人，大多数是来瞧热闹的，乍一开始唱价，整个寺庙一阵死寂，竟无人开口。

最后，还是鄠丰人傻钱多："十万。"

奚将阑没忍住，轻轻笑了。鄠丰既然买下了虞昙花，代表他已被用虞昙花钓奚绝出来的人给盯上了。奚将阑若是过去，怕是会被仇敌逮个正着。

奚将阑见鄠丰这铆足了劲想要买下这幅相纹画的样子，决定先去姑唱寺外等他的好消息。毕竟整个十三州，没多少人比鄠少爷有钱。

奚将阑淡然地往外走。只是不知是不是错觉，他越往外走越觉得小指上似乎有阵阵微痛，像是被什么坚硬蛛丝勒住了一般。奚将阑皱着眉抬手仔细看了看手指，空无一物。

奚将阑隐约觉得不对劲，顿时放弃从大门走的打算，悄无声息顺着游廊到了很少有人来的姑唱寺后门。周遭空无一人，手指上的疼痛也越来越轻。

奚将阑摩挲了两下手指，眼看着后门近在咫尺，不着痕迹松了一口气。他正要抬手推门，掌心才贴到掉了漆的朱红木门上，就感觉门外有人将门拉了一下。奚将阑一愣。

木门"吱呀"一声，向左右缓缓打开，露出一张让奚将阑牙疼的脸。

盛焦顶着伪装的那张脸，和自己的脸撞了个正着。

奚将阑整个人都麻了。

盛焦沉默不语，对着那张熟悉的脸依然镇定自若。好像……已经习惯了。

两人面面相觑。

奚将阑反应极快，强绷着脸，眉梢轻轻一动，透露出"有事吗"的厌倦来——他将盛焦的神态学了个十成十。若是倦寻芳在此处肯定以头抢地高呼"宗主万安"。

盛焦不动声色注视着他，似乎想看他怎么装。

奚将阑冷冷剜他一眼，抬步跨过门槛就要走。在他的认知中，没人敢拦杀神盛宗主，本以为此人会给自己让路，却没承想这人像是柱子似的在那杵着一动不动，自己反倒没刹住差点儿一头撞上去。

奚将阑眸子一沉，不悦看他。平时盛焦也就是这样，什么都不说，只一个眼神就能让人退避三舍。但这个人似乎没什么眼力见儿。

奚将阑正盘算着怎么狐假虎威，上沅恍如飞燕轻巧从屋檐翩然飞下，悄无声息落在两人面前。她定睛一看，整个人都呆住了。

"宗……宗主？"两个宗主？

"他，行事敷衍塞责。"奚将阑冷冷一指盛焦，高深莫测地不动唇发出声音，"——即刻逐出獬豸宗。"

上沅呆呆地看着自家宗主那张杀神脸，下意识地乖乖点头："哦哦，好哦。"

奚将阑很满意上沅，赞赏地看她一眼，步履轻缓地越过"硬茬儿"，又步履缓慢沉着地往姑唱寺外走。不知道为什么，奚将阑每次瞧见这个硬茬儿，心里都怵得慌。就好像自己的所有伪装、欺骗在他面前都无处遁形，又像是此人熟知自己的一切套路，对付他时刻留着后手，以防被骗。想起那人虎口处的伤，仇敌遍地的奚将阑绞尽脑汁想了半天，还是记不起来自己到底和他有什么交集。

奚将阑故作镇定，快走几步正要离开。

盛焦见他的背影像是即将出笼的鸟儿，都要亢奋得炸毛了，突然冷冷开口："奚绝……"

几乎是在盛焦开口说"奚"字的刹那，奚将阑心中打了个突，早有准备似的一改方才学盛焦慢吞吞的走路气势，像是脱了缰的野马，猛地蹿了出去。果然被发现了！

奚将阑硬着头皮往外冲，经脉中因那一片虞昙花而积攒出来的些许生机陡然被他化为灵力，助他足下如生风般直直冲出！"硬茬儿"肯定是个化神境，一瞬犹疑都会被他抓住。

奚将阑这辈子反应都没这么快过，转瞬已至数里之外的鬼林中。他逃得快，但那股森寒的灵力比他更快，奚将阑足尖还未落地歇一下，无形灵力好似一只大掌轰然朝着他抓来。

没来由地，奚将阑眸底闪现一抹森然戾气，下意识就要催动内府的灵力。但这个念头才刚一动，黑猫不知何时出现，一直软绵绵的声音陡然变得深沉震怒，厉声喝道："奚将阑，你不要命了吗？！"

奚将阑瞬间如梦初醒。只是一瞬的迟疑，那如寒霜的灵力已经化为绳子一圈圈捆住奚将阑单薄的身体，呼啸穿过林子朝着姑唱寺而去。灵力森寒而凌厉，奚将阑手腕上伪装的"天衍珠"直直崩开，珠子噼里啪啦砸落在地。来回不过一刻钟，奚将阑又落回盛焦手中。

盛焦面无表情看着奚将阑。

奚将阑不太喜欢这种被反捆着手飘在半空的姿势，总觉得没有落地的安全感，足尖一直拼命往下够，似乎想要落地。

"那个……咳，大人息怒。"奚将阑从来都是见人说人话见鬼说鬼话，见实在是玩不过这位祖宗，十分能屈能伸地告罪，干笑着道，"我只是太过想念盛焦，所以才化成他的样子见一面罢了。"

奚将阑用自己的脸笑起来，就是秾丽艳美，但此时他正顶着盛焦那张鬼神罗刹附身似的脸……

上沅哪里见过宗主笑，当即惊得打了个哆嗦。

哪怕见到自己那张脸满是卖乖讨好的神情，盛焦也没有丝毫动容，只是冷冷盯着奚将阑的双唇，似乎很疑惑为何这张嘴从来说不出一句真话。

奚将阑尽忠尽职地卖着乖。

盛焦不知有没有信，只是眼尾的冷意退去些许，就连捆着奚将阑的灵力也跟着消散了。

奚将阑一个趔趄终于落了地，悄无声息松了一口气。看来这人还是十分忌惮盛焦的，每回搬出盛宗主来都能蒙混过关。

盛焦转身朝姑唱寺走去。

奚将阑不用他多说，乖顺地抬步跟上去，不敢再胡言乱语，省得再吃苦头。

盛焦耳边终于清净，一路无言地回到姑唱寺三楼。

奚将阎本以为这么会儿工夫酆聿已经将奚清风的相纹买到，可没想到此时竟然还在唱价。在听到酆聿财大气粗地叫出"五十万灵石"这个恐怖的数字时，奚将阎心想："冤大头可真多。"

酆聿杀疯了，啪啪拍桌狞笑道："这么多年，我还是头一回见到有人敢和我比灵石，真是不知死活——五十五万！"

横玉度坐在一旁把玩着玉简，淡淡开口："那幅相纹画值不了这么多钱，你买来也无用。"

"对面那兔崽子，我听着声音八成是曲家那个小废物曲饶。"酆聿坐下喝了一口水，"这幅相纹画落在谁手中都行，就是不能落在曲家，谁知道他们会怎么折辱那幅画？"

横玉度笑了："曲饶不动脑子，你也不动吗？"

酆聿回头瞪他。

横玉度："你不要误会，我……"

"我没误会！"酆聿没好气地打断他的话，"我只是觉得那幅画八成和罪魁祸首有关，奚绝被獬豸宗冤枉这么多年，现在好不容易有点线索，不能就这么凭空没了。"

横玉度垂眸咳了几声，轻轻抚摸着飞到他掌心的玉简，柔声说："住口。"玉简倏地闪现一抹金纹，随后化为漂亮易碎的琉璃鸟雀拍拍翅膀飞走了。

酆聿已经叫价叫上了头，撸袖子打算狂砸一百万灵石好好震慑一下曲家那个小废物。

很快，曲饶再次怒气冲冲地叫价："六十……唔！"声音戛然而止。

酆聿还在等着那个小废物加价，但竖着头发等了半天，却只等到了菩提树下敲磬的声音。

三声磬响。唱价结束，奚清风的"画"归了酆聿。

鄂聿将袖子一放，冷漠对横玉度道："要你多管闲事，我有的是灵石。"

横玉度淡淡道："有灵石也不必这么糟践——刚好天衍学宫过段时日入学，你若有多余的灵石，便拨一笔款去给我修缮书斋。"

鄂聿眸光幽幽："横掌院为了学宫还真是煞费苦心，我记得你不是该在中州招生吗？因为区区一个奚十二，就撇下你的好学生跑来这穷乡僻壤？"

横玉度没说话，他只是温柔盯着那幅相纹画被僧人卷起来，好一会儿突然前言不搭后语地说了一句："鄂聿，若是有朝一日，十二的相纹也被挂在那被唱价，你……"

鄂聿浑身一僵，竟被他一句轻飘飘的话说出一身鸡皮疙瘩："什么意思？"

横玉度说完立刻就后悔了："你不要误会，我只是随口一说。"

鄂聿一言难尽地看着他："你是不是知道了什么？"

横玉度并不回答，一只琉璃鸟雀飞到他耳边扑扇了两下翅膀，他侧耳倾听好一会儿，笑了笑。

"走吧。"横玉度催动轮椅，似笑非笑道，"盛焦把十二抓回来了。"

鄂聿自从知道抓奚将阑的人是盛焦，就憋着一股子劲儿想要看热闹，闻言顿时抛下刚才的话题，推着横玉度脚下生风，颠颠地去看盛焦和奚绝的好戏。

一楼法堂中。曲饶用尽全力也没能将横玉度的"换明月"挣扎开，只能眼睁睁地看着奚清风的画被鄂聿夺走。

磬声落下后，一直横在喉中的无形灵力终于散开。

"横玉度！"曲饶火冒三丈，双目赤红，"还有盛焦！全都在看我曲家的笑话！我们曲家天衍灵脉不翼而飞这么多，他们两家肯定脱不了干系！"

一旁的护卫也终于能开口，为难道："少爷，您此番不该去买那幅画……"中州各大世家全都疑心曲家抽了奚将阑的相纹，而现在这个节骨眼上他上赶着去买奚清风的相纹，不就平白落人口实吗？

曲饶恨恨地瞪着他，看着像是要吃人。恰在此时，另一个化神境的修士急忙赶来，道："少爷，犀角灯中……似乎都说盛宗主正在此地无银城查雪祸，并没有来姑唱寺。"

曲饶一愣，好一会儿才喃喃道："那刚才……"他瞬间反应过来，怒气冲冲拍案而起，"奚绝——"

奚清风的相纹已传得尽人皆知，奚绝肯定循声来了姑唱寺。而整个十三州，又只有他迫切需要虞昙花。

回想起方才"盛焦"一语不发闯进来，又神态自若将虞昙花在他眼皮子底下薅得只剩下个光杆杆……曲饶又羞愤又怨恨！

当年在天衍学宫，奚绝就经常伪装成盛焦来逃课躲避责罚，没想到他现在竟还有胆子冒充？！曲饶死死抓住桌案，眼神狠厉："把奚绝找出来……"

众人面面相觑。

"快去找，他肯定还顶着盛焦的脸招摇撞骗！把他给我抓回来！"曲饶怒道，"这次，我定要将他碎尸万段！"

"阿嚏——"三楼的奚将阑猛地打了个喷嚏。他已变回绯衣泪痣模样，乖顺地坐在盛焦身边。大概是耳边清净了，奚将阑隐约觉得盛焦心情似乎好了些。

突然，盛焦没来由地侧头看他一眼，薄唇轻启："你换成他的脸，自己能看到？"

奚将阑愣了下才反应过来这句话是什么意思，忙眉飞色舞地回道："虽然不能面对面看着，但可以从心理上解一解我对兄长的思念，大人您要体谅。"

盛焦突然道："好。"

奚将阑心中又是一咯噔。每回此人干脆利落应他时，都会让自己吃大亏。

盛焦突然抬手一点，周身水痕荡漾两圈后，面容倏地一变。奚将阑眼睛倏地睁大。

盛焦……褪去伪装，变成原本那张高岭之花冷若冰霜的脸。他面无表情道："既然思念，那就好——好——看。"

奚将阑一口气呛在喉咙中，咳了个撕心裂肺、死去活来。"咳！……咳咳！"

第五章

玉珩换明月

奚将阑骂人的话差点儿蹦出口。他捂着唇咳了半晌，眼尾绯红，长长羽睫被泪水沁得乌黑如鸦羽，看着好似要落泪。

"硬茬儿"的一身森冷寒意和盛焦那张杀神脸实在是太搭了，奚将阑心中大震，差点儿以为盛焦亲临。此人修为比他高，奚将阑完全看不出他到底现在是伪装，还是之前那副平平无奇的样子是假的。

奚将阑小心翼翼道："您身为獬豸宗执正，如此冒充盛焦宗主，难道就不怕被宗主发现，将你革职查办？"

盛焦漠然："不会。"

奚将阑心想这也太像了，让他一时间有点尿，小腿肚子都在发抖。

盛焦冷冷说出一个字："看。"

奚将阑心里怒骂："看个屁！"但"思念兄长"是他提出的，奚将阑又不能自己打自己脸，只好一扯宽袖，手肘撑在桌子上，忍气吞声地看他的好兄长。

奚将阑哪怕已是阶下囚被缚绫捆着，依然存在感极强。一袭绯衣裹在纤细身体上，微微歪着身子，侧腰绷出一条若隐若现的线，跷着二郎腿神态比盛焦还要自在。

他惧怕盛焦，面对面看到那张脸还是会下意识哆嗦一下。但大概知晓这副皮囊下只是个獬豸宗执正，并非本人，奚将阑看着看着，胆子逐渐大了，索性大大咧咧目不转睛地盯着他。

不得不说，诸行斋的所有人中，奚将阑还是最欣赏盛焦那张冷淡孤傲的脸。就好像世间一切于他而言不过落花流水、匆匆行云，枯井似的眼神从不在任何一件事上停留。

少年奚绝最爱招猫逗狗，每次见到那张清冷疏离的脸就心痒难耐，一心只想将那朵高高在上的高岭之花给薅下来在泥土里滚一圈。而最后……摔入污泥的却是他自己。

奚将阑在獬豸宗失去相纹的当天，盛焦历经百道雷劫，在泼天紫银天雷中直入还虚境。再往上，便是十三州寥寥无几的大乘期修士。

奚将阑大胆地盯着盛焦。

盛焦被如此盯着看，却始终泰然自若，将一枚獬豸宗玉令交给上沅，似乎交代了她什么事。

上沅颔首："是。"说罢，像是漂亮的鸟儿悄无声息飞了出去。

"大人。"奚将阑眼睛转了转，又开始打坏主意，眸子弯弯，"您总不能就这样让我干看着吧。"

盛焦看他，眉梢轻轻一动，仿佛在说"你又想怎么做"。

奚将阑得寸进尺："盛宗主还有天衍珠呢，你手腕上空落落的……"

话还没说完，盛焦微微抬手，一串闪着雷纹的天衍珠瞬间出现在手腕上，轻轻顺着苍白手腕垂曳而下。

奚将阑轻轻吸了一口气，被那"赝品"天衍珠惊得往后一仰。太、太逼真了。

"我……"奚将阑试探着，"我能摸摸吗？"要是盛焦本人，谁要是敢碰他宝贝珠子，早就被他一道"堪天道"天雷劈下来，把爪子都能劈成炭烤猪蹄。

奚将阑不着痕迹地屏住呼吸，等着这人的回复。

盛焦冷淡看他一眼，突然抬手。

奚将阑本能地往后仰，差点儿以为又要挨劈。

但下一瞬，天衍珠随意抛来，重重落在奚将阑小臂上。奚将阑再次确定，这厮肯定不是盛焦！

这"赝品"很是沉重，奚将阑灵力全无，手无缚鸡之力，手一拎天衍珠，差点儿没把纤细的手腕给折了。"天衍珠哪有这么重？"奚将阑心想，"这人连赝品都不知道怎么冒充吗？"

盛焦每次动用天衍珠时，那一百零八颗珠子都像是柳絮似的飘在半空，风一吹都能将珠串吹得胡乱碰撞作响，清脆悦耳宛如瓷器开片的脆声。哪里像这个，重得像是捧了一块巨石。

奚将阑将沉甸甸的"赝品"放在膝盖上，漫不经心地数珠子。很快，他"哈"了一声，像是逮到了漏洞把柄。

"大人。"奚将阑伸出手指，"盛宗主的天衍珠尽人皆知是一百零八颗，您这个才一百零七颗，少一颗。"

盛焦不耐地起身。奚将阑忙抱着一百零七颗珠子踉踉跄跄跟上去，但这珠子也太重了，手腕被坠得一阵生疼。

盛焦没管他，推门而出。

上沅刚好急匆匆回来："大人，姑唱寺的住持拒绝透露卖主是谁，我用獬豸宗玉令强让他说，他却又改口说不知卖主是谁。"

盛焦眉头轻皱："何意？"

"据说是一只木傀偶送来的，并未留下名姓或灵力，就连唱价所得的灵石姑唱寺也无处可送。"

奚将阑像是搬重物似的捧着天衍珠艰难行走，心中暗骂硬茬儿肯定是故意给自己使坏看自己丢人，闻言一愣。木傀偶？此地无银城，盛产木傀偶。

盛焦将玉令收回，拂袖就要亲自去问。但还未走两步，身后突然传来一声厉喝。

"奚绝！！"盛焦蹙眉回头。

曲饶带着一个化神境、一个元婴期的护卫怒气冲冲而来，手中还握着一把锋利的剑，怒目瞪着盛焦，看起来要砍人。

奚将阑还在奋力地拎天衍珠，见状顿时乐了。曲饶这蠢货是终于回过味儿来，打算找人算账了？

还好现在奚将阑没用自己的相貌，也没用盛焦的皮囊，一袭绯衣优哉游哉看戏，差点儿忍不住笑，眼尾的红痣像是要滴血，漂亮得灼眼。

盛焦用余光扫了一眼奚将阑。奚将阑立刻摆出一脸沉重的神色。

曲饶看起来要被气疯了，一瞧见那混账奚绝还胆大包天顶着盛焦的脸招摇过市，满脸看不出破绽的漠然，当即冷笑一声。两个护卫瞬间消失原地，在长长游廊中一前一后拦住盛焦的去路。

上沅目瞪口呆。她第一次瞧见区区化神境、元婴期竟也敢拦宗主？不要命了吗？

曲饶知晓奚绝是个修为尽失的病秧子、小废物，噔噔噔上前，长剑凌厉破空，"唰"地抵在盛焦脖子上。

上沅倒吸一口凉气。

盛焦羽睫垂着，仿佛没看到锋利的剑刃，微微侧头去看奚将阑，八成是此人惹的祸事。

奚将阑已经半退回法堂，将天衍珠放在门边的高桌上，一手屈肘撑着桌案，另一只手漫不经心用指腹摩挲着"赝品"天衍珠，一脸沉重的表情也掩盖不了眼底爱看热闹的狡黠。

曲饶见他还敢东张西望，怒道："奚绝，你别以为伪装成盛焦的样子来明抢虞昙花我就发现不了。此番你栽到我手中，可别妄想着像六年前那般轻而易举逃走！"

奚将阑乐得没忍住，直接"扑哧"轻笑一声。盛焦又看他。

曲饶沉着脸手一抖，指着一旁下巴都要脱臼的上沅，冷冷道："獬豸宗的人就在此处，我要让你亲口说出来，你的相纹到底是怎么没的！"

上沅晕晕乎乎的脑子终于勉强梳理清楚——原来曲饶认为盛焦是奚绝伪装的。否则他没那么大胆子敢把剑架在盛宗主脖子上。

盛焦漠然反问："怎么没的？"

"鬼知道怎么没的？！这不是该问你吗？"曲饶急了，恨不得掰着他的嘴让他说出实情，"反正不是我曲家抽的，你澄清！"

灵级相纹的诱惑太大，一旦夺去融合，只需修炼数年就能飞升。上一任的獬豸宗宗主早在五年前就被人悄无声息斩杀，且私邸被翻了个底儿朝天，像是在找奚绝的灵级相纹。只是不知真假的传言，就能让曲家几年之内一落千丈，连天衍灵脉都被其他世家落井下石瓜分大半。若是再不澄清，怕是过不了多久鼎盛繁华的曲家便会彻底没落。

奚将阑心想这曲饶还真是个货真价实的蠢材。中州那些大世家，哪一家没有出过灵级相纹。他们想要的不过是个瓜分曲家天衍灵脉的由头，就算澄清灵纹不在曲家，那些饿狼扑食似的世家恐怕也不会善罢甘休。相纹并不是非要不可，天衍灵脉才是重中之重。有了天衍灵脉，那不是想要多少相纹就能有多少吗？

奚将阑才不管这一切是不是因他相纹而起，在那眉飞色舞乐颠颠地看好戏，恨不得两个人当场打一架，解一解恨再说。

不过，很快奚将阑就乐极生悲。桌案不堪其重，直接被压塌了一个角，圆滚滚的天衍珠瞬间稀里哗啦砸了下来。

奚将阑正瞧热闹呢，感觉有东西掉下去，下意识用手去捞。但天衍珠太重，他刚一伸手接住，却被带得整个人踉跄着跪了下去，两颗珠子直直将他的两指砸到木板上。"砰"的一声闷响。

奚将阑浑身一僵，脸色瞬间煞白。十指连心，这下他脸上的痛苦没有半分伪装，因为疼痛而控制不住的泪水啪嗒啪嗒往下砸。

盛焦眉头紧锁，手指一动天衍珠顺势飘来，好似柳絮在手腕上绕了几圈。

"连天衍珠都伪装得如此逼真，你还真是煞费苦心啊。"曲饶没发现问题，还在那冷笑，"就算你真拿着盛焦的'堪天道'，今日也插翅难逃。"

一旁的护卫敏锐，隐约发现了什么，脸色煞白地对曲饶低声道："少爷，这人……"

盛焦突然往前一步，冰冷的剑刃贴着他的脖颈划了过去，却像是触碰到铜墙铁壁，连个刮痕都未留下。他直直地盯着曲饶，唇未动但声音却像是大钟般在耳畔响起。

盛焦又重复了一遍："怎么没的？"

曲饶还没察觉到问题，握着剑色厉内荏道："十三州第十二个灵级相纹，当年中州掌尊也想保你，我兄长哪里敢废那灵级相纹！不过就是让你吃了些刑罚苦头泄愤，你……你那相纹突然消失，我们也想知道怎么没的呢！"

整个曲家都是这个说法，但灵级相纹哪能不翼而飞。在十三州，这番话不过就是遮掩曲家将相纹占为己有的借口罢了。但若是曲家所说的是真的，那奚将阑的相纹到底是如何被废的？

盛焦突然转身去看奚将阑。奚将阑大概真的是怕疼怕得要命，滚烫的泪水根本不受他的控制，像是断线的珠子接连不断往下落。他眼尾微红，鼓着脸颊在那吹着红肿的手指，嘴里还在哽咽念叨些有的没的。

察觉到盛焦的视线，奚将阑微微抬起头来。他也听到了曲饶的那番话，却像是没事人一样，苍白的唇含着微红的指尖，眼尾哭出来的那抹绯红好似被那一点灼灼红痣给晕开的，满脸泪痕朝着盛焦一笑。乖巧又温柔，像是一朵伪装成虞美人的罂粟花。

盛焦瞳孔倏地一缩。

曲饶见"奚绝"完全不把他放在眼里，怒火再次升腾，用尽力气挥剑往那人的脖子上一砍。

护卫惊恐道："少爷不可！"

曲饶怒火上头哪管三七二十一，既然不能让此人说出实情，那便杀了解恨了事！一想到将自家害得如此之惨的罪魁祸首终于要惨死剑下，曲饶心中舒爽不已。

下一瞬，价值连城的天级灵器裹挟滔天灵力即将落下，盛焦突然轻飘飘一抬手，五指好似冰冷的石头，猛地握住冰冷剑刃。

"铮——"

曲饶一愣。他下意识将剑往下压，发现动不了，又拼命往外抽，来回两下，那剑却纹丝不动。

盛焦空洞的眼眸中酝酿着滔天冷意。

曲饶脸上的得意终于缓慢褪去，被怒火烧糊涂的脑袋也跟着清明起来。他怔然看着面前之人，突然狠狠打了个哆嗦。奚绝……不是个修为尽失的废人吗？

"铮——"

曲饶手中的天级灵器被那双骨节分明的手猛地折断，断刃重重砸在地上。曲饶的手像是被雷电劈了似的，酥麻和剧痛瞬间顺着指尖蔓延至心口，将他击得连连后退。

"啊——"

细皮嫩肉的小少爷哪里受过这种苦，当即疼得惨叫一声，额间冷汗都下来了。

盛焦手中天衍珠无声地闪现一道道幽蓝雷纹，将他漆黑的眸子映出一抹近乎戾气的冷光。

曲饶脸色煞白，强悍威压朝着他扑面而来。这绝对不是个废人能散发出来的气息……他不是奚绝！曲饶浑浑噩噩的脑袋被某个呼之欲出的事实吓得空白一片。

那能是谁？这世间除了奚绝，谁还敢顶着这张脸到处乱走。

"扑通"一声。曲饶呆了好一会儿，等反应过来，自己早已双腿发软跪趄着瘫倒在地，浑身冷汗簌簌直流，像是遇到恶鬼似的眸光涣散地盯着面前的人。

盛焦居高临下地看着他，曲饶只是看他一眼就好似站立在终年大雪的山巅，呼入的空气都带着刺骨的冰碴，刺入肺腑。那是雪的气息。

曲饶的呼吸几乎停了，这是盛焦本人。那个十七岁结婴，只差半步便入大乘期的盛焦，他执掌獬豸宗，就连中州掌尊见了他也得毕恭毕敬，唯恐怠慢。

曲饶脑子一片空白，飞快闪过方才自己用剑横在盛宗主脖子上，并怒气冲冲放狠话的样子，双腿一哆嗦，险些直接晕过去。此时就算曲家那位老祖在，怕也救不了他。

盛焦眸光冷得好似剑尖寒芒，一字一顿："泄、愤？"

曲饶苍白的唇已吓得青紫，拼命压抑着发抖，几乎是带着哭腔了："盛……盛宗主……"谁能想到，盛焦竟然真的来姑唱寺了！况且就盛焦双耳不闻窗外事的冷僻性子，又怎会擅闯旁人的雅间，当着主人的面薅着虞昙花就走？

曲饶脑子乱成一团，根本不会转了，只知道惊恐地对着盛焦几乎冻死人的视线，一丝反抗之心都生不出来。"虞……虞昙花……"他像是被吓傻了，突然驴唇不对马嘴地说了句。

盛焦眉头一皱。

曲饶手指抖若筛糠，从储物戒里拿出一堆虞昙花来，双眸含着热泪哆哆嗦嗦捧着递给盛焦，哭着说："给……给您虞昙花，全都给您！望……望……望盛宗主恕罪。"

看好戏的奚将阑差点儿闷笑出声，肩膀微微发着抖，几乎忍不住了。曲饶这傻子，真以为当时强薅他虞昙花的是盛焦本人？

奚将阑难得见曲饶被吓成这副凤样子，若不是手被砸肿了，肯定拍桌乐得直打跌。十几株虞昙花不要钱地堆在那，想来这六年截奚将阑虞昙花的，曲家肯定算一份。

奚将阑目不转睛地看着那堆花，舌尖无意识地舔了舔唇角。

曲饶根本没明白盛焦为何动怒，还以为只是自己拔剑质问的冒犯。

盛焦微微一闭眸，掩住眸底的冷意："走。"

曲饶呆了呆。一前一后阻拦盛焦的护卫反应极快，脸色惨白地冲上前一把将曲饶搀扶起来，不住躬身谢罪，涩声道："……冒犯盛宗主了。"

曲饶这才慢半拍地知道盛焦不再计较，忙捂着疼到麻木的右臂，忍着眼泪抽抽噎噎被扶走。来时多趾高气扬，走时便有多狼狈。

奚将阑看了一场好戏，连还在不受控一直掉眼泪的眼眸都弯了起来。

盛焦转身冷冷看他："只想见一见'兄长'？"见到闯人家家里强薅虞昙花？

奚将阑一噎。

盛焦蹙眉，视线隐晦地扫了一眼奚将阑微红的指尖，他似乎想说什么，但唇刚刚一张又立刻绷紧，转身抬步就走。

奚将阑又呼了下指尖，见状溜达着跟上去。

曲饶一地虞昙花不知何时已经不见，只有几片叶子可怜巴巴地留在原地。

奚将阑一眨眼间，虞昙花……被"硬茬儿"收起来了？啧啧。

三人一路无言，穿过长长的游廊，前去姑唱寺后的住持住处。还未靠近禅室，盛焦突然看向上沇。

上沇乖乖站定，抬手拉住奚将阑的袖子。奚将阑疑惑地站在原地。

盛焦一抬手，让那根纤细的缚绫显出模样："不要想着逃。"奚将阑忍气吞声地点头。盛焦这才缓慢朝着远处的禅室缓步而去。

奚将阑没法子逃走，瞪了盛焦背影一眼，权当泄愤。但思来想去，他总觉得这人冒充盛焦似乎太熟练了。盛焦完全是个冷面冷心的杀坏，獬豸宗上下就算胆子再大，也不至于如此张扬顶着宗主的脸招摇过市？难道是寻姑唱寺住持需要盛焦的脸才能问出东西？

奚将阑这些年吃了太多苦，万事都往坏处想。若是此人真的是盛焦……这个念头才刚一浮现，奚将阑心脏倏地疾跳，隐约有种后肩灼灼发烫的错觉。

如果真是盛焦……那他为什么要隐瞒身份？两人相遇，要隐瞒身份的该是自己这个罪人才对吧。没必要啊。

上沇熟练地寻了个台阶坐着等宗主。

奚将阑眼睛一转，笑吟吟地坐在她身边："盛宗主可安好？"

上沇呆呆地点头，没意识到自己在被套话："安好呢。"

奚将阑又问："听说他去了此地无银城？"

上沅下意识就要摇头，但一阵冰冷气息倏地从她后背扑过来，她浑身一僵，是早已远走的盛焦传了一道密音过来。

上沅继续摇头："没有呢，宗主在獬豸宗闭关呢。"

奚将阑："真的？"

上沅："真……真的。"

奚将阑："倦大人呢？"这个少女看起来很好骗，别人说什么就信什么，但情绪太过和缓，就算说着谎话也是乖巧的模样，完全不如那个一点就炸的倦寻芳容易看透。

上沅说："他去此地无银城啦，说是有雪祸，他要去寻源头。"

奚将阑漫不经心地拨弄着树枝，不知在思考什么。就在这时，不远处突然传来一个轻缓如春风的声音。

那句话好似蕴含着浓厚灵力，离得老远也能听得真真切切："困。"

奚将阑霍然起身。远处禅室的空地之上，一根根晶莹剔透如琉璃的玉简宛如利箭，从上空固定一点簌簌四散，钻入生了苔藓的青石板上。坚硬的石头被琉璃刺出丝丝裂纹。顷刻间，一座琉璃鸟笼当头罩下，将盛焦困在其中。

盛焦沉着脸往一侧看去。

横玉度似乎等待多时，端坐在一棵桂树下朝他笑了笑："无灼，不要怨我，天衍学宫同獬豸宗本可以合作，但你……"

盛焦没等他废话说完，不耐地一动，手中天衍珠飘起，带动幽蓝雷纹咝咝作响。

"你若一道天衍雷将困笼劈碎，十二就会立刻发现你的身份。"横玉度淡淡道，"盛焦，他怕你。"

盛焦捏着天衍珠的五指猛地一僵。

横玉度不知杀人诛心怎么写，慢条斯理地继续道："……自从你那颗天衍珠断定他有罪后，或许也有其他缘由吧，他怕极了你，也恨你。"

盛焦面如沉水，掌心浮现一团灵力，轰然朝着越收越小的困笼而去。但这"鸟笼"是相纹"换明月"所筑成，纯用灵力根本无法与之抗衡。

横玉度见他真的不动天衍珠，眸光轻而柔地向盛焦手腕垂着的天衍珠一扫，突然就笑了："那颗天衍珠……"

盛焦长发被困笼罡风吹得胡乱飞舞，视线冷漠地盯着那脆弱的琉璃，掌心缓慢浮现一把无形的剑。那是他很少动用的本命剑——冬融。

横玉度轻轻说完后面的话："被你摘了？"

在"鸟笼"出现时，奚将阑就知道肯定是横玉度到了。他先是本能就要逃走，但仔细一想，自己还被"硬茬儿"绑着缚绫，靠着自己的力量根本无法彻底逃脱。横玉度也许会因让尘的事怨恨自己，但毕竟不会真的下狠手。但如果"硬茬儿"有万分之一的可能是盛焦……

奚将阑正在权衡利弊，看把谁当枪使，一只冰凉的手突然抓住了他。"你怎么又用障眼法，差点儿没认出来你！"

奚将阑一回头，竟是他的好兄弟酆聿。和酆聿走，可比"硬茬儿"、横玉度要安全得多了。他感动得涕泗横流，直接扑上前："救命！獬豸宗的人丧心病狂，对我拳打脚踢动用私刑，我的纤纤玉指几乎被他们踩断！那硬茬儿还说要带我回獬豸宗把六十二套刑罚再在我身上用一遍！"

酆聿看着奚将阑红肿的指尖和脸蛋上干得差不多的泪痕，倒吸一口凉气。"獬豸宗简直惨无人道！"

奚将阑点头如捣蒜："的确如此，哥哥救我。"

酆聿当即就在地上画了个阵法，要带他一起遁地逃走。

奚将阑："缚绫，我手上有缚绫。无论我逃去哪里，獬豸宗的人都能顺着缚绫寻到我。"

鄾聿"哦"了一声，干脆利落地拔出鬼刀："把你爪子砍了不就成了？"

奚将阑沉默。看来和鄾聿在一起，也安全不到哪儿去。

鄾聿抬刀就朝着奚将阑手腕旁砍去。"砰"的一声，缚绫倏地显形，宛如一道水流从中间斩断。但刀一抽，线又悄无声息连了起来。

"噫？"鄾聿疑惑地用手一扯，却根本抓不到那道缚绫，"这怎么和寻常缚绫不一样？"

奚将阑见横玉度催动轮椅过来，盛焦又在困笼中用灵力不断碰撞玉简，叮当脆响极其热闹。"快啊！"奚将阑急道，"落在玉度手中，我也性命难保。"

鄾聿毫无紧张感，头也不抬："让我研究研究这红线到底是个什么玩意儿。"

上沇还坐在那儿，自家宗主被困住，但没听到指令也不敢上前帮忙，反而歪着脑袋看着奚将阑，疑惑道："奚绝，你又要逃走吗？大人说你若再逃，便要把你抓到囚芥里。"

奚将阑百忙之中朝她一摇头，表示没有哦。

上沇仔细想想也是，与神魂相连的缚绫，除非宗主身殒，否则绝不可能断。这样一想，她便继续安心地看戏。

鄾聿研究半天，把所有兵刃全都用上也没能将缚绫斩断。奚将阑蹙眉盯着那奇怪的缚绫，差点儿就想剁一只手算了。

横玉度轮椅慢悠悠地来了，没一会儿就到了台阶下，笑着道："十二，好多年不见了。"

奚将阑干笑："玉度，你双腿好点了吗，什么时候能走路？"

鄾聿手一顿，一言难尽地看着奚将阑。这混账向来是哪壶不开提哪壶。

横玉度此时已今非昔比，他身为天衍学宫掌院，位高权重身份尊贵，这些年从没有人敢当着他的面问他双腿的事。奚绝是嫌自己死得不够快吗？

但出人意料的是，横玉度没有半分不满，甚至眸中的温柔都深了几分："还好，不太能走路。"

奚将阑："那要好好医治啊。"

横玉度："好的。"

从来没有人问过横玉度的双腿，但是大多数人见到他时会不自觉地将视线落在他的双腿上，眸中或是同情，或是怜悯，或是得意。羡慕、畏惧灵级相纹，又因他的双腿缺陷摆出高高在上的怜悯来满足那扭曲的嫉妒。这世上怕是只有奚绝才会这般直言不讳问他的腿。

奚将阑如往常一样与横玉度打完招呼，拼命去踹鄷聿的脚，让他快点解缚绫。

横玉度见奚将阑这么着急要逃，偏头看了一眼困笼中的盛焦，似乎明白了什么。盛焦修为深不可测，人人都说他还在还虚境，但横玉度却隐隐觉得他的修为似乎已到壁垒，怕是离大乘期只有一线。

奚将阑见横玉度已然明了当下局势，终于松了一口气。他转身问鄷聿："奚清风的相纹呢？"

"拿去。"鄷聿看了场好戏，乐得不行，财大气粗地直接将那幅画拿出来随手抛给他，全然不在意这几十万灵石，"我对奚清风毫无印象，实在瞧不出来这相纹上到底有什么名堂。"

奚将阑飞快将画摊开。相纹是从人身上活生生剥下来的，诡画阴邪至极，看着那似乎在蠕动呼吸的"树根"，奚将阑不着痕迹地打了个哆嗦。

他抬手想要朝着相纹摸去，鄷聿却阻拦道："别乱动，鬼知道这相纹是怎么保存下来的。你现在毫无灵力，当心小命不保。"

奚将阑惜命得很，但相纹画就在手中，他迫切想要知道相纹画的来龙去脉，正犹豫着，突然，好似一道雷当头降下。

"轰——"奚将阑浑身僵住，罕见地一愣。

鄮聿见他瞳孔瞬间涣散，反应极快地用五指掐了个诀往他眉心狠狠一拍："定魂！"

灵力阴冷，奚将阑额间碎发都结了一层白霜。只是一瞬，奚将阑却好似在一场荒凉大梦中走了一遭，清醒后满脸迷茫："怎么了？"

"别尿，不是雷声。"鄮聿见他还蒙着，又给他打了个定魂咒，抬手一指。

奚将阑顺势看去，横玉度的琉璃困笼……竟被人一剑劈碎？

"换明月"的琉璃玉简本该是天地间最坚硬的东西，此时却仿佛真正的琉璃，在滔天剑意之下一根接着一根轰然破碎，好似瓷窑数十只瓷器一齐开片。

横玉度微微挑眉，不过他早就料到那"鸟笼"困不住盛焦，抬手朝着奚将阑一勾。奚将阑猝不及防地踉跄着朝着台阶跌下去，险些直接五体投地给横玉度行个跪拜大礼，急忙双手撑了下轮椅扶手勉强站稳。

横玉度握住他的手腕，雪似的指尖饶有兴致地勾起那小指间垂下的半透明缚绫。"换明月"的鸟雀尖啸一声，猛地去撞那根绳子，晶莹琉璃被日光反射出的光照在奚将阑的脸上。

方才鄮聿拿刀砍奚将阑都没什么反应，但只是被琉璃鸟轻撞一下，奚将阑却心尖狂震，差点儿站不稳摔下去。

横玉度："啊……"他似乎懂了什么。

盛焦已经劈开困笼，将冬融剑收起，面色阴沉地一步步走来。

横玉度突然说："别动。"奚将阑不明所以。

下一瞬，横玉度周身玉简倏地化为冰冷的琉璃剑，"铮"的一声抵在奚将阑细白的脖子上。

横玉度对盛焦道："别过来，否则我杀了他。"横玉度气质太过温柔，哪怕做着威胁人的勾当，一举一动依然好似雨中摇曳的苍兰，雍容不迫。

鄮聿又开始嗑松子，还分给了上沅一把。

盛焦不为所动，脚步根本不停。

横玉度却将琉璃剑往下一按，一道血痕缓缓从奚将阑脖颈划出，艳红和雪白相衬，刺眼至极。脆弱的琉璃磨成锋利剑刃，照样能取人性命。

盛焦脚步一顿。

横玉度道："我真的会杀了他——你敢赌吗？"

奚将阑疼得轻轻吸气，弱弱地抬了一下手，面如菜色道："哥哥，我不敢赌。"没人搭理他。

横玉度轻声道："獬豸宗抓奚绝无非就是为了六年前奚家遭难之事寻找线索，但现在有了奚清风的相纹画……"他说着，劈手将奚将阑手中的画拿过来，朝着盛焦一抛。

盛焦蹙眉接过。

"给你。"横玉度道，"按照你们獬豸宗的手段，怕是很快就能知道卖画之人，寻到当年真正的罪魁祸首。"

"……"奚将阑后知后觉到手的相纹画没了，怒瞪横玉度一眼，"那是我的画！"奚将阑比在场任何人都迫切想知道六年前屠诛奚家的罪魁祸首。

看热闹的鄢聿再也忍不住了，幽幽道："诸位，我勉强还活着。这画是我花了大价钱买来的，你们做决定前能不能问问我？"没人搭理他。

横玉度淡淡道："如何？"

盛焦终于冷冷开口："不如何。"

横玉度笑了，玉简倏地凝成一个圈将轮椅绕住。盛焦瞳仁一缩，立刻就要上前。

"这位大人，你给奚绝下的缚绫，怕是有距离限制。"横玉度并未拆穿盛焦的身份，温温柔柔地说，"你说若是我直接用阵法将他带去万里之外，他会不会被缚绫扯得神魂俱碎？"

盛焦再也绷不住脸上的冰冷寒意，冷厉道："你！"

横玉度又说："你敢赌吗？"琉璃圈将横玉度和奚将阑圈住，正在不住旋转，像是在发动传送阵。

奚将阑见横玉度拿自己去拼，忙伸手："二位神仙打架，能别殃及无辜吗？我不敢赌啊，从小到大我运气极差，逢赌必输，饶命啊饶命。"他实在搞不懂横玉度为何要拿自己来威胁獬豸宗的人。人家根本不受影响，恨不得他早点死呢。

横玉度眼睛眨也不眨地和盛焦对视，像是笃定他的答案。

盛焦的眼神从未如此冷过，好似面对的并非相识多年的同窗，而是抢了自己挚爱之物的仇敌。天衍珠无风自动，仿佛酝酿着紫银天雷，下一瞬就能当头劈下。

鄠聿还在那叨叨："二位，二位？我的画？"

奚将阑也在叨叨："二位，二位？我的小命？"

"哗——"玉简终于开始启动，带动着狂风将横玉度和奚将阑的长发衣袍吹得胡乱飞舞，脚下烦琐阵法星星点点一通乱闪，似乎在定位置。

盛焦下意识往前半步，想要将人给夺过来。

阵法狂风中，奚将阑和盛焦神魂相连的缚绫被吹得东倒西歪，好似随时都会断掉。就在阵法彻底启动的一刹那，盛焦轻轻一闭眼，小指上倏然一闪。神魂处那股微弱的牵扯像是狂风暴雨中的小舟，滔天巨浪席卷而来，小舟翻倒。

缚绫，解了。

横玉度运筹帷幄，早就料到盛焦会将缚绫解开，笑着带奚将阑消失在原地。地面上只残留着一股小小的风旋，经久不散。

盛焦神色阴沉，眼瞳露着深不可测的森然冷意。他盯着青石板上打转的小旋风，天衍珠突然闪现一道雷纹，将他的侧脸照得一片煞白。

一道紫银天雷从万里无云的天幕悄无声息当空劈下，重重落在风旋处，将苔藓遍布的石板直直劈得寸寸断裂。

"嚯。"鄂聿早就习惯了盛焦的无声雷，他嗑了个坏的松子，呸了几声，对一旁的上沅说，"小孩，你看你家宗主，无能狂怒了。"

上沅像是小仓鼠似的捧着松子嗑着，点头如捣蒜："好像是哦！"

盛焦微微闭眼，将心中涌出的暴戾强行压下，转身快步走向住持住处。哪怕外面这样大的动静，姑唱寺住持也没有出来瞧上一眼。

盛焦大步走到禅室，将门重重拍开。禅室寂静，身披僧袍的姑唱寺住持面墙而坐，一道光从窗户照入，落在他金灿袈裟上。他看起来太老了，腰背佝偻，白须垂落，双眼微闭着像是没有力气睁开。在住持身侧，有一只破碎的琉璃鸟雀。横玉度来过，也曾对他用了"换明月"。

盛焦匆匆扫了一眼，眉头紧锁。一道无声雷再次亮起，直直劈在住持眉心。

鄂聿溜达过来，就瞧见盛焦冷酷无情用"堪天道"劈人，忙道："盛无灼！他是姑唱寺住持，你竟……"话音未落，姑唱寺住持的身体直接被劈得四分五裂，燃起幽幽雷火。

鄂聿被此人说劈就劈的举动吓得差点儿下意识往后躲，但定睛一看，发现那住持竟是个木傀偶。

盛焦眸色沉沉，将脚边断裂的手掌捡起，微微翻转，露出掌心一个若隐若现的字纹

——"应"。

鄂聿倒吸一口凉气："巧儿？！"

不知为何，盛焦的脸色前所未有地难看。

应琢，字巧儿。当年在天衍学宫便是风云人物，有着一双出神入化雕琢傀偶的巧手，擅长做各种精细到极致的法器。虽然不同斋也不同届，但鄂聿和盛焦由于某种原因对此人很是排斥，甚至整个诸行斋，连脾气最好的让尘、横玉度，见了此人也没什么好脸色。

"啊……"鄂聿幽幽道，"这幅相纹画不会是应巧儿放出来钓奚绝的吧？这么多年过去，他还没对奚绝死心呢？"奚绝属鱼的吗，谁都想钓

一钓?

盛焦冷冷看他一眼，唇不动："犀角灯。"

酆聿蹙眉："你的呢?"问完他就后悔了。盛焦的犀角灯早在天衍学宫时，就被奚绝偷去玩儿——大概说了太多谎话，没过两天就被封了。也不知道封了几年。酆聿只好将犀角灯递给他。

盛焦问都没问，熟练地掐了个枷鬼诀打开酆聿的犀角灯，似乎在寻找什么。很快，盛焦五指一动，胡乱将犀角灯丢回去，转身就走。

酆聿还想着给奚将阑挖点线索，快步跟上去："去哪里?"

"此地无银城。"

酆聿吓了一跳，还以为此人又要回去逮奚绝，刚要唠叨几句。就见盛焦头也不回，几道幽蓝雷纹在他周遭噼里啪啦一通乱闪，挺拔如松的身形瞬间消失在原地，只有声音传来。

"……恶歧道、核舟城，应琢在那儿。"奚清风的相纹，必定和应琢有关联。

奚将阑在一阵虚空暴乱中胡乱穿梭，传送阵的阵法每回都让毫无灵力的他难受万分。不知过了多久，也许半日，也许只是一瞬，一直屏住的呼吸陡然顺畅，双腿也终于能站在实地。奚将阑一个趔趄扶着轮椅扶手跪了下去，差点儿吐出来。

横玉度轻轻地给他顺气："难受?"

奚将阑恹恹点头，喘了好一会儿才缓过来。他本以为横玉度会直接将他带回天衍学宫，但没想到抬头四处一望，发现此处竟然是此地无银城外。

奚将阑脸色苍白，难掩诧异："你不回中州?"

"我来长川北境是来招学生的。"横玉度从储物戒中拿出水来递给他，淡淡道。

奚将阑喝了一口水，勉强站起来蔫蔫地坐在横玉度轮椅扶手上："我还以为你恨不得让我去见让尘，以死谢罪呢。"

横玉度失笑："说什么胡话？我不会伤你……"

奚将阑哼了哼，一歪脑袋，将脖颈上那道还未干的血痕给他看。

横玉度噎了一下，抬手在伤口上轻轻一抹，血这才止住。"我只想知道当年发生了什么。"

奚将阑这张伪装的脸好似天生就带着三分笑意，哪怕赖成这样眉眼唇角也始终有张扬的愉悦。只是这句轻飘飘的话一出来，秾丽的脸蛋瞬间颓然落寞，就连眼尾处的红恋似乎也黯淡下去。

横玉度目不转睛地看着他。

奚将阑只是失态一瞬，熟练地扬起笑容，和往常一样将手肘撑在横玉度肩上嬉皮笑脸："你们不是都知道了吗，还要我再重复一遍啊？"

横玉度温声说："我想听真话。"

奚将阑懒洋洋地钩住一绺头发在食指上漫不经心地绕来绕去，语调随意，像是在说戏本般。"我一直说的都是真话啊。你若想听，我也可以再说一遍。六年前，奚家大概是做的恶事太多，终于遭了报应，让全族在我及冠那日被悉数屠诛，各个死无全尸。我当时在天衍灵脉等着天衍赐福，并不知晓。等我再次回去时，奚家已无活口。"

他说完，又"啊"了一声，补充道："我堂兄的相纹还被人活生生剥下做成画来卖……"

横玉度一直面无表情听着，此时终于忍不住，低声道："奚十二！"

奚将阑脸上笑容一僵。少年奚绝在天衍学宫成天跟别人炫耀自己是十三州第十二个相纹，被鄷聿他们戏称"奚十二"。自从奚家遭难、奚将阑修为尽失后，再也没有人叫过他这个名字。此时听来，恍如隔世。

"十二？"奚将阑又继续笑起来，"我已不能叫这个啦。"他将自己伪装得太过完美，就好像此时的他并未经历过这些年的苦难，失去的也并不是什么灵级相纹。

横玉度微微垂眸，瞧见奚将阑垂在袖中的指尖正在细细发着抖。他从来没见过这人难过脆弱的样子。

横玉度的心突然就软了下来，轻轻地问："将阑，你的相纹到底是什么？"

奚将阑伸了个懒腰，唇角弯着注视着远处护长川岸边盛开的莲花。"都没了，问这个有必要吗？"

横玉度："我想知道。"

奚将阑突然不受控制地说："就算我说了就会死，你也想知道？"

横玉度一蹙眉。什么相纹，能说了就会死？

奚将阑说完就后悔了，像是在懊恼自己的失控，扶着横玉度轮椅扶手起身，踉跄着快走几步，背对着横玉度。他对着无边际的长川沉默好久，终于低声喃喃道："你敢赌吗？"

方才横玉度拿这句话将盛焦堵了两回，没想到现在竟被奚将阑反噎了回来。

"只要你敢赌，那就对我用'换明月'吧。"奚将阑微微侧身，这张面容太过艳丽，长川之上的残阳衬着他好似能消融在火烧云中。

横玉度愣了愣。奚将阑的笑容一如既往地张扬恣睢，让横玉度险些有种两人还在天衍学宫无忧无虑插科打诨的错觉。

"我现在只是个废人，只要你问，我便会说。"

横玉度嘴唇张了张，却没发出声音。

奚将阑的绯衣将身形衬得更纤细，他转过身继续看长川，似乎想将自己的落魄颓然掩藏起来。宽袖灌入带着热意的风，将他好似一折就断的腰身掐得更细。哪怕落魄到这等地步，他好像也依然是名满中州人人惊羡的小仙君。

横玉度悄无声息地叹了口气，心想："算了。"再寻其他办法吧。

一团黑雾悄无声息地从奚将阑肩上出现，顷刻化为一只黑猫跳到他对面的石栏杆上蹲着。

横玉度灵力滔天，竟像是完全没看到它。

黑猫舔了舔爪子，喵了一声，满脸古怪道："你还真是见人说人话见鬼说鬼话，这是你招摇撞骗的新套路？"

奚将阑眸光深沉落寞，注视着长川之上瑰丽的残阳。他轻轻启唇，无声地说了个字："嘻！"

第六章

歧路弃仙骨

日落西山。

奚将阑来回折腾了一天，毫无灵力的身躯疲倦至极，推着横玉度往城里走："哦，对，你是来招学生的，天衍学宫的玉简给我一块，省得我再跑一趟。"

横玉度漫不经心地抚摸着掌心的琉璃鸟，挑眉道："你有相识的人觉醒相纹了？"

奚将阑点头。

"那很好。"横玉度也不多问，抬手给了他一块天衍学宫的入学玉简，"近些年不知为何，觉醒相纹的人越来越少，中州那些世家更是六年也没出一个灵级，让尘说……"

奚将阑随意扫了一眼长川边的莲花，总觉得哪里不太对。但他有些疲累，也没多想，含糊道："说什么？"

横玉度没有张口，沉默着打了个手语："天衍在上。十三州从古至今……注定只会出十三个灵级。"

奚将阑一愣。

横玉度不想多说这个："你认识的人觉醒的是哪种相纹？玄级？"

"不是，天级。"

横玉度诧异地眨眼："那可真难得。"

"是啊。"

奚将阑有一搭没一搭地聊着，无意中落在河岸边莲花的视线突然一顿，昏昏沉沉的脑子骤然清醒。他终于意识到哪里不对了。

上午离开此地无银城时，明明还是冰天雪地，长川皆冰霜。怎么才一日工夫就冰雪融化、夏至炎炎，连莲花都开了？

横玉度见他脸色不对："将阑？"

奚将阑脸色煞白，突然道："我先行一步，你来没奈何十二居寻我。"

横玉度："等……"

奚将阑头也没回，健步如飞走到城门口。大概是獬豸宗的人下了令，本守在城门查鱼符户籍的惩赦院修士已经撤去，奚将阑没经多少盘问便顺利进了城。

黑猫站在他肩上，疑惑道："怎么了？"

"不对。"奚将阑飞快往十二居赶，百忙之中将脸上的伪装卸下，匆匆道，"雪祸没了。"

黑猫："倦寻芳不是来此地无银城查雪祸吗，寻到源头阵眼斩断，大雪天自然就没了

——你……你着什么急？"

奚将阑没再说话，不到半刻钟回到没奈何的幽巷中。

秦般般的糕点铺往往都会开到深夜才会关，但今日天还没黑，铺子门就已紧闭。奚将阑连门都没瞧，手按在门缝处猛地一震，门闩应声碎开："般般！"

黑猫惊吓道："你怎么擅闯人家小姑娘家？"

秦般般自幼失恃，父亲又是个赌鬼，只留下间糕点铺子勉强度日。小姑娘很懂事，哪怕那个赌鬼爹成天出去鬼混她也不哭不闹，半大孩子成天踩着凳子奋力去做糕点，靠着那点微薄灵石补贴家用，终于平平安安长到如今这么大。

奚将阑匆匆走过简朴干净的后院，很快就寻到秦般般的住处，一言不发推门而入。旧木床上，小姑娘盖着薄被蜷着身子睡得正熟，乌黑的发铺了满床，直拖到地面上盘了几个圈。

这样大的动静她都没醒。

奚将阑轻轻叫她："般般？"

秦般般没有回应。

奚将阑缓步上前,抬手撩开她凌乱的发,露出纤细后颈。一个微红的伤疤跃然其上。奚将阑手猛地一抖,好似自己的后颈也紧跟着传来巨大的疼痛。

秦般般含糊地"嗯"了一声,察觉到身边有人,意识像是在泥沼中挣扎半晌,终于夺回一丝清明,迷迷糊糊地睁开眼睛:"兰哥哥?"

奚将阑将捂住自己后颈的手收回,俯下身轻声开口,像是怕吓到她:"般般,今日谁来过?"

秦般般脸色苍白,奋力坐起来揉了揉眼睛:"啊?"

"谁来过?"

秦般般呆了好一会儿,才道:"我爹回来了,还带来个好看的哥哥,手臂还是木头做的呢。"

奚将阑蹙眉:"我不是让你……"话音戛然而止。他只是让秦般般不要出门,却没想到那个十天半个月不回家一趟的赌鬼爹会在今日回来……

秦般般说了几句,终于清醒过来,满脸病弱的苍白却还扬起笑容,高高兴兴地拿起枕头边儿巴掌大的木头娃娃。

"看,我之前总想买个娃娃玩,但我爹总说那是孩子才玩的东西,不让我乱花钱。"

小姑娘看起来真的很喜欢这个娃娃,手指不住地摩挲着木头娃娃的脸,眸子弯着道:"……但这次我爹竟然主动买给我啦,真好啊。兰哥哥,你说,他是不是真的改邪归正,以后都不再去赌了?"说到最后一句话时,她稚嫩的脸上满是期待。

奚将阑抬手接过那个木头娃娃,指腹轻轻一抚,瞧见娃娃的手臂上露出一个龙飞凤舞的字——"恶"。

"般般。"奚将阑突然道,"你知道什么是相纹吗?"

秦般般疑惑:"知道,是那些世家仙君修炼的灵根呀,怎么了?"

奚将阑目不转睛看了她好一会儿，突然抬手将她轻轻抱在怀里。

秦般般不明所以，趴在他肩上咯咯笑着："兰哥哥，你今日好奇怪啊。"

奚将阑笑了一下，眼底却毫无笑意。他将横玉度给的天衍学宫入学玉简塞到秦般般手中，温声道："拿着。"

秦般般不懂这是什么，只觉得晶莹剔透的好漂亮，满脸欢喜地接过："谢谢兰哥哥。"

她爱不释手地把玩着不知用处的玉简，完全没看到影影绰绰的烛影中，奚将阑面无表情，那双总是多情含笑的眸子暗沉沉仿佛风雨欲来，冰冷得几乎带着戾气。

天已黑了，横玉度不知何时入的城，双手合拢着一盏琉璃小灯，安安静静坐在十二居医馆旁。"那个孩子……觉醒了相纹？"

奚将阑逆着幽巷的烛光走来，懒洋洋道："是啊，我本想着这次回来就送她去天衍学宫的，可惜这傻姑娘命太苦，摊上那么个赌鬼爹。"

"她爹把相纹给卖了？！"横玉度蹙眉，"十三州可是明令禁止买卖相纹……"话还没说完，他就想起来今日姑唱寺那大张旗鼓的相纹画唱价。

横玉度生在中州大世家，自小经历的事、接触的人皆是正道仙门，养出这么一副光风霁月的性子，他从来没想过竟然有父母自私可怕到会将孩子的相纹抽出，只是为了铜臭之物。

"她的相纹是什么？"

"天级，三更雪。"此地无银城近日遍寻不到源头的"雪祸"，便是秦般般稀里糊涂不知如何控制相纹造成的。

横玉度哑口无言。天级相纹，去天衍学宫诸行斋都足够。此时却被唯利是图、目光短浅的赌鬼给毁了。横玉度像是想起了什么："但我记得此地无银城并没有天衍灵脉，她只是寻常人，怎会有相纹？"

奚将阑没说话，微微侧身去看已经灭了灯的糕点铺子。不谙世事的小姑娘，稀里糊涂用天衍恩赐的宝物，只换来一个木头娃娃和往前看也看不到头的困苦一生。她根本不知道自己失去了什么，还为自己爹爹难得的礼物而欢呼雀跃。

奚将阑走到横玉度身后，推着轮椅却不回医馆，而是朝幽巷外走去。

横玉度道："去哪里？"

"恶歧道。"

横玉度诧异。

奚将阑声音轻得好似要消散在晚风中，伴随着木轮在地上滚过的响声，淡淡道："奚清风的相纹画上，有恶歧道的印记。"

横玉度愣了愣。那幅相纹画他和鄷聿研究许久，从里到外全都探查了一遍，并未寻到什么印记。

"你知道恶歧道在哪儿？"

恶歧道，顾名思义，皆是行歧路入恶道之人，那里混乱邪恶、鱼龙混杂，横玉度也在犀角灯上听说过恶歧道的"威名"，却从来不知在何处。只知道恶歧道位于此地无银城某处，但无数人绞尽脑汁也不入其门。

"当然啦。"奚将阑打了个哈欠，推着轮椅走出没奈何巷口，又拐了几个弯径直朝着长川而去，吹嘘道，"恶歧道三十六巷、八十二勾栏瓦肆街，我如数家珍。"

横玉度耐心地听他吹，末了还是劝解了一句："奚清风的相纹画线索自有獬豸宗的人去寻。若非必要，你就别去这一趟了。"

奚将阑疑惑道："为什么？"

"啊，你不要误会。"横玉度温和地解释，"我并不是质疑你的灵力修为，就是觉得若再遇到獬豸宗的人，你恐怕还是会被按着打。”

奚将阑闷声笑起来。

横玉度想了想，又打了个补丁：“我的意思是你现在灵力全无，哪怕六年前失去修为前也只是刚入化神境。就算你现在恢复当年的修为，酆聿也能一只手打哭你。”

若是换了旁人，横玉度在解释第一句时就会被不耐烦地打断，但奚将阑耐心至极，认认真真听着横玉度打了五六个“补丁”的解释。终于，横玉度觉得自己这番话完美无瑕，不会让人产生误会，才道：“你也不想再遇到今日那个獬豸宗的……大人吧。”

奚将阑已经将横玉度推到长川边，皱着眉认真思考。

横穿此地无银城的长川已是莲花绽放，岸边没有栏杆，横玉度本以为奚将阑会停下，但没想到他一边“想”一边竟然脚步不停，直直推着他往长川里走。

“将阑。”哪怕这个时候，横玉度也依然风度翩翩，温柔地问道，“你觉得我这双腿，像是会水的样子吗？”

奚将阑这才回过神。他“啊”了一声，轮椅已经半边卡在岸上，横玉度的足尖悬空，周围的玉简化为鸟雀叽叽喳喳往他后颈钻。

“没事。”奚将阑终于打定主意，“如果再遇到那个‘硬茬儿’，你就帮我杀了他。”

横玉度：“……”谁杀谁？盛焦宰了他俩还差不多。

横玉度还未说话，奚将阑突然手上一用力，眼睛眨也不眨地往前推，轮椅直接滚下岸边，猛烈的失重感和淡淡的莲香扑面而来。下一瞬，奚将阑、横玉度连带着那个精致轮椅“扑通”三声掉落长川。

随风摇曳的莲花像是有了神志，瞬息在水面长出无数莲叶，摇头晃脑地像是在遮掩什么。等到莲叶被风吹得四散开来时，水中已不见人影。一只流萤在荷叶间穿梭，无意中被摇摆的莲花狠抽了一下，踉跄着摔到水面上。只是在离水面一寸处却像是触碰到一层薄薄的禁制，“啵”

的微弱声响起，竟直直将流萤强行吸了进去。

天旋地转，连虚空都仿佛错乱。瞬息间，流萤晃了一下，周围连天荷花不知何时已消失不见，取而代之的是一条灯火通明的无尽长街。

修炼鬼道的恶鬼、恶贯满盈的魔修、行动如常人的木头傀儡，一切不被十三州接受的邪恶之物全都聚集此处。怨气冲天，熙熙攘攘，好像传说中通往地狱的黄泉路。

长川之下，便是恶歧道。

误闯此处的流萤被那滔天阴邪恶意熏得晕头转向，踉跄两下落在一盏小灯上恹恹停着，只有尾部闪着暗淡的光芒。

突然，一只手轻轻伸来，干脆利落地将流萤直接弹飞出去。

酆聿抱着鬼刀，哼笑道："别让任何东西靠近你的灯——要是被吹灭了，就算你有滔天修为也别想再从恶歧道离开。"盛焦拎着一盏幽蓝小灯，不置可否。

正说着，几只精魅衣袂翻飞地飘过来，贴着地朝着酆聿灯上那点幽火吹着森冷阴气。酆聿不耐烦地喝道："滚开。"精魅咯咯笑着，一撩花瓣似的裙摆，笑着隐在黑暗中。

将吹灯的精魅驱逐走，见盛焦似乎确定目的地快步往前走，酆聿忙跟上盛焦，为奚绝刺探敌情："去核舟城吗？"

盛焦冷冷道："别跟着我。"

"那可不行。"酆聿优哉游哉地说，"核舟城有应琢，这天大的乐子，我岂有错过之理？"

听到"乐子"这两个字，盛焦冷若冰霜，手腕上的雷纹在噼里啪啦闪着细微的幽光。

酆聿还在那不怕死地嘚啵："我记得应琢的字应该是奚绝嘴贱给乱起的吧，但人家及冠后照样不顾着耻定了'巧儿'为字。而你呢，奚绝叫你声'娇娇'你都得拿天雷追着他劈。"

"嗞——"天衍珠猛地爆出一道小天雷。

鄾聿反应迅速地往旁边一跳，满脸"嗳！打不着"的欠揍样子，看热闹不嫌事大地哈哈大笑。"怪不得奚绝见着你就躲，啧啧。"

长川下，恶歧道。

恶鬼当行，怨气冲天，奚将阑哼着悠闲的小曲推着横玉度穿梭在形形色色的妖魔鬼怪中，像是早就习惯了，目不斜视。

横玉度此等在琼堆玉砌中养出的温润君子哪里见过这种场面，手捧着琉璃鸟，眉头一直就没舒展过："你有相纹画卖主的消息了？"

奚将阑从路边抬手摘了把桂花，放在唇边轻轻地吃，随口道："我何必自己去寻消息，直接问你不就好了？"毕竟横玉度早在盛焦到之前就去见了姑唱寺住持。"换明月"肯定能套出不少消息。

横玉度抚摸琉璃鸟的手一顿。都是聪明人，横玉度也没有装傻充愣，淡淡道："我不告诉你，自有我的道理。"

奚将阑呛了一下，唇上粘了一小瓣金灿桂花，被他用舌尖轻轻一勾卷到口中。"你说话越来越像让尘了，他也总是这样高深莫测，好似运筹帷幄，言语间就能掌控所有人的命数。"

横玉度又开始解释："我并非故作高深，只是的确从姑唱寺住持那没问出什么话。"

奚将阑一歪头："他是木傀儡？"

奚将阑的敏锐聪明，有时简直让人感到毛骨悚然。横玉度沉默了会儿说道："对。"

但奇怪的是，奚将阑随口应了声，竟不再追问。

恶歧道当真如奚将阑所说有三十六巷，宽敞大路两边皆是灯火通明的勾栏瓦肆，头顶隔着长川能隐约瞧见皎洁明月。

奚将阑到了第二十一巷，捧着一盏幽火小灯，单手推着轮椅往前走。二十一巷热闹非凡，地面皆是成堆的黄纸，木轮轧过去时还能听到细微的惨叫，像是轧到谁的手似的。横玉度回头看了看。

"二十一巷很多不老实的精魅作祟。"奚将阑俯下身凑到横玉度耳畔低声叮嘱，"最好别收他们的钱，也别拿自己的灯去换东西。"

道路两边的小摊位上都放着一盆清水，一旁有个客人看中一小团闪着紫色水纹的玉球，豪气地付了一大袋子灵石。摊主掂了掂，冷笑着把灵石往水里一倒。哗啦啦一阵乱响，那沉甸甸的灵石竟然直接漂在水上，竟是用黄纸草草捏成的。摊主顿时大怒，抄起刀就朝着那大惊失色的客人砍去。众人见怪不怪，连个眼神都没分过去。

横玉度犹豫道："恶歧道……无人管吗？"这种鱼龙混杂恶气滔天的地方，就算有人想管，也至少是还虚境以上修为的才能震慑得住。整个十三州，还虚境寥寥无几。

奚将阑却道："自然是有的，否则早就乱套了。"

摊主已经乱刀将那恶鬼砍成好几段，啐了一声，骂骂咧咧地将玉球拿回来，继续摆摊。

奚将阑补充一句："但只要不违背恶歧道那条金科玉律，这种小打小闹几乎没人管。"

横玉度："玉律？"这种满是恶人的地方，能有什么玉律？

两句话的工夫，奚将阑将横玉度推入一间灯火通明、熙熙攘攘的瓦舍中。门槛上悬挂着的两个灯笼中猛地蹿出两个幽蓝火纹，欢快地飘到两人面前。

"金玉满堂！""日转千街！"

奚将阑屈指弹出一块玉石，砸了一下骂他的那抹火纹，笑骂道："蠢货，连吉利话都不会说吗？"两个火纹争先将玉石抱着啃了，见两人的灯还亮着，这才哼了两声，钻回灯笼中给他们放行。

横玉度安安静静看着，此时终于开口："你好像经常来恶歧道？"但高高在上的小仙君，本该此生都同这等堕落之地不挨边的。

奚将阑含糊应了声："逃命嘛，恶歧道自然是最好隐藏身份和行踪的——哦，到了。"横玉度顺势望去，讶然发现此处竟是一处赌坊。无数人在此处醉生梦死，妄图一夜暴富改命换运，就如同方才那两个火纹所说的那样：有人金玉满堂，有人日转千街。

到处是双目赤红的赌徒，污浊怨气冲天，端坐精致轮椅的横玉度和周遭格格不入，有不少人直勾勾看着他，不知在盘算什么。四周好似阁楼寺庙般由长长的廊道相连成一个圈，楼中楼一环扣一环。中空摆着一张巨大赌桌，许是有人正在那赌，人围了一层又一层，黑压压根本看不到里面的人是谁。

奚将阑溜达着推着横玉度上了二楼，站在廊道往下瞧才能看到一楼赌桌的情景。有个男人正在豪赌，无数灵石堆成山，烛火摇曳下闪出水痕粼粼的波光，看得周围的人蠢蠢欲动。

奚将阑懒懒坐在横玉度的轮椅扶手上，眼尾坠着一抹不易察觉的寒光，冷冷注视着那个赢得满脸红光的男人。

横玉度察觉到他的情绪不对，想了想，道："那孩子的父亲？"

奚将阑淡淡道："嗯。"

秦般般的赌鬼爹大概在此处赌了许久，二楼围观的客人挤在一起窃窃私语。

"听说这人拿了十万灵石，这么会儿工夫输输赢赢，已少了一半。"

"这些灵石已足够寻常人家活三辈子了，啧。"

下方突然传来一声放肆大笑，秦巳输了三局后终于赢了一场，高兴得将一堆灵石抱过来。庄家问："还继续吗？"

秦巳连想也没想："继续。"鼠目寸光的男人拿用女儿的相纹换来的灵石，肆意享受暴富和豪赌的畅快。

奚将阑垂在一旁的手猛地一紧，他似乎终于忍不住了，下颌紧绷着就要起身，却被横玉度一把抓住。

"将阑。"横玉度低声道，"不要意气用事。"

奚将阑却道："我没有。"

横玉度抬头看他，发现奚将阑神色如常，垂眸看着秦巳的眼神全是厌恶，却并无冲上去杀人的怒意。

奚将阑理所应当地朝着横玉度伸手："给我点灵石。"

横玉度唇角微抽："你逢赌必输。"

"想什么呢？"奚将阑失笑，"这种蝼蚁肯定活不过今日，我何苦要去和他对赌？灵石，快点。"

横玉度不明所以，但还是将一个储物戒递给他。

奚将阑心满意足，啧啧道："若是换了盛焦那个穷鬼，他怕是一块灵石都不愿给我。"

横玉度温声说："他现在并不穷困。"

"但一样吝啬。"奚将阑朝着路过的一个小厮伸手，"——来。"

小厮脸上戴着骷髅面具，恭恭敬敬地过来："您有何吩咐？"

奚将阑熟练地将储物戒扔过去："给我'弃仙骨'。"

小厮的面具猛地一歪，神态更加恭敬，捧着灵石正要走时，奚将阑突然凑到他耳畔低低说了句什么话。

哪怕戴着骷髅面具，也能看出这小厮瞳孔剧震，面具差点儿抖下来，连句话都没说便惊慌地噔噔噔跑走了。

横玉度疑惑地问："弃仙骨……是什么？"

奚将阑勾唇一笑，像是在使坏一般："是一样……让人神魂颠倒的好东西。"

横玉度直觉刚才他对那小厮说的话……肯定不是什么好话。

很快，小厮去而复返，手中捧着一个精致的小匣子，双手捧给奚将阑。

奚将阑接过，随意递给横玉度："喏。"

横玉度轻轻将匣子打开，一股奇特的灵力涌动倏地席卷而来，将他垂在肩上的长发吹得往后翻飞而起。

"咔嗒"一声。横玉度瞳孔剧烈一抖，猛地将匣子合上，淡然自若的脸上罕见浮现一抹悚然之色。"天衍……灵脉？"一堆灵石买来的"弃仙骨"，竟然是一小团天衍灵脉！

天道恩赐的天衍灵脉，能生相纹。它本是十三州那些大世家独有，寻常修道人家根本无缘知晓天衍灵脉到底是什么，自然也就生不出相纹。但在恶歧道，竟然用灵石就能轻轻松松买到？不过横玉度仔细查看那"弃仙骨"，才发现这灵脉只是像，却并非真正的天衍灵脉。

奚将阑眼神冷漠地注视着下方还在豪赌的男人，语调却温和淡然："'弃仙骨'又叫伪天衍，能让人短暂得到灵力，但对灵根却损伤极大。"

不过能来恶歧道的人，又怎会在意那区区后症？弃仙骨弃仙骨，有了这一步登天的好东西，自然是连仙骨都能舍弃。

横玉度眉头紧锁。恶歧道的伪天衍像是平静水面之下的暗流，不知何时就会冲破长川之水，卷入世间，将整个十三州搅成一潭浑水。

"恶歧道的幕后执掌人准许'弃仙骨'肆意出售。"奚将阑低声道，"但是却不允许有人私下买卖相纹。"

若是相纹的生意做大，人人都去买"画"，然后变成有相纹的高不可攀的仙君，那"弃仙骨"这种饮鸩止渴的东西又有谁会再用？

横玉度看着已经赌上头的秦巳，似乎明白了什么："所以整个恶歧道的那条金科玉律，便是禁止相纹买卖。"

话音刚落，一楼的人群突然传来阵阵惊呼。

"是骷髅面的人来了！"

"是玉……"

横玉度低头看去，就见那乌泱泱的人群像是在躲避什么可怕的东西，飞快往左右两边分开，露出一条长长的道路直通赌桌。一个戴着骷髅面具的红衣男子优哉游哉地踱步而来，每行一步脚下便荡漾开一圈紫色幽纹。

横玉度眸子一颤。此人……竟是个天衍灵脉凝成的分神？

这时，一旁的人惊愕地低声道："玉颓山？"

骷髅面，玉颓山。整个恶歧道都知晓此人，但传言他只在有人违反恶歧道规矩时才会出现，且从不进赌坊。今日怎么……

玉颓山信步闲庭，一举一动皆是说不出的尊贵雍容，慢悠悠地顺着人群让开的路走到赌桌前，走过去时带来一股奇特的……椒盐小酥鱼的味道。

赌坊的庄家见到他，忙毕恭毕敬地起身行礼："大人。"

"怎么啦？"玉颓山的声音又轻又柔，短短几个字像是在对着心上人诉说衷肠，缱绻又撩人，"挺有意思的，继续赌啊。"

庄家不知他到底是为谁而来，只好继续同不明所以的秦巳赌钱。秦巳第一次来恶歧道，根本不懂旁边人对这个骷髅面的畏惧，皱着眉将一把灵石扔出去。

玉颓山就站在他身后，从怀里掏出一纸包椒盐小酥鱼津津有味地吃着。他如此轻松惬意，旁边的人却都噤若寒蝉，不着痕迹往后退去，像是怕被波及。但玉颓山像是忘了自己此番来的目的，在那认认真真吃完一包小酥鱼，还半歪着面具将指尖上的残渣舔干净，像是一只优雅漂亮的猫。

秦巳之前本来就有输有赢，但不知是不是此人站在身后的气势太强让他莫名紧张，接下来几局竟然一局没赢。

"收手吧……"看着成堆的灵石越来越少，秦巳脑海中突然清明了一瞬，心想，"明日再来也不迟，般般也喜欢吃鱼，回去给她买条鱼补补身子。"

恰在此时，庄家道："这局您赢了——还继续吗？"

秦巳眼睛一亮，瞬间就将方才的思绪抛到九霄云外，眸子全被污浊填满："自然继续！"

哪有赌徒嫌自己赢得少？哪有赌鬼会不觉得自己能乘胜追击、绝地翻盘呢？

刚吃完鱼的玉颓山轻轻叹了一口气，像是在遗憾什么。

他伸手捏住桌子上的一颗玉骰，对着烛火看来看去，淡淡道："喜欢骰子吗？"

秦巳眉头紧锁，觉得此人碍眼："滚开。"

这两个字一说出口，周围的人全都倒吸了一口凉气，看他的眼神全是怜悯。此人一看就是初来恶歧道的，全然不知这位骷髅面的手段。

玉颓山并不生气，又温柔地问了一遍："喜欢吗？"

秦巳隐约察觉到不对，拧着眉头道："什么喜欢不喜欢？"

赌徒将身家性命全都系在那颗小小的玉骰上。骰子是自己压的数，那他们便喜欢；若不是，那便是深仇大恨。

"既然你这么爱赌，肯定是喜欢的。"玉颓山笑了一声，细长的手指轻轻在秦巳眉心一点，温声道，"喜欢什么，那便要成为什么，你说对吗？"

秦巳被这个戳眉心的姿势气得拍案而起，正要破口大骂，却感觉视线猛地天旋地转一番，自己像是被人狠抽了一下似的，狠狠摔了出去。

周围的人和巨大的赌桌好似眨眼之间消失不见，只有一望无际的黑。视线低矮，浑身动弹不得。整个赌坊鸦雀无声。玉颓山竟然将一个大活人转瞬变成了一枚再普通不过的玉骰。

骰子在赌桌上转了好几圈，终于滚到那一堆灵石中停下。"一"这个点数安安静静地朝天待着。

秦巳花了好久才意识到不对，惊恐得想要嘶声尖叫，但他的五脏六腑乃至每一根经脉都像是被固定住一般，用尽全力也没能发出丝毫声音。他……竟成了个骰子！

"真奇怪。"玉颓山用指腹推了推那颗动弹不得的玉骰，眉头轻蹙着，似乎很茫然，"你不是很喜欢骰子吗，为何要如此惊恐？"

秦巳魂惊胆破，小小一颗骰子因为神魂的恐惧发出轻微抖动。铺天盖地的恐惧席卷着他的整个神魂，让他根本无法思考。他甚至不知道自己哪里做错了，想求饶都不知如何认错。错的是赌吗？可明明其他人也在赌。

玉颓山似乎察觉到了什么，骷髅面下的眼眸更冷。不知悔改的蠢货。他垂着眸漫不经心地将秦巳那颗骰子随意扔回骰盅中，像是沾了什么脏东西似的，接过一旁小厮递过来的白巾擦了擦五指，转身就走。

周围的人全都脸色苍白地朝他颔首行礼，胆战心惊地目送他离去。

玉颓山正要走出赌坊，突然像是想到什么："卖相纹的人寻到了，那买家呢？"

小厮讷讷道："那人……没说。"

玉颓山歪了歪脑袋，朝着二楼扫了一眼。廊道空空荡荡，已空无一人。

"竟被借刀杀人了？"玉颓山笑了笑，"不行，我也得使唤使唤别人。"

"玉大人？"

玉颓山溜达着往外走："獬豸宗的人是不是今日来了？"

小厮疾走几步跟上去："是，只来了一个，似乎往核舟城方向去了。"

"正好，就让獬豸宗的人帮我料理核舟城去吧。"玉颓山慢悠悠地走出赌坊的门，"我得……"

小厮还以为这位位高权重的大人还有其他重要的事要做，正认真侧耳倾听，却听他说：

"我得再买一包小酥鱼才行。"

小厮心道："行吧。"

奚将阑趁乱带着横玉度离开赌坊，一直带着冷意的眉眼终于舒展开，伏在椅背上，语调懒洋洋的："我也想吃椒盐小酥鱼，十九巷街口那有家做得特别好吃，等会儿带你去吃。"

横玉度可没心情吃小酥鱼，他不想也知道肯定是奚将阑对那小厮说了什么，才将那什么骷髅面玉颊山给引了过来。但他见奚将阑全然不加掩饰地高兴着，只好将说教的话吞了回去："好，买完小酥鱼回家吗？"

"不回家。"奚将阑又摘了捧桂花吃，冰冷眼眸微微抬起，像是穿过那灯火通明的幽幽长街看向不知名的远处。"我要去把'三更雪'拿回来。"

鄢聿和盛焦两人都是头一回来恶歧道，拎着灯像是无头苍蝇似的乱转，愣是没找到核舟城在哪里。

"我说盛宗主……"鄢聿理了理刚才被劈炸了的长发，谨慎地保持着离盛焦五步之远的距离，还在嘴欠道，"您不是运筹帷幄，万事皆在掌控中吗，怎么连个核舟城都找不到入口呢？"

盛焦没说话，面无表情走入一间古董铺子。此地一看就不是核舟城，鄢聿当即乐颠颠地跟上去，打算瞧瞧他碰壁的糗状。

古董铺并不像二十一巷的赌坊那般人来人往，放眼望去偌大铺子中的人寥寥无几。铺中冷清，一排排架子上摆放的奇珍异宝隐约散发着灵力。

盛焦走到高高柜台前，数了几个灵石买下一个玉令，转身就朝后院走。鄢聿慢吞吞跟了过去。

很快，盛焦走到古董铺后院，停在一处小小的池塘旁。明明外面还是炎热夏日，但到了后院却是寒风凛冽，隐约嗅到一股风雪气息。

鄢聿疑惑，抬头随意一瞥，突然愣了愣——那小小池塘正中间，摆放着一颗长不过两寸的桃核。

明明连手指捏着都嫌小，可那桃核却不知被哪位能工巧匠雕琢成精致逼真的城池街巷，一层叠着一层，俨然一座缩小无数倍的城池。

　　盛焦全然没有等酆聿的打算，将玉令在池塘旁的凹槽中一滑，人瞬间消失在原地，化为一道流光没入小小桃核中。核舟城竟然真的只是小小的核舟！

　　池塘莲叶摇曳，锦鲤悠然游来游去，在游至中心核舟时，像是在畏惧什么似的，飞快摇尾离开。核舟边缘的水面结了一层薄薄的冰。

　　核舟城最高层是一处奢华府邸。和人形毫无分别的傀儡悄无声息捧着"弃仙骨"，穿过卷帘游廊走入一处雅致的院落。

　　此时已是深夜，天幕下着纷纷扬扬的鹅毛大雪，下方的数层城池瓦舍错落有致、灯火通明，熙熙攘攘皆是为相纹画而来的修士。站在最高层的阁楼上，随意垂眸就能将整个核舟城尽收眼底。

　　雕花木门左右分开，机关组成的木头风铃无风自动，传来声声清脆声。一人披着凌乱的红袍坐在阁楼最边缘，屈起一条腿懒洋洋地靠在木门上，垂眸注视着下方的人来人往。

　　木傀儡恭敬地跪在象牙素屏后："应大人，獬豸宗的人已到了。"

　　应琢淡淡道："谁？"

　　"盛焦。"木傀儡道，"不知他是因姑唱寺的相纹画，还是核舟城私自买卖相纹而来。"

　　听到"盛焦"两个字，应琢低低笑了起来。"盛宗主在十三州呼风唤雨，但在这恶歧道……"他眼眸中浮现丝丝缕缕交缠的红光黑线，阴诡森寒，语调却淡然，"灵级相纹'堪天道'，可别阴沟翻了船才好。"

　　木傀儡木然道："应大人要抽他的相纹吗？"

　　"灵级相纹啊。"应琢笑着道，"师兄肯定很喜欢。"但是不行。

　　盛焦的相纹同其他人都不同，"堪天道"不仅赋予了他相纹灵根，且还衍生出那串一百零八颗天衍珠。就算能将相纹抽出，天衍珠怕也会降下紫银天雷，将抽相纹之人劈成焦炭。

　　应琢叹息道："可惜了。"

　　木傀儡想了想，又道："小仙君方才也到了核舟城。"

一直漫不经心的应琢瞳孔剧缩。"砰"的一声，强悍的灵力直从他身上横荡而出，直接将价值千金的素屏震得好似雪花簌簌而落。木傀儡也被横扫，半个身子的木头几乎被震碎。

应琢霍然起身快步而来，肩上凌乱的红袍随着他的动作散落在地，露出他木头雕琢而成的右手。"师兄来了……"应琢忍不住笑出声来，眼神中有近乎偏执的癫狂，低声呢喃道，"师兄终于来了。"

他当即就要往外走，又突然像是想起了什么："还有谁？"

木傀儡大概被打毁了机关，说话断断续续："横玉度、酆聿。"

应琢眉头皱起："又是诸行斋那群人。"早在天衍学宫时，诸行斋的人总会有意无意地阻拦他见师兄。时隔六年，那群混账还是阴魂不散。

"去。"应琢抬手一挥，经脉中钻出无数条傀儡线钻入木傀儡的身体中，转瞬就将几乎被打散架的木傀儡修复如初，"带着人阻拦住盛焦。"

木傀儡评估了下盛焦的灵力，认真地说："就算整个核舟城的人出手，怕是也拦不住他。"

"拦他片刻就好。"应琢的语调又温柔下来，他回身将红袍捡起，仔仔细细穿在身上，"只要我将师兄接过来，就没人能将他从我身边抢走了。"那一瞬间，应琢的眼神几乎带着呼之欲出的病态和阴鸷。

木傀儡无法理解人类复杂的情感，乖乖称是，转身走了。

"师兄。"应琢像是终于要得到失而复得的宝物，浑身都在发着抖。他回到窗棂旁，居高临下看着下方密密麻麻的人，恨不得长出八双眼睛将奚将阑找出来。

一阵带雪的狂风吹来，将一旁墙上的几幅画吹得微微晃动，上方微微蠕动的"树根"，竟全是相纹画。更让人毛骨悚然的是，那几幅画最下方的落款处——每一个都姓奚。

"我就知道师兄定然会为了奚家的相纹而来。"应琢抚摸着画，眸中闪着猩红魔息，对着虚空呢喃自语，"来吧，来了就永远别走了。"

❖

一片雪花落在奚将阑后颈，冰得他打了个哆嗦，好像有股寒意正顺着他的后颈不断往上爬。奚将阑偏头打了个喷嚏，单薄的身体微微发着抖。

核舟城正在下雪。鹅毛大雪纷纷而落，路上行人能用灵力护身并不将这点雪放在心上，奚将阑却是抱着手臂打了个哆嗦。

横玉度将大氅递给他，皱着眉打量四周。

奚将阑抖着手将大氅裹在身上，余光扫见横玉度紧皱眉头的样子，好奇道："你不喜欢这里？"初来恶歧道、赌坊时，明明这位不食人间烟火的少爷看什么都觉得稀罕，一直端庄淡然的眼中带着初见新奇事物的好奇。

这核舟城奚将阑都觉得精致神奇，横玉度却是满脸嫌弃，恨不得扛着他往外跑。横玉度淡淡道："没有，不是很好吗？"

奚将阑推着他往核舟城卖画的地方走，哼笑道："你眉头都要皱成川了，要是喜欢就有鬼了。"

横玉度抱着一纸包小酥鱼，漫不经心地捏着吃了一口："说了你也不懂。"

奚将阑正要反驳，横玉度朝他一伸手，道："给我。"

"什么啊？"

"弃仙骨。"

奚将阑一噎，理直气壮道："'弃仙骨'是我买的。"

横玉度淡淡地说："灵石是我出的。"

"那我之后再还你就是了。"奚将阑撇嘴，"你怎么和盛焦一样小气吝啬？"

横玉度道："我不信你。"

奚将阑立刻就要作势给他写个欠条按血手印表示自己从不欠债的决

心，却听横玉度补充了一句："……你行事乖张，此番核舟城不知危险几何，我担心你被逼急了会不顾后果用'弃仙骨'。"

奚将阑愣了。"弃仙骨"能够让人短暂拥有相纹以及磅礴的灵力，但是用了多少，后遗症就有多大。方才奚将阑若是把那一团"弃仙骨"全用在身上，恐怕他这条苟延残喘的小命直接就没了。

好一会儿奚将阑才回过神，继续嬉皮笑脸道："你觉得我会为一个认识没多久的小姑娘的相纹而伤害自己？别傻啦，那就是个命苦的小傻子，我何苦要……"

横玉度平静地打断他的话："你会。"

奚将阑话音戛然而止，脸上的笑容也消失不见。雪花大如席，奚将阑站在摇曳烛火下，好似比横玉度周身的琉璃还要易碎。

他沉默了好久，久到肩上都落了层薄薄的雪花，才突然开口说了句不明所以的话："你不是想知道当年我的相纹是自己废的，还是曲家抽去的吗？"

横玉度不知道他为什么突然跳跃话题，但还是接着说："是。此番天衍学宫的长老就是让我带你回去，打算用'使君还'搜魂，看看你的相纹到底是什么，又是如何没的。"

奚将阑笑了一下："那群老不死的……"

横玉度："咳。"

奚将阑这才记起来横玉度已经是天衍学宫的掌院，只好从善如流换了个词："那群半截身子都入黄土的长老竟然还惦记着这个呢。"

"曲家天衍灵脉处被人擅自闯入，死了几个修为极高的长老，听说是在寻你的相纹……"横玉度犹豫了一下，轻轻道，"你……"

奚将阑笑了，俯下身任由散乱长发直直垂下来，被他用手轻轻一拨，露出纤细的后颈。

横玉度瞥了一眼，瞳孔剧缩，手猛地抓紧扶手。奚将阑修长后颈处，正有一个殷红的好似永远愈合不了的伤口。

让横玉度看完后，他动作散漫又雍容地将长发拂到背后，遮挡住那狰狞的伤痕，懒散得像是在说其他人的事。"我同盛焦、你、让尘，一同觉醒的灵级相纹，又同窗四年朝夕相处。六年过去，盛焦是身居高位的獬豸宗宗主；你是天衍学宫掌院；让尘闭口禅破，修为毁于一旦，但六年时间他许是已重回化神境。十三州十二个灵级相纹，各个出类拔萃，年纪轻轻便是一方大能。而我呢？"

横玉度一时不知该说什么："将阑……"

"我当时家破人亡，大仇未报，就算是熬刑至死，也绝对不会主动废掉我的相纹。"奚将阑眼中不见丝毫伤感，甚至还饶有兴致地笑了，"曲家现在作茧自缚，又将脏水泼到我身上，将自己择得一干二净，哪那么容易？"

若是奚将阑招摇撞骗胡言乱语，或是悲伤欲绝号啕大哭，横玉度怕是会冷眼旁观，甚至会直接把他薅去天衍学宫任由那些长老发落。但坏就坏在横玉度心软，完全招架不住奚将阑用轻松语调说出悲惨遭遇的那一套。横玉度心疼得连小酥鱼都吃不下去了。

奚将阑顺利转移话题，悄无声息将"弃仙骨"藏好，仗着横玉度看不到自己的神色，勾唇露出个得逞的笑来。只是还没乐完，耳畔突然传来一声熟悉的……

"你笑什么呢？"

奚将阑笑容立刻一收，故作深沉地往旁边看去。鄷聿抱着鬼刀满脸狐疑地看着，不知道听了多久。奚将阑心道："坏了。"

横玉度回头，疑惑道："鄷聿？谁笑了？"

奚将阑忙上前一把揽住好兄弟的肩膀，从横玉度怀里捏了个小酥鱼堵住鄷聿那张嘚啵嘚啵的嘴："快尝尝这个小酥鱼，比咱们诸行斋的还好吃。"

鄷聿嚼了几口："哦哦哦，真的不错。"

奚将阑这才松了一口气："你怎么在这儿？那个獬豸宗的大人呢？"

鄂聿随口道："什么大人，那不是……"

横玉度突然一抬手，强行将鄂聿揽过来坐在自己轮椅扶手上，捏了个小酥鱼塞到鄂聿嘴里："好吃吧，再多吃点。"

鄂聿："哦哦哦！"鄂聿抱着纸包的小酥鱼在那咔吧咔吧地吃，一脸没心没肺。

横玉度仗着奚将阑毫无灵力，索性在他眼皮子底下和鄂聿传音："你不是跟着盛焦吗？他人呢？"

鄂聿不懂他为什么要背着奚将阑传音，但横玉度自来聪明，无论做什么都有他的理由，也传音回答："跟丢了，他看起来像是要去宰了应巧儿。"

横玉度蹙眉："盛焦从不会意气用事，应琢肯定和奚清风的相纹画脱不了干系。"

就在这时，天幕传来一声煞白雷光，好似融入雪光中。光芒一闪即逝。

横玉度身边玉简像是察觉到什么，骤然化为鸟雀围着他不住地飞起来。"换明月"感知到了另外一道灵级相纹的灵力。横玉度神色一肃。盛焦同人打起来了？小小核舟城，竟然有人逼得他动用天衍珠吗？！

横玉度轻轻在琉璃鸟雀上一点，低声道："去。"易碎的琉璃鸟倏地飞入天空中，迎着漫天大雪朝着另一道灵级相纹的方位飞去。

鄂聿将小酥鱼吃完，看着周围偌大城池，没心没肺道："巧儿这个名字名不虚传啊，这么一丁点大的桃核都能雕出一座城，还将芥子给融进来了，不愧是离相斋人人惊羡的鬼才。"

奚将阑正懒洋洋地左看右看，听到这话愣了一下，迷茫道："巧儿？"

横玉度默不作声地盯着脚尖。

"啊？你还不知道吗，这核舟城是应巧儿的地盘啊。"鄂聿比他还惊讶。

"我又没有犀角灯，从何知道这核舟城是他的？"奚将阑蹙眉，"再说巧儿那么乖顺，怎么会在恶歧道这种地方？"

听到这个"乖顺"，横玉度和酆聿全都沉默了。

奚将阑："怎么了？"

酆聿实在是没忍住，骂道："应巧儿乖顺个屁。当年他被盛焦毁了一只手的事儿我还记着呢。"

奚将阑蹙眉："什么毁了手？"

横玉度低声道："够了，往事休提。"

见两人古怪成这样，奚将阑有种被排斥在外的不爽感："怎么每次提到应巧儿你们都是这副神情？有什么我不能知道的吗？"

"没什么。"酆聿幽幽地说，"你这样挺好的，傻子都能活得久。"

三人你一言我一语，终于到了卖画的地方——那竟然是一处精致的画舫。也不知道应琢是如何做的，竟然能在核舟城中雕琢出更细微的小舟来。许是相纹买卖之事已经传到恶歧道，画舫到处都有木傀儡把守，禁止任何人入内。

奚将阑观察了好一会儿，用体内少得可怜的灵力隐约感觉到"三更雪"似乎就在画舫中，好在相纹还没被卖掉，不幸中的万幸。

奚将阑松了一口气，暗搓搓对横玉度道："你用'换明月'让那些人放行。"

横玉度摇头："'换明月'对傀儡无用。"

奚将阑嫌弃地看他："那我要你何用？"说罢，他一甩袖，竟然直接上前去了。

横玉度和酆聿默默无言，打算看他如何招摇撞骗。

奚将阑慢条斯理地走到台阶上，若无其事地想要蒙混进画舫，但木傀儡还是满脸冷酷无情地将他拦下。

"你敢拦我？"奚将阑淡淡地说。

木傀儡满脸木然，直接"唰"地拔出锋利的剑，表示拦的就是你：

"无关人等，不得随意靠近。"

"不想被拆成木头烧柴的话，就去把你主人叫来同我说话。"奚将阑处变不惊笑了一声，鬼话连篇，"你家主人和我情谊深厚，你若伤我，没好果子吃。"

木傀儡怔然看他好一会儿，不知道是不是被这话震住了。好一会儿才反应过来，转身手脚并用地去找应琢。

奚将阑溜达着回来，懒洋洋道："成了，等会巧儿收到消息就会过来了，有后门不走是王八蛋——嗯？你们脸色怎么这么奇怪？"

横玉度和鄂聿面面相觑，一时竟然不知道该说什么。

奚将阑还在那吹，突然感觉小指上有些发痒，他不自在地抬手挥了一下，余光随意一扫，隐约发现有些不对。不知不觉间，一条虚幻的绳子从远处飞来，已经悄无声息将他绕了好几圈，末端处的绳子正像是蜻蜓点水似的去触碰他的小指。

奚将阑蒙了一下："这什么东西？"

鄂聿刚才被奚将阑那个看蠢货的眼神看得火大，听到这句话冷笑一声："你……"

横玉度暗道不妙，立刻就要用"换明月"让鄂聿住嘴。但鄂聿那张快嘴唧啵唧啵的，根本没等"换明月"催动，便已经不假思索地说了出来。

"……你不是胡乱吹和盛焦情同手足，还没认出盛宗主的气息吗？"

奚将阑一愣。

第七章

巧琢核舟城

盛……盛什么玩意儿？这要是盛焦的缚绫，那可就和悬在脖颈上的屠刀无异。

奚将阑浑身一僵，唯恐这绳子会猛地收紧，将自己当场分尸。"救命……"他不敢再动，朝着横玉度道，"哥哥救命。"

横玉度正要救他，鄮聿坐在轮椅扶手上一拍横玉度的手，叽叽歪歪阴阳怪气："救什么救？"

奚将阑面上冷静，心中却凌乱得几乎要崩溃："上沉不是说盛焦在獬豸宗闭关吗？！怎么才半日他就到恶歧道了？救命啊！"

鄮聿疑惑："闭关？"

横玉度伸手钩住那虚幻的绳子，笑了笑："倒是锲而不舍。"

奚将阑怕盛焦怕得不行，哆嗦着正要说话，却见那绳子猛地一阵波荡，"啪"的一声直接捆在他身上，末梢更是在他小指上缠了好几圈。

横玉度立刻就要阻拦，"换明月"飞到那根绳子上，猛地张开尖喙一叼。

"啊！"一想到这个绳子是盛焦的，奚将阑本能地觉得自己肯定会被这根绳子勒死。但等了又等却没有感觉到身体哪里传来疼痛，试探着睁开眼睛，发现那绳子不知何时已经消失不见了。他伸手勾了勾小指，并未发现什么束缚。

琉璃鸟还扑棱着翅膀飞在他身边，奚将阑顿时了然，感激涕零地握住横玉度的手："哥哥，没想到这些年你的修为如此精进，就连盛焦都能击退。"

横玉度沉默了，刚才他明明还没有动手。

奚将阑没有灵力，全然不知内情，高高兴兴地像是找到粗壮大腿抱，难得乖巧地蹲在横玉度面前，卖乖讨好："哥哥，你再给我几个'换明月'防身吧。"

横玉度解释："你不要误会，方才的缚绫并不是我击退的。"他每次总说一堆话来解释，奚将阑早就自动将他的"你不要误会"之后的话全都当成废话，随口敷衍了几句："好好，知道了。再给我几个吧，求求哥哥了。"

横玉度只好将身边飞来飞去的琉璃鸟雀抓来几只，按照奚将阑想要的下了几个"换明月"的语灵存起来。

奚将阑像是拿到了保命符，心满意足地将琉璃鸟雀塞到怀里，以备不时之需。"效用还是持续一个月是吧？"

"嗯。"

奚将阑更高兴了。

这时，木傀儡终于摇摇晃晃地过来，恭敬地走到奚将阑身边弯腰一礼，冰冷漠然的语调比之前多了些殷勤："小仙君大驾光临，恕我等怠慢——应大人请您先去画舫休憩片刻，他即刻就到。"

奚将阑没心没肺就要过去。鄠聿上前一把把他薅过来。

奚将阑一个趔趄差点儿摔了，不满道："慢着点成不成，摔坏了我你们赔得起吗？"

"应巧儿可不是什么好人。"鄠聿凑在他耳边低声道，"天衍学宫的离相斋多出妖邪，应巧儿更是妖邪之首，阴鸷恣睢，行事心狠手辣全然不顾后果。你现在修为尽失，就不怕他趁火打劫把你掳了去？"

奚将阑奇怪道："他掳我这个病秧子做什么？"

鄠聿咬牙切齿："把你做成傀儡！"

"把活人做成傀儡？"奚将阑没好气道，"你疯了还是巧儿疯了？"

"他的相纹是天级'檐下织'，能悄无声息将傀儡丝遍布你浑身经脉，将你做成提线木偶！"鄠聿恨铁不成钢，"这种邪门歪道的人，你到底是哪来的胆子同他亲近？"

奚将阑蹙眉。虽然在他印象中应巧儿是个无比乖顺乖巧的孩子，充其量就是性情冷僻不爱同人交流，但对比其他斋的人，他还是更相信诸行斋的同窗。

“听起来的确挺危险。”奚将阑思忖半晌，道，“但我还是得去一趟。”

酆聿怒道：“去找死吗？！”

横玉度知道奚将阑是为了“三更雪”，终于开口道：“去可以，但不能和应琢牵扯太多。”

酆聿不可置信道：“横玉度！怎么你也……”

“我随你去。”横玉度没有理会酆聿的暴怒，“你必须在我身边寸步不离。”

奚将阑“扑哧”一声笑了：“怎么这么多年过去了，你还是有颗操不碎的老妈子心？”

横玉度瞥他一眼，好脾气地没和他一般见识。

酆聿无能狂怒：“去吧去吧，全都去吧！我走！”

他正要甩袖离开，奚将阑嬉皮笑脸地一把钩住他的肩膀：“走哪里啊？横老妈子不良于行，又是个易碎的琉璃人，要是出事了不还得靠酆大少爷力挽狂澜，哪能缺了你啊？”

酆聿的怒气瞬间降下去大半，冷笑一声：“你不是还说应巧儿乖顺吗，现在怎么又㞞了？”

奚将阑道：“人总会变的，我同他六七年没见面了，万一他真的要对我下手呢。”

此人聪明得过分，但对情爱一事脑袋就有点不怎么灵光。酆聿哼哼几声：“担心出事，不去不就行了吗？”

“不太行。”奚将阑道，“画舫中也许还有奚家相纹的线索，我必须要去这一趟。”

酆聿知道他是个倔脾气，只好不情不愿道：“那我就勉为其难跟你去看一看乐子吧，要是你被应巧儿抓走，我肯定推着横玉度就跑，看都不看你一眼。"

"好好好。"奚将阑点头，"还是两位少爷的命更贵重些，自然是得先跑。"

鄮聿被他戗得咳了一下。

商定好后，三人朝着画舫而上。

只是在奚将阑一只脚踩在画舫的边缘台阶时，突然感觉身后一阵不自然的灵力波动，像是有什么阵法发动了似的。但刚才明明是没有的。

与此同时，横玉度像是感知到什么，突然下意识抬手朝着前方只隔了半步的奚将阑抓去。"将阑……"

下一瞬，横玉度的手猛地落了空，他愕然抬头。明明只是相差半步，但两人却像是在不同世界似的，手像是拨了一下水面，水湿答答地浸透五指。

横玉度瞳孔倏地一动，黝黑眼眸毫无征兆地化为漂亮璀璨的琉璃。他低喝道："破——"

"换明月"的灵力好似海风骤然掀起的狂风巨浪，余浪甚至将一旁恭敬站着的傀儡轰然击碎，但是落在面前水纹上却像是石沉大海，毫无动静。

奚将阑还保持着背对他们往前迈步的姿势，时间像是停止了，又或是画舫的芥子空间同外界并不是同一个时间流逝，导致他的每一步都很缓慢。

鄮聿眼疾手快，直接不管不顾地冲上前，妄图跟着奚将阑一起过去。但那层水膜结界不知掺了什么，鄮聿的手刚一碰上去就有一道雷纹噼里啪啦地顺着指尖一路蔓延至小臂。

鄮聿瞳孔剧缩，瞬间缩回手。整条手臂上已全是焦黑雷纹。但凡他缩手再慢些，怕是整条手臂都保不住了。

横玉度没想到应琢竟然当着他的面就敢如此强行掳人，"换明月"的灵力从他后颈猛地蹿出，化为成百上千的琉璃鸟雀。他低低道了声："破。"

刹那间，铺天盖地的琉璃鸟尖啸着朝那层水膜撞去。灵力一茬接一茬，像是要将整个画舫芥子撞破。

"小心点哦。"突然，有人在旁边说，"那不是阻拦你们的结界，而是芥子入口的禁制，若是你将芥子击碎了，师兄怕是性命不保。"

横玉度灵力一顿，鸟雀瞬间停在半空，保持着狰狞咆哮的姿势一动不动。

鄷聿猛地抽出鬼刀，冷冷道："应琢。"

应琢一身红衣懒散地靠在一旁的桂树上，他的一举一动都像是在学奚将阑，甚至还抬手摘了簇桂花，漫不经心地盯着那细碎的花。

横玉度投鼠忌器，沉着脸将"换明月"收回来。无数鸟雀围着他飞来飞去，带着和横玉度的气质格格不入的森冷气势，像是随时随地都能化为冰冷利箭射穿对面人的心脏。

"奚清风的画，是你放在姑唱寺唱价的？"

应琢笑了。他长相本就妖邪，只有在奚将阑面前会伪装得温柔乖巧，此时乍一笑出来，殷红的唇像是沾染鲜血般让人不寒而栗。

"横掌院是个聪明人。"应琢漫不经心地将木头手上的桂花吹散，"獬豸宗和天衍学宫搜捕师兄六年，将他逼得不知蛰伏在何处吃了多少苦，也害得我遍寻十三州都找不见他的踪迹。若不是奚清风的相纹画，我哪能这么轻易寻到师兄？"

横玉度罕见地动了真怒，温润如玉的气质被冰冷厌恶取代，冷冷道："你同六年前屠杀奚家的罪魁祸首牵扯在一起，将阑如果知道……"

"师兄当然不会知道。"应琢低笑着打断他的话，"师兄往后都不会再受颠沛流离遭人追杀之苦，我会保护他，不会再让你们这群伪君子靠近他半分。"

鄷聿不耐烦道："和这种心思龌龊的人还谈什么？直接杀了他，照样能找回奚绝！"

鄷聿和应琢同为天级相纹，在天衍学宫时就打得不相上下，此时他懒得听横玉度慢吞吞讲道理，直接拔出鬼刀。

狰狞的精魅嘶叫着冲出去，应琢竟然动也不动，任由阴煞阴气扑到他的面门。千钧一发之际，一旁安安静静的傀儡突然发出一声熟悉的——"破"。

刹那间，黑与红交织的灵力化为几只鸟雀，扑扇着翅膀瞬间撞在精魅阴气上。"轰"地闷响，一阵灵力相撞将方圆数丈的雪花都横扫至远方。

横玉度瞳孔剧缩，就连鄷聿也惊愕住了。那木傀儡使出来的……竟然是横玉度的"换明月"？！

不对，只是和"换明月"像，并非真正的灵级相纹灵力。即便如此，横玉度也有不祥的预感，他沉着脸看向发出那声"破"的木傀儡。

那傀儡像是遭受了什么重创，由内而外整个化为细碎木屑，转瞬堆成一个小山。

"啧。"应琢淡淡道，"不中用，一次就废了。"

横玉度感知到木傀儡残留的灵力，好一会儿才低声道："你用……'弃仙骨'做出相纹来了？"

"弃仙骨"是伪造出来的天衍灵脉，而方才那个虚假的"换明月"就是被人为制造出来的赝品相纹。不知想到了什么，横玉度悄无声息吸了一口气，惊愕地看着应琢。相纹是天道天衍恩赐，怎能被人轻而易举制造出来？

应琢慢条斯理地说："当年在天衍学宫，人人都道我的相纹如鸡肋，只有师兄不嫌弃我，还耐心开导我。"

应琢永远记得那个落雪的午后。他被离相斋的人肆意欺辱，独自躲在天衍学宫后的桂树下哭，当时正在树上摘桂花吃的少年奚绝晃荡着腿，对他温柔耐心地开解……

"小兔崽子，别哭了，哭得师兄我脑袋疼。"奚绝披着厚厚的鹤氅，浑身都是桂花香，漆黑藤鞭挂在桂枝上，挽着裤腿露出修长的小腿——只是那光洁流畅的小腿肚上像是被雷劈了，遍布着丝丝缕缕的幽蓝雷纹。他好像不知疼似的，双手环臂居高临下地叨叨，眉目艳丽，张扬又肆意。

"哭有什么用？谁欺负你了你就报复回去呗……什么玩意儿，'檐下织'太弱？哈哈哈，他们说弱你就觉得弱啊，那你被欺负了纯属活该。走开，我现在心情不好，别在我这儿哭。"

时隔多年，应琢依然记得每一个细节。

酆聿唇角抽动。这应巧儿……脑子怕是也不好使。

"等我能将灵级相纹制出来，师兄或许就能恢复修为了。"应琢看着画舫中依然静止的奚将阑，眸子微颤。

横玉度冷冷道："赝品始终是赝品，天衍恩赐怎能被人做出来？"

应琢笑了："十三州只有十三个灵级相纹之事想必你已知晓，可如今只剩下一个灵级相纹还未觉醒，你猜中州那些世家为了这个相纹，会做出什么丧心病狂的事呢？"

横玉度脸色一沉。其实自从让尘说出"只有十三个灵级相纹"时，中州已经蠢蠢欲动，曲家首当其冲。因为那不知真假的传言，加上中州其他世家的推波助澜，几年过去曲家天衍灵脉已被分去大半。

酆聿蹙眉："你们到底在说什么？这不是在说奚绝吗？"

"是啊，在说师兄啊。"应琢温柔道，"我……"他正要说什么，黑红相杂的瞳仁轻轻一缩，另一只傀儡瞬间扑到他身上，道了句"护"，一道黑色琉璃化为结界遮挡在应琢身前。

傀儡应声而碎。

下一瞬，一道无声雷悄无声息直直劈在应琢眉心，却被结界全部挡住。雷纹刺刺作响，盛焦手腕上的天衍珠随着他的宽袖飞舞，无数天雷悄无声息地劈在应琢的结界上，漆黑琉璃被劈得簌簌往下砸。

酆聿本来还在担心奚将阑，但盛焦一来，他下意识地将紧提的心放下。每次奚将阑或者其他诸行斋的人遇到危险，盛焦一过来就像是定海神针似的，让人本能觉得安稳。

横玉度蹙眉道："无灼。"

鄠聿熟练地切换到"看乐子"状态，往后退了一步，省得卷入这两神仙的打架中。

一见盛焦，哪怕病态癫狂如应琢，瞳孔也闪现一抹忌惮，木头右手处似乎浮现一抹剧痛来，时刻提醒着他此人是如何用天衍珠将自己的右手生生劈成焦炭的。

"盛焦。"应琢全无和横玉度对话时的闲情逸致，浑身紧绷，像是在对待仇敌，冷冷道，"看来数百个困笼也拖不了你一时半刻。"

盛焦眉梢全是冷意，目光落在画舫中安静站着的奚将阑身上。

似乎看出他的打算，横玉度低声道："芥子破碎，将阑也会性命不保。"

盛焦自来对其他人都是没有耐心，连话都懒得说，天衍珠噼里啪啦，再次招来无声雷劈向应琢。

应琢身上的赝品护界，显然不能和横玉度真正的"换明月"相比，只是几下便开始散发出丝丝裂纹。他勾唇一笑，道："当年你们诸行斋阻拦我将师兄做成傀儡，而今核舟城便是你们葬身之处。"

说罢，应琢身形如雷光，消失在原地。"堪天道"劈了个空，直接将地面劈出漆黑的焦炭来。

鄠聿隐约觉得不对："什么叫核舟城是葬身之处？"

横玉度突然道："走！"

话音刚落，整个天地一阵旋转，像是船只遭遇惊涛骇浪，铺天盖地的水流竟然从远处直扑而来，核舟城无数人顿时惨叫不已，争先逃走。

盛焦猛地一伸手，将横玉度的轮椅死死按在原地，才没有让他甩出去。

横玉度惊魂未定："他竟然要将整个核舟城摧毁？"今日进入核舟城

的人成千上万，应琢竟然疯到这个地步？！

古董铺后院，应琢哼着小曲伸出那只木头手轻轻地将池塘中心的核舟推入水中，发出"扑通"一声微弱的声响。应琢眉眼全是愉悦，看也不看浸入水中的核舟城，一边抬手将散乱长发扎起，一边漫不经心地道："今日核舟城不用打开禁制。"

古董铺掌柜愣了下："也……也不让出来吗？"

应琢像是听到什么天大的笑话似的，"扑哧"一声笑得开怀，眉眼漂亮又妖邪。他轻轻地说："没人能出来啦。"

掌柜的手一抖。

应琢将长发扎好，手中把玩着一颗用桃核雕成的精致画舫，袍裾翻飞，优哉游哉地离开。

掌柜急忙跑去后院一瞧。核舟城已经落入淤泥里。

"噫？"

奚将阑刚才在画舫上，隐约觉得不对就要转身往后看，但一回头却见刚才还在那的横玉度和酆聿不知何时已经消失不见了。这是怎么了？

奚将阑正要下去瞧瞧，一只木傀儡突然扣住他的手腕，强行要将他硬扯到画舫上。"等等……"

"主人吩咐，只要小仙君入画舫。"

奚将阑动作一顿，不动声色地注视着木傀儡，好一会儿才懒洋洋地笑了："好啊。"

奚将阑躲躲藏藏这么多年，胆子大得要命，也不在意此时处境如何，优雅地理了理大氅，慢条斯理地往画舫走。"三更雪"的气息就在这画舫中。

进入后才发现这画舫像是一处府邸，两边是曲折游廊，下雪天桂花还盛开着，中央亭台楼阁雅致奢华。奚将阑不动声色观察周遭，突然听到一串噔噔噔的脚步声。似乎有人欢天喜地地奔跑过来，顷刻便到了眼前。

奚将阑一愣。

应琢一袭艳丽红袍，奔跑间袍裾翻飞，像是鲜衣怒马的少年郎，飞快冲到奚将阑面前，一头撞到他怀里："师兄！"

奚将阑病骨支离的身子差点儿被一头撞地上去，勉强后退半步站稳了："巧儿？"

十三州世家的公子少爷，及冠时的字各个都情致高雅，只有应琢别具一格，用"巧儿"做字，私底下不知多少人嘲笑。但应琢似乎以这个名字为荣，此时听到从奚将阑口中说出，俊美的脸上全是掩饰不住的笑意："师兄，是我啊。"

奚将阑嫉妒地看着他。明明在天衍学宫时，应巧儿还是个只到他肩膀的半大孩子，才这么几年没见，怎么就长这么高了。从十七岁就没怎么长过个的奚将阑气得又想啃灵丹。

"师兄，师兄。"应琢语调乖巧得很，"我终于找到师兄了。"

奚将阑闷咳了几声，瞥了他一眼。画舫似乎已经在水中动起来，隐约能瞧见外面一闪而逝的风景。

"你那两位师兄呢？"奚将阑随口问，"不是也好久不见了？怎么不让他们上画舫？"

应琢笑了笑，淡淡道："两位师兄怕是瞧不上这种小画舫呢。"

奚将阑像是习惯他的自嘲，但还是无奈道："你如今都能做出来核舟城那样精致的芥子，怎么又说这种话？"

应琢冲他乖顺一笑，从善如流道："我说错了，师兄不要见怪。"

"嗯，这才对。"奚将阑夸了他一句，视线有意无意地看向应琢的右手。秦般般说是有个木头手的男人将她的相纹抽走了，但应琢右手完好无损，看着根本不像是木头。

奚将阑突然响起酆聿说的那句——"被盛焦毁了一只手。"到底是什么意思？

应琢手轻轻钩住奚将阑的袖子，轻声说："多年不见，我很想念师兄。"

奚将阑回过神来，对这种话简直脱口而出，随口道："我也很想巧儿。"

明明知道奚将阑的这些话根本不可信，应琢还是露出一抹满足的笑来，全然没有之前面对盛焦、横玉度的癫狂阴鸷。"师兄这次是特意来找我的吗？"应琢问。

奚将阑谎话随口就来："自然啊，我在此地无银城也两三年了，还是头一回知道核舟城竟是你的呢，早知道我肯定第一时间就来找你玩儿啦。"

应琢眸子一弯，手揽着奚将阑的肩膀带着他往前走，闲聊道："现在也不迟的——我听说獬豸宗的人还在搜捕师兄，师兄不妨在这里躲一躲，我定会豁出性命保护师兄。"

奚将阑一边点头一边打量着应琢，心想："这不对啊，酆聿不是说他行事心狠手辣吗，怎么瞧着和在天衍学宫那会儿没什么分别？"

一缕黑雾从奚将阑后颈钻出，化为黑猫悄无声息地落地，在偌大画舫左嗅右嗅。奚将阑不着痕迹地扫了一眼。

应琢突然道："师兄在看什么？"

奚将阑一愣，他只是错开了一眼而已。

应琢眼眸中的寒意一闪而逝，等奚将阑看他时，又瞬间变回温顺乖巧的模样，笑起来眉眼弯弯，像是未长大的孩子。

"哦，没什么。"奚将阑随口敷衍，"你这儿好像有很多画？"

应琢随口道："这画没什么好看的——师兄往这边走。"

奚将阑半推半就地被他拽到画舫顶层偌大的房间中，四处皆是雕琢精致的法器，长长的白纱垂曳而下，仙气缥缈。

应琢将奚将阑按在一个软椅上坐下，自己搬了个小凳子坐在旁边，手指握住他的手腕，轻缓地将灵力往奚将阑经脉中探。

奚将阑下意识就要将手收回。应琢的手却像是铁钳般死死扣住他的手腕，偏偏脸上还是淡淡的笑容，满脸无辜地说道："我就是给师兄探探脉，师兄不必担心。"

他一口一个师兄亲昵地叫着，奚将阑却隐约觉得哪里不对。但他此时太过迟钝，全然看不出具体哪里有问题。

灵力轻柔地输入奚将阑的经脉中，在那破损不堪的经脉中扫了一圈。

黑猫已经跑了回来："我把那些相纹画翻了一遍，没找到般般的'三更雪'，你是不是感知错了？"

奚将阑蹙眉。"三更雪"的气息明明就在这座画舫中，怎么会没有？"再去找。"

黑猫撇撇嘴，还是乖乖去了。

奚将阑正在思忖着，应琢已经将灵力收回。他轻轻吸着气，眼圈都红透了，像是在强忍着什么。

"巧儿？"奚将阑干巴巴道，"我……我是命不久矣了吗？"这副样子怎么这么像奔丧？

"师兄的灵脉……是獬豸宗那群人做的吗？"应琢似乎要掉泪了，呆呆地看着奚将阑，"我带师兄去药宗，再……再助你恢复修为。"否则按照奚将阑这副破烂身子，怕是只能活几个月了。应琢只是想了想师兄呼吸停滞的样子，眼眶更加通红，两颗眼泪啪嗒落下来，低声呜咽。

奚将阑知道应琢爱哭，无奈地笑了。他往椅背上一靠，交叠双腿，整个人散发着一股懒洋洋的气息，顺手抚了抚应琢的脑袋，淡淡道："灵级相纹，哪是那么容易能恢复的？你不必费神。"

"师兄的事，费点神也没什么。"应琢将奚将阑身上的大氅解下来，"夜色深了，师兄要睡一会儿吗？"

奚将阑含糊地点头："嗯，行啊。"

应琢满脸泪痕地笑了起来，看起来特别乖巧。他正要将奚将阑的耳饰拿下来，省得睡觉硌得慌。

奚将阑突然有意无意地问："我听说核舟城在贩卖相纹画？"

应琢脸上的笑容未变，闲聊似的温柔道："是啊，恶歧道能卖伪天衍，我买卖些相纹也并不稀奇。"

奚将阑的神色也是淡淡的，翻了个身懒洋洋地问道："我现在相纹被抽去，你能给我找副相纹用一用吗？"

应琢呼吸一顿。这是重逢后，奚将阑第一次这般认真地看他。六年过去，那双漂亮又无情的眼眸好像未变分毫，全是应琢熟悉的张扬肆意，以及好像永远都到达不了他内心的疏离冷漠。

应琢近乎被蛊惑似的点点头："师兄想要什么相纹，我全都能给你找来。"

奚将阑笑了起来："我喜欢冬日，你可有关于雪的相纹？"

应琢俊美无俦的脸上出现一瞬的凝滞，不过很快就恢复了自然，放轻声音柔声道："师兄又在说笑了。我记得每年天衍学宫下雪时，师兄冻得打哆嗦，大半夜跑去诸行斋其他人房中挤着挨着睡觉。"

奚将阑心道："哦，忘了这一茬儿。"

"可是师兄从来没来离相斋找过我。"应琢轻轻地说，语调像是在抱怨，但细听又觉得全是伤心和委屈。

奚将阑沉默。啊，离相斋和诸行斋自来水火不容，他要是大半夜跑离相斋去，肯定会被诸行斋的那些人逮回来吊起来抽。奚将阑还在想怎么解释，应琢又突然笑起来，双手扒着软椅扶手微微仰头去看奚将阑——明明是个极其强势的人，做出这个动作却显得莫名乖巧。

应琢歪着头看他。那张已经长大成人的面容直勾勾盯着他时，没了少年时的稚嫩青涩，反而有种咄咄逼人的气势。

奚将阑一时不知如何回答，只能故作淡然和他对视。应琢笑了起来，伸手朝着奚将阑的侧脸探去。

奚将阑下意识扣住他的手腕，动作突然一僵。他温热五指触碰的并非人类皮肉，而是硬邦邦的木头。刹那间，奚将阑眸子涣散再聚焦，隐藏眼底的漠然几乎泛上表面。木头手……

应琢隐约觉得奚将阑的眼神不对，下意识想要将手缩回来："师兄？"

奚将阑不知怎么突然笑了起来，他依然扣着应琢的手腕，指腹漫不经心地在木头手背上划了两圈。明明木头手毫无感觉，但应琢只是瞧见他的动作便浑身战栗，好似奚将阑的指腹是划在他血肉之上的。

奚将阑浑身像是酥了骨头，侧身躺在软椅上，纤细的腰身塌下去。

他将手肘屈起懒洋洋枕在上面，笑着说："还不是因为盛焦，他不爱离相斋的人靠近诸行斋，现在亦是如此。"

应琢从来都看不透自己这个师兄到底说的是真话还是假话，沉默好半天，放轻声音像孩子似的撒娇："那我去杀了盛焦吧。"

奚将阑心想这孩子真上道。"你如今能强过盛焦？"

"不能。"应琢眼睛眨也不眨地道，"但我能杀了他。"

这种病态又诡异的逻辑明明是该让人毛骨悚然的，但奚将阑竟然笑了起来。他抚摸着应琢的脸，柔声道："的确是这个道理啊巧儿，只要你有能力，就能得到自己想要的一切。"

奚将阑正在胡言乱语诓骗应琢，黑猫又跑了回来。它在画舫转了好几圈，整只猫都晕头转向，迷迷糊糊道："我怎么觉得'三更雪'的气息整个画舫都是，却又根本寻不到源头，这小兔崽子不会藏起来了吧。"

奚将阑歪着脑袋"嗯"了一声。只是区区天级相纹，应琢何必要藏起来？黑猫找烦了，直接撂挑子不干了，嘟囔着化为黑雾，钻回奚将阑后颈处消失不见了。

应琢见奚将阑蹙眉，眼眸弯着道："师兄累了，睡一会儿吧。"

明明两人才刚重逢，按照应琢的性子本该缠着他畅谈一夜，现在却明里暗里催促他入睡。奚将阑伸手轻轻拍了拍应琢的侧脸，挑眉笑了起来。"怎么总是催我睡觉，你想对我做什么？"

应琢思考的逻辑和旁人从来不同，也不觉得自己所做的事有什么见不得人的，眼眸流转着黑与红交缠的阴诡蛛线，语调自然地说："我想趁着师兄熟睡，将'檐下织'种遍师兄的灵脉，只要成为傀儡，您就不会死了。"

奚将阑许是没想到他竟然会如此诚实说出自己的打算来，手僵在半空，沉默了。这孩子……鄮聿说得没错，离相斋从来出的都是妖邪奸佞之辈。应琢就算在他面前再乖巧，也终归只是泽吻磨牙下的伪装。

"师兄不要怕，不疼的。"应琢力道强势又不失温柔，掌心似乎钻出一条半透明的蛛丝，蜻蜓点水般缠了缠奚将阑的手腕。那是他的相纹"檐下织"。"檐下织"悄无声息地贴在奚将阑手腕命门处，一点点试探着像是要钻入经脉中。

奚将阑似笑非笑注视着那条蛛丝，既不反抗也不挣扎，甚至还饶有兴致地说："当年你也想把我做成傀儡过？"

"是。"无论奚将阑问什么，应琢都全无隐瞒，"但诸行斋那群人发现我的目的，盛焦还毁了我一只手。"他轻轻在右手处一抚，那类人的皮肤瞬间褪去，露出一只漂亮精致的木头手。

奚将阑看也不看手腕处即将钻入骨血经脉中的蛛丝，怜悯地点了一下应琢的手。"真可怜啊。"

应琢乖顺地看着他："师兄这是答应了？"

"檐下织"一旦钻入经脉中，奚将阑便会彻底变成受人操控的提线木偶。无论脑海中再如何向往自由，神魂却像是被困在囚笼中，眼睁睁看着那副皮囊做出非我本愿的一举一动。和死了也没什么分别。

奚将阑手指轻轻钩着那丝蛛线，突然没头没尾地说了句："巧儿，你知道什么是反派吗？"

应琢不明所以，但还是乖乖回答："是邪恶，同正道势不两立。"

　　奚将阑捏着应琢的下巴，像是在端详一件物品似的漫不经心地看着那张俊美的脸，随意地说道："不是所有人都想知道我的相纹是什么吗，我今日索性告诉你。"

　　应琢呼吸再次顿住。十三州第十二个灵级相纹到底是何能力，堪称十三州最神秘的未解之谜。灵级相纹从来都是一出便惊天动地，无数人都猜想过他的灵纹是什么，却从来得不到印证，就连奚将阑在天衍学宫那四年，也没有显露出丝毫。除了早就陨落的奚家人，再无人知晓。

　　今日，奚将阑竟然愿意告知他？只属于他的殊荣让应琢心脏狂跳，血液几乎在燃烧，奔腾在经脉中让他耳畔如击鼓鸣金。

　　奚将阑视线无意中扫了一下书架，继续看着应琢，淡淡地开口："'不尽言'，是我的相纹。"

　　应琢心口怦怦作响，听不出来这个相纹名字到底代表什么能力："是什么？"

　　奚将阑也没隐瞒："能看破这个世间的真谛。"

　　"真谛？"

　　"其实这个世界是一本早已写好结局的书。"奚将阑语不惊人死不休，手指轻轻勾着雪白蛛丝绕来绕去，语调淡然，像是在说一件再寻常不过的小事，"你我皆是注定会败的反派，盛焦才是天道之子，受命运眷顾。"

　　应琢眸子黑沉，木头手死死握紧，发出瘆人的"咔咔"声。

　　"书……"

　　应琢下意识觉得这是无稽之谈，但是奚将阑的眼睛太过澄澈，清凌凌像是盈了水波——没有人会不相信这双眼睛，更何况应琢。

　　应琢和他对视半晌，低声道："我……注定会败在盛焦手中？"怪不得盛焦如此得天道眷顾，"堪天道"几乎无人能敌，堪称妖孽。原来他竟是天选之子吗？

　　奚将阑微微用力，勾起应琢的下巴，让他困惑的眼神对着自己，温柔地说道："我在六年前便已知道所有人的结局，你今日也会败一次。"

应琢却道："不，我已将盛焦、横玉度、酆聿杀死，此番我绝不会败。"

奚将阑："……"杀……杀死谁？

应琢解释道："现在我同师兄在一处画舫中，核舟城已经被我封上禁制无人能出。再过片刻，核舟进水，所有人都会死在里面。"

奚将阑高深莫测的笑意僵了一下，闭眼沉默好一会儿，再次睁开眼眸，又是那副淡然运筹帷幄的样子，他淡淡道："盛焦不会死。"

若是"堪天道"和"换明月"这么容易死在一座小小核舟城，灵级相纹也不会让十三州无数世家趋之若鹜。

"就算他不死，也要被困在核舟城半日，不能轻易出来杀我。"应琢自负自大，刚才被"不尽言"的结局吓到的怔然顷刻消失，他笑了起来，重复道："师兄，我不会败给盛焦。"

奚将阑道："谁说你今日会败给盛焦了？"

应琢饶有兴致："那我会败给谁？"

奚将阑微微合眸，似乎在想"不尽言"上的内容，片刻后开门见山道："你今日是不是得了一个新相纹，名唤'三更雪'？"

应琢这次没有再避开相纹画的话题，点头道："这幅相纹画会让我败吗？"

"正是。"奚将阑慢条斯理地说，"恶歧道的玉颓山从秦……秦巳，是叫这个名字吧。从秦巳那得知有人在恶歧道私下买卖相纹，顺蔓摸瓜到了核舟城，三更天后会带着那个女孩秦般般前来指认你抽了她的相纹。"

应琢瞳孔轻轻一缩。"然后呢？"他问。

"玉颓山不会准许恶歧道买卖相纹。"奚将阑道，"他寻到'三更雪'后，会将你封住灵力扔入雪祸幻境自生自灭，浑身冰冻而亡。"

应琢突然就笑了起来。

奚将阑不动声色地道："笑什么？"

"师兄。"应琢扣住奚将阑的手腕，指腹轻轻摩挲着那微凉惨白的皮肤，似乎在探他的脉搏，低声喃喃道，"诸行斋的人都说你口中从无一句真话，我还不信。"

奚将阑神色未变，甚至连脉搏心跳都未急促一丁点："你不信我？"

"我本来是相信师兄的，无论您说什么我全都相信。"应琢温柔地注视着他，"但是不对。"奚将阑想不通自己到底哪句话出了差错。

应琢体贴地为他解惑："'三更雪'没了，我已将它彻底融入画舫之中，玉颊山就算来也寻不到丝毫蛛丝马迹，更无法催动雪祸幻境让我死在其中。"和奚将阑说的全然不同。

要么是"不尽言"的结果是假的，要么……是奚将阑说的所有话皆是胡言乱语。奚将阑指尖不自觉一动，眼神空茫了一瞬："融入画舫？"

"恶歧道从不下雪。"应琢声音又轻又柔，像是一股寒意顺着奚将阑的后背缓缓往上爬，看惯了的俊美面容好似被恶鬼附身，明明乖顺温柔笑着，却让人栗栗危惧。

"我同师兄第一次见面，就是在下雪日。"应琢神色带着些怀念地盯着奚将阑那张脸，"'三更雪'相纹奇特，作为画舫装点最适合不过，能让此处终年大雪。"

奚将阑愣了，呆呆怔怔地看着他。

话音刚落，一直徘徊在奚将阑手腕处的"檐下织"倏地像是游龙般狠狠钻入奚将阑的经脉中，带出一道狰狞的血痕。

核舟城。

决堤的水流奔流而来，将无数修士冲得东倒西歪，努力想要离开此处，但手中出入核舟城的玉令却怎么输入灵力都无用，只能御风到了核舟城最高处。

鄂聿招出两个精魅将横玉度的轮椅抬起来，省得弄湿横掌院尊贵的鞋底。

横玉度垂着眸摆弄大半天玉令，下了个结论："出不去。"

鄂聿坐在他轮椅扶手上，没好气地说道："那我们就在这儿等死不成？"

"盛焦不是在寻出路了嘛。"横玉度眉头皱着，将玉令在手中来回摆弄——这是他急躁时特有的动作。

鄂聿疑惑："那你急什么？"

"我担心将阑。"横玉度无声叹了一口气。

"担心那鬼话连篇的小骗子干什么？"鄂聿冷笑一声，"再说应巧儿不会伤害他分毫，再严重也不过将他做成傀儡。到时候盛焦过去一天雷将那个找死的蠢货劈成焦炭，再将'檐下织'抽出来不就成了。"

横玉度却摇头："我并不担心应琢会伤害将阑。"他真正担心的，是奚将阑手中的"弃仙骨"。

奚绝自年少时便插科打诨四处闯祸，看似没心没肺高傲放肆，但诸行斋所有人都知道他实际上是个心比谁都软的人。应巧儿偏执阴鸷，就算真的打着将奚将阑做成傀儡的盘算，奚将阑许是都不会生气。但如果秦般般的"三更雪"出了问题……

横玉度心中总有种不祥的预感，眉目间难得全是急躁，抬手又放出一只琉璃鸟雀前去寻不见踪迹的盛焦。

鄂聿见一向淡然的横玉度这么失态，也跟着紧张起来："那……那盛焦能打破这个禁制吗？"

"不知。"横玉度道，"若他还是还虚境，怕是困难。"

两人正说着，核舟城灰蒙蒙的天边突然闪现一道煞白雷光。泼天响雷轰隆隆劈下！

雷声震耳欲聋，连鄂聿都抵挡不住捂住耳朵，朝着横玉度疯狗似的咆哮："怪不得他每次都降无声雷！这要是被奚绝听到！他的魂儿都跑十万八千里去了！"

横玉度在雷暴中面不改色，端庄雍容地抚摸着琉璃鸟。他感知到那蕴含着灵级相纹的灵力，眸光微动。盛焦肯定已不是单纯的还虚境，八成心境已入大乘期，只差一线突破机缘。

"糟了。"横玉度轻轻说。

鄮聿看懂他的唇形，咆哮道："什么糟了？我们要死在这里了吗？"

横玉度摇头："我忘记提醒将阑了。"他给奚将阑的那几支"换明月"琉璃玉简，对还虚境以下的效用是可以持续一个月。但若是还虚境以上，便要大打折扣，十天已是极限。横玉度心中暗暗祈祷，奚将阑可别把那些玉简用在盛焦身上才好。

半步大乘期的盛焦御风在半空，天衍珠不知为何躁动不已，像是要控制不住那滔天杀意。

轰隆隆。一道道天雷被他从天地灵力中招来，毫不留情地劈在核舟城禁制之上。十道天雷刚过，天空像是被硬生生撕开了一道口子，暴乱虚空扭曲不已，恶歧道的灵力咝咝往里泄。核舟城的禁制，竟被他暴力劈开了！

下方还在垂死挣扎的修士怔然看着天边，愣了好久才纷纷认出御风半空的黑色人影。

"是盛宗主？！"

"獬豸宗盛焦？"

"盛宗主大恩！"

来不及多言，众人全都挣扎着御风从裂缝处冲了出去。

鄮聿催使精魅将轮椅抬起，转瞬到了盛焦面前。盛焦似乎是嫌鄮聿太慢，一只手轻飘飘抓住轮椅。天雷一闪，三人转瞬离开已被大水淹没大半的核舟城。

核舟城出了大事，险些上万人殒命，不到片刻便传遍整个恶歧道。

能来恶歧道的哪里是什么好人，好好地去买个东西差点儿丧命，无数修士骂骂咧咧，吵着闹着要找恶歧道的人要个公道。

十九巷的酥鱼摊位上，玉颓山正坐在台阶上晃荡着小腿吃小酥鱼，听到主街的喧哗热闹，好奇地探着脑袋往外看："好多人啊。"

摊主是个面目狰狞的魔修，却戴着粉色围裙蜷缩在小摊位上忙活个不停，小酥鱼的香味离老远都能闻到。"大人，他们好像在吵着要让恶歧道还他们公道呢。"

玉颓山差点儿被一粒椒盐呛到，他眼眶发红，上气不接下气地一边咳一边大笑。"公道？哈哈哈！"手中的小酥鱼差点儿掉了，玉颓山笑得满眼都是泪，"在这个恶歧道，竟然有人找我要公道？真是滑天下之大稽。"

恶歧道主街喧哗嘈杂，悬挂两边的灯火被人群冲得四处飘荡，几乎落地烧了起来。

鄮聿甩了甩袖子上的水，嫌弃道："混蛋应巧儿，迟早有一天弄死他。"

横玉度道："无灼，能寻到将阑在哪里吗？"

盛焦没说话，手中一百零七颗天衍珠突然四散而开，带着丝丝缕缕的雷纹飞蹿而出。

横玉度一愣，像是想通了什么："你把那颗天衍珠……"放在奚将阑身上了？！

一百零七颗天衍珠速度极快，只是瞬息便如离弦的箭冲回来，"咔嗒"一声脆响，连成一个珠串垂曳在盛焦手腕。盛焦漆黑眼眸像是有雷纹闪过，骤然抬头看着水纹天空。

恶歧道的天幕便是长川水面，甚至能透过薄薄水幕看到天边明月。明月像是倒映在水面上似的，荡开层层波光粼粼。一只正反颠倒的画舫悠悠在天幕划过。

"砰——"盛焦御风而上，还未靠近便感知到一股强悍灵力从画舫上传来。

横玉度怔了一下，脸色瞬间变了："盛焦！"

盛焦似乎察觉到了什么，脸色阴沉到极点，高大身形宛如一闪而逝的天雷，没等横玉度话音落下便势如破竹般冲向天边画舫。

又是一声巨响，倒悬天空缓缓行驶的画舫剧烈震了一下。

应琢瞳孔剧缩，后背抵在塌了半边儿的雕花木门上，惊愕地看向前方，精致的木头右手已经碎成木屑，和外面呼啸而来的大雪交织簌簌而下。

一条条白纱被风吹得交织交缠，雪纷纷扬扬从破碎的画舫窗户刮进来，奚将阑孤身站在正当中，长发披散而下，垂在身侧的手细细发着抖。"没了？"他呢喃了两个字。

应琢努力站稳身体，垂眸看了眼自己的手。奚将阑明明是个修为尽失的废人，怎会有如此灵力？

"咝"的一声微响。细微的紫色灵力在奚将阑单薄的身躯上一闪，将墨发拂得在半空中胡乱飞舞。奚将阑随之开始剧烈发抖，经脉之下像是有活物窸窸窣窣爬过，诡异得让人遍体生寒。

应琢一惊，厉声道："奚将阑！"他竟然用了"弃仙骨"？！

一道黑雾猛地从奚将阑后颈钻出，原地化为一只黑猫。它吓得浑身的毛都炸开了，惊恐地喊道："奚将阑！住手，我们会死的！"

奚将阑低低笑了出来，病态苍白的脸庞缓缓爬上一道紫色纹路，妖冶又邪鬼。他将满是鲜血的手凑到唇边，猩红的舌尖在手腕处舔了一下，突然牙齿像是叼住了什么微微一合，手腕往下干脆利落地一甩。

探入他大半经脉中的"檐下织"被他强行抽了出来，半透明的蛛丝已染满血迹，带出来时在奚将阑脸庞溅出一道狰狞的血印。奚将阑不知疼似的，眼睛眨也不眨，轻轻张开染血的唇任由蛛丝从唇缝间掉落。

应琢："师兄？"

手腕上的伤口飞快愈合，奚将阑又轻又缓地侧过头看向应琢。大量

"弃仙骨"遍布他的经脉，让他短暂而强横地充盈着滔天的相纹灵力，以至于一个冰冷森寒的眼神都像是带着戾气。

他轻轻启唇，一字一顿，像是在呢喃心上人的名字。身上的杀意却一层一层地拔高，转瞬到达顶峰："应、琢。"

应琢被他一个眼神看得呼吸顿住，血液几乎沸腾起来。是了，这个眼神、气势……这才是当年名满十三州的小仙君奚绝。

从来无人知晓第十二个相纹是什么，更不知用途为何，但奚绝却凭一人一剑，能和身负天衍珠备受天道眷顾的盛焦打成平手。

应琢被奚绝"温柔耐心开导"的翌日，离相斋负责授课的长老有急事出门，特让他最得意的弟子前来代一节课。

奚绝身着艳红绯衣，手握着藤鞭从和煦日光中缓步而出，姿容昳丽让人失魂。他大概自幼体弱多病，身量比寻常同龄人要矮上许多。本以为在离相斋那群比他小一两岁的小崽子面前能勉强找回点自尊，谁知放眼望去，各个都比他高。

奚绝漂亮的眉眼瞬间就耷拉下来，瞪了那几个蹿苗似的少年一眼，手腕一抖藤鞭，连半句废话都没有："来打！"

离相斋的少年们虽然听说过奚绝的威名，但从来没见识过，还觉得是那些人阿谀奉承奚家才夸大其词。瞧见他这么矮，脸蛋长得又像漂亮小姑娘，他们嘴上不说，眼神却全是揶揄和嘲讽。

奚绝察觉到那些人的视线落在自己脑袋上，差点儿发飙，握着藤鞭的手一紧，眼眸沉下来。

"打啊。"

离相斋的少年们听话地上去打。片刻后，一个个"哎哟哟"地躺在地上，爬都爬不起来。

那是应琢第一次看到往日里把他欺负得头都抬不起来的同窗被人打到如此狼狈悲惨。当然，也包括他自己。

将整个离相斋打得人仰马翻，让那些比他高的人只能躺在地上仰视自己，个子矮的奚绝才舒坦了点儿。他干脆利落地将藤鞭收回，正要拂袖而去，视线突然落在半躺在角落的应琢身上。

离相斋所有人看奚绝的眼神都是愤恨和畏惧，只有应琢满是惊羡炽热。

奚绝用鞭子敲了两下掌心，突然走过去，饶有兴致地俯下身，直直地看着应琢的眼睛。他身上还残留着淡淡的桂花香，乍一靠近，应琢下意识地屏住呼吸。

"我记得你。"奚绝勾唇一笑，稚嫩的脸张扬艳美，好似比日光还耀眼，"你是叫……"

"应琢。"

紫色灵纹遍布全身，奚将阑眼神冰冷全是森然戾气，那一团"弃仙骨"没有半分浪费全都被吸纳入千疮百孔的经脉中。整个画舫被奚将阑的灵力震得不住地发出"吱呀"的瘆人声响，像是随时都会坍塌。

"师兄……"应琢缓缓站直身体调动相纹灵力。

"檐下织"陡然化为无数根雪白蛛丝，"叮"的脆响四散而开，转瞬将整个画舫变成蛛丝遍布的盘丝洞。画舫价值连城的精致摆设被瞬息毁了个一干二净。

方才被奚将阑强行抽出来的染血蛛丝落地后一弹，被紫色灵力卷着像是活物一般疯狂挣扎扭曲。

奚将阑姿态散漫地一垂手，蛛丝遽然幻化成一根漆黑的藤鞭。鞭柄被他五指一拢，"啪"的一声撞在掌心紧紧握住。

黑猫几乎在咆哮："奚将阑你是疯了吗？！你和秦般般非亲非故，何苦为她糟践自己？！你现在威风，但'弃仙骨'一旦反噬，你将性命不保！"

奚将阑看都没看它，面无表情地手腕一抖，数丈的漆黑藤鞭游龙般萦绕周身，紫纹噼里啪啦，将冰冷无情的眼眸映出深紫色。

盘根错节的雪白蛛丝和张牙舞爪的漆黑藤鞭交织在偌大画舫中，画面诡异又惊艳。

"师兄生气了？"应琢眸中全是癫狂，他根本不懂奚将阑怒气从何而来，"为了什么？是恨我要将您做成傀儡，还是为'三更雪'？"

奚将阑哪怕什么表情都没有也自带三分笑意的脸上，此时罕见地冷若冰霜，笑起来像是要勾魂撩人的眼眸也如冷山之巅常年不化的寒霜，看向应琢时像是在看一样死物。

"你不该抽她的相纹。"他冷冷地说。说出"抽"这个字时，后颈处的伤痕似乎也跟着传来一阵剧痛。

应琢从未见过奚将阑这样，或者说所有人都没有见过奚将阑这副让人遍体生寒的样子，他像被触了逆鳞，遏制滔天杀意，浑身都在发抖。

应琢笑着道："在这十三州中，觉醒相纹却无世家相护，便如怀璧。我抽她相纹又未夺她性命，且又给了灵石，你情我愿之事，师兄为何动怒？"

话音刚落，漆黑藤鞭宛如游龙，嘶声咆哮一声，冲破面前阻拦的雪白蛛丝，轰然朝着应琢面门而去。

"砰——"

察觉到藤鞭上毫不留情的灵力，应琢神色一沉，猛地抬手从右手断臂处释放出无数蛛丝，强行将藤鞭格挡住。

"师兄，真想杀我？"只是为了个小姑娘，就能不顾后果用"弃仙骨"，甚至想要他性命。明明应琢坦言要将他做成傀儡时，都未能让他动怒半分。

奚将阑似乎是厌倦同他多说，藤鞭凛然，宛如带着紫色雷光劈开格挡的"檐下织"。

明明奚将阑对他全然不留手，应琢竟然不动怒，甚至笑了出来。"这样才对。"应琢心想。

奚绝本就该如此恣睢肆意，心狠手辣——这样的人，才有做成傀儡的必要。

偌大画舫雪白蛛丝、漆黑藤鞭，以及漫天纷纷扬扬的大雪胡乱交织，奚将阑纵身一点曲折藤鞭，身轻如燕转瞬冲至应琢面前。三息间已交手数招。他太多年未动灵力，乍一动手竟有些生疏。

应琢也是看透这一点，浑身蛛丝忽地爆开，宛如一个亲昵的拥抱，"咝咝"几声将半空中的奚将阑团团缠住。奚将阑瞬间成了被白丝包裹的蚕茧。

应琢笑了笑。六年前奚绝虽然天赋极高，但终究只是化神境，更别说这些年修为全失，没有半分精进。就算用了"弃仙骨"，也终究不能越过这具身体的极限，连还虚境都入不了。

应琢慢条斯理地走到被绑得结结实实的"蚕茧"前，五指仿佛在抚琴般随意一动，操控着蛛丝一点点探入奚将阑经脉中。但他五指才刚动，却像是僵住一般。

应琢微微蹙眉。刹那间，根本没等他反应过来，垂在地上的藤鞭再次"活"过来，"啪"的一声猝不及防缠住了应琢的脖子。

应琢一怔。被层层包裹的蚕茧从内部爆发出一股紫色灵力，宛如天崩地裂直直炸开，连虚空都荡漾出一圈圈波纹。雪白蛛丝碎成柳絮，混合着大雪纷纷扬扬飘在半空。

奚将阑一袭绯衣站在蛛丝大雪中，手握着藤鞭，因摄入太多"弃仙骨"而变得紫色的眸子邪崇勾魂。杀意和修为几乎是一同交叠着往上升。金丹、元婴、化神境……

应琢瞳孔一缩。

奚将阑身上的气势竟然直入还虚境，甚至隐隐有种碰到大乘期壁垒的气息。就算有"弃仙骨"，他的修为也不会超过经脉极限才对。难道……

"应巧儿。"奚将阑似乎喟叹，又似乎困惑，轻轻地说，"天衍在上，你为何要将活生生的人视为冰冷的木头呢？"

应琢正要开口。

奚将阑五指一拢，藤鞭像是活物似的狠狠勒紧他的脖子。

"嘘。"奚将阑伸出修长的手指抵在唇边，举止优雅又尊贵，柔声道，"师兄不想听。"

话音刚落，藤鞭宛如锋利的利刃，猛地一紧。只听到一声清脆的像是木头折断的声音，应琢视线一阵颠倒旋转，耳畔还传来"咚咚"的脆响。直到视角变成仰视，他才后知后觉……奚将阑竟用藤鞭将他的头颅削了下来。

因方才去软椅上躺了一会儿，奚将阑此时赤着脚，艳红袍裾曳地，踩着一地蛛丝积雪缓步而来，微微蹲下来用冰凉的指腹抚摸着应琢的脸。

"木头……"奚将阑面无表情地歪着脑袋，轻轻道，"你的真身在何处，我去杀你。"哪怕说着"去杀你"这样的话，他的语调依然温柔得像是呢喃之语。

应琢不光右手是木头做的，整个全身都是仿制人类骨血做成的，脖子被整齐削断，干净利落的平整切口处甚至还溢出点红色树根汁液，好似在流血。

应琢头颅和身体分离，维持那伪造心脏的分神灵力也在不断消散。他一动都不能动，却癫狂地纵声笑了出来。

"师兄，哈哈哈，师兄……"应琢眼眸里全是泪水，痴狂盯着奚将阑那张脸，"你是在动手之前知道我是木头傀儡，还是动手之后？"

奚将阑温柔地说："傻孩子，自然是动手之前。"

应琢看着他冰冷无情的眼睛，突然遍体生寒。这是第一次，也是唯一一次，他终于看出来自己这个满嘴谎话的师兄到底是不是在说谎。

应琢笑得更大声了，眼泪却簌簌往下落。

"轰——"

画舫外像是驶入深海，惊天动地的雷声猛地袭来，雪白雷光从外劈开，像是堆雪似的疯狂涌入画舫中。

奚将阑的眼神空茫一瞬。

黑猫再次蹦出来，爪子上结了个定魂咒，猛地拍在奚将阑脸上："定魂！"

奚将阑被拍得脸一偏，病白的侧脸瞬间浮现一个猫爪红印。不过涣散的眸子也跟着聚焦。

"弃仙骨"还在源源不断为他输送灵力，奚将阑只是一瞬便察觉到外面熟悉的灵力。盛焦，真的来了。

奚将阑死死咬了咬下唇，将苍白的唇咬出一道血痕来，疼痛让他保持清醒。

"快走——"黑猫来不及骂奚将阑，"盛焦肯定为奚清风的相纹画而来，让他去查！你先逃命再说！"

奚将阑眼神冰冷，伸出五指轻轻动了动。他在判断自己此时的修为几何，若是孤注一掷能不能把盛焦的性命留在这里。

就在这时，一直安安静静默默流泪的应琢突然道："师兄，奚家的其他相纹画就在画舫阁楼。"奚将阑被打断思路，低头看他。

"师兄，师兄。"应琢又喊了他几声，呢喃道，"我在中州——如果你想知道当年屠戮奚家的罪魁祸首是谁，那就来找我吧。"

奚将阑看了他半天，终于笑了："好啊。"他漫不经心地用指腹划过应琢还残留温度的木头脸庞，嘴唇勾起："……只要盛焦死了。"

"我会杀他。"应琢满是泪水的眼睛重新染上几丝炽热和癫狂，"我会为了师兄杀了他。"

明明是他在要挟奚将阑前来中州，最后提条件的却是奚将阑。

得到这句话后，奚将阑意兴阑珊地站起身，没有再管向他拼命保证的应琢，摊开掌心接了一捧冰凉的雪花。同画舫融合的"三更雪"，不知要如何分离出来。

奚将阑摸了摸脸上的猫爪印，感知到画舫的禁制还能再撑一会儿，抬步朝着应琢所说的画舫阁楼而去。果然如黑猫所说，整个画舫都是"三更雪"的气息。

黑猫跳到他肩上，为即将到来的盛焦紧张恐惧得不得了："你又做什么？！"

奚将阑不答。

走到画舫阁楼之上，放眼望去，木墙之上全都是诡画。奚将阑手指轻轻抚摸那微微蠕动好像还有生机的相纹画，紫色眸子黯淡，不知在想什么。

黑猫急得不得了："走不走啊？獬豸宗的人都要打上来了！"

獬豸宗的盛焦的确要打上来了。天衍珠带动天雷将画舫上一层接着一层的"乌龟王八壳"给一一击碎，直到隐约听到画舫里的声音，盛焦才面无表情地将震耳欲聋的雷声隐去。

无声雷一道道劈下，终于彻底将所有禁制击破。

盛焦连个盹儿都没打，飞快进入画舫中。只是匆匆扫了一眼，眉头一皱。整个画舫全是交手的痕迹，雪花蛛丝散落满地，狼藉一片，当中还躺着一个头首分离的身体。细看之下，竟是应琢。

盛焦脸色阴沉下来。奚绝恢复灵力了？

看到盛焦上来，几乎半张脸都浸泡在泪水里的应琢突然恨恨道："盛焦！"

盛焦厌恶地看着他，没等他嘴中说出什么让人不适的话，直接招来天雷。一道无声雷落下，直直将应琢的木头身体全部劈成齑粉。那道分神也被碾碎，让远在中州的本体受到重创，呕血不止。

画舫顶上似乎有声音传来。盛焦快步上前，途中不知如何想的，又再次将"硬茬儿"的伪装皮囊披上，甚至猛地一甩手，把一直缠在他手腕上的天衍珠直直扔飞出画舫。独属于盛焦的灵力气息被完全掩盖住。

盛焦这才上到画舫顶端。

奚将阑并没有逃走，此时正背对着他站在一堆相纹画前，微微仰着头，散乱的乌黑头发和绯衣交融，垂曳在地上，微微盘出几个圈来。

听到脚步声，奚将阑面不改色，淡淡地偏头看来。只是一眼扫过去，他愣了下。

来人不是盛焦吗，怎么是獬豸宗那个"硬茬儿"？

奚将阑不动声色地和"硬茬儿"对视，体内"弃仙骨"的灵力依然充盈，让他不着痕迹地感知到此人的灵力。的确……不像是盛焦，且也没有天衍珠的气息。

盛焦和天衍珠从不离分，就算用障眼法怕也是将珠子隐去，不可能没有半分气息。

奚将阑和盛焦对视好一会儿，突然笑了起来，殷红的唇像是由鲜血擦拭成的，柔声道："大人啊，真是人生何处不相逢，咱们又见面了。"

他喊"大人"时，又是那副慵懒语调，好像刚才面无表情浑身杀意的他只是个幻觉。

盛焦打量着他，蹙眉："'弃仙骨'？"

奚将阑弯着眼睛笑："大人也知道'弃仙骨'这等好东西？"

盛焦将视线落在奚将阑垂在一旁的手上。那只沾了血的手正在微微发着抖。

只是仔细看就能发现，不光是手，奚将阑的整个身体都已经开始颤抖，像是终于撑到了极限似的，唇角也溢出一丝鲜血。

盛焦空洞的眸子剧缩一瞬。他正要上前抓人，却见奚将阑像是再也撑不住，猝不及防吐出一口鲜血，身形宛如折翼的蝴蝶，踉跄着栽了下去。

盛焦呼吸都屏住了，身形如一闪而逝的天雷转瞬到奚将阑面前，一把将奚将阑扶住。

奚将阑似乎是疼得狠了，整个身体蜷缩成小小一团。他用双手死死捂住唇，似乎以为这样就能止住血一般，但指缝中还是源源不断溢出狰狞的血迹，那张秾丽的脸瞬间惨白下去，甚至隐约可见死气。"咳咳！"

盛焦看到他不断吐血，整个人似乎都僵住了。

见面前面无表情的"硬茬儿"大人伸手好像大发慈悲想要给他输灵力，奚将阑奄奄一息地摇摇头，发着抖将盛焦扣在他手腕的手给强行按了下去。

"大人……"奚将阑断断续续，眼神空茫并逐渐开始涣散，"盛焦来了吗，我……想见他。"

盛焦一愣。

奚将阑失神地看着他，漂亮的眸子像是即将干涸的枯井，从眼尾倏地滑下两行滚烫的热泪。"盛焦。"奚将阑带着他自己都没察觉到的哭腔，像是乞求似的喃喃道，"我不怨他……"

盛焦的手一抖。

大概是"弃仙骨"用了太多，奚将阑神志几乎被震碎，有一瞬间忘了自己身处何地，迷迷糊糊地注视着盛焦，缓缓抬手："盛焦……"

但他太过虚弱，一点力气都没有，手刚抬起就垂了下去，重重摔在地上。奚将阑像是回光返照似的张开唇，似乎想说什么。

盛焦俯下身去听。

奚将阑再次蓄了点力气，勉强钩住他的脖子，凑到他耳畔呢喃道："我……"声音细若蚊嗡，像是弥留之际用尽力气才能说出的话。

盛焦面无表情，任由他攀着自己的肩膀，将滚热的呼吸凑上来。

在盛焦看不到的地方，奚将阑那双漂亮的眼眸突现狠意，贴着盛焦脖颈的手悄无声息浮现一团紫色灵力。"弃仙骨"充盈在经脉四处，势如破竹从他掌心朝着面前人的脖子重重击下去。

"刺——"

奚将阑这一下用了十成十的力道，就算此人灵力滔天，也别想活命。别管这人是不是盛焦，先摆脱了，自己才好逃跑。

奚将阑佯作奄奄一息的脸上已全是冷漠，眼眸中的紫色流光倏地一闪，寒光乍现。

只是在即将得手之际，一只手突然毫无征兆地扣住那盈着灵力的手腕，微微一扭，疼得奚将阑"嘶"了一声。奚将阑愕然看去。

盛焦冷冷扣着他的手，强行将他扯起来："还想杀我？"

奚将阑："……"又被看穿了？！

奚将阑都要被这个"硬茬儿"给彻底弄崩溃了。怎么好像自己所有把戏在此人眼中皆被看穿？！这人到底是人是鬼？！

伪装和谎言全部被戳破，奚将阑完全不知道"尴尬"两个字是什么，索性一不做二不休，眼睛眨也不眨地顺手将掌心灵力轰然击出去。就算杀不了他，伤到他也稳赚不赔！

盛焦没想到到了这个地步奚将阑竟还敢动手，只是失神一瞬，紫色灵力已经冲着面门而来。

"砰！"

盛焦慢了半拍才格挡住那团毫不留情的狠辣灵力，但奚将阑太狠了，打着让他死的架势动手，灵力直接肆意开来，落在盛焦脸上。

"滋滋"两声，紫色灵力像是水入了热油。盛焦脸上猛地荡漾出一圈圈沸腾跳跃的水波，又宛如火焰焚烧雪白纸张般，障眼法被强行破除，一点点褪去伪装。

奚将阑正在暗暗想着伤了这人要如何逃脱，眼神四处乱飘，乍一听到古怪的声音，疑惑地偏头看去，突然一呆。

障眼法和皮囊伪装这两个术法奚将阑最擅长，自然也更清楚障眼法破除后的反应。伪装随着那圈水波散去，露出虚假皮囊下那张真正的脸。

面容冰冷俊美，宛如雪山之巅的呼啸寒风，森然凛冽令人望而生畏——盛焦。

奚将阑彻底愣住了。

第八章

狭路终相逢

"⋯⋯英明神武,十三州第一⋯⋯"

"情同手足!"

"⋯⋯盛宗主抱尸恸哭,一怒之下杀了你为我陪葬⋯⋯"

曾经为了保命而胡编乱造的话此时像是回旋镖似的从天边绕回来,"咻咻"撞在奚将阑那助听万物的耳饰上,将他脑仁都撞得一阵发麻发寒。说过的一堆胡言乱语像是无数鸟雀在脑袋上飞来飞去,叽叽喳喳环绕耳畔。

奚将阑剧烈抖了一下。他想过和盛焦重逢后的场景,无外乎剑拔弩张、拔剑相向,抑或是撒腿就跑未果被一剑穿心,反正终归是惨烈又伴随着恨意杀气的。可没想到⋯⋯

对着盛焦那张让奚将阑做梦都会惊醒的脸,他第一反应竟然不是即将被杀的恐惧,而是铺天盖地的蔓延至全身经脉的尴尬和羞耻。

奚将阑突然想死。

盛焦还扣着奚将阑那只不安分的手,他身形高大,冰冷空洞的眼眸垂下注视着奚将阑,带着浓烈的让人心悸的压迫感。

奚将阑像是气若游丝的幼兽一头栽入猎坑,毫无反抗之力只能任人宰割。

"哥⋯⋯哥哥。"奚将阑呼吸都屏住了,浑身紧绷,勉强露出个乖巧的笑容,"久违久违。你的哑巴症治好了吗?"

盛焦无语,奚将阑这张嘴里就不能说出句人话吗?

盛焦见身份败露,面如沉水将缚绫扯出。

这下奚将阑来不及尴尬羞耻,飞快朝一旁的相纹画一指,嘴皮子无比利索,唯恐晚一步就要被逮进那暗无天日的囚芥里。

"奚家相纹——应巧儿必定和六年前屠戮奚家之人有牵扯，獬豸宗冤枉我多年，现在终于寻到一丝线索，就不必拿我这个可怜受害之人当嫌犯充数，来挽救盛宗主、獬豸宗的名声了吧。"

奚将阑一边求饶告罪，一边却又夹枪带棒，听得人来气。盛焦早已习惯他的说话方式，充耳不闻将缚绫往他手腕上扣。

"盛……盛焦……"奚将阑似乎被他冷酷无情的样子镇住，也不挣扎任由他将缚绫缠在手腕上，好一会儿才轻声道："盛焦，你……别这样对我。"

盛焦系缚绫的手指一顿。奚将阑之前被天衍珠砸了一下的微红指尖还发着抖，他肤色本就雪白，加上常年病弱，苍白手腕被盛焦直接捏出一圈瘀痕。

"獬豸宗的宗门长老依然有曲家的人。"奚将阑面对盛焦连逃跑的勇气都没有，他像是终于知道怕了，声音带着一丝不易察觉的恐惧，"我若入獬豸宗，他必定不会放过我。"

奚将阑很少会在旁人面前示出自己的惊慌，此时哪怕极力隐藏，却还是遮掩不住眸底的惊惧。他怕那位曲家长老。

盛焦突然抬手掐住他的下巴，强行让他抬起头来。

奚将阑眼中清凌凌一片，好似羽睫一眨就能落下两行泪水，不安又惶恐。

盛焦注视那双眼睛许久，突然轻轻动了动削薄的唇。"曲家长老，三年前早已死在南境，尸骨无存。"

奚将阑一愣。

"而你，奚绝。"盛焦冷冷道，"三年前曾在南境花楼逗留半年。"

"我……同我有什么关系？"奚将阑眼中全是找不出丝毫伪装的迷茫和惊愕，"我是被你们獬豸宗的搜捕令逼得没办法，才去南境花楼当花魁避开追杀——谁知道堂堂獬豸宗长老那么一大把年纪了，还为老不尊去花楼，这也能怪到我身上？"

听到"花魁"这两个字，盛焦眉头轻轻动了动。知道他不会说实话，盛焦冷冷一抬手。

被扔出画舫外委屈绕着恶歧道转圈的天衍珠宛如一道流光，"唰"地破窗而入，叮当几声脆响，一百零七颗天衍珠乖顺地缠在盛焦手腕上。每一颗天衍珠皆是天衍恩赐，一颗甚至比一条天衍灵脉还要珍贵稀罕。

几乎在天衍珠出现的刹那，奚将阑的脸色瞬间苍白如纸，左手奋力按住右肩，控制不住痛吟一声。肩上黥印像是沸腾的岩浆，冲开那点红痣从骨血经脉中蹿出，猛地闪现一个幽蓝雷纹形成的"灼"字。

一百零七颗天衍珠也跟着"滋滋"作响，噼里啪啦闪现一丝丝漂亮璀璨的雷光。

黥印瞬间发作让奚将阑呼吸急促，满脸冷汗还在艰难地笑，边喘边道："怎么，盛宗主也要将曲家长老死在南境之事算在我身上？也行，总归我的罪名数都数不清，不在意再背多一条人命。"

盛焦默不作声屈指一弹天衍珠。躁动不已的天衍珠瞬间安静，每颗珠子飞快旋转，发出"咔咔"的清脆声响。

奚将阑记得这个声音。当年他入獬豸宗时，盛焦也是这样用天衍珠来断定他是否有罪的。那时的一百零八颗天衍珠，只有一颗显出"诛"字。正因为那个"诛"字，奚将阑险些在獬豸宗送命，又东躲西藏数年苟延残喘。时隔六年，盛焦竟然再次用天衍珠断他的罪。

奚将阑想笑，但肩上的黥印热意遍布全身，热得他汗水滴答滴答往下落，打湿脸侧的乌发。这股燥意太难受了，奚将阑并没意识到被"弃仙骨"折腾得破损的经脉缓缓流过一道暖流，疼痛稍减。

天衍珠陆续停止转动，雷纹相撞，像是烧起来的蓝色幽火。

奚将阑抬头去看天衍珠，第一眼便是那颗从一开始就没动的熟悉珠子，正是六年前断他罪的那颗。

奚将阑记性极佳，记得当年那颗珠子上有道很漂亮的白纹，像是蜜蜡晕色，好看得很。只是不知为何六年过去，那珠子竟像是风吹日晒过似的，消颓破落，灰扑扑的，和其他珠子格格不入。即使如此，它还是顽强地显示着"诛"字。

死倔。

盛焦冷眼旁观天衍珠挨个停止。直到周围恢复宁静，他漫不经心垂眸看去时，瞳孔一颤。

一百零七颗天衍珠，本该只有一颗显"诛"字，但这次不知为何，四个瑟瑟发抖的珠子和灰扑扑的那颗紧挨在一起，显出艳红的——"诛"字。

盛焦手一颤。

奚将阑直勾勾盯着那五颗珠子，紫色眼眸中像是有扭曲的旋涡，轻轻动了动。

一刹那，两人都没有说话。

周遭气氛紧张到让人窒息，盛焦和奚将阑冷冷对视，嘴唇轻动："奚绝……"

这两个字甚至都没有说完，奚将阑突然眼睛眨都不眨地凭空招出漆黑藤鞭，"弃仙骨"的磅礴灵力再次从经脉中腾起，直冲还虚境，"啪啪"两声朝着近在咫尺的盛焦抽去。

盛焦愣了愣，天衍珠瞬间四散开来，化为雷纹结界挡住那毫不留情的藤鞭。

"啪——"

一声脆响。奚将阑干脆利落地起身，身轻如燕往后一退，全无方才气息奄奄的重伤模样。纤细手腕抖了抖藤鞭卷住画舫木柱，微微一勒。扭曲如游蛇的藤鞭猛地绷直！

"砰"的一声闷响，强行让奚将阑往后撞出去的身体停滞住，他赤着的脚蹬在木地板上，玉似的足尖一阵青白。

盛焦孤身站在那儿，一百零七颗天衍珠围绕周身杀意滔天，在一阵雷光肆意中冷冷看他。

在天衍珠浮现"诛"字时，一直平静的盛焦像是被凭空塞了一堆无处安放的杀意，连瞳仁都变得森冷，宛如一尊无情无感的冷面杀神。

奚将阑哪怕知道那几个"诛"字会让盛焦毫不留情地杀了自己，对上他骤然冰冷的视线，还是罕见地呆了一下。不过很快，他勾唇一笑，好像那一瞬间的失神只是错觉，姿态散漫将乌黑墨发胡乱理了理，面容张扬明艳。

"天道大人，这就没意思了——奚家相纹线索已摊在明面上，罪魁祸首明明另有其人，您却还是追着我不放。"

那五颗天衍珠像是有神志似的，张牙舞爪地朝着奚将阑噼里啪啦响。盛焦垂眸看了它们一眼，天衍珠瞬间安分，只有那颗死偏的还在放着小雷电。

"天衍在上。"盛焦对他的话显然已习惯了，漠然道，"奚家屠戮，同你有关。"

旁人说"天衍在上"时，总是敬畏崇敬的，但盛焦的语调却古井无波，好似被整个十三州奉为神祇的天衍灵脉于他而言，不过一座寻常山峰。

奚将阑笑了起来，藤鞭游龙般围在身边，亲昵地蹭了下他染血的脸颊。既然撕破了脸，眼下只有两条路可走。要么在"弃仙骨"效用期内，让盛焦命殒此处；要么……

奚将阑紫眸一缩，藤鞭挥舞而去，呼啸着朝盛焦抽去——如此长的藤鞭他使起来得心应手，鞭尖抽过去时甚至没有触碰到纷纷扬扬的雪花。

"铮！"

藤鞭和雷光相撞，竟然发出金石相撞之声，紫色灵力和蓝色雷纹冲到一块，细碎如蛛网的光芒充盈整个画舫，融合于画舫的"三更雪"发出"吱呀"的声响。

还虚境对半步大乘，在"弃仙骨"的伪天衍灵力的加持下奚将阑竟然能同盛焦打成平手。

画舫如惊雷落下时接二连三地发生剧震。

奚将阑随手取下耳饰扔在一边,足尖蹬着半空弯曲的藤鞭借力往前,在无声雷中身形如箭冲到盛焦面前。

盛焦眼睛眨都没眨,天衍珠当即就要狠狠劈下。

奚将阑突然喝道:"冬融——"

话音刚落,盛焦腰间隐藏身形的冬融剑瞬间出现。有天衍珠,盛焦很少用冬融同人交手。

冬融和春雨是同一块灵剑石铸成,灵力相连,奚将阑乍一出声唤它,冬融晕乎乎地从盛焦腰间飞蹿而出,"啪"地落在奚将阑掌心。

奚将阑眼睛眨也不眨,艳美的脸上浮现一抹勾魂摄魄的笑意,握剑便劈!

盛焦心道:"他怎么敢?"

奚将阑就敢。趁着冬融没反应过来,转瞬破开能让天崩地裂的雷光,在即将冲到盛焦面门时,五指狠狠在剑刃上一滑,血迹布满整个剑刃。

冬融剑终于反应过来,自己又被拿来砍主人了,赶忙挣扎着想要离开。但奚将阑没给它机会,那血似乎淬着毒,闪现一抹血光,干脆利落地往盛焦身上斩去,丝毫不留情面。

冬融剑灵尖叫:"啊——"

盛焦瞳孔轻动,抬手一勾,五颗显示出"诛"字的珠子瞬间挡在他面前,同冬融剑遽然相撞。

"锵!"

冬融剑刃上一滴血落在盛焦脸颊,"咝咝"一阵微响,竟将他的脸腐蚀出一圈狰狞的红。奚将阑连骨血中都淬着毒。

但盛焦眼睛都没眨一下,宽大的手掌以肉眼都捕捉不到的速度猛地往前一探,将半空中还未来得及退去的奚将阑一把抓住。

"砰"的一声闷响。盛焦力道大到无法想象不容抗拒，近乎冷血无情地扼着奚将阑的脖颈，将单薄身躯狠狠掼在地上。

冬融剑已经重回他掌心，寒光乍现，剑尖直朝奚将阑心口落下。

奚将阑猝不及防，整个人像是折翼蝴蝶，轻而易举被按住，后背撞在地上，险些直接呛出一口血。就在冬融即将落下时，他倏地张开五指结出一团灵力挡住冰冷剑尖。

剑尖往下，结界阻拦。彼此用尽全力厮杀，手都在颤抖。

"轰！"奚将阑用力一甩，力道之大竟让冬融剑从盛焦掌心飞出，狼狈地落在地上。

盛焦面容森寒，脸侧狰狞的伤口缓慢地愈合，眼眸带着杀意，一字一顿像是雪山崩塌，撼天动地："奚、绝。"

"咳……哈哈。"奚将阑被扼住命门，竟然还在笑，他笑得浑身颤抖，手指挣扎着伸向前，一点点揪住盛焦的衣襟。

盛焦居高临下注视着他，强大而冷厉的身形给足冰冷的压迫感。他冷冷扣住奚将阑不知道在做什么小动作的手，吐字如冰："你若再……"

奚将阑突然道："盛无灼。"

盛焦一愣。

奚将阑突然不管脖颈处那双要人命的手，咬破的舌尖血从唇角缓缓溢出，宛如游龙顺着下巴往下滴落。那毒血滴落后竟然凭空化为血雾，悄无声息萦绕周遭。

盛焦还在愣神。反应过来时，一股丹桂的气息已逼近他周身。盛焦瞳孔剧缩，毒血凝成的血雾彻底将他笼罩。

盛焦浑身一僵，耳畔剧烈嗡鸣。浑身血脉奔腾的声音如涓涓流水，淌过每一寸经脉，甚至连指尖都泛着酥麻。一百零七颗天衍珠像是断了线的珠子，僵在半空一瞬，噼里啪啦砸在地上。

同时，横玉度和酆聿终于登上画舫。

酆聿嘚啵："他们不会真的打起来吧？"

横玉度蹙眉："盛焦的灵级相纹很难缠，无论他本心如何，却只能万事遵公道、不可藏私——我听说天衍珠执意要断将阑有罪，刚才那阵仗，恐怕两人已经打上头……"话还没说完，就听到里面传来奚将阑的一声……

"——听之、任之、护之！"琉璃雀尖啸一声。"换明月"的灵力猛地溢满整个画舫。

横玉度唇角不自觉地抽动，隐约有种不祥的预感。

奚将阑的血带着古怪的香气，一滴舌尖血甚至能生出大片毒雾，彻底将两人笼罩在猩红雾影中，外人只能影影绰绰看到个剑拔弩张的影子。

那不像是血的味道，倒像是……盛开的昙花。

盛焦浑身一震，立刻就要往后撤，但为时已晚。奚将阑的血带着剧毒，一滴舌尖血也让盛焦这种半步大乘期的修士浑身灵力停滞一瞬。

盛焦瞳孔几乎缩成一个点，浑身僵硬如石，手掐住奚将阑的脖颈却怎么也用不上力，甚至连往后撤都做不到。两人眼底全是无情的算计和冰冷的杀意。

奚将阑察觉到盛焦僵住，他终于放开人，眸子涣散，羽睫一眨一滴水直接滚了下来。

一滴舌尖血制不住盛焦太久，奚将阑一边喘一边抖着手五指一拢。一声琉璃破碎声，横玉度给他的五个琉璃玉简被他硬生生捏碎在手中，划破光洁的掌心。

在天衍学宫时，奚将阑就总是找横玉度拿琉璃雀保命。当年他弄断酆聿的鬼刀，被千里追杀时，就是用了这个"听之、任之、护之"，强行把盛焦绑来当护卫，这才救了自己一条小命。

这次为了以防万一，奚将阑要了五支"换明月"玉简。此时毫不犹豫全部用上，就算盛焦有天大的本事，也要在一个月之内不许动他分毫，甚至还任由自己摆布。

琉璃雀破碎的灵力落在盛焦胸口，倏地化为铺天盖地的灵力绑缚住盛焦的神魂！

"我有琉璃雀，可换明月。"

盛焦视线冷厉地看向奚将阑。

"换明月"生效后，奚将阑没了性命之忧，脱力地摔回地板上，手背搭在额间，再也忍不住闷闷笑了出来。满头乌黑乱发披散在地上，厚厚积雪混合着红衣血痕，像是盛开了耀眼花朵的一根根漆黑藤蔓，淬着毒。

漂亮又令人望而生畏。

单凭奚将阑此时的灵力，无法在此地杀了盛焦。这"听之、任之、护之"的一个月时间，足够奚将阑在盛焦被迫的保护下平安无事去中州寻应巧儿，找到屠戮奚家的罪魁祸首。

这是他选的另一条路。

时隔六年，本以为算无遗策的盛焦再次被奚将阑以同样的方式算计，脸色阴沉得几欲滴水，冰冷看着身下的奚将阑。

盛焦下颌紧绷，眼神冰冷宛如暴风雪突临："奚绝——"

"我在呢。"奚将阑眯着眼睛辨认他的唇形，嬉皮笑脸地说，"不过劝盛宗主还是对我客气些，否则我丧心病狂，不知道会不会借着'换明月'做出什么有辱斯文的事呢。"

盛焦霍然起身！他大概是气急了，地上散落的天衍珠每一颗都在簌簌发着抖，面上却还是冷若冰霜，眼神黑沉，像是随时随地都能杀人。

奚将阑躺在地上哈哈大笑。他舔了舔唇角，感觉自己累得好像啃了一嘴冰碴儿，冰得舌尖发麻。

盛焦拂袖就走。

奚将阑注视着盛焦的背影，突然从满堆伪装的脏心烂肺、虚情假意中，扒拉出一丝难得的鲜血淋漓的真心。如果不是天衍，他们或许不会像如今这样，相逢见面，皆是令他作呕的虚伪算计。可终归……

奚将阑怔然心想："我终归是要活下去的啊。"

盛焦沉着脸将唇角的血抹掉，往前走了几步，才察觉到画舫中有人来了。

酆聿察觉到冰刀似的眼神狠狠刮了自己一刀，忙满脸正色地两指指天。"我们发誓，什么都没看到，盛宗主可别把我们灭口了。"

看了这个天大的乐子，酆聿兴奋得都要疯了，但他也知道看盛焦的乐子得命硬才行。

地上天衍珠瞬间被雷光牵引，飞快连成珠串缠在盛焦手腕上。盛焦没说话，只是冷冷瞪了横玉度一眼。

横玉度给奚将阑的"换明月"没想到会被用在好友身上，他有些尴尬，垂着头瞅自己的足尖，心虚得默不作声。

盛焦收回视线，连张嘴都懒得张，灵力催动声音："核舟城有其他相纹画，全都寻出来退还回去。"

盛焦已经明白过来自己显然被人当枪使了，但他并不介意。中州各大世家手中霸占天衍灵脉，若是恶歧道有个私下买卖相纹的，对中州世家也无半分好处。

酆聿没好气道："喂，你当我是你下属呢，那个小呆瓜上沅呢？"

盛焦五指紧握，天衍珠绕着他的手腕不住地凭空转圈，似乎……很恼怒？

横玉度对诸行斋众人的性子都很了解，小心翼翼盯着盛焦看了好一会儿，不知道他是不是为再一次被奚将阑用"换明月"算计了而恼羞成怒？有点看不懂。

盛焦大概是气得一句话都不想说，任由酆聿在那叨叨。

横玉度自知理亏，倒是愿意为他跑一趟，他偷偷拽了拽酆聿的衣袖，心想赶紧闭嘴吧。酆聿不明所以，回头瞪他。

"好，我替你跑这一趟。"横玉度温声道，"那将阑……"

他想提醒奚将阑几句话，但是盛焦修为比他高，若是传音肯定会被发现，只好按捺住，轻轻地说："将阑用了'弃仙骨'，那东西效用过去后，恐怕会有……十天……的重伤期，你直接带他去药宗找小毒物吧，看看能不能治好他，让他少受些苦。"

盛焦抬手一指，示意他赶紧走，少碍眼。

横玉度无声叹气，又对着慢吞吞站起来又跟跄摔下去的奚将阑道："将阑啊，还有……十天！天衍学宫就要截止招生了。"

奚将阑好不容易找了个保命符，此时心情极好，正撑着地慢慢地起身，手在地上不断摸索，像是在找什么。他抬头辨认横玉度的唇形，没听出来话中太隐晦的意思，笑吟吟道："知道啦。"

横玉度无语，他到底有没有发现自己的暗示？"换明月"只能禁锢盛焦十天，若是奚将阑全然不知，十天之后还在作死，那……

场景有点悲惨，横玉度不愿看。

横玉度被骂骂咧咧的酆聿推着离开，犹豫一下还是觉得不忍心，破罐子破摔地朝着奚将阑传音："将阑，换明月对盛焦只有十天效用，你小心儿，切记不要太得罪他。"

盛焦冷冷剜了他一眼。

横玉度就当没看到，心怀侥幸地去看奚将阑。

奚将阑之前怕盛焦用雷音对付他，特意将耳饰拿了下来，此时刚从角落里找到，调试好一会儿才扣在耳朵上。周围的声音呼地灌入耳中。

察觉到横玉度的视线，奚将阑疑惑道："啊？怎么了？"他错过什么了？

横玉度无奈，到底有没有听到啊？！

盛焦的眼神都要吃人了，横玉度只好一步三回头地走了。

奚将阑不明所以，只觉得六年不见，横老妈子怎么越来越啰唆了，看临走时那个眼神，像是见他最后一面似的满脸不忍和同情，好慈爱啊。

叽叽歪歪的酆聿和慈爱的横玉度一走，整个冰冷画舫又只剩下奚将阑和盛焦。

看着大雪中身形挺拔如松的盛焦，奚将阑眼眸一弯，笑吟吟地说："盛宗主，我站不起来了，等我一会儿呗。"

盛焦视线冰冷地看他。

奚将阑有恃无恐，嚣张回望。只是袍裾下的腿却在努力克制着发抖，像是在忍着疼。

盛焦深吸一口气。

"换明月"若是在交手时他必定能将灵力击碎，躲掉横玉度的言灵控制，但这个琉璃玉简和攻击时的囚笼或琉璃剑全然不同，就算盛焦再排斥，被"换明月"困住的神魂还是不可自制地听从奚将阑的指令。这便是灵级相纹的可怕之处。

盛焦面无表情地站在那儿，居高临下地注视着他。

奚将阑面容明艳，细看下脸颊上有个未消的猫爪红印，笑起来时恍惚有种年少稚嫩的天真烂漫。他的小腿垂在一旁，似乎真的不能动了。

盛焦一怔，垂眸看他。

奚将阑用力蹬了蹬小腿，苍白着脸却还在冲他笑："嘻！"

好好一画舫，奚将阑在里面打了两架，已经差不多要散架了。

月已西沉。天幕水波潺潺，画舫倏地化为桃核大小，直直落在奚将阑掌心。

奚将阑已经歇息半天，终于在盛焦要吃人的注视下慢吞吞地站起来，被他带出长街。

奚将阑若无其事地把玩着核舟，一绺头发丝似的紫色灵力缓慢探入缩小无数倍的画舫中。"三更雪"果真已经同画舫融合，树根似的相纹被放大拉伸，像是生长的藤蔓密密麻麻遍布画舫，寸寸扎根。相纹融合简单，但若想重新从这等死物上分离，怕是难上加难。奚将阑若有所思，五指灵活地动了动，让桃核在指节处上下翻飞，衬得手指纤细苍白。

恶歧道的烂摊子横玉度会处理，盛焦面无表情地带着奚将阑重回此地无银城。

从水波结界离开，到了长川岸边，一阵轻微颠簸，奚将阑踉跄了一下。此时已是三更半夜，月光皎洁，宛如白日。

长川潺潺，蛙叫蝉鸣。

盛焦回头看向奚将阑，倏地一怔。

说来也怪，方才明明两人剑拔弩张好似不死不休，但此时却气氛融洽。六年逃亡似乎没让奚将阑的相貌变多少，他好像依然张扬，如年少时那般没心没肺、鬼话连篇。

此时的他安静地站在那儿，眉眼柔和，似乎是在看月亮，那点强装出来的嚣张、可恶像是一同融在皎月下，整张脸显得分外温柔又乖巧。

盛焦就站在空无一人的长川岸边，偏着头看他。许是此地无银城夏至后太热，奚将阑抬手胡乱拨了拨脸上汗湿的发，张开唇似乎嘟囔了什么："盛……"

盛焦听到这个字音脚步一顿。

他犹豫一瞬，正要仔细听，就听到奚将阑轻轻地说："盛宗主怎么一直在偷看我啊？"

盛焦："……"

奚将阑转过头来，眸中全是促狭的笑意。见盛焦眼神僵住，再也忍不住纵声大笑。

盛焦面如寒霜，大概是气急了，漠然和嬉皮笑脸的奚将阑对视片刻，拂袖就走。

奚将阑笑得根本停不下来，见盛焦气到连风度都没了，这才终于找回点当年相处的感觉来。之前那个见招拆招能将他压得无处遁形的"硬茬儿"，好似真的是另一个陌生人。

"别生气嘛。"奚将阑不记打地跟上去，"我错了，我真的知错了，你别走这么快，我的腿真的疼了，跟不上。"

盛焦冷冷看他一眼。

奚将阑被他瞅得心虚，干咳道："……那我也不是逼不得已嘛。你们獬豸宗的搜捕令下得十三州犄角旮旯遍地都是，我要是再不机灵点，不早就被抓去抹脖子了吗？你要体谅我呀。"

盛焦不想体谅，继续往前走。

奚将阑又追上去："真的，我说真的，我不是故意毁你清誉，就是编……编了些瞎话，再说那些也……"

诸行斋曾经有一个被众人奉为"天衍学宫诸行斋未解之谜"，一提起就啧啧称奇的"奇观"，那就是奚绝和盛焦吵架。

盛焦此人，被诸行斋戏称"锯嘴葫芦"，就算天大的事也不能让天道大人说出半个字，甚至连正常交流都成问题。但奚绝也不知哪来的神通，竟然能靠着一己之力，和此锯嘴葫芦吵起来。且每次吵得"情真意切"、有理有据，像是唱独角戏似的朝着一言不发的盛焦说，有时候还会把自己气得仰倒。

盛焦从不和他吵。就算奚绝聒噪得要命，他也只是皱眉、抿唇、合眸，气急了也不过是瞪一眼。

诸行斋众人每次看着架势都叹为观止，六个人排排坐在墙上看乐子，你一言我一语猜测两人到底是如何沟通吵架的。

时隔六年，奚将阑故态复萌，追着盛焦吵吵吵，盛焦理都不理他。

奚将阑自己和自己吵了半天，一抬头，这才后知后觉此地竟是没奈何巷口。

盛焦似乎知道他想问什么，言简意赅："明日启程去中州。"

奚将阑若有所思。那就是还有一晚时间。

两人一前一后走到巷尾十二居。奚将阑打开破旧的门，侧身让盛焦进去。

不知道为什么，面对昏暗破旧像是凶宅的住处，一向厚脸皮的奚将阑突然有了一丝莫名其妙的难堪。

盛焦已是獬豸宗宗主，位高权重，他却在脏污一隅苟延残喘。云泥之别，不过如此。

灯幽幽点亮，照亮狭窄逼仄的医馆。药柜上全是杂乱的小玩意儿，装着还没雕刻完的一堆假玉令的匣子还半开着，屋角还结着蛛网，看着完全不像是人住的地方。

盛焦视线扫了一圈，眉头狠狠皱起。

"盛宗主随……随便坐。"奚将阑知道他洁癖严重，朝他勉强干笑一声，找补道，"肯定是鄬聿那厮给我搞成这样的，你也知道他，什么乱七八糟的精魅都往褡裢里收，他诸行斋的住处也脏乱得很，我都不爱找他玩儿——我这就收拾一番，很快啊。"

说着，奚将阑冲到一堆杂物的桌案上，胡乱用袖子一扫，杂物一阵叮当哐啷，全都扔到角落里堆着去了。桌案上瞬间干干净净。

奚将阑拍了拍手，朝盛焦乖顺一笑，示意收拾好了。

盛焦沉默，果然很快。

大概察觉到盛焦的嫌弃，奚将阑脸上的笑容僵了一下。他努力压下心中那点微妙的难堪，五指捏紧宽袖，察觉到掌心的桃核，他像是转移话题似的，忙道："盛宗主能将'三更雪'从这个画舫上剥离下来吗？"

盛焦眉头紧锁："不能。"相纹和死物融合，怎能再剥离出重回人身经脉？就算是天衍学宫随便抓个孩子问，也知道答案。

奚将阑的眼眸瞬间黯淡下去。

盛焦依然站在门边，像是不想在这种脏乱的地方落住一夜，视线落在一堆杂物中，眉头轻轻一皱。

"我……"奚将阑脸色更难看了，似乎想要说什么，但嘴唇抿了抿，还是只留下一句，"盛宗主自便吧。"

说罢，近乎狼狈地逃去后院了。

盛焦正在看角落里那个还没雕刻好的獬豸纹伪印，见人脸色难看跟跄着跑走，下意识往前一步。他好像想要解释，犹豫半天，又将微抬的手收回。

五颗天衍珠从他袖中钻出来，围着盛焦转了几圈，似乎在着急他为何不让有罪之人伏诛。盛焦眼神冷漠，伸出手指在天衍珠上一点，下了一道命令。

天衍珠是天衍恩赐的灵器，受万人痴迷追捧，尊贵至极。但此时，五颗珠子在半空中僵了一瞬，好半天才开始发着抖……四散到医馆各个角落，羞愤地清扫杂物和蛛网去了。

后院中，奚将阑摘了一捧桂花吃，坐在小池塘边垂着眸注视着水中那条锦鲤，那单薄身形好似风一吹就能歪倒，眸子空茫落在水面，不知在想什么。

黑猫从他后颈钻出来，悄无声息地优雅落地。它舔了舔爪子，道："怎么，知道难堪了？"黑猫跟了奚将阑这么多年，还是头一回看到没心没肺的奚将阑这么落寞难过的神情。

奚将阑眼睛轻轻一眨，茫然道："什么？"

"你。"黑猫跳到他身边，讥讽道，"刚才盛焦那嫌弃的眼神一露出来，你脸色前所未有的……"

话还没说完，它的余光就落在小池塘的水面上。那并非倒影，而是一面能窥见前院医馆的幻影法阵。

脏乱破旧的医馆内，盛焦面无表情地站在桌案前，修长五指将几张散乱的药方放好。有一张明显比其他几张人，他犹豫了一下，将那张纸抽出来单独放置一旁，这才舒服了。四周天衍珠任劳任怨地用灵力收拾那一堆杂乱，所过之处瞬间整洁如新。

奚将阑伸出舌尖舔了舔掌心桂花，狐狸似的眼眸微微一弯，笑得不怀好意。"看来盛焦还真吃示弱这一套，竟然还帮我清扫起来了。啧，决定了，之后就用这个对付他——嗯？你刚才说什么，前所未有的……

什么？"

黑猫沉默许久，大概是在痛骂自己竟然又信了此人的伎俩。它幽幽地说："……前所未有的脸皮厚。"

奚将阑懒得理它，偏头看了一眼旁边的桃核。

黑猫舔了舔唇，眼神灼灼盯着桃核，猛地一蹬脚好似一道黑影冲了上来。

奚将阑随意抬高手，让它扑了个空，懒洋洋道："闹什么？"

黑猫优雅地跳回地上，不满道："就算是天级相纹，同这个芥子法器相融也没什么大用。左右都分离不出来，还不如赏给我一口吃了。"

奚将阑"扑哧"一声笑了，两指指腹轻轻捏起小小的桃核，丝丝缕缕的紫色灵力像是藤蔓尖尖似的从指尖探出来。已经所剩不多的"弃仙骨"缓慢地往狭窄又精致的画舫里钻。

在经脉中的灵力消耗完的刹那，反噬也会紧跟其后，但奚将阑却像是丝毫不惧，还在源源不断消耗着"弃仙骨"的紫色灵力。

黑猫总觉得奚将阑这个笑不怀好意，蹙眉道："你笑什么？"

奚将阑摸了摸它的脑袋，语调又轻又柔："谁说分离不出来？！"

黑猫一愣，说："可盛焦明明说……"

"天衍学宫'天衍相纹·源终'的课，我回回榜首。"奚将阑幽幽道，"诸行斋八个人，只有我最受掌院宠爱，你当是靠我这张脸和鬼话连篇的嘴吗？"

黑猫心道："你也知道自己鬼话连篇啊！"

奚将阑盯着微微颤抖的桃核，淡淡地说："相纹再神秘，不过只是天衍灵脉衍生之物。

"——就类似天然灵液中浓缩无数倍的灵髓，相纹也就是由无数细密的天衍灵力交织交缠而成的，只要找到次序……唔，找到了。"

黑猫悚然。那成千上万的天衍灵力次序，竟是这么容易寻到的？这才多久？

　　黑猫近乎惊恐地看着奚将阑，艰难吞了吞口水。它总是听说这人当年是个不输盛焦的天纵奇才，但大概是奚将阑这副没出息的皮囊戴久了，它总下意识以为这人就是个家道中落、只会苦中作乐的废物浪荡子。可如今……

　　黑猫又吞咽两下口水，怯怯道："你的相纹……到底是什么？"

　　奚将阑笑骂道："蠢货，我敢说，你敢信吗？"

　　黑猫："……"

　　"弃仙骨"化为一道透明禁制护住后院，奚将阑姿态散漫地坐在池塘边，五根手指的指尖已经陆陆续续探出更多的紫色灵力丝，交缠着探入桃核。

　　奚将阑看起来轻松惬意，但"弃仙骨"的大量消耗带动的经脉阵阵刺痛，额角上已沁出细细密密的冷汗。

　　黑猫胆战心惊看着。连盛焦这种被誉为"天道大人"的强者都无法分离相纹，奚将阑到底哪来的底气，想靠着这副被"弃仙骨"强堆出来的破烂身子违背天道法则？

　　"咔嗒"一声木头崩裂的脆响。黑猫顺势望去，却见那小小桃核竟像是被生生震碎，蜿蜒裂纹四散而开。

　　已经融合的"三更雪"像是被强行拽着脱离石壁的藤蔓，一寸寸扯出细而黑的"根须"，因融合得太彻底，好不容易拔出一根，一直蠕动的根须竟又挣扎着朝着画舫探去，难舍难分。

　　没办法，奚将阑只好分出精力，每拔出一根相纹丝就将那处的画舫击碎。"弃仙骨"消耗得更快了。

　　不多时，黑猫像是感知到了什么，浑身的毛乍起，厉声道："奚将阑！'弃仙骨'要耗完了，若想活命就快停手！"

　　奚将阑整个人像是从水里捞出来的，画舫和"三更雪"已经分离大半，寒意直逼面门，小池塘的水结了厚厚一层冰。

　　"急什么？"奚将阑额前长发已成白霜，他冻得嘴唇发抖却还在笑，

"这不是还没耗完吗？"

黑猫几乎疯了："你才将相纹分离一半'弃仙骨'就见底了，哪有灵力再继续支撑！那个小姑娘总归同你没什么交情，你何必为她做到这等地步？"

奚将阑淡淡道："难道我白吃人家三年糕点？"

"那你给她灵石就好了！"黑猫上蹿下跳，"就算没有相纹，她依然能活得好好的。你若觉得她实在可怜，索性收她当义女护她平安长大不就成了！何苦赔上自己一条命？"

奚将阑充耳不闻。

"你！"黑猫见他油盐不进，在原地团团转了半天，突然恨恨瞪了奚将阑一眼，化为一缕黑雾消散在原地。

奚将阑看都没看它，依然垂着眸分相纹丝。

黑猫说得的确没错，"三更雪"分离了大半后，"弃仙骨"已经彻底耗尽，因奚将阑强行调动灵力，经脉都在发出丝丝缕缕的疼痛。经脉枯竭以摧枯拉朽之势，刹那就让奚将阑的面容浮现阴冷的死气。但他却像是察觉不到疼，浑身被冻得发抖却还在有条不紊地催动断断续续的灵力。

突然，他一歪头，任由被冻出寒霜的长发从肩上散落下来，露出修长的后颈，手迅速地往后一拨，像是硬生生抽出什么似的。

"砰！"

奚将阑指节青白，看也不看狠狠往冻得坚硬的池塘中一甩。黑猫惨叫一声直摔出去，锋利的爪子在冰上划出几道雪白划痕。

"嘘。"奚将阑竖起一根食指抵在殷红唇上，眼眸像是狐狸似的，又邪又柔，"乖，别碍事。"

黑猫奋力爬起来，咬牙切齿道："我们会死！"

"弃仙骨"彻底溃散，紫色灵力断续了一瞬，猛地绽放出一道金色灵力，光芒倏地大放，宛如一股狂风，浩浩荡荡撞入桃核之中。

伴随着无数"咔咔"的脆响，桃核像是被烈火焚烧，眨眼间化为灰烬，悄无声息从奚将阑指缝缓缓落下。

奚将阑嘴唇不自然地红着，轻轻上前吹了一口气。残余的灰烬呼啸而去，干净的掌心中缓缓露出一片幽幽旋转的雪花——"三更雪"。

黑猫恹恹趴在冰上，惊惧地盯着那片雪花，嘴唇哆嗦好一会儿，竟不知要说什么。连盛焦都断言无法分离的相纹，只是片刻就毫无损伤分出来了？他若不是相纹被废……又该是什么怪物？

想到这里，黑猫浑身打了个哆嗦，畏惧地看了奚将阑半晌，突然就逃了。

"嗤。"奚将阑扫了一眼仓皇而逃的黑猫，笑了一声，甩了甩脑袋上的寒霜，身形轻缓地越过后院破烂的墙。

后院结界已经散去，盛焦不知何时正站在那，眸光漠然注视着奚将阑离去。

秦般般的糕点铺子和医馆很近，奚将阑转瞬便至。

秦般般在被抽去相纹时，许是被应琢下了止痛的灵力，白日里没什么事，此时夜深人静，那点灵力散去，遍布全身的疼痛开始密密麻麻泛上来。小姑娘脸色惨白如纸，虚弱地蜷缩在床上，看着似乎只剩下最后一口气了。

奚将阑站在糕点铺子的墙头，注视着下方半闭的窗户，一撩衣摆姿态散漫地坐了下来。

他屈起一条腿，手搭在膝盖上，屈指轻轻一弹，那枚雪花飘落而下，顺着窗户缝隙进入房间，缓缓没入秦般般后颈还未完全愈合的伤口处。

秦般般浑身哆嗦了一下，像是呛了一口气剧烈咳嗽了几声。再次平息下来时，呼吸明显顺畅了许多。

奚将阑依然懒洋洋地坐在墙头上，仰着头欣赏天边皎月。"弃仙骨"似乎没对他造成任何损伤，他甚至还有闲心晃荡着腿，盯着月光哼着不知名的小曲，一派闲散自得。

大概是月光太过刺眼，奚将阑眼眶微酸，垂下头来时两滴泪水猝不及防砸在手背上。他小声嘀咕了一句什么，正要将那没出息的水珠拂去，却感觉到一点微凉落在指节上，是一片雪花。

奚将阑微微失神，视线落在下方秦般般的房间。一股不属于这个季节的寒意轻缓溢出，将夜晚的燥热驱散，没一会儿糕点铺子的后院已下起小雪，纷纷扬扬落了一地，同皎洁月光交叠。

奚将阑抬手接了一捧雪，好一会儿突然笑了出来。

三更雪已至，向他梦中好处行。

奚将阑在人家墙头坐了半夜，直到"三更雪"彻底融入秦般般的经脉中，这才布了一道结界将雪隔绝，拢着单薄的衣衫慢吞吞走回十二居。

医馆已经被清扫干净，那个装着虚假玉令的匣子却空荡荡一片，想来是自持端正的盛宗主见不得这等虚假赝品之事，全都处理了。

奚将阑环顾四周，循着气息走到后院。

桂树下，盛焦盘腿而坐，闭眸冥想。天衍珠缠在他手腕上，安安静静被皎月照映出幽蓝之光。丹桂盛开，沁甜香味弥漫后院。

在奚将阑回来时，盛焦便已察觉到，但他不为所动，如常运转经脉灵力闭目修炼，好似泰山崩于前都面不改色。直到一股冰雪气息轻轻凑到他身边。

奚将阑端正跪坐着，轻轻地说："盛宗主？"

盛焦不应。

奚将阑又道："天道大人？"

冰雪和丹桂花香交融，像是某种说不出名字却一闻能让人惦记数年的香，勾魂夺魄。

盛焦岿然不动，好似一座冰山。

突然，奚将阑说："盛无灼。"

盛焦藏在袖中的手倏地一蜷，终于悄无声息睁开冰冷的双眸。

奚将阑像是刚从冰窟窿里出来，穿着单薄衣衫不知冷似的，眼眸含着笑看着他："只有我叫你盛无灼，你才会应我吗？"

盛焦默不作声。

奚将阑有和锯嘴葫芦吵架拌嘴的本事，平日交谈自是不成问题，见盛焦这张面无表情的脸他吃吃笑起来，整个人懒洋洋倒在地上，小声嘟囔："若是中州有人想杀我，你会救我吗？"

从冰天雪地出来，加上"弃仙骨"的反噬在蠢蠢欲动，奚将阑浑身开始发烫，隔着厚厚衣物也能感觉到那股热意，像是要将冰山融化。

盛焦沉默了好一会儿，道："不会。"

奚将阑笑得浑身颤抖起来，却听盛焦补充一句："不会有人杀你。"

奚将阑愣了愣，微仰着头，眼睛直直望向盛焦深不可测的眼眸："那你呢？"

盛焦的沉默给了奚将阑答案。

奚将阑又笑了出来，只不过这个笑容像是重新挂上平日里没心没肺的面具，眸里冰冷又无情。

"可惜了。"奚将阑带着狡黠的恶意，笑着道，"有'换明月'，你现在杀不了我。"

盛焦不置可否。

奚将阑明靡面容带着笑，呢喃开口："盛宗主，救我。"

明明是在求救，奚将阑却好似还是当年那个高高在上惊世绝艳的小仙君，眉眼倨傲张扬，像是在下命令。

盛焦抬眸。只是细看下，才发现奚将阑唇角正缓缓溢出一丝血线，墨色长发散乱下遮挡的耳朵也流出鲜血，而他的脖颈早已有了两行干涸的狰狞红痕。

盛焦瞳孔一缩，"弃仙骨"反噬了。

"弃仙骨"本该在灵力停滞的刹那就会震碎他伤痕累累的经脉，但不知为何被他强行压了下去。此时回到盛焦身边，奚将阑终于不必再强忍，甚至不用用力咳或吐，大量鲜血就从他唇齿间涌出，艳丽红袍上全是血迹。

艳红狰狞的血花，触目惊心，刺得盛焦呼吸一顿。

奚将阑浑身狼狈，却一边笑一边奋力启唇，道："救救我啊，天道大人。"

不知是不是"换明月"的"听之、任之、护之"起效了，等到盛焦反应过来时，自己已经将手按在奚将阑手腕命门处，铺天盖地的灵力像是大坝决堤，轰然灌入其经脉中。

奚将阑整个人像是断翼的鸟雀，再也支撑不住蜷缩成小小一团。最后一丝清明彻底消散，他像是知晓盛焦是唯一能救自己的人，手指发白死死抓着身下衣襟，无论如何都不肯放手。

盛焦看着那刺眼的血痕，浑身紧绷，连一向空洞无神的瞳孔都浮现出一抹无法看透的神光。一旁的天衍珠也跟着躁动起来，飞快地在原地旋转不停。半步大乘期的灵力甚至有起死回生之能，但灌入奚将阑经脉中却好似石沉大海，全无波澜。

这时盛焦才发现，奚将阑就算不用"弃仙骨"，或许也根本活不了多久。这具破烂的身体早已经像是被蛀空的枯木，只剩下外面一层薄薄皮囊还光鲜亮丽，实则轻轻一推便能让他溃败。此等病骨支离，他竟还敢用"弃仙骨"？！

盛焦下颌绷紧，五指发抖地将更多灵力灌入。终于，浑身死气的奚将阑像是在鬼门关晃荡一遭又溜达回来，急促喘息几声，又艰难地缓缓睁开眼睛。

盛焦悄无声息松了一口气。但是这口气还未完全松懈下来，就被奚将阑一句话给惊住了。

"'弃仙骨'……"奚将阑眼神空茫，像是没有聚焦，茫然盯着盛焦的脸，呢喃道，"想要'弃仙骨'。"

盛焦浑身一僵。

奚将阑根本没有清醒，只是尝过"弃仙骨"甜头的枯涸经脉催着他浑浑噩噩地求生。

盛焦嘴唇轻动："奚绝……"

"盛焦。"奚将阑昏沉得不知今夕是何年，也忘了同盛焦的恩怨情仇，宛如还在天衍学宫般，迷迷糊糊地说，"去给我买'弃仙骨'吧。求求你啦，掌院课上小试我把答案给你抄。"

盛焦脸色难看得要命，沉着脸将灵力输入那枯涸经脉中。

奚将阑怎么死缠烂打，盛焦都全无反应。大概是逼急了，他开始胡乱喊其他人的名字。

诸行斋七个人的名字都被他喊了个遍，还会讨好卖乖地一个个喊哥哥。

盛焦见他这副模样，心口发紧传来阵阵钝痛。终于，他伸出手指在虚空轻轻一点。

"堪天道"的相纹被他调动着运转起来，无数密密麻麻好似金色藤蔓般的痕迹从后颈遍布全身，而后凝成一道细细的金色灵力从指腹溢出。

"弃仙骨"是伪天衍，盛焦不愿为他寻，索性将真正的天衍灵力给他。每一丝天衍灵力都是无价之宝，消耗一丝便少一丝，中州各大世家拼尽全力也要守护，但盛焦却毫不在意，面无表情地将天衍灵力输入奚将阑体内。

天衍灵力出现的瞬间，奚将阑经脉本能汲取，裹挟着往元丹处拼命旋转。这道灵力虽然不是伪天衍，但是更香甜，好像潺潺流水汇入干涸龟裂的经脉中，整个人像是彻底活了过来。

盛焦见他缓解了那股对"弃仙骨"的迫切渴求，便断了天衍。

奚将阑经脉还枯涸着，乍一没了天衍，整个人都在剧烈颤抖，屈着的小腿在外拼命踹了好几下，混乱中还踹了一脚桂树，金色丹桂簌簌砸落在两人身上。

"不要。"奚将阑额角全是冷汗，拼命挣扎，呢喃着道，"'弃仙骨'，唔……不要！"

他乱喊一通，根本不知在说什么。

盛焦看着他这副狼狈样子，心一缩。冰冷无情的是天道，而他只是"堪天道"。

横玉度和酆聿忙活一整晚，终于将核舟城之事处理干净。

"这你也信？"没奈何的巷子中，横玉度忍着笑回头，道，"将阑满嘴胡言乱语，十有八九是假的。"

酆聿拎着鬼灯，正色地道："他说得有鼻子有眼，可真了呢。"

横玉度笑出声："就像是你信他真的重生过。"

"这事铁证如山，绝非虚言妄言！"酆聿瞪他，"我的'鬼音'绝无可能出错！"

"不要听将阑胡说八道。"横玉度怕吵到人，将轮椅轱辘的摩擦声给隐去了，轻轻打开十二居医馆的门，柔声道，"盛焦是天道眷顾之子，'堪天道'让他心如冷石奉公守正，是绝对的公道化身，怎么会有'嫉恨'这种情感，更何况是对将阑，你……"

话音刚落，医馆传来一阵轻轻的"唔唔"声。横玉度和酆聿疑惑地偏头去看。

盛焦站在那居高临下看着奚将阑，眸底阴沉生寒，比"三更雪"还要让人如坠冰窖。旁边一盏小灯照亮他阴冷的半张脸，好似三更半夜来索命的勾魂使。

听到说话声，盛勾魂使冷冷侧身，眼神冷厉，隐约带着一丝戾气和杀意。

第九章

前尘如旧梦

三人大眼瞪小眼。整个医馆死一般的寂静。

奚将阑挣扎间突然蹬了一下脚，旁边小案哐当作响，那盏烛火本就弱，这一晃荡竟直接熄灭，黑暗瞬间袭来。

奚将阑嚷嚷道："黑了，听不到……"

盛焦面无表情地屈指一弹，烛火瞬间点燃。

只是眨眼工夫，门口处的两人已经悄无声息退出去，蹑手蹑脚地打算逃命，省得被灭口。

盛焦道："回来。"

鄮聿捂着眼睛，指缝大大张开往外看，正色道："天色太晚，我和玉度眼盲心瞎，方才种种并未瞧见。盛宗主端方自持、持中守正，乃吾辈楷模，我等……"

盛焦一个天雷打过去。

鄮聿猝不及防被劈到，长发都炸起来了。因他扶着横玉度的轮椅，天雷猛地蜿蜒而去，连带着横玉度也浑身一阵酥麻，鬓边一绺头发直接竖了起来。

横玉度和盛焦认识这么久，从来没被劈过，此番受了无妄之灾，却没精力在意，呆愣着呢喃道："无灼，你是真的嫉恨将阑，想要暗杀他吗？"

盛焦浑身全是阴郁冷意，看起来想把这撞破他"阴鸷"一面的两人给灭口。

鄮聿看了这么大一个乐子，被劈了心中也依然狂喜，面上却满脸沉重地装瞎，省得盛焦恼羞成怒，再照他脑袋劈一下。

横玉度却不懂内情，用力划了下轮椅进入医馆内，一边震惊一边苦口婆心地劝道："无灼，不可啊，不可如此啊。"

盛焦眼皮轻轻跳了跳。

这时，奚将阑枯涸的经脉空了太久，像是被晒干土壤的花根，若是再没有"水"的浇灌，怕是要渴出裂纹来。他挣扎着想要去抓旁边人的手，但刚一动手腕就被缚绫强行拽了回去。

求而不得，奚将阑满脸泪痕，嘴里胡乱喊着盛焦的名字。

横玉度哪里见过这等场面，再多的劝阻都变成呆怔，悚然道："你还给他下毒？！"

鄷聿："哦——"

盛焦闭了闭眼，沉着脸看也不看将一道天衍灵力再次打过去。紧锁的眉心终于一点点舒展，奚将阑彻底餍足，安分地侧身睡了。

横玉度终于发现问题，诧异道："伪天衍，还有这种后症？"

盛焦点头。

鄷聿也不瞧乐子了，皱着眉快步上前，抬手在奚将阑脸侧拍了拍："奚绝？十二？"

奚将阑被拍得眉头紧锁，嘟囔着将脸埋在枕头里，不想搭理他。

鄷聿不死心，还想用灵力在他经脉中探一探。但冰凉的灵力刚一催动，奚将阑脸色一白，直接一口血吐了出来。鄷聿吓了一跳，没想到他比之前还弱，忙把手缩回来，道："奚绝……"

盛焦仿佛对奚将阑吐血都习惯了，只是眉间隐约可见烦躁，冷若冰霜地再次将一道天衍灵力灌入他喉中，奚将阑惨白的脸才终于好看点儿。

鄷聿不敢再碰这个比琉璃还脆弱的人，做错事似的走到一边，干咳一声："'弃仙骨'用过一次就会有依赖？"

盛焦默不作声地点头。

"那要如何治？"鄷聿有些急了，"要去药宗找小毒物吗？我听说他出关了，还研究出来个很神秘的东西。"

横玉度皱着眉看了一眼奚将阑,低声道:"不用费心治,他想要多少天衍我都能给他。但……"他和盛焦对视一眼,都从对方眸中看出一抹沉重。

鄷聿疑惑道:"但是什么?"

横玉度无声叹息:"但是这个'弃仙骨'若是真的让那些修士产生依赖,万一有朝一日,恶歧道不再售卖伪天衍……"后面的话他没敢说。

饶是没心没肺如鄷聿,一愣之后也轻轻吸了一口气。能入恶歧道的,各个都是恶贯满盈、做事不顾后果之辈。若是没了伪天衍,那些尝惯了甜头的修士,也许会将矛头直接指向真正的天衍。

整个医馆陷入沉默。

横玉度没有再谈论这个问题,轻轻道:"无灼,今晚我来照看将阑吧。"

盛焦默不作声。

鄷聿瞥了瞥盛焦,突然一把抓住横玉度的轮椅,推着他往后院走。

"天色已晚,你还是早些休息养精蓄锐,明日不是还得为天衍学宫广招天纵之才吗?奚绝的事儿有盛焦在,你就别瞎操心了,横老妈子。"

横老妈子回头:"但是将阑……"鄷聿没等他多说,一溜烟儿推着他走了。

医馆重回安静。

盛焦悄无声息地将手从奚将阑五指中抽出来,沉默盯了他好一会儿,才转身在角落蒲团上打坐冥想。

奚将阑安安静静蜷缩在软榻上熟睡,唇角还残留着血痕,被迸开一簇火花的烛光照得宛如蜿蜒狰狞的殷红花蕊。

两道天衍灵力只是让他安分了一个时辰不到。天还未破晓,奚将阑又像是干渴的花枝,迷迷糊糊在床上翻来覆去许久,冷汗淋漓地睁开茫然的眼睛。

盛焦闭眸坐在角落，像是一块冷石。若是不仔细看根本发现不了他的存在。

奚将阑一眼看到他，边喘边踉跄着下榻，摇晃着走了几步，"扑通"一声跌跪在盛焦面前。

盛焦好似已入定，眉眼冰冷，凝着一层薄薄寒霜。

"弃仙……天衍？"奚将阑的神志大概是"渴"傻了，歪着脑袋看了盛焦好一会儿，迷迷糊糊记起来自己好像和此人是宿敌，互相不对付的。

"啊。"他像是做贼心虚似的，伸出一只手指抵在唇边，小声地"嘘"了一下，像是喝醉似的用气音呢喃自语，"不……不能吵醒他。"

盛焦若知晓自己问他要天衍这种天价宝物，肯定会动怒。但自己趁着他睡觉，悄悄偷来天衍吃，盛焦不知道，就不会生气了。

被烧得浑浑噩噩的脑子无法思考太多，勉强得出个简陋又堪称幼稚的结论后，奚将阑便悄悄地围着盛焦转了两圈，似乎想要找天衍。

只是还没找到，奚将阑便感觉脑海骤然空白，一声不吭地栽了下去。

浑浑噩噩中，盛焦似乎清醒过来，朝他伸出一只手。

再然后，奚将阑便彻底失去了意识。

医馆后院，横玉度坐着轮椅划到躺在芥子床榻睡觉的酆聿面前，轻轻道："酆聿？"

酆聿困得要命，胡乱拍开他的手："起开。"

"酆聿，不述？"

酆聿终于被吵醒，睡眼惺忪地看了看时辰，发现还没破晓，又摔回去拿枕头盖住脑袋，不耐烦道：“这才什么时辰？今日又不考试。起开，别吵。”

“我越想越觉得不对劲。”横玉度道，“将阑同六年前之事若无牵扯，天衍珠是天衍恩赐之物，为何会独独断他有罪？你说将阑的相纹有没有可能和天衍有关，抑或是对天衍灵脉不利？”

“亲娘啊！大半夜的你不睡觉就思考这些有的没的？！”酆聿痛苦地咆哮，“让尘相纹是‘窥天机’，你要真想知道，直接去问不就行了？”

横玉度轻声道：“天衍在上，天机不可泄漏。”

酆聿气得直接蹦起来，盘腿坐在榻上，打算和他好好叨叨：“让尘的‘窥天机’若是不能泄露半分天机，那这个相纹不就是鸡肋、废物吗？诸行斋我最烦你们四个，无论什么事儿都藏着掖着，高深莫测得让我想打人。”

奚绝、盛焦、横玉度和让尘，这四个人每每在一起说话，酆聿和另外三个都像是听天书一样，满脑子：“啊？啊？这说的啥玩意儿？”

横玉度“啊”了一声，道：“你不要误会……”

“我没误会！”酆聿打断他的话，翻了个白眼，“当年奚绝觉醒相纹时，几乎整个中州世家的长老趁夜前去奚家，三日方归。自那之后，就连和奚家不对付的曲家都开始阿谀奉承，恨不得俯首称臣，如果奚绝的相纹真的对天衍灵力不利，那些老不死的会放下怨恨，讨好奚家？”

横玉度犹豫。

酆聿哈欠连连，困倦道：“说真的，在天衍学宫的时候我只要和你在一块，肯定会撞上大场面——那次掌院和学生私下幽会我还记着呢，可恨的是我到现在都不知道那个学生是哪位勇士。”

横玉度：“啊……”

“别‘啊’了，赶紧睡觉。”酆聿都要烦死了，“我都怀疑咱俩八字是不是不对付，怎么回回……”话没说完，就彻底入睡了。

❖

"少爷?"

"少爷!"

万籁俱寂中,耳畔突然传来清晰的声音。奚将阑晕乎乎间,隐约觉得身下在摇晃,一旁有个蓝衣道童担忧地看着他:"少爷,这怕是不妥,您要不再想想?"

天衍亥八十年,深秋桂花开。年仅十三岁的奚绝入天衍学宫受学。

那时的奚绝养尊处优,骄纵得恨不得像螃蟹般横着走,明知道天衍学宫重苦修、炼心境,依然浩浩荡荡用几十只灵兽拉着精致的行芥入学。那阵仗,不太像上学,倒像是来砸场子。

小道童一路上都在劝阻他:"少爷啊,天衍学宫是出了名地严格,咱们这么大阵仗……八成不让进去。"

奚绝靠在窗边往外看,拎着小扇在指尖转了转,懒洋洋道:"别叫我少爷,叫我小仙君。"

小道童面露难色:"小少爷,可愁死我了,要是被拦下可如何是好?"

奚绝瞪了他一眼:"谁敢拦我,我可是……"

这时,外面传来一声怒吼:"谁敢拦我?!我可是丰州酆家的人!"

奚绝撩起竹帘往外瞥。

天衍学宫气派十足的大门口,一个身着鬼字纹墨白袍的小少年怒目圆睁,一群精魅在他身后嘤嘤哭泣,宛如受了极人委屈。

拦住他们的是天衍学宫守门的修士:"自然是知道酆少爷的,但掌院有令,入学之人不可带行礼、道童、行芥。"

酆家大少爷天生脾气不好,怒气冲冲道:"我这是道童吗?精魅可不算道童,你叫它一声道童它都不应的。"

修士对这种唯我独尊的小少爷见得多了,依然油盐不进:"恕我等不能放您进去。”

酆聿冷笑：“如果我非要进去呢？你敢拦我不成？”

“这……”

酆聿以为他不敢，趾高气扬带着那群精魅大步朝着天衍学宫的大门走去。但在他即将迈进去时，耳畔突然传来一阵“滋滋”声。

下一瞬，一道天雷轰然劈下。酆聿保持着抬步的动作，和一群精魅一起被劈了个外焦里嫩。

奚绝捂着耳朵吓了一跳。深秋大晴天，哪来的天雷？

酆聿呆呆地张嘴呛出一口黑气，头发都被劈爹了，当即怒气飙升，咆哮道：“谁这么大胆子敢劈本少爷？给我滚出来！”

天衍学宫的修士忙道：“公子，道童真的不能带进去。”

酆聿：“是谁？！”

一旁传来轻缓脚步声。只着黑衣毫无装饰的小少年面无表情，双眸无神注视着酆聿，手腕上缠着一圈天衍珠，上方还残留着天雷声。

酆聿一愣：“盛焦？！”

灵级相纹“堪天道”落在一个破落户盛家，这事儿早已传遍整个十三州，酆聿自然认得他。酆聿本是个暴脾气，正想无能狂怒一番，但视线落在盛焦那双好似深渊般恐怖的眼神上，哆嗦了一下。

酆家精魅往往都是千挑万选的凶厉之物，但此时那些狰狞精魅见到盛焦却像是被拎着翅膀的鸡崽子，拼命往酆聿身后躲。酆聿本想和盛焦打一架，见状顿时觉得丢人得要命，臊红了脸抬手让精魅回酆家，怒气冲冲地顶着被劈焦的头发进了天衍学宫。

这下，盛焦没有再拦。

奚绝看了一场好戏，扇着小扇，张扬道：“走。”

小道童差点儿给他跪下：“小少爷，小仙君！都有了前车之鉴，您还执意擅闯，就不怕被劈啊？”

奚绝双腿交叠，秾丽的脸全是嚣张狂妄：“我看谁敢劈我？”他又不是鄸家那个尿货。

话虽如此，奚家的行芥刚到门口，还是被修士拦了下来。

奚绝掀开帘子，居高临下地看着拦他的人："您要不仔细瞧瞧我是谁家的，再拦我也不迟。"

奚绝的纨绔之名几乎享誉整个十三州，修士一见到他脸都绿了，话音一转："带，也……也不是不可以。"

自从奚绝觉醒相纹后，其他几个眼高于顶的世家对奚家的态度不知为何皆是讨好奉承，再这样下去，奚家怕是这几年就能执掌中州三境，坐上那人人觊觎的掌尊之位。这位小少爷虽然年纪不大，但中州世家长老和家主见了他，都要恭恭敬敬，不敢怠慢半分，没人敢得罪这个锦衣玉食不知人间疾苦的小少爷。

想来天衍学宫的修士也受到掌院叮嘱，不敢待他太苛刻。旁边同样被拦下的少年们即使知道不公，知道他是奚家的后，却也不敢置喙半句。

奚绝满意极了，朝着小道童得意地哼了一声。

修士又加了一句："……但是道童不能进入，望小少爷谅解。"

奚绝走哪儿都要人伺候，不带行礼都得带道童，哪肯答应，当即合上小扇朝他一指，面容明艳，趾高气扬道："少爷我还非得带。"

修士："这……"

奚绝不想多废话，屈指探出一点灵力轻轻打了拉轿子的独角兽一下。灵兽当即嘶鸣一声，嗒嗒向着天衍学宫的大门跑。

轿子上明目张胆挂着"奚"家的灯，周围修士面面相觑无人敢拦。但独角兽还未踏入天衍学宫大门，天边突然传来一声雷鸣，"轰隆"一声直直劈在灵兽上。

灵兽一声嘶鸣，巨大身形轰地倒了下去，连带着华美的行芥也跟着歪倒。

奚绝反应极快，转瞬拎着小道童从行芥出来。看着行芥侧翻到底，奚绝漂亮又灵动的眼眸都瞪圆了，似乎不敢相信竟有人敢对他下手。

他没先动怒，而是理了理险些沾上灰的锦袍，又臭美地拿出镜子照了照，发现头发丝没乱，这才去找罪魁祸首。"放肆！"

盛焦手中天衍珠轻轻一动，雷纹还未散去。

修士吓得脸色苍白，忙拉住盛焦，朝他一言难尽地摇摇头。奚家的人，连天衍学宫的掌院都要礼让三分，最好不要招惹。

奚绝袍裾翻飞，快步而来。"放肆！你知道我是谁吗？你是哪家的？！"

盛焦面无表情，像是哑巴了不吭声。只是天衍珠上传来"刺刺"的声音，像是雷鸣。

奚绝吓了一跳，赶忙往后蹦了半步，唯恐被雷劈到。

修士挡在盛焦面前，告罪道："奚少爷，这位……是盛家的大少爷，也是今年诸行斋的学生。掌院特让他助我们盘查。他也是依令行事，您若有气，我代他给您赔个不是。"

"盛家？"奚绝展开小扇给自己扇了扇，上下打量盛焦一眼，"哪个盛家？我不知道。"

修士大概没见过把孤陋寡闻说得如此理直气壮的，噎了一下："就是……中州三境的盛家……"

奚绝不高兴道："本少爷知道中州三境有奚家、让家、曲家、鄮家，还不知道哪个大世家姓盛，你莫不是诳我？"

"不敢。"

奚绝上下打量着盛焦的旧袍子和简朴的发冠，嫌弃道："呵，想来是个穷酸之家吧？"

修士赔笑，心中鄙视。盛家虽然此前籍籍无闻，但自从出了盛焦这个灵级相纹，跻身中州世家那是早晚的事，这细皮嫩肉不知天高地厚的小少爷往后怕是要吃苦头了。

哪怕被鄙夷，盛焦也是满脸漠然，好像被嘲讽的不是他一样，眼眸中宛如一潭死水，毫无波动。

奚绝大概看出来什么，瞪他一眼："你看不起我？"

盛焦不吭声，连看都不看他。

奚绝也不知哪来的本事，竟然能从盛焦这木头似的脸上看出来情绪来，气得和他当街吵架。

"你好大的架子啊，其他人都没拦我，你倒好，竟直接劈我灵兽？你知道一只独角兽价值几何吗？！"

盛焦就当他不存在。

奚绝眉梢都竖起来了，见自讨没趣，气愤地一把推开他："落魄鬼，别挡爷的路。"

说罢，招呼着那些道童将他的行礼往天衍学宫搬。只是道童们还没进天衍学宫的门，熟悉的天雷再次轰隆隆劈下，险些将那些小少年给劈成焦炭。

奚绝这下再也忍不住了，怒气冲冲跑回来："盛……"盛什么来着？

他不想输气势，只停顿一下就接着骂："姓盛的落魄鬼，给我让开，否则我真的对你不客气。"

盛焦像是没有生命的挡路石，面无表情站在那儿，只要奚绝的人想要带行礼进天衍学宫，他就催动天雷劈下。一旁天衍学宫的修士拼命拦他，不想让他得罪奚家，但盛焦置若罔闻，完全不畏奚家权势。

奚绝几乎气疯了。小小的少年顺风顺水这么多年，还是头一回遇到不哄着他非要和他作对的人，当即招出一条漆黑藤鞭来："不想死就让开！"

盛焦默不作声。

奚绝狠狠一抽，长鞭破空发出"啪"的破空脆响。他冷冷道："你是哑巴吗？"

盛焦还是不说话。

奚绝气得要命，当即一鞭子狠狠抽过去。

道童吓到了，赶忙去拦："少爷！使不得！"

盛焦木头似的站在那，一动不动，眼神甚至看都没看朝他袭来的鞭子。

奚绝见他竟然不还手，心中也有些犯怵。眼见着鞭子即将甩到那张脸上，他一哆嗦，慌忙手腕一抖，强行将藤鞭收回。藤鞭柄往回一抖，将奚将阑纤细的手腕震得一阵发麻，细皮嫩肉的小少爷疼得皱眉"嘶"了一声。

只是长鞭刚停滞半空，还未完全收回，盛焦手腕的天衍珠噼里啪啦一阵作响，猛地发出一道强悍灵力，势如破竹将漆黑藤鞭震得粉碎。

奚绝一惊。那灵力丝毫不减，直接化为一股狂风，将没反应过来的奚绝横扫出去。

"扑通"一声。奚家尊贵的小少爷后退数步，单薄身形猝不及防歪倒，直接落进了莲花池。

周围一阵寂静。众修士和来天衍学宫入学的小少年们全都目瞪口呆。就连躲在天衍学宫门口拿着松子嗑着看热闹的鼯隼也惊得松子掉了一地，连下巴都要落地了。

这盛家的……未免太放肆了点，把人家尊贵小少爷给扔河里了，奚家必定不会善罢甘休。盛焦就算是灵级相纹，恐怕也要有苦头吃。

最后还是道童尖叫一声："我家少爷不会水啊！救命啊——"

"快救人！"

盛焦面如磐石，视线漠然扫了一眼咕嘟嘟的水面。大概是觉得无趣，他又将视线落在天衍学宫门口，大概在看谁又携带私货进来，见一个劈一个。

噼里啪啦。

自始至终，一言未发。

天衍学宫开学当日，奚家小少爷就被人抽到河里，身受重伤。这消息一传出，整个中州三境世家为之一震，纷纷猜测到底是哪位能人敢惹那位娇生惯养的小少爷。

"身受重伤"的奚绝偏头打了个喷嚏，赤着的脚在踏床上蹬来蹬去，气得眼圈通红，嗓子都哑了。"去把那个盛谁拎来！吊……吊起来咳咳……抽……抽死！"

道童深知奚绝的脾性，知晓此事他一定不会善罢甘休，无奈哄他："少爷别生气，先吃点灵丹吧，身子好了才能抽人啊。"

奚绝自幼体弱多病，哪怕觉醒相纹也是个病秧子，把他从水里捞出来就发了烧，此时脸烧得水润通红。他咳得脑仁都在晃荡，舔着掌心几粒灵丹轻轻地吃，眉梢微垂，委屈得不得了。

"这地方好小。"奚绝一生气，看什么都觉得不顺眼，胡乱踢了踏床一脚，"连腿都伸不直！"

天衍学宫诸行斋是单独的学院，学员更是由学宫掌院亲自教导。偌大学斋只有八人居住，更何况奚绝又是灵级相纹，住处自然宽敞精致。灵器摆件琳琅满目，美人榻镶嵌灵石，残阳从卷帘映来，幔帐左右分开系在雕花柱上，满室余晖。

外面还有一个大池塘，锦鲤在水里游，岸边栽种了一棵参天大树，风一吹叶片窸窸窣窣，就算大世家的住处也比不得这里雅致奢靡，但奚绝却嫌弃蹬不开腿。

另一个道童跪坐在一旁给他擦拭湿发。"天衍学宫本就不让带道童、行芥入内，人家也是依规办事，少爷咱这次理亏在先，还是先收敛些吧。"

"收敛？"奚绝不愿意，"那我落水这事儿就这么算了？那奚家的面子往哪儿搁，刚才学宫门口可是一堆人都瞧见了。"

道童唉声叹气，也不知如何劝。

这时，外面传来一声："对，肯定不能就这么算了！"

奚绝舔完灵丹，让道童给他擦手，蹙眉道："谁啊？"

鬼字纹墨白袍的小少年酆聿背着双手溜达进来，瞧见奚绝这副湿答答的惨状，没忍住偏头"扑哧"一声闷笑出来。

奚绝瞪他："你是谁？"

道童提醒："酆家少爷，酆聿。"

酆聿完全不拿自己当外人，大马金刀坐在椅子上，挑眉道："你怎么谁都不认识，那盛焦灵级相纹'堪天道'之事在中州传得沸沸扬扬，你都没听过？"

奚绝冷笑："区区一个落魄户，我为什么非得听说——你来干吗的，看好戏吗？"

酆聿支着下颌笑嘻嘻："当然啊。"

奚绝正要摔东西，却听酆聿补充道："盛焦虽然是块不知变通的木头，但是盛家家主却一心想要跻身中州大世家，想来不多时就会有人押着那锯嘴葫芦来给奚少爷赔罪了，我自然是等着看他的好戏。"

酆聿此前就听说过奚家这个小少爷的英勇事迹，算定他肯定同那盛焦不死不休。白日他被盛焦抽了一番，气正不顺，所以来看看奚绝如何整死那个眼高于顶的盛焦，顺便自己也出出气。

奚绝却一愣。押着，赔罪？

果然如同酆聿所说。天才刚暗下来，院落外就传来一阵急促脚步声。

道童匆匆从外而来："少爷，盛家的人到了，说是要给少爷赔罪。"

喝茶的奚绝被呛了一下。

酆聿拍着桌子哈哈大笑："我就知道盛家那些上不得台面的会做出这些事，这下可真的有乐子瞧了——哎，那个小孩，给我拿点松子、葵花子来。"

奚绝将茶杯放在小案上，盘腿坐在美人榻上，眉头一挑："让他们进来。"

道童听命出去，没一会儿就带着两人进来。正是那锯嘴葫芦和一个奚绝不认识的男人，但见那身梅花落花流水纹，就知道是盛家的。

“见过小仙君。”男人恭恭敬敬颔首行礼。

奚绝手掌托着脸颊，懒洋洋地扫了盛焦一眼，才看向他：“你是谁？”这小纨绔太过骄纵，又眼高于顶，明明身在大世家，却好像中州有头有脸的人一个都不识得。

“在下盛必偃，天衍学宫山长。”盛必偃道，“听闻盛焦今日对小仙君不敬，特带他来给您请罪，还望小仙君谅解。”说着，奉上精致匣盒，里面放置了一颗极品灵髓。

奚绝得理不饶人，哼笑道：“我稀罕这东西吗？今日我可是受了大罪、奚家更是出了大丑，一个破烂灵髓就轻飘飘揭过了？”

盛必偃额角冒着冷汗，故作笑颜：“小仙君想要如何处置发落，我盛家绝无二话，只要能让您消气。”

酆聿捏着奚绝丢给他的灵丹随意吃，边看戏边盘算。这奚家还真如传闻中那般权势滔天，这小少爷只是被丢到水中一遭，既没伤着也没冻着，盛家却硬按着他们家唯一一个灵级相纹来赔罪。难道同奚家交好，比灵级相纹还要重要？

“发落倒不至于。”奚绝瞪了盛焦一眼，“但至少让你们大少爷开一开尊口，给我道个歉吧。”

盛必偃和酆聿全都一愣，就连旁边的道童也很诧异。只是道歉就能揭过此事？这可不符合这位少爷嚣张跋扈的做派。

无论两人说什么，被强行压来赔罪的盛焦始终面无表情。他就像一具缺了七情六欲的空荡荡的皮囊，没有喜怒哀乐，傀儡或许都比他的表情丰富。

奚绝一见盛焦这个样子就来气，铁了心让他开口说话。

“说‘小仙君，我知错了’。”他连道歉的话都替盛焦想好了，双腿从美人榻上垂下来，足尖绷着踮着踏床，微微前倾身体，瞪着眼睛等这锯嘴葫芦道歉，“只要他说，我就饶了他这一回。”

盛焦全当他在放屁，眼神眸光都没动一下。

奚绝在整个中州可是出了名地骄横，此番如此好说话，八成有猫腻。

盛必偃冷汗直流，一把抓住盛焦的手腕，低声道："开口道歉。"

盛焦不吭声。

盛必偃赔笑，手中猛地一用力，压低声音厉声道："你想连累盛家满门不成？"

盛焦终归是个十三岁的半大孩子，盛必偃手下没个轻重，竟直接将他右手腕骨给弄脱臼了。

"咔"一声微不可闻的闷响，剧痛遍布全身，盛焦却像是个真正的傀儡，动都不动。

奚绝倒是一惊，愕然看过去。

盛必偃的手还在掐着盛焦的手，像是故意让他疼似的狠狠用力，甚至用一道灵力灌入他的经脉中，横冲直撞让其灵力逆流。

盛焦单薄的身躯猛地一晃，唇角溢出一丝血痕……却依然无动于衷。

奚绝哪里见过这种硬逼着人赔礼道歉的架势，眸子圆睁，像是被吓坏了："够……够了！"

奚绝吓得足尖都蜷缩起来，重重一咳，倨傲道："既然不愿开口就算了，少爷我不爱强人所难。那……那个灵髓就算赔礼吧，下不为例。"

盛必偃还以为他不耐烦了："小仙君勿动怒，这孩子脾气有些木，激一下就好。"

奚绝还没想明白那个"激"是什么，就见盛必偃一脚踹在盛焦膝弯，想强行让他跪下赔罪。

奚绝被吓住了。灵级相纹……就是被你们这么糟践的？

盛焦单薄的身躯踉跄一下，却像是柱子似的站稳，唇角鲜血滴在漆黑衣衫上，手腕上天衍珠噼里啪啦却没有降天雷。

鄂聿皱起眉，视线冷冷注视着盛必偃。

"山长真是好威风呀。"奚绝突然说。

盛必偃一愣。

奚绝盘腿坐回榻上，支着下颌笑吟吟的，像是在看一出好戏，眸底却全无笑意："我奚家的戏班子都没有您唱的这一出好看呢。"

盛必偃讷讷道："小仙君……此话何意？"

"我都说此事就这么算了。"奚绝屈起一条腿，懒洋洋道，"您不会以为我是在同你客套吧？"

盛必偃不太明白。整个中州都知道奚家小公子睚眦必报，小小年纪记小仇又心狠手辣。

盛焦让这位骄纵的少爷遭了大罪，此番见仇人吃了苦头，他不是该高兴？

盛必偃窥着他的神色，小心翼翼道："盛焦此番犯了大错，如果能让小仙君消气，就算他是灵级相纹……"

奚绝突然打断他的话："酆聿。"

酆聿脾气暴躁，看起来想打人："什么？"

"丰州酆家是谁主事？旁支吗？"奚绝问。

酆聿不懂他驴唇不对马嘴在胡说八道什么，蹙眉回答道："自然是家主主事，旁支哪来的资格管事？"

"哦。"奚绝若有所思地点头，似笑非笑地看向盛必偃，"怪不得盛家出了灵级相纹，依然在中州三境籍籍无名，原来主事之人都是这等目光短浅之辈。"

盛必偃满脸皆是汗："这……"

奚绝从来都是傲慢专横的，完全不给盛必偃说话的机会："我说此事揭过那就是揭过，你却依然当着我的面肆意责罚，你那是做给我看的吗？不是，你是想要整个十三州的人都以为我奚绝心狠手辣、阴险恶毒，为了一点小事就不依不饶，故意折辱同窗，还让人下跪赔罪。"

盛必偃脸色一变。

奚绝眸子猛地沉下来，抬手猛地将手边小案上茶杯重重一拂，“哐”的一声，茶盏在地上四分五裂。

奚绝稚嫩的脸上全是冷意：“你如此毁我名声，到底是何居心？”

盛必偃差点儿给他跪下：“我……我并无此意！”

“你是想说我误解了你？”奚绝手指一点桌案，不高兴道，“你不是想让我消气吗？好啊，那就你给我道歉！赔罪！”

酆聿：“……”他还当这纨绔是真的面冷心软，没想到却疯狗似的，逮人就咬。

盛必偃哪里敢反驳，赶忙低声下气地赔罪。

酆聿看得啧啧称奇，更想知道这位小少爷到底觉醒的是什么相纹，竟然能让整个中州的人对他这般敬畏。

盛必偃战战兢兢，几乎将全部赔罪的话都说了一遍。

奚绝不依不饶地冷笑：“天衍学宫开学第一日，你就故意折辱灵级相纹，是想做什么？

“十二个灵级相纹日后皆是飞升命，人人都道诸行斋必出仙君，若今日他真的跪下去受辱，日后我们诸行斋不就成为十三州的笑柄，任人耻笑了？！

“好好同你说话，你不肯，非得要说上一堆低三下四奉承讨好你才舒坦，对吗？”

盛必偃被他几个大帽子砸下来，脸色惨白如纸，死死咬着牙：“不……不敢。”

酆聿从未想过这位不学无术的小仙君口才这么好，听得目瞪口呆。

“所以现在，你懂我的意思了吗？”奚绝小脸面无表情，一字一顿道，“我说，算了。”

盛必偃：“懂……懂了，多谢小仙君不计前嫌，高抬贵手。”

奚绝懒得和他说话，手一指，示意他走！

盛必偃如蒙大赦，将灵髓留下，带着一直默不作声的盛焦小心翼翼离开。

一直无动于衷的盛焦突然微微侧身，似乎看了奚绝一眼："你……"

盛必偓一把将盛焦扯出来，等到了无人处，几乎咬碎了牙，厉声道："来时都叮嘱你了，莫要去招惹奚家小少爷，你怎么都不听？！"

盛焦像是被封了七情六欲，无论盛必偓如何骂他折辱他都无动于衷。盛必偓骂骂咧咧，连拖带拽地将他薅走了。

酆丰看着两人背影，啧啧称奇："没想到啊，盛家为了讨好你家，就连灵级相纹也不在意，那可是'堪天道'啊。"

"谁知道他们一个个到底是怎么想的？盛家家主也是个拎不清的，有了灵级相纹还不好好奉着，任由一个旁支的人如此折辱他，难道讨好奚家就能让他们一步飞升啦？"

奚绝不高兴地坐在榻上，蹬了蹬腿："那个谁是不是哑巴啊，都被打成这样还不开口。"

"我记得他之前并不是这样，想来是那相纹的毛病吧。"酆丰跷着二郎腿，将一颗灵丹往上一抛，准确无误地用嘴接住，含糊道，"啧，怎么灵级相纹一个个的都不正常？"

"谁不正常？"

"横玉度是个不良于行的瘫子，让尘……哦对，你家和让家交好应该也知道，是个修闭口禅的。"酆丰和他一一掰扯，"中午入学礼你没去不知道，这诸行斋可没一个正常人，往后可有大乐子瞧了。"

奚绝不想看乐子，心不在焉地盯着地面那点血痕看了许久。好半天，他才咬着牙，低声骂道："闷葫芦，活该你！"

白日受了惊吓，奚绝入夜后做了一晚上噩梦。梦中，锯嘴葫芦突然一分为二，倒腾着两条木头腿蹦蹦跳跳追着他跑，一边跑一边打雷，奚绝吓疯了，拼命往前逃。但是他腿短个儿矮，跑了大半夜还是被逮到了。葫芦将他密不透风地包裹其中，缓缓合上。奚绝吓得四处乱蹬，尖叫着摔下床。

道童慌忙进来："少爷？"

奚绝披头散发坐在踏床上，好一会儿才清醒过来。显然小少爷不会承认自己是被噩梦吓醒的。他心虚得咳了一声，嫌弃地用发软的手拍了拍床，道："这床太窄了，根本不够我滚的。"

道童见那宽敞得几乎能并排躺四五个人的床榻，沉默了。

奚绝爬起来，看了看外面："什么时辰了？"

"辰时了。"

"哦，今日要开始上课吗？"

"掌院说，今日先让你们熟悉熟悉诸行斋，明日再去九思苑上课。"

奚绝坐了好一会儿终于缓过来，他嘟嘟囔囔地穿好衣裳，打算去找鄠聿一起玩。

"说起来，池塘对岸也住着一个人呢。"道童道，"昨日少爷没去诸行斋入学礼，要不去对面瞧瞧是哪位同窗？日后也好有个照应。"

奚绝哼了一声："只要不是那个讨厌鬼，谁都成。"

朝阳灼眼。奚绝骄纵怕晒，戴着帷帽，四周垂着半掌宽的薄透白纱挡住日光，边走边哼哼道："诸行斋八个人，除了四个灵级相纹和鄠聿，还有谁啊？"

"柳长行。药宗的小毒物……名字有点拗口，哦哦记起来了，名唤乐正鸠。"

"还有一个呢？"

"唔？还有一个？奇怪，明明刚才还记着的……"道童只当自己记性差，干笑道，"等会儿回去我找卷宗看看再回少爷。"

奚绝走过池塘边栈道，余光一扫深水，大概是心有余悸，往旁边蹦了一下。反应过来后，他气得骂骂咧咧："别让我再见到那个姓盛的，否则我定要他没有好果子吃！"

两处院落离得很近。没走几步便远远瞧见一棵遮天蔽日的丹桂树，幽静小院隐在茂密林中，别有一番风雅韵味。

深秋丹桂盛开，屋檐、青石板上都落了一层薄薄桂花。灿烂朝阳铺过去，好似一地融化的蜜糖。

奚绝嗅了嗅，溜达着踩着一地桂花走入正门，打算瞧瞧将来要朝夕相处的同窗是何许人也。只是还未进去，道童像是瞧见了什么，突然一把拉住奚绝，脸都绿了："少爷，咱……咱们还是去找酆少爷吧，您不是和他挺谈得来吗？"

"急什么？"奚绝疑惑，"我又不知道他住在哪儿，这不是得一路走过去边看边找吗？"

道童不好多说，和他在门口拉拉扯扯。奚绝越发觉得有猫腻，甩开他的手快步走到门槛处。道童露出惨不忍睹的表情。

等视线落在站在院内桂树下的身影时，奚绝眼眸不可置信地瞪大，脚下一绊，差点儿直接摔趴。微微抬眸看着桂花的人面无表情转过身来，和他冷冷对视一眼，竟是盛焦。

奚绝气得仰倒："盛……"盛什么来着啊到底？又忘了。

奚绝偏头。

道童低声提醒："盛焦、盛焦。"

"盛焦！"奚绝道，"怎么是你住在这里？我不要和你住一起，你搬走，现在就搬。"

盛焦空洞的眼神扫他一眼，却并未停留太久，又将视线落在一簇金灿桂花上，好像一朵桂花都比看奚绝有意思。

奚绝自小到大哪里经历过此等无视，当即怒气冲冲上前。只是离此人越来越近，奚绝就意识到这人怎么比自己高出大半个头来，冲他发怒还得仰着头。

个儿矮的奚绝气得半死，突然伸手将那枝桂花摘下来，"啊呜"一口直接啃了。"看我。"他瞪着盛焦，"我和你说话呢。"

盛焦又找了枝桂花看。

道童见自家少爷上蹿下跳得不到丝毫回应，又怕他再拿鞭子抽人，赶忙哄他："听说盛少爷性情孤僻冷淡，并不是故意针对少爷，我……我们去找酆少爷玩吧。"

奚绝"呸呸"几声，将嚼碎的桂花渣吐了出来："难吃死了。"

盛焦不搭理他，大概嫌他太聒噪，转身往树的另一侧走去。

奚绝下意识伸手拽住他："休想逃，你有没有听我说话？"但手一触碰到盛焦的手腕，敏锐地察觉到他整只手臂猛地一颤，像是疼痛下本能的颤抖。

奚绝这才意识到盛焦的手昨天被盛必偃捏断了，赶忙缩回手。盛焦垂在身侧的手果不其然红肿扭曲着，他却继续看桂花。

奚绝掉根头发都能跳半天，见盛焦手腕都断了还像没事人一样，讷讷道："你……你……"

你都不疼的吗？

饶是奚绝有天大的气，此时也憋得发不出来。见盛焦把他当透明人，只好怒气冲冲沉着脸小跑离开。和这种人置气动怒根本不划算，有那闲工夫还不如去和石头聊天呢。

道童追上去："少爷，去找酆少爷吗？"

"找他个鬼。"奚绝闷闷地说。

他大概还有气，路过池塘边，突然伸手一划拉。"给我从这儿，到这儿修一道高栅栏，再结几个结界。不对，到那儿，这棵树我喜欢，我要分一大半。不，我要全都分走，一个树枝子都不给他留。"

道童忙不迭点头："好好好，不给他留，结了果子也不给他吃。"

奚绝这才消了气，但走了两步，又道："别跟着我了，你回奚家吧。"

道童吃了一惊。少爷从小到大从来不离人伺候，此番更是为了带道童进天衍学宫才遭了大罪，现在竟主动让他离开？

"但是少爷……"

"快走。"奚绝说，"我有手有脚，没人伺候死不了。"

道童知他说一不二，犹豫好一会儿，只好离开。

片刻后，整个幽静小院空无一人。奚绝扒着门框偷偷摸摸看到道童离开，这才噔噔噔跑回去，翻箱倒柜找出来一个玉髓。指腹轻轻摩挲过价值连城的玉髓，雪白碎屑簌簌从指缝落下。

不多时，奚绝凑上前轻轻一吹。玉屑胡乱飞舞，像是下了场大雪。雪停后，巴掌大的玉髓像是被精雕细琢过一般，已是个雕刻着"温"字的玉令。

奚绝又找了个穗子挂在上面，勾唇得意一笑，捏着这新鲜出炉的掌院玉令溜达出去。

穿过池塘栈道，奚绝踩着一地桂花跑到那幽静小院。盛焦依然保持着刚才的动作，微微抬着眸盯着那枝桂花看，日光从树枝倾泻而下打在他半张脸上，宛如刀削斧凿的冰雕。哪怕炎炎烈日也无法将其融化。

奚绝背着手走过去，突然抬手将那枝桂花薅下来塞到嘴里。

盛焦低头看他，眼神冰冷又无神。

奚绝见他终于看自己了，赶紧抓紧机会冲他龇牙一笑，张扬又得意："喂，你是闷葫芦吗？不会也像让……让那个谁一样修了闭口禅吧？"

盛焦不说话。

"你喜欢桂花呀？"奚绝又跑到他另一边，哼哼着晃了晃手上的玉令，"可惜啦，就算再喜欢也无济于事了，温掌院有令，让你从此处搬出去，随便住哪里去。"

盛焦视线落在那枚"温"字玉令上，终于有了反应，伸手去拿。他右手近乎折断，不知疼地微微一蜷。

奚绝两指拎着穗子，让玉令不住摇摆。

盛焦手捏了个空，眸子轻轻一动。像是冰雕成的人终于有了一丝活气，但也只是刹那，他面无表情再次去够玉令。

奚绝手一晃，将玉令直接扔到盛焦掌心。饶是如此，盛焦也不知去合拢，好在穗子挂在他虎口这才没有掉下去。

玉令散发着雪白荧光，在日光照耀下像是一道水流悄无声息从盛焦的五指流向手腕。只是瞬间，盛焦袖子下狰狞的伤处完好如初。

奚绝大概是嫌弃他慢吞吞的，劈手将玉令夺了回来，趾高气扬道："这就是温掌院的玉令，你还以为是假的不成？"

盛焦垂着眸看了看自己的右手。

奚绝耀武扬威后，撒腿就跑，边跑边叫嚣道："赶紧给我搬走，爱去哪儿去哪儿，否则少爷我天天来闹。"这人敢不畏奚家权势把他扔湖里去，这种不讲理的命令肯定是当耳旁风的。奚绝的心虚和愧疚瞬间烟消云散，将玉令随手一扔，高高兴兴去找酆聿玩了。

诸行斋极大，奚绝和酆聿逛了一整日都没能将一半逛完，约好明日下学后再一起溜达，奚绝趁着夜往住处走。

白日里阳光和煦花团锦簇，奚绝只觉得好玩。但夜深后拎着一盏小灯孤身在密林中赶，才十三岁的半大孩子胆子还没芝麻大，畏惧得左看右看，唯恐出个狰狞恶兽把他给吞了。

奚绝害怕地嘟嘟囔囔："这是天衍学宫，不会有什么妖魔鬼怪，不害怕不害怕。"嘀咕半路，眼看着住处就到了，奚绝立刻拔腿就跑。

但是刚从参天大树转了个弯，余光一扫旁边的池塘，奚绝吓得瞳孔一缩，差点儿尖叫出声。

夜深人静，水面泛着丝丝缕缕的白雾，鬼气森森。一身黑衣的人站在岸边，几乎同黑暗相融，诡异得让人头皮发麻。

奚绝呆了好一会儿，才壮着胆子定睛看了看，那人是盛焦。

奚绝都没力气生气了，无力地想："这人大半夜不睡觉，在这儿做什么呢？"他往后看了看，发现不远处的桂花院门紧锁。

奚绝心中一咯噔。这个锯嘴葫芦……不会是信了自己白日里那些胡言乱语，真的搬出来了吧？这也太好骗了！

奚绝见盛焦单薄的身体似乎盈了薄薄一层霜，莫名有些心虚，他悄悄地顺着池塘栈道走上前，打算和他说几句话。

皎月悬挂天边，周遭弥漫着寒霜和丹桂的香甜气息。奚绝走到盛焦身后，别扭地盘算着该怎么说，足尖刚刚点到盛焦三步之内，突然，一道天雷从盛焦垂在手腕的天衍珠上迸出，直直朝着奚绝而去。盛焦偏头冷若冰霜地看他，不对，或许冰霜都比他有温度。

奚绝娇生惯养，从未同人交过手，乍一被攻击，脑子根本没有反击和躲闪的意识，当即被击得往旁边一歪。一旁正是冰冷的池水。

此处空无一人，盛焦又是块木头，就算自己掉到水中淹死，盛焦恐怕看也不会看一眼。奚绝十指胡乱一抓，想要稳住身体，却四周空无一物直接抓了个空。"完了。"他心想。

恰在这时，盛焦眉头紧锁，浑身颤抖，猛然不受控制地溢出了一道灵力。那灵力并非天衍珠的森寒冷酷，而是宛如春风温煦，轻轻在岸边结了霜的草上一扫。

冻得蔫蔫的草倏地一晃，深秋寒霜下，竟颤颤巍巍开出了一朵小黄花。

花开的刹那，被冰封的七情六欲像是挣扎着回魂，盛焦无神的眸子轻轻一缩，突然神使鬼差地往前伸手。做出这个动作后，他自己也愣了。

千钧一发之际，奚绝下意识抓住盛焦伸来的手，用尽全力死死拽住。但他摔下去的力量太大，将猝不及防的盛焦带得往前一踉跄。

"扑通"！两人一齐摔入冰冷水中，咕嘟嘟沉了底。

半夜三更。奚绝被一只纤细却有力的手从冰冷的池水中硬生生拖出来，浑身湿淋淋地伏在岸边捂着心口，撕心裂肺地咳嗽。肺腑像是被重物压碎一般，呼吸间全是针扎似的刺痛。

"盛……咳咳！你……"一天之内接连掉水两回，奚绝从没有遭过这么大的罪，咳得满脸水痕，不知是池水还是泪水，看起来可怜又脆弱。

　　同样湿透的盛焦跪坐在一旁，长发墨衣不住往下滴水，视线空落落盯着岸边盛开的黄花。

　　奚绝一把扒住他的肩，似乎想骂他几句，但一开口就被水给呛住了，狼狈地咳了个死去活来。"你……咳咳我杀了你！咳咳呜……"

　　盛焦仍旧无动于衷，被奚绝咳得带动身体来回晃了两下，无情无感的眼眸低垂，旁若无人地看着花。

　　终于，奚绝缓过来，胡乱一抹脸上的水，声音沙哑地骂道："闷葫芦，你故意的是不是？"

　　他又没有像白日那样挥鞭子抽人，怎么还会挨劈？有没有天理啦？

　　盛焦拿他当虚无，任由他怎么叨叨都没有反应。就好像刚才伸手的回应只是个幻觉。

　　神使鬼差的，盛焦突然往前伸手。

　　奚绝吓得蹬着腿连连后退，唯恐他又抽自己。却见盛焦用冰冷发抖的指尖，去尝试着碰那朵盛开的小野花，但还未靠近动作便僵住，像是在畏惧什么。

　　奚绝愣了一下，抬手擦了擦进水的耳朵，茫然看他。

　　指尖与花朵的距离只有半寸。盛焦僵硬着身体，保持着手往前探的姿势好久，久到指尖的水珠都结了白霜。他猛地一哆嗦，才将手缓缓收回，好似怕身上的寒意会让这朵明艳漂亮的花凋零。

　　突然，一只冰凉的手从旁边伸来，死死扣住盛焦的手腕。盛焦一愣，怔然抬头。

　　奚绝屈膝爬了过来，长发半湿披散着垂至地面，漂亮干净的小少爷狼狈不堪。他本该愤怒暴躁，但不知为何却意外安静，眸子低垂看起来温和极了——好像白日里的骄纵倨傲全是假象。他一言不发地紧握盛焦的手，强行带着他的五指一点点往前探。

　　盛焦瞳孔剧缩，下意识就要缩回手。

　　奚绝却道："看。"

盛焦木然。

奚绝比同龄人要纤瘦许多，此时却使尽全力拉着盛焦好似铁棍的手，死死往下一压。指腹传来一股柔软温暖的感觉。

盛焦怔怔看去。

奚绝带着他的手，触碰到那朵花。他轻轻地说："……看，花开了。"

盛焦无论何时都是一副无情无欲的冰雕模样，但此时明显能看出他竟然愣住了。

晚秋的花开得寂寥萧瑟，被风一吹轻轻在盛焦指腹轻动。花似乎生在冰天雪地，奋力用嫩芽一点点顶开坚硬的冰层，哪怕根系寸断却艰难用着最后一丝生机迎着光绽放无人欣赏的花朵。整个冰封世间，像是被这朵花击碎。

以温暖如红日的花为中心，冰铺天盖地龟裂开来，本来只有黑白二色的世界骤然因那抹灿烂黄色有了色彩。

晚秋深夜，寒霜冰冷，周遭却已花团锦簇。

没来由地，盛焦心想："我回来了。"醉死红尘，心终有一隅花开。

奚绝终于松开手，恢恢摸了摸耳朵，一语不发地爬起来，抱着双臂往住处走。他连生气的力道都没了，只想回去将湿透的衣衫换下来。

走了两步，奚绝像是察觉到什么，微微回头。

盛焦正在看他。那双寂静枯槁的眼眸中好似有了一丝生机，直勾勾地盯着他，就像白日里他见桂花。

"看什么呢，这事儿没完我跟你说。"奚绝有气无力，却不忘张牙舞爪，"我明天再找你算账，赶紧回去睡觉。"

盛焦缓缓起身，还在看他。

"回去，回那儿睡觉去。"奚绝抬手一指那桂花小院，蹙眉道，"天衍在上，我怎么觉得你不是五感缺失，而是脑子缺了一根弦呢？听不懂我说话吗？"

盛焦浑身湿透，唇线绷紧看了他好一会儿，转身回去。

奚绝终于松了一口气，骂骂咧咧地走了。

没有道童伺候，娇生惯养的小少爷依然能将自己捯饬得很好，他沐浴一番换了身衣裳，躺在床上拿着几颗灵丹边咳边吃。

"花开了……"灵丹药效发作，奚绝睡意渐浓，迷迷糊糊地想，"一朵花，也能破冬吗？"

不知是不是那朵花的缘故，奚绝做梦梦到自己变成一粒深埋地下的种子，憋足了劲儿想要破土而出，努力得脑袋都顶得生疼却愣是没发芽。最后他把自己给气醒了。

奚绝坐在床上抱着脑袋摸了半天，外面一阵重钟声响起。辰时已至，该去九思苑上课了。

奚绝一蹦而起胡乱梳洗一番，披了件鹅黄披风，脖子一圈雪白狐毛毛茸茸地围着，金玉锦绣堆着养出的矜贵小少爷行为举止全是不食烟火的尊贵。他打算去找酆聿一同去九思苑，刚跑出去瞧见池塘就本能发怵，足尖一转换了条路走。

正溜达过去时，远远扫见池塘对岸，盛焦站在桂花小院外的屋檐之下，垂着眸看着一地细碎桂花，不知在想什么。他应该站了挺久，发间肩上已落了层桂花。

奚绝心中有气，不想和他说话，只能隔着老远瞪他一眼，鹅黄披风裹在身上衬得他好似桂花成了精，踩着晚秋的寒风一溜烟儿跑开。

盛焦循声望去，只瞧见那抹好像昨晚小花似的黄色消散在密林中。他轻轻垂下手，指间一枝桂花垂曳而下。寒风一吹，掉落几粒金灿花朵。

九思苑雕栏玉砌，前临泮池背靠青山，一条雪白瀑布好似从云霄而来，潺潺流水声隐约回荡在山林间，宛如仙境。

奚绝过去时，除了他和盛焦，其他人已到了。偌大学斋布置得极其雅致，左右总共八张书案。掌院还未来，已有六个小少年端正坐着，瞧见奚绝进来，视线全都移向他。

奚绝不怯场，更没有见陌生人的生疏尴尬，高高兴兴跑到酆聿面前，道："你们怎么来得这么早？"

酆聿难得蔫头耷脑，见状勉强提起兴致来："是你起太晚了吧，还好今日掌院还未到，否则肯定罚你。"

奚绝盘腿坐着，奇怪道："你怎么啦？"

酆聿没想到他这么敏锐，愣了一下，才凑到他耳边小声嘀咕："这群人，难交谈得很，往后咱们可有的闹了。"

酆聿本是个爱热闹的，第一日上学想和众人打好关系，主动开口挑了个话头等人接话："久仰诸位大名啊，不知道你们的相纹是什么，能让我开开眼吗？"

四周鸦雀无声。

酆聿保持着僵硬的笑容，唇角微微抽动。之后无论说什么，其他五个人要么是虚假微笑、要么低头看书，有的甚至权当他在放屁，半个字都不给回应。饶是酆聿脸皮厚，一连挑了两三个话头没有得到回应，也受不了死寂的尴尬，憋着气不吭声了。

他将书翻得哗啦啦作响，闷闷不乐道："我还没吃过这么大的瘪……"

正说着，奚绝"哦"了一声，撑着桌子站起来，似乎要说话。

酆聿体验了说话无人应答的羞耻和尴尬，见状忙拉住他："做什么，他们不会理你的！"

奚绝不听，脸皮厚地到旁边一个白鹤玉兰纹袍的少年面前，脆生生道："我是奚绝，你是谁啊？"

酆聿偏过头不忍再看。此人最烦人，只会微笑、弯眼笑、勾唇笑，到处笑，花儿似的笑，就是不说话。酆聿当时还以为他就是让尘，直到瞧见他的腿才认出这人是横玉度。

少年横玉度偏头看奚绝，水雾似的眼眸轻轻一弯，拒绝交流。

奚绝却不害怕，还钻到书案下看了看横玉度垂在一旁的腿，疑惑道："你的腿不能动吗？还能治好吗？是先天不足还是受了伤呀？嗯？嗯嗯？嗯嗯嗯？"

鄠聿惊恐地看着胆大妄为的奚绝，怎么一见面就挑人家痛处说呢？横玉度先天不足不良于行之事，整个中州三境人尽皆知。奚绝像是故意似的，围着人家的腿喋喋不休。

他太过聒噪，诸行斋其他人也都皱眉看他。

鄠聿还以为这个讨人厌的货会被横玉度微笑着一巴掌甩出去，却听横玉度眸底的笑意似乎真实了些，温柔开口："我名唤横玉度。腿不能动，也治不好，是先天不足。"

鄠聿一愣，竟然开口了？！

"哦哦哦！"奚绝点头，"幸会幸会，久仰久仰。"

说罢，又屈膝爬到旁边另一个正在摆弄犀角灯的白衣少年面前："你是谁呀？这是什么，能带我玩一玩吗？"

鄠聿心道："真是脸皮厚又大胆。"

白衣少年眉眼禅静安宁，好似一株静静绽放的幽昙，脖子上挂着一串佛珠，微微颔首，动作轻柔地打了个手势。

奚绝也跟着学了两下："这是什么意思？"

横玉度轻轻开口："意思是，他修了闭口禅，无法说话。"

奚绝还没说话，横玉度就自顾自地补充："让尘并非恶业太重，他的相纹可窥探天机，须时刻约束自己。"

奚绝："啊……"

横玉度大概觉得说得不太好，又继续补充："天机就是未来，他的相纹是'窥天机'，众人皆知。"

奚绝："我……"

横玉度补充："啊，你不要误会，我并不是在说你孤陋寡闻，我就是实话实说。"

奚绝无语，一个闭口禅，一个话痨鬼。

两人正说着，一阵轻缓脚步声从外传来，盛焦面无表情地进入九思苑。高高兴兴的奚绝登时拉下小脸，瞪了他一眼。

盛焦眼神无光，看也不看周围的人，漠然走到空的桌案前正要坐下。

奚绝爬起来，眼疾手快爬过去，扒着桌案跪坐在蒲团上，无理取闹道："这里是我的座位，你走开。"说罢，奚绝才瞥见书案上几本崭新的书卷正标着"盛焦"的名字。

饶是如此，奚绝理不直气也壮，气势不减地瞪着盛焦。

若是在昨日，循规蹈矩不愿有半分偏差逾越的盛焦恐怕得拿天衍珠劈他，但今日好像太阳打西边出来了，盛焦竟只是看他一眼，脚尖一转，走到奚绝的位置安静坐下。

奚绝顿时有种重重一拳打在棉花上的憋屈感。

上课第一日没什么安排，那姓温的掌院都没露面，大概是想让几个少年相互熟悉一番。

奚绝心中有气，就这样托着腮瞪了盛焦一整天，眼睛酸涩无比了还不愿放弃。盛焦始终当他是透明人，垂着眸翻看着写着"奚绝"名字的书，心无旁骛。

奚绝气得差点儿仰倒过去，终于舍得将视线收回，跑到最话痨的横玉度身边和他紧挨着坐。

横玉度微笑。

奚绝小声嘟囔："那个锯嘴葫芦是不是也修了闭口禅？你知道内情吗？"

横玉度是个脾气好却慢热的，和人聊熟了也不再只会微笑，"啊"了一声，神色有些为难："背后道人是非，实在非君子所为。"

"没有背后道人是非。"奚绝振振有词，抬手一指盛焦，"我们当着他的面说呢，光明磊落，坦坦荡荡。放心吧，我们还是君子。"

横玉度："……"

鄨聿也跟着凑了过来："什么什么？道谁的是非？让我也听一听！"

"其实也不是什么秘密，此事中州三境众所周知。"横玉度无奈道，"盛焦相纹是灵级'堪天道'，是堪比天道的存在，但盛家家主……唉。"

大概是背后道长辈是非也不是君子所为，横玉度用"唉"来代替那些未尽的话。奚绝和鄨聿点点头，表示理解此"唉"的意思。

"……很唉。"横玉度说，"盛家此前数百年，连个天级相纹都未出过，乍一出了个灵级相纹，就……唉。"

"好唉，太唉了。"奚绝和鄨聿说。

"他们大概误解了'堪天道'的意思，以为灵级相纹能代替天道行赦恕申宥，便想让盛焦不入天衍学宫受学，直接去獬豸宗任职。"

鄨聿蹙眉："十二岁就去鬼门关獬豸宗？盛家那群人疯了吧？"

横玉度："唉，唉！"

奚绝看了一眼盛焦，低声问："那为什么没去獬……獬什么来着？"

鄨聿瞪他："獬豸獬豸，你怎么什么都不知道啊？"

横玉度大概是难得和同龄人玩，像是开了话匣子，继续小声道："盛焦未觉醒相纹前……我只见过他一次，差不多和……和……"

他左右看了看，一指让尘："和让尘差不多，温文尔雅，很爱笑。"

奚绝一愣："啊？"他无论如何都想不出盛焦那冰块笑的样子。

横玉度道："他被盛家送至獬豸宗，进入申天赦历练……"

奚绝打断他的话，问："申天赦是什么？"

"你真的什么都不知道啊，小少爷？！"鄨聿没好气地瞪他，"我都知道，獬豸宗的人被称为冷面冷心龚行天罚的活阎王，其原因就是要入獬豸宗，必须要入申天赦幻境历练三个时辰。"

申天赦是一处幻境，里面是无数獬豸宗断过的刑罚案宗。悲惨之人铸下大错、万恶不赦之人却逃脱惩赦，这种事林林总总，什么都有。只有在幻境中完全不顾个人情感正确断定是非，将有罪之人诛杀，才可入獬豸宗。听说有人甚至会将真正的死囚放入其中，让历练之人亲手诛杀。

奚绝满脸蒙："但是才三个时辰，半日工夫就算杀一个人也不至于成现在这样吧？"

"你傻呀。"酆聿踹他一脚，"申天赦中时间流逝不同，外界三个时辰相当于幻境中七日！"

在申天赦熬过七日的修士，往往出来后便是冷漠无情、只知黑白对错的杀神。

"但盛焦只待了一个时辰不到，便狼狈出了幻境。"横玉度道，"他心太软，根本无法断定绝对的对错，只会感情用事。"

奚绝追问："然后呢？"

横玉度轻轻道："盛家觉得他丢了脸，就强行将他丢进申天赦幻境中……"

顿了顿，似乎觉得很残忍，轻声道："……两个月。"

奚绝悄无声息倒吸一口凉气。

酆聿最开始没反应过来，掰着手指算了半天，才惊恐道："五年？！"

横玉度："嘘！"

酆聿捂住嘴，满脸悚然。

横玉度低声道："他从申天赦出来才半个月就被送到天衍学宫来，人人都说他的意识还未从幻境中出来，就算他当街杀了人，也没人敢拿他怎么样。"

入申天赦三个时辰已是极限，更何况整整两个月。怪不得他无情无感，冷得像是一块冰。

酆聿捧着小心肝，讷讷道："我一直知道盛家那些人很唉，但没想到竟如此唉，唉，唉，这帮混账！"

奚绝还记着刚才酆聿踹他那一脚，突然伸腿踹了回去，没好气道：

"这都人尽皆知了，你怎么也什么都不知道？"

"我只是爱听乐子，这种一听就让人憋屈的糟心事我可不爱听。"酆聿呵了一声，又踹了回去，"我要是盛焦，早就用天衍珠把盛家那一大家子人全劈了！此等大快人心之事才是我爱的乐子！"

两人在横玉度桌案底下互踹。

对面的盛焦安静坐在那儿，好似和整个世界格格不入。奚绝无意中看了他一眼，眸子轻轻一动。

还未入夜，怕走夜路的奚绝早早回了斋舍。他睡觉很早，每日都是天黑就上床，只是今日却窝在被子中翻来覆去睡不着。一会儿是盛焦枯涸的眼睛，一会儿又是横玉度说的"两个月"，闹得他脑袋疼。

不知多久，奚绝突然耳尖地听到窗外有人的脚步声。窗户半掩着，院落的烛火幽幽闪着暖光，并无什么人。

奚绝正疑惑着，鼻尖隐约萦绕一股淡淡的桂花香，似乎是被风从外面吹来的。八成是从对面吹来的。

奚绝哼了一声，不想嗅他的桂花香，赤着脚下榻去关窗。只是刚走到窗户边，他突然一愣。狭窄窗棂上有一枝刚摘的桂花。

奚绝疑惑地伸手将桂枝捏起，两指微动旋了旋。桂花沁甜的味道轻拂面门，好似晚秋前最后一缕和煦春风。

奚将阑迷迷糊糊一伸手，差点儿将小案瓷瓶拂落。瓷器和木板来回相撞的细微震动直接惊醒了他。

"唔……"奚将阑睡眼惺忪，下意识将瓷瓶扶稳，手背一痒，像是有个小虫子落了下来。

轻微的触感让奚将阑彻底清醒，他现在虽落魄，但常年养尊处优的习惯让他无论何时都想将自己捯饬得干干净净，足够体面，不至于见到故人自惭形秽。

奚将阑还以为自己脏到住处都开始长虫子了，心中还未生羞赧和难堪，头皮发麻地低头一看——手背上落着两朵漂亮的桂花。五指扶着的瓷瓶中放着新鲜的水，一枝刚折的桂花枝斜插其中，素朴雅致。

天已亮了，朝阳从石漏窗照进来，蜜糖似的阳光将桂枝影子斜打在奚将阑骨节分明的手指上。奚将阑呆呆地看了好一会儿。

突然，医馆的门被重重拍开，鄷聿火急火燎地冲进来，对着他一顿喋喋不休。

奚将阑摸了摸耳朵，发现耳饰还在，但鄷聿却依然只张嘴不出声，心中一咯噔。糟了，助听万物的法器不会真坏了吧。

奚将阑反应极快，下意识去分辨鄷聿的唇形，看到他说："……你怎么还在睡，天衍在上，那小姑娘要靠一人之力将咱们诸行斋团诛了，你快去瞧瞧吧！"

奚将阑一愣："啊？"鄷聿说的是秦般般。

清晨横玉度被鄷聿推着前去寻秦般般，打算告知她相纹"三更雪"之事，再将她带去天衍学宫安置，省得日后再出什么变故。没有家世的孩子觉醒相纹，若是无人保护，下场往往极其悲惨。

天还没亮，生龙活虎的小姑娘就爬起来做糕点开铺子。乍一听到横玉度的那番话，像是听天书似的呆了好久，嘻嘻笑着包了几个糕点递给他："给哥哥吃，不要钱。"

"谢谢。"横玉度温柔道谢，"你相信我吗？"

秦般般说："不相信，吃完就走吧。"

横玉度蹙眉："你的确觉醒了相纹，前几日此地无银城那场雪祸便是由你的'三更雪'造成的，你随我入天衍学宫，往后便是仙门中人。"

这个年纪的小姑娘往往都是爱美的，秦般般却穿着一身洗得发白的破旧裙子，困苦好像并未影响她的心性。她托着下巴笑嘻嘻道："你编故事哄我，不就是想像兰哥哥那样蹭糕点吃嘛，糕点给你啦，赶紧走吧。"

横玉度无语，奚将阑这些年到底编了多少胡话，把人家小姑娘骗得都有警惕心了！

横玉度反复和她解释。

秦般般终于生气了："兰哥哥说让我不要相信任何人，特别是说什么相纹的人！你莫不是想要拐带我卖到哪个山沟沟里去给人当小老婆？"

横玉度："……不不不。"

"那你就赶紧走。"秦般般瞪他，"我听兰哥哥的话，哪儿都不去。"

横玉度轻轻问："你兰哥哥什么时候对你说的这番话？"

"好几天前。"秦般般警惕地看着他，觉得他越来越奇怪了。

因她情绪影响，本来已经在经脉中平稳的"三更雪"缓缓溢出一股森寒灵力，悄无声息将横玉度围绕住。

"咔嗒"一声脆响。

横玉度一抬头，就见自己头顶正一点点凝结出巨大尖锥冰凌，摇摇欲坠似乎下一瞬就能砸下来将他从头穿到脚。

横玉度无奈。这姑娘，无意识都有如此灵力，往后必成大器。只是"大器"现在正想弄死他。

奚将阑急匆匆赶到时，秦般般的糕点铺子已经全是寒霜，屋檐上悬着的冰凌像是一柄柄森寒的剑刃，直直朝着横玉度。奚将阑吓了一跳："般般！"

本来凶巴巴瞪着横玉度的秦般般瞬间回神，瞧见奚将阑忙飞快跑过来，满脸委屈："兰哥哥！有人要拐带我给人当小老婆！"

横玉度："……"

奚将阑接了秦般般一下，对横玉度说："噫？没想到你如此人面兽心，啧啧。"

横玉度无可奈何："别闹。"

秦般般回过神来，茫然道："哥哥和他认识？"

"嗯。"奚将阑揉了揉秦般般的脑袋，笑着道，"大夏天能有霜雪冰凌吗，傻姑娘，你就没察觉到不对？"

秦般般蒙了好半天："但我……但我为什么会有相纹？我……我就是个普通人啊，那不是大世家的少爷小姐才会有的东西吗？"

奚将阑道："怎么，你不高兴？"

"高兴是高兴。"秦般般迷糊道，"就是觉得像是在做梦。"

奚将阑笑着道："不是做梦，你收拾收拾东西跟着他去天衍学宫，入了仙门，就无人再敢欺负你。"

秦般般似懂非懂地点头："那我得和我爹说一声。"

奚将阑笑容一顿。

横玉度看了奚将阑一眼，决定自己来当这个恶人："入我天衍学宫，就要同此前往事断绝干系，包括血肉至亲。"

秦般般一愣："啊？"

横玉度道："你愿意吗？"

秦般般呆愣愣地看了奚将阑好一会儿，轻轻地说："好哦。"

横玉度终于松了一口气，道："那你去收拾东西，今日就随我走。"

秦般般点点头，乖乖进后院。

奚将阑像是发现了什么，和横玉度一点头，抬步跟了上去。

破破烂烂的糕点铺后院，秦般般手脚麻利地收拾着东西。其实，她根本没多少东西可收拾，从小到大几乎没买过一件新衣裳，身上常穿的衣物都是捡隔壁姐姐的。在偌大院子绕了半天，秦般般发现自己要带走的竟然只有一个木头娃娃。

小姑娘坐在满是冰霜的院中捏着娃娃，眸子空荡荡的，在发呆。突然，两行眼泪猝不及防从她眼中滑落，"吧嗒"砸在木头娃娃的脸上。

一直在旁边看着的奚将阑轻轻走过去，单膝点地半跪在她面前为她擦干眼泪，柔声道："哭什么，这是好事啊，是舍不得你爹吗？"不过也是，才十二岁的孩子，不舍亲人也理所应当。虽然她爹是个渣滓，但两人也相依为命这么多年。

谁承想，秦般般却摇头："凡世和仙门虽像两个世界，但那些得道飞升的仙君必定不是泯灭人性之人，也不该有同凡尘往事断绝关系的规矩。"

奚将阑沉默。

"他……死了吗？"秦般般喃喃道。

奚将阑声音又轻又柔："是啊，死了。"

秦般般愣了好一会儿，呆呆开口："……我一直都知道，他若不知悔改继续赌下去，迟早会连性命都输在那小小赌桌上。"

"血亲"二字像是枷锁般压得她单薄身躯喘不过气来。小小的姑娘脚踩着无论怎么填补都像是无底洞般疯狂吞噬她的泥沼，肩上是本不该她背负的重重镣铐，每活着一日都痛苦又艰难。

秦般般想向着阳光一步步往前走，但她太慢了，完全比不得身后深渊黑暗吞噬的速度。可突然有一日，有人告诉她不必再拖着枷锁而行，她可以孑然一身前途无量，通往仙门的路平缓直通云巅。只是，她苦惯了，甚至害怕脏污的脚印会弄脏那条锦绣大道。

秦般般根本不知是该庆幸还是该悲伤。

"好姑娘。"奚将阑轻柔地说道，"庆幸是对的，悲伤也是对的。你现在如何做抉择，都是对的。"

秦般般再也忍不住，扑到他怀中号啕大哭。"他怎么死了？他为什么死了啊？他……他终于死了！兰哥哥，我害怕。"

奚将阑抱着她，并没有看到秦般般在说什么。他眸子微垂看着单薄纤瘦的少女哭得浑身发抖，像是在透过她看向时间长河中的某个小小影子。

秦般般大哭一场后情绪终于发泄出来，只抱着那个木头娃娃眼眶通红乖乖跟着横玉度，不再像之前那般张牙舞爪了。

奚将阑："你之后还去哪里？"

"还得去接几个世家的孩子，大概五日后就回中州。"横玉度道，"你和盛焦……"

酆聿幽幽道："我看盛焦是打算将你带回獬豸宗严加看管，但你这副破烂身子……你还是去一趟药宗找小毒物给你瞧瞧吧。"

两人一同说话，奚绝根本不知道要看谁，眼神乱飞好半天，索性直接道："你们少管我的事，忙你们的去吧，等我去了中州再聚。"说罢，他怕两人看出端倪，迈着长腿快步回十二居。

横玉度忙叫住他，说道："将阑，'换明月'只对盛焦有效十日，可能会更短，这事你知道了吧？"

奚将阑正在开门，侧着身子无意中扫到横玉度在说话，但只看清了"这事你知道了吧"几个字。

"亲娘啊，什么事儿？"但他又不好追问，总归横玉度是操心过头，肯定是他之前叮嘱过的小事，便抬手一挥。"知道了，横老妈子越来越啰唆了——般般，好好听这老妈子的话，过几天我去天衍学宫找你。"

秦般般乖巧点头。

奚将阑这才关上门，盯着小案上那枝桂花若有所思。应琢知晓六年前屠杀奚家的罪魁祸首，自己就算再畏惧獬豸宗，终归也要去中州一趟，顺着这好不容易得来的线索查清当年真相。就是不知道这一路能不能平安无事了。

他正想着，旁边突然飘来一股桂花香，奚将阑偏头看去。

盛焦不知什么时候站在那儿的，背对着光，冰冷眼神像是森寒牢笼，只是冷冷看过来就让奚将阑觉得自己无处可逃。

"咳。"此人今非昔比，可不好糊弄，奚将阑熟练地扬起笑，打招呼，"盛宗主昨晚睡得可好？"

盛焦冷冷地注视着他，好一会儿突然启唇。

奚将阑眼神落在他唇上。自从和盛焦重逢，这张嘴似乎只会叫他的名字。生气了叫名字，冷漠了也叫名字。

奚将阑正猜想他会说什么，是说"三更雪"，还是屠杀奚家的罪魁祸首，还是昨晚的事……不对，昨晚发生什么事了，怎么脑袋一片空白？奚将阑正想着，终于见到盛焦说话。

"你的耳朵……怎么了？"

奚将阑一愣。

第 十 章

故地终重游

"耳朵?"奚将阑垂在袖中的手微微蜷缩。

盛焦不动声色地等他回答。

"哦,耳朵啊。"奚将阑抬手将扣在耳郭上的耳饰拿下来,若无其事地道,"……半聋了,需要法器'助听万物',但这玩意儿好像磕坏了,盛宗主会修吗?"

盛焦手腕天衍珠猛地"刺啦"一声。"半聋?"

实际上是全聋,没有耳饰法器奚将阑根本听不到丝毫动静。最开始连自己说话都控制不了轻重,后来糊弄人多了,就算不戴耳饰也能顺畅交流。

盛焦神色冷得要滴水。

"盛宗主是想早日回中州吧,稍等我片刻。"奚将阑走到桌案边翻箱倒柜找出来几个小零件,眯着眼摆弄耳饰,随口道,"我先看看这东西能不能修,用太久了,最近一直不太灵便,总是'滋滋'响震得脑袋疼。"

他的态度太随意了,不像是耳聋,倒像是掉了根头发丝般,自然得让盛焦都晃了下神。

阳光往旁边倾斜,只有小案上残留着一小片暖阳。奚将阑坐在昏暗中,垂着眸五指翻飞,在阳光照耀下在那漂亮的璎珞扣上来回摆弄,衬着五指好像暖玉雕成。那动作十分熟练,一看就知道对此物知之甚深。

盛焦走上前,宽大的身形挡住阳光,低声道:"奚绝。"

"盛宗主。"奚将阑头也不抬,"您还是离我远一点吧,伤口又裂开了。"

盛焦手掌虎口处被春雨留下的伤痕再次崩开,他紧握五指,鲜血已满溢指缝,艳红狰狞,血腥味弥漫周遭。

奚将阑凑上前去用牙齿将璎珞扣的一颗珠子叼着往后一用力，将那颗灰扑扑失去效用的玉石吐在一旁，"叮当"一声脆响。

他百忙之中抬头看了盛焦的手一眼："我一直很想问，这伤……什么时候有的？我怎么完全没印象？"

盛焦唇线绷紧，手一动，伤口瞬间愈合。他这副样子就是不愿回答。

奚将阑看出来他拒绝沟通的意思，耸了耸肩，也没多问。他捏着璎珞扣摆弄了好一会儿，眼珠微转，不知又打了什么坏主意，朝着盛焦灿烂一笑："要不这样吧，盛宗主，您给我找个能用的灵珠，我就给您将春雨剑意引出来，如何？"

盛焦蹙眉看他。

奚将阑手一指，理直气壮地说："我看您的天衍珠就挺适合，先借我用一用呗。等到了中州我找我的挚友……呃，叫什么来着，反正就是找我挚友修好法器再还你。"

奚将阑插科打诨，就是不想让盛焦追问他的耳朵。也不知道盛焦是什么时候发现他耳朵有毛病的，他明明没有露出丝毫破绽。难道是最开始重逢时？

天衍恩赐的天衍珠珍贵无比，之前奚将阑想摸一下都会被天雷劈，更何况要来做耳饰。盛焦定会震怒无比，甚至想劈死他。

果不其然，天衍珠噼里啪啦发出细碎的嗞嗞声。奚将阑早就习惯了，垂着眸继续摆弄璎珞扣，隐下心中那点酸涩的难堪。

突然，"叮当"一声。一颗缩小到只剩指腹大小的雷纹珠子落到小案上。

奚将阑一愣，愕然抬头。

盛焦收回手，黑沉眼眸定定看他，言简意赅："用。"

奚将阑看看他，又看看天衍珠，久久回不过神来。好一会儿，他托着腮淡淡道："想不到'换明月'的'听之'竟然有如此神效，竟让天道大人连宝贝珠子都忍心割爱。"

盛焦轻轻蹙眉。

奚将阑没来由地笑起来，愉悦地伸手去碰那颗珠子。但指尖还未触到，盛焦宽大的手掌猛地往前一按，掌心如幕直接将那颗天衍珠盖住。

奚将阑幽幽道："盛宗主这是何意？难道要出尔反尔吗？"

盛焦逆着光盯着他，一字一顿务必让奚将阑读懂他的唇形："你的耳朵，如何伤到的？"

奚将阑脸色骤然沉下来，不知怎么突然就生了气："盛宗主，把一切东西摊开了说，可就太没意思了。"

盛焦的手微微用力，天衍珠将他掌心硌出一个小坑。

"盛宗主这么聪明，难道瞧不出来我不想和您说此事吗？"奚将阑冷冷地回道，"你这是存心让我难堪？还是说六年过去你我身份对调，你也想像其他人那样看我笑话？"

盛焦一愣，他没有。

奚将阑管他有还是没有，冷着脸继续在匣子里翻来翻去："我命轻耳贱，怕是用不起天道大人的天衍珠，您还是拿回去好好收着断人罪去吧。"

阳光移动，奚将阑孤零零坐在那儿，好似全身没入阴暗中。

突然，盛焦将手移开，指腹轻轻一推。天衍珠往前滚着，一道煞白光芒宛如从波光粼粼的水面而来，刹那间照亮满室，骨碌碌抵到奚将阑的手指边。

奚将阑抬头看他。

盛焦漠然道："不问，用。"

此人顶着一张"一月后就取你狗命"的冷漠脸给他天衍珠这等宝物，奚将阑都怀疑那珠子是不是会随时爆开将他炸成齑粉的危险法器。但事已至此，奚将阑冷笑一声将珠子捏住："不用白不用。"

天衍珠上的灵力显然比十三州任何一颗灵珠都要浓郁，奚将阑将珠子镶嵌上去，璎珞扣上的助听万物的机关法阵终于磕磕绊绊地运作起来。

看来能用。奚将阑眸子一弯，又凑上前用牙叼着天衍珠扯出来，打算重新调试位置。天衍珠等会儿还要安上去，他也懒得吐出来，就这样用嘴含着，认认真真地将璎珞扣上的玉石放在机关卡应有的位置。

盛焦还像个高大柱子杵在那儿。奚将阑懒得搭理他，也没看到那双黑沉的眼眸正盯着双唇中间闪着幽蓝光芒的天衍珠瞧。

很快，奚将阑弄好了璎珞扣，伸手将含得滚烫的天衍珠放在空缺处，严丝合缝地卡在当中。耳饰扣在耳郭上，微微旋转调试了下两颗珠子，声音像是风一样刮进他耳中。大概是新换了珠子，周围声音比此前清晰太多，奚将阑好像都能听到盛焦急促的心跳声。

奚将阑疑惑地抬头，还以为他怎么了。

盛焦依然是那张棺材脸，见他抬头，冷淡道："走？"

奚将阑只当是耳饰还没调好，又转了几颗珠子，那古怪的心跳声才终于消停。他松了一口气，心情好了许多，轻轻朝他伸出手："我来为盛宗主引出春雨剑意吧。"

盛焦似乎被他一口一个盛宗主弄得烦躁，冷冷看他一眼，纹丝不动。

奚将阑心想："给你治伤你还生气？"

六年过去，盛焦让他越来越看不懂了。既然他爱伤着，奚将阑也没求着给他治伤——还有个最重要的原因，就是他根本不知道如何将春雨剑意引出。若是真要强行引出，怕是得动用灵力才成。

盛焦明显不想他治，奚将阑盘算着等回到中州找回春雨再说。"是你自己不要治的啊，不关我事。"他娴熟地甩锅，哼着道，"——走。"

说着，奚将阑抬步就往外走，像是出个门买个糕点般随意。

盛焦皱眉。

奚将阑打开门，见盛焦还站在那儿："还等什么？"

盛焦："东、西？"

"没什么东西要收拾。"盛焦一个字一个字往外蹦，奚将阑却无障碍地理解他的意思，随口道，"我四处为家，这里只是个落脚的住处罢了。走吧。"

以前连去上学也要带上好几车行李的小少爷，此时却孑然一身，无牵无挂。

无处是家。

盛焦沉默许久，无神的眼眸好似有道波光水纹轻轻一闪而过。

北境至中州上万里，就算坐行舫也要一日一夜才能到。此地无银城没有行舫，须得坐船沿着长川半刻钟到达北境另一处城池。

奚将阑对北境极其熟悉，一路溜达着带盛焦坐船进城，又买了两枚玉令进入前往中州的行舫，全程盛焦都安静无比地跟在他身后。不知道的还以为奚将阑是獬豸宗执正，盛焦才是那个被押送的犯人。

奚将阑连一块灵石都没带，却狮子大开口地要买两间上等的行舫幽间，理直气壮地让盛焦掏灵石："快，我要宽敞的。"

盛焦默不作声拿出五枚灵石——两个大男人却只买了一小间行舫幽间，售卖行舫玉令的人用狐疑的眼神打量他们。好在幽间靠着窗，也不会太过憋闷。

奚将阑打量着狭窄幽间，很不乐意："你不都是獬豸宗的宗主了吗，一座灵石矿得是有的吧？鄄聿还说现在中州三境都是你家的，怎么坐个行舫还要如此节省憋屈？这儿不好，我不喜欢，连腿都蹬不开。"

盛焦置若罔闻，盘腿坐在窗边蒲团上，竟开始打坐冥想。

奚将阑在小小幽间转了两圈，又屈膝爬到窗棂上将象牙窗砰地打开。

行舫已经高高飞入天空。今日天气极佳，云海如山峰层峦叠嶂，好似仙境，高空中风太大，窗一打开狂风就呼啸而来，将旁边打坐的盛焦吹得长发胡乱飞舞。

奚将阑更是猝不及防，被吹得往后仰倒，一头栽倒，后脑被磕得一阵发疼。明明是奚将阑自作自受，但他捂着发疼的后脑呆愣了半天，突然抿着唇踹了盛焦膝盖一脚。

盛焦不为所动，连眼睛都没睁。

奚将阑只好自己去找乐子打发这枯燥的一天一夜。他像是初到新地方的猫，左看右看什么都要扒拉两下，但却哪哪都不满意，嫌弃得眉梢都耷拉下去。自己玩了一会儿，奚将阑越发觉得无趣，索性也坐到盛焦对面。

"盛宗主？"

"天道大人？"

"盛焦？"

"盛娇娇？"

盛焦不搭理他。

奚将阑想了半天，使出撒手锏。

"盛无灼。"

也不知道这三个字有什么力量，充耳不闻的盛焦羽睫轻轻一颤，终于睁开眼睛："干什么？"

盛焦的眼神有种侵略性的冷意。奚将阑离他太近，直直对上湛寂眼眸，不知为何不自然地往后退了退。

退缩后的奚将阑才后知后觉自己怕了，他重重一咳，熟练地扬起笑容，笑吟吟道："盛宗主身份尊贵，今非昔比，在姑唱寺能叫价六万灵石，想来不会吝啬这几十灵石，你……"

盛焦眉头轻轻一挑。

奚将阑："……不会是故意想让我吃苦头吧，还是说担心我半路逃走啊？"

说完后，奚将阑直勾勾盯着盛焦的眼睛。盛焦瞳孔没有半分变化，甚至都没收缩，袖中天衍珠却一阵窸窸窣窣地乱转。

奚将阑隐约察觉到不对，但逗盛焦的乐趣萦绕心间，为了个无关紧要的问题竟然用上"换明月"的"听之、任之"。

"盛宗主，回答我，为什么要买这么小一间，你有何目的啊？"

盛焦嘴唇轻轻一动。突然，狭窄空间中呼啸的风声、心跳声和两人的呼吸声停滞一瞬。盛焦猛地抬手捂住奚将阑的眼睛，将他往窗上一按。

"砰"的一声。

没被关紧的窗户被撞出一条缝隙，狂风再次刮来将两人长发吹得交织交缠，不分你我。

奚将阑眼前黑暗、耳畔死寂，只有触觉被放大数倍似的敏锐无比，感觉捂住眼睛的手宽大滚烫、似乎有冰冷的视线顺着他的鼻尖往下。

奚将阑一愣，隐约感觉到有细微的声音响起。

盛焦说话了，是"换明月"的"听之、任之"迫使他说出的答案。

奚将阑却没听到，也看不到。他正呆愣着，盛焦已经松开他，面无表情地重新坐回去，若无其事地继续闭眸冥想。

璎珞扣耳饰上的天衍珠停止运作三息，再次如常运转。奚将阑怔然看他，罕见地呆住了。

天衍在上。他……他……他到……到底说了什么啊？！

奚将阑本不是个好奇心重的人，此番却像是心被猫拼命挠了似的，急切想知道盛焦到底说了什么。

奚将阑在角落嘟囔半天，终于想通："他可能是真没钱。"

天衍在上，盛焦就算当上獬豸宗宗主位高权重，却依然如年少时那般一穷二白囊空如洗。奚将阑表示怜悯和理解。搁他，他也不好意思哭穷。

盛焦沉稳喜静，在窗边打坐宛如一块岿然不动的磐石，似乎打算这样熬过行舫上无趣的一整日。奚将阑偏偏坐不住，赤着脚在狭小幽间跑了好几圈，噔噔噔的动静把下层的修士气得上门来敲门骂街。没办法，奚将阑只好消停。

幽间放置着一张小软榻，奚将阑如此纤瘦的身体躺上面都蹬不开脚，微微蜷缩着双腿，侧着身子才勉强躺下。

行舫飞行速度极快，象牙窗上雕刻着丝丝缕缕的法纹将寒风隔绝在外。狭小幽间只有两人的呼吸声。

奚将阑本是想睡一觉打发这无趣的行程，但软榻太窄，他蜷缩着腰不舒服，翻来覆去好一会儿，不高兴道："盛焦，这床太窄了，我睡不着。"

盛焦合眸，冷淡道："只是一日。"

"那也不行。"奚将阑坐起来用力拍床，"又硬又小，硌得我腰疼。我这些年就算再落魄，也不至于连睡觉的地方都这般简陋。"

盛焦不理他。

奚将阑只好将几个蒲团摆阵似的拼成"床"，整个人四仰八叉地一躺。

盛焦就当他不存在。

但奚将阑哪里肯安分，涎皮赖脸地和他叙旧："盛宗主，我听酆聿说你盛家昌荣繁盛，已是中州三境第一世家啦？"

盛焦不回答他，奚将阑也能唱一出独角戏："啧啧，盛宗主还真是面冷心软，少时盛家那些人那般待你，你还能像是没事人一样让他们踩着你往上爬。"

见盛焦不为所动，奚将阑那张嘴还是不肯停："要是我，谁如此欺辱我，我就算豁出性命也要……"他停顿了一下，像是个童言无忌的孩子，笑嘻嘻地说，"……让他们死。"奚将阑本就睚眦必报，一点小亏都不能吃。

盛焦不想和他说话。

奚将阑想要再逗逗他，这时幽间外却突然传来一声轻缓的敲门声。

倦寻芳："宗主？"

奚将阑幽幽瞥了盛焦一眼，却见他眉头紧锁，似乎也没料到倦寻芳会过来。

"何事？"

如此小的幽间往往只一人乘坐。倦寻芳和上沅也没多想，将这话默认是可以进来的意思，轻轻打开门，恭敬领首行礼："我和上沅已办完您吩咐的事，刚好在附近感知到天衍珠的灵力，特来……特来……"

等视线落在狭窄幽间内，突然就"来"不出了。

盛焦面如沉水盘腿而坐，好似在獬豸宗的雪山之巅修炼闭关般，气度凛然让人不怒自威。

但旁边蒲团堆里横躺着一人，支着下颌笑眯眯地往外看，宛如活泼的阳光跳到大雪中。

"哟。"奚将阑嘻嘻笑着说，"倦大人，小上沅，这么巧你们也坐这艘行舫啊，来来来，别客气，快进来坐。"

倦寻芳目瞪口呆，好半天才抖着声音道："宗……宗主？！"

上沅倒吸一口凉气。

她还没感慨，倦寻芳就暴跳如雷："别信！他说什么你都别信！"

上沅心道："我……我还没说呢。"

奚将阑哈哈大笑，像是找到新乐子似的，柔声道："哎呀，倦大人何必如此激动，冷静，你家盛宗主还好好的哪。"

盛焦冷冷看他一眼，示意他噤声。

倦寻芳哆嗦着指他："你……你你……"

"放心。"奚将阑深情地说，"你家宗主还是安全的。"

倦寻芳："……"

盛焦突然伸手打了个闭口禅，强行让奚将阑噤了声，问道："可寻到了？"他同旁人说话，从来都是用灵力催动声音。

倦寻芳猛地一个激灵，努力让自己低垂着头不去看，言简意赅："的确有中州之人隐藏身份去恶歧道买卖相纹，名单我已草拟好，约莫有九人，皆是世家子弟。"

说着，将一枚玉令恭敬奉上。

盛焦沉着脸一一扫过玉令上的名字，最后视线停留在末尾两个名字上，姓盛。

倦寻芳草拟时大概心有顾虑，所以才将这两人放在最后。他试探着道："宗主，该……如何处置？"

盛焦神色凛然，手腕上的天衍珠噼里啪啦转了数圈，一百零六颗悉数停在"诛"字上。

"杀。"盛焦吐字如冰，轻飘飘一个字好似化为浩然雷劫，带来悚然惊骇的戾气。

盛焦行事皆是如此，有罪之人哪怕是厄运苦命之人也会毫不留情降下雷罚；无罪之人就算丑态毕露，若天衍珠未寻到有罪的证据，依然能逍遥安然。獬豸宗的公道本就如此，法不容情。

倦寻芳心道"果不其然"，他低头道："是。"

奚将阑仰头看他，不知为何突然哆嗦了一下，似乎是被那个带着戾气的字吓住了。方才他还说盛焦面冷心软，善待盛家……

转头就打脸了——"啪啪"。

倦寻芳又说了几件无关紧要的小事，眼刀一直在嗖嗖刮向奚将阑。

奚将阑看到他的神情乐得直蹬腿，终于找到枯燥行程中的乐趣，他张开嘴做了个口型："宗主，哥哥，我不说话了，放我一马吧。"

盛焦见他果然乖巧，便解开了闭口禅，对倦寻芳道："继续。"

倦寻芳咬着牙继续汇报事宜。

盛焦听完后没有多说，言简意赅："出去。"

倦寻芳狠狠瞪了奚将阑一眼，这才被上沉强行拽着走了。片刻间终于恢复安静。

奚将阑乖顺地笑，好像刚才气人的不是他一样。

盛焦没和他一般见识，将手收回，一甩衣袖，继续打坐。

奚将阑懒洋洋地伸手描盛焦袖摆上的獬豸纹玩，随口道："我若没记错的话，那名单上姓盛的两个人，一个是你旁系叔伯的独生子，还有一个则是现任盛家家主的弟弟，你怎么说杀就杀了，一点情面都不留？"

盛焦冷冷道："剥相纹售卖获利、买相纹种入灵根，种种皆有违天道，当诛。"

奚将阑"扑哧"一声笑了。亏他此前还担心盛焦会被盛家那群鼠目寸光的人敲骨吸髓。想来就盛焦这个脾性，盛家就算是中州第一世家，应该也不会觉得扬眉吐气，趾高气扬，过得恐怕只会更加谨小慎微，半步都错不得。

不过这两人也实在愚蠢，做什么不好非得做买卖相纹之事。奚将阑都怀疑盛家的鼠目寸光是不是血脉相传。哦，除了盛焦。

盛焦身上一股熟悉的寒霜裹挟幽幽桂花的气息萦绕鼻间，奚将阑本来还想再和他多说几句，神志像是被一只手重重往下拉，没一会儿就熟睡过去。

他本就重伤未愈，看似活蹦乱跳，其实并非经脉痊愈，而是被盛焦那几道天衍灵力强行吊着。一旦天衍灵力消散，他妄用"弃仙骨"的反噬还会席卷而来，将这副破烂身子彻底击溃。说是睡着，倒不如说是体力不支晕了过去。

盛焦垂眸。窗外光芒太强，陷入熟睡的奚将阑紧皱着眉头，微微偏头，想要躲光。

盛焦看他好一会儿，轻轻伸手虚落在奚将阑眼上。奚将阑舒展眉头，睡得更沉。

行舫飞行一日。雪白象牙窗外凝出水雾，被寒风冻得结了一层一层的白霜。

夜已深，闭眸修炼的盛焦经脉灵力运转，幽蓝雷纹萦绕周身，温暖的灵力弥漫幽间，奚将阑本该睡得更熟。但刚过子时他却浑身一痉挛，枯涸的经脉遍布一股燥热难耐的痛苦之意。他含糊地呻吟几声，满身冷汗急喘几口气睁开涣散的眼睛。

奚将阑并未清醒，依着本能挣扎着拽住盛焦的袖口，干裂的唇轻轻动了动，却不知叫的是"弃仙骨"还是天衍。好一会儿，他呢喃道："盛焦……"

盛焦身上的灵力缓缓停止运转，睁开眼睛看他。

奚将阑满脸痛苦，长发如落花流水铺散在地上，他呢喃道："盛无灼……"

盛焦好一会儿才朝他伸出手。奚将阑潜意识已经记得这个动作会让自己枯涸的经脉舒服，紫色的眼眸直勾勾盯着盛焦。

天衍灵力灌入丹田的刹那，奚将阑犹如枯树生花，惨白的脸颊恢复些许生机，一直盈在眼眶的热泪终于顺着下羽睫滚下来，在脸上划过一道水痕，满脸餍足。

没一会儿，因"弃仙骨"而产生的如坠云雾中的神志终于像是拨云见日般，缓缓回笼。这次比上次彻底断片时要好太多，甚至让奚将阑清楚地记得自己是如何向死对头讨天衍的。

丢人的德行，让奚将阑一回想恨不得杀了盛焦，再自戕。

奚将阑面无表情，直勾勾盯着盛焦。

盛焦道："想骂人？"

"嗯。"奚将阑轻轻地说，"行吗？"

"不行。"

"哦。"奚将阑吃了瘪，动作轻缓地一伸手，声音更轻地唤道，"——冬融。"

下一瞬，幽间寒芒四溢，晕乎乎的冬融剑"啪"的一声落到他掌中，奚将阑眼睛也不眨，毫不留情朝着盛焦眉心就劈。

这人翻脸的速度也太快了。

奚将阑砍人从来不像寻常人那般小打小闹，他是真心实意想要劈了盛焦，冬融剑刃锋利无比，哪怕持剑人毫无灵力也依然带出一阵骇人的灵力破空声。

盛焦护身禁制倏地一闪，强行格挡住冬融剑。

冬融又开始："啊啊啊——"

奚将阑一贯都是宽于律己，严以待人，自己能逗别人，但轮到自己却恼羞成怒握剑砍人。铺天盖地的尴尬在心中拼命叫嚣着，但他面上却面无表情，持剑将禁制倏地击碎。冬融剑意如冰，势如破竹架在盛焦脖颈处。

盛焦猛地伸手强行捏住离脖颈命门一寸的冰冷剑锋。奚将阑终归毫无灵力，剑刃再也动不了半寸。

两人就这么僵持着。

盛焦感觉到他身上的杀意，突然道："当年，让尘对你说过什么？"

奚将阑手一僵，冷冷道："说我其实是你亲爹，你未来得给我奔丧扶灵。"说罢，他抬脚就踢。

盛焦眼疾手快地扣住他的脚腕用力一拽，奚将阑猝不及防趔趄着屈膝跪了下去，膝盖骨都差点儿磕碎。冬融剑脱手而出，被盛焦反手抓住。

只见寒光一闪。盛焦面无表情地将奚将阑按在蒲团上，冬融剑擦着他的脖颈三寸处直直刺入地面，剑鸣嗡然，震得小剑穗不住地摇晃。

杀意贴着奚将阑的脖颈，让他耳饰上的璎珞扣瞬间结了一层冰霜。奚将阑根本不知道"服输"两个字怎么写，被如此压制也照样盛气凌人，被盛焦膝盖死死抵住的手挣扎着用力一握。

指尖已刺破掌心，溢出满是毒的血液。

因横玉度的"换明月"，立场相对的两个人像是一同站在万丈高空的蛛丝上，风平浪静，勉强相安无事。此时，一股小旋风，轻飘飘打破了那点微妙的平衡。

盛焦居高临下看着他，行舫刚刚穿破厚厚云层，一缕皎月光芒从象牙窗缝隙而入，照在他冰冷的脸上，好似半寸剑光寒芒。"是说……我终究有一日会杀了你，对吗？"

奚将阑瞳孔剧缩，面露悚然，他全然不顾脖颈边的剑刃，挣扎着去踹压迫他的盛焦。"滚开！"

盛焦冷着脸收剑起身。

奚将阑飞快往后退了几步，但这幽间太小了，他一时没收住脚，踉跄着直接摔了出去，后腰卡在长廊满是冰霜的栏杆上，锋利的冰凌将其掌心划出一道血痕。

盛焦皱眉上前半步，似乎是想扶他。

奚将阑"嘶"了一声捂住手，疼得直冒冷汗。他正要骂人，抬头看去突然一呆。

在两人幽间外的廊道上，不知何时已有数十个蒙面黑衣男人手持兵刃悄悄地靠着木门，瞧这架势……像是要偷袭刺杀。

奚将阑和黑衣人大眼瞪小眼，面面相觑。

好一会儿，奚将阑扫到他们兵刃上似乎有应琢的傀儡符，唇角微微抽动："你们是奉巧儿之命来杀盛焦的？"

众人犹豫一瞬，点头。

"蠢货！"奚将阑像是终于找到宣泄口，无理取闹地将方才的羞耻尴尬全都迁怒到这些木头人身上，脆生生骂道，"那还杵着做什么，再不杀就赶不上今年中元节了！上啊！"

本是想偷偷摸摸用毒丹将幽间的人迷晕再下手，但奚将阑无意中戳破，黑衣人也索性不再犹豫，当即持着兵刃朝盛焦冲了过去。

"白费。"奚将阑没好气地坐在栏杆上，懒得看那血腥的厮杀场面。

栏杆之外便是皎月、云海、狂风，木栏又细，哪怕稍微坐不稳都会坠落万丈高空，神仙难救。但奚将阑好像从来都不知什么是怕，优哉游哉晃荡着腿，撕开袍裾一块布缠在掌心伤口处，缠一下"嘶"一声。

等到他"嘶"过十声，叼着布条胡乱系了个结包扎好伤口，再一抬头，满长廊的人东歪西倒，不知死活。

盛焦毫发无损，冷冷一甩冬融剑，漠然与长廊外的奚将阑对视。

盛焦沉着脸抬步过来。

奚将阑一转身，将双腿悬在行舫外，警惕道："你就站在那，我们谈一谈。"

盛焦停下脚步，蹙眉道："下来。"

"你猜得对。"奚将阑连扶手都不抓，单薄身躯被风吹得摇摇欲坠，冷声道，"早在六年前，让尘就用相纹预知过我的死状——天道大人，是您杀了我。"

盛焦瞳孔剧缩。

奚将阑声音好似要消散在风中："我要想活着，只有杀了你。"

"换明月"的"听之、任之、护之"按理说能够操控盛焦做任何事，但奚将阑始终谨小慎微，惧怕盛焦修为太高，将他逼急了"堪天道"会强行破开"换明月"。到时，遭受过性命威胁的盛焦恐怕会眼睛眨都不眨将他劈成齑粉，奚将阑不敢赌。

"'窥天机'从不会出错，早知我会死于你手，那我为保性命想先杀了您，也是应该的吧。"奚将阑低语，"天道大人会谅解的吧？"

盛焦："……"

奚将阑到底哪来的勇气，能脸都不红地说出这种话？还理直气壮。好像和他计较，还是盛焦的错似的。

盛焦额角青筋轻轻一跳，朝他抬手："先下来。"

"天道大人，我只是想……"

"奚将阑。"盛焦突然说。这是他第一次叫奚将阑的字。

奚将阑一愣。

盛焦黑沉的眼眸好似早已将奚将阑看透，冷冷道："我不愿再拆穿你的花言巧语，适可而止——下来。"

奚将阑骂了声娘，将脸上佯装的神情收得干干净净，沉着脸从栏杆上轻飘飘跳下来。"既然不信你问什么？！"奚将阑恶人先告状，呲儿他，"想知道让尘对我说了什么，你索性自己去问他好了。"

盛焦见他终于下来，视线才冷冷移开。

奚将阑踹了一脚地上生死不知的傀儡，低声骂了句"没用"，走过去时故意撞向盛焦肩膀。但盛焦身形高大，岿然如山，奚将阑这一撞反倒把自己小身板给撞到一边去了。

"你……"奚将阑瞪他一眼，但实在是打不过，只好默不作声地爬到软榻上，胡乱扯过一旁叠放整齐的外袍裹在身上，保持着蜷缩膝盖的憋屈姿势打算睡觉。

"这盛无灼身上是戴了什么能看透人心的法宝吗？"要不然为什么自己哪句话真哪句话假他都能一眼分辨出来。奚将阑百思不得其解，嗅着盛焦外袍上的桂花香昏昏沉沉地睡了过去。

两人闹得不欢而散。直到翌日一早行舫下落时也没说上半句话。

天光破晓。睡眼惺忪的奚将阑披着獬豸纹外衣，纤细身形从朝辉满地的长廊走过，视线轻轻落在下方。

阳光烈烈，行舫外层厚厚的冰霜一寸寸消融，化为水珠噼里啪啦往下砸，像是落了一场小雨。中州到了。

六年前，奚将阑从中州三境狼狈逃离，从天之骄子到一无所有，他四处为家却因獬豸宗搜捕令只在南境北境辗转，半步都未靠近过中州。但兜兜转转，他还是回来了。

行舫出口密密麻麻的修士鱼贯而出，奚将阑却不下去，手撑栏杆笑意盈盈地看，不知在想什么。盛焦也不催他，默不作声站在旁边。

好一会儿，奚将阑突然短促地笑了一声。

盛焦道："怎么？"

奚将阑像是在透过那蝼蚁似的人群看芸芸众生，唇角轻轻勾起，像是在期待即将开场的大戏。"真好啊，我回来了。今夜中州……怕是有不少人睡不着了。"

奚将阑本以为盛焦会将自己带去獬豸宗，正在绞尽脑汁要如何用"换明月"逃脱，但走了半天才后知后觉，这竟然是去盛家的方向。

奚将阑凑到最好套话的倦寻芳身边，笑嘻嘻道："倦大人，盛宗主平日里也是住在盛家吗？"

倦寻芳瞪他一眼："少和我套近乎！我什么都不会说的，离我远点！"

奚将阑非但不远甚至还凑得更近，涎着脸皮道："盛家那些到底是什么人，我想倦大人应该也看得透，想来那些鼠目寸光的蛀虫这些年把你家宗主磋磨得不轻吧？"

此话一出，倦寻芳对盛家人的怨恨瞬间压过对奚将阑的厌恶，当即恨恨地喋喋不休："那些狗……"

倦寻芳大概想骂脏话，但看到前方的盛焦又强行忍住，低声道："那些鼠雀之辈，说他们都脏了我的嘴。若不是宗主，他们盛家早就去市井要饭了，哪会像现在这般风光！"

奚将阑饶有兴致地问："很风光？"奚家当年就是风光过了头，木秀于林风必摧之。

有了前车之鉴，盛家竟还会招摇吗？

"当着宗主的面他们自然不敢，但是私底下不知做了多少不留证据的恶事。"倦寻芳皱眉骂，"宗主常年都在獬豸宗住，两三年都不一定回去一次，但逢年过节盛家都来硌硬宗主……哦，现在盛家家主就是宗主那个死鬼爹，总是拿长辈身份压人。"

奚将阑听乐了："他还算长辈？那你家宗主什么态度？"

"没态度。"倦寻芳更憋屈了，"反正盛家只要未犯不可饶恕的大错，宗主就不会率先发难。"

奚将阑若有所思地"哦"了一声。既然盛焦住处已定在獬豸宗，为何要带他回盛家？

倦寻芳还在旁边骂骂咧咧，但很快他又乐了："不过此次买卖相纹之事可算是抓住了大把柄，此番回盛家，宗主必定能扬眉吐气，好好整治那些蛀虫！"

奚将阑心想："扬眉吐气？那可未必。"盛焦的脾气，可不像是会耀武扬威的样子。

片刻后，四人到了盛家。此时的盛家已非几年前那落魄小门户，高门大院奢靡至极，一层半透明幽蓝结界笼罩当头，聚灵法阵的灵力气息隐约四散。

盛焦面无表情抬步进去。

小厮瞧见他回来，恭恭敬敬道："宗主来了，家主已等候您多时。"

盛焦没说话。

奚将阑不知想到什么，突然对倦寻芳低声道："此番买卖相纹的名单，你还给谁看过？"

倦寻芳有心想说句关你屁事，但转念一想，愕然看他。

"去查查吧倦大人。"奚将阑懒洋洋地道，"你家宗主只知公道，其他什么都不在乎，恐怕你獬豸宗都被各个世家眼线钻成筛子了。"

倦寻芳猛地打了个哆嗦。

穿过亭台轩榭，离老远就能瞧见盛家正厅站了密密麻麻一屋子的人，奚将阑眯着眼睛仔细看，不知瞧见了谁，突然高兴得一蹦。他从昨日就一直心情不佳，连个好脸都不给盛焦，此时骤然欣喜若狂，像是瞧见了心上人，步伐轻缓，眸子中全是亮光。

盛焦冷冷顺着他的视线看去，整个厅堂，只有同盛家同流合污的一丘之貉。

"见到谁了？"盛焦问。

奚将阑笑意渐浓，低声呢喃："一个……仇人。"他的语调太温柔了，就像是和久别重逢的心上人相聚，眸光如水，发自内心的愉悦没有半分伪装。

盛焦突然想起奚将阑在行舫上说的那句——"谁如此欺辱我，我就算豁出性命，也要让他们死。"

奚将阑盯着厅堂不知何人，兴奋得指尖都在细细颤抖。"他好久没出中州啦。"奚将阑将控制不住发抖的指尖放在唇间狠狠咬了一口，疼痛让颤抖瞬间停止，他舔了舔指尖，柔声道，"我很想念他。"

这副状态明显不对劲，病态得让人毛骨悚然。盛焦突然冷声道："去我住处休息。"

"大清早的休息什么。"奚将阑朝他一笑，"怎么，害怕我当场杀人啊？"

盛焦不说话。

"放心，我现在毫无灵力，就算心有怨恨也力不足啊。"奚将阑懒洋洋地收回手，"喏，你爹看起来像是要把你给吃了，我不跟过去，你个闷葫芦和倦大人、上沅那两个小傻蛋铁定得吃亏。"

盛焦："不会。"

奚将阑知道那些人前来盛家的目的，不过是要獬豸宗放那几个买卖相纹的人一条生路，不过他也知道盛焦的脾性必定不会松口。奚将阑睚眦必报，当然不肯让盛家那群脏心烂肺的恶人好受。

"啰唆，替你出气还这么多废话。"奚将阑反抓住盛焦的手，高高兴兴一路小跑上台阶。

盛焦刚进厅堂，众人视线直直朝他看来，眼神有畏惧、怨恨、乞求和浓浓的疏离感，总归不是在看家人。

盛家家主名唤盛终风，他端坐在椅子上，瞧见盛焦过来也只是眉梢耷拉着，俨然一副长辈做派，等着盛焦向自己行礼。

盛终风左右分别是旁支叔伯盛必偃，和一个长相与盛终风有五六分相像的男人。"名字叫什么来着？"奚将阑歪着脑袋想了想，"哦，对，盛则怀。"

他视线扫了一圈后，最后将冰冷的视线悄无声息地落在角落的一个男人身上。平平无奇，像是个文弱书生，但奚将阑就算死也记得他——当年的獬豸宗执正，曲相仁。

盛焦缓步走来，只是一颔首，冷漠道："家主。"

盛终风脸皮一抽，怒而拍案："好啊，如今你翅膀硬了，竟连父亲都不认了？"

盛焦眼睛眨都不眨，好似只是单纯来和盛终风说一声，转身就要带奚将阑走。

盛终风脸都绿了。

奚将阑将视线从曲相仁身上掠过，就像只是在路上和陌生人擦肩而过似的，笑着开口："盛伯父别生气啊。"他穿着盛焦宽大的獬豸纹外袍，安安静静时存在感几乎没有，众人还以为只是盛焦属下，都没正眼瞧他。

此时乍一出声，数道视线射向奚将阑。等看清那张陌生又熟悉的脸，全都愣住了。

曲相仁瞳孔轻轻一缩，不知怎么眸中闪现一抹狠厉的冷意。

奚将阑从年少时就看起来比同龄人小，六年过去脸庞已脱去稚色却仍旧像个不谙世事的少年，眸子一弯脆生生喊"盛伯父"时，让盛终风嘴角一抽，莫名有种不好的预感。

当年盛焦每每被盛终风责罚，只要奚绝撞见必定一张嘴喋喋不休、不带一个脏字将他噎得七窍生烟。偏偏当时奚小仙君身份尊贵，他完全打骂不得，只能忍气吞声。如今……

盛终风还未说话，一旁曲家的白胡子长老就脸色大变，厉声道："盛宗主，你怎么没将此大逆不道屠戮奚家全族的混账关进獬豸宗？竟还敢放他出来乱晃！"

现在几乎整个中州都知道盛焦将奔逃六年的奚将阑抓捕归案，却没想到盛焦竟然一没上刑、二没使缚绫，反而正大光明地带到盛家来。

所有人注视奚将阑的眼神都十分古怪，有人惧怕、有人心虚，甚至有人已经开始双腿打战。

盛焦冷冷扫了他一眼。曲长老浑身一哆嗦，像是被天雷击中似的，竟半个字都说不出来。

奚将阑根本没管曲家长老的屁话，看着盛终风，笑嘻嘻地说："盛伯父节哀，家中要一连办两场丧事，实属不易，辛苦了辛苦了。"

盛家两个买卖相纹之人还未入獬豸宗，更未下诛杀令。人都没死，何谈丧事。

这话一出，本以为又要受气的倦寻芳和上沆两人拼命忍笑。

盛终风被"节哀"这两个字给震得眼珠子都要瞪出来了，咆哮道："你算个什么东西，给我滚出去！"

"嘻，我就不。"奚将阑比盛焦这个姓盛的都自在，甚至还优哉游哉地挑了个位置坐下，跷着二郎腿抬手招来小厮，"今儿可有好戏瞧了，劳烦给我上杯桂花茶我要好好看，最好加点蜜。"

小厮都傻了，盛焦看他一眼，他忙点头，哆嗦着去搞桂花茶。

盛终风大概猜出来什么，阴沉着老脸将矛头指向盛焦，冷冷道："此事，你当真一点不念血脉亲情？"

盛焦不说话，沉默作答。

"好啊，好啊。"盛终风怒极反笑，"盛宗主当真是奉公守正，大义灭亲，连血亲都痛下杀手！"

盛焦不是个会与人争辩的性子，垂着眸一言不发。倦寻芳气得差点儿炸了，要上去骂人，被上沆一把拉住。

"奇怪了，盛家主。"奚将阑倒是没什么顾忌，一张嘴倒是叭叭的，他撑着额头，似乎很费解，"当年不是您嫌盛焦感情用事、无法分辨黑白是非，才将他送去申天赦两个月吗？现在怎么又明里暗里让他枉法徇私呢？怎么好话赖话全让您一人说了？"

倦寻芳本来都被气得鼻子歪了，乍一听到这话顿时一阵暗爽，看奚将阑也终于顺眼了些。

这张嘴挺能说的啊——只要不对自己。

盛终风果然被说得一噎："你！你！"

奚将阑一指自己："啊，我，我我，我怎么了？"

盛终风全无家主风范，破口大骂："混账东西！"

盛焦终于冷冷开口："倦寻芳。"

倦寻芳怕自己笑出来，绷着脸低头道："宗主。"

"盛则怀，带去獬豸宗。其余人，在一日之内全部抓捕入宗。"

"是。"

盛终风脸色彻底变了，其他前来求情的世家也登时坐不住了，赶忙坐起来低声下气地开口劝阻——就连曲相仁也皱起眉，只觉此事怕是不妙。

"盛宗主息怒，这事儿……我们商量商量，总归没有害人性命，不至于赶尽杀绝吧。"

"是啊是啊，宗主三思啊。"

"好歹留下一条命，往后我们必定严加教导！"

盛焦不为所动。

一直气定神闲的盛则怀也惊了，忙看向盛终风，哆嗦道："兄长，救我啊！"他被獬豸宗拿捏着买卖相纹的证据，本就是重罪。此时被抓进"鬼门关"，哪还有命活！

"盛无灼！"盛终风拍案而起，"你要造反不成？！"旁边站着的盛家人倏地拔剑。

乖巧安静的上沅见状，眸中猩红戾气一闪而过，悄无声息按住腰间悬着的剑。

盛焦看着对准自己的道道寒光，突然道："好，不必带去獬豸宗。"

倦寻芳急了："宗主！"

盛终风悄无声息松了一口气。盛则怀满头冷汗，劫后余生的后怕让他的心狂跳。厅堂的气氛终于缓和下来，不再剑拔弩张。只要盛焦能说通，那就万事无碍。

盛焦面无表情，袖中手指轻轻一动，正高高兴兴捧着桂花茶吸溜着喝的奚将阑突然感觉耳饰一转，周围声音再次消失。

突然，煞白雷光在眼前一闪。奚将阑吓得手一抖，茶差点儿洒飞出去。

盛焦手腕天衍珠飞快旋转，一百零六颗珠子悉数停留在"诛"字上。随着最后一颗珠子停下，一道震耳欲聋的雷罚从天而降，直直穿透厅堂屋檐房梁，轰然劈在盛则怀天灵盖上。

盛则怀脸上还保持着未散去的笑容，甚至连痛感都未察觉到，便悄无声息化为齑粉，簌簌落在地上。一小抔滚烫的骨灰缓缓聚成堆。

众人被这道撼天动地的天雷给震傻了。盛终风怔然看着方才还活着的亲弟弟尸骨无存，呆傻站在一堆废墟中，久久回不过神来。

盛必偃曾在盛焦年少时那般待他，每回见到盛焦都心中发虚，从方才就一直噤若寒蝉等着盛终风来摆平此事。此时乍见到那滚烫的骨灰中还有破碎的白骨，盛必偃脸色惨白，再也支撑不住，双腿发软地踉跄着跌坐在地，满脸惊恐绝望。

盛则怀……和他儿子所犯同罪。连亲叔叔盛焦都敢杀，更何况旁系毫无交情的弟弟。

整个厅堂已成为废墟，遍地皆是天雷劈过的焦土黑痕，只有奚将阑脚下干干净净。

盛焦站在烈烈灼烧的龟裂地面上，眼神无情无感，嘴唇甚至都懒得动。"家主，还有事？"

盛终风恨得目眦尽裂，声音压低像是恶兽被逼到绝境般，嘶声道：

"盛无灼！你竟敢？！"

盛焦就是一块无法被暖透融化的冷石，根本不知情感为何物。可怕的是……这样一个无情无心的怪物，是被他们亲手逼出来的。

盛焦点头。嗯，看来是没有其他事了。

盛焦看向奚将阑。奚将阑耳饰已经重新运作，他大概也没想到盛焦竟然说杀就杀，正在那哆嗦着手捧着桂花茶喝着压惊，二郎腿都放下了，看起来乖巧得不得了。

四周一片寂静，没人敢说话。很快，奚将阑一小口一小口将桂花茶喝完。

盛焦启唇道："走。"

"哦。"奚将阑像是小鸡崽似的，乖乖跟在盛焦后面说哪儿去哪儿。

厅堂中，盛终风看向盛焦的眼神像是淬了毒，垂在一旁的手狠狠捏紧，发出噼里啪啦的脆响。

盛焦刚走到台阶处，曲长老不知哪来的胆子飞快追上来，厉声道："盛宗主！你如此不徇私情大义灭亲，那奚绝呢？"

盛焦脚步一顿。

曲长老指着满脸无辜的奚将阑，咬牙切齿："当年在獬豸宗，灵级相纹明明是他自己废去，却将此事栽到我曲家头上，害得我家落得如今下场！三年前，我兄长在南境被杀，也是他所为！"

奚将阑眨了眨眼睛，"扑哧"一声笑了："你这是当着面就玩栽赃嫁祸那一套啊？我如今是个废人，哪来的本事杀你家长老？"

曲长老震怒："定然是你！"

盛焦冷冷看他："证据。"

曲长老一噎。那具好不容易找回来的尸身上……没有残留任何灵力，只知道是被人徒手捏碎心脏而亡。

奚将阑唉声叹气："连证据都没有就想让我认罪，可委屈死我了。但凡换个脾气坏一点的人都要状告獬豸宗，告你诬陷，毁我清白。"

曲长老气得胡子都要飞起来了！这混账东西哪有清白可言？！

盛焦转身就走。倦寻芳和上沅也快步跟上。两人终于舒爽一回，眉飞色舞，走路都生风。

曲长老气得浑身发抖，眼神如刀狠狠看着奚将阑的背影，恨不得将他碎尸万段。但就算他们再愤怒，也不敢当着盛焦的面出手。

恰在这时，走在最后的奚将阑突然一侧身。那张艳美秾丽的脸上轻轻浮现一个古怪又蛊惑的笑容，宛如璀璨朝阳中一朵盛开的罂粟花。

奚将阑伸出细长手指朝着他的方向点了两下，一点曲长老，二点门槛处的曲相仁。曲相仁浑身皆是隐藏不住的杀意，冷冷看他。

奚将阑一举一动像是迎风而动的幽兰，优雅雍容，轻轻捏着五指指尖在自己心口一抓，像是捏住了谁的心脏。修长五指倏地展开，漂亮得好似雪莲花绽放。

奚将阑眉梢愉悦好似含着春色，殷红的唇轻轻一动，像是个活泼爱玩的孩子，边笑边无声地说："叭。"

曲长老和身后的曲相仁瞳孔剧缩，果真是他！

盛焦像是察觉到什么，侧身看来。

奚将阑笑嘻嘻地收回手小跑过去，像是一只听话且欢快的幼鹿。

Staread
星 文 文 化

下

一丛音 著

长江出版社
CHANGJIANGPRESS

第十一章

同室操戈矣

废墟之上，众人神色晦涩难辨。

盛终风像是一瞬间苍老数十岁，发着抖用灵瓶将还滚热的骨灰收殓。

盛必偃狼狈地膝行过去，嘴唇发抖地乞求道："兄长，兄长你救救我儿……"

盛终风抓着骨灰的指甲几乎陷入掌心中，低声呵斥道："住口！"盛焦那等无心无情的怪物，敢当着他的面杀了盛则怀，还怕再杀一个吗？

法不容情。盛焦自从申天赦出来，已是真正的"堪天道"。天道哪有感情可言？

盛必偃脸色瞬间灰白，直着的腰背颓然弯了下去。

废墟上其他世家的人面面相觑，脸色也不怎么好看。看盛终风这步棋不好使，他们也没再浪费时间，寒暄几句拂袖而去。

曲长老气得心口疼，跟在曲相仁身后，低声道："奚绝回中州，必定是为了报仇，我们……"

曲相仁冷冷看他一眼，曲长老立刻闭嘴。

走出盛家，曲相仁才低声吩咐："将横青帘、让端、鄂重阳叫来曲家，说有要事相商。"

曲长老一愣，急道："他们三家现今如日中天，哪肯过来？"

"呵。"曲相仁冷笑，"他们自然会过来，当年整个中州世家如此糟践十二相纹，如今奚绝回中州，他们哪还能睡得着觉？"

曲长老不明所以。

"去吧。"曲相仁眼神中全是森寒冷意，"他们想活命，自然会过来。"

曲长老只好颔首称是。

中州世家如今有天衍灵脉的不多，虽然曲家灵脉已少了大半，终究百足之虫死而不僵，面上依然撑着大世家的脸面。横、让、鄷三家占据中州半壁山河，曲长老本以为他们会像之前那样对曲家置之不理，可没承想横家、鄷家竟然双双答应。让家家主让端已闭生死关，由现任家主让尘推了此事。

曲家地下的天衍祠堂灯火通明，曲相仁点燃香，轻轻一甩，恭恭敬敬颔首行礼，将香插在香案上。横家、鄷家，甚至连柳家人也不请自来，足有九人。

整个祠堂安静至极，只有烛火燃烧的声音。

直到曲相仁上好香，转身冷冷道："十几年前知晓十二相纹的人不少，如今却只剩下这几位，想来六年间那些长老、大人都被奚绝杀得差不多吧？"

众人沉默不语。这六年来，知晓奚绝相纹是什么的人接二连三殒命，但只有曲家愚蠢，才会将长老在南境花楼被杀之事宣扬得人尽皆知。

曲相仁眼神如刀道："如今诸位还以为十二相纹是我曲家抽去的吗？"

"哦，那可不见得。"左边跷着二郎腿摆弄犀角灯的男人懒洋洋道，"人是在你獬豸宗被废的，我们哪儿知道你们曲家是不是在玩苦肉计。"

曲相仁厉声道："横青帘！"

横青帘是上一任横家家主，他面容俊秀，懒懒笑着说："这些年我们几家死的人也不少，但我们说过什么吗？白日里你竟还敢拿此事挑衅奚绝，难道就不怕盛焦彻查此事？"

曲相仁："你——"

"现在的獬豸宗已不像六年前那般乌烟瘴气，盛焦也不像你那个不成器的兄长利欲熏心，不言公道。"横青帘淡淡道，"盛焦连申天敖都敢封，若是真的查到当年事，恐怕在座各位皆会死在'堪天道'下。"

曲相仁被他堵得说不出话来。

横青帘说完，笑吟吟看向旁边面无表情的男人："重阳，你说呢？"

酆重阳一身森寒阴气，言简意赅："不能让盛焦知晓。"

曲相仁深吸一口气，忍气吞声道："奚绝要是将此事告知盛焦……"

"他不会。"横青帘笑着道，"他如果说出来，盛焦那杀神也会将他一起杀，那孩子比我们要聪明得多。"

曲相仁烦躁又恐惧："那要如何做？"

横青帘漫不经心道："杀了奚绝呗。"

此言一出，祠堂皆静。祠堂烛线突然轻轻爆开，暖光微闪，一旁烧尽一小截的香灰震落到香案中。

三根香，两短一长。

奚将阑打了个喷嚏，差点儿一头撞在盛焦后背上。中州比北境冷得多，明明夏至已过，穿着薄衫依然发冷。

盛焦长久不住盛家，只有年少时住的院落是他容身之地，雅致主室放置着辟尘犀，许久没人住也仍旧纤尘不染。奚将阑年少时总爱来找盛焦玩，轻车熟路地溜达进去，四处看了半天，还翻了翻书案上未看完的书，笑吟吟道："看来你许久没回来了，我还记得六年前你也在看这书。"

盛焦注视着他眼中的倦色，蹙眉道："去休息。"

奚将阑已非修士，病骨支离比寻常凡人还不如，加上重伤未愈，脸色隐隐发白，但他像个没事人一样，随口敷衍几句，抬手将雕花窗推开。盛焦院中种着好几棵桂树，窗一打开，浓烈桂花香扑面而来。

奚将阑熟练地将手探出胡乱薅了一把桂花，坐在窗棂上轻轻舔着吃，随口问："盛家人不能全杀了吗？"

守在外面的倦寻芳差点儿一个趔趄摔下去，和上沉大眼瞪小眼。这奚绝……也太敢说了！

盛焦并未觉得冒犯，他摇头："无罪。"

"你好唉啊。"奚将阑嫌弃地说，"闷葫芦不会吵架就算了，吃了亏连脑筋都不舍得转？你胡乱设个局让他们钻进去不就犯大罪了吗？"

奚将阑勉强从盛焦那张棺材脸上瞧出"你确定要当着獬豸宗宗主的面说这种话"的微妙，只好从窗棂上跳下来，拍了拍爪子："算了，这事儿和你说不来，我睡觉去。"

看在奚将阑将盛家那群人说得说不出话的份儿上，倦寻芳勉为其难地准备去给奚将阑收拾偏室。但奚将阑却完全没打算出门，竟然背着手溜达着要进内室。

倦寻芳眼珠子都要瞪出来了，直接叫住他："奚绝！"

奚将阑疑惑地看他。

"去偏室！"倦寻芳咬牙切齿，"宗主住处怎能让你一介犯人随意玷污？这成何体统！"

奚将阑乐得不行，笑嘻嘻地说："但是你家宗主都没说什么啊。"

倦寻芳瞪他。

奚将阑吊儿郎当地问盛焦："宗主，我能躺一躺您尊贵无比的榻吗？"

盛焦瞥他一眼，没搭理他。

奚将阑知道他是默认，朝倦寻芳得意地一挑眉，如愿看到他气得脸红脖子粗，舒爽地进了内室。

倦寻芳瞪他，一直瞪他，恨不得把他瞪出去。

阳光从外倾斜照入，无意中落在奚将阑耳郭的璎珞扣耳饰上，让那颗天衍珠倒映着日光，直直射入倦寻芳眸中。正气得半死的倦寻芳一愣，悄无声息倒吸一口凉气。

天衍珠……没人能从盛焦手中夺走天衍珠，还敢暴殄天物地安在璎珞扣上。倦寻芳吸气，眼珠子像是要从眼眶里蹦出来。他似乎想说什么，但憋了半天，又颓然地垂下脑袋，像是霜打的茄子彻底蔫了。

上沆不懂他这副如丧考妣的神情到底是什么意思，疑惑道："怎么了？"

倦寻芳闷声说："别和我说话，我要静一静。"

上沆"哦"了一声，让他静静。

奚将阑涮了倦寻芳一顿，优哉游哉撩开竹帘进入内室。四周布置摆件和六年前殊无二致，奚将阑扫了一圈莫名有些恍惚，好像这六年磋磨只是一场梦。

当年奚绝每每想见盛焦时，从来不会规规矩矩从大门进，而是偷偷翻墙越过外围的桂花林溜进盛焦住处，然后"哇"地从窗户冒出头来，想吓正在看书的盛焦一跳。

但盛焦从不会被吓到，像是早就料到他会出现，打开窗户让少年像是阳光似的跳进来，照亮死气沉沉的内室。

奚将阑怀念地看了半圈，视线最终落在宽阔的床榻上。若是放在年少时，他肯定撒着欢地一蹦扑上去滚得个翻天覆地，把那一丝不苟的床榻搅和得皱巴巴，然后在盛焦不满的注视下胡乱整理两下，笑嘻嘻地当作赔罪。只是此时……

奚将阑盯着那张熟悉的床，突然用力一踹床榻，冲出内室，一把薅住倦寻芳，沉声道："我去偏室睡。"

倦寻芳唇角抽动，嗫嚅半天，才面如菜色道："睡……睡内室吧，宗主……宗主又没说什么。"

"不。"奚将阑正色道，"盛宗主住处怎能让我一介犯人随意玷污？这成何体统？！"

倦寻芳和上沆满心疑惑：这两人在搞什么？

倦寻芳说："不，宗主应允，可以睡内室。"

奚将阑说："不不，我是犯人，哪有资格。"

"不不！"

"不不不！"

两人拉锯三四个回合，面面相觑。

坐在窗边在查探储物戒的盛焦眉头一皱，冷冷看来。

奚将阑耳尖红透，被这一眼看得莫名心虚，他理了理凌乱的衣袍，干笑道："盛宗主，您……怎么还没去獬豸宗？"

盛焦冷声问："为何要去獬豸宗？"

奚将阑莫名心虚，小声说："哦，我还以为獬豸宗'有事'要您亲去呢。"

盛焦蹙眉。

就在这时，摆弄犀角灯的上沇突然呆愣一下，茫然道："宗主，獬豸宗还真有事，让您现在过去一趟。"

"何事？"

上沇又看了一眼犀角灯。"说是……被封的申天赦幻境，突然无缘无故开了。"

盛焦脸色一沉。申天赦幻境被打开非同小可，若是不受控制将獬豸宗的人卷进去，定要出大乱子。

奚将阑倒是露出一个"果然如此"的微妙笑容，他也不害臊了，催促道："盛宗主，快去忙吧。"

盛焦下意识想要将他带在身边，但不知想到什么，嘴唇又绷紧，似乎是犹豫了。

倦寻芳急得不得了："宗主！"外界耽搁片刻，申天赦幻境中怕是要好几日了。

几息之内，盛焦飞快做出决定，抬手在小院布下数层结界，冷冷道："莫要离开。"

倦寻芳忙道："还是将奚绝也带去獬豸宗吧。"这盛家可是个虎狼窝，放这个修为尽失的废人在此处，怕是要被人给生吞活剥了。

盛焦似乎很排斥奚将阑入獬豸宗，沉着脸不置一词。

奚将阑坐在方才盛焦坐的椅子上，动作散漫翻了几页书，淡淡地道："诸位快走吧，还是獬豸宗公事要紧。"

盛焦一言不发，转身就走。倦寻芳回头看了奚将阑一眼，被上沅给拉走了。

奚将阑坐在阳光中注视着盛焦毫不犹豫大步离开的背影，冷漠麻木的心间像是被雷劈过，酥麻和酸涩瞬间遍布全身。他捏着书的手指猛地一颤，几乎将那页纸给撕下来。

"矫情。"奚将阑心里冷冷地想，"他走才对，留在此处只会碍我的事。"

这个念头刚一浮现，脸上冷意悉数散去，奚将阑再次恢复到没心没肺的神态，晃荡着脚，心情愉悦，宛如等待一场好戏开演。

能动用申天赦将盛焦支走，看来中州那些人是下了血本。这场戏，定然很好看。奚将阑唇角一勾。

突然，一道流光从外斜斜飞来，轰然砸在书案上。宛如罂粟花绽放、满脸高深莫测的奚将阑吓得差点儿一蹦，飞快缩回爪子，跷着的二郎腿足尖都绷紧了。

他惊魂未定正要开骂，定睛往桌上一瞧，突然愣住了。

砸在书案上的东西……竟是盛焦从不离身的天衍珠。

一百零六颗天衍珠闪着丝丝雷纹，气势宛如一座巍峨雪山肖然不动，将狂风暴雨惊涛骇浪悉数格挡在外。寒意凛冽，却又如春暖花开。

奚将阑注视着乖顺的天衍珠许久，突然笑了出来。

天衍珠轻飘飘地缠在奚将阑纤细手腕上。大概被盛焦戴久了，连珠子上都带着一股桂花香。

奚将阑摩挲两下，方才那点恼羞成怒瞬间烟消云散。反正此时小院空无一人，他就躺一躺盛焦的床又怎么了？

奚将阑成功说服自己，脸皮极厚地溜达进内室，将獬豸纹外袍脱下扔在一旁。他本想直接往床上扑，但转念一想。昨晚在行舫上没换衣裳，盛焦知道肯定又要嫌弃他。

"咳。"奚将阑矜持地止住步子，熟练地走到柜子前胡乱翻找，不拿自己当外人地拿了一套盛焦年少时的衣服。

盛焦及冠时身形比他高半头，如今这么多年过去，奚将阑没怎么长个儿，盛焦年少时的黑色衣袍正合身。奚将阑不知道害臊是什么，大大咧咧将自己脱得赤身裸体。

手腕上的天衍珠串整个珠身一抖，竟然像是断了线似的脱离掌控，稀里哗啦地砸到地上。

正在撩头发的奚将阑吓了一跳，嘟囔着就要去捡珠子。

一百零六颗天衍珠像是长了腿似的，避开奚将阑朝着四面八方滚走，转瞬就不见了踪迹。

奚将阑没好气地骂了声："什么狗东西？"他从来看不惯天衍珠，也没管它发什么疯，钩着盛焦的衣服一一穿戴整齐。

等到奚将阑爬到柔软的床上，地面传来珠子相撞的脆响，四散奔逃的一百零六颗珠子又像是被一根绳穿在一起，悄无声息落在枕边。

奚将阑正躺在枕上微微抬头看着一旁熟悉的雕花床柱，不知在想什么。乍一扫见天衍珠，嫌弃地翻了个身。

枕上满是淡淡桂花香，奚将阑裹着锦被，被他强压下去的铺天盖地的倦意瞬间袭来，恹恹合上眼，打算睡觉。这时，修长后颈处一缕黑色烟雾钻了出来。

黑猫恹恹地趴在床上，和他大眼瞪小眼："这哪儿？"

奚将阑懒洋洋道："盛家。"

"中州？！"黑猫毛都炸了，"你不是从不来中州吗，盛焦强行抓你来的？"

奚将阑打了个哈欠，含糊道："啰唆，我先睡了，有人来记得叫醒我。"

黑猫一愣："谁会来？"

奚将阑声音越来越低，转瞬就被拽入梦乡，只留下一句："会杀我们的人。"

黑猫："……"现在你和我说"我们"了？！

黑猫骂骂咧咧，强撑着上次被奚将阑打出来的伤钻出内室跳到屋檐上左看右看，警惕万分。奚将阑那狗东西从来不把自己的命当回事。若是睡觉的兴致来了，有人来杀他也懒得还手抵抗。

黑猫在屋顶审来审去，只觉这幽静小院笼罩着一层堪比大乘期修为的结界，整个十三州怕是也没几个人能破开结界冲进来杀人。它转了半天，终于悄无声息松了一口气。

正要回去，却听到一声微弱的琉璃破碎声。循声望去，下方小院入口，结界被人悄无声息打开一条缝隙，几只精魅在日光中也丝毫不减威势，狰狞着扑来。

黑猫毛都炸了，飞快倒腾着腿跑回内室，一个爪子拍在奚将阑脸上，咆哮："小骗子！快醒一醒，真有人来杀你了！"

奚将阑眼皮重得都睁不开，含糊道："啊？"

"快醒醒！"黑猫一屁股坐在他胸口，差点儿把奚将阑这个小身板给坐得背过气去，"有人破开外面的结界了！"

奚将阑张嘴差点儿吐出一抹白色幽魂，奄奄一息道："知道了，下去。"

黑猫见他真的清醒，这才跳下床。

奚将阑胡乱挠了挠散乱长发，嘴中嘟囔几声。

黑猫以为他在和自己说话，凑近了却听到他含糊着说："……都来了？才不，我只想杀曲相仁，其他人都是顺带……我知道了，你好啰唆啊。"

黑猫惊恐地看着他："你……你在和谁说话？"这小骗子……不会

是走火入魔了吧？

奚将阑睡了半日，浑身瘫软无力，恹恹地披上盛焦宽大的外袍下榻，不想搭理它。

外面已有不小的动静，前来围杀他的人怕不是偷偷前来，而是被盛家人光明正大请进来的。奚将阑打了个哈欠，刚走出内室，想了想又将手腕上的天衍珠放回床上。

天衍珠似乎想要跟上来，奚将阑却朝它们头一点，满脸恹恹却不失艳色，他懒洋洋地笑，像是午后被阳光晒蔫的花。"别跟来。"奚将阑说，"否则我碎了你们。"

天衍珠一僵，蔫蔫地落回凌乱床榻间。

奚将阑正要再走，又想起什么，将耳郭上的耳饰也一并摘下来，随意扔在天衍珠旁边。

黑猫吃了一惊："你的耳朵？"

黑猫说话时的唇形有点难辨，怎么看怎么都是喵喵喵，但奚将阑却熟练地读懂了。

"哦，没什么。"奚将阑伸了个懒腰，倦怠地说，"我不喜欢听杀人的声音。"

黑猫愣住。杀人……有什么特殊的声音吗？

奚将阑穿好鞋子理好外袍往外走，宛如要去看一场准备许久的大戏。

盛家幽静的小院已是搭好的戏台子，奚将阑推门而出，几只狰狞精魅当即朝他凶悍扑来——带着戾气的低吼声被屏蔽在外，单纯看时竟然莫名滑稽。

奚将阑一动都不动，似乎不打算出手。

黑猫低低骂了一声，它惜命得很，直接蹿过去原地化为一个身形颀长的少年，手中黑雾瞬间溢出。

"滚开！"他低喝一声，丝丝缕缕的黑雾竟像是剧毒般将无躯体的精魅腐蚀出乌紫的毒纹，黑烟刺刺冒出。

精魅惨叫声响彻云霄，在场所有人皆被刺耳叫声震得眉头紧锁。

曲相仁站在不远处，冷然看着那个身着毒花黑纹的少年："乐正家的？"

不对。药宗避世不出多年，从不掺和天衍灵脉的纷争，哪会派人来保护奚绝？可那少年明明是个使毒的。

奚将阑扫了一圈，微微挑眉。横青帘和酆重阳不愧是执掌大世家多年的老狐狸，此番竟然没有真身而来，只是派了些小喽啰来凑热闹。

"啧。"奚将阑似笑非笑，看着曲相仁，"看来你曲家没落得不亏。"被人当枪使了还扬扬自得。

曲相仁冷冷道："十二相纹被你藏在何处？"

奚将阑摸了摸后颈的伤处，满脸无辜："不是被你们曲家夺去了吗？你瞧，我的伤痕还在呢。"

站在一旁的曲长老被他倒打一耙气得目眦尽裂，厉声道："胡言乱语！还未等我们抽，十二相纹就已经……"他还没说完就自知失言，立刻脸色难看地闭嘴。

"哈哈哈！"奚将阑被他的神色逗得忍不住笑起来，缓缓朝他伸出手点了一下。

地面诡异得传来一阵震动，像是有凶悍的巨物在薄薄地皮下翻江倒海，险些将周围的人震倒。

"真蠢啊。"奚将阑手点着曲长老，无情淡漠的眼神却是注视着曲相仁，呢喃道，"既然猜到十二相纹可能还在我手上，为何要来送死呢？就像之前六年乖乖地躲在乌龟壳中，不好吗？"

曲相仁瞳孔一缩。

下一瞬，奚将阑五指成爪，好似握住一团东西。

曲长老忽然浑身一僵，眼球凸出，满脸惊恐。

獬豸纹黑衣穿在盛焦身上，威严气势只会让人敬畏惧怕，但奚将阑太过放浪恣肆，一袭稳重黑袍被他穿得好似五彩斑斓，明艳刺眼。

那张秾丽到几乎有侵略攻击性的脸蛋浮现出一抹近乎病态的笑容，眼尾绯红，眉眼五官皆是放肆的愉悦。只是看着，竟让人莫名觉得活色生香和阴冷恐怖这两个词竟能同时出现在同一张脸上。

突然，奚将阑五指莲花瓣展开，唇珠轻轻一碰，和清晨时那个玩笑般，柔声重复："叭。"

话音刚落，曲长老身躯一晃，七窍流血，重重栽在地上。他的胸口已瘪下去一个血洞，竟被人活生生捏碎心脏而亡。

四周一阵死寂。在场众人浑身一哆嗦，就连鄸家精魅也惊住，恐惧得往后飞掠数丈。

奚将阑那只骨节分明的手还保持着莲花绽放的姿态，纤细修长，完全不敢想象就是这么个看起来手无缚鸡之力的废人，竟然徒手将一个元婴境心脏凭空捏碎。他……

横家和鄸家的人惊恐对视。他是怎么做到的？不是修为尽失了吗？

曲相仁几乎将牙咬碎，他灵力胡乱在那具温热尸身上一探，惊愕发现曲长老的玄级相纹竟在不知不觉间被抽走。他抬头惊骇地看奚将阑，终于意识到刚才那句话并不是谎话。

"十二相纹……果真还在你手中。"

此言一出，周围人皆惊。

奚将阑却不回答，言笑晏晏地伸出手指，突然朝着曲相仁一点。

曲相仁瞳孔剧缩，以平生最快速度飞身后退，周身瞬息凝结出数道护身禁制，狼狈地落在小院高墙，警惕防备着他。

"哈哈哈，你怕了？"奚将阑突然哈哈大笑，漂亮的手指继续轻轻一点，却无半丝动静。

他方才根本没想杀人。

刹那间，曲相仁脸色铁青，当着这么多人被耍了一通的羞怒和怨恨让他浑身都在颤抖，恨不得将奚将阑挫骨扬灰。

奚将阑乐得直咳嗽："我还当你不惧死呢，竟然吓成这样？哈哈哈，堂堂曲家……咳咳！"

黑猫脸都绿了，心想此人都不知收敛的吗？万一这些人破釜沉舟，怕是用上一堆"弃仙骨"也难保性命。但他方才离奚将阑这么近，竟也没看清这人到底是用了什么秘法将一个元婴境活生生捏碎心脏。奚将阑此人狡兔三窟，敢这般挑衅，怕也留了后手。

因十二相纹在奚将阑手中，众人投鼠忌器，盯着那只好似一点就能要了人性命的漂亮的手，一时竟不敢再继续动作。

奚将阑浑身皆是常年养尊处优的雍容，他笑意未散，脸颊全是咳出的绯红，姿态懒洋洋坐在台阶上，叙旧似的："横青帘和鄠重阳二位大人应该也在吧。"

周围的人面面相觑。好一会儿，两道分神悄无声息从角落出现。

横青帘是个绵里藏刀的笑面虎，明明是他先提出要杀奚绝，不用真身前来也就罢了，此时见了面却依然和颜悦色，甚至还行了个礼："见过小仙君。"

奚将阑依然倨傲张扬，好似有没有奚家他都是万人惊羡的小仙君。他撑着下颌懒洋洋地看横青帘，玉石似的手指轻轻朝他一点。

饶是横青帘已是个还虚境，竟也被那只手点的心中一股寒意涌遍全身，强行绷着才没有像曲相仁那样颜面尽失地当众逃开。

好在奚将阑并不滥杀。毕竟杀了这一缕神魂，对横青帘真身也不致命。

奚将阑手指在那一点一点的，好似随时都能取人性命，他轻轻叹息道："横大人想来是年纪太大，脑子也不怎么会转了吧。让端大人比你聪明多了。"

横青帘的确比奚将阑大出好几旬，但修士寿元无穷无尽，哪怕数百岁面容也仍旧年轻。被小辈指着鼻子骂蠢，饶是横青帘惯会逢场作戏，脸上笑容也是微微一僵："小仙君何出此言？"

奚将阑察觉到他隐秘的杀意，却毫不在意勾唇一笑，语调随意地道："你当真以为让端大人是修为已至瓶颈，才去闭生死关的吗？"

横青帘和酆重阳一愣。

曲相仁气得浑身发抖，怒骂他几句。但奚将阑耳聋，不想搭理谁时就算他吼破了天也听不着。

黑猫晕乎乎的，不知道怎么奚将阑突然莫名掌控全场，试探着收回毒雾，蹲下来在奚将阑手臂上蹭了蹭。

奚将阑漫不经心地挠了挠黑猫的下巴，笑着道："……自然不是啊，让端是在用这种法子向我认错。"

横青帘脸色一变。

奚将阑说："让端虽是天级相纹，却资质平庸……"

这话才刚一出，在场所有人都唇角抽动，脸色难看至极。天级相纹都能称之为资质平庸，这话也只有灵级相纹能说得出口了。偏偏在场的人要么是玄级，要么是连让端都不如的天级，只能任由奚将阑将这四个字化为巴掌，狠狠甩了每人一个巴掌。

奚将阑饶有兴致地一一注视那些人的脸，继续道："……让端能修炼到还虚境已是巅峰，无论他闭关多少年，都必不可能冲入大乘期。他的生死关，只有死，已无生机。让端大人是在用这种方法向我忏悔、认罪，我也接受了，所以这六年来我从未杀过一个让家人。难道你们就从来没有怀疑过原因吗？"

横青帘脸色阴沉，垂在一旁的手死死握紧。酆重阳即使面无表情也能看出他的犹疑。

"当年之事整个中州都跑不了。"奚将阑摸了摸黑猫的脑袋，淡淡道，"我们从来恩怨分明，有仇报仇、有恩报恩。如今盛焦执掌獬豸宗，奉公守正法不容情，如果当年事败露，我也逃不了干系。"

黑猫受宠若惊。奚绝这冷面无情的货，竟又和他成"我们"了！

"我很惜命，诸位应当比我更想活着。"奚将阑抬眸看向横青帘，似笑非笑，"如今我只想此事尽快了结，可你们看起来……似乎不想相安无事啊。"

横青帘眉头轻轻一挑，和鄷重阳对视一眼，眸光闪现丝丝冷光，似乎下了什么决定。

四周一阵死寂。曲相仁眼皮一跳，隐约有种不好的预感。

横青帘突然对横家人下了道命令。与此同时，那些对着奚将阑满是杀意的精魅也转了方向，冷冷扑向曲相仁。

阴气四面八方围堵而来，精魅咆哮好似凄厉恸哭。真真切切的杀意，将院中的桂树冻得满是寒霜，金灿花朵簌簌窣窣往下落，顷刻已是遍地碎花。

奚将阑微微抬手，桂花落了他一手。

曲相仁反应极快，转瞬推开，还未消散的护身禁制被接二连三撞破，琉璃声宛如戏台开场前的紧锣密鼓。

"咚咚。"

曲相仁站稳后再次飞快结护身禁制，厉声道："横青帘！杀奚绝一事是你撺掇的，事已至此，你又想明哲保身了！"

横青帘笑着祭出兵刃："明明是曲家惧怕小仙君会报复你当年私下用刑之事，才强迫我等去曲家商量对策，怎么又成我横青帘撺掇的了？曲执正，怪不得你会被盛焦踢出獬豸宗，不分是非对错也就算了，栽赃嫁祸也是个中老手啊。"

曲相仁怒道："你！！"

横青帘从来是个首鼠两端的墙头草，和他争辩只有被气死的份儿。曲相仁深吸一口气，冷冷看向鄷重阳："你们鄷家呢？"

鄷重阳漠然："此事早该平息。"

曲相仁被气笑了。奚绝伶牙俐齿，竟然短短几句话将横青帘和鄷重阳策反到如此地步。这两家分明知道奚绝对他深恶痛绝，想要拿他的人头做投名状。说再多，也无济于事。曲相仁眼神闪现一抹冷意，直勾勾盯着奚将阑。

奚将阑朝他一笑："嘻。"

黑猫都要被他"嘻"出一身鸡皮疙瘩了，怯怯看着他。这人就像是会蛊惑人心的妖精，一张嘴随便嘚啵两下，就能将逆势局面完全反转。

就在这时，横青帘突然动了。"戏台"之上刹那间兔起鹘落，横家春风化雨的灵力此时裹挟着森寒的冰凌，夏至炎热，天空竟倒悬数百冰凌。阳光照在锋利冰尖上，闪出一道道森冷寒芒。

冰凌煞白一片，乍一看还以为是长剑，簌簌朝着曲相仁射去。曲相仁浑身紧绷，早有准备地拔出剑锵锵锵一阵脆响，冰凌化为霜雪飘然而下。

下一息，精魅裹挟阴气破开大雪撕心裂肺地咆哮着扑向曲相仁的心口。曲相仁咬牙切齿，抬剑就挡。

本来一同前来诛杀奚绝的三家，转眼间杀得剑光阴气乱撞。剑声、破碎冰声、咆哮声、灵力相撞声，一道道、一声声，果真像是戏台上敲锣打鼓似的唱段，一群人宛如画了脸谱、披了行头，卖力唱曲，引人入胜。

"看。"奚将阑拊掌大笑，"唱念做打，一出绝佳好戏啊。"

黑猫蹲坐在奚将阑面前目瞪口呆，好半天才艰难吞了吞口水，讷讷道："你……真的还有相纹？"

"傻子。"奚将阑饶有兴致地看戏台上的狗咬狗大戏，漫不经心道，"我有没有相纹你难道不知道吗？"

黑猫干巴巴道："但你刚才……就……就叭……叭，那个叭是怎么回事啊？"没有灵力怎么能凭空捏碎一个元婴境的心脏？

奚将阑随口道："那是我清晨下在那个长老身上的剧毒，刚才只是催动毒发罢了。"

黑猫吓得脸皮一抽："那你的后手呢？！"

"什么后手？"奚将阑满脸疑惑，"我哪有准备什么后手？"

黑猫满脸惊恐，差点儿就要喵喵骂脏话："那你还敢引这三家来杀你，你就不怕他们真的联起手来宰了你吗？！"这狗东西到底知不知道什么叫害怕？！黑猫的心脏都要被他吓停了。

奚将阑笑嘻嘻道："这样才好玩嘛。"

黑猫心道："哪里好玩？"一个不小心他小命就要没了！

奚将阑却不在乎。他坐在那竟然真的像看戏似的注视着三家厮斗的场景，但凡给他来点松子和茶水，他能吃得津津有味甚至还会打赏戏台上的"戏子"。

曲相仁刚入还虚境，若是单打独斗必定敌不过横青帘和酆重阳，但奈何这两人是分神而至，灵力修为多有不足。

精魅阴气和并非本源的两道灵力相互交叉，"砰砰砰"一阵巨响，盛焦布下的结界被打出一圈圈涟漪，虚空荡漾，灵力直直钻入地面。盛家下方便是天衍灵脉。

奚将阑看得津津有味，眉眼间笑意久久不散。

曲相仁灵力飞快消耗，一只半透明的精魅直直用灵体穿胸而过，带动一股冰冷森寒的阴气将他浑身经脉冻得僵硬。在身形凝滞的刹那，横青帘眼睛眨也不眨地一掌朝着他胸口拍去。

"轰——"

曲相仁直飞出数丈，重重撞在盛焦结界上，几乎将大乘期的禁制撞出龟裂的蛛网纹。他踉跄摔倒在地，口中源源不断涌出血，五脏六腑几乎被打得粉碎。

曲相仁挣扎着撑起身体，双眸赤红盯着两人，近乎恼怒地咆哮："你们当真信他的鬼话？那小怪物睚眦必报，整个中州世家对他所做的事伤天害理罄竹难书，他！他！怎么肯轻易揭过！"

"若是他破釜沉舟将此事告诉盛焦，我们所有人都没有好下场。"横青帘淡淡道，"现在他也畏惧盛焦，想息事宁人，这于谁，不都是一桩好事吗？"

于整个中州都是好事，但是曲家却是灾祸临头。可是无人在意一个即将没落世家的死活，只要能安抚好奚将阑，哪怕将整个曲家捆着交给他，怕也不会有人敢说什么。曲相仁的性命，只是横酆两家向奚绝示好的工具。

横青帘正要将他制住押送至奚将阑面前，却见这被打碎肺腑的濒死之人不知哪来的灵力，突然身形如雷电，转瞬便至奚将阑身边。

曲相仁已被逼到了绝境，就算死他也要拉奚将阑陪葬。

酆重阳神色一变："他要自爆元丹！"

曲相仁燃烧神魂冲到还在看好戏的奚将阑面前，面目狰狞瞋目裂眦，内府元丹猛地被催动，灵力从他伤痕累累的身躯倏地荡漾开，好似下一瞬就要爆开。

酆重阳立刻就要上前阻止，却被横青帘抬手制止。为何要阻止曲相仁自爆？他若是能将奚绝一齐炸死，中州就能不再受制于人。

酆重阳眉头紧锁，冷冷看了横青帘一眼。横青帘只当看不到他的不满，饶有兴致地看过去。

奚将阑还坐在那姿态懒洋洋地晒太阳看好戏，满身鲜血的曲相仁乍一出现在面前，他微微一歪头，像是早就预料到，唇角轻轻一勾。

黑猫猛地化为黑雾将他团团围住，嘶声道："快走，他要自爆！"还虚境的元丹自爆可不是小动静，怕是整个盛家乃至方圆数十里都要毁于一旦，更何况离得最近的奚将阑。

奚将阑看好戏看到自己反倒成了别人眼中的"好戏"，不知怎么竟也不逃不怕，就这样安静地看着曲相仁。

脚底似乎传来一阵轻微的震动。隐隐的灵力像是即将喷薄而发的火山，整个地面都在蠢蠢欲动。下一瞬，天衍珠从内室疾冲而来，但好像已经晚了。

曲相仁自爆的第一道灵力已经直冲面门，奚将阑被撞得往后倒去，挣扎着半伏在台阶上。

天衍珠一阵疯狂震动，正要疾冲上前挡住，却见奚将阑单薄的肩上猛地传来一阵幽蓝雷光。

"轰——"

一道天雷轰然劈在曲相仁身体上，连带着地面上那股奇特的灵力，硬生生将他自爆到一半的势头给强行逼停。爆炸的余波荡漾开来，盛焦所布结界瞬间破碎，一股浓郁桂花香遍布周遭。

奚将阑踉跄着伏在地上，手捂住右肩艰难喘息着，额角全是那股燥热逼出来的冷汗。那是当年在獬豸宗，盛焦亲手给他烙下的黥印。奚将阑将这个黥印当成此生最大的耻辱，可此时却僵坐在原地，头脑一阵空白，纷乱思绪理也理不清。

六年前，曲相仁拿着烧得滚烫的"罪"字烙铁往他脸上烙黥印。热意已经逼到羽睫，奄奄一息的奚将阑已做足脸上顶着"罪"字的黥印度过余生的打算，一股熟悉的桂花香隐约靠近。

盛焦一身崭新的獬豸纹黑袍，逆着光居高临下看着他。

浑身脏污墨发凌乱的奚绝茫然对上他的眼睛，好久才逃避似的垂下头。骄纵的小少爷第一次感觉到难堪是什么。

盛焦不知说了什么，狭小囚室的人悉数离开，随后他大步上前，强行将奚绝全是血污的衣袍撕开，亲手拿着滚烫的东西靠近奚绝伤痕累累的后肩。

一直安安静静毫不反抗的奚绝突然开始剧烈挣扎，他什么都听不到，根本意识不到自己正发出撕心裂肺的哭声，拼命用筋脉尽断的双手妄图推开盛焦。

盛焦宽大的手似乎发着抖捂住他的眼睛，将一枚滚烫的黥印烙在后肩。

三个月的熬刑没能让奚将阑掉下一滴泪，但黥印被盛焦亲手烙下时，他却哭得浑身发抖，几欲崩溃。

直到后来，奚绝才知道那是个字，屈辱的"灼"字。

从守卫松懈的獬豸宗逃出后的六年来，奚绝因这个时常滚烫的黥印而对盛焦怀有满腔怨恨。

他恨盛焦并未给他一直想要的公道，恨盛焦的"诛"和"灼"。

恨意断断续续了六年，奚将阑此时却如坠烟海茫无头绪。獬豸宗只代表屈辱的黥印……也会护人吗？

奚将阑被黑猫扶起，茫然地看向被其他一百零六颗天衍珠强行制住跪在地上的曲相仁，久久没回过神来。

黑猫还以为他是被曲相仁自爆吓傻了，抬手拍拍他的脸。"奚将阑！奚绝！醒一醒，没事了没事了！"

奚将阑迷怔回神，神色复杂地看着散发丝丝雷纹的天衍珠。因灵丹自爆到一半被强行制止，曲相仁浑身经脉全都在渗血，奄奄一息地跪在那儿，若是没有天衍珠的灵力支撑着他，怕是会直接摔在地上。

奚将阑视线掠过远处的横青帘和酆重阳。

横青帘眸中闪现一抹可惜，但他惯会察言观色八面玲珑，笑着上前道："小仙君受惊了，还好您没出事。"

奚将阑看着他，突然也笑了："是啊，太不好了，我怎么没出事呢？"

横青帘含笑带着点恰到好处的疑惑，似乎不懂这话意思。

奚将阑懒得和这种老狐狸寒暄周旋，淡淡道："横大人，代我向玉度问好。"

这话一出，横青帘便知道奚将阑不打算继续追究，心中悄无声息松了一口气，笑容真实了些："小仙君先忙，我等先告辞了。"

奚将阑没搭理他。

横青帘笑着恭敬行了一礼，抬手一挥，横、酆两家的人悉数退去。横青帘和酆重阳两人的分神也悄无声息消散在原地。

奚将阑看着满院狼藉，心想盛焦回来肯定又要骂他，要怎么敷衍他才能不被凶呢？

　　奄奄一息的曲相仁怨恨地瞪着他，奚将阑若有所思地摸了摸后肩上那个已经褪去"灼"字雷纹的红痣，淡淡道："曲执正。"

　　曲相仁恨恨地看他。

　　本以为奚将阑会耀武扬威、落井下石，却没想到他沉默许久，突然没来由地问了句："六年前，獬豸宗的黥印是什么样的？"

　　曲相仁一愣。

　　奚将阑问完也后悔了，他终于舍得起身，缓步走到最后一层台阶，居高临下看着曲相仁。他本该有很多话要说，但又莫名地神思不属，摸着右肩也不知在想什么。

　　"呵。"曲相仁口中不断流着鲜血，却喘着粗气艰难道，"横……鄷……让三家当年做的恶事，随便哪一样都比我曲家多。当年你被关押入獬豸宗熬刑，也是他们的手笔。"

　　奚将阑眸子失神，心不在焉地说："不用你提醒。你们谁做过什么，我都记着呢。"

　　曲相仁愣了一下："那你还答应放过他们？"

　　奚将阑终于回过神来，垂眸看了曲相仁好久，突然没忍住笑了："不会连你也信了吧？"

　　曲相仁道："什么？"

　　黑猫也道："什么？"

　　"你还真以为让端是为了向我赔罪才闭生死关啊？"奚将阑像是看傻子一样看着他，似笑非笑道，"让尘堪破天机，知道他近些年有突破大乘期的机缘，这才闭了生死关。"

　　曲相仁愣了好久，脸色瞬间灰白如死，惊恐地瞪着他："你！你在诈我们！"

　　"是啊。"奚将阑将右肩的手收回，不知怎么心情突然好得不得了，笑嘻嘻地说，"看来横青帝是真的老了，脑子都不如之前活泛，这种话竟也信？"

若说之前曲相仁对奚将阑是怨恨，此时却是惊骇和畏惧，被天衍珠制住的身体寒毛卓竖。

"他们未亲身而至，我此番同两家翻脸也杀不了他们。"奚将阑兴味盎然道，"我只是随口一说揭过此事而已，既没向天道赌咒也未对天衍发誓，做不得数的。"

曲相仁浑身栗栗危惧，抖若筛糠。面前的人明明毫无灵力是个被风一吹就能倒下去的废人，但在他眼中却像是个狰狞可憎的怪物。被风吹乱的墨发似张牙舞爪，含笑的秾丽面容如青面獠牙，就连轻缓呼吸都好似淬了毒。

一个如盛焦一样……被他们亲手逼出来的怪物。

奚将阑微微俯下身，声音轻得几乎是气音，黑沉眼眸倏地变成诡异的金色，艳美的脸病态又带着隐秘的癫狂。"当年作践过我的，一个都别想逃。"

獬豸宗位于深山大泽中。背靠连绵雪山，三面皆是一望无际的沼泽水，毒雾瘴气萦绕看似平静，实则薄薄一层水面之下是无数汹涌交汇的流川。凶悍钩蛇、无支祁遍布四周，獬豸宗建立数百年，凡戴罪逃出的犯人，皆会葬身凶兽之腹。除了六年前的奚绝。

盛焦一袭獬豸纹黑袍，面无表情踩着水面进入暴雨滂沱的獬豸宗。

执正已等候多时，见到盛焦宛如瞧见救星，言简意赅："见过宗主！申天赦无故大开，已有精魅幽魂从幻境入现世，您……"

执正说着，看到他空荡荡的手，倏地一愣。宗主从不离身的天衍珠呢？

盛焦大步往前走："有人进去？"

执正回神，忙道："没有，申天赦封印之处无人敢靠近。"

盛焦没再应声。护身禁制将倾盆而下的大雨阻挡在外，他高大身形宛如一柄出鞘的利刃，劈开雨幕，大步进入申天赦封印处。

当年盛焦将逆理违天的申天赦幻境封印时，放置了一只獬豸神兽的石雕在阵眼处，常年矗立震慑幻境。此时生了灵识的獬豸神兽石雕已被强行击碎，碎石遍地。隐约听到石雕灵识呜呜咽咽地在雨中哭泣。瞧见盛焦终于过来，委屈的哭泣声更大了。

阵眼已毁，一百零八块巨石被震得东倒西歪，破碎石雕旁的虚空裂开一条漆黑缝隙，微微扭曲着好似要将周遭一切吞噬。看着，就像一只诡异无情的眼睛。

带着怨气的幽魂精魅在大雨中徘徊，同獬豸宗的修士相互厮杀。整个獬豸宗一团乱，四处尽是惨叫哀号声。

当年申天赦幻境还存在时，獬豸宗总会将一些罪大恶极的罪犯放入幻境中，让前来历练的獬豸宗执正亲手诛杀。此番申天赦被强行打开，惨死的精魅当即冲出。

幻境中怨气太多，一些精魅甚至已修出实体，进入鬼道。他们本来还在嚣张地四处作恶，但瞧见盛焦来顿时吓得如老鼠见了猫，惊恐得四处逃窜，惨叫不已。

不过很快，一只为首的鬼修故作镇定，突然道："等等，别蹿了！姓盛的小鬼没带天衍珠！"

众鬼一愣。他们最怕的便是盛焦的"堪天道"天衍珠，一道天雷劈下来就算是鬼修大能也要魂飞魄散，永不入轮回。见盛焦手腕上空无一物，众人面面相觑，突然不约而同大笑出声。

"好啊，此子也太狂妄了，没带天衍珠就敢来申天赦吗？"

"此次定要了他的命！"

"我倒要看看这位灵级相纹的未来仙君死了之后，可会像我们这般……啊！"

盛焦看都没看，面无表情抬手猛地一挥。冬融剑瞬间化为一个身着黑衣的男人，身形如雷光划破滂沱大雨，直面嚣张桀笑着的精魅。

雷光肆意，只是一剑，便将为首叫嚣的精魅斩杀当场，剑意轰然在幽魂体内炸开，将其轰然碎成齑粉，被大雨冲到地面，再融入脏污土壤。

刹那间，众鬼纷纷成了上吊鬼，惊恐得眼珠子都要瞪出来了。他们被关在申天赦久了，脑子大概不怎么好使，只记得天衍珠能劈他们，却忘了操控天衍珠的……是盛焦。

终于，暴雨中一道天雷划破天边，轰隆隆巨响。众鬼吓得嘶声尖叫，如鸟兽散四处奔逃，再无方才的嚣张气焰。冬融剑冲上去就杀。

盛焦都没睁眼看一眼，灵力从掌心溢出，转瞬将四散的獬豸石雕拼起，恢复原状。

獬豸石雕撒了欢地跑过来，石头做的蹄子奔跑时发出嗒嗒的声响，哭着一头撞到盛焦腿上，呜呜咽咽，委屈至极。

盛焦冷冷和那只诡秘眼眸对视，正要抬步上前将申天赦再次封印住。突然，一位獬豸宗执正惊慌失措地跑来："宗主！方才有人进了申天赦！"

盛焦眉头一皱。"何人？"

"并非獬豸宗人！"执正浑身都是雨水，讷讷道，"……是一位今日刚被抓捕而来的犯人。"

盛焦面无表情，抬手就要用灵力将申天赦封印。幻境被盛焦封印六年，看着冲出来的精魅如此嚣张，本来是断罪的申天赦此时怕已经变了模样，俨然一处冲天怨气窟。能入獬豸宗的必定犯了大罪，盛焦不会因一个将死之人任由申天赦继续开着，以致后续酿成大祸。

"宗主！"执正逼不得已硬着头皮再次出言阻止，"押解那位犯人的执正说，此人事关奚家被屠之案。"

"轰隆隆——"

天边惊雷猛地划破漆黑天幕，煞白雷光将盛焦冰冷的脸照亮一瞬，很快就暗了下去。

盛焦从来说一不二，整个獬豸宗的人都知道他的秉性。本以为这番话无用，却见盛焦灵力戛然而止。执正目瞪口呆。

獬豸宗乌云遮日，怨气冲天，白昼已成黑夜。一片漆黑中，无人看到他垂在一旁的手猛地一蜷，护身禁制倏地消失，大雨噼里啪啦落在他身上。

只听到盛焦声音冷冷传来："是何人？"

执正的声音好似要消散在暴雨中："应执正说，姓奚。是当年惨案的另一位……存活之人。"

盛焦瞳孔剧缩。

盛家。

奚将阑手一指，道："起开。"

困住曲相仁的天衍珠犹豫一瞬，乖顺地重新变成一串珠串。它下意识往奚将阑手腕上缠，但奚将阑嫌弃地一甩手，示意它滚滚滚。天衍珠只好飘回内室的床上，和被丢弃的璎珞扣耳饰一齐待着。

没有天衍珠的支撑，曲相仁狼狈地摔趴在地上，他艰难喘息着，瞧着似乎要咽气了。

"别死啊。"奚将阑眼眸中的金色一闪而逝，懒洋洋道，"当年你在我身上用过多少刑，我还要一一还回去呢，你死了我怎么还？"

曲相仁已经涣散的瞳孔难掩惊恐。

突然，旁边有人说："我帮师兄吧。"

奚将阑没听到，直到察觉到有人在自己身后，猛地一回头。应琢不知何时来的，着一袭蛛网罂粟花交织的艳色红袍，蹲在奚将阑身边，眼眸含着掩饰不住的钦慕。

奚将阑一愣："巧儿？"

"师兄！"好像叫一声自己的名字都对应琢来说是一种恩赐，他眼睛都亮了，高兴道，"我终于等到……"

"啪"的清脆声响，奚将阑突然扇了应琢一巴掌。

应琢被打得脸偏到一边，舌尖抵了抵被抽得生疼的脸颊，依然笑容不减："师兄别生气，巧儿知错。"在恶歧道奚将阑可没留半分余手，险些被杀的应琢却完全不介意，还怕他手给抽疼了。

"小兔崽子。"奚将阑抽完他后，像是确认了什么，捏着应琢的下巴，似笑非笑道，"别又用一具傀儡打发我，你自己来。"

"我不敢，师兄会杀了我的。"应琢精致的玉石眼眸直直盯着奚将阑的脸，说着认错的话依然坦然自若，"等师兄气消了我自会过来任打任骂。"

奚将阑瞥他一眼，一甩衣袖朝着内室走去。

应琢不着痕迹松了一口气，轻轻摸了摸自己被抽的脸，好半天才放下手，心情莫名愉悦地为奚将阑处理残局。

片刻后，应琢捏着一个巴掌大的木头人走进内室："师兄……"刚走近，话音戛然而止。

奚将阑坐在凌乱的榻上，只着黑色中衣，衣袍半解，墨发被他随意拢到左肩上堆着，右肩处的衣物微微往下拉。他心不在焉地摩挲着后肩处那个艳红的痣，不知在想什么。

应琢眉头狠狠一皱。

奚将阑已经将璎珞扣耳坠戴回去，听到脚步声朝着应琢一招手，道："来。"

应琢忙走过去，将木头人递给他。

奚将阑将木头人丢在天衍珠旁边，撩着头发让应琢看右肩处的红痣，随口问："你知道獬豸宗的黥印是什么样吗？"

应琢脸色大变："獬豸宗当年给师兄烙了黥印？！"

"少啰唆。"奚将阑说，"给我看看这个痣到底是什么。"

应琢被呲儿了一顿，只好听话地皱眉去看那颗红痣，视线无意中落在后颈处还未痊愈的伤痕处，愣了一下才回过神来。他辨认好一会儿，才道："这不是黥印。"

没来由地，奚将阑眉目浮现一抹温柔的愉悦之色："不是黥印……"

应琢一直觉得奚将阑的喜怒哀乐之下好像藏着无数张逼真画皮，无论何时都能将自己伪装得完美无瑕，他从未见过奚将阑这般喜形于色。那张秾丽的脸露出的喜悦，让应琢看得心中发酸。

奚将阑都没正眼瞧他，自顾自地将天衍珠串拿起，随意靠近后肩处。刹那间，那颗红痣突然蠢蠢欲动，好似要破开身体而出，接着一道和天衍珠纹路出于同源的幽蓝雷纹缓慢地从骨髓经脉深处一点点泛上来。很快，雷纹和红痣晕开，一点点凝出一个龙飞凤舞的"灼"字。

应琢瞳孔一缩，垂在一旁的手几乎被自己生生捏断。盛无灼！他竟敢在奚将阑身上留下烙印！

奚将阑熟练地感觉到一股热意遍布浑身经脉，只是此前他一直排斥这道"黥印"，从不会细想那股燥意到底从何而来。

如今心中排斥和厌恶褪去，奚将阑这才意识到，那股好似天雷劈下的燥热之意竟然带着一丝丝天衍灵力，遍布他伤痕累累的经脉，妄图治愈伤势。可一颗珠子的天衍实在太少，加上热意微乎其微，不细探根本无法察觉。

奚将阑额角全是汗，抬手将天衍珠扔在一边。"灼"字天衍纹化为红痣，缓缓隐于经脉中。

应琢盯着那个隐去的"灼"字，恨不得将盛焦食肉寝皮，挫骨扬灰。

奚将阑将散乱衣袍拉到肩上，心不在焉地想：盛焦当年把这个珠子融到他经脉中到底是什么意思？

应琢的木头手几乎被他捏碎，强颜欢笑道："师兄，盛家这个是非之地不宜久留，你还是随我回应家吧。"

奚将阑盘腿坐在榻上，随意将手中的木头人折断手脚，对这句话充耳不闻。不过他像是想起什么，歪头道："你是怎么知道獬豸宗黥印的？"

应琢见他终于将视线落在自己身上，将眸中狠厉隐去，柔声道："应家有安排眼线在獬豸宗，自然知晓。"

奚将阑想了想，突然道："这次申天赦之事，是你故意引开的盛焦？"

应琢也没隐瞒，乖乖地说："是。"

"挺聪明的。"奚将阑淡淡道，"但我劝你还是先离开，盛焦半天不到就能解决申天赦封印之事，到时回来若是知晓是你从中作梗，怕是会把你吊起来抽。"

应琢温柔道："师兄放心，他不会回来了。"

奚将阑哈哈大笑："你上次也这么说，结果呢，他连你的核舟城都破开了。"

应琢也跟着笑，好一会儿突然轻轻地说："师兄应该还不知道，当年奚家被屠诛时，除了您，还有一个人活着。"

奚将阑一怔，没明白为什么从盛焦说到了奚家。"谁？"

"奚明淮，您的堂兄。"

奚将阑眉头轻轻皱起："奚明淮？"

"我是前几日在南境寻到的他。"应琢单膝跪在床榻边，已经绷出裂纹的木头手虚虚按在奚将阑的膝盖上——他也不敢扶实了，怕奚将阑会抽他。

"但关于奚家当年被屠诛之事，他似乎被下了闭口禅，无论怎么问都不肯透露半个字。"

奚将阑抿唇，垂在一旁的手悄无声息地攥紧，冷冷道："他人呢？"

应琢一笑，像是孩子般邀功道："我将奚明淮放进申天赦，盛焦若想找到奚明淮，必定要进入九死一生的申天赦。"

奚将阑看着他。

应琢笑着道："申天赦无灵力维持秩序，精魅幽魂遍布，已今非昔比。盛焦就算有通天手段，也会折损于此，更何况……"

他看向枕边的天衍珠，勾唇笑了笑。更何况盛焦未带天衍珠，更是少了最大助力。

奚将阑沉默好一会儿，突然笑了，他俯下身轻轻拍了拍应琢的脸，柔声道："不错，总算比上次要有长进。"

应琢被他拍得脸颊微红，直勾勾盯着他的脸。

奚将阑心情愉悦，撑着下颌眉目带着温和笑意，看起来似乎想要敲锣打鼓庆祝死对头终于要殒命。"活该。"他优哉游哉地心想，"谁让他这么蠢，天衍珠不带就敢进申天赦？死在那也是他咎由自取，怨不得旁人。"

"不过师兄不必担心。"应琢蹭了蹭脸，小声地补充道，"奚明淮藏身南境多年，必定有人相助，我查到他似乎有个相好，想来也是知道些什么。"

奚将阑饶有兴致道："相好？"

"对。"应琢的手终于敢落在奚将阑手背上，温声道，"我会先做个和师兄一模一样的傀儡引开中州世家，然后陪你一起去南境找其他线索。"

话音刚落，一直漫不经心的奚将阑再也忍不住，脸色阴沉地一脚狠狠踹在跪着的应琢肩上，将他猝不及防的高大身形踹得踉跄往后跌倒。

应琢一怔。

奚将阑好似终于撕去伪装，脸上皆是应琢从未见过的勃然怒意，漂亮眼眸浮现森寒红线，厉声呵斥道："蠢货！我是想让他死，但没想让他死在申天赦！"

第十二章

獬豸中天赦

獬豸宗大雨倾盆。

冬融是生了神志的凶剑，无须主人操控也能分辨敌友，在獬豸宗上天入地将那些肆意逃窜的精魅幽魂杀成一堆齑粉。

獬豸宗执正见状纷纷欢呼称赞。

"不愧是冬融大人！"

"多谢冬融大人救命之恩！"

冬融本来面无表情杀鬼，浑身是血宛如凶神降世，听到那一声声的夸赞，沉默了。

执正们还以为是他们吵到冬融大人杀敌，忙噤声。

冬融冷冷将一只修成鬼道的精魅斩杀，猛地一转身，猩红眼眸冷漠看向下方的执正。

众人紧张得连呼吸都屏住了。

突然，冬融朝他们一招手，趾高气扬道："继续夸。"

"冬融大人！凶剑榜第一！"

"春雨那厮完全不能和冬融大人相比！"

"冬融、冬融！"

听到他们捧自己、踩春雨，冬融眉飞色舞，杀鬼杀得更凶悍了。冬融这脾性，全然不像盛焦，倒有点像奚将阑。

獬豸宗中精魅已被杀得差不多，在流川之外的入口守着的两个执正顺着犀角灯知晓了情况，不着痕迹松了一口气。

"还好，盛宗主来得及时，无人伤亡。"

"我来獬豸宗时，申天赦幻境已被封印，师兄，那幻境当真有这么危险？"

被叫师兄的执正幽幽叹了一口气："当年只是磨炼心境的幻境，就算危险也危及不了性命，但这回却难说啊，盛宗主进去，也不知危险几何……"

就在这时，有人撑伞而来。大雨噼里啪啦落在油纸伞上，连成一片悦耳脆声。

执正忙恭敬去迎。雨太大，走近了才发现，竟然是倦寻芳。

倦寻芳一袭獬豸宗黑袍，将伞抬起，微微挑眉看了他们一眼："打开去獬豸宗的水道。"

执正一愣："倦大人？您不是跟着宗主入獬豸宗了？"

"你刚换岗？"倦寻芳面无表情，一抬手露出手腕上的天衍珠，"宗主不是没带天衍珠吗，让我回盛家取了给他送去申天赦。"

执正面面相觑。

"还愣着做什么？！"倦寻芳呵道，"申天赦和现世时间不同，宗主入幻境已经半个时辰，若是再继续耽搁，宗主出了什么事你们的脑袋还要不要了！"

执正被骂得一愣，确定天衍珠的确是盛焦的法器，赶忙躬身赔罪："是是是——快打开戌字水道！"

獬豸宗外围的三面湖水下方全是汹涌的流川。随着执正将巨大的日晷拨到戌字，一条湍急的流川下突然出现一条水阶，一路蔓延至远方的獬豸宗。

倦寻芳撑着伞，轻车熟路地踩着水路快步往前走。两位执正恭恭敬敬目送着他远去。

直到走了一半水路，"倦寻芳"才吐出一口气，嫌弃道："獬豸宗的人还像之前一样好骗。"

黑猫从奚将阑肩上跳下来，猫爪按了按脚下的水，好奇道："这是什么水道法阵吗，竟然沉不下去？"

奚将阑皮笑肉不笑道："但凡你走的不是正确的道儿会立刻沉到底，

水里的钩蛇直接把你穿成串烤着吃。"

恰在此时，水道之下一条巨大如游龙的漆黑影子沉沉游过。黑猫吓得一溜烟儿蹦回奚将阑脖颈上窝着。

"你在獬豸宗受过三个月的刑？"黑猫怯怯地问道，"怎么还敢来啊？"

奚将阑疑惑道："为什么不敢来？"

黑猫道："就……就没有什么阴影？"

"阴影？为什么会有那没用的玩意儿？"

奚将阑漫不经心地说，随手将挂在腰间的小木头人折断四肢，又摸了下脖子，想了想连脖子也掰断了。"咔嗒"脆响，像是在掰人骨头似的。

黑猫噎了一下。在獬豸宗受了这么大的苦，寻常人怕是连靠近都得心中发怵打战。他可倒好，一点事儿都没有。但这小骗子说的谎话一箩筐，它也分不清这话是假话，还是此人当真没心没肺，好了伤疤忘了疼。

奚将阑虽无灵力，脚程却很快，几乎是一路小跑着过去。等到一只脚落在獬豸宗平地，水道瞬间化为张牙舞爪的流川，好似水蛇在水面上一阵翻江倒海，又一头钻到水底，化为流川继续肆虐。

獬豸宗电闪雷鸣，奚将阑在半道上就将耳饰摘下来，袍裾和宽袖已被雨水打湿，湿答答地贴在手臂和小腿上，难受得要命。他在獬豸宗待过三个月，大概知晓申天赦的位置，熟练地避开人前去幻境。好在獬豸宗的执正都在忙着处理残局，有的瞧见他也只是匆匆行礼，并未追问太多。

奚将阑顶着倦寻芳那张脸，一路上有惊无险地到申天赦封印的地方。只是他刚要走过去，却在拐角处和一个人迎面撞上。

倦寻芳："……"

两人在大雨中顶着同一张脸，大眼瞪小眼。

轰隆隆，巨雷劈下，将两人的脸照得一片煞白。

倦寻芳："你……"

奚将阑眼疾手快，立刻一抹脸，整个人身形瞬间变成上沅的模样。

倦寻芳正要说话，上沅握着剑从拐角处走来："倦大人，我还是担心宗主……"话音戛然而止。

上沅："……"

三人面面相觑。

一旁有执正走来："倦大人？这里也有精魅吗？"

倦寻芳心想，对啊，有个会变脸的精魅。话虽如此，倦寻芳还是眼疾手快一把将奚将阑按在旁边的柱子后，故作淡然道："没什么，我和上沅处理便好。"

执正"嗯"了一声，顺从地转道离开。

直到周围无人，倦寻芳才一把按住奚将阑，怒道："你来獬豸宗做什么？宗主不是让你在盛家好好待着吗，还把天衍珠留给你了！"

奚将阑变回原样，满脸无辜地拎着天衍珠："我听说盛宗主进了申天赦，怕他有危险，特意给他送来天衍珠。"

倦寻芳匪夷所思地看他，心想这小骗子竟然还有良心这种东西存在吗？此前他一直不懂，为何宗主不放心奚将阑，却依然不肯将他带到獬豸宗看守，后来才逐渐回过味来。

奚绝当年在獬豸宗被曲家的人折磨了三个月，心中自然留有阴影，让他过来不是揭人伤疤让他重新回想当年的痛苦吗？只是此番奚将阑竟然冒充他跑来獬豸宗添乱，倦寻芳当即为宗主一片苦心被糟蹋，气得不得了。

"那你也别亲自过来啊！送到獬豸宗外面，让执正送进来不就成了！"

"不行。"奚将阑说，"盛焦的东西，我不舍得交给其他人。"

倦寻芳顿时大感宽慰。看来这个小骗子还是勉强有那么一丝良心的。倦寻芳看他顺眼了些，也不骂人了："那……那给我吧，我交给宗主就好。"

奚将阑却将天衍珠往腰后一藏："不，我要亲手交给他才安心。"

倦寻芳没好气地翻了个白眼："宗主现在在申天赦幻境里，你这破烂身子怎么能入幻境！听话一点，交给我，我让上沉送你回盛家。"

奚将阑幽幽瞅他。这小子才二十出头的样子，说话语调竟像长辈似的，还听话，听你个鬼。

倦寻芳话说完也觉得奇怪，干咳一声，只好皱着眉和他说道理："申天赦你应该知道是什么吧，那里面可不像寻常幻境，你若进去可是会没命的。宗主就算没带天衍珠也是还虚境，不会有事的。"

奚将阑瞪他一眼，骂道："啰唆，你怎么和横玉度一个德行？起开。"他一掌推开倦寻芳，大步朝着申天赦那只诡异的"眼睛"走去。

倦寻芳一把拦住他，终于怒了："你修为尽失还想救人？先保住小命再说吧！"

"放心吧。"奚将阑说，"要是遇到危险，你家宗主肯定会救我的。"

倦寻芳心道："你确定不是去添乱的吗？"

奚将阑和倦寻芳拉拉扯扯，最后实在是厌烦，对一旁满脸迷茫的上沉道："小上沉，你家宗主是不是让你们在外面候着，不能进申天赦？"

上沉点头："对。"

"那天衍珠要怎么送进去呢？"奚将阑柔声道，"是不是得我送进去？"

上沉歪歪头认真思考。

倦寻芳见他又把傻乎乎的上沉当枪使，怒道："上沉，别听他胡言乱语！他就是个满嘴谎话的骗子！"

上沉迷茫道："但宗主的确下令不让我们进去啊，他没骗人呢。"

倦寻芳："你！"

奚将阑见此路行得通，笑嘻嘻道："现在倦大人好像硬要和我一起进申天赦，这不是违反宗主命令吗，怎么办呢？"

话音刚落，上沅速度极快，转瞬就到倦寻芳面前，一把将猝不及防的倦寻芳强行按在地上。怎么办？只能先制住违反宗主命令的人！

倦寻芳修为略逊上沅这个无心无情的小怪物一筹，被强行按在地面的水坑里，半张脸都是水，挣扎着咆哮道："宗主也不会应允他进申天赦的！他没有修为，进去了也是去送死！"

上沅膝盖压着倦寻芳的后腰让他动弹不得，认真道："宗主没有说他不能进，那他就是可以的。"

倦寻芳要被气得口吐幽魂了。

在倦寻芳被制住时，奚将阑已快步跑到申天赦幻境旁，偏头朝着倦寻芳露出一个笑容，纵身跃入那只诡异"眼睛"中。

倦寻芳气疯了，用力挣开上沅，疯狗似的咆哮："蠢货！他如果进了申天赦出了事，我们如何向宗主交代？！"

上沅见他不进申天赦，耷拉着脑袋任由他骂，嗫嚅道："但宗主说……"

倦寻芳根本和她说不通，瞪着申天赦那只诡异的眼睛，崩溃地抓了抓湿漉漉的头发。只期望那小骗子一到申天赦就能掉到宗主面前。

申天赦说是幻境，其实同一处小世界无任何分别。从高处望向下方，整个幻境好似一张棋盘。十九条线纵横交错，每一格皆是一处狭小世界。

这是六年前用来盛放断罪幻境，但因被封印后的杀戮之气助长无数怨气、阴气相互吞噬厮杀，此时一缕缕漆黑烟雾直冲云天，怨气戾气遍地都是，好似硝烟未散的战场废墟。

棋盘最中央的天元处，烟雾消散，只像是被天雷劈过，留一地焦黑。数百个幻境，奚将阑根本不知要去哪里好，只能抓紧天衍珠，任由它带着自己落地。

"天衍珠是盛焦的法器。"奚将阑未落地前还抱有侥幸，"肯定能准确无误找到盛焦。"天衍珠"刺刺"作响，似乎在说放心吧。

下一瞬，奚将阑轰然落在一处棋盘格子中。幻境好似一层水膜，将他包裹其中，重重砸落在地上时还微微一弹，并未受伤。

奚将阑揉着脑袋爬起来，皱着眉四处张望去找盛焦。只是一抬眼，映入眼帘的便是一只倒吊着的精魅。

精魅面目狰狞，拖着长长的舌头，张嘴便是一长串的哭诉。奚将阑努力辨认他的嘴型，但看了两个字就惨不忍睹地移开视线，心想这也太丑了。

"稍等，先别哭。"奚将阑说。

那精魅一愣，大概没遇到过先让他别哭的，但他很好说话，乖乖"哦"了一声，止住眼泪，等。

奚将阑翻了半天，找到耳饰后扣在耳朵上，调试好后，才道："可以了，开始哭吧。"

精魅"哇"的一声继续哭："……我本是天纵奇才，但谁知大世家嫉妒我玄级相纹，竟硬生生将我相纹抽走，我身负重伤无法修炼，求救无门，只好自戕吊死在獬豸宗门口！"

奚将阑"啧啧"道："真惨啊。"

狭窄幻境中，也有不少被模拟出来的獬豸宗执正站在一旁推推搡搡，每一个人脸上都像是被墨泼了似的，看不清面容。

精魅说："我以阴气修行，杀了獬豸宗执正，可有罪？"

与此同时，一群无脸的獬豸宗执正浑身浴血，也随着他的语调齐齐开口："可有罪？可有重罪？"

奚将阑盘腿坐在地上，像是看好戏一样支着下颌饶有兴致看个不停。这应该是当年獬豸宗磨炼心境让执正断案的试题，答案定是：有罪，且重罪。

精魅直勾勾盯着他，等他断案。

奚将阑看了半天，突然一拊掌，笑吟吟道："自然无罪啊。"

精魅闻言诧异地盯着奚将阑。

"獬豸宗的职责便是修士遭难受屈时还其公道。"奚将阑歪理一大套，笑眯眯地说，"他们既然给不了你公道，且害你惨死，你报仇自然理所应当。"

精魅在此数十年，从未听过这样的答案。愣了好久，他才低声道："断对啦。"

奚将阑一眯眼睛，看来申天敕果然已沦落到是非黑白全然不分的地步了。

"但是很可惜。"精魅纤瘦的身形突然暴长数十丈，长舌像是游蛇似的胡乱飞舞，往外凸出的眼珠子差点儿要蹦出来，他大笑，"你还是得死！"

奚将阑捂住眼，心想："我的天啊，真的很丑。"

手腕上缠着的天衍珠察觉到杀意，猛地四散而出，一半化为圆圈在奚将阑身边飞速旋转，另一半直冲云霄，引来一道道无声天雷劈在数十丈的精魅身上。

没有盛焦的操控，天衍珠威力减半，但依然一击就将周遭的精魅抽得惨叫不已。一旁扮作獬豸宗执正的精魅也跟着嘶声尖叫，四处逃窜。天衍珠完全不知手下留情，一连劈了数十下，整个幻境都劈得寸寸焦黑。

"轰隆隆——"

天元幻境，盛焦面无表情地站在中央，手中空无一物却依然能招来天雷轰然劈下。以他为中心，焦黑雷纹好似蛛网朝四面八方蔓延散开，大地龟裂干涸，无数雷火灼烧，火焰将他冷若冰霜的面容照亮。

怨气化灵接连不断从四面幻境中蹿出，张牙舞爪朝着盛焦凶狠扑来。盛焦宛如杀神，无论多少冤魂灵体在他面前哭诉求饶、肆意谩骂，他都置若罔闻引来天雷劈下。

那动作不断重复，好似陷入一场永远不能醒来的噩梦，细看下那眼眸神光涣散。太多幽魂，怎么都杀不尽。盛焦双目失神，在漫天雷声中隐约瞧见一个半大孩子正跪坐在不远处，哭得撕心裂肺。

十二岁，甚至都不能称之为少年，只是个还未长成的半大孩子。他一袭暖黄衣袍，浑身剧烈颤抖，一百零八颗天衍珠挂在脖子上，散发出的细微雷纹，看着毫无震慑力。

冤魂、幽魂在他身边咆哮，一声声地质问：

"我可有罪？"

"可有重罪？"

"我明明是受害之人，为何要断我有罪？"

"冷血无情！怪物！"

"你有何资格断我之罪？"

小小的盛焦满脸泪痕，拼命捂着耳朵，嘶声道："不……我不想。"弱小的声音被咆哮质问声掩盖住。

小盛焦被迫哭着爬起来往前跑，四四方方的棋盘被他踩在脚下，一步一格。随着他将数百个格子一一踩了一遍，只会哭着奔跑的孩子似乎变了个人，眼眸枯涸无光，仿佛和脚下雷光劈碎的焦痕土地相差无几。

孩子踩着棋盘一遍又一遍。五年时光匆匆从他身上流逝，却未留下半分痕迹，只是那双眼睛越来越冷漠，越来越无神。

最后，他甚至不用天衍珠也能招出申天赦天空象征雷罚的天雷，熟练无比地将正确有罪之人劈成齑粉。

面无表情的半大孩子踏过棋盘格缓步走来，最终停在焦土中，空洞无神的眼眸仰着头和十几年后的自己对视。

不知为何，小小的孩子朝着他伸出手。

盛焦注视着那只全是剑茧的小手，看了许久。他垂在身侧的五指剧烈一蜷缩，眼神中唯一一缕燃烧十多年的光突然黯淡下去。

盛焦缓缓抬起手。

恰在这时，天边传来一声凄厉惨叫："啊——"

盛焦如梦初醒，眼神瞬间清明。无数幽魂已至他身边，只差一寸就能刺穿他的心脏。

无声雷瞬间劈下，将周围成千上万、密密麻麻围成一圈的精魅悉数劈成粉末。终于，天边惨叫的人轰然一声重重砸在地上，将焦黑的土地砸出更多裂纹，一直蔓延到盛焦脚下。盛焦正要抬手招天雷，不知察觉到什么，手突然一顿。

漆黑的烟尘缓缓消散，一人从地上爬起来，狼狈地站在焦土中，小声嘟囔了一句："狗东西，你见到肉骨头了？拉都拉不住。"

是奚将阑。

奚将阑被天衍珠硬生生拖到棋盘最中央的幻境中，险些摔个七荤八素。他像猫似的用爪子胡乱摸脸，本来脸颊只有几点灰尘，却被他抹了两下后整张脸脏污一片，极其滑稽可笑。

等到烟尘落得差不多了，奚将阑余光一扫不远处熟悉的身影，愣了好一会儿才"唰"地将手放下，故作高深莫测地一振衣袖，宛如高高在上、特意来挽救盛焦的仙人。

不知怎的，盛焦眼底那点微弱的黯然下去的光芒再次亮起，身侧本来朝他伸手的纤瘦孩子已经化为粉末被风一吹消散在空中。

奚将阑淡淡看着盛焦，张扬又倨傲，好似他来送天衍珠是对盛焦的恩赐，眉头高挑，淡淡开口："盛无灼。"

盛焦本以为他要说什么自鸣得意的话，却见他一边蹭步到自己身边，一边保持着高深莫测的神情，趾高气扬道："救命。"

浓烈烟雾彻底散去，奚将阑身后无数面目狰狞的精魅争先恐后地朝他扑来，各个震怒无比，撕心裂肺地咆哮着。

"混账！你会不会断案？！他虽然杀人无数恶贯满盈但的确是好人？

这种话你是怎么说出口的？！"

"我有罪！我杀了这么多人怎么能无罪呢？你快重新断！"

"你断对了！但我还是得杀你！"

各个青面獠牙，凶相毕露。

盛焦满脸一言难尽的表情。

奚将阑虽然面上淡定，腿却倒腾得飞快，转瞬便跑到盛焦身边，熟练地往后躲。

盛焦蹙眉，将他拽出来。

奚将阑又躲回去，好像怕得不得了，催促他："你快把他们杀了啊。"

盛焦言简意赅："已杀。"

奚将阑一愣，回头看去。果不其然，只是一瞬的工夫，刚才那堆咆哮的精魅已经悄无声息化为粉尘铺了满地。

奚将阑这才松了一口气，像是受了惊般，身体瘫软得不受控制往下滑。"吓坏我了，他们好凶，明明是他们求着我断案的，断对了怎么还生气呢？"

盛焦见他吓得浑身发抖，也没工夫探究是真是假，皱着眉单手扶了他一把，让他站稳。

"盛焦，你真好。"奚将阑恹恹道，"也不枉我奔赴千里为你送天衍珠。"只是看起来盛焦根本不需要天衍珠也能料理申天赦。

奚将阑不管。他如此担心盛焦，就算盛焦不需要也得感恩戴德受着。

盛焦蹙眉看他："不是让你在盛家待着？"

"有人要杀我，成群结队来围攻我，我打又打不过，只能任人欺辱险些丧命。"奚将阑鬼话连篇，"我怕得不得了，全靠天衍珠才逃出生天，怎么可能还会待在盛家等死？"

奚将阑盯着盛焦那张冷若冰霜的脸，突然就要靠过来。盛焦训练有素，熟练地往后一退，似乎想下意识避开他不知道什么时候就会撒过来的毒烟。

"不知好歹！"奚将阑骂他，"闷葫芦。"

"巧言令色。"盛焦冷冷道，"骗子。"

奚将阑被呛了个跟头，愣了好一会儿才匪夷所思地瞪着他——没想到盛焦这种锯嘴葫芦竟然会和自己对骂，这可是前所未有的事。

"你开窍啦？"奚将阑也不生气了，又变脸似的笑嘻嘻凑到他面前，"我之前怎么骂，你都从不会回嘴的。"

盛焦不想理他，抬步朝着隔壁幻境走去。

奚将阑看着他的背影笑容一僵，很快又嬉皮笑脸地跟上去："等等我，慢一点啊，我跟不上——我说真的，你这六年终于有点人气儿啦。"

盛焦脚步一顿，突然转身瞪了他一眼。

奚将阑哈哈大笑："好吧，我不说了，你别生气。"

盛焦默不作声大步流星往前走。

奚将阑小跑着跟上去，看起来丝毫未受盛焦冷淡态度的影响。直到走到新的幻境时，沉默好一会儿的奚将阑突然道："我说真话。"

盛焦沉着脸将幻境中叫嚣着是非对错的两方精魅全都斩杀，皱眉回头看他。

"你想知道什么，尽管问我。"奚将阑低着头，轻轻道，"我什么都说，绝不骗你。"

盛焦愣了一下。

奚将阑眉头紧锁，耐心等了半天盛焦都没吭声，当即满脸痛苦地捂着心脏："快问啊快问！我要忍不住说假话了！"

盛焦无语，说一句真话就这么难吗？

盛焦犹豫半晌，终于问出他一直想问的："你为何怕我？"明明两人在奚将阑及冠之前关系甚佳，但自从奚家灭族后，奚将阑就莫名怕他。

在獬豸宗时，盛焦明明想要护他，他却恐惧得满脸泪痕浑身发抖，六年来更是对盛焦避之如蛇蝎，见面了更是喊打喊杀，丝毫不留情面。虽然奚将阑极力掩饰，但依然骗不过盛焦。

奚将阑对他充满惧怕、恐惧。哪怕有真心，也被铺天盖地的惊惧完全压住，让人窥不见半分。

奚将阑似乎早就料到他会问这个问题，淡淡道："让尘说的是真的。"

"什么？"

"让尘闭口禅破时，说我总有一日会死在你手中。"奚将阑轻轻道，"这句话是真的。"

盛焦似乎不信，冷冷看他。

奚将阑脸色一白，知晓自己谎说太多，在盛焦那儿已没了信誉，近乎无措地说道："我……我我没骗你，这一次真的没骗你。"

盛焦直直注视他半晌，眉头轻轻皱起。幻境中精魅依然肆虐，被盛焦无意识地用雷劈成碎渣。

一阵雷电闪烁中，奚将阑嘴唇轻动，呢喃地道："盛焦，我害怕。"

盛焦瞳孔轻轻缩了一下。奚将阑太会欺骗伪装，且内心有种莫名的恶趣味。每每在旁人彻底信任他时，就会故意露出真面目，打人个措手不及悔恨不已，他自己反倒高高兴兴，为骗过别人而觉得愉悦。就好像说出一句真话，就是将自己伤痕累累的真心剖出给旁人看似的。

但此时，奚将阑垂着眸，用一种脆弱得好像轻轻一碰就碎的神态说出"我害怕"时，这明明是奚将阑最擅长的伪装，但被骗过无数次的盛焦心竟然又软了。

"我不会。"盛焦轻轻说。

奚将阑垂眸看着足尖，好像只有垂着头不去看，才敢说出真话。"盛焦，你会。"

盛焦蹙眉，执拗地说道："我不会。"

奚将阑没有和他分辩，只是又近乎失魂落魄地重复一遍："我很害怕。"若是让尘没有告诉他那句话，他或许能够毫无负担做出那些事。但"窥天机"所说出的话就像是悬在头顶不知何时会掉下来的利剑，奚将阑每杀一个人便感觉利剑往下掉一寸。

冰冷的剑锋已经贴在他的后颈处，好像下一瞬就能刺穿他的身体。但行至中途，他已没有回头路。

恰在这时，雷光终于停止，幻境中精魅已然消散得一干二净。

盛焦正要开口说什么。

奚将阑伸出手放在唇边一抵，抬头露出和往常一样的笑容："嘘，我只回答这一个问题，之后我又要开始说谎啦。"

盛焦语塞，从未见过这么大大咧咧宣布自己要说谎的。

盛焦又说了句："我真的不会。"

奚将阑果然开始说谎，笑嘻嘻的："我知道你必定不会忍心杀我，我信你就是。"

盛焦嘴唇轻抿，知道说什么也无用，只能沉着脸带着他进入下一个幻境去寻奚明淮。下一处似乎和早已经被怨气、戾气荼毒的幻境并不一样。

整个幻境干干净净，既无怨气也无戾气。一个身着白衣的女人端端正正跪坐在中央，眼眸空茫。旁边有一群被关押在獬豸宗牢笼的男人，朝着她愤怒地咆哮。

明明怨气这么大，但整个幻境依然纯净。看来那个女人才是境主。

盛焦没有立刻动手，眼眸冷冷地看过去。

女人瞧见獬豸纹，无神的眸子微微一动，她实在漂亮，一举一动温柔娴静，微微弯下腰恭敬行了一礼，柔声道："大人。"

奚将阑见她和其他幽魂全然不同，问道："你有冤屈？"

女人轻柔一笑："我本是北境女。丈夫是山中药师，一日采药跌入山中猎户布下的诱坑中，被木桩穿透腿无法离开。"

奚将阑认真地听。

药师的呼救声唤来猎户，本该救人的他却任由药师流血而亡。之后猎户强入药师家中，将孤身一人的漂亮女人占为己有。自那之后，山中其他猎户接二连三进入药师家中。女人为丈夫惨死悲伤不已，又为禽兽玷污每日恸哭。

"……所以我便用木桩——穿透他们的五脏六腑，让他们活生生流血而亡。"哪怕有如此惨痛经历，女人仍旧温柔，轻轻地问道，"大人，您说我可有罪？"

盛焦默不作声。

奚将阑倒是笑起来，淡淡道："您自然无罪。"

女人弯起眸："为何无罪？"

"以杀止杀，以怨报怨。"奚将阑朝她勾唇一笑，"天道自然。"

女人用一种看孩子似的眼眸温柔注视着他，笑了好一会儿才看向盛焦。

盛焦漠然道："你有罪。"这是獬豸宗堪称无情的公道。

女人苍白的脸笑了起来，她也不生气，温温柔柔地说道："我记得你，小仙人，当年您第一次来时，曾断我无罪。"

盛焦一愣，近乎茫然地看着她。

"但獬豸宗说您断错了。"女人道，"所以您被申天赦天雷劈去怜悯。"

盛焦瞳孔微颤。獬豸宗法不容情，最忌讳不分青红皂白的怜悯。

奚将阑瞳孔一缩。

盛焦默不作声朝女人微微一颔首，拉着奚将阑从幻境离去。女人含笑看着两人的背影，眼角缓缓流下一滴清泪。

再次到新的幻境，不知为何竟又是一处清明幻境。

面容俊秀的少年站在最中央，高高兴兴道："终于有人来啦。"

奚将阑看到少年的脸，又看向一旁的囚笼中竟然有个和他长得一模一样的人，不知怎么像是猜到了什么。

少年脆生生地说："我本是南境贫寒人，因和大世家的少爷长相相似。世家少爷身染重病无法出门，世家老爷便杀我父母，将我掳去世家做少爷替身。"

奚将阑一愣。

少年像是在炫耀似的，笑嘻嘻地说："我知道父母被杀后，便佯作乖顺，夺取他们信任后在一日家宴上在酒中下了毒，将世家老爷、少爷全都毒死啦。"

还没等他问，奚将阑就痛快地拊掌大笑："你自然也无罪。"

少年看向盛焦，盛焦默不作声。

少年又道："小仙人，你当年断我无罪，被天罚劈去愤恨。"

奚将阑偏头看向面无表情的盛焦，心中一颤。只是两个断错案的幻境，便被劈去怜悯、愤怒……当年的小盛焦在申天敕待了整整五年。

幻境消失。

奚将阑站在一片焦土中，突然问："盛宗主，现在还觉得这些人无罪吗？"

盛焦默不作声。

奚将阑走上前，伸手贴在盛焦的心口，感受着掌心下毫无波动起伏的心跳。"你没了感同身受的怜悯同情，也没了设身处地的愤怒怨恨。七情六欲皆无，情感欲望单薄，你有的……只是一颗冰冷的心。"

盛焦一把扣住他的手，眼神森冷又漠然。

"所以，盛焦……"奚将阑完全不惧怕他身上的寒意，两人对视，眼眸皆是如出一辙的冰冷无情。

奚将阑甚至还在笑："你真的会杀我，我害怕。"

"当年你问我什么是公道。"盛焦面无表情道，"你想要的公道，便是以杀止杀吗？"

奚将阑笑意不减："当时不是，现在是了。"

盛焦直直盯着他。

奚将阑退后数步，不愿再说这事，随口道："申天赦得有数百个幻境吧，这样一个个找过去，得到猴年马月？"

他已不想进毫无戾气却让人莫名暴躁的清明幻境，每走一个就得清楚意识到盛焦的七情六欲到底是如何被一个个夺走的。

盛焦默不作声。奚明淮是生魂，只能一个一个找。

奚将阑只好强忍不适和盛焦在幻境中乱转。申天赦中好似没有时间流逝，冲天怨气难闻又令人心悸，只有盛焦身上淡淡的桂花香能让奚将阑好受些。

不知又走了多少个幻境，奚将阑恹恹道："盛无灼，我累。"

盛焦停下去下个幻境的脚步，垂眸落在脚下唯一未被雷纹劈焦的地方，示意他睡。

奚将阑就算再落魄也不至于席地就睡，幽幽道："起码得有个床榻吧，你储物戒里没带？"

盛焦蹙眉。

奚将阑毫不客气地捞起他的储物戒——大概是盛焦储物戒从来不会放太多灵石，他乍一靠近，神识竟然畅通无阻地探了进去。

盛焦贫穷又节俭，偌大储物戒里只有几块零零散散的玉石和几瓶灵丹，还有个破破烂烂的小匣子，也不知盛了什么陈年旧物。

奚将阑震惊了。他在外流亡六年，储物戒的东西都比盛焦多。

"亲娘啊。"奚将阑喃喃道，"我本以为当年的你已穷到极致，没想到这么多年过去，你竟还能穷得这般令人咋舌，奇人哪。"

盛焦沉默，这听起来不像是夸人的话。

奚将阑还想再挤对他几句，突然一个黄色的东西迎头抽来，"啪"地拍在奚将阑脸颊，狂风太大，他竟被这下抽得脑袋一偏。奚将阑差点儿以为盛焦恼羞成怒抽了自己一巴掌。

盛焦蹙眉将紧贴在奚将阑脸上的东西撕下来，是一个黄纸剪成的小人。

奚将阑摸着脸正要开骂，定睛一看，诧异道："我的好兄弟来了？"

盛焦冷若冰霜，抬手就要将他的"好兄弟"扔掉。

"哎哎，等等。"奚将阑忙上前接过小纸人，胡乱在那像是鬼画符的纸人上结了个枷鬼诀，嘀咕道，"这申天赦中都是精魅，单靠我们俩挨个找也太耗精力，鄷聿来得正是时候。"

御鬼世家在满是精魅的申天赦中，简直算如鱼得水。奚将阑用纸人传了消息后，不到片刻远处便传来浩浩荡荡的精魅成群结队朝此处奔来的动静，大概是数量太多，焦黑的地面都被踩出漫天的灰尘，呼啸着直冲天边。

远远看去，好似黑压压的乌云扑面而来。

奚将阑赞道："不愧是我的好哥哥，才来了这么会儿就降服如此多的精魅！"

盛焦眉间全是冷意。

很快，鄷聿御鬼刀而来，一身鬼字纹墨白袍猎猎生风，气势如虹，好似挽救两人于水火的神兵天将。

奚将阑感动道："哥哥！"

鄷聿见到奚将阑那副尿样，冷笑一声，面无表情对盛焦道："盛焦。"

盛焦冷冷和他对视。

鄷聿转瞬落在他面前，鬼刀受灵力操控落在他背后负着，他保持着高深莫测的冷漠模样，对盛焦道："救命。"

两人抬头望去，却见鄷聿带来的并非他降服的鬼将，而是一堆被彻底惹怒嘶声咆哮的申天赦冤魂。

"臭小子！你还想降服我？！谁给你的胆子？！"

"你——御鬼世家就这点能耐吗？来！重新与我战一场！"

"混账东西！我宰了你！"

盛焦和奚将阑同时沉默，隐约觉得这场面有点熟悉。

鄷聿已经熟练地躲在盛焦身后，还拉着奚将阑一起，愁眉苦脸道："谁也没告诉过申天赦的精魅这么不好惹？我用对付孤魂野鬼的咒法去困鬼，没想到他们竟然生气了？啧啧，气性可真大啊。"

奚将阑幽幽道："你怎么来了？"

鄷聿没好气道："我听说你俩进申天赦半天都没出来，行舫刚落中州我连口气都没喘就赶忙过来帮忙了。你什么眼神，嫌弃我？"

奚将阑瞪他一眼。本以为这厮是来帮他们的，没想到竟是来添乱的。

鄷聿扯了扯盛焦的袍裾衣摆，探头去看："盛宗主，你先困住他们，等我换个御鬼咒再试试看……呃。"

盛焦转身居高临下看着他，晚了。那群张牙舞爪的精魅早已悄无声息死在无声雷下。

鄷聿心疼得不得了，骂道："你这么着急做什么？！直接杀了不是暴殄天物吗？！"

盛焦懒得和他吵。

奚将阑反倒看不下去，伸脚踹了鄷聿一脚："就你那半吊子御鬼诀别丢人现眼了，申天赦的精魅你降服不了，趁早打消这个念头，省得被反噬命丧黄泉。"

鄷聿当即踹回去："胡说八道，就没有你鄷少爷我降服不了的精魅。"

两人像是年少时那样，坐在那互踹。若是之前，奚将阑肯定猛踹好几脚都不落下风，但他此时毫无灵力，被鄷聿没轻没重踹了小腿两下，疼得"嘶"了一声。

盛焦突然道："鄷不述，去找生魂。"

"哦，对。"鄷聿多踹了奚将阑一脚，像是占了天大的便宜，心满意足地开始说正事，"奚明淮是吧，我已经御鬼去找，但这申天赦幻境太多，得花些时间。"

奚将阑揉着小腿眉头紧锁，不知在想什么。

"喂。"酆聿将四处找人的小纸人拿在指尖，等着回应，闲来无事又踢了踢奚将阑的脚，"当年奚家出事，你真的什么都不知道？"

奚将阑眉宇间萦绕一缕忧色："奚家及冠礼，需去天衍供祠处等候赐福，但我跪了半晌却无人来叫，等出去时……"外面已血流成河，横尸遍地。

酆聿也是头一回和他说此事，忍不住追问道："真的什么都没听到看到？"

奚将阑不说话。奚家宗祠之下便是天衍供祠，相隔很近。当年奚绝最多跪等半个时辰，但奚家有一个还虚境大能和好几个化神境修士，若是和罪魁祸首交手必定灵力相撞惊天动地，不可能察觉不到。也正因这一漏洞，当年入獬豸宗的奚绝无论说什么都没人相信。

酆聿难得聪明了些，犹豫道："还是……你不能说？"

盛焦蹙眉看向奚将阑。

奚将阑沉默许久，突然趁着酆聿不注意狠狠踹他一脚，报了被多踹一脚的仇。"我要是知道谁屠戮我全家，早就亲手拎剑将他杀了，怎会替他遮掩！"

"你！"酆聿正要暴怒，却见小纸人突然"略略略"吐舌头，顺着手臂爬到他肩上，手脚并用比画一番。

奚将阑一愣。

酆聿沉着脸听完小纸人的传音，顾不得和奚将阑置气，飞快开口："找到奚明淮了。"

不知是不是应琛故意的，奚明淮落在棋盘最外围，若是奚将阑和盛焦挨个劈过去，就算运气再好也得要劈个大半个月才能寻到他。

奚将阑三人匆匆赶至那处幻境，已经有不少精魅嗅到生魂的气息，气势汹汹想要将其撕扯吞噬。奚明淮身上有道奚家的护身禁制，恶鬼每每触碰都会被符文烫伤利爪，嘶吼声冲破云霄，但生魂的气息太过诱惑，即便如此依然有无数鬼魂趋之若鹜。

禁制终究灵力有限，已被恶鬼拍得露出琉璃破碎似的裂纹。鄪聿要是再晚找到他片刻，怕是他性命难保。

奚将阐被盛焦扣着腰御风落地后，看到黑压压的一群眼前一黑，踉跄着跑去。"奚……奚……兄长！！"

盛焦面无表情用天衍珠找来天雷，把幻境凶悍精魅悉数劈碎。

鄪聿在一旁跳脚："你小心着点！当心劈到我的宝贝！"

盛焦看都没看他，抬步往前走。

奚明淮蜷缩在幻境角落，一袭破烂脏污的白袍全是灰尘，他吓得浑身发抖，双臂遮挡着抱住脑袋，只能看到垂着的凌乱长发。

奚将阐急迫得恨不得飞过去，脚下一个没站稳趔趄着跪在奚明淮面前。他来不及爬起屈膝往前爬了几步，试探着道："兄长？"

奚明淮耳畔嗡鸣，察觉有东西靠近他，歇斯底里尖叫道："滚开！滚！我什么都没看到！我没看到……呜！"

奚将阐听到熟悉的声音，忙扶住他的双臂，将掌心的温度贴着奚明淮薄薄的衣衫传过去，声音发着抖却还在尽量放轻放柔："兄长，是我，我是奚绝。"

奚明淮吓得浑身瘫软根本无法逃走，撕心裂肺惨叫许久才后知后觉贴着他的似乎是温热的活人。尖叫声逐渐停息，奚明淮将挡在脸上的双臂一点点移下，露出一张和奚将阐眉眼极其相似的脸。

时隔六年，本以为奚家只剩自己的奚将阐眼眶唰地红透。他努力朝奚明淮一笑，轻轻道："不怕，已经没有恶鬼了。"

奚明淮迷茫地看了奚将阐许久，满脸惊恐地拼命摇头："我不知道，我什么都不知道……放过我。"

奚将阐一愣："什么？"应琢说过，对于当年之事奚明淮似乎被下了闭口禅。现在又这样无缘无故地乞求，难道当时他真的看到了什么？

奚将阑还在怔然，酆丰已经冲上来，一把抓住奚明淮的衣襟，厉声质问："你真的看到什么了？到底是谁杀了奚家人？"

听到"奚家人"这三个字，本来哭泣悲伤的奚明淮突然浑身一僵，涣散眼瞳缓缓收缩，而后突然像是换了个人似的，癫狂地大笑出声："哈哈哈，是啊，奚家全族已死，我……我竟还活着？！"

奚将阑手足无措看着他，一时竟不知要说什么。

奚明淮已然疯癫，嘴中全是不明所以的胡言乱语："我什么都不知道！我也什么都没看到！"

"奚绝……奚绝救我！"

"我不说，我死也不说……"

奚将阑眼眶发红，哽咽着一把按住奚明淮胡乱晃动的手，眼泪几乎落下来。

奚明淮大笑半晌，直到声嘶力竭终于消停下来。他眼神空洞直勾勾盯着奚将阑面前的虚空，好一会儿瘫软的身体又僵直，像是在畏惧什么左看右看半晌，鬼鬼祟祟地竖起手指在唇边，朝着奚将阑轻轻"嘘"了一声。

奚将阑忙道："什么？"

"别说话……"奚明淮心神紧绷似乎在警惕谁，压低声音道，"我不能说话，他能听到……"

奚将阑一愣。谁？谁能听到？

"他能听到！"奚明淮声音越来越低，随后又开始疯疯癫癫地纵声狂笑，"他什么都能听到！我不能说！他能听到——"

奚将阑脸色苍白如纸，眼眶因强忍酸涩的泪意而微微泛红，绝望得只知喃喃唤他：

"兄长……"

酆丰哪里见过奚将阑这番模样，在一旁十分不是滋味。谁能想到这世上最后一个亲人刚寻到就成了疯子，这事换了他肯定承受不了。

"唉，不知道药宗能不能治好失魂之症，还是先去找一趟小毒物吧。"鄂聿叹息道，"奚绝……我还是头一回知道他竟和奚明淮关系如此之好。"

盛焦冷眼旁观，闻言竟然破天荒短促地冷笑一声。

鄂聿没好气道："你笑什么？"

盛焦直直盯着奚将阑几乎落下泪的漂亮脸蛋，神色冷然不知在想什么。

"盛无灼，我实在是看不透你。"鄂聿莫名替奚将阑鸣不平，"要说你看不惯奚绝吧，年少时你又总爱跟着他。喏，现在也是。"

鄂聿继续说："……但要说你看得惯奚绝吧，他现在如此伤心欲绝，你竟还冷笑？不愧是十三州冷酷无情的第一杀坯。"

素日里盛焦从来不会搭理鄂聿的废话，但此番不知为何，他竟然冷冷接话道："他为何要叫奚明淮兄长？"

鄂聿瞪他："自然是他们兄弟情深！要不然叫亲爹啊？"

盛焦面无表情看着鄂聿。

鄂聿第一次从盛焦那双空洞眼眸中看出一丝对自己的讥讽。

奚将阑昳丽的脸庞全是强忍悲愤的痛苦，手似乎想抓住奚明淮安抚发疯的兄长，但又嫌弃雪白衣衫的脏污，只是虚虚放着根本没敢抓实。漂亮眸子蒙着一层水雾，但表情却冰冷无情，还有一抹没得到有用消息的烦躁。

盛焦冷冷看着奚将阑继续在那演兄友弟恭。为何只叫兄长？自然是因为他连奚明淮的名字都没记住。

从奚什么身上问不出任何话，他翻来覆去只会说"我不知道""他能听到"。好不容易找到的一条线索又断了。奚将阑眉头紧锁，差点儿演不下去。

盛焦大概也看不下去他"拙劣"的演技，沉着脸上前将发疯的奚明淮收到囚芥中，冷冷道："先走。"

奚将阑眼眶一红："我兄长……"

盛焦居高临下看着他，又冷冷瞥了一眼酆聿。

奚将阑敏锐地从他这两眼中瞧出"适可而止，有外人在给你留着面子呢"的意思来。奚将阑只好忍气吞声地将即将流下的眼泪憋回去，连个眼神都不给盛焦，沉着脸去找酆聿。

酆聿难得见他心情这般不悦，艰难扒拉出来点良心，唉声叹气地劝慰："放宽心，好歹人还活着，咱们先去找药宗，小毒物这些年可了不得，医术大长！"

奚将阑冷着小脸问："毒术长没长？能不能让天下第一人也见血封喉？"

在一旁听着的盛焦沉默了。

酆聿还当他是想报奚家之仇，和他勾肩搭背附和着道："能能能，咱要是找到当年的罪魁祸首，就废他修为让小毒物拿去试毒，苦苦折磨他九九八十一年也不让他解脱。"

奚将阑还是不高兴，将挂在腰间的小木头人拿着，闷闷地将四肢胡乱掰来掰去，咔咔的脆响让人毛骨悚然，像是个赌气的孩子。

酆聿头一回当老妈子，还在那劝："失魂之症药宗八成也能治好，也就你那破病根本寻不到源头，想治都不知如何下手……你手里拿的什么玩意儿？声音怪瘆人的。"

"没什么，发泄着玩。"奚将阑闷闷不乐，将木头人没有五官的脑袋也掰碎，但那木头人不知道是什么做的，没一会儿竟然又恢复原状。

奚将阑生着闷气又狠狠捏碎，他又没灵力，一来二去指腹都捏红了。

"别玩木头人了。"酆聿揽着他的肩安慰道，"当务之急还是得先治好你兄长的病。"

奚将阑点点头："哥哥，你真好。"

酆聿被他这句话说得起了一身鸡皮疙瘩，第一反应就要将这个肉麻的混蛋扔出去，但一想他方才伤心欲绝的模样又心软了，硬挤出一个吃了苍蝇似的狰狞表情，吃人似的：“好弟弟，应该的。”

奚将阑：“……”

盛焦突然上前。奚将阑就当看不到，继续和酆聿勾肩搭背，凑到耳边叽叽咕咕。

酆聿没心没肺地和奚将阑一起嘻嘻窃笑，一看就知道他们没说什么好话。

盛焦脸色更冷，突然道：“木头人，给我。”

奚将阑下意识将小木头人往腰后一藏，躲在酆聿身后：“你告诉他，休想。”

酆聿道：“你没长嘴啊？”

“我不爱和他说话。”奚将阑道。

酆聿幽幽道：“胡说八道，天衍学宫你成天缠着他说话，人家一天都不搭理你一个字，你还喋喋不休，死皮赖脸贴上去吵架。”

奚将阑心道：“好个屁的兄弟。”

盛焦没理会他们的插科打诨，冷声说：“应琢心思不纯，傀儡一贯为阴诡之物。”

奚将阑瞪他一眼，对酆聿说：“你告诉他，我本是被五颗天衍珠断定的罪人，阴毒之人自然爱阴诡之物，理所应当。”

酆聿夹在两人之间左右为难，但这热闹实在刺激，他又舍不得出言打破，只好强忍龇牙咧嘴的笑意，屏住呼吸看两人吵架。

本来以为盛焦还会像年少时那样当个锯嘴葫芦一言不发，只让奚将阑在那唱独角戏，但没承想盛焦竟然眉头紧锁，开口道：“不会。”

酆聿倒吸一口凉气。天衍在上，闷葫芦会吵架了！虽然吵得驴唇不对马嘴。

奚将阑一听这个“不会”就想笑，重重“哼”了一声。

盛焦不是个多话的性子，见他不配合当即挥开酆聿，沉着脸去抢他手中的木头人。

奚将阑噔噔噔后退数步，警惕看他："我玩个木头小人你还要管我？你还真以为自己是我哥吗？"

盛焦的手一顿。

鄷聿也不去拦，眼眸闪烁着"打起来打起来"的期待光芒。

盛焦五指一勾，竟然打算要强抢。

奚将阑："……"

鄷聿欢呼："哦哦哦！"

奚将阑没想到盛焦当着鄷聿的面竟敢如此强硬，手高高抬起，袖子叠到臂弯间，拼命往后躲。但盛焦比他强势太多，制住他和捏住一片叶子没什么分别。

"放开我！"即使如此，奚将阑还在拼命将木头人往腰后藏，"只是一个木头人，难道我也犯了獬豸宗哪条戒律？"

盛焦面无表情："你心中有数。"

"我有什么数？"奚将阑怒气冲冲地瞪他，"还是说天道大人又要断我罪？那您拿出天衍珠断便是了，直接给我一道雷罚诛杀了我，正好应了让尘的天机。"

盛焦："你……"

鄷聿听着话头不对，也不看戏了，忙上前一把将奚将阑解救下来，不满地看着盛焦："他从小就爱那些稀奇古怪的小玩意儿，不过一个木头小人，玩玩又怎么了？你实在担心应巧儿之物阴诡，好好探查一番不就成了，动手算什么啊？"

奚将阑的手细细发着抖却还在抱着木头小人，羽睫微颤，看起来受了天大委屈。他微微侧着身，俊美的侧颜简直像是鬼斧神工的傀儡，艳丽得过分。

盛焦沉默不语。

鄷聿虽然平日里不待见奚将阑，但只要对盛焦，就会立马一致对外，怒气冲冲朝他喷火："什么叫他心中有数，这木头小人难道有什么玄机？"

奚将阑浓密的如鸦羽的睫微微一颤，竟然悄无声息落下一滴泪。

盛焦一愣。

直到泪水落在手背上奚将阑才反应过来，厌恶地用手蹭掉。饶是盛焦再了解他，一时竟也分辨不出来他那滴泪到底是真是假。

似乎察觉到盛焦的视线，奚将阑偏头看来，突然勾唇一笑。

鄂聿大概是看热闹看多了，一张嘴唧啵唧啵不带重样地数落盛焦半天，似乎还能再骂个三天三夜。

盛焦沉着脸一挥手。

奚将阑手背一痛，被打得往后退了半步，手中木头小人猝不及防掉落在地上。

鄂聿炸了："盛无灼！你想打架是不是？！我告诉你！虽然我打不过你，但我抗揍！"

盛焦实在忍不了鄂聿的聒噪，面无表情屈指弹出一道灵力。

奚将阑眼眶微红地蹲着正要去捡木头小人，却见盛焦金色灵力倏地落在木头小人的眉心处，瞬间光芒大放。

一声"砰"的闷响。鄂聿还在骂，被动静惊得低头一看，突然沉默了。

木头小人的禁制已被强行解开，眼前是一具浑身是血的人类身体，根本看不出是谁。

鄂聿沉默许久，才不可置信地看着奚将阑。想到奚将阑若无其事的样子，鄂聿当即浑身发麻。

奚将阑伪装的委屈还未散去，甚至平添几分无辜，他伸出骨节分明的修长五指晃了晃，小声说："但是他浑身血污，若是不变成木头小人，会弄脏我的手。"

鄂聿鸡皮疙瘩直冒。

"绝、绝儿。"酆聿幽幽道,"咱们还是出去后直奔药宗吧,我感觉你怕也是有点大病。"

奚将阑乖巧地笑:"嘻嘻。"

酆聿被他"嘻"得头皮发麻,满脸痛苦地蹲在他面前检查地上的倒霉蛋:"我亲娘啊,天衍在上,这人能活着当真是个奇迹啊。"

奚将阑逃避似的根本不看盛焦,视线一直落在酆聿脸上。他这个好兄弟不知道是真的没心没肺,还是见过的尸身太多,自始至终态度都只是愁眉苦脸,担忧他有大病,从未有过半分疏离和恐惧。

奚将阑笑了笑,伸手在曲相仁眉心一点,邀功似的炫耀道:"我给他吊着命呢,不会那么容易就死的。"

酆聿啧啧称奇,他也不嫌脏,胡乱拨开地上之人的脸上乱发,辨认好一会儿才惊愕道:"曲相仁?"

一直沉默不语的盛焦抬步上前。

奚将阑几乎僵成柱子,很快又放松下来。

曲相仁奄奄一息,只剩最后一口气,却被某种奇怪的灵力拼命吊住,甚至强迫性地始终保持清醒,承受奚将阑的折磨。

奚将阑抱着膝盖缩成一小团温顺地蹲在那儿,脸上还有几抹花猫似的灰尘,乖巧笑着。

酆聿轻轻吸了一口气:"怪不得……"

"盛宗主。"奚将阑仰着头笑嘻嘻看着盛焦,"您看也看过了,可以把我的木头人变回原状吗?"

盛焦面无表情,手指轻轻捏着两颗天衍珠。

"咔嗒。"一道无声天雷瞬间劈下,似乎想将曲相仁劈成齑粉。

"不要!"奚将阑虽然听不到天雷声,但却瞬间意识到盛焦想做什么,猛地扑上前用身体挡住曲相仁,"——不能杀他!"

盛焦的雷从来都是又快又狠,差点儿没收住直接劈到奚将阑背上。千钧一发之际,盛焦强行消去天雷,险些遭了反噬。熬过经脉一阵剧痛，盛焦一把将他拖起来，冷厉道：“奚绝！”

奚将阑被硬拖起来，眼睛直直看着盛焦，轻声呢喃：“我还没玩够呢，不能让他就这么死了。”

盛焦脸色难看至极。若是在之前，看热闹的酆聿早就炸成烟花了，但他就算再没心没肺也察觉到不对，还以为盛焦是责怪奚将阑残忍，赶忙打圆场。

“曲相仁本就不是什么好人，当年他催动日晷的子字水道险些将我们诸行斋的人都杀了，这仇我还记着呢。”

盛焦充耳不闻，冷冷对奚将阑道：“将他交给我。”

“不。”奚将阑理直气壮道，“今日他带人来杀我本就是重罪，我捉到了便是我的，这是规矩。”

盛焦下颌绷紧，几次想说话却一个字都说不出口。这样堪称疯癫的奚将阑，太过陌生。

盛焦甚至开始后悔，当年不该放他离开。

奚将阑不管盛焦什么神情，蹲下来又结了几个法诀，将奄奄一息的曲相仁重新变成木头小人。

盛焦微微闭眼，抬手催动灵力将申天赦入口打开，酆聿还没反应过来就直接被他扔了出去。

整个申天赦只剩下他们两人。盛焦直直注视奚将阑冰冷无情的眼眸，捏着天衍珠的手狠狠用力。就在这时，一百零六颗天衍珠突然再次飞速旋转。

定罪。

雷光四射，照亮两人面无表情的脸。

在一阵珠串旋转声中，奚将阑淡淡开口：“盛宗主知不知道獬豸宗总共有多少种刑罚？”

盛焦默不作声。

“六十二种。”奚将阑自问自答，勾唇轻笑起来，“三个月来，曲相仁将这六十二种刑罚在我身上使了三遍，我的耳朵……也是因他而废。"

盛焦瞳孔剧缩，捏着天衍珠的手猛地握紧，双眸闪过一丝猩红。耳朵……怪不得当时他根本没理解自己所说的话，只知道哭。

原来那时便已听不到声音。

奚将阑怜惜地抚摸木头小人的脸："我睚眦必报、以杀止杀，盛宗主在申天赦'断案'时就应该清楚我的脾性了。"

盛焦嘴唇微抖："我……"

"你我已不是一路人，我也不是当年的奚绝。"奚将阑截断他的话，"——若是盛宗主实在想要曲相仁，三个月后我自会还给你。或者你想硬抢，也很简单，把我杀了就行。"

盛焦发抖的指尖险些陷入掌心。

终于，一百零六颗天衍珠停止旋转，本来只有五颗的"诛"——变成了十颗。

奚将阑没忍住，"扑哧"一声笑了出来，似乎早有预料。"已经十颗了——天道大人，您现在敢保证若是一百零八颗天衍珠全部显现'诛'字，您还是'不会'杀我吗？"

没等盛焦回答，奚将阑毫不停留，转身便离开了申天赦。这个答案，六年前让尘已经给他了。

盛焦沉默地看了天衍珠许久，五指用力几乎硬生生将珠子捏成齑粉。很快他像是想到什么，脸色剧变，用最快的速度冲出申天赦。

獬豸宗电闪雷鸣，轰鸣声几乎震破耳膜。

盛焦转瞬从那只诡异的眼睛中离开，刚落地就听到酆聿厉声喊道："定魂！"

"轰隆隆——"震耳欲聋的雷声和大雨一起落下。

盛焦心中有种不祥的预感，循声而去就见大雨滂沱中，酆聿抱着跪坐在地上的奚将阑，手中拼命地结定魂诀。

"定魂！快回来……奚绝！十二——！"

盛焦脸色煞白地冲上前。申天赦和现世本来时间不同，按理来说三人回到獬豸宗的时间只是相差几息罢了，但没想到只是那短促的一刻，刚回现世的奚将阑就猝不及防听到一道雷声。

此时奚将阑双眸无神，小脸惨白如纸，宛如一只精致的傀儡枯坐积水中，任由鄷聿怎么咆哮都一动不动。

盛焦冷着脸并起两指点在奚将阑眉心，心中一沉。奚将阑被雷声惊到……再次走了魂。

第 十 三 章

无尽无有期

"盛焦啊。"穿着暖黄衣袍的少年奚绝托着腮趴在窗棂上，看着外面被暴雨打得掉了一地的桂花，懒洋洋道："雷声是什么意思啊？"

外界风雨大作，雷声震耳欲聋，内室却幽静温暖。盛焦坐在桌案前练字，只当他不存在，一言不发。

"震慑？恐惧？惊讶？吵架？打架？"

奚绝胡乱猜测，没等到应答的他气冲冲跑回来一拍桌子："喂，少爷我和你说话呢，不要再练你的破字了！"

盛焦正写到最后一个字，笔被震得一歪，好好一幅字当即废了。他也不生气，将废纸整整齐齐叠放在一旁，重新拿了纸继续写。

奚绝气得半死："闷葫芦，我真是闲得慌才来找你，找让尘玩都比你有意思！"说罢，他拂袖而去。

提着笔的盛焦犹豫好一会儿也没落笔，面无表情地往窗外看了一眼。雷光闪落，轰隆隆的声音震耳欲聋，奚绝小小的身影在雨中奔跑，大概是避雨诀没掐好，大雨兜头将他淋成落汤鸡。

奚绝呆了一下后，又哈哈大笑，索性不再掐诀，就这样湿淋淋地踩着水听着雷音，欢快地跑出斋舍，像是一只雨中奔跑的小狐狸。

盛焦目不转睛地看着，直到人走了才回过神来。墨汁从笔尖滴落雪白纸张上。一幅字还未落笔，便已废了。

雨水落在池塘中，荡漾出无数交织交缠的涟漪。那时，盛焦几乎认为小奚绝是爱听雷声的。

不知是哪一年的乞巧节，暴雨如注，雷像是撕破天似的往下砸，就连池塘边那棵参天大树都险些被劈毁。

盛焦撑着伞站在池塘边，默不作声盯着无数涟漪的水面。直到夜幕降临，大雨仍旧不止，身后传来噔噔噔急促的脚步声。

盛焦握伞的手一紧，藏在袖中的那只手几乎将掌心几颗玉石暖得滚烫。他面无表情转身，却见到浑身是水的鄹聿惊慌失措地跑来。

"盛……盛焦！"

盛焦愣了愣。同窗多年，鄹聿从不会主动和盛焦搭话。

但此时鄹聿却像是无头苍蝇似的，急急忙忙冲过来，胡乱一抹脸上的水，匆匆道："盛焦！奚绝……他好像被雷声惊得走了魂！"

盛焦无神的眸子狠狠一缩。奚绝从来不会惧怕雷声，相反每次夏日暴雨，他都会饶有兴致地研究各种雷声。

可自那年乞巧节后，他便开始惧怕雷。每每听到，必会走魂，诸行斋的人都得成群结队出去寻半天才能找回。诸行斋众人每人都会"定魂诀"，就是以防万一奚绝再次失魂丢魄。

獬豸宗中风雨晦暝。盛焦脸色难看至极，抬手挥出灵力，强行将整个獬豸宗用结界封印。

倦寻芳和上沅闻声赶来，见到盛焦平安无事忙迎上来："宗主！"

盛焦眉头紧锁："何事？"

倦寻芳言简意赅："方才有人想要毁坏申天赦，应当是您所说被其他世家安插到獬豸宗的眼线。我和上沅已将人捉拿，等候宗主下令处置。"

盛焦匆匆一点头，冷声下令："先将申天赦封印。"

上沅一愣，正要张嘴去问其他人怎么处置，就被倦寻芳扯了一把。奚绝明显出事了，宗主哪有闲情逸致去管那些人？以后再说。

鄹聿已经熟练地操控幽魂前去寻找奚将阑不知道跑去哪里的魂魄，但雷声阵阵，震得他脑袋疼，烦躁得险些将小纸人给撕了。

突然间，天边一道惊雷遽然震响漆黑夜空，虚空扭曲。

鄹聿被震得脑瓜子嗡嗡的，捂住耳朵才勉强没被劈聋。那明显不是寻常的雷，鄹聿回过神后正要对盛焦骂骂咧咧，一抬头却见獬豸宗上空的乌云竟然被那天衍珠招来的一道天雷硬生生劈散。

乌云和大雨瞬间止息，强烈日光穿透而下，顷刻照亮獬豸宗。

酆聿目瞪口呆。这……盛焦的修为，当真是还虚境吗？

奚将阑前所未有地乖巧，双眸涣散失神，因睁了太久泪水控制不住地滚下，满脸泪痕。盛焦带着他飞快回到獬豸宗的住处。

清澄筑说好听点叫幽静雅致，说难听点就是素朴简陋，放眼望去空空荡荡，除了书案、床榻和隔开内室外室的巨大屏风外，竟与獬豸宗牢笼没什么分别。

滂沱大雨已将院内最大的桂树打得花叶掉了一地，枝头空无一物，更显萧瑟凄凉。

盛焦催动灵力将奚将阑浑身雨水吹干，笨拙地将他轻放在硬邦邦的石榻上。奚将阑太过瘦弱，盛焦抱着好像同六年前没什么分别，可想而知这些年他吃了多少苦。即使如此，往日里他依然嬉皮笑脸，好像再多的苦痛也能强压下去，堆出虚伪的笑脸来敷衍搪塞各色故人——包括盛焦。

盛焦强行按下心中泛起的涟漪，将手指按在奚将阑的后肩处，一点点催动融入骨血的天衍珠。星星点点的酥麻缓缓遍布奚将阑浑身经脉，让他的眼眸倏地睁大。

误以为这是黥印的屈辱犹在，他痛苦地呻吟一声，手胡乱抓了抓，极其排斥地用手去捂"灼"字雷纹，似乎不想让人看到："不……不要……求求你……呜不。"

盛焦手一僵，强行将他按住，闭着眸用神魂和天衍珠的牵引探查奚将阑的魂魄在何处。但走魂和失魂并不相同，奚将阑三魂七魄早已脱离肉身，同躯壳失去所有联系。在此处的，只是一具空荡荡的皮囊。

盛焦眉头紧锁将手收回，雷纹缓缓化为红痣，奚将阑眉宇间的痛苦这才平息，微微垂着眸不知在看什么。

很快，酆聿遣小纸人前来报信："寻不到。"

盛焦冷冷道："怎会寻不到？"他已将獬豸宗封住，只是几息时间，那三魂七魄不会跑太远。

"但就是找不到！"鄷聿暴躁得要命，"往常他走魂都是在诸行斋，那地儿小，他又只爱在你那棵桂花树下待着，三回有两回都一找一个准儿。但你獬豸宗这么大，又有这么多囚笼，他人生地不熟的能去哪儿？"

盛焦一愣，突然像是想起什么，霍然转身离开。

獬豸宗囚笼宛如围楼圆寨，四面皆是高楼囚芥高达数十层，最中央一圈天井下方也有一座獬豸石雕，常年围着廊道嗒嗒跑着巡逻，震慑囚犯。

盛焦脸色阴沉地用獬豸宗宗主令打开囚笼，熟练地走至十二楼，在一处空了六年的囚芥旁站定。

从冰冷的铁栏杆往里望去，三面冰冷的石墙、地面狰狞的血污、狭窄的高高窗户全都映入眼帘，还有角落中蜷缩成小小一团抱着膝盖小声哭泣的魂魄。

刹那间，盛焦心中不知作何感想。他太过迟钝，情感几乎被申天赦雷罚劈得所剩无几，哪怕心脏裂开也不知到底什么是撕心裂肺。

盛焦抑制着发抖的手轻轻将囚芥打开，缓慢走进去。奚将阑的魂魄好似停留在十二岁，单薄的身体蜷缩在角落，若不是仔细看根本发现不了。

听到脚步声，小奚绝茫然抬起满是泪痕的脸，呆呆望去。这囚芥狭小，窗户仅有窄窄一掌宽，一日只有半刻才会泄进光芒。当年奚绝在此处待了三个月。

盛焦悄无声息地走上前，单膝跪在那好似一碰就碎的魂魄面前，朝他伸出宽大的手。

奚绝歪着脑袋看他，好一会儿才声音稚嫩地问："雨停了？"

盛焦一愣，道："对。"

"爹娘说，雨停了就让我出去玩。"奚绝不知今夕是何年，高兴地说完这句话后，又短暂地陷入迷茫，"可是雨……雨一直没停啊，你在骗我。"

盛焦轻声道："没有。"

"打雷是什么意思呢？"奚绝问出了和当年同样的问题，"我不懂。"

盛焦说："震慑？恐惧？"

"不对。"奚绝摇头，"不是的。"

盛焦不懂他在说什么，又将手往前伸了伸："外面不打雷了，我带你走。"

奚绝却警惕地瞪着他："我不要。"

盛焦的手一僵。

恰在这时，一缕阳光终于从狭窄高窗上洒下，直直落在盛焦掌心。暖阳的颜色太过耀眼，小奚绝"啊"了一声，终于舍得从角落里出来，手脚并用爬到盛焦身边，伸手想要去抓光。小小的手落在盛焦宽大掌心，他微微一合拢，强行握住。

奚绝下意识想逃，但又不知嗅到什么，靠近盛焦身边左嗅右嗅。盛焦垂眸看他。

"是桂花香。"奚绝突然绽放一个笑容，脆生生地说。他不再警惕、不再反抗，就好像寻到依赖的港湾，乖乖地任由盛焦带着他，穿过那缕阳光缓缓走出落了灰尘的囚芥。

刚刚踏出，奚绝像是想到什么，偏过头去看。

盛焦的手突然捂住他的眼。

奚绝含糊道："什么？"

"没什么好看的，走吧。"

奚绝也很好哄，"哦"了一声，听话地往前走。自始至终，果然没往后面看一眼。

盛焦将小奚绝一路带回清澈筑。

因一缕灵力的温养，方才那棵被打得光秃秃的桂树已经长出新叶。

地面残花落叶，枝头再开新花。在嗅到桂花香的刹那，盛焦怀中的魂魄倏地消散，化为一抹流光钻入内室。

盛焦没进去，仰头看着枝头。

雨停了。

酆聿坐在床头都要准备哭坟了，一直安安静静的奚将阑突然剧烈地呛出一口气，艰难地伏在硬邦邦的床头撕心裂肺咳了起来。奚绝终于回了魂。

酆聿顿时喜出望外："我还以为你这次真的死了呢！"

奚将阑好不容易止住咳嗽，脸上湿漉漉的全是泪痕，他奄奄一息，感觉连五脏六腑都咳出来了，虚弱道："就不能说点吉利话？"

酆聿彻底放下心来，跷着二郎腿没好气道："啧，我出身御鬼世家，最不会的就是吉利话了。"

奚将阑翻了个白眼。走魂一次对神魂和躯壳有极大损伤，他本就重伤未愈，此时看着好似真的命不久矣。

奚将阑虚弱不堪地艰难地在腰间摸索两下，似乎在找什么东西。

酆聿替他代劳："找什么？"

"木头……木头人。"

酆聿毫不怜惜地将动弹不得的奚将阑随手一翻，等找到腰后的木头小人后又将奚将阑像物件一样翻过来。

"喏，给你。"

奚将阑鼻尖和额头被撞得通红，咬牙切齿似乎要吃人。都已经虚弱到这个地步，他仍旧不死心，使出吃奶的力气将木头小人的四肢给一一掰断，发泄了一通。

奚将阑一边咔咔地掰，一边直勾勾盯着酆聿，嘴唇惨白得像是要来索命的恶鬼。

酆聿觉得有点……瘆得慌。

盛焦从外而来，他也不进内室，隔着屏风露出影影绰绰的人影，

"走,去药宗。"

奚明淮是奚家屠戮的唯一线索,疯症得尽快治好。奚将阑的破烂身体本就难治,此番又遭了走魂的伤痛,再不去药宗怕是得死半路上。

奚将阑隔着屏风瞥了盛焦一眼,有气无力道:"明日去,今日不想动。"

酆聿撸了撸袖子,自告奋勇:"真是娇气啊,行吧,本少爷就屈尊降贵背你一程,好在药宗离獬豸宗也不远,御风片刻就能到。"

"硌得慌。"奚将阑又开始矫情,"你肩上披个凤凰绒被再背我。"

酆聿暴躁得想骂人,但见到奚将阑这副不久于人世的脸,只好忍了这口气:"行行行,我弄个鹤氅披肩上,保证不硌到小仙君的玉体。"

奚将阑又挑剔:"我也不喜欢你身上的味道,你去弄个熏香熏一熏吧。"

酆聿温柔地说:"奚绝,你哪儿也别去了,就死在这张床上吧。"

奚将阑嫌弃地看他,"还好兄弟呢,这点要求都满足不了?没用。"

酆聿说:"我刀呢?我鬼刀呢?"

眼见着里面就要打起来,盛焦忍无可忍地绕过屏风走上前,面如沉水地盯着奚将阑,大有他不去就把他扛去的架势,到时候看丢人的是谁。

奚将阑噎了一下,一言不发地从床上爬起来,慢吞吞地跟着走了,半句废话都没说。

酆聿:"……"

药宗坐落在山巅,钟灵毓秀。乐正家世代皆是妙手回春救死扶伤的圣手,除了乐正鸩。

天衍学宫入学那年,药宗不知为何将四方八门结界紧闭,竟是直接避世隐居，断了同中州各大世家的联系，只留一处生门让宗中长老挑日子看诊治伤，十三州皆惊。

那年，药宗宗主之子乐正鸩入天衍学宫受学，不少人都来诸行斋旁敲侧击地打听药宗到底出了何事。乐正鸩好好一个小医仙，十二岁却误打误撞觉醒毒物相纹"落鸩羽"，小小年纪就阴沉沉的，同医仙世家仙气渺渺的气度格格不入。但凡有人来诸行斋问，他就破口大骂，来一个骂一个，来两个骂一双。久而久之，也便没人敢来触他霉头了。

九思苑中乐正鸩坐在最角落，桌案一堆草药几乎将他埋进去——无论来的长老负责授哪门课，在他看来一律是毒术课，连头都不抬。

"哎。"有人扒拉毒草喊他。

乐正鸩戴着漆黑兜帽，整张脸都隐在黑暗中，浑身阴郁得似乎在散发黑气，冷冷道："别打扰你大爷，有那闲工夫把泮池的淤泥给清了，再敢废话我毒死你和脏泥做伴去。"

奚绝幽幽道："他们都说你很会骂人，我还不相信，今日一见果然非同寻常啊。"

以往乐正鸩骂完这些，那些人要么被吓跑要么被气跑，还从没人敢接话。乐正鸩蹙眉从毒草堆里抬起头，就见奚绝已经将桌案一角的毒草扫到地上去，支着下颌笑嘻嘻地看着他。

诸行斋其他人看似都在用功看书，实则分心去观察两人。鄂聿亢奋地挨着横玉度，一直念叨"打起来打起来"！

这姓乐正的小毒物总爱给他看不惯的人下一堆乱七八糟的毒，奚绝又是整个诸行斋出了名的欠揍，在场人都想瞧瞧这位小仙君吃瘪出丑的糗样。

乐正鸩蹙眉道："你就是奚绝？"

"是我呀。"奚绝说，"我知道你的，你叫乐……乐……"乐了半天也没乐出来。

乐正鸩的小脸登时沉下来，没好气道："走开，别来烦我。"

"乐正鸩！我记着你的名字呢。"奚绝高兴地说，"听闻药宗妙手回春美名扬天下，好端端的为何要避世啊？"

诸行斋众人啧啧称奇。这几日问出这个问题的人，要么被乐正鸩痛骂一顿，要么被下毒毒得鬼哭狼嚎，无一幸免。这小少爷也未免太过天不怕地不怕了。

鄾聿小声对横玉度道："你猜小毒物会对奚绝下什么毒？"

横玉度温声说："背后议论旁人是非，实在是……"

"少废话。"鄾聿说，"下注吗？"

横君子说："下——我猜是浑身发痒的毒。"

"嘁。"鄾聿偷笑，"小仙君那张小脸蛋不得破相啊？哈哈哈哈，那我猜僵成柱子只能蹦着走的毒吧。"

横玉度很不君子地"扑哧"笑出声，又强行忍住了。

果不其然，乐正鸩直接不耐烦地起身一脚踩在桌子上，随手薅了一把毒草就要往奚绝嘴里塞："关你屁事啊？聒噪！别动！等你大爷我来毒死你！"

奚绝皱着小脸拼命往后仰，纤瘦腰身差点儿弯成弓，拼命蹬着小腿嚷嚷道："我不问啦，我不问就是了！哥哥！饶命——"

乐正鸩瞪他一眼，这才将他放开。

奚绝下巴都被捏红了，从储物戒中拿出一枚红色灵果塞嘴里压压惊，蔫头耷脑地往自己座位走。他在乐正鸩那吃了这么大一个亏，诸行斋其他人看不惯他和奚家的都乐得不行，幸灾乐祸地瞅他。

只是奚绝还没走到座位旁，突然脸色难看地捂住胸口，脚下踉跄两步，一头栽到地上。"扑通"一声。

众人一愣。

奚绝刚好砸在盛焦身旁，小脸煞白一片，满脸痛苦地捂着唇艰难地咳嗽，很快雪白指缝中竟然溢出鲜血。

盛焦偏头看了看，空洞的眸子微微一颤。奚绝中毒了？

　　鄂聿猛地跳起来，急匆匆冲过来一把将奚绝扶起来："喂！奚绝！"

　　奚绝不住呕着血，眼瞳涣散，俨然一副奄奄一息的模样。

　　鄂聿厉声道："乐正正……呸，乐鸠鸠！乐……乐鸠正……娘的！小毒物！你竟然这般心狠手辣，下这么狠的毒是想害死他吗！"

　　乐正鸠也惊呆了："我……我没下毒！"

　　鄂聿怒道："那他怎么会突然呕血？！你给个解释！"

　　乐正鸠脸色苍白。他只会骂人，不懂辩解。

　　众人面面相觑。

　　横玉度也划着轮椅过来，皱着眉打算去探奚绝的脉。但手刚探过去，埋在鄂聿怀里奄奄一息的奚将阑突然睁开一只眼睛，朝他狡黠地一眨。

　　横玉度将手缩回。

　　鄂聿急急道："还有救吗？！"

　　横玉度沉重而悲伤地说："难啊。"

　　鄂聿哪见过刚才还活蹦乱跳的人此时奄奄一息的样子，当即张牙舞爪地要和恶毒的乐正鸠拼命："小毒物！你还真是个毒物！"

　　乐正鸠梗着脖子："我没下毒就是没下毒，你就算告到掌院那我也是这个说法，指不定是他自己刚才胡乱碰到哪根毒草，关我何事！"都是同窗，他至于如此恶毒吗？

　　鄂聿生气道："那你快来救救他啊！要是他出事了，你以为你药宗脱得了干系啊！"

　　乐正鸠皮笑肉不笑道："我才不救，死了活该，是他自己主动靠近我的，我可没给他……啊！"

　　话还没说完，一道漆黑的身影突然冲上前，将乐正鸠强行按在身下，又只手掀翻桌案，一堆毒草凌乱地掉在地上。

　　众人定睛一看，愕然。竟是一直默默无言的盛焦。

　　盛焦强行压着乐正鸠，眼眸中浮现一道金色的天衍光芒，诡异又瘆人，几乎让无所畏惧的乐正鸩出了一身冷汗。

盛焦启唇，似乎想说什么，但尝试半天却发不出声音。很快，由灵力催动的声音一字一顿回荡在九思苑："解……药。"

乐正鸩一愣，气得脸红脖子粗伸手和盛焦互掐，厉声道："要你大爷我说多少遍你们才肯信！我没下毒就是没下毒！你算哪根葱竟敢打我？！混账东西给我死啊！"

两人当即在九思苑拼命扭打起来。其他少年看得目瞪口呆，好一会儿才反应过来上去拉架。

"冷静冷静！"

"别打了！掌院知道要生气的，你们难道想挨罚吗？！"

在酆聿怀里躺着装死的"罪魁祸首"奚绝目瞪口呆，久久没回过神。他好像……闯祸了。

"别……别打架。"奚将阑难得梦到年少时的事，嘟嘟囔囔几句，手胡乱一挥撞在坚硬木桌上，当即疼得他"嘶"了一声，彻底清醒。

盛焦身上混合着桂花香和霜雪的气息宛如安神香，奚将阑每回靠近都昏昏欲睡，这回被带着御风去药宗，身处高空的失重感竟也没能制止他的安眠。

奚将阑睡了一路，迷迷糊糊睁开眼睛。四周全是浓烈药香，他正裹着盛焦的獬豸纹外袍躺在床榻上，旁边墙上贴的全是密密麻麻的药方——一看就是乐正鸩的地盘。乐正鸩对医术毒术简直是狂热，诸行斋的斋舍里也全是药方古籍。

奚将阑本想再躺着睡个回笼觉，又突然记起两人因为当年那场架就一向不和，乐正鸩见面必定要对盛焦冷嘲热讽。这次让小毒物出手医治自己和奚明淮，还不知道乐正鸩又要闹什么幺蛾子。

奚将阑胡乱将长发理了理，穿上鞋往外走。刚撩开竹帘走出，就见外室正当中桌案上放置着一把巨大的雪白色的钩子，像是骨头又像是某种炼制出来的法器。

奚将阑见多识广，眉头微微一挑，走上前伸手抚摸："钩蛇?"

獬豸宗外的水域中有不少钩蛇游荡，这骨钩应当是从钩蛇尾部弄下来的。乐正鸠从来都是大门不出二门不迈，从哪儿得来的钩蛇尾?

他正抚摸个不停，身后突然传来一个冷冷的声音："爪子少乱摸，当心我切了给你换成真正的爪子。"一听就是不说人话的乐正鸠。

奚将阑笑吟吟地回头和乐正鸠叙旧，但打眼一看，脸登时绿了。当年奚绝比诸行斋的人结婴早，每个人都比他高半头，有时候人家无意中拍一下头顶，奚绝都认为那是对自己的挑衅，张牙舞爪地扑上前要咬人。

乐正鸠是罕见的毒物相纹，因经脉时刻流淌着毒液也很难长个，算是奚绝少年时期唯一的欣慰。

一别六年，再次相见。乐正鸠早已长成身形高大气势凛然的成年男子，面容冰冷俊美，脸颊处浮现黑红交缠的毒纹，邪嵬诡谲，又别样美艳，昂首玉立。

奚将阑面无表情地看着他。

乐正鸠朝他露出一个阴冷的笑，然后在奚将阑的注视下，缓缓抬起手……在他脑袋上拍了一下。他看起来想做这个动作很久了。

奚将阑抢起雪钩："我杀了你!"但那钩子看起来轻飘飘的没什么重量，奚将阑随手一拿竟然重得他手一沉，险些被雪钩带得往地面跌下去。

乐正鸠再也绷不住脸上的冷意，纵声大笑。他走上前轻而易举地将奚将阑抬都抬不起来的雪钩拎起来放在桌案上，嫌弃地上上下下看他，道："盛焦把你送来时，我还当你死透了，棺材都差点儿给你预备好。"

奚将阑瞥他一眼，手重重拍了拍雪钩："这玩意儿从哪儿弄来的?"

"当年你不是被抓去獬豸宗了吗？除了当时身受重伤昏迷不醒的让尘和不良于行的横玉度，我们其他三个人一起闯了獬豸宗。"

乐正鸠脾气比当年上学时好了许多，脸上妖异的毒纹似乎还会动，幽幽爬到眼底。"但那个谁……谁来着，曲什么东西的，反正就那混账东西，故意放我们入子字水道，引来钩蛇吃我们。"

奚将阑一愣。

"还好当时柳迢迢带了剑，否则我们非得命丧獬豸宗不可。"乐正鸠刚刚出关不久，浑身都是毒雾，聊着聊着就将几颗解毒丹塞到奚将阑嘴里。

奚将阑心尖莫名一软，含着解毒丹冲乐正鸠笑："没想到啊，你们几个竟然还有良心，不枉哥哥我疼你们多年。"

乐正鸠幽幽道："刚才塞你嘴里的还有一颗毒丹。"

奚将阑无语，有个鬼的良心。

奚将阑将解毒丹吞下去，一边抚摸雪钩一边状似无意地问道："为什么才三个人去？不是多个人去多一分助力吗？"

乐正鸠："哦对，我差点儿忘了，是四个人来着。"

奚将阑唇角轻轻一勾。

"还有伏瞒。"乐正鸠想了半天，"啧，怎么总是忘了他，他存在感也太低了，当时我们全掉水里了，柳迢迢差点儿忘了把他捞上来。"

奚将阑没听到想听的名字，脸顿时耷拉下来。

"别叙旧了。"乐正鸠道，"还是先说说你的大病吧，方才不述叨叨老久，说你再不治真的命不久矣。"

奚将阑憋着一股闷气，说话也冷淡几分："奚……我兄长呢？"

"我娘在治——少废话，来，坐在这儿。"

奚将阑被他扯着坐在软椅上，一边将手腕递过去一边和他寒暄："鄮聿说你前段时间闭关研究出了个不得了的东西？"

"嗯。"乐正鸠将灵力灌入奚将阑经脉中，随口道，"古籍记载，剧毒之物也可同灵物一般，天长日久生出灵识。"

奚将阑一愣："灵识?"

"嗯，目前整个十三州都没发现有哪种毒能生灵识，那古籍上排行第一的'无尽期'八成有这个潜力，但太过难寻。"

奚将阑抿了抿唇，脸色发白。

这时，黑猫从他后颈钻出，悄无声息趴在他肩上，舔了舔猫爪，迷茫道："这又是哪儿?"

奚将阑没说话。

突然，乐正鸩不知探到什么，紫黑色的瞳孔倏地一缩，大掌好似冰冷锋利的利刃，一把朝着奚将阑脖颈袭去。奚将阑对诸行斋的人毫不设防，一时竟没反应过来。

"砰——"

乐正鸩浑身散发着黑紫色的毒烟，面容凛如霜雪，五指用力狠狠钳住那只黑猫的脖颈，用力掼在墙上。

力道之大，将贴满药方的墙壁撞得凹陷下去，纸张稀里哗啦散落一地。

黑猫猝不及防被撞得吐出一口血，短促地惨叫一声。

奚将阑怔住。

乐正鸩指节用力到发白，无数毒物像是密密麻麻的网拼命往黑猫眉心钻，听着挣扎和惨叫声，唇角的笑竟然越来越大。

奚将阑孤身坐在那儿，垂着眸仿佛目不忍睹。

"哟，怪不得今日的卦象如此之好。"乐正鸩几乎将黑猫的脖颈捏断，毒纹爬满半张脸，冷冷道，"刚说着就送上门一个灵识毒物，真是得来全不费工夫。"

黑猫边吐血边吃惊。他……竟能看到自己?!

乐正鸩从来都喜欢研究些稀奇古怪的毒物。前些日子闭关他用相纹的毒凝出一个生了灵识的东西，不过只是勉强撑了半日，灵识便溃散化为黑雾。但也足够让他兴奋。谁知还没几日，奚将阑就将灵识毒物送上门来了。

乐正鸩的手越来越用力，黑猫几乎被掐得气绝身亡，支撑不住地嘶声道："奚将阑……奚……救我。"

奚将阑身形单薄周身好似萦绕寂寥寒风，孤身只影坐在那儿，突然一歪头，对着黑猫无声地说："嘻嘻。"

黑猫气得骂道："我迟早要杀了你！"

"砰"的一声，黑猫像是被乐正鸩捏炸似的，直接散成细碎的齑粉从他指缝簌簌往下落，一缕黑烟似的钻回奚将阑后颈。

乐正鸩眉目间难掩亢奋，转身道："我就知道当年你服用虞昙花是中了毒，但我医术不精竟然瞧不出那是什么，现在终于知道了。"是毒药排行榜首的"无尽期"。

奚将阑摸着后颈灼热的伤口，默不作声。

"谁给你下的毒？"乐正鸩蹙眉坐在他面前，捏着他的下巴，"别想躲，看着我的眼睛。'无尽期'虽然在身体中无痛无觉，生成灵识后还能与你同生共死，但它会毁坏相纹！"

奚将阑垂着羽睫，不吭声。

"你的相纹到底是被曲什么东西废的，还是被这个毒给毁的？"乐正鸩眉头越皱越紧，只觉得奚将阑这混账好像全身都是看不透摸不清的谜团，让人莫名烦躁，想要帮他都不知如何出手。

奚将阑沉默半晌："整个中州不是一直都想知道我的相纹是什么吗？"

乐正鸩挑眉："你别告诉我你的相纹就是'无尽期'，我不相信。"

"不是。"奚将阑吐出一口气，"我的相纹一旦说出来，怕是会有杀身之祸。"

"放心，药宗已避世，不会有任何人擅闯。"乐正鸩幽幽道，"再说了，我娘可是喜欢你喜欢得很啊，肯定会豁出性命护你周全——有时候我都怀疑你才是她亲儿子。"

　　说到乐正鸠的娘亲，奚将阑眉目间浮现出几分温柔之色。"好吧。"他深吸一口气，余光扫了一圈地面的药方，眸子微动，郑重其事道，"我的相纹，名唤'半烧焚'。"

　　乐正鸠一愣。"能做什么？"

　　"如它的名字所言。"奚将阑语不惊人死不休，"我的相纹能力能够烧毁焚尽天衍、相纹。"

　　乐正鸠大骇。

　　奚将阑慢条斯理地说道："我自十二岁觉醒相纹后，奚家人为防止我伤人，或损毁天衍灵脉，便寻来'无尽期'让我服下。但他们又实在怕我的相纹会消失，每年寻来虞昙花为我暂解剧毒，勉强保住相纹不完全废掉。若是中州有人知晓我的相纹是'半烧焚'，怕是当即就会要了我的性命。"

　　乐正鸠听得脸色越来越沉："那你的相纹现在还在吗？"

　　奚将阑摸着后颈："还在，但已被'无尽期'毁了大半。"

　　乐正鸠看着他后颈的伤口，气得一时竟然不知骂谁好，想骂奚家但仔细一想好像又没错，只好冷着脸扫射整个中州。"一群被天衍灵脉操控的傀儡、臭虫，趋炎附势的狗东西。天衍灵脉迟早毁在他们的贪婪上。"

　　奚将阑没忍住笑了出来："这么多年没见，你不仅毒术见涨，骂人功力也没落下啊。"

　　"你还像个傻子一样瞎乐呢？"多年未见，乐正鸠只给奚将阑片刻好脸色，此时寒暄叙旧完又开始损他，"'无尽期'要是再不解，你不光相纹保不住，小命也得没，棺材你是要金丝楠的还是檀香木的？赶紧挑，挑好了我赶紧找人做去。"

　　奚将阑挑眉："你能解？"

　　乐正鸠冷笑："叫声哥哥来听听？"

"哥哥。"奚将阑能屈能伸，腰软得要命，说弯就弯，"你要是能解'无尽期'，叫你爹都行。"

"乖儿子。"乐正鸠抚摸他狗头，"很可惜，爹爹我解不了。"

奚将阑："……"

落鸠苑外。酆聿闲着没事将一只被困住的精魅放出来，用御鬼诀妄图降服它。但申天赦的精魅和外界全然不同，浑身皆由怨气凝成，酆聿念一句诀那精魅就咆哮一声，完全不受控制。酆聿念了几句就不耐烦地踹了它一脚。

旁边传来温柔的声音："看把我们不述给气的。"

酆聿回头，就见一个温婉的白衣女人缓步而来，姣好容颜带着笑，宛如炎炎夏日的一股温和凉风。

饶是酆聿这么暴躁的人也忙收敛浑身的暴戾之气，难得乖巧地垂手行礼——在他娘面前也没这么温顺过："婉夫人安好。"

婉夫人笑起来："好好，你们难得来一趟，不必拘礼。"

酆聿乖乖抬头，这才发现盛焦正跟在婉夫人身后。

乐正鸠记小仇，向来和盛焦不死不休，此番盛焦带着奚将阑来药宗，还未进门就被堵在外面，甚至放了个牌子——盛焦与狗不得进入。

最后还是酆聿接过呼呼大睡的奚将阑进了药宗。盛焦被挡在药宗外，面无表情看着奚将阑远去。酆聿神志错乱，那时竟然觉得被隔绝在外的盛宗主有点可怜。

好在婉夫人听闻消息后亲去将盛焦迎了进来。

"你们都长大了。"婉夫人温柔道，"各个出人头地独当一面，不像我家鸠儿，还是个没大出息的，这些年连门都不爱出。"

但凡换个人说这句话，酆聿肯定点头附和狂骂乐正鸠没出息，可此时他却摇着头道："乐鸠正连毒物灵识都能做出来，夫人太妄自菲薄啦。"

婉夫人被哄得笑个不停："我还当阿绝才会如此蜜语甜言，你同他待久竟也学会哄我了。"

盛焦默不作声。方才婉夫人同他说话，他沉默半天，竟一个字没回应。

"说起阿绝。"婉夫人无声叹了口气，"也不知他这些年吃了多少苦，性子怕是要比当年稳重多了吧。"

鄢丰硬着头皮说："稳重，稳重得很呢。"话音刚落，乐正鸩突然夺门而出，像是被狼撵了似的。

众人循声望去。

就见奚将阑三步并作两步从台阶上蹦下，一下扑到乐正鸩宽阔的背上，手臂像是扣锁似的勒住乐正鸩的脖子，冷冷道："解不了毒我要你何用？自称谁爹呢，我爹早死八百年了，你下地和他做伴去好了。"

乐正鸩道："撒手，我摔你了啊？真摔了啊！"

"摔不死我你就别姓乐正。"奚将阑薅他头发，"服不服？你说'哥哥我服了'，我就撒手。"

乐正鸩道："想都别想！滚蛋！"

鄢丰害臊得差点儿都要钻地缝了。才刚说你稳重，就当场打脸。

婉夫人"啊"了一声，看着奚将阑和她儿子掐脖子、薅头发地扭打在一起，喃喃道："果然……果然稳重许多。"

盛焦和鄢丰默然无语，夫人你清醒清醒啊。

听到说话声，奚将阑眸中怒意不减，凶巴巴看过去，视线落在婉夫人身上，身体当即一僵。

乐正鸩趁机将他摔在地上，熟练地膝盖抵在他胸口，一甩被奚将阑抓乱的长发理了理，狞笑道："谁服？你服！"

奚将阑突然虚弱地躺在地上，闷咳几声。

乐正鸩早就习惯他做戏，伸手拍拍他的小脸："还做戏呢，我不吃这一套了，起来。"

奚将阑奄奄一息，一副命不久矣的样子。乐正鸩愣了一下，突然有种不好的预感。果不其然，下一瞬身后传来一个声音。

"鸠儿。"

乐正鸠浑身一僵。怪不得奚绝这厮装死装得这么快。

"娘。"乐正鸠像是老鼠见了猫，脸上毒纹唰唰退回去，乖顺得不得了，"我和阿绝……闹着玩呢，没下狠手。"他说着，用脚尖踢了一下地上躺着的奚将阑，示意他赶紧起来别装死。

奚将阑不听，还躺着不动。

婉夫人笑靥如花，慢条斯理走上前一把揪住乐正鸠的耳朵。

乐正鸠弯着腰疚得不得了："娘，我错了，我真错了！有外人在呢，外人！——盛焦！谁把盛焦又放进来了？把他给我赶出去！来人啊！"

婉夫人淡淡道："我请进来的。"乐正鸠瞬间闭嘴。

婉夫人将乐正鸠治得服服帖帖的，笑着对奚将阑道："真伤着了？"

奚将阑睁开一只眼睛，笑嘻嘻地说："我骗人呢。"

婉夫人失笑，将他扶起来，温柔地给他擦了擦脸上的灰。

"我向来骗遍天下无敌手，谁都不能拆穿我。"奚将阑嬉皮笑脸地说，"怎么夫人每回都能看穿我的伪装呢？啊——"

他故作惊愕："夫人该不会是仙人下凡来红尘历练，这眼睛怕是天道亲赐的眼睛吧。哎呀哎呀那是我班门弄斧啦。"

婉夫人笑得手指都在发抖，没忍住拍了他脸蛋一下："我还真当你成熟稳重了，没想到还和个孩子似的满嘴胡话。"

乐正鸠在一旁看得酸溜溜的，强行挤过来："娘，您知道'无尽期'怎么解吗？"

婉夫人愣了愣："'无尽期'？"

"是啊，咱们药宗可没种虞昙花，曲家这些年将十三州虞昙花都给收拢了去，我本没在意，但如今怕是得去曲家一趟要些过来。"

两人谈起"无尽期"，奚将阑插不上话，视线无意中落在盛焦身上。

盛焦和他对视。

奚将阑像是想起什么，突然恶狠狠地剜了他一眼。

盛焦蹙眉。在獬豸宗时还好好的，怎么突然又生气了？

奚将阑气得要把肺给憋炸了，见到盛焦那副一无所知的模样更是火气噌噌往脑袋上蹿。

婉夫人脸色沉重：“阿绝，随我进去，我给你探探脉。”

奚将阑这才将要吃人的视线收回来，乖乖地说道：“哦，来啦。”

盛焦听到话不对，突然上前一把扣住他的手腕，冷冷开口：“你中了毒？”

奚将阑气得要命，甩开他的手：“要你管，我才不稀罕你救。”说完这句让盛焦不明所以的话，他拂袖而去。

盛焦站在那儿，脸色阴沉不知在想什么。

酆聿啧啧称奇：“你又怎么惹他了，他看起来气得头发都要竖起来扎人了。”

奚将阑从来擅于伪装，无论情绪多丰富，十有八九都是强装出来的，这回连没心没肺的酆聿都能瞧出他那是毫不伪装的真动怒了。这可是前所未有的事。

盛焦沉默。

乐正鸩双手环臂，面无表情瞪着盛焦：“你欠我的灵石到底什么时候还？盛宗主欠债不还整六年，传出去你獬豸宗还有脸去断案定罪吗？”

说起灵石，盛焦转身就走。

乐正鸩被气笑了：“好，好。你走是吧，那我这就去问阿绝要，三十万灵石，我看他能还不还得起。”

盛焦脚步一顿，侧身冷冷看他。

酆聿在一旁激动得不行，像是个看热闹却不清楚前因后果的路人，探头探脑道：“哎哎，什么灵药竟然值三十万灵石？盛焦你把药宗镇宗之宝给薅了还是啃了？”

乐正鸩阴阳怪气：“呵，我镇宗之宝可不止区区三十万。”

酆聿还当是乐正鸩又狮子大开口故意坑盛焦。谁知盛焦沉默半晌，道："会还你。"

"你还真欠他这么多灵石？！"鄠聿震惊，"到底发生了什么事，我竟然全然不知？"

最重要的是，乐正鸩和盛焦水火不容，他给的灵丹盛焦竟然还敢吃？就不怕被毒死吗？

"啊？"鄠聿跑到乐正鸩面前，乐正鸩拂袖而去。

鄠聿又跑到盛焦面前："啊啊？"盛焦转身离开。

鄠聿留在原地，急得直蹦："啊啊啊？"

奚将阑随着婉夫人刚进内室，二话不说敛袍屈膝跪在地上，低声道："当年多谢夫人救命之恩，将阑无以为报。"

六年前他从獬豸宗逃出时已是奄奄一息。若不是婉夫人相救，怕是早已死在深山大泽之中尸骨无存。

婉夫人被他这句话说得眼眶微酸，伸手去扶他："快起来，这些年吃了不少苦吧，你怎么都没长个儿啊？"

奚将阑刚酝酿出来的悲伤瞬间烟消云散，他哭笑不得："没吃苦，我日子过得可滋润了。"

婉夫人摸摸他的脑袋，眼圈都要红了："要是没吃苦，怎么不长个儿啊？"

但凡换个人奚将阑就得夯毛，但此时却忍气吞声，小鸡崽子似的乖乖地说："我从不骗您，骗谁都不会骗您的，真的没吃苦。"

婉夫人强颜欢笑摸了摸奚将阑的脸，呢喃道："你的相纹，还有'无尽期'……"

奚将阑愣了愣，好一会儿才轻声道："当年曲相仁要抽我的相纹，我受制于人别无他法，便同刚生一缕灵识的'无尽期'做交易。给它一半天衍相纹，让它隐去另外一半相纹，营造出相纹被废的假象。"

婉夫人轻声细语道："怪不得。"

"这买卖不亏。"奚将阑忙邀功似的炫耀道，"我离开后就传出曲家将我灵级相纹抽去占为己有的消息，现在他们家也遭难落魄啦。您看我是不是很厉害，半点亏都吃不得呢，不会吃苦的。"

婉夫人被他逗得笑了一声，又莫名悲从中来，哽咽着掩面落泪。

奚将阑手足无措，满嘴的蜜语甜言全都无用武之地，只知道干巴巴地说："您……您别哭呀，我不是还好好的吗。"

婉夫人说不出话，只是摇头。

奚将阑只好将她扶着坐在椅子上，自己跪坐在地上，手虚扶着婉夫人的膝盖眼巴巴看着她哭。

婉夫人拿帕子擦拭颊边泪水，轻柔地说："中州那些人仍旧贼心不死，你此番就留在药宗莫要再离开，我必定护你周全。"

"我还有事要做，不能牵累药宗。"奚将阑摇头，"等我办完那件事……"他本是想如平常那样巧言令色给上一堆花里胡哨的许诺，话到嘴边却又全吞了回去。

婉夫人落着泪："我前几年已寻到解'无尽期'的方子，还差虞昙花和南境的引画绕，到时将毒给解了，再用天衍灵力温养，你的相纹还能再回来。"

奚将阑朝她乖巧地笑："好。"

"那你之后打算去何处？"

"去南境。"奚将阑见她止住哭，终于松了一口气，乖乖地给她擦眼泪，"奚……听说我兄长和南境一位女子相交甚好，我要去问问。再说您不是说'引画绕'也在南境嘛，我刚好一道前去取了来。"听他的话，似乎早就知道奚明淮的疯症治不好。

婉夫人含泪点头："嗯，好，我让鸠儿同你一块去。"

话音刚落，在外面听着的乐正鸠立刻冲进来："娘，我才不要出门！"他只想待在自己一亩三分地里研究毒术，外面红尘纷扰好似个大染坊，脏乱嘈杂得很，他不爱去沾染一身脏污。

婉夫人置若罔闻，摸着奚将阑的脸："有鸠儿在，谁都欺负不了你。"

乐正鸠"扑通"一跪，厉声道："娘！让我出门，你不如杀了我！"

奚将阑笑眯眯地看着嘴硬膝盖却很软的乐正鸠："哥哥，你真好。一路有你护送，我必定能一觉睡到大天明。"

乐正鸠从牙缝里飘出来几个字："你休想拉我出去。"

"哎，行吧。"奚将阑挨着婉夫人，无奈地说，"就让我一人前去南境送死吧，夫人，就别劳烦乐正哥哥了。"

婉夫人不满地看向乐正鸠。

"从中州到南境这么远，没有十天半个月肯定回不来，娘你是要我死在路上吗？再说了，酆聿成天闲着没事干肯定爱去凑热闹……对！！还有盛焦。"乐正鸠像是抓住了救命稻草，"盛焦是獬豸宗的人，他不是得跟着去吗？"

婉夫人："盛宗主日理万机，怎会去南境？"

"娘，你不知道，盛焦在查当年奚家被屠戮之事，奚明淮这个线索他肯定不会放过。"乐正鸠道。

婉夫人眉头轻轻一皱。

乐正鸠屈膝上前抱住婉夫人的膝盖，补充道："……而且盛焦当年为救奚绝，一人擅闯獬豸宗被打得去了半条命，要不是我出手相救早就没命了。现如今他身居高位，肯定不会置之不顾。"

正在乐颠颠看热闹的奚将阑倏地一愣："……什么？"

盛焦……擅闯獬豸宗？

第十四章

行舫入南境

盛焦不被乐正鸠待见，连落鸠苑都进不得，孤身站在苑外的白鹤松下。他似乎习惯了等待。

鄂聿急得上蹿下跳，从落鸠苑狂奔出来，围着盛焦转圈："你到底什么时候欠了乐正鸠这么多灵石？盛焦，盛无灼，盛宗主？"他又转了转，急得上蹿下跳："要不这样吧，我帮你还债，你告诉我发生什么事儿了呗？"

落鸠苑的门被打开，奚将阑走出来。内室隐约传来乐正鸠的怒叫声，似乎还在和婉夫人据理力争死也不出门。

奚将阑不在意乐正鸠到底跟不跟去，他双手负在身后溜达着走过去，嬉皮笑脸地凑到盛焦面前，脆生生地喊："盛无灼！"

盛焦冷漠地看他。刚才不还怒气冲冲要吃人，怎么才不到半刻钟又变了脸？

鄂聿忙一把扯住奚将阑，叭叭道："你知道盛焦欠了乐正正……呸，乐……小毒物一大笔灵石的事儿吗？整整三十万灵石！"

奚将阑讶然挑眉："这么多？怪不得盛宗主连买好一点行舫的灵石都没有。"

"是吧是吧。"鄂聿见奚将阑也不知道，凑上前和他咬耳朵，"你快去问问盛焦到底是怎么回事，急死我了。快去，问他肯定说。"

奚将阑瞥了鄂聿一眼，嫌弃道："他们的事儿，你跟着凑什么热闹？"

鄂聿心道："你平时和我一起凑热闹的时候可不是这副可恶的嘴脸。"

盛焦见两人交头接耳窃窃私语，蹙眉道："你中毒了？"

刚才他问时，奚将阑还怒发冲冠地呲儿盛焦，但此时却全然变了模样，笑眯眯地说："是啊。"

盛焦："什么毒？"

奚将阑张嘴就要来一套鬼话连篇，但话到嘴边犹豫一下，硬生生变了话头："我不告诉你。"

盛焦蹙眉。就算再追问，奚绝也会随便扯个谎来搪塞。倒也行，省得盛焦再当着外人的面戳穿他。

鄢聿愣了，蹙眉道："你中毒了？什么毒，谁下的，还能活多久，小毒物怎么说，有的治吗？"

"能治。"奚将阑挑能回答的说，"需要南境的'引画绕'，我明日会和乐正鸩一起去南境一趟。"

鄢聿蹙眉："什么毒啊到底？我记得'引画绕'是有剧毒的，以毒攻毒？"

"傻子。"奚将阑说，"我连盛焦都不告诉，怎么可能告诉你真话，我敢说你敢信吗？"

盛焦嫌他们聒噪，道："什么时候动身？"

"明日一早，夫人要留我在药宗住一晚。"

盛焦抓住他就走。

乐正鸩如此排斥盛焦，别说留他在药宗过夜，就连让他在外打坐都嫌晦气，若是放奚将阑一人在药宗，怕是明日一早盛焦得跑南境去抓他。

鄢聿跟上前："我就不去了。"

奚将阑一边被拽着走一边奋力转身往后看，大惊失色道："你不去看乐子了！"

鄢聿都要翻白眼了："我爹喊我回家，说是有要事。"

鄢重阳？奚将阑眉头微微一挑，似笑非笑道："行，你先回吧，明日我们在辰时坐乾鱼行舫去南境。"

酆聿奇怪看他："我不是说不去了吗？"

奚将阐只嘻嘻地笑，并不回答。

盛焦带着奚将阐刚走出药宗，乐正鸩已经气急败坏地追出来，厉声道："奚绝！你休想拖我去南境！"

奚将阐头也不回地朝他摆手："明日辰时，乾鱼行舫。"

乐正鸩忍不住破口大骂！

奚将阐哈哈大笑着溜了。

药宗生门缓缓关闭。婉夫人一袭白衣站在药宗门口，注视着奚将阐他们胡行乱闹地沿着山阶一路往下走，身形逐渐隐于翠绿浓荫中。不知怎的，她默默又掉了几滴泪，轻轻擦拭，转身去药圃看草药。

园圃中各式各样的草药、毒花遍地都是，婉夫人正打算去瞧瞧虞昙花能不能育出新芽，一道灵力悄无声息从地面钻出，化为一个影影绰绰的人形立在一株毒花旁。

婉夫人蹲下去看干涸的土，低声道："他回来了，你该担忧死了吧。"

那道人影瞧不出男女老少，声音杂乱，隐约听出是在笑："婉夫人，你还当他真无辜呢？"

婉夫人捏出土壤中已经化为石头的虞昙花种子，指腹微微一动将种子捏得粉碎，冷冷道："你惯会借刀杀人祸水东引，我如何信你？"

"他就是个小狐狸崽子。"那人轻轻笑着，"这些年中州多少世家长老死在他手中，这些血债他还得清吗？"

婉夫人猛地回头，一直温静的眼眸近乎凶厉。

"……现如今他又不知死活去接近盛焦。"那人还在笑，"他回来了正好，当年盛焦的天衍珠曾断定他和奚家屠戮之事有关，那我就将此事整个栽到他头上。獬豸宗法不容情，盛焦自会替我杀了他，以绝后患。"

婉夫人厉声道："你敢？！"

男女老少齐齐笑起来，杂乱而瘆人："我敢啊，我为何不敢？"

婉夫人身上遽然荡漾出一圈灵力涟漪，轰然横扫而去，竟将偌大药圃中的药悉数震成齑粉，连带那抹擅入药宗的神识。

婉夫人冷冷道："你若不怕死，那就试试看。"

人影明明灭灭两下，诡异地笑了几声后才消散。

婉夫人孤身站在一片狼藉的药圃中，久久未动。

鄢聿在外面浪荡几日，揣着两个没看完的乐子，抓心挠肺回了鄢家。

鄢家遍地笼罩阴气，炎热夏日比寒冬还要让人彻骨生寒，方圆数里根本无人敢居住，到处是游荡的孤魂野鬼。

鄢聿还在琢磨乐正鸠和盛焦的破事，以及奚绝那厮到底中了什么毒，嘴里嘟嘟囔囔地到了鄢家天衍供祠。鄢重阳孤身站在香火缭绕的牌位旁，仿佛已等了许久。

鄢聿莫名怕他爹，轻轻咳了一声，乖乖跪在蒲团上："爹，您有何要事找我？"

鄢重阳背对着他，盯着那两短一长的香沉默许久，又抬手重新上了一炷香。

片刻后，依然两短一长——不祥之兆。

鄢聿跪得膝盖不自在，但也不敢吭声，只能眼睁睁看着他爹像是有大病似的，来来回回插了三四回香。

终于，鄢重阳将香灭了，微微闭眸，道："你见了奚绝？"

鄢聿点头，心中全是疑惑。这就是他爹说的要事？

"我有一样东西，你帮我送去给温掌尊。"鄢重阳突然说道。

"掌院？"鄢聿茫然，"掌院不是在南境本家闭关吗？"

上一任天衍学宫掌院，名唤温孤白，出身南境大世家，为人明公正道，温润而泽，当年奚家全族被屠戮时，也连带着那时的中州掌尊跟着陨落。因奚家的前车之鉴，中州世家左思右想，索性将温孤白推上掌尊之位，执掌十三州大小事宜。

"嗯。"酆重阳道，"你去趟南境吧。"

酆聿愣了一下，忙高兴点头："好啊好啊。"

酆重阳将奉着鬼纹符的小匣子递给酆聿，趁着酆聿不注意，一个巴掌大的小纸人悄无声息钻入酆聿手腕，贴在小臂内侧融入骨血中。酆聿一无所知，接过匣子恭敬行礼，颠颠就要走。

酆重阳看着他这个傻儿子高兴的样子，突然道："不述。"

酆聿回头："爹？"

酆重阳沉默许久，才道："你同奚绝……交情如何？"

酆聿冷哼，想说谁和那小骗子有交情啊，一抬头却见酆重阳的神情莫名严肃——虽然平日里他也看不透自己这个喜怒不形于色的爹，但此时却是不同的。

酆聿犹豫一下，才捏着鼻子不情不愿地说："有点交情吧，勉强能算父慈子孝。"

酆聿差点儿抽自己嘴巴，才和奚绝重逢没两天就被带得满嘴乱讲，他怕酆重阳揍他，忙找补道："我同奚绝相知有素，相交甚好，他是我……挚友。"说完他自己都要呕，鸡皮疙瘩掉了一地。

酆重阳眸光微动，注视酆聿许久。久到酆聿差点儿以为自己真的要挨揍，才见他爹神色复杂地说道："嗯，去吧。"

酆聿一愣，忙如蒙大赦，后退几步颠颠跑了。好在奚绝说了明日启程的时辰和地点，正好能顺便蹭行舫看乐子。

既然奚将阑对獬豸宗并不排斥，盛焦也没故意硌硬自己再回盛家，面无表情踩着水路回到獬豸宗。

听闻宗主回来，倦寻芳忙迎上来，瞧见宗主身边的奚将阑，他也只是脸皮抽了抽，没有像之前那般。"宗主，今日妄图毁坏申天赦的人……要如何处置？"

盛焦面无表情："动手的杀了，未动手的逐出獬豸宗。"

"是。"倦寻芳颔首，犹豫一下又道，"恶歧道买卖相纹之事，按理说应琢逃不了干系，但獬豸宗细细盘问，竟寻不到和应家牵连的丝毫线索。"

应琢聪明，什么事儿都用傀儡来做，一旦败露傀儡便自焚当场，全然拿不到丝毫把柄。盛焦点头，表示知道了。

倦寻芳还要禀告其他事，奚将阑在后面一个劲儿地打哈欠，盛焦眉头紧锁，抬手一指。

奚将阑熟练地顺着他手指的方向回清澂筑睡觉。

奚将阑娇气得很，躺在坚硬的石床上蹙起眉，嘟哝了句："硌得慌。"不光石床硬，就连枕头都是硬邦邦的，奚将阑皱着眉翻了个身，耳郭上的耳饰和玉石枕相撞，差点儿把璎珞扣撞散了。奚将阑被震得晕晕乎乎，痛苦地捂着脑袋。

后颈一阵酥麻，"无尽期"化为黑雾钻出来。黑猫恹恹趴在冰冷石床上，奄奄一息地骂道："你我性命相连，你就不怕那人真把我杀了？"

"你要是这么轻而易举被杀，还叫什么'无尽期'。"奚将阑将璎珞扣摘下来，盘腿坐在床上调试，随口道，"不过你好日子也要到头了，婉夫人已经寻到解药，再过几日就真杀了你，嘻嘻。"

黑猫瞬间炸毛："这些年我可救了你不少次！你不能忘恩负义！"

奚将阑大概嫌他聒噪，手在怀里掏来掏去，不知从哪里拿出来一株还未吃完的虞昙花。

虞昙花的气息瞬间弥漫开来，黑猫被熏得当即呕了一声，差点儿把肺吐出来。"呕……"黑猫恹恹道，"怪不得你每次一吃虞昙花，我都得虚弱老久。"原来虞昙花竟是"无尽期"其中一味解药。

奚将阑慢条斯理地又揪了一片花瓣，他正要放到嘴边吃，黑猫猛地蹿上来一爪子打掉花瓣。"别吃了！"黑猫都要哭了，像是在看一个忘恩负义的负心汉，"你难道真想我死，好狠的心啊你！"

奚将阑也不生气，慢条斯理道："你现在毒性越来越强，灵体早已显露在外。乐正鸩脾气好，只是掐个脖子没弄死你，但如果让盛焦瞧见，他怕是会一道天雷将你劈成粉末，到时候还得连累我一起死。"

黑猫心道："乐正鸩那狗脾气还叫好啊？"此处是盛焦的地盘，黑猫没来由地怕盛焦，只好含着泪忍气吞声地瞪着奚将阑捡起花瓣往嘴里放，不敢再阻止。

随着虞昙花入喉，黑猫已经形成实体的身躯逐渐淡化，悄无声息化为只有奚将阑一人能看到的灵体。

奚将阑又将璎珞扣调试好，重新扣在耳朵上，懒洋洋地往床上一栽。

"咚——"

差点儿忘了盛焦这个苦行僧睡的是石床，当即被撞得脑袋差点儿散架。奚将阑后脑被撞出个大包，眼眸有一瞬间的涣散，好半天才倒吸着凉气缓过神来。

要搁平常，黑猫肯定乐得喵喵叫，但此时它毫无兴致，病恹恹地趴在那默默垂泪，委屈得要命。

奚将阑擦了擦眼泪，摸了摸黑猫的胖脖子："抬头，啧，你怎么又胖了一圈？"

黑猫拿爪子踹他。

奚将阑熟练地摸到黑猫脖子上的无舌铃铛，从中拿东西。

盛焦做事自来雷厉风行，一个时辰便将獬豸宗的杂事处理好，路过清澂筑门口时，犹豫好一会儿还是折了一枝新开的桂花。他的住处简陋清冷，房中布置一应全无，瞧着和獬豸宗囚牢没什么分别，奚将阑肯定住不惯。

盛焦特意找了个漂亮的瓷瓶，盛了清水将桂花枝放进去，尽量想让那陋室不那么上不得台面。只是他捏着花瓶进入清澂筑后，面无表情的脸上一瞬空白。

一个时辰前，清澂筑"家徒四壁"，除了石榻、桌案和屏风外，空旷简陋得甚至能当幽室来惩罚犯人。

但此时，象牙琉璃素屏横档外室，雕花桌案、美人榻靠在窗边，雕花桌案上笔墨纸砚错落有致——甚至还放了一整面的书架，书卷积案盈箱，样样皆是精而雅的摆放布置。

盛焦差点儿以为自己走错了房。

原本简陋得连个花纹都没有的桌案和屏风不知被扔去哪里，盛焦面无表情撩开珠玉穿成的珠帘走进内室，差点儿被晃了眼睛。内室更是翻天覆地，奢靡华丽，就连那笨重的石床都换成了精致的雕花镂空大床。

床幔半散着，暮景余晖斜斜从窗户扫进来，风卷着轻纱床幔翻飞，露出偌大床榻上蜷缩在锦被中的人来。

奚将阑将此处全然当成自己家，他身量本就小，缩成一团蜷在偌大床榻上，显得越发纤瘦。他呼吸均匀，大概是不用睡硬床，脸颊都露出些许飞红，睡得惬意又舒适。

盛焦漠然注视他，默不作声地将手中花瓶放置在床榻边的小案上。

桂花香沾在翻飞的床幔上，奚将阑嘟哝一声，翻了个身睡得更熟。他做了场少年时的美梦。盛焦和乐正鸩无缘无故打了一架。两人不用灵力也将对方打得鼻青脸肿，几个少年根本拉不住，罪魁祸首奚绝跑上前去抱乐正鸩的腰让他别打盛焦，还被无差别攻击用手肘撞了一下脸，差点儿破相。最后还是掌院听闻消息赶来，强行将一堆人分开。

天衍学宫掌院温孤白温雅和煦，面容柔和而俊美，瞧着雌雄莫辨，说话也轻声细语的："这才入学没两日，怎么能闹成这样啊？"

盛焦和乐正鸩跪在地上，一个脸颊青了一块，一个唇角带着血，都闷声不说话。

奚绝被打得眼尾微肿，横玉度正捏着冰块给他轻柔地推揉。见状，奚绝忙上前乖顺跪在地上："掌院息怒，不……不是他们的错，是我贪玩才闯了祸，您罚我一人好了。"

他难得有点良心，乐正鸠却不领情，怒道："你闭嘴！谁要你滥好人求情！罚我就罚，我要是吭一声就不姓乐正！"

奚绝回头瞪他。

温孤白眸光温柔注视着奚绝眼尾的伤痕，叹息道："掌院知道你是个好孩子。犯了错就要认罚，你莫要替他们求情，先治好自己的伤吧。"

奚绝眼睛都瞪大了，这还是第一次有人说他是个"好孩子"。奚绝很震惊，现在好孩子的标准都这般低了吗？

温孤白虽看着温柔，却凛然严苛，罚乐正鸠、盛焦两人抄写《礼篇·际会》一百遍。

奚绝还要再求情，横玉度忙扯住他，省得掌院连他一起罚。掌院让众人继续上课，拎着盛焦两人去了藏书阁，抄不完不准走。

奚绝还从未闯祸不受责罚，但连累了旁人，一整日都蔫头耷脑的。午后下了学推了酆聿要叫他出去玩的邀请，一溜烟儿跑去藏书阁。

天衍学宫的藏书阁书籍林林总总约莫有上万卷，刚一进去陈年古朴的书卷气息扑面而来。奚绝在藏书阁四层楼跑了一圈，才在顶楼找见两人。

乐正鸠屈膝跪在蒲团上，手腕上有一圈枯枝绕着，勒令他不准偷懒，但凡分心枯枝就会化为鞭子抽在他手背上。半日工夫，乐正鸠手背上全是横竖交织的细长红痕。他眉头紧锁，骂骂咧咧地一边抄一边揉手腕。

盛焦在他对面十步之外，面无表情地挺直腰背抄书，手背上竟然没有半条红痕。

奚绝扒着书架探头探脑，这是他第一回闯祸，瞧见两个因自己而受牵连的苦主莫名心虚，蹲在角落里鼓足勇气，才小心翼翼地试探上前：

"哥……哥哥……"

乐正鸠一看到他，立刻怒道："奚绝你个混账崽子还敢来？！我宰了……"还没发飙完，手腕枯枝瞬间长出一条细细藤条，游蛇似的抽了他手背一下。

乐正鸠立刻哆哆嗦嗦捏着笔继续抄，余光几乎把奚绝给瞪穿了。

奚绝蔫了，小心翼翼爬上前，趴在桌子上小声认错："我错了，哥哥别生气。"

乐正鸠都要被他气笑了。刚才他装死时可没这么尿，现在又来这儿装什么装！

"你给我滚。"乐正鸠说，"看到你就烦。"

奚绝正要发飙，但又想到这人是被自己坑了，便忍气吞声地"哦"了一声。他转移目标，屈膝爬到盛焦面前的桌子边，小声说："哥哥，你也生气了吗？"

盛焦充耳不闻，只当他不存在，手稳稳地抄书，手腕上的枯枝始终安安静静。

奚绝乖巧地趴在桌子上看他写了一会儿字，眼睛一转像是想到什么，"啊"了一声，说："哥哥原来没生气啊，我就说，你如此大度豁达，定然不会因此事生我气的。"

盛焦看都没看他。奚绝这句话自然也不是说给他听的。

果不其然，乐正鸠又开始咆哮了："混账崽子！你拐弯抹角骂谁心胸狭窄呢！"

奚绝无辜地说："可盛焦哥哥的确原谅我了。"

乐正鸠被气笑了："你给我滚过来，我也原谅你。"

奚绝喜滋滋地冲他笑："乐正鸠，你也大度豁达。"

乐正鸠无语，有事叫哥哥，无事叫乐正鸠。

眼看着夜色渐浓，两人还有一半没抄完，奚绝也不走，就趴在盛焦身边懒洋洋地看着他们抄。他本是想来替两人抄几遍的，但温孤白的藤条太机灵了，他若强行去夺笔怕是也会被抽得嗷嗷叫。没办法，奚绝只好在那干等着陪两人。

"盛焦。"奚绝闲着无趣戳了戳盛焦的手臂，含糊道，"你今天是不是说话了？我还当你真是哑巴或者修了闭口禅呢。"

无论奚绝怎么戳他，盛焦像是沉浸在自己的世界中，眼眸都未动一下。

"你今天是不是为了我打架啊？"奚绝越想越觉得高兴，笑嘻嘻地凑上前，"我窗棂上那枝桂花是不是你送的啊？"

盛焦的手一顿。突然，手腕上枯枝大概察觉到盛焦分心，猛地探出一条细细藤鞭抽向盛焦的手背。

奚绝愣了愣，赶忙伸手去挡，"啪"的一声脆响。

奚绝不像乐正鸩那样炼过体，从小骄纵根本没受过伤，雪白手背当即被抽出一条狰狞血痕来，疼得他"嘶"了一声，捂着手将额头抵在桌案上，差点儿疼哭了。

盛焦眉头轻轻蹙起。

见藤鞭似乎还要再抽，奚绝胡乱拍了拍桌子，咬牙道："专心，专心！"

盛焦只好继续专心。

奚绝自讨苦吃，谁知道盛焦看着像个闷葫芦，怎么被他几句话给说得真的分了心？他不敢再找盛焦说话，闷闷不乐地坐在那干等。也不知等了多久，奚绝昏昏欲睡，想勉强撑着精神陪两人，但他体内的"无尽期"好似在时时刻刻吞噬他为数不多的灵力，没撑一会儿便软软地歪倒在蒲团上，手脚蜷缩着睡着了。

又是"啪"的一声，盛焦怔然看着手背上被抽出来的红痕，好一会儿才忽视身上那股温热的气息，继续垂着眸抄书。

奚绝睡得昏天暗地。半梦半醒中，满是书卷气息的藏书阁似乎有桂花盛开。

他迷迷糊糊睁开眼睛，就见盛焦已停了笔，手腕枯枝宛如枯木逢春，缓慢地长出嫩芽，幽幽绽放几簇金灿灿的桂花。

奚绝看了一会儿，又呆呆傻傻地闭上眼睛继续睡。

恍惚中，一阵轻缓桂花香缓缓靠近，奚绝睡得更沉了。

"唔……"奚将阑含糊地呻吟一声，朦胧中睁开眼睛，盯着小桌案上盛放的桂枝，竟然有些分不清自己是不是还身处梦境。

直到体内经脉中对天衍灵脉的渴求宛如一圈圈波涛汹涌朝他打来，他浑身瘫软地蜷缩起来，才明白这是现实。

子时已过，"弃仙骨"的后症还在延续，只是比前几次神志昏沉的状态要好太多。奚将阑在铺天盖地的渴求中保持清醒，眸底清明又冰冷，像是局外人似的感受体内经脉因得不到灵脉而不断产生的细密痛苦。

在好似永无尽头的煎熬中，奚将阑甚至还有心情优哉游哉地想：

"那天晚上我到底是怎么回去的？

"明日坐行舫，他不会又要买小小的一间吧？这回可是有五个人啊，在那小幽间里不得挤成饼啊？

"不就是治个伤吗，乐正鸠问他要三十万灵石他还真给啊？他不会这些年一直省吃俭用就是为了还钱吧？"

想到这里，奚将阑捶了下枕头，面无表情地心想："可恶，有点可爱。"

这时，突然有人说："怎么？"

奚将阑吓一大跳，翻身去看。就见盛焦盘腿坐在床边蒲团上，闭着眸似乎在冥想修炼，看样子早就在了。

奚将阑轻轻吐了一口气，熟练地扬起笑容，笑嘻嘻道："这布置如何，比你那硬邦邦的床要舒服吧？啧，上学时你那住处还勉强过得去，怎么这些年越过越像苦行僧了？"

盛焦倏地睁开眼睛。夜色已深，床幔四拢，隐约有黯淡烛光从外洒进来，透过雪白轻纱只能瞧见奚将阑纤薄的影子。

奚将阑努力克制住渴求"弃仙骨"的痛苦，嗔笑着问："干吗？"

盛焦注视了他好一会儿，终于确定，奚将阑浑身都在发抖。

盛焦伸出两指凝出一丝天衍灵力。

奚将阑却躲开他的天衍灵力："不要。"

盛焦蹙眉："不难受？"

"还好。"奚将阑将锦被盖上，眯着眼睛懒洋洋道，"熬一熬就过去了。"

"獬豸宗有天衍。"盛焦道，"足够。"

奚将阑笑了，他枕着桂花纹软枕懒懒看着盛焦，因刚刚睡醒嗓音有些低哑。

"盛焦啊，若是能让你选一次，你是想做个寻常人，悠闲自在只活百年便化为一抔黄土；还是依然要这副灵级相纹，灵力滔天寿与天齐，却七情六欲尽失呢？"

烛光和朦胧月色，终于将奚将阑那近乎咄咄逼人的美貌柔和下去，他墨发披散，舒舒服服窝在锦绣堆中，懒散得全然没了白日的虚伪和尖锐，温柔得过分。

盛焦垂眸和他对视，冷峻面容漠然不动。"不会有这个可能。"

"如果呢？"奚将阑在昏暗中同他对视，呢喃道，"如果我没有灵级相纹，是不是此生便能庸庸碌碌，同蜉蝣一样朝生暮死。"

狭窄床榻间一阵安静，只有奚将阑微弱的呼吸声。

盛焦突然道："你的相纹，是什么？"这是两人重逢后，盛焦第一次问这个问题。

奚将阑用力咬着下唇，忍住经脉中那股波浪似的难受，低声闷闷地笑。

这些年有无数人问过他这个问题，他要么插科打诨，要么胡编乱造些"不尽言""半烧焚"这样煞有其事的相纹来敷衍搪塞，从未有人能让他说出真心话。

奚将阑疼得额角都是冷汗，却笑靥如花，低喃："我只能告诉你，我的相纹是十三个相纹中最鸡肋最无用的一个。"

盛焦一愣。

"但它毁了我。"奚将阑慢声细语，眉眼间还带着笑，"我好恨啊，盛焦。"他连说着恨，都像戴着一张不属于他的虚伪面具。

盛焦见他疼成这样，深沉的眸子想要强行将天衍灌进去。

"有时我甚至在后悔，为何当初不让'无尽期'将它全部吞噬掉。"奚将阑羽睫低垂，声音越来越轻，不知是睡过去还是索性昏过去，最后低喃留下一句。"若是没有相纹……不，没有天衍就好了。"奚将阑半张脸隐在锦被中，发出均匀微弱的呼吸。

清醒状态的他，宁愿痛苦也不愿接受天衍。盛焦指尖的金色天衍灵力明明灭灭许久，终于散去。

昏昏沉沉间，奚将阑感觉一股温和的并不掺任何天衍的灵力从他灵台缓缓灌入，勉强止住他经脉中彻骨的疼痛和渴求。

那股气息太过熟悉。

浑浑噩噩的梦境中，奚绝迷茫地回头。一身白衣的让尘急匆匆抓住他，双手飞快翻飞，似乎想要表达什么。

奚绝下意识去解读让尘的手语。"停止""结局""会……"

"不……"奚绝霍然转身，捂住眼睛拼命往前走——好像不去看让尘的双手，他就能一路坦荡荡问心无愧地走下去，"我不想看。"

他挣扎着一步步往前跑，本来通往光明的路被"窥天机"强行堵死，那唯一泄下来的光芒一寸寸消失在黑暗尽头。奚绝奋不顾身朝着光源而去，双足却好似陷入泥沼，越陷越深。

最后，只能眼睁睁看着最后一丝光线消散。

让尘陌生又沙哑的声音催魂般从后传来："阿绝……停手。盛焦……会……杀……你。"

奚绝双眸呆滞盯着几乎要将他溺死的黑暗，突然崩溃地捂住耳朵失声痛哭："够了！求求你，让我走……我不想听！"

他不想听，不想看。"窥天机"于他而言，是悬在头顶的屠刀。让尘像是最温和的刽子手，轻飘飘一句话将他置于死地，粉身碎骨。

"我不要听！"无论如何都填不满经脉的欲念让奚将阑难得做了场噩梦，他在锦被中拼命挣扎着，似乎想要摆脱萦绕耳畔的声音。

混乱间耳饰被他扒掉，整个世界一片死寂，可梦中的声音依然让他魄荡魂摇。

视线、听觉悉数被剥夺，只有触觉更加敏锐，隐约感觉有人一直在不远处，一直未离开过。那一刹那，奚将阑所有的噩梦像是烟雾般被驱散。璀璨夕阳宛如桂花混着蜜糖，让他情不自禁想要浸在其中。

梦中似乎落雨了。他好像长在梢头的嫩叶，狂风骤雨噼里啪啦砸落，一滴滴打得叶身震颤；细雨霏霏又宛如蜻蜓点水，为枝叶蒙上薄薄水雾。

奚将阑于大海中沉浮。不知过了多久，经脉中细细密密的痛苦消散，奚将阑埋在桂花团中彻底熟睡。

梦中的雨落了一整夜。

卯时刚过一刻，天都没亮，奚将阑被一阵敲门声吵醒。

烛火点燃，奚将阑揉了揉眼睛，含糊道："谁啊？"

倦寻芳的声音从外传来，听起来咬牙切齿的："宗主让我叫你起床，已卯时一刻了。"

奚将阑浑身懒洋洋的不想动："不是辰时的行舫吗？早着呢，我再睡个回笼觉。"

倦寻芳又拍门："别睡了，宗主都处理好一堆公务了，你成何体统啊？"

奚将阑不想搭理他。

倦寻芳怒道："奚绝！"

奚将阑被吵得也没了睡回笼觉的心思，打着哈欠起身。他储物戒中本有一堆衣物，正打算去寻，视线无意中扫到枕边竟然放着一套暖黄衣袍。

奚将阑新奇地拎起来瞧了瞧，发现竟是六年前他遗忘在盛焦住处的那套。两人在天衍学宫时就爱串门住，再长大点奚绝也总翻墙去盛家找盛焦玩，衣服自然胡乱丢——反正当时的奚小少爷一掷千金，区区一套法衣丢了都懒得找。这套衣物是当年风头正盛的奚家特意定做，几乎算是一件护身法器，六年过去依然纤尘不染。

奚将阑微微挑眉，将衣服在身上披着试了试。他沉默好一会儿，突然生着闷气将价值连城的法衣往地上一摔。为什么六年过去，当年的衣服穿着还很合身？

奚将阑要气死了，但他纠结半晌，还是捏着鼻子将法衣捡起来，心不甘情不愿地换上了。

起码关键时候能保命。

奚将阑一边穿一边念叨："当年这衣服应该是做大了一个号，所以现在才穿着很合身。"

并不是他没长个儿。嗯，很合理。

奚将阑自欺欺人，又找了件獬豸宗外袍披好，溜达着打开门走出去。

倦寻芳见他出来，翻了个白眼，问："你们此番去南境，真的能从奚明淮的老相好那得到有用的消息？"

"若是不去，奚家屠戮之事线索便断了。"奚将阑抬手摘了簇桂花细嚼慢咽，随口道，"没线索了你家宗主的天衍珠指不定又要断我是当年屠戮奚家的罪魁祸首。"

倦寻芳蹙眉道："天衍珠从不会断错，必定是寻到什么线索才会断你有罪。"

"是是是，对对对。"奚将阑敷衍他，"你家宗主从不会出错，天道大人怎么会有错呢？那可是要遭天打雷劈的啊。"

倦寻芳被他噎得不行，没好气道："去前堂，宗主让我给你准备了吃食。"

奚将阑一愣。他这几日没吃多少东西，要么啃秦般般的桂花糕要么直接啃桂花，堪比凡人的身体有上个月吃的辟谷丹撑着，虽不知饿却难免嘴馋。

到了前堂，瞧见满桌子的凡间吃食，奚将阑一时竟不知盛焦到底是贴心，还是有向横老妈子看齐的趋势。当年在天衍学宫时，每回都是横玉度早早起床坐轮椅出去遛弯，路过膳房斋都会买来一堆零七零八的东西带给他们分。

奚将阑诧异地一一扫过桌案上琳琅满目的东西，发现都是当年自己爱吃的。"辛苦了。"奚将阑真心实意地对倦跑堂说。

倦寻芳满脸疑惑："你对我说什么，这是宗主亲自去买的。"

奚将阑第一反应并不是感动，而是大吃一惊："这得花多少钱？"盛焦有钱吗？

倦寻芳脸都绿了："宗主起码还是獬豸宗宗主，不至于穷成连顿吃食都买不起——快吃吧你，这么多东西都堵不住你的嘴。"

奚将阑难得没和他戗，乖乖"哦"了一声，坐在椅子上慢吞吞地吃。

南境比北境要远得多，加上要找奚明淮的老相好和去取"引画绕"，少说来回也要十天半个月，盛焦将獬豸宗诸事全都处理得差不多了，离辰时只有两刻钟。他招来冬融回到清澂筑，却见奚将阑竟然还在小口小口地吃饭。

盛焦蹙眉。满桌子吃食并未少太多，奚将阑瞧见盛焦回来忙吞了一口半凉的粥。

"不喜欢？"盛焦问。

奚将阑苍白着脸摇头："有点不习惯。"

盛焦眉头皱得更紧。当年在天衍学宫小奚绝很能吃，头一回去秘境历练时，撒欢似的满秘境跑着去找诸行斋其他人要吃的，饿狼扑食似的。这才过多久，竟连精细吃食都吃不习惯了？

奚将阑擦了擦手，看着朝阳初升："是不是到时辰了？要是再耽搁，去南境的下一趟行舫就得明日了。"

盛焦想给他尽快寻到"引画绕"，也不说废话，沉着脸给奚将阑经脉输入一道灵力，见到他脸色好看些，才道："走。"

药宗，乐正鸩还在抱着门口石柱死也不肯踏出门半步，被温柔的婉夫人揪着耳朵扔出去。

乐正鸩浑身都被黑袍笼罩，连脸都瞧不见，崩溃道："娘，盛焦都跟过去了阿绝肯定不会有事，何苦要我遭罪跑这一趟？"

"'引画绕'难寻。"婉夫人给他理了理兜帽，温柔道，"若是中途毁了可怎么办？"

乐正鸩还是不高兴。婉夫人摸摸他的脸，眸中似乎闪现波光："鸩儿，乖一点。"

乐正鸩隐约有些动容。这是他从天衍学宫回药宗后第一次出远门，儿行千里母担忧，他娘还是心疼他的。

正感动着，就见婉夫人悲伤地说："你定要保护好阿绝，可千万别让他吃苦受罪。"

乐正鸩瞬间变脸，面无表情道："娘，你实话告诉我，奚绝是不是才是您亲儿子，我只是个充数的。"

婉夫人哭笑不得："胡说八道什么。"

"那您为什么待他如此好？"乐正鸠闷闷不乐道，"当年我去天衍学宫上学前，您还千叮咛万嘱咐让我别欺负奚绝，儿子都被他陷害被掌院罚抄书，您还向着他。"

婉夫人沉默好一会儿，轻轻道："鸠儿，你知道当年药宗为何要避世吗？"

父母从不会和乐正鸠说这些正事，乐正鸠当即觉得很新奇，大胆猜测道："因为父亲爱闭关、不爱同外界交流？"

"你现在就和你父亲一个样。"婉夫人拍了他脑袋一下，无奈道，"……当年十二相纹出现时，整个中州……"

她沉默好一会儿，眉目间难得冰冷地用了一个词："令人恶心。"

乐正鸠一愣。他娘亲从来温柔和顺，从未说过这种嫌恶他人的话。

"十二相纹……不是'半烧焚'吗？"乐正鸠忙问。

婉夫人奇怪道："那是什么东西？"

乐正鸠语塞，奚绝说得头头是道，竟然又被骗了！

"阿绝是个可怜孩子。"婉夫人道，"只要当年屠戮奚家的人一日寻不到，他就一日过不了安生日子。"

乐正鸠气得半死，却还是捏着鼻子提议道："咱们把他接来药宗一起避世不就成了，难道中州那些人还敢杀来药宗啊？"

婉夫人摇头："没那么简单——不说了，时辰快到了，去吧。"

乐正鸠见此事已成定局，只好不情不愿地和婉夫人告辞，将兜帽拉扯到脸上将身体遮得严严实实，像是一团黑雾似的飘走了。

"半烧焚"又是假的。乐正鸠咬牙切齿，一路气到了乾鱼行舫。

他好多年没出门，循着记忆找到上一次去过的行舫阁，发现八百年前就彻底荒废。好在有一艘行舫刚好从他头顶飞过，缓缓停落在远处，才让他顺着行舫寻到新的行舫阁。

　　从中州去南境只有辰时那一趟行舫，数十丈的行舫宛如高高阁楼已停在偌大空地上，密密麻麻的幽间窗口像是一双双眼睛，只扫了一眼乐正鸩就觉得窒息。这么多人同在一艘行舫上那不得挤死啊？

　　乐正鸩越看脸色越沉，披着黑袍几乎要冒黑气。特别是路上还有许多形形色色的行人，瞧见他这副古怪样子，许多人以古怪的眼神注视，看得乐正鸩更加火大。想要骂人，但因常年没和陌生人说过话，张了张嘴却愣是半个字说不出来。

　　等到了奚将阑说的乾鱼处，竟然空无一人，乐正鸩更气了。

　　突然，旁边传来酆聿的声音："哟，小毒物，你不是不去吗？"

　　酆聿早已经在行舫阁外等候多时，瞧见大夏天还裹成球的乐正鸩，熟练地打招呼。

　　见到熟人，乐正鸩浑身的不自在终于减轻许多。"你不是也不去吗？"

　　"我是去办正事。"酆聿优哉游哉道，"我爹让我给掌院送个东西，恰好来蹭奚绝的行舫。去南境得坐两天，咱们要不打牌吧，刚好四个人。"

　　乐正鸩冷嘲热讽："你觉得盛焦那架子比天还高的高岭之花会屈尊降贵同我们这等凡人一起打牌？你叫让尘来，让尘指不定会答应。"

　　酆聿想想："也是哦，那三缺一啊。"

　　"谁说三缺一了？"奚将阑笑嘻嘻地说。

　　酆聿和乐正鸩回头，发现奚将阑和盛焦刚到。

　　盛焦依然十年如一日不变的黑衣，倒是奚将阑一改前几日的做派，里面穿了件暖黄法衣，恍惚中还以为回到十年前在天衍学宫诸行斋众人一同出门玩的时候。

　　乐正鸩翻了个白眼，不想搭理奚将阑。

　　酆聿倒是来劲："难道你能叫动盛宗主同咱们一起打牌？"

　　"那倒不是。"奚将阑说，"还有个人同我们一起去。"

酆聿："横玉度？不对啊，玉度还在忙天衍学宫那些小修士入学的事，哪来的闲情和咱们去南境？"

"不是诸行斋的。"

酆聿也翻了个白眼："不是诸行斋的，那我可不和他打牌。"

奚将阑正要说话，旁边传来轻笑声。应琢一身红衣不知何时来的，正笑眯眯地站在行舫阁的二楼栏杆边："那可太好了，我也不想和你打。"

酆聿和乐正鸩脸登时绿了。

盛焦眉头一皱，手腕上天衍珠飞快旋转，一百零六颗珠子转得几乎冒火星子，看起来似乎想快点定了此人的大罪，直接将他劈成焦炭。

"可惜啊盛宗主。"应琢依然笑得温柔，只是眸底全是对盛焦的嫉妒和怨恨，"天衍珠暂时定不了我的罪。"

话音刚落，一百零六颗天衍珠停止转动，无一是"诛"字。

应琢聪明，就连此番出来陪奚将阑一块去南境也是用的木头傀儡，唯恐诸行斋的人半路真把他宰了。看到天衍珠没有冒出红光，应琢笑着道："看吧。"

话音刚落，乐正鸩和酆聿纵身跃向二楼廊道，手脚并用将应琢按着打。

"天衍珠定不了你的罪，但你爹我能！"

"阿绝！我们不和他打牌，我们打他玩就够消遣一路了！"

奚将阑乐得哈哈大笑。

好在应琢是傀儡，就算再揍也伤不了他本体分毫，况且又需要他去南境找奚明淮的老相好，酆聿、乐正鸩只好收了手。

奚将阑摸了一袋子灵石，打算去买个大幽间，五个人一起住。

"这种小事就不必劳烦师兄了。"应琢木头脸上已有好几道裂纹，被他伸手一抚轻轻愈合，他慢条斯理地从二楼跃下来，飘飘欲仙宛如个开屏的孔雀，"我已订好了行舫。"

"哦。"奚将阑也懒得自己去买，看着远处的好几艘行舫，随口问，"在几层？"可别是上次的下层了，那小小一间能憋死人的。

应琢笑了："不是几层。"

奚将阑疑惑地看他。

应琢伸手一点旁边一艘巨大无比的精致画舫："是一整艘。"

盛焦皱眉。奚将阑最爱铺张浪费，看他睡个觉都能把盛焦的"牢房"改成处处奢靡精致的温柔乡，就知道这些年过去，他虽然落魄但依然爱舒适奢华不喜简陋。回想起上次那间行舫上的小小幽间，盛焦神色更冷。

要搁平时，奚将阑早就得意扬扬地回头瞪盛焦，灵动的双眸会充满"你看看人家再看看你"的嫌弃。但这回他沉默了好一会儿，不赞同地说："这也太铺张浪费了，还是节俭点好。"

等着被夸的应琢愕然道："师兄你怎么了？！"

乐正鸩和鄷聿也惊愕道："你还是那个奚绝吗？你被夺舍了？盛焦快降了这妖孽！"

奚将阑干咳，话锋一转："……但你都弄来了，有便宜不占傻蛋。走，上去打牌。"

应琢这才开心起来。

瞧着应琢像是只甩尾巴的狗围着奚将阑转来转去，鄷聿小声对乐正鸩道："我还真挺佩服应巧儿，奚绝在恶歧道时把他脖子都削了，身首异处啊，惨的哦。这才过了没几天竟又不怕死围着奚绝转，他是不是有大病？"

"管他有没有病。"乐正鸩冷冷道，"你说我怎么这么想弄死他，盛焦都没让我这么火大。"鄷聿深有同感。

片刻后，巨大精致的画舫缓缓由灵力催动展开巨大的机关翅膀飞入天空，宛如巨鹰朝南而去。

应琢引着奚将阑走到画舫顶楼最奢侈精致的住处，边走边道："奚明淮的老相好在南境花楼，这艘行舫不必落地停那般麻烦，到时直接入九霄进红尘识君楼。"

奚将阑脚步一顿，唇角微动："去哪儿？"

"红尘识君楼。"

奚将阑："……"

应琢疑惑道："红尘识君楼在整个南境花楼舫素负盛名，前几年还出了个倾城绝艳的花魁名唤兰娇娇，名噪一时。师兄应该也听说过吧？"

"哦，啊，嗯。"奚将阑故作镇定，"听……听过。"他慢条斯理走到雕花镂空窗边，随手将窗户打开，举手投足优雅雍容。

行舫最高层不像廉价的下层用的象牙窗，而是最高阶的结界隔绝高空寒意，乍一推窗并无狂风吹来。奚将阑探头看了看下方的云海，高兴地说："真好啊，我从这跳下去，肯定能死得渣也不剩吧。"

应琢大惊："师兄你冷静啊！""师兄！不要！"

盛焦三人被应琢的傀儡挡在下一层，好在这处虽然不如最顶层奢侈豪华，但也比其他行舫要精致舒适得多，挑不出毛病。

乐正鸠终于舍得将宽大披风扯下来，正要扔下就听到顶楼传来应琢的惊呼声。

"怎么了这是？"酆聿赶忙要凑上前看热闹，但还没走近，一只手就重重推开他，盛焦阴沉着脸快步上前。

应琢傀儡当即拦他。盛焦根本没出手，天衍珠只冒出一丝雷纹，傀儡瞬间僵住，像是身体机关卡壳，哆哆嗦嗦地双眸呆滞。

盛焦面无表情踏上台阶，还以为应琢又故技重施设计奚将阑，走到顶楼却愣了一瞬。

奚将阑不知发了什么疯，正在扒着窗棂挣扎着往下跳。应琢拼命拉他都不好使。

盛焦蹙眉。奚将阑无意中扫见盛焦，更想从这万丈高空跳下去，死了得了。

盛焦冷若冰霜地上前，强行将他从窗棂上拖下来往下层拽。应琢一言不发地转身将窗户关好，省得奚将阑再发疯。

瞧见奚将阑像是闯祸的猫被拎下来，酆聿嗤笑："你又胡闹什么？"

奚将阑胡乱扒拉两下头发，走到乐正鸩和酆聿中间强行挤着坐下，故作镇定道："做什么呢，打牌不？"

"打打打。"

乐正鸩从褡裢中拿出一堆牌，这玉牌还是用横玉度用过丢弃的"换明月"琉璃玉简制作而成，晶莹剔透、一指大小的琉璃上一一雕刻六十四卦。

三人席地而坐。

酆聿将内室的小矮桌搬来，一边搬一边说："奚绝，你看这个小桌。"

奚将阑疑惑道："怎么？"

酆聿说："好矮哦。"

奚将阑抢起旁边的烛台："我宰了你！"

酆聿哈哈大笑。

盛焦自然不会和他们一起搓牌，已熟练地在奚将阑身边盘腿打坐，手腕天衍珠闪现丝丝雷纹，已然进入修炼冥想。三人坐在那搓玉牌阵阵脆响，也没能打扰到盛宗主。

众人都习惯了。诸行斋的人每回打牌时，奚绝都会强行拖着盛焦过来，哪怕不打也得坐在旁边杵着。

"三缺一啊。"奚将阑一边点牌一边随口道，"巧儿呢？巧儿下来打牌。"

应琢本来孤零零坐在顶楼台阶上，扒着木栏杆诡异阴冷地往下面看，恨不得宰了围在他师兄面前的那堆人。此时乍一听到师兄叫他，当即笑起来，三步并作两步跑下去。"师兄，我在。"

"坐。"奚将阑看都不看他，眼中只有牌。

"换明月"就算是废弃的琉璃玉简也依然像鸟雀似的随心而动，十六块玉简晃晃悠悠飘荡在每个人面前。

奚将阑正在看卦，脚无意中踢到对面的酆聿，大概想起他说自己矮的事儿，突然恨恨踹了他一脚。两人在小矮桌下面互踹。

酆聿一边看卦一边随口道："奚绝你的生辰是乞巧吧。不是我说你，你明明比我们几个都大几个月，怎么个儿愣是不长呢，奚家缺你吃食灵丹了吗？"

奚将阑冷冷道："不会聊天就不知道闭嘴？"他太久没碰卦了，捏着其中一枚蹙眉看了半天，实在想不起来索性放弃思考，熟稔地腰身往后一仰，玉白手指捏着牌晃了晃，随口问盛焦："这个是什么卦来着？忘了。"

盛焦眼睛都没睁："明夷。"

"哦。"奚将阑又坐直身体，继续摆牌。

应琢捏紧手中玉牌，差点儿硬生生把琉璃玉简给捏个粉碎。

乐正鸩看不惯应琢，见状当即冷笑："这是我们'换明月'的琉璃玉简，捏碎了你赔得起吗？"

应琢沉着脸收回落在盛焦身上的视线，面无表情看牌。

行舫行至高空，许是冲到一堆乌云中，偌大行舫剧烈颠簸晃动，还伴随着几声微弱的雷声。在东倒西歪中，五人依然端坐，置若罔闻。

"坎、离、无妄。"乐正鸩抬手将三支卦扔到小矮桌上，目不转睛盯着手中的牌卦，心不在焉道，"外面是不是打雷了？"

"蛊、蛊，那个牌我要！"酆聿头也没抬，"雷？好像是吧。"

"噬嗑卦。"乐正鸩又打了张牌，突然掐了个诀随手打过来，"——定魂诀！"

奚将阑还没出牌就被一个定魂诀打得往后一仰，长发都被打散了。

酆聿："乾卦——定魂诀！"

奚将阑刚爬起来又被打得后仰，直直后仰着摔倒，差点儿磕到脑袋。奚将阑默默爬起来，狠狠地磨了磨牙。

外面雷声大概有好几里，还没琉璃玉简摔在桌子上的声音响，奚将阑被几个定魂诀打过来，差点儿要把耳饰摘了和他们决一死战。但仔细一想，要是酆聿知道他耳聋，那假重生的事儿肯定要暴露了。想到这里，奚将阑忍气吞声，艰难坐稳，又挨了好几个定魂诀。魂儿都要定死在这具躯壳里了。

雷云总是打雷，奚将阑挨了一堆定魂诀，牌几乎打不下去，没好气道："你们自己打吧，怪烦人的。"

"你自己胆小还怪旁人？"乐正鸩熟练骂他，"不就第一次见到杀人吗，你至于把自己吓到魂轻吗，雷一震你就得走魂，也就这点出息了。"

一直默不作声的应琢突然蹙眉："什么杀人？魂轻？"

乐正鸩骂："关你屁事，出牌。"

酆聿冷笑："你不会认输了吧，我告诉你输的人可是要任赢家为所欲为的……"

话音刚落，应琢将手中玉牌扔到桌案上，淡淡道："大有、临卦——你们输了。"

酆聿和乐正鸩面前飘着的琉璃玉简像是折断翅膀的鸟儿，噼里啪啦砸落在地。众人面面相觑。

"赢家可以为所欲为是吧？"应琢似笑非笑地看着酆聿。

酆聿唯恐此子又想打把奚将阑做成傀儡的主意，手一拍矮桌，一副英勇赴死的架势，道："来吧，对我为所欲为吧！"

应琢唇角抽动："我是赢了，不是输了。"

酆聿脸都绿了，奚将阑拼命忍笑。

应琢慢悠悠地说道："我只想知道，刚才你们说的'杀人''魂轻'是什么意思。"

乐正鸩立刻就要骂人，但他并不想赖账，只好皮笑肉不笑地看向奚将阑。

邺聿很输得起，见不用自己"献身"，忙乐颠颠地问奚将阑："阿绝啊，你的糗事哎，能说吗？"

奚绝也不在意，阴阳怪气道："你都许出去'为所欲为'了，我还能说'不'吗？"

天衍学宫每年都会有一次秘境历练。在诸行斋第三年外出历练时，阴差阳错遇到一个恶贯满盈的獬豸宗逃犯。

当时诸行斋八个少年对獬豸宗有种莫名其妙的推崇感，只觉得穿那身獬豸纹黑袍好厉害哦，便自告奋勇帮獬豸宗执正逮逃犯，最后成功逮住。只是这逃犯罪恶滔天，獬豸宗执正追捕了好几年，估摸着怨恨上头，定了罪后竟直接就地格杀。

那是骄纵的小少爷第一次见到杀人。所有人都吓了一跳，有的胆小的转过身不敢看，但小奚绝呆呆傻傻地一直看着一地鲜血和苦苦挣扎最后瞪大眼睛死不瞑目的罪犯。

盛焦察觉到不对，冲上前去将奚绝僵硬的身体扯过，用稚嫩的手捂住少年拼命瞪大的眼睛。不知为何，奚绝像是吓丢了魂似的，邺聿画了一堆阵法给他叫了半个时辰的魂儿也没将他唤醒，最后还是温掌院过来将他接走的。

自那之后，奚绝每回遇到雷便会被惊得走魂。

应琢蹙眉。怪不得在天衍学宫时，每次雷雨天诸行斋的人都像是发了大病似的在草丛角落里到处翻找。

奚将阑没好气道："我可是娇生惯养的小仙君，见血受惊又如何，谁像你们一个个没心没肺。"

邺聿说："是是是，小仙君有心有肺，当时还吓得嗷嗷哭，哈哈哈。"

脸都丢没了，奚将阑牌也打不下去，寻了个幽间闷头钻了进去。三个人也没办法打牌，只好各自散了回去玩犀角灯。

应琢左右看了看，发现没有诸行斋那群碍事鬼，便端了一堆精致可口的糕点轻轻敲开奚将阑的门。

奚将阑的声音从里面传来："谁啊？有事启奏无事退朝。"

应琢失笑："我给师兄拿了点糕点。"

奚将阑闷闷道："我不爱吃糕点。"这便是委婉拒绝。

应琢太过了解他，也不敢擅闯，只好离开。

没一会儿，奚将阑的门又被敲了敲。奚将阑烦得要命，还以为是应琢，怒气冲冲地赤脚下床，"砰"地打开门就一脚踹过去："我都说了不吃，扰人清梦你……"还没骂完，就对上盛焦那张冰块脸。

奚将阑缓缓将脚收回来，不自然地说道："你……你有……有事吗？"

盛焦将一块桂花糕递给他，用动作问他：吃？

奚将阑一言难尽看着那块干巴巴一看就很廉价的桂花糕，嘴中不知嘀咕了句什么，劈手夺过来将门打开，让盛焦进来。

在床上吃着干桂花糕怕是会掉渣儿，奚将阑便抱着膝盖缩在椅子里两只爪子抱着小口小口啃着，看天看地看桂花渣渣，就是不看盛焦。他在为那个一时偷懒而起的花魁名字"兰娇娇"感觉到心虚。

"不过也没什么大事儿吧。"奚将阑自欺欺人地心想，"我就是想宰了那个姓曲的缩头长老而已，况且都是三年前的破事儿，本花魁早已'从良'，就算知道兰娇娇也怀疑不到我头上吧。"

嗯，很合理。

奚将阑刚安慰好自己，脸又绿了。他差点儿忘了，当时和盛焦吵架时，他好像暴露过自己在南境花楼当花魁的事。

奚将阑心道："完了。"天衍珠又得多加几个"诛"字了。

奚将阑越想越烦躁。当时他一心想杀曲长老，根本没多想就去了红尘识君楼宰人，当时的他怎能料到有朝一日能和盛焦一起故地重游呢。只希望不要有人将"兰娇娇"这个名字给捅到盛焦面前才好。

奚将阑思绪翻飞，啃桂花糕啃得满脸都是也没发现。突然，盛焦朝他伸出一只手，奚将阑吓了一跳。

盛焦嘴唇轻动："前方一里有雷云。"说着，将奚将阑耳朵上的璎珞扣耳饰轻轻解下来。

"哦，哈哈。"奚将阑继续心虚地啃桂花糕。他本以为盛焦有什么大事同他商议，但等他啃完那块干巴巴的桂花糕噎得都要翻白眼了，盛焦也一个字没吭。

"说话啊。"奚将阑脸皮厚，心虚一会儿又泰然自若，拍了拍身上的糕点渣，"你又不食人间烟火也不常说话，长着嘴到底干什么的？嗯？闷葫芦？"

盛焦沉默看他好一会儿，突然一言不发转身就走。

奚将阑更迷惑了。他到底干什么来的？只是为了看他啃糕点？

奚将阑也没想太多，他没犀角灯玩，只好将外袍脱掉爬上床去睡觉来消耗时间。他身子不好，睡觉又沉，本以为能一觉睡到南境，但迷迷糊糊间好像有人站在自己床边。

奚将阑睡眼惺忪，含糊看了一眼，发现盛焦站在一旁，垂着眸安安静静看他。这时奚将阑才后知后觉已是子时，"弃仙骨"的后症还在。但这次发作比前几次要好很多，盛焦磅礴的灵力顺着灵台灌入枯涸的经脉中，止住他汹涌的痛苦。

"继续睡。"盛焦说。

奚将阑浑身冷汗，虚弱地笑了起来："盛焦，我们能找到屠戮奚家的罪魁祸首吗？"

盛焦默不作声。

"一定能找到的，一定会找到他。"奚将阑自问自答，呢喃道，"等此事尘埃落定……"

你我也不必像现在这样剑拔弩张，势不两立。

盛焦想要说话，突然像感知到什么，蹙眉往上方一看。

奚将阑也跟着仰头，轻轻蹙眉："有人来了。"

万丈高空中，有人能穿过雷云，悄无声息落在行舫顶端，修为定是还虚境。

奚将阑窝在锦被中笑起来："看来奚明淮这条线索的确能寻到点什么，否则罪魁祸首不至于如此急切，半路便来阻杀我们。"

盛焦将手收回，眼神骤然冷下去。

隔壁房间的乐正鸠和鄂聿大半夜不睡觉在那玩犀角灯，察觉到有人来袭，第一反应不是应敌，而是一边抱着犀角灯一边噔噔噔往外跑。刚走到中堂，迎面和应琢撞上。

应琢脸色冷然，沉声道："是还虚境，我已派傀儡去应对，你们随我……"话还没说完，乐正鸠和鄂聿已经一溜烟儿跑向奚将阑的房间。

应琢蹙眉："有人来犯，你们做什么去？"

乐正鸠一脚踹开雕花房门，用犀角灯一照，果不其然瞧见盛焦正坐在奚将阑床边，不知在做什么，但他也懒得管。

"盛焦！"乐正鸠沉声道。

月光从窗户斜照进来，隐约照亮盛焦那张冷如霜雪的脸。盛焦冷冷看过来，眸光无情。

乐正鸠和鄂聿熟练地说道："盛焦，救命。"

应琢愕然看着。他本以为乐正鸠同盛焦关系不好，怎么遇到敌袭第一反应竟是找盛焦喊救命。

实际上……只要盛焦在，诸行斋的人就算命悬一线也懒得出手，只需要负责喊救命就成。当年学宫外出历练时两两结队，奚绝每回都爱缠着盛焦，因为他发现和盛焦一起自己负责漂亮就行，那些打打杀杀的盛焦根本让他瞧都瞧不见。好好的历练硬生生变成赏花春游。诸行斋众人本来对奚绝此等不劳而获的行为表示强烈鄙视和唾弃，后来因掌院强行编队，每个人都和盛焦历练过一番。

众人心道："嗯……还挺好。"

自那之后，盛焦在诸行斋就宛如一根岿然不动的定海神针。哪怕乐正鸠这等看不惯他的，遇到危险时懒得出手，也会向他喊救命，体验一把不劳而获的爽快感。久而久之，诸行斋中人都是这副臭德行。

盛焦早已习惯，凛若冰霜大步流星朝外走去。乐正鸠、酆聿、奚将阑一同将憧憬的视线投过去，只觉得那宽阔的背影写满两个字——可靠。

应琢心道："诸行斋的人……怕是各个都有大病。"

酆家。鬼宅似的住处上方好似时刻萦绕着鬼气森森的乌云，让阳光、月光无论何时都照射不到家宅半分。

酆重阳和横青帘一起面无表情看向中间桌案上的小纸人。小纸人被用灵力催动，连通着酆聿小臂上的纸人，一会儿跳一会儿蹦，栩栩如生，声音也断断续续地传来。

"定魂诀！"

"打牌打牌，干啥都不如打牌。"

"……来吧，对我为所欲为吧！"

"吓得嗷嗷哭，哈哈哈。"

"哈哈哈，奚绝真是太丢人了，玉度我和你说你没来这趟不知道，盛焦半夜偷偷去奚绝房间了，啧啧啧。"

"敌袭！有敌人，是还虚境！"

"盛焦！"

"嗷，盛焦救命！"

酆重阳以手撑额，许久没说话。

第十五章

明灯识君楼

盛焦出去后不久，整个行舫一阵剧烈摇晃，窗外传来煞白雷光，看来是交上手了。

乐正鸠和酆聿也懒得再回去，直接脱了鞋跳上床，将奚将阑挤到角落里，被子也只分给他一小块。

"劳驾。"奚将阑脸都贴墙上，挣扎着道，"我现在勉强算个命不久矣的伤患，二位能把我当成个人对待吗？"

乐正鸠、酆聿一起喊："定魂诀！"

应琢脸色难看，却不敢擅自开口管师兄的事，只能眼不见心不烦，忍气吞声拂袖而去。

"哎，这回来的人修为有点高哦，盛焦怎么打这老半天也不见回来？"酆聿四仰八叉地躺在那儿，嘀嘀咕咕。

乐正鸠冷嘲热讽："不会是盛宗主修为不如那人吧，啧，看来还虚境、天衍珠、'堪天道'皆备的獬豸宗宗主也不过如此。呵！"把盛焦整个贬损了个遍。

奚将阑艰难地翻了个身，使劲去拽两人强占的枕头。两人尊贵的头颅不动如山，奚将阑左拽右拽抢不回来，只好给他们一人一脚："你们还都是小孩子吗，同我抢床睡？"

酆聿懒洋洋道："之前在学宫不也经常这样？矫情，快躺下，被子跑风了。"

"当时你们才占那么点位置，现在呢……"奚将阑本是想数落他们一顿，话一说出口立刻后悔，暗叫糟糕。

果不其然，这两人不放过任何一个贬损他矮的机会，朝他一龇牙，不约而同抬手在脑袋上一拍。

鄂聿说："是啊是啊，当时我们才占那么点位置，怎么今时今日才两个人就把床给占满了呢？哎乐正鸠正，你说这是为何啊？"

乐正鸠："自然是因为你我身形魁伟啊。不像有些人，明明年纪比咱们大竟不长个儿。唉，太唉了——还有，再把我名字叫错我弄死你。"

奚将阑扑上去："我杀了你们！！"三人顿时在狭小床榻间扭成一团。

等到盛焦面无表情回到行舫，奚将阑正穿着单薄中衣胡乱裹着盛焦的外袍，孤零零一人坐那儿喝茶。

时值盛夏，万丈高空却森寒如冬，滚热的茶冒出一缕缕白烟。

氤氲缭绕，眉眼如画。

盛焦缓步走过去，伸手朝他茶杯探去。

奚将阑一喝茶晚上便睡不着，能瞪眼到天明，他任由盛焦将茶杯拿走，道："人呢？"

"内丹自爆。"

奚将阑吃了一惊。还虚境的内丹自爆可非同小可，稍有不慎怕是方圆百里都能夷为平地，这么大动静行舫竟然没被撞成齑粉，只是颠簸两下？盛焦的修为真的只是还虚境吗？

"你伤到了吗？"

"没有。"

奚将阑不着痕迹松了一口气。见盛焦转身就要回房，奚将阑起身像是小尾巴似的跟了上去。

盛焦回头看他，奚将阑无辜地指了指幽间："我的床被鄂聿、乐正鸠弄散架了，没法睡。"

盛焦蹙眉，幽间那张床四分五裂，乐正鸠和鄂聿大概怕盛焦回来抽他们，已经麻溜地跑了。

盛焦没说话，继续往前走。这态度便是默许，奚将阑高高兴兴地跟上去。

行舫幽间布置都差不多，奚将阑熟练地脱鞋爬上床，拥着被子躺在床榻当中，全然不拿自己当外人。盛焦常年不眠，盘腿闭眸打坐。

奚将阑喝了几口茶，本来昏昏睡意一扫而空，歪着脑袋去看盛焦。盛焦无论何时皆身姿端正，高大的身形宛如岿然不动的雪山。他面容冷峻，天衍珠温顺地垂在嶙峋腕骨上，不知为何竟然一改平日闪蓝色雷纹的模样，一百零六颗珠子全都黯然无光。

奚将阑敏锐地察觉到什么："盛焦？"

盛焦没应答，眉梢都没动一下。

奚将阑又用撒手锏："盛无灼？"之前无论奚将阑怎么作死，只要一叫"盛无灼"，他就算再动怒也会给回应。但此时盛焦嘴唇苍白毫无反应，竟像是入定了。

奚将阑轻轻蹙眉靠近他。盛焦眉梢凝结着雪白霜晶，好似雾凇般连墨发上都是，但他的脸却是滚烫如岩浆，离得不近都能感觉到那股热意。

盛焦闭眸彻底入定，"堪天道"灵力在经脉中缓缓运转，若是他睁开眼那双黑沉眸子中必定有金色天衍流淌而过。

奚将阑眸子沉沉，看来还虚境修士的内丹自爆并非让盛焦毫发无损。

奚将阑坐在盛焦对面，目不转睛盯着那张冰冷的脸。突然，漂亮的眼眸熟悉闪过一丝金纹。

一闪而逝后，奚将阑突然满脸厌恶地低低道："闭嘴！"

四周一片死寂，无人说话。

奚将阑盯着盛焦的天衍珠，淡淡道："他怎么会杀我呢？"他像是在说服谁，又像是在自欺欺人。

奚将阑愣怔许久，单薄身形遽然上前，两指并为刀狠狠抵在盛焦脖颈命门处。那一瞬，奚将阑神色冷漠而无情，不知哪来的灵力让指尖风刃凶厉，只是一瞬便将盛焦脖颈划出狰狞血痕。只差半寸便能将毒血灌入盛焦命门经脉，将獬豸宗宗主彻底杀死在此地。

盛焦一动不动，神识依然沉入内府，毫不设防地入定息心。许是这几日奚将阑太乖了，既不凶狠地同他交手杀人，也不胡言乱语地作妖，这种好似回到少年时的虚假幻觉让盛焦明知自己要入定调息，却依然让奚将阑跟来。

奚将阑的手缓缓往下沉，眸子冰冷又无情盯着盛焦脖颈处流下来的鲜血。"他要杀我。"奚将阑面无表情地想，"我不想死，只有先杀了他。"

人性本就自私，任谁都会如此。盛焦毫无防备入定，这是最好的时机。

盛焦眼眸微合，时隔六年五官比少年时更加俊美肃然，凛若冰霜又好似冷峭冬风，只是轻吹而过便能刮下人一层血肉。没来由地，奚将阑稳如磐石的手突然一抖，像是触了雷电般飞快将手收回。血顺着盛焦的脖颈浸入黑衣中，狭小床榻间弥漫淡淡血腥味。

奚将阑呆呆怔怔看了许久，突然弯下腰将额头抵在锦被上，浑身颤抖，终于发出一声崩溃的哽咽。

盛焦体内天衍灵力运转间悄无声息将脖颈处伤口愈合，连道伤疤都未留下。奚将阑眼眶微红，蜷缩成一团，双眸空洞地盯着虚空发呆。

行舫行了一日一夜，已经彻底驶离中州，悄无声息入了南境。时值夏日，南境多雨，凝成冰晶噼里啪啦砸在行舫顶上。

落雨的那片乌云庞大，行舫整整行驶了两三个时辰才终于在破晓时驶离，机关木头翅膀上被冻雨砸出一排坑，好在勉强能继续飞。

第一缕阳光从云层穿过雕花窗户落在床榻间时，奚将阑睁开惺忪睡眼，盘腿坐在那儿好半天才脚步发飘地下了床，将半掩的窗户打开。旭日初升，云海无边无际。

放眼望去，好似雪堆的云间竟然隐约露出楼阁台榭，竟像是蓬莱仙境。那是南境"九霄"。

从中州到南境本该两天，但应琢的行舫比寻常乘坐数千人的行舫要快得多，一日一夜便到了。

奚将阑刚睡醒脑子一片混沌，病恹恹地看了会儿云海。等到神志清醒些，他才后知后觉自己昨晚做了什么。他好像……大概……差点儿把盛焦给宰了。

奚将阑瞬间清醒，赶忙噔噔噔跑回去。

盛焦依然坐在那儿入定，脖颈伤口已经彻底愈合，连个划痕都没有，但黑衣明显暗了一块——那是盛焦昨晚流出的血。

奚将阑脸都绿了。估摸着还有一个时辰才能真正入九霄城，奚将阑小心翼翼地试探道：“无灼？盛无灼？”

盛无灼依然没有反应。

奚将阑松了一口气，赶忙轻手轻脚地上前，想把这身带血的衣物毁尸灭迹，否则盛焦得把他吊起来抽。

但奚将阑还未靠近，门突然被重重一拍。“奚绝，快起来，九霄城到了！”

奚将阑手一哆嗦，差点儿吓得口吐幽魂。他默默磨牙，见盛焦还未醒，没好气道：“知道了。”

酆聿没有眼力见儿，还在门外叨叨：“我们真是来得早不如来得巧，方才看犀角灯上说，红尘识君楼一年一度选花魁的日子刚好是今天，可有好戏瞧了。”

奚将阑本就做贼心虚，他唯恐酆聿把盛焦吵醒，咬牙切齿道：“你就不能闭嘴吗？滚滚滚。”

酆聿也不在意，颠颠地滚了。

奚将阑气得要命，正打算继续“毁尸灭迹”，突然感觉到有人看着他，奚将阑呼吸一顿。

盛焦好似磐石的气息悄无声息变了，沉入内府调息的神识一点点回笼，眉眼间的寒霜融化，化为水珠从他刀刻斧凿的面容滑落。

“滴答”一声，落在漆黑的衣物上。奚将阑浑身剧烈颤抖，一点点抬起头。从下颌到削薄的唇、鼻尖……哪怕奚将阑动作再慢，终于还是和盛焦已经睁开的乌黑的眼眸对上。

两人面面相觑。

"呃……"奚将阑反应极快，倒打一耙指责道，"你竟然不换衣裳就想上床？太过不修边幅，我有洁癖你不知道吗？这次就放过你了，下不为例，免礼谢恩吧。"

盛焦面无表情，嗅到肩上衣物的血腥气，大概明白了什么，冷冷道："做坏事了？"

奚将阑故作镇定道："看来那个还虚境果然厉害，你五脏六腑都受了内伤，昨晚入定时吐了好多血……"

盛焦冷冷注视他，看他继续编。

奚将阑对上盛焦能看破一切的眼神，刚才一直提到嗓子眼的心反倒落下来，破罐子破摔，振振有词："你明知道我想杀你，还敢在我面前放心入定？你疏忽大意错信他人是你的错，同我无关。你自个儿反思反思吧。"

盛焦手轻轻摸向天衍珠，大概也想让他"反思反思"。

奚将阑反应迅速："——冬融！"

冬融又被迷迷糊糊招来，一剑劈在主人眉心。冬融心道："我又招谁惹谁了？"

盛焦蹙眉。奚将阑似乎极其忌惮天衍珠，只要盛焦的手一摸那珠子他浑身的毛都乍起来。

奚将阑能伸能屈，一劈之后见没得手，立刻熟练地将回过神的冬融一扔，一溜烟儿跑走。

盛焦垂眸。手腕天衍珠已经重新浮现幽纹，十颗闪现猩红"诛"字纹的珠子已经自行脱离，围着盛焦的手腕转来转去，发出咔咔的声响，威慑力十足。

冬融悄无声息化为人形落地，递给盛焦一套素色黑衣。盛焦神色不改地下榻穿衣，在系衣带时像是察觉到什么，温热的手掌轻轻贴在脖颈处。

冬融蹲在地上看那十颗天衍珠，满腹疑团地问："主人，若奚家屠戮之事真的同小仙君有关，您会真的杀他吗？"

盛焦系衣带的手一顿。

冬融还要再说什么，奚将阑去而复返，小心翼翼扒着门探出一个脑袋来，朝冬融招手，小声说："冬融，冬融来。"

冬融看向盛焦，盛焦背对着他继续穿衣，像是没听到。冬融"哦"了一声，颠颠跑了出去。

明明刚才还用冬融砍人家主人，但奚将阑像是没事人一样和冬融勾肩搭背，跑到行舫外的廊道边，小声道："这几年你见过春雨吗？"

冬融摇头道："没。"

奚将阑说："你们是不是能神识相连啊？你快问问他现在在哪儿？"每回都用冬融砍盛焦总归不方便，剑还是自己的用着顺手。

冬融满脸为难："春雨不爱搭理我，神识相连十回他有九回半都没回应，小仙君还是自己……"

还没说完，奚将阑就幽幽道："你以为他爱搭理我？"

冬融腹诽："那不是你的剑吗？"

春雨的脾性和冬融截然相反，就算奚将阑在他耳边叽叽喳喳，他十天半个月都不一定能说一个字，有时候还会嫌奚将阑聒噪，躲在剑里装死。此时，行舫已经悄无声息进入九霄城。

云海之上是一座空中之城，楼阁和青山白云相傍，成堆如雪山的云端竟还有瀑布落下，俨然一副人间仙境。

乐正鸠打着哈欠走过来，瞧见云端的九霄城微微一愣。他只在犀角灯和书上听说过南境最负盛名的云中九霄城，这么多年还是头一回见。

奚将阑朝他招手："鸠儿，你知道春雨在哪里吗？"

"春雨？"乐正鸠虽然不爱出门，但对美景却很热衷，他缓缓踱步过来，努力装出一副"呵，不过如此"的无动于衷的神情，但眼神却拼命往九霄城飘。他漫不经心地敷衍道："大概在剑宗吧。"

"长行手里吗？"奚将阑问。

乐正鸩终于将视线收回，抬手把宽大的兜帽戴起，随口道："应该，当时曲家的人想要折断春雨，柳迢迢差点儿哭着同他们同归于尽，最后还是他师尊亲至才让他将春雨带走。"

奚将阑问："那我们拿到'引画绕'，能顺道去一趟剑宗取我的春雨吗？"

乐正鸩点头道："行啊。"

约莫一个时辰后，行舫进入九霄城的行舫阁，翩然停在一朵云上。

鄠聿来过九霄城不少回，但每次来还是像是撒欢的狗子，高高兴兴就要往下蹦。

乐正鸩一把薅住他，蹙眉道："急什么，我们来九霄城只做两件事，为省时间还是分头行动吧。"自己还想早办完早点回药宗待着呢。

鄠聿趴在栏杆上举了举手："我得去红尘识君楼。"

"去个鬼的识君楼？"乐正鸩一把薅住他，"你随我去游丹寻'引画绕'，阿绝你们去找那什么、什么的。"

鄠聿顿时失望："啊？"

奚将阑一想起红尘识君楼就想多毛，忙道："我我我，我也去游丹好了。"

应琢和盛焦全都蹙眉。奚将阑本就是为了奚明淮的心上人而来，就算再垂死挣扎也无济于事，最后只能眼睁睁看着乐正鸩拉着不情愿的鄠聿离开行舫。

应琢见奚将阑脸色发白，轻声道："师兄不想去吗？那您在行舫休息，我一人前去就好。"

他说话温柔又体贴，却有种孔雀哗啦啦开屏的错觉，大尾巴差点儿把一旁的盛焦扫出去。

奚将阑摇头，一边下行舫一边问："奚明淮的相好叫什么？"

应琢快步跟上去和奚将阃并肩而行，道："荀娘，听说貌美无双，今日也会去选花魁。"

奚将阃在红尘识君楼待了很久，倒没听说哪个姑娘姓荀。

偌大的九霄城并非一整座云岛，而是十二座云岛拼接而成，每一座云岛皆用长长锁链连成桥，云雾氤氲从高空吹拂而过。玄铁桥上用红布系着无数木牌玉令，风一吹哗啦啦作响。

仔细一瞧，那红布上密密麻麻写着人名和祈福词，像是在求姻缘。

戌字云岛上全是花楼。红尘识君楼便是最高处的红瓦阁楼，十分好辨认。奚将阃脸色难看，只想尽快寻到荀娘，早走早了事。

今日正是花魁大选，路上密密麻麻都是点燃的云灯，不少摊贩都在兜售未点燃的云灯，等到入夜后花魁大选时，哪位佳人获得的云灯多，便是红尘识君楼的花魁。

奚将阃正闷头往前走，但还未靠近红尘识君楼便被几个小贩追上来，笑眯眯地售卖云灯。

"三位公子瞧起来面生啊，是头一回来咱们九霄城吧？"

"哎哟您真是赶上好时候了，今日红尘识君楼花魁大比，要买几只云灯献佳人吗？"

"很划算的，一灵石十盏，灯芯毁了包退换。"

奚将阃冷着脸默不作声，只顾往前走。盛焦更是不会买此物。应琢本想买几盏凑凑热闹，但见师兄不说话也只好继续往前走。

三人衣着非富即贵，若是瞧上哪位佳人一掷千金买上一堆云灯那可就赚大发了。小贩双眸放光，颠颠地追上前继续兜售，舌灿莲花说了一堆见三人仍旧面无表情，他眼珠突然一转，忙道："想必三位都听说过三年前那名震十三州的花魁吧？"

奚将阃脸瞬间绿了。他下意识想打个闭口禅过去，但手一掐诀才发现自己毫无灵力。

小贩热情地哄骗外乡人："今年那位花魁大人也定会参加大比。我有幸见过一次，那当真是惊鸿艳影宛如姑射仙子，令人神往啊。"他唰唰在云灯上写下几个字，殷勤地奉上去："三位公子为兰仙子买几盏呗。"

盛焦随意一瞥几乎举到他面前的云灯，倏地一愣。云朵似的小灯上歪歪扭扭写了三个字

——兰娇娇。

奚将阑……兰仙子彻底恼羞成怒，道："说了不买就不买，听不懂吗，南境难道和我们北境言语还不通！"

小贩哪怕遇到冷脸也丝毫热情不减，笑嘻嘻地说："公子莫生气啊，您这位同伴看起来很感兴趣呢。"

奚将阑一偏头，果不其然见到盛焦冷冷接过那盏小云灯，垂眸看字。

奚将阑心中很不是滋味，又担心盛焦发现端倪，又恨他竟然真打算买灯。他默默磨着牙，露出个吃人的微笑："怎么，盛宗主也想买盏小灯博人一笑不成？"他本是故意戗盛焦，但话一说出口，一向吝啬抠门的盛焦竟然摸出一枚灵石抛过去，将手中那盏小灯买下。

奚将阑冷冷道："盛无灼。"

盛焦淡淡地将小灯转过去，露出那歪歪扭扭的"兰娇娇"三个字给他看。

奚将阑顿时噎了个半死，在"气"和"笑"两难间，又觉"羞臊尴尬"，气焰顿消。

小贩虽然只卖出去一盏，但也乐颠颠的。

盛焦正捏着小灯等着找零，一旁突然传来个声音。

"兰娇娇真会参加今日花魁大比吗？"

这声音莫名熟悉，被尴尬羞耻埋没、恨不得直接从云端跳下去的奚将阑蹙眉回头一瞧。

说话的男人白衣、白发，站在空旷处几乎同身后的云朵融为一体，脸上骷髅面具在日光下闪现丝丝缕缕蛛网似的金色纹路。

奚将阑一愣。恶歧道的骷髅面，玉颓山？

小贩又瞧见个冤大头，赶忙说："是是是，兰仙子肯定会来，公子要买几盏吗？"

玉颓山"哦"了一声，白到几乎半透明的手指往整条街一指，温和地说："那这一条街的云灯我都要了，晚上给兰娇娇点灯竞花魁。"

奚将阑上回拿玉颓山当枪使来料理秦般般那个赌鬼父亲，此时乍一瞧见本尊，本就心虚得不得了，闻听此言差点儿直接上去和玉颓山拼命。

应琢在恶歧道待过几个月，深知此人深不可测，神色冷冷地注视他，垂在袖中的手已悄无声息凝出雪白蛛丝。

恶歧道远在北境，玉颓山为何会出现在南境九霄城？难道那"弃仙骨"竟已卖到南境来了？就连盛焦也微微皱起眉来，隐约从玉颓山身上察觉出一股令人毛骨悚然的气息。"堪天道"已是接近天道、天衍的存在，整个十三州能让盛焦产生危机感的人寥寥无几。

玉颓山没察觉到异常，还在和欢天喜地的小贩柔声说："兰娇娇今日当真会去选花魁？"

小贩点头如捣蒜，这好大一笔生意让他顾不得其他："自然，您若不信尽管去问红尘识君楼。"

"哦。"玉颓山拿出一包蜜饯，温柔地说，"我爱看美人，这云灯若能博美人一笑也算不亏。但如果今日兰娇娇没来，我可是要生气的。"

小贩只是个寻常人，哪里听说过恶歧道玉颓山的威名，忙点头："当然、当然，公子放心好了。"

玉颓山眼眸一弯，捏着蜜饯开始吃。

小贩不知危险将至，还在那傻乐。玉颓山可从来杀人不眨眼，一旦发现被骗，这一条街的人怕是都会被他用那只骨节分明的手点成骰子玩。

奚将阑拽着盛焦和应琢就走。

玉颓山拿木签戳着蜜饯，微风吹来拂过他草草用发带束起的白发，他抬头看向越走越远的三人，突然轻轻抬手，眯着一只眼睛将半透明的手指点向盛焦后心。金色的天衍灵力凝在指尖，宛如一支即将离弦的利箭，寒芒一点越来越亮。

盛焦突然转身。"堪天道"同其他灵级纹相并不同，它最凶戾无情，即使未用天衍灵力气势也凛然凌厉，只是一个眼神便让人胆战心惊。

"啊。"玉颓山被"堪天道"的气势震得指尖灵力倏地散成点点荧光，眸中杀意散去，他轻轻将骷髅面具歪了歪，露出一只漂亮的桃花眸。他笑着呢喃道："被发现啦。"

天衍珠迅速旋转，久久未停，差点儿要冒火星。

奚将阑已经走进红尘识君楼，站在台阶上喊："盛焦？"

盛焦五指一动，紧握住转得发烫的天衍珠。再次看去，玉颓山好似融于云朵中，悄无声息消散在原地。

刹那间，整条街的云灯倏地亮起。成千上万盏，在白日里也熠熠生辉，差点儿亮瞎奚将阑的眼。

红尘识君楼是数层奢靡阁楼，偌大厅堂仙气缥缈，流觞曲水竟从阁楼数层一直连绵而下，环佩叮当的舞姬足尖踏莲，舞裙歌扇，俨然一处醉生梦死的温柔乡。

奚将阑轻车熟路踏上台阶上了二层阁楼。娇俏的舞姬衣裙翻飞从雕花栏杆飞踏而过，好似翩然蝴蝶。奚将阑微微抬手扶了她一把，轻盈的美人围着他踮着脚尖妖媚而舞。

奚将阑笑起来，好似风月场的老手，手指撩起舞姬飘拂而起的一绺发，淡淡道："我要见荀娘。"

舞姬娇笑起来，素手如柔荑搭在奚将阑肩上，柔声说："公子来得可真不是时候，荀娘今晚要去花魁大比，不待客呢。"

奚将阑边上楼边道："多少灵石都不破例？"往往这句话一说出来，无论花魁再忙也会将此人奉为上宾，但舞姬腰肢柔软地跃上二楼，含笑拦住奚将阑的去路。

"公子再等几日吧。"

奚将阑微微挑眉，从善如流道："行吧，那我随便坐坐听听小曲儿吧。"

舞姬眨眨眼，奚将阑从怀中拿出一袋灵石抛过去。舞姬笑开了，这才应允三人上楼，带去一间雅间，几个戴着面纱的乐女坐在屏风后弹琵琶唱曲儿。

奚将阑撩开竹帘往下方人来人往的一楼看，啧啧道："看来这苟娘还挺难见。"

应琢第一次来花楼，上楼梯时被一个艳丽的舞姬围着转圈跳舞，浑身不自在得鸡皮疙瘩都要起来了。"师兄……对这花楼怎么如此熟悉？"

盛焦始终面无表情，手缓缓地拨动手腕上的珠子，这是把天衍珠当佛珠盘了。

"啰唆。"奚将阑左右看了看，发现并没有舞姬在二楼，悄无声息地拉开木门，低声叮嘱，"苟娘的住处应当就在上面，等会儿我上去瞧瞧，你们切莫轻举妄动。"

应琢忙道："我随师兄一起去。"

奚将阑没搭理他，踮着脚尖跑了。

奚将阑也是心大，敢把应琢和盛焦单独留在一起。

应琢注视着奚将阑鬼鬼祟祟地离去，只觉得师兄做坏事的背影都高大威武，但一转身对上盛焦那张棺材脸，神色瞬间变了。

盛焦垂着眸盯着小案上的云灯，眸光冷淡，全然没把应琢放在眼里。

应琢深知有奚将阑在，自己暂时什么都不能做，只能冷冷坐在那喝茶，心中盘算如何真正将此人搞死。

奚将阑避开人走到通往三楼的木台阶处，刚要偷偷摸摸地上去，就见一个舞姬从三楼下来。他反应迅速，立刻往木台阶下的小角落里一藏。目送着舞姬离开，奚将阑正要往前蹿，却觉身边有几个微弱的呼吸声。

奚将阑面无表情转头一看，就见那狭小角落里正蹲着三个鼻青脸肿的少年，见到他看来忙朝他露出一个狰狞的笑容。

奚将阑手脚并用往外爬，立刻就要跑。但刚一动，三个少年便伸出六只手一把薅住他："哎哎！兄弟！道友！且慢且慢啊！"

这几个少年瞧着年轻，好像是哪家世家公子，各个修为都是金丹期，虽然被揍得不轻但依然身强力壮，奚将阑毫无灵力直接被硬生生拽着衣物拖了回去。

奚将阑的法衣差点儿被他们扯下来，怒气冲冲道："你们谁啊？赶紧松开我，知道我哥是谁吗？说出来吓你们一跳。"

少年们朝他拼命"嘘"声："冷静冷静！我们是在救你啊！"

奚将阑不想听这三个看起来脑子有大病的人胡言乱语，跪在地上往外爬，没爬几步又被拽了回去。他也没察觉出这三个少年的杀意，只好停下，和他们挤在那小小角落。好在四个人身量都不高大，勉强藏得下。

奚将阑冷冷道："救我什么？"

被揍得最惨的少年揉了揉眼睛，唉声叹气道："你是不是要上楼偷看荀娘？"

奚将阑匪夷所思地看着他："说话放尊重点儿，欣赏美人的事儿，能叫偷看吗？"

"看吧，我就说他也是和咱们一样的好色之徒，愣是要去偷看荀娘。"角落里闷闷不乐的黑衣少年毫不客气地说。

奚将阑心道："怎么还污人清白呢？"

"你可别去。"黄衣少年谆谆道，"三楼有个可厉害可凶的护卫，但凡有人上去都会被狠揍一顿，毫不留情。"

奚将阑来了兴致，盘腿坐好："什么护卫？修为几何？"

"修为……我估摸着得元婴。"

"呸，化神期吧！肯定是化神！"

"我怎么觉得是还虚境呢？"

三人七嘴八舌，说到"还虚境"都沉默了，另外两人直骂他异想天开。哪个还虚境大能这么好色无耻，在花楼给花魁做护卫？脸都不要啦？

那少年却幽幽道："你们傻啊，还虚境把我们揍一顿，说出去可比元婴期揍我们要有面子得多了。"

两人纷纷开窍："是哦！"

奚将阑无语，被揍一顿说出去还能有多少面子！奚将阑听不得这三人吹牛皮，面如菜色就要走，又被他们七手八脚拽回来，苦口婆心道："道友，我看你这鬼鬼祟祟的样子，肯定也是同道中人。哥哥们奉劝你一句，那三楼真的上不得。"

奚将阑看着这三个约莫才刚及冠的少年，面无表情磨了磨牙。诸行斋那群混账东西贬损自己矮也就算了，现在比他小好几岁的少年竟然也敢讽刺他个儿矮年纪小……这往哪儿说理去？

就在奚将阑恶狠狠地盘算着把他们三个打一顿时，角落的黑衣少年幽幽道："我刚才听了一耳朵，那个护卫好像是从剑宗来的。"

奚将阑一愣。剑宗？

"不可能！剑宗的剑修眼高于顶，怎么可能会来九霄城当护卫？！"

"真的，我听得真真儿的，那人说是要堪破心境瓶颈，特来花楼历练心境，稳固修为。"

众人面面相觑。这是正常人能做出来的事儿吗？剑宗的人，八成也有大病。

少年一拍脑袋："哦对，听说还是剑宗宗主的大弟子，名唤……"

奚将阑眉头一跳。

"……名唤柳长行。"

第十六章

山雨欲来之

奚将阑蹲在角落里好一会儿，才面如菜色地爬出去，三个少年还在拉他。

"这是去送死啊！你就算长得再好看也会被他打下来的！"

"那人就是个铁面阎罗，六亲不认！"

奚将阑幽幽道："放心吧，我必不可能像你们这般丢人。"

少年们腹诽："好心提醒，怎么还带嘲讽攻击呢？"此人怎么劝都不听，三少年面面相觑，索性任由他离开，蹲在那探头探脑打算瞧此人笑话。

奚将阑将被揉皱的法衣理了理，人模狗样地抬步走上三楼木台阶。还未走上前去，就隐约感受到一股森寒剑意萦绕周遭，甚至在最后一层台阶处还形成一层厚厚剑意凝成的壁垒，阻碍所有人踏上三楼。

奚将阑脚下一个踉跄，心道果然是柳长行。也就他的剑意像是扎人的冰凌，彻骨森寒，恨不得将人原地冻成冰碴儿。

奚将阑身躯单薄却如入无人之境，无视柳长行的剑意缓步拾级而上，思绪飘飞。柳长行的师尊不苟言笑，天生剑骨甚至无情道大成，肯定不会无缘无故让柳长行来九霄城花楼丢剑宗的脸。荀娘到底是什么人，竟然能请得动剑宗之人前来相护？思量间，他已踏上最后一层台阶。

下方等着看好戏的少年吃了一惊。

"那可是剑修的剑意屏障啊！他看着毫无修为，怎么走得如此轻松？"

"蠢啊，我们看不出他的修为，八成他是哪家的大能，只是瞧着脸比较嫩罢了。"

"原来如此！"

"奚大能"抬步走上三楼，隐约听到有女人娇媚的声音幽幽传来。"剑修大人，道有什么好修的呀？您来这红尘识君楼一回，难道就不想放纵一回？贪享鱼水之欢吗？"

一人沉声道："不想，你再这样，我就出剑了。"

美人忍俊不禁："都说剑宗剑修不解风情，今日一瞧果然如此。您如此铁石心肠，难道是因为妾身不够美？"

"并非，你很漂亮。"柳长行说，"剑道苦修，我已立誓，此生不近女色。"

美人大概没见过这个品种的男人，笑得花枝乱颤。她乐得不行，也没撩拨，一挥红袖溜达着走了。

奚将阑扶着栏杆站稳身形，幽幽看过去。偌大的三楼房门紧闭，周围灯火通明，花楼特有的撩情香袅袅飘起，但端坐在椅子上的高大男人却不为所动。

柳长行横剑膝头，半垂着眸修炼，剑意萦绕周身，垂曳而下的袍裾轻轻而动。

奚将阑暗暗比画了一下，本想找点平衡，但仔细一想当年柳长行就比他高大威武，六年过去必不可能再缩水。

奚将阑只好恨恨地放下手，快步走过去，打算和好友叙叙旧。

柳长行微微垂着眸，察觉到有人朝他靠近，余光隐约扫见是个男人，顿时双手合十，俨然一副立地成佛的模样。"阿弥陀佛，施主，你再这样我就出家了。"

奚将阑脸色青绿地说："柳长行。"

柳长行一愣，倏地抬眸看来。奚将阑身穿当年的法衣，面容几乎没怎么变，抬步缓缓走来时，竟让柳长行有种时光倒退的错觉："绝儿？"

奚将阑脸色苍白："剑意收一收，我要死了。"

"轰"的一声，柳长行大手一挥，萦绕整个三楼的冷冽剑意瞬间散去。他从椅子上下来，俊美寒冽的面容像是遇到春风，逐渐融化成温暖的潺潺泉水。

只是几步距离，柳长行已然泪流满面，大步走到奚将阑面前掐着他的腰身一把将其抱在怀里掂了掂，哽咽道："绝儿，阿绝，这么多年没见，你怎么还是没长个儿？你看你瘦得跟小鸡崽子似的，是不是受了大苦？"

奚将阑被他抱得足尖都悬空，用力捶了捶柳长行，垂死挣扎道："之前没受苦，现在正在受大苦。"

柳长行落下老父亲的热泪，抱着他恸哭一场。

奚将阑差点儿口吐幽魂，艰难顺了会儿气才缓过来。柳长行堂堂剑修这些年炼体修心境，但敏感的心却没有任何长进，稍微一点破事儿就能哭得亲娘都不认识。他宽大身形坐在那儿，却弱柳扶风地擦拭眼泪。

"哥哥。"奚将阑还有要事要做，勉强没有计较他嘲讽自己矮的事，故作温柔地撩袖子给他擦眼泪，"你在这里做什么呀？"

柳长行道："锻炼心境。"

"花楼有什么好锻炼心境的？"奚将阑说，"你师尊不是说在你得修大道之前不可妄动贪念吗，你在这花楼万一心境没锻炼好，一失足成千古恨，你师尊不得把你活劈了？"

柳长行擦干眼泪，正色道："我断然不会如此。"

和剑修就不能绕弯子，奚将阑见他不上钩，索性开门见山："我刚才听朋友说，你在此处是给荀娘当护卫，可有此事？"

柳长行噎了一下。

奚将阑立刻乘胜追击，恨铁不成钢道："你你你，你怎么如此堕落？我现在毫无修为也没沦落到给人当护卫的地步，柳长行啊柳迢迢，你出去可别说自己是诸行斋的人。"

柳长行被冤枉得差点儿又要垂泪，皱眉道："师尊让我来的，我也不知为何要护她。"

奚将阑若有所思。

柳长行一心惦记奚将阑的剑招，将自己的剑递过去："来，对一下剑招给我瞧瞧你这些年有没有退步。"

奚将阑将他的剑移开，真诚地说："我能进去见一见苟娘吗？"

柳长行的神色瞬间沉下来，满脸泪痕地冷冷道："见什么苟娘，小小年纪竟然这般好色，给我耍剑。"

奚将阑和他说不通，只好朝着花魁的房门走去。

柳长行追上去将剑塞给他："练剑，练剑。"

奚将阑不想练剑，抬手就要去推苟娘的门。

"咔"的一声，柳长行将未出鞘的剑抵在门口，挡住奚将阑的手。

奚将阑抬眸和他对视，倏然一笑，轻声说："哥哥，如果我非要进去，你会杀我吗？"

"我受师尊所托，不能让任何人接近苟娘。"柳长行被泪水沁过一遭的眼眸黑沉冷冽，剑意缓缓从那冰冷的剑鞘中倾泻而出，凝成一道森寒结界格挡在门外。

他淡淡道："——自然也包括你。"

奚将阑道："我不会伤害她，只是想知道一个答案。"

柳长行默不作声。

"我堂兄奚明淮和苟娘交好。"奚将阑也没拐弯抹角，直接道，"奚明淮知道当年屠戮奚家的罪魁祸首是谁，但他已然疯了，药宗也治不好。现如今唯一的线索便是苟娘。"

柳长行蹙眉。

"只有真正的罪魁祸首才想要杀苟娘，你师尊应该是知道了什么，才会派你过来保护苟娘。"奚将阑挑眉道，"哥哥，你觉得我会为当年屠戮我全族的罪魁祸首而毁去唯一的线索吗？"

奚将阑这张嘴实在是太能说，柳长行犹豫："但……"

"我和你是同一阵营。"奚将阑掌心搭在柳长行的手背上，认真地说，"我比任何人都想要保护荀娘，你若不信，大可以问问你师尊到底在防范谁，反正必然不会是我。"

柳长行心神开始动摇。

"我在外奔逃六年，吃了无数苦，就连修为也毁于一旦。"奚将阑再接再厉，眼眸闪现一抹水光，呢喃道，"獬豸宗还栽赃我是屠戮奚家的罪魁祸首……呜。"他说着，悲伤地掩面而泣。

柳长行蹙眉道："獬豸宗不是盛焦执掌吗，怎么会栽赃你？我等会儿得找盛焦谈一谈。"

"是啊。"奚将阑说，"所以哥哥你就让我进去吧，你若实在是不放心，随我一同进去。我现在修为尽失，就是个废人……"

柳长行不满地蹙眉："住口，不许这么说自己。"

奚将阑心间一暖。露往霜来，沧海桑田，好像世事皆变，唯有诸行斋的人对他真心不改。奚将阑贫瘠枯涸的识海似乎又被潺潺泉水流过。诸行斋当真是兄友弟恭，奚将阑觉得这几年的"哥哥"喊得不亏。

"也是。"柳长行认真思索了一番，"你现在修为尽失，就是个废人，对荀娘也没什么威胁。"

奚将阑心道："啐，和他们就从来没有兄友弟恭可言！"

"但还是不行啊。"柳长行还是蹙眉拒绝。

奚将阑三寸不烂之舌都要说烂了，没好气道："为什么？"

"红尘识君楼今晚会有花魁大比，荀娘八成是准花魁。"柳长行随手将奚将阑额前散落下来的一缕长发撩到耳后，漫不经心道，"这段时日，九霄城鱼龙混杂，听说来了不少恶歧道的人。"

奚将阑蹙眉："恶歧道？"

柳长行："识君楼的楼主为了这次花魁大比耗费不少心思，大概是怕多生变故，在三楼下了不少结界法阵护住那三位花魁候选人。就算我放你进去，楼主怕也不会轻易让你去见她的摇钱树。"

盛焦不在，奚将阑胆子大得要命，眼眸微转，突然计上心头："只要是花魁候选，就能进去？"

已过半个时辰奚将阑还没回来，盛焦一言不发地起身就向外走。

应琢冷冷道："师兄让我们在这里等。"

盛焦理都没理，风似的刮出去了，应琢看着他的背影，默默磨牙。

以奚将阑的本事，怕是已经闯进了三楼，盛焦满脸漠然地寻到通往三楼的台阶，抬步就要上去。

角落里等看奚将阑笑话的三个少年都要打瞌睡了，见状赶忙拦他。"哎哎！等等！这位好色的道友！"

盛焦面无表情看来。三人一愣，被这个冷冽的眼神吓得不约而同打了个哆嗦。盛焦将柳长行森然剑意视若无物，袍裾翻飞抬步入三楼。

三个少年面面相觑，纷纷干笑。

"哈哈哈，这个肯定是一方大能！还虚境！"

"太吓人了，定然不是我们屄。"

"是是是，也许还是大乘期呢。"

姓盛的一方大能沉着脸走上三楼，还未走两步一道凌厉剑意遽然袭来，寒芒一现撞在盛焦护身禁制上，反弹之后瞬间将桌案上的茶杯震成齑粉。

盛焦眸光丝毫未动，拇指轻轻一弹冬融剑格。"锵"的一声脆响。盛焦冷冷道："奚绝呢？"

柳长行剑已出鞘，眉眼寒意像是夕阳掩盖下最后一缕日光，淡淡地说："这么久没见，你就不想和同窗叙叙旧？"

盛焦彻底不耐烦了。只出鞘半寸的冬融猛地发出一阵剧烈嗡鸣，就算是剑意也带着清冷凛冽的幽蓝雷纹，悬挂床边的珠帘呼啸着飞卷。

柳长行没能让奚将阑那病秧子出剑，此时瞧见盛焦竟真准备同他打，当即亢奋起来，悍然拔剑便冲上前。

"铮——"耳畔一声清脆嗡响。

柳长行发间玉冠应声而碎，墨发胡乱飞舞遮了他满脸。

盛焦慢条斯理收了剑。他只出一剑，没有半句废话，依然道："奚绝。"

"奚绝、奚绝。"柳长行的亢奋之意才刚起来就被迫消了下去，沉着脸收了剑，冷冷道："叫奚绝做什么，和我叙旧几句能死啊？"

盛焦不想和柳长行这种纯剑修多说废话，手中天衍珠噼里啪啦一闪，倏地指向一旁的房间。

柳长行一愣。

盛焦可不像奚将阑那般纤弱，根本懒得同柳长行斗智斗勇，大步上前就要硬闯。

"等等！等等！"柳长行赶忙拦住他，"要想进去，你得接我一剑才成！"

盛焦蹙眉，似乎觉得他这句话很令人困惑，刚才他不是都已经将柳长行顶上玉冠给切了吗？

柳长行察觉到盛焦的视线似乎在自己散乱的长发上移动，眼泪毫无征兆地哗啦啦往下流，不可置信道："你竟然如此羞辱我！"

"轰——"一墙之隔，奚将阑被震得脚下一个踉跄，被一旁的人扶稳了。

红尘识君楼的楼主名字就叫红尘，是个风情万种的艳美女人。她一袭红衣，浓妆艳抹，腰肢款款引着奚将阑往前走，手中扇子摇着，时不时往奚将阑脸上瞧，啧啧道："……还是你这张脸啊，我在九霄城这么多年，从未见过这么……啧。"

红尘说着，惊羡地在奚将阑侧脸摸了一把，越看越喜欢。

奚将阑此时用的是姑唱寺从盛焦手中逃跑时的那张脸，眼尾红痣灼灼，羽睫一扫好似能将那点艳红晕染成妖媚的绯红。脚下被震得足尖发麻，他往后瞧了瞧，心想不会是盛焦等不及打上门来了吧。

红尘推开门，唤他："娇娇，来。"

奚将阑下意识道："哎。""哎"完回过神，他差点儿想抽自己大嘴巴。奚将阑本以为红尘会将他带去见苟娘，谁知抬步进入竟是上妆的阁楼。

红尘吩咐垂首站在一旁的少女："杳杳，给他上妆。"

名唤杳杳的少女躬身道："是。"

奚将阑瞧见那五光十色的胭脂水粉就头大，选花魁八成只需要片刻就好，但这上妆试衣怕是能折腾好几个时辰。

"红尘姑娘。"奚将阑拦住要走的红尘，真诚地说，"我也不瞒您了……"他犹豫一下，道："……我其实是个男人。"

红尘匪夷所思地看着他："乖乖，你是从何而来的自信觉得自己伪装女人伪装得很好的？"

奚将阑也不软着嗓子说话了，诧异道："您知道？"

"当然啊。"红尘拿着圆扇轻轻勾起奚将阑的下巴，像欣赏画似的上上下下盯着他的脸，柔声道，"况且南境女子往往身量纤小，你身形如此高挑，五官又明显是个男人。姐姐我在九霄城这么多年见过的美人无数，你真以为能瞒得了我？"

奚将阑几乎用一种崇敬的眼神看她。这是……头一回有人说他身形高挑！

"那姐姐还让我在花楼选花魁？"

红尘用圆扇掩唇轻笑，抬手随意将身侧的窗户打开："娇娇，来看。"

兰娇娇还在因"高挑"而高兴，也没排斥这个名字，缓缓踱步过去，顺着红尘扇子所指的方向往下看去。

花楼下是一条纷纷攘攘的长街，因即将开始的花魁大比而挨山塞海。来往之人皆形形色色，十三州各地的人都有，说鱼龙混杂也不为过。奚将阑看了一眼，并未瞧出什么名堂来。

红尘像是欣赏蝼蚁似的注视着下方密密麻麻的人群，淡淡道："十三州虽世家大族众多，但最多的仍旧是寻常修士。"

奚将阑倚靠窗棂漫不经心往下看。

"我每年砸数十万灵石才能砸出一个名满九霄城的花魁，像你这样的则是一靠命二靠运，强求不来。"红尘慢悠悠地说，"百花魁首，绝代佳人，金玉灵髓堆砌出来的美人，此等人物，你觉得整个十三州有几个？"

奚将阑笑了起来。

红尘用扇子圈着下方的人，笑眯眯地道："终归我识君楼的花魁只看脸，管你是男是女呢，只要脸好看，出去露一面让他们尽皆惊叹，才叫真正的百花魁首。"

奚将阑叹为观止。

"好了乖乖。"红尘像是对待最珍爱的宝物，笑吟吟地哄他，"快去上妆吧，我去同荀娘说一声。"

奚将阑正要说话，红尘却笑着远去。

将门轻轻掩上，在门口候着的女人跟在红尘后面，眼神冰冷："楼主，那位兰娇娇的脸，莫不是障眼法或伪装？怎么会有人真长成那样？"

"我在九霄城几十年，眼力还能有假？"红尘似笑非笑，"而且就算是假的，你觉得我在意吗？"

女人沉默。

红尘身姿款款，边走边懒洋洋道："将兰娇娇今日花魁大比的消息放出去吧，顺便将花楼街那些云灯的价格翻上一翻，和小贩抽成也改成二八。这送上门来的摇钱树八成只待一日，我得趁这机会狠捞一笔。"

至于摇钱树来红尘识君楼到底是什么目的，不重要。钱才是最重要的。

奚将阑还不知道有人拿他捞钱，坐在那盯着水镜思绪飘飞。给他上妆的少女杏杏拿着胭脂在他脸上涂抹，但不知怎么的手越来越抖，竟将胭脂扑到奚将阑眼里去了。奚将阑蹙眉捂住眼。

杏杏脸色大变，"扑通"一声跪在地上，身子抖若筛糠，心惊胆战地以头抢地："饶命，饶⋯⋯饶命！"

奚将阑眨了眨眼睛，泪水将艳丽的脂粉冲开，眼圈都红了一圈。好不容易缓过来，就见杏杏吓得站都站不起来，一个劲儿地磕头喊饶命，奚将阑差点儿以为自己是那吃小孩的恶鬼凶兽。

"没事。"奚将阑尽量放柔声音，"不怪你，起来吧。"

杏杏拼命摇头，眼泪簌簌往下砸："求⋯⋯求求您，我真的⋯⋯我什么都没看到，呜——求您饶我一命。"

奚将阑脸上的笑容逐渐淡了下去，他像是想起什么，微微俯下身，温暖的手指轻轻抬起杏杏的下巴，强迫她抬起哭得梨花带雨的脸。他饶有兴致地打量许久，突然笑了："是你啊。"

杏杏一见到他笑抖得更厉害了，几乎赴死似的闭上眼睛。

"怕什么？"奚将阑轻柔地给她抹去脸上的泪痕，温柔得像是对待心上人，"我当时不是说过了吗，只要你不说出去，我就不会伤害你。"

杏杏哆嗦着道："我⋯⋯我不会说的，我没说！我什么人都没告诉！"

"好姑娘。"奚将阑柔声说，"你信守承诺，我自然也不会食言，对不对？来，站起来，不要害怕。"

杏杏看起来要吓晕过去，但还是被奚将阑哄着站起来，哆哆嗦嗦继续给他上妆。奚将阑这张皮囊美艳得过分，一颦一笑皆是风情秾丽，但杏杏却根本不敢往他脸上看，心中惴惴不安，满脑子都是三年前那一幕。

当时红尘识君楼来了位姓曲的仙君，点名要花魁去抚琴唱小曲儿。一身花魁打扮的兰娇娇以纱覆面，美艳得不可方物，手中漫不经心耍着坠着穗子的圆扇，像是终于遇到期待已久的好事，含笑进入贵客所在的幽间。没一会儿琴声悠然响起，兰娇娇抚了一曲南境尽人皆知的苦恋情曲。

杏杏当时年纪还小，被红尘叮嘱着送些助兴的东西进去，她胆子不大，又唯恐扰了贵客雅兴，悄无声息地推开门打算将东西放在幽间的小案上便走。刚小心翼翼屈膝进去，突然听到一声微弱的嗤笑。少女微微抬头，就见不远处的雪白素屏上突然闪现一抹红色，似乎有血溅了上去。杳杳满脸茫然，犹豫地往前爬了两步，终于瞧见屏风后的场景。

身上穿着里三层外三层作花魁装扮的兰娇娇正屈膝跪在地上，手中依然在优雅地抚琴，在他对面，姓曲的仙君已然倒地，胸口处破了一个大洞。

兰娇娇若无其事地坐在那儿，甚至还心情愉悦地唱小曲儿。"郎有情，是有无端情。薄礼寒门，奴着红纱买唇脂，没奈何，以血……"

小曲儿声戛然而止。眼前一片空白的杳杳已被吓傻了，呆愣地抬头，对上一双漂亮又妖冶的眼眸。

兰娇娇抚琴的无名指也沾染上一滴鲜血，他直勾勾盯着杳杳，突然温柔至极地一笑，缓缓抬起骨节分明的手指将那滴血在唇间轻轻一抚，弯眸唱完未尽的词："……以血沾。"

杳杳回过神来，瞧见奚将阑那张脸吓得手又是剧烈一抖，差点儿再次将胭脂涂到奚将阑眼睛里去。奚将阑也不生气，他将一小盒唇脂拿出，以无名指的指腹蘸了点嫣红，动作又轻又柔地点在苍白的唇上。嗯，桂花香。

杳杳目光呆滞地看着他的动作，突然悄无声息地往下一栽，彻底晕了过去。

奚将阑心道："怎么了这是？"忙去扶她，刚弯下腰却感觉璎珞扣耳饰上的天衍珠倏地一转，机关咔咔作响。

奚将阑怔然摸向耳饰。盛焦来了？奚将阑将耳饰取下，随手丢在桌案上。天衍珠散发出丝丝幽蓝雷纹。

红尘识君楼虽然瞧着只是一座高高阁楼，但一砖一瓦皆由满汀州伏家雕刻机关法纹，没有红尘首肯就算盛焦用"堪天道"将雷劈成粉末也别想在这迷宫似的识君楼中寻到他。

杳杳还在一旁软榻上晕着，奚将阑只好笨手笨脚地自己上妆。天衍珠还在噬噬闪着雷纹。

没一会儿红尘摇着扇子笑着进来："乖乖，你来就来吧，怎么还给我带来个大麻烦呢？"

奚将阑叼着钗回头："什么？"

"那位可是要把我的楼给拆了……"红尘说着，话音戛然而止，目瞪口呆盯着奚将阑那张脸，"天道在上，你的脸被谁打了不成？"

奚将阑："……"

红尘愁眉苦脸地走过来："脸蛋好也不是这么糟践的啊，给姐姐瞧瞧。啧啧，底子还是在，但若就这么出去，我红尘识君楼的招牌怕是要被你砸了。"她随手一挥，杳杳应声而醒，见状脸色更是苍白。

"别在这儿了，将我选的衣裳拿进来。"红尘吩咐她。杳杳胆战心惊地行了一礼，怯怯地离开。

奚将阑将叼着的花里胡哨的钗放下，乖乖地说："姐姐，我今日突然说要参加花魁大比，荀娘姐姐不会生气吧？"

红尘被他这句话笑得手都在抖："乖乖，你当年才在我花楼待几天呀，怎么连花娘们拈酸吃醋的语调做派都学了个十成十呢？"

奚将阑也跟着她笑。

"不碍事的。"红尘手指轻轻在奚将阑耳后摩挲，嫣然一笑，"这段时日荀娘闭门不出，据说是她一位恩客出了事，她正想法子解救呢。啧，当真是个痴情人啊。"

那位恩客大概就是奚明淮了，奚将阑若有所思。

杳杳双手捧着一套金线绣大簇牡丹纹的艳丽衣袍哆哆嗦嗦往回走，在拐角处抬眸一瞧，倏地愣住。三楼中堂布置已化为齑粉散落一地，身着黑色素衣的男人面无表情站在那儿，浑身全是森寒戾气。荀娘请来的护卫正在那苦口婆心同他说什么。

"冷静点行不行？你还是那个运筹帷幄心狠手辣的盛宗主吗你？"

"他又不能跑，你担心什么？"

杏杏隐约听到柳长行在说什么"盛宗主"，心口重重一跳。哪怕是南境人，也听说过中州獬豸宗宗主盛焦的威名，而且……杏杏大着胆子扒着柱子往那位"盛宗主"的脸上看去，等终于瞧见那张脸时，呼吸几乎停住。

三年前，花魁兰娇娇将那位姓曲的仙君残忍杀死后，大概是怕身份暴露，当着她的面用障眼法瞬息变成一个身形高大的黑衣男人。之后三日，整个九霄城都在传"獬豸宗宗主盛焦竟来红尘识君楼狎妓"。这事众人不知真假，反正犀角灯的重明鸟飞了整整三日，热闹好久才不了了之。

杏杏盯着黑衣男人和兰娇娇伪装的一模一样的脸，抓着衣袍的手缓缓用力。的确是獬豸宗宗主盛焦。盛宗主奉公守正，得知那位花魁竟然无端杀人，必定会出手将其擒拿。杏杏太过惧怕奚将阑那张似笑非笑杀人于无形的脸，她也不知道哪来的胆子，吞了吞口水，正要从柱子后面走出去见那位獬豸宗宗主。

突然，耳畔传来一个轻柔的笑声："傻姑娘。"

杏杏小辫子几乎竖了起来，惊恐地回头看去。一个白发白衣的男人不知何时出现的，正懒洋洋地倚靠在柱子上，眸中有金纹流淌，温柔又邪魅地垂眸注视她。

视线在接触到这个男人的一刹那，杏杏浑身僵硬，眼珠都无法动弹。

"他都说了不会杀你，你还不满足？"玉颓山似笑非笑地撩着少女垂在肩上的一绺发，漫不经心地说，"为何要主动寻死呢？"

杏杏迷茫地看他。

九霄城最有名的吃食是松鼠鳜鱼，玉颓山大概刚吃过，身上一股酸甜的鱼香，雪白的袖口和衣襟上还沾了几点汤汁。那张骷髅面具毫无震慑力，气质温润如玉好似哪家的贵公子。

但只是对视一瞬，杳杳便不受控制地流出一身冷汗。恐惧后知后觉泛上心头，像是一只温柔的手攥住脆弱心脏，轻缓地逐渐收紧。杀意无声地钻入身体，只是气息竟然让她纤瘦的身体无缘无故地泛起细细密密的痛苦。

"杳杳美人……"玉颓山伸出两指轻轻在杳杳眉心一点，像是吟诗似的软语温言，"赠之将离。"

馥郁花香弥漫开来。

一墙之隔，红尘终于为奚将阑上好妆，盘起的墨发上更是藏青点翠、金玉钗环插了一堆，雍容又华贵。奚将阑被浓烈的胭脂香熏得眼前发白，抬步走到窗边推开窗透了透气。视线无意中往下一落，眼尖地瞧见白衣白发的玉颓山正在街上溜达，似乎还在买云灯。

红尘识君楼已将兰娇娇的雕花锦放在阁楼之上，不少人知晓那名满十三州的兰娇娇竟也来花魁大比，当即争先恐后去买云灯。半刻钟之内，整条街的云灯从原本的一块灵石十盏，涨成十块灵石一盏。

玉颓山人傻钱多，并不在意多少灵石，走一路买一路，几乎将整个九霄城的云灯都买下了。奚将阑蹙眉看他。

玉颓山走了一会儿，突然像是发呆似的停在原地，金色眸子微微流转。他出了一会儿神，蹙眉将雪白衣袖扯了扯，小声嘀咕了句什么。

奚将阑瞧见他的口型："怎么一穿白衣裳就溅汤汁？"

奚将阑唇角微微抽动，正要将窗户关上，无意中却见玉颓山手中似乎捏着一朵鲜艳欲滴的芍药花。此时已过夏至，九霄城又甚少种花，他哪儿掐的芍药？

玉颓山漫不经心捏着那朵芍药花转来转去，很快他像是察觉到视线，突然一回头准确无比地对上奚将阑。

奚将阑漠然同他对视。

玉颓山瞧见他的脸，金瞳倏地一转，像是瞧见不可多见的美景，哪怕用面具挡着也能察觉到他的愉悦。

恰好有个小贩递给他一盏云灯。玉颓山两指托着云灯，指尖凝出一点金色光芒——竟是用那十三州趋之若鹜的天衍灵力将云灯上的灯芯点亮的。

"嗤"的一声，金色云灯粲然绽放。

奚将阑脸都绿了，"砰"地将窗户关上。

玉颓山放声而笑。

红尘左等右等没等来杳杳的衣物，蹙眉让其他人去拿。不多时，有人捧着牡丹华袍而来："杳杳不知去哪里躲懒了，衣裳就掉在外面的柱子旁，好险没弄脏。"

红尘也没多管，抖开那华丽得几乎灼眼的衣袍裹在奚将阑身上。这袍子太宽大，也只有奚将阑身量相对高挑的人能撑得起来，几绺垂曳下来的墨发落在满背的牡丹花簇中，好似漆黑妖冶的花蕊。珠辉玉丽，美艳得不可方物。

本来还在质疑奚将阑这张脸真假的女子见状也微微晃了下神。堪称妖孽的脸本该勾魂夺魄轻佻魅惑，但奚将阑手中捏着一瓣芍药花，脸色阴沉到了极点。玉颓山……

一说起恶歧道，奚将阑就下意识想到那几乎能让人上瘾的诡物"弃仙骨"。这些年玉颓山靠着"弃仙骨"积累的灵石少说能买下十个中州世家，他来九霄城，莫不也是为了售卖伪天衍？奚将阑不相信那个邪崇的人会为了一个花魁而一掷千金点那劳什子云灯，本能地有种不好的预感。

红尘围着他转来转去，只觉得他蹙眉沉脸也勾人得要命，直接将他拽起来往外走。奚将阑被打断思绪，蹙眉道："做什么？"

红尘："花魁大选。"

奚将阑一愣："不是晚上吗？"他只是想靠这个身份接近花魁楼的荀娘问到答案，本来还盘算着问完后就脱身离开，就不用在盛焦面前丢人，两全其美。

谁知红尘却道："我已告知整个九霄城，红尘识君楼的花魁大比挪到午时了。"

奚将阑："……"

红尘识君楼最高处，亭台四周覆白纱，往外延伸的木台毫无阻拦，站在边缘往下看能将整条花街尽收眼底。身着雪衣的女子缓步走到高台边缘垂眸看去，密密麻麻的人群宛如蝼蚁。云灯纷纷点亮，烛花影里不见幽明。

一只飞燕从空中展翅而来，悄无声息落在荀娘肩上。高处风声呼啸，荀娘一身白衣被吹得胡乱而飞，手指捏着银制的烟杆，烟斗中并非烟，倒像是汁液似的微微闪着淡紫色的光。

飞燕啼叫一声。

"是吗？"荀娘轻轻吐出一口雪白烟雾，明眸盯着虚空，不知在对谁说话，冷冷道，"……若我说，我不知道当年之事呢？"

飞燕又叫了一声，从中传来一个雌雄莫辨的声音："'望镂骨'相纹能够用天衍灵力看到记忆，我不信你对当年屠戮奚家的罪魁祸首不感兴趣。"

荀娘突然冷笑一声："屠戮奚家的，不正是你吗？"

"飞燕"轻笑起来："但也可以不是我。"

苟娘满脸漠然。

"飞燕"淡淡道:"你也从奚明淮记忆中得知不少旧事吧,他落在奚绝手中哪里还有命活?你想要救他,就照我说的做。只要让盛宗主的天衍珠一百零八颗都断定奚绝有罪当诛,那时天衍和天道雷罚便会泼天而下。"到时就算盛焦不想,天道天衍在上,也会强迫他手刃有罪之人。

苟娘没说话。飞燕展翅飞起来,又清脆鸣叫几声,附着它身上的灵力终于消散。

三楼中堂,柳长行还在苦口婆心地劝说盛焦:"……真的是绝儿亲口说的,他让你等着,苟娘之事他自会问个清楚。"

盛焦不为所动,手腕天衍珠除了那十颗"诛",其余悉数飞去寻奚将阑。这几日奚将阑太过乖顺,以至于让盛焦忘记这人那一堆花言巧语都是为了逃离,还是要逮回来放在眼皮子底下盯着才好。

倏地,花楼外面传来一阵喧哗吵闹之声,随之而来的是淡淡的燃烧烛火的香味,裹挟着一股奇特的味道。

盛焦眉头轻轻一皱。他大步走到窗边猛地推开窗户,外面不知何时已经聚集了数千人,密密麻麻挤在长街上仰着头往上看,眸中皆是没来由的期盼。无数云灯点亮,在烈日照耀下依然明亮。

盛焦敏锐地察觉到不对,灵力一扫,瞳孔倏地一缩。他快步走出红尘识君楼,将空中飘荡的云灯随手接住,指尖凝出一点灵力往里面一探。

熟悉的灵力扑面而来,盛焦的脸色瞬间沉了下去,是"弃仙骨"。有人将微弱的"弃仙骨"掺在云灯中点燃,散发出伪天衍的灵力气息弥漫周遭。一盏灯的伪天衍并不易察觉,或许也不会有太大问题,但是这一条长街的云灯,十有八九竟全都掺了"弃仙骨"。

盛焦一路上见过奚将阑对"弃仙骨"那近乎成瘾的后症,此刻脸色冷到极点,转瞬将四散在外去寻奚将阑的天衍珠召回。有人在趁着花魁大比浑水摸鱼。

是玉颓山。

盛焦不动声色地将那盏写了"兰娇娇"的云灯捏碎，手微微一动，天衍珠转瞬回来连成一串珠串相撞，发出清脆声响。只是还剩最后一颗珠子似乎没回来。

突然间，一旁的人群骤然沸腾起来。

"兰娇娇！果真是她！"

"天道在上！三年前我还当这人真的隐退，没想到今日又能一睹风采。"

"姣人绝艳！绝！见之死而无憾！"

盛焦面无表情抬头看去，他似乎知道最后一颗珠子去了哪里。一颗天衍珠悄无声息停在半空中，丝丝缕缕的雷纹朝着高台之上的人闪去，似乎在给主人指引方向。

红尘识君楼最高台之上，一人身着牡丹花团的华丽衣袍站在白纱半遮的亭台，察觉到吵闹之声微微垂眸看来，眼中带着一股不耐的厌烦，艳美绝俗。

盛焦："……"

第十七章

狂风掠满楼

奚将阑很不耐烦。三年前他什么都没做，直接顶着这张脸往那一站便被红尘"心肝儿""乖乖"叫着直接定了花魁，为红尘楼赚了不少灵石。

今年可倒好，还要大选，选个屁。

高楼亭台空无一人，在"兰娇娇"出来的刹那，下方尖叫熙攘声瞬间哗然而起。整个九霄城无数云灯被点得越来越亮，甚至一路连绵至云端。

下方嘈杂喧哗的人群隐约在喊"兰娇娇"。奚将阑恨不得拿掉耳饰，沉着脸转了半圈，也不知红尘是如何安排的，却连苟娘的人影都未瞧见。

"愚蠢的人。"奚将阑连自己也骂了进去，居高临下漠然盯着那几乎癫狂的人群。就算再美艳的皮囊、天纵的灵根、无上的家世，也终究不过一抔黄土来得长久。

明明求而不得，却依然痴迷，他们到底在追捧什么，奚将阑不懂。他自小众星捧月，见过无数人向他阿谀谄媚，却只觉得厌烦，甚至是怨恨的。

"既然想看……"奚将阑抬步走到高台边缘，垂眸注视着下方的人，冷漠地心想，"那就看个够，反正……"还没放完狠话，奚将阑无意中一瞥，登时愣住。

盛焦冷若冰霜站在人群中，周身天衍珠不停旋转，微微抬着眸不动声色和他对视。

奚将阑一句粗口差点儿就脱口而出了，他忙一改方才指点江山看破红尘的矫情，赶忙拎着层层华丽的裙摆，近乎狼狈地往亭台走，打算找个地儿藏起来。

盛焦怎么在下面！柳长行明明说他还在二楼中堂待着才对。

奚将阑神色冷然地快步走向亭台，四周缥缈白纱被风吹拂而起，那高高绾起的长发上钗环发饰太多，无意中将白纱钩住，将奚将阑拦住。诸事不顺。

"杀了盛无灼吧。"奚将阑一边面无表情伸手去扯那钩在发间不知哪个钗上的白纱，一边冷冷地心想，"等会儿就杀了他，我就不该在行舫上心慈手软。"

杀了盛焦，自己就不必丢脸，一举两得。

恰在这时，奚将阑眸子一抹金纹倏地闪过。他彻底不耐烦了，猛地将白纱粗暴地往下一拽，眼中疼出泪花，却咬着牙低低骂道："住口！少来管我的事。"

奚将阑心情不佳，胡乱将一绺散乱下来的墨发撩到耳后，突然手指一顿，蹙眉道："……什么？"他重新撩开白纱返回高楼边缘，低眸往下看去。

从高处看，盛焦的天衍珠四散而去，将一盏盏闪现紫色光芒的云灯熄灭撞成齑粉。那是掺了"弃仙骨"的云灯。

玉颓山为了花魁兰娇娇一掷千金，几乎半个花楼街的云灯都是他所点，数量何止千万。盛焦无法转瞬将九霄城全部的云灯熄灭，但一百多颗天衍珠速度极快，几乎一息便能灭到上百盏。

奚将阑蹙眉往下看。盛焦操控着天衍珠去灭灯，微微垂眸看向掌心的一盏写着"兰娇娇"的云灯，那是小贩强卖给他的。

奚将阑眼皮轻轻一跳，就在这时，空无一人的亭台突然刮来一阵轻缓的风，一点点轻柔地拂过奚将阑的后背。倏地，风宛如一双无形的大手，在奚将阑单薄的后背猛地一推。奚将阑一愣，后知后觉朝着高台之下栽去。

下方癫狂的众人瞬间一阵惊叫！

"当心！"

"快救人——"

盛焦瞳孔剧缩。一百多颗天衍珠瞬间从四面八方被召回，受其操控凝成蛛丝似的雷纹灵力，将坠落而下的奚将阑囫囵接住。

半空中奚将阑全然不管如何平安落地，只是微微侧身仰头看向空无一人的高台。他微微磨了磨牙，低低骂了句什么。

接着，天衍珠将奚将阑结结实实接住，像是被一股温和的气流托着他，在一阵欢呼尖叫声中落地。奚将阑身上用金线所绣的大团牡丹花好似当空绽放般华丽雍容，整个单薄身形宛如折翼的飞雁悄无声息落了地。

盛焦面无表情地看着他。

奚将阑心想："还不如摔死我得了。"但奚将阑惯会演戏，事已至此也不能掩耳盗铃，索性大大方方朝盛焦一笑："多谢仙君相救。"

围观众人顿时嫉妒地瞪向盛焦。

奚将阑不想在这儿被人当猴看，拎着裙摆快步走回红尘识君楼，花魁装扮几乎糊了一斤的胭脂水粉，香味扑鼻，呛得盛焦眉头紧锁。两人在众人注视下进了楼。

外面的动静闹得这样大，被吓坏了的红尘匆匆而来，瞧见奚将阑安然无事这才松了一口气："乖乖，你可吓死我了。"这可是送上门的摇钱树，万一出个好歹，怕是今日花魁大比也得黄。

奚将阑温声道："没事。我在亭台上未见荀娘姐姐，她可是有什么要事耽搁了大比？"

红尘还在直勾勾盯着盛焦看，闻言摇头道："并无，你们是一起上的亭台，只是有阵法隔着瞧不见对方。"

奚将阑腹诽："真会玩。"

红尘又道："刚好，荀娘方才想见一见你呢，说是有要事相商。"

奚将阑眼眸微亮，故作端庄地扶着发髻风情万种地上楼。

盛焦蹙眉注视着那牡丹衣袍的背影，抬步跟上去，面如沉水上了三楼。

花楼外的云灯依然还在一盏接一盏地点燃，天衍珠飞蹿而出，悄无声息地将"弃仙骨"的灯盏一点点碾碎。

远处高楼之上，玉颓山坐在屋檐边缘，双腿悬空，垂眸看着下方一盏盏云灯被无数雷纹击碎。狂风将他单薄的身形吹得歪了歪，好像随时都能将他刮下去。

"啧。"玉颓山捏着一小块驴打滚塞到嘴中，懒洋洋地支着下颌，笑着道，"'堪天道'果然太碍事，得尽早除掉才好。"

一只飞燕悄无声息落在玉颓山肩上，轻轻啼叫一声。

玉颓山一歪脑袋，将脸上面具微微侧歪，露出半张俊美的侧颜。雪白羽睫微微一眨，玉颓山闷笑起来："全都推到他身上？你觉得他是那种呆傻地等着你栽赃嫁祸的人？"

飞燕笑起来："否则呢？难道'堪天道'的天谴雷罚，你、我能经得住？"

"嘘。"玉颓山小口咬着糕点，心不在焉道，"我能啊，不能的是你吧？"

飞燕沉默许久，声音冷下来："你我才是一条船上的人。"

玉颓山哼唧："谁能说得准呢。"他手指一个没拿稳，驴打滚在刚换的雪白衣衫上滚了一圈，留下一道黄豆粉末。

玉颓山发了一会儿呆，突然发了脾气，冷冷将没吃完的一小包驴打滚扔了下去，不吃了。

肩上的飞燕轻笑一声，展翅从高空飞下，穿过下方人群和密密麻麻的云灯，悄无声息地飞入红尘识君楼中。

苟娘微微抬手，巴掌大的飞燕落在雪白指尖。

因兰娇娇的到来，本来三人参选的花魁大选变成两人，此时大比已然结束，红尘识君楼的人正在统计云灯数量。不过就兰娇娇那张脸蛋，在出现的刹那便胜负已定。

门被"吱呀"一声打开，苟娘抬头望去。

奚将阑发髻太过繁复，红尘在路上草草为他理了下，还有几绺墨发未束上去，轻柔落在修长脖颈处。哪怕苟娘自负貌美，见之依然被惊艳到。

奚将阑抬步绕过屏风，走到内室。他发间钗环太多，动作幅度不敢太大唯恐将脖子扭了。

满室馨香，香炉余烟袅袅而上。苟娘一袭白衣不施粉黛，拿着烟杆吞云吐雾，眉目宛如一张颓废的画。她没有半句寒暄敷衍，直接冷冷地道："奚明淮在哪儿？"

终于见到传闻中的苟娘，奚将阑轻笑起来，淡淡道："嫂嫂不必太过担忧，我兄长现在身处药宗并无大碍，只是神志暂时不清。"

苟娘大概被这句厚脸皮的"嫂嫂"给震住，红唇含着烟嘴好一会儿，才用力咬了一下，冷冷道："把他还回来。"

奚将阑点头："好的好的，等兄长好些了，我自然会送他回来。"这句温柔的话，却像是威胁。

苟娘投鼠忌器，深吸一口气，漠然地问："你想知道奚家当年事？"

"嫂嫂既然如此开门见山，我也不兜圈子了。"奚将阑坐在苟娘对面的蒲团上，同她相隔着一个桌案，一枝牡丹花插在瓷白玉瓶中，散发淡香。"六年前奚家遭难，只有我和兄长两人存活，我所为何来自然一目了然。"奚明淮的反应显然是知晓罪魁祸首是谁。

苟娘目不转睛看他半晌，清冷如寒霜的脸上轻轻浮现一个疏冷的笑容，她手肘抵在桌案上，将烟斗倒扣下来，用那光滑的斗底轻轻托起奚将阑的下巴。奚将阑乖巧得很，就跪坐在那任由她动作。

奚娘盯他许久，突然道："你九岁那年，曾因奚明淮的灵力无意中将你的糕点弄翻，便心狠手辣险些将他一只手废了。可有此事？"

奚将阑一愣："什么？"

奚娘又道："在奚明淮的记忆中，你自幼仗着父母宠爱无恶不作，只要有人让你心中不悦，你便拿着藤鞭要抽人。可是如此？"

奚将阑勾唇一笑："没有。"

奚娘自然是不信他，微微抬手将一根墨发拔掉，慢条斯理缠在奚将阑手腕上。她是真正在红尘识君楼当了数年花魁的人，哪怕满脸清冷寂寥，一举一动却皆勾魂魅惑。

奚娘缠好墨发后，又问："可有此事？"

奚将阑依然笑靥如花："没有。"墨发纹丝不动。

奚娘冷冷看他，一时分不清到底是此人太会说谎还是真的没有此事，但奚明淮的记忆又做不得假。

奚娘深吸一口气，将烟斗收回来继续吞云吐雾："我不会说的，你走吧。"

奚将阑视线匆匆一扫奚娘肩头的飞燕，不知想到什么，笑吟吟地托着腮看她："姐姐之所以不想说，是因为我幼时曾欺负过奚明淮吗？"

奚娘眉梢俱是冷意，甩给他一个"你明知故问"的眼神。

"那姐姐可误会我了。"奚将阑嬉皮笑脸地说，"奚绝这个心狠手辣的恶人，已经在十二岁那年遭了报应死透啦。"

奚娘眉头一皱，扫了一眼奚将阑纤细手腕上的墨发丝，依然没有动静。

"你什么意思？"奚娘不动声色道，"你不是奚绝？"

"是啊。"奚将阑眼波流转，灵动又欢快，"我名唤晏聆，是北境一家小门户出身。十二岁那年奚绝少爷并未觉醒相纹，我反倒走了大运觉醒灵级相纹。"

奚娘目不转睛盯着这人的脸，妄图从他的细微表情看出端倪。但奚将阑太自然了，神色没有丝毫异样，自顾自地说故事："……奚家的人无意中寻到我，便将我请到奚家改头换面来顶替奚绝。喏，我这张脸才是真正的脸，不信你可以问红尘楼主。"

荀娘本来只觉得这个孩子很好掌控，也好栽赃嫁祸，但只是短短半刻钟的接触让她彻底改观。这些年荀娘见过无数人，却从来没有人像奚将阑一样让她觉得深不可测。那笑容明明温煦又乖巧，她却莫名毛骨悚然。此人怕不像表面上那般人畜无害。

奚将阑笑吟吟地接着说道："奚家如此待我，我就算粉身碎骨也要报仇雪恨。"

荀娘冷冷道："你觉得我会信你？"

"姐姐若不信我，难道还要信罪魁祸首吗？"奚将阑若无其事地问。

荀娘瞳孔剧缩："你！"

奚将阑手肘撑在桌案上，直勾勾盯着荀娘漂亮的眼眸，压低声音道："姐姐，药宗早已避世，奚明淮在婉夫人处性命无忧，但他知晓当年罪魁祸首，无论你是否为那人做事，这一条便已为他和你招来杀身之祸。只要那罪魁祸首还活着一日，你们便永远不得安心。"

荀娘垂在一旁的手猛地一缩。

"我没有理由要杀你们。"奚将阑弯着眼睛柔声道，"只要你说出那人是谁，药宗、剑宗、让尘、横玉度……甚至是獬豸宗宗主盛焦，都会保护你们。"

盛焦这个名字几乎是公道、天道的象征。荀娘五指一颤，眸中冷厉散去，她近乎走到绝路似的呢喃："盛宗主……当真？"

奚将阑再接再厉："当然啦，奚家之案六年未破，盛宗主也便寻了六年的线索，可见他公道无私。"

荀娘沉默半晌，微微咬牙终于下了决心："让我信你，可以，但你要让我看你的记忆。"

奚将阑反应极快："哦？姐姐的相纹是玄级'望镂骨'？"

荀娘点头。

奚将阑笑容不减，心想："这可难办了，被她看了记忆这不是得露馅吗？"

荀娘似乎早察觉出他刚才那一通话是在撒谎，冷冷道："我只看当年奚家被屠戮那晚的记忆，其余不会多看。"

奚将阑乖巧一笑，满脸无辜："姐姐说什么呢，就算让您自我从小玩泥巴的记忆开始看，我都问心无愧。"

荀娘才不信他这张巧言令色的嘴。但奚将阑话锋一转，委屈地说道："但还是不行，我现在修为尽失，你用'望镂骨'抽我记忆，怕是会将我弄成个傻子。"

荀娘漠然："我只是玄级，修为又只是金丹期，伤不到你这个到过化神境的神魂。"

奚将阑往后一撤，避开荀娘再要点上来的灵力，言笑晏晏："姐姐还是先告诉我，你在奚明淮记忆中看到过的罪魁祸首是谁吧？"

荀娘垂下手。

奚将阑温声道："我只是想要一个名字。"

荀娘并未回答，奚将阑也不着急，漫不经心地支着下颌朝窗外看去。他本是想打发时间，但一瞥后突然微微蹙眉，下方的云灯……似乎有些奇怪？

云灯本是夜晚而亮，白日里阳光太烈就算点燃也很难看到火焰，但从高处往连绵不绝的云海望去，却发现那灯竟在隐约闪烁着熟悉的紫光。

与此同时，奚将阑经脉中猛地泛上来一股强烈的枯涸龟裂之感，像是即将枯死的花枝。奚将阑猛地收紧宽袖中的手，不着痕迹地催促道："姐姐，如何？"

荀娘霍然起身，冷漠道："我还是要看你的记忆。"说罢，她将手中烟杆一扔，金丹期灵力遽然朝奚将阑眉心劈来。

奚将阑虽然修为不在，但逃跑的功力依然不减，当即就要往后撤去，只是他腰身一折，地面烟斗处散出的紫色灵力透出白中混合着紫色的烟雾。

奚将阑只吸了一口便暗叫糟糕，是"弃仙骨"。"弃仙骨"饮鸩止渴，痛苦和渴求彻底浸入骨髓，一旦失去那伪天衍便会痛不欲生。奚将阑之前用了那么大一团，本该生不如死，却因盛焦那两日源源不断的天衍灵力而止住那种癫狂的渴求。就好像……天衍灵力就是"弃仙骨"这种剧毒的解药。

奚将阑根本来不及细想，苟娘灵力已撞了上来。

她的灵力并未带丝毫杀意，甚至没有激起奚将阑肩上"灼"字天衍珠的禁制，而是直接化为小小的钩子贯入奚将阑识海。

在外的盛焦似乎察觉到什么，猛地推门而入。

奚将阑眼眸空白一瞬。苟娘反应极快，瞬间将奚将阑一段记忆强行钩了出来，好似烟雾般凝成一幅虚幻的画卷，强行呈现在三人面前。

六年前，狂风暴雨夜。

奚家横尸遍野，有些尸身甚至被强行抽出相纹，血肉模糊横在地面，被滂沱大雨冲刷出狰狞的血痕一路汇到池塘中，锦鲤拼命在水中扑腾。偌大池塘已变成血红一片。

漆黑天边降下闪电，将好似乱葬岗的奚家废墟照得一瞬惨白。在一刹那，一个身形纤细的人站在雨中。那人浑身湿透，长发胡乱用一枝桂花枝绾着，身穿及冠时华美艳丽的衣袍。

电光一闪而逝。很快，又是一道闪电悍然而下，终于照亮那人的脸，是奚绝。

乞巧节那日，少年奚绝及冠礼，他身量依然细瘦，站在尸海中似乎瞧见了什么，突然微微一歪头，舌尖轻轻将唇角的一滴血舔去。

奚绝言笑晏晏，好似盛开在地狱黄泉的恶花，邪崇又艳美。"哎呀。"少年笑着说，"哥哥，你看到啦？"

轰——雷声戛然而止，"望镂骨"烟雾瞬间散去。

苟娘匪夷所思地看着他："你……"

奚将阑似乎被震蒙了，不可置信地看着那段记忆，嘴唇都在微微发白："不……不是。"

"叮——"盛焦猛地回神，手中天衍珠竟然未受他催动而主动旋转，且此次速度极快，像是斩钉截铁般两息便下了定论。

原本只是十颗的"诛"字天衍珠，此时却瞬间变成了五十颗。

刹那间，五十颗天衍珠聚集的杀意在盛焦的相纹中乱窜，他后颈处闪现金色光芒。盛焦倏地睁开墨黑眼眸，冰冷无情。无穷无尽的杀意好似一股凛冽寒风刮过盛夏。

奚将阑脸色苍白如纸，只有眼尾那点红痣灼眼，好似要滴血。他微微侧身看向盛焦，察觉到他身上凛冽的杀意，沉默好一会儿突然笑了出来。明明盛焦身上全是森冷寒意，但奚将阑不知怎么想的，竟然缓步走到盛焦面前。

盛焦一愣。奚将阑知道那五十颗珠子代表什么，他也不辩解也不逃走，反而淡淡道："盛无灼，下手吧。"

盛焦瞳中冷意一顿。

奚将阑闷闷笑着，只是笑着笑着眼泪倏地从漂亮的眸子滑落："你信天衍珠，并不信我。反正我终归会死在你手中，倒不如现在就死，省得徒做挣扎，多添难堪。"

"奚绝。"盛焦冷冷地问，"我只最后问你一遍，奚家屠戮，可与你有关？"

奚将阑沉默许久，羽睫湿润地鞔然而笑："天衍珠从无错判，果然名不虚传——好啊，我承认，奚家屠戮的确同我有关，'望镂骨'的记忆也是真的。"

盛焦的手猛地一用力。天衍珠一瞬安静，并未因他的话而有反应。

奚将阑却还在笑："方才你也听到了吧，我不是奚绝，晏聆才是我的名字。奚家为了独占我的相纹，杀了我爹娘，又强迫我伪装成奚绝入天衍学宫。我蛰伏这么多年，就是为了有朝一日能屠戮奚家，报仇雪恨。"

盛焦不知有没有信，只是眼神越来越冷。

"盛宗主，断案吧。"奚将阑眼眶含着热泪，笑得温煦又绝望，低喃道，"就像在申天赦幻境中那样，断我报仇雪恨屠杀奚家全族，到底有罪还是无罪？"

盛焦垂在一旁的手猛地用力，眸中的冷漠似乎在动摇。

奚将阑眼泪簌簌而落，在盛焦愣怔的刹那，温柔启唇："听之、任之——缚灵。"

盛焦瞳孔一缩，隐约觉得不妙。虚空猛地传来阵阵琉璃破碎声，奚将阑已经抽身后退，身边萦绕着好几只琉璃鸟雀飞来飞去。"换明月"的灵力毫不留情将毫无防备的盛焦吞没，强行将"堪天道"的灵力死死束缚住。

奚将阑孤身站在那儿，将一绺长发撩到耳后，微微侧眸看来，在苍白脸上留下斑驳泪痕，眼尾的红痣像是被浸在水中的血玉。

"我方才不是都叮嘱过盛宗主了吗……"奚将阑不知何时已将盛焦的天衍珠拿到，他慢条斯理擦掉脸上的泪水，注视着那串因失去灵力而彻底黯淡下去的珠子，笑得邪气又艳美："不要信我的话啊。"

盛焦脸色一凛，体内灵力全然被困住，丝毫动弹不得。

奚将阑朝他嘻嘻一笑："盛无灼，你又上当啦。"

奚将阑虽然修为全无，但终究神魂入过化神境。荀娘只是抽了他一段记忆，灵力转瞬消耗殆尽，脸色苍白地捂着胸口伏在桌案上喘息。

奚将阑钩着天衍珠朝盛焦笑。这张脸太过艳丽，盛焦甚至怀疑他本就长这样，而并非一张伪装的皮囊。

盛焦手指轻轻一动。奚将阑像是盘佛珠似的把玩着天衍珠，虽耳朵听不到，但终于反将盛焦一军令他愉悦——他可太怀念少年时无论自己说什么、盛焦都会傻乎乎相信的时候了。

"盛宗主小心。"奚将阑淡淡道，"您可是受天道眷顾，未来要得道飞升的命运之子，若是强行破开'换明月'而致相纹受损修为倒退，那可得不偿失啊。"

那五十颗天衍珠，将两人好不容易缓和下来的关系彻底降入冰点，这几日虚假的和睦碎成一地惨不忍睹的残渣。奚将阑又开始阴阳怪气叫盛宗主，等会儿八成还会叫"天道大人"，

盛焦冷冷道："你不信我。"

奚将阑漫不经心地闷笑道："天道大人不也从不信我吗？"

果不其然，盛焦拧眉看着失去光泽的天衍珠，眸子冷沉。

奚将阑盘了一会儿就玩腻了天衍珠，也不管盛焦什么反应，随手将珠子一丢。一百多颗珠子哐啷啷砸在地上，四散滚落。

奚将阑走到苟娘身边，若无其事地继续道："姐姐，我的记忆你也看过了，能告诉我奚明淮的记忆中那个罪魁祸首是谁吗？"

苟娘嘴唇渗出一丝血，冷笑道："不就是你吗？"

奚将阑手指在桌案上慢条斯理地画着圈，笑了起来："我在奚家养尊处优，身为十二小仙君身份威赫矜贵，连盛宗主的爹我都敢指着鼻子当面骂得他狗血淋头。这等身份如此风光招摇，为何我要主动毁去庇护，让自己沦落到现在这个苟延残喘、谁都可以随意栽赃嫁祸的下场呢？"

苟娘蹙眉："晏聆……"

奚将阑打断她的话："我若真的是晏聆，奚家杀我爹娘，我恨到要屠杀奚家满门，那为什么会独独留下个奚明淮？"

苟娘一愣。

"所以姐姐……"奚将阑温柔道，"那个人到底是谁呀？"

苟娘抿着唇沉默半晌，不知想通什么，终于嘴唇轻启："他是……"苟娘尝试半晌，愕然发现自己不知在何时竟被下了闭口禅，无法说出那个名字。

奚将阑道："将你看过的奚明淮的记忆给我。"

荀娘却摇头，"望镂骨"只是玄级，无法抽出自己的记忆。

奚将阑蹙眉。

荀娘脸色苍白，沉默半晌呢喃道："你们……当真会保护我和奚明淮？"

奚将阑一愣，意识到荀娘此等聪明的女人定会留有后招，当即深情款款地说："我保证。"

荀娘并不知晓奚将阑这个小骗子的为人，微微咬牙，正要说话时，一直安安静静站在窗棂上的飞燕倏地化为一只紫色鸩鸟，势如破竹朝她飞来。

鸩鸟浑身皆是剧毒，但凡沾上一滴便神仙难救。

奚将阑身形虽然孱弱但速度极快，一把将荀娘护在身下，手如疾风猛地掐住那展翅的鸩鸟，用尽全力将其死死按在桌案上。

"呲——"鸩鸟翅膀只是同桌案接触便像是熔岩似的开始腐蚀，奚将阑的掌心传来一股灼热，黑紫毒汁布满他的指缝，却没伤之分毫。

盛焦祭出冬融剑，剑光森寒呼啸而来。

一缕黑雾从奚将阑后颈钻出，原地化为一个和奚绝这张脸极其相似的少年。"无尽期"凶巴巴龇着牙，一把将鸩鸟死死掐住，像是啃肉饼似的用两颗小尖牙狠狠一咬。

鸩鸟惨叫一声，瞬间化为一缕毒烟，被黑猫吞噬入腹。

奚将阑突然道："柳长行——"

"砰！"房间骤然一阵地动山摇，电光石火间，一旁的门被粗暴破开，柳长行浑身剑意悍然而入，长剑倏地出鞘。

锵——灵力和剑刃相撞一声脆响。

荀娘怔然回头，却见柳长行的剑僵在半空，似乎在同一股无形的力量对抗，一股尖锐的杀意悄无声息刺破她后心的外袍，只差一寸便能穿透她的心脏。

盛焦面如沉水扣住荀娘的手往后一甩，荀娘雪白衣摆宛如花般绽放，又胡乱跌倒在角落里。

冬融剑寒芒一闪，虽无灵力但剑意森然，悍然劈在桌案上。

奚将阑看也没看，伸出舌尖将指腹上的毒液舔干净，眼中含着笑走向角落里惊魂未定的荀娘。

荀娘眼中浮现一抹狠厉，终是彻底下定决心。既然那人要杀她，那索性一起死。荀娘嘴唇都在发抖："奚明淮的记忆……"

奚将阑单膝跪在他身边，因刚舔了鸩羽上的毒，艳红嘴唇泛着乌紫，墨黑眼眸一衬，莫名诡异阴邪："什么？"

荀娘身后的墙上悬挂着镂空桃花画，她用力攀住那画，咬牙切齿道："在这里。"

奚将阑微怔。

下一瞬，荀娘不知哪来的力气突然一把抓住奚将阑的手腕，涂了蔻丹的指甲尖利地将小臂内侧划出一道狰狞血痕来。

奚将阑也不躲闪，目不转睛看着她。此时荀娘除了相信他，已无路可走。

荀娘勉强将一道灵力灌入桃花画中，当即呕出一口血，墙面红光绽放，一枝桃花骤然从画中探出。枝蔓陡然长成参天大树，花瓣绯红遍布狭窄房间。

奚将阑瞳孔缓缓一缩，只觉身体像是被一股无形的力量往桃枝桃花织成的幻境跌去。

房间还在剧烈颤抖。一阵混乱中，盛焦不知何时出现在奚将阑身侧，一把扣住他的手腕。桃花瓣骤然炸开无数粉色细碎荧光，纷纷扬扬从半空落下。墙上木制的桃花画前，奚将阑和盛焦已不见踪迹。

❖

好似做了场梦。

朝阳从如意纹的镂空窗落到九思苑，桌案上纸墨笔砚、卷宗心法书凌乱摆放，奚绝埋着头趴在一堆书中呼呼大睡。他好像很缺觉，已睡了一早课还是睡眼惺忪，温掌院的天衍课上依然困意不减。

温孤白手持卷宗，语调温柔地念着枯燥晦涩的内容，让奚绝睡得更沉。其他几个少年也昏昏欲睡。

鄷聿悄悄写了几句话，团成一团扔给奚绝。奚绝被砸了下脑袋，含糊地双手抱住后脑，像猫似的继续睡。

鄷聿实在太过无趣，又写了纸丢给横玉度。横玉度端坐在那认认真真蘸了朱砂在书上做标注，鄷聿一个纸团打过来，将他笔都打歪了。

但凡换个人肯定要和鄷聿拼命，但横玉度脾气太温和，无声叹息将笔放下，把纸团拆开。"明日历练，你同谁结队？"后面龙飞凤舞画了个"鄷"字落款。

横玉度换了支笔写了几个字丢回去。

鄷聿拆开看："我双腿不良于行，已是累赘，便不去历练了，徒增麻烦。——玉。"

鄷聿又写了纸抛给乐正鸩。乐正鸩还因为之前被抽，手背遍布红痕，乍一被纸碰到，疼得他"嘶"了一声，兜帽下的眼神宛如恶兽，恶狠狠朝着鄷聿瞪来。

鄷聿顿时屃了，小心翼翼爬过去，将纸团捡回来丢给柳长行。几个少年就在掌院眼皮子底下传纸条。

奚绝困得要命，隐约被一股喧哗声吵醒，揉着眼睛爬起来，就见以鄷聿为首的几个少年正委屈地站在大太阳下罚站。横玉度倒是没被罚站，却让他端坐在那儿，将一叠皱巴巴的纸拿起来，艰难地大声念上面的字。

奚绝不明所以，还以为横玉度在念书，却听到他读道："……哈，哈，哈，盛焦是个闷葫芦，没人想和他一起历练，玉度不去，我们两两组队，刚好够。"

横玉度面无表情念完，将那纸团放到下面，继续念下一张。

"奚绝是个惹祸精，迟早弄死他。"

"哈哈哈。"

"中午吃什么？"

"小酥鱼小酥鱼，让尘请我吃小酥鱼吧。"

其他人如丧考妣，恨不得一把火烧了那沓纸。温孤白坐在阳光中，含着笑看众人罚站和念纸条。

偌大的九思苑中只有奚绝和盛焦，盛焦置若罔闻，端正地坐在奚绝的座位上垂眸写标注，好似周遭发生什么都与他无关。奚绝打了个激灵，微微清醒了些。

温孤白也不授课了，奚绝松开盘得酥麻的腿爬到盛焦桌案前，像是没有骨头似的趴在整齐叠放的书卷中。

小奚绝坐在盛焦对面，含糊道："闷葫芦，他们在欺负你呢。"

盛焦并未理他，继续写字。

奚绝眉眼全是困意，迷迷糊糊地笑："我不嫌弃你。要不明日历练，你同我组队吧？"

盛焦握笔的手微微一顿。

奚绝实在是太困，说完后没等到回答，脑袋"啪嗒"一声趴在书卷堆里，竟然又睡着了。

盛焦的笔尖迟迟未落，凝着的墨水"啪嗒"一声落在白纸上。

但翌日，奚绝早已忘了自己睡得迷糊时曾答应过什么，随着温孤白入了秘境后，便欢呼着和酆丰一起叽叽喳喳地跑了。

盛焦孤身站在原地，注视着小奚绝跑远的方向，半晌才选了相反的方向漠然离开。

只是给一群十二三岁的孩子历练的秘境，当然不会有太高品阶的凶兽，充其量只能算一处山清水秀的秘境小世界。奚绝却像是没见过什么大世面，见什么都嚷嚷。

鄷聿嫌和他一起丢人，道："小仙君，你克制点，别拉着我一起丢脸成不成？"

奚绝笑嘻嘻地和他勾肩搭背："第一次来秘境嘛，体谅体谅，别叫我小仙君了，叫我奚十二吧！"

鄷聿说："你要点脸。"

奚绝说："不要不要。"

鄷聿这个天级相纹能嫌弃奚绝任何东西，却独独不能嘲讽他的灵级相纹，只好捏着鼻子道："十二小仙君，您也只有在我面前耀武扬威。咱们诸行斋有四个灵级相纹呢，你敢和他们炫耀自己'奚十二'吗？"

奚绝得意挑眉："我当然敢啊。"

鄷聿啐他："之前的灵级相纹在少年时也没像你这般招摇放肆啊，你还是收敛收敛吧。"

奚绝歪着脑袋："灵级相纹不是都会成为仙君吗，为何不能放肆？"

"你就不怕有朝一日你相纹没了？"鄷聿随口说。

奚绝愣了愣，似乎呆住了。

鄷聿说完后就觉得这句话太像咒人，忙拍了拍自己的嘴："我瞎说的，你别放在心上。"

奚绝笑起来，随意地问："现在除了诸行斋的四个，其他灵级相纹的人全都飞升成仙君了吗？"

"好像还有一个没飞升吧。"鄷聿若有所思，"好几百年前的一位仙君了，我也不怎么清楚。"

两人插科打诨一路薅灵草掏鸟蛋，兴致勃勃玩了大半天，找了棵幽静的树在下面坐着歇息。奚绝懒洋洋趴在鄷聿肩上："哥哥，我饿。"

"滚蛋。"鄷聿没好气地推他，回头将一块糕点塞给他，"喏，拿去啃——你比我大，叫哥哥你都不害臊的吗？"

奚绝笑嘻嘻地捧着糕点啃，啃了一嘴糕点渣。

午时，参天大树旁的幽潭传来一阵轻微的震动，一个庞然大物猛地从水底翻上来，像是锦鲤般在水面翻腾。

"扑通"一声，巨大的水怪溅起数十丈高的水，稀里哗啦将树下的两人泼了个透湿。

奚绝糕点还没吃完，迷茫看着那好似海鲸的怪物，眸光微微呆滞。

鄷聿比他有经验，伸手胡乱揉了下奚绝的脑袋，没好气道："吓成这样？你真的是奚家小少爷吗，我都怀疑你被哪个乡巴佬夺舍了？那是于迍。"

奚绝小脸全是水痕，干巴巴道："鱼，鱼！"

"于迍。"鄷聿道，"水系凶兽，被某位仙君用缚绫困在此处，放心吧，它也就每日午时挣扎一会儿，翻不出什么水花。"

奚绝缓了好一会儿才回神，但他太欠了，探头探脑地爬到岸边："万一掉下去呢，它会不会把我吃啦？"

鄷聿嗤笑："你是三岁小孩吗，还能掉……"

话音未落，"扑通——"

鄷聿惊恐转头，就见刚才还在岸边的奚绝已经没了人影，水面上荡漾起一圈涟漪。

"奚绝！"鄷聿彻底被吓到了，赶忙扑过去，"奚绝？！"

恰在这时，于迍又在翻腾。它身形庞大，浑身布满漆黑鳞片，鱼身之下竟然是两条巨大蛇尾。若是被蛇尾缠住坠入幽潭中，奚绝这条小命也就彻底没了。

鄷聿吓坏了，他不会水，灵力又完全不能和于迍对抗，只能哆嗦着掐着灵力去寻温孤白。

突然，一道漆黑人影猛地跃入水中，瞬间不见了人影。

鄷聿一愣。盛……盛焦？

奚绝浑浑噩噩，只觉得呼吸越来越弱，迷糊的视线中隐约有个庞然大物朝他缓缓游来。"真丑啊。"奚绝还有心思瞎想。就在他微微闭眼任由自己往下坠时，一只手突然抓住他的手腕，猛地用力，将奚绝单薄的身体拽住。

奚绝一愣，迷茫抬头。盛焦面上皆是冷意，天衍珠灵力并不充沛，散发着黯淡微光凝成单薄结界护住两人。

于迩浑身锁链稀里哗啦地响，朝两人扑来。"砰——"

奚绝吓得呛了一口水。

于迩只是一下便将盛焦的天衍珠结界彻底撞碎，盛焦双唇绷紧，全然不顾重伤的五脏六腑，用力带着他朝水面游去。于迩不死心，这次直接张开血盆大口妄图将两人直接吞入腹中。

奚绝呆愣许久，突然像是不耐烦似的，面无表情伸出手，金色灵力倏地从掌心而出，轰然撞在于迩眉心。"滚开！"

那处似乎是凶兽死穴，也不知道奚绝是如何找到的，只是轻轻一道灵力便将它击得惨叫一声，庞大身体挣扎翻滚。

盛焦趁着机会瞬间带着奚将阑破开水面。

"盛……盛焦！"奚将阑猛地伸手似乎想要抓住什么，浑浑噩噩地呢喃着："救……"

一股桂花香弥漫，混合着浓烈桃花香，将奚将阑呛得咳了一声。他已从梦中惊醒，浑身发抖许久才终于缓过神来。

盛焦正垂眸看他，黑沉眸光好似十年如一日，从未变过："做噩梦了？"

奚将阑刚刚醒来，浑身懒洋洋的，他脸皮厚，也不觉得方才还对天道大人喊打喊杀封了人家灵力有什么心虚的。他含糊道："没有。"

盛焦没拆穿他显而易见的谎言。

奚将阑只觉浑身疲倦，随意瞥了一眼，发现两人似乎正在一处桃林中，四面八方全是灼眼的粉色，上面竟也看不到天幕。

"这是哪里？"

盛焦言简意赅："幻境。"

华丽的牡丹花魁衣袍还裹在身上，奚将阑嫌重，一边解一边随口道："奚明准的记忆应该在此处，等会儿得找一找。"

盛焦"嗯"了一声。

奚将阑解了半天才终于将里三层外三层的花魁衣袍解下，他只着雪白衣裳轻松站起身，四处张望："这幻境多大？不会像申天赦那样得找许久吧？"

盛焦将花魁衣袍叠好搭在小臂上，闻言淡淡道："灵力。"

奚将阑似笑非笑看他："给你灵力，那五十颗珠子肯定要我吃苦头，我才不给。"

盛焦说："不会。"

奚将阑："不给。"

两人僵持不下，只好决定边走边找。四处皆是一望无际的桃花，每一棵都是参天大树，桃花开到头顶遮天蔽日。

奚将阑随手掐了枝桃花，枝刚折断便化为粉色斋粉落在掌心，桃花桃树皆是虚假幻影，只要找到唯一的能摸得到碰得着的东西，就能找到奚明准的记忆。

"盛宗主。"奚将阑漫不经心碾着掌心的细碎斋粉，随口道，"这六年，你见过温掌院吗？"

盛焦蹙额："甚少。"盛焦连诸行斋同窗都很少见，一门心思只顾獬豸宗公事，就算每年诸行斋相聚也从未参加过。

奚将阑淡淡道："是吗？"

突然，一旁传来个熟悉的声音："你们在说什么呢？"

奚将阑回身。柳长行不知在那看了多久，手中正拿着一个粉色桃子，满脸迷茫地看着他们："好端端的，怎么说起温掌院？我倒是经常见，有什么问题吗？"

奚将阑唇角抽动："你怎么进来了？"

柳长行皱眉："你这话怎么听起来还挺不乐意？我要不是担心你出事，至于跟进来吗？"

奚将阑揉了揉眉心："没有，我就是担心你进来，苟娘会不会出事？"

柳长行一愣："糟了！我给忘了！"

奚将阑更头疼了。

"那赶紧出去啊！"柳长行将桃子在衣袖上蹭了蹭，边说边要往嘴里放。

奚将阑随口道："我得找到奚明淮……"话音未落，他眼睛瞪向柳长行手中的桃子："等等，你桃子哪儿来的？"

"随手摘来的。"柳长行不明所以，"想吃，你拿去好了。"

奚将阑快步走上前，一把抢过用力抚摸，就见那鲜红的桃子瞬间破开伪装，化为一个晶莹剔透的琉璃球，这是奚明淮的记忆。奚将阑彻底松了一口气。

柳长行好奇地看着那琉璃球问："这是什么？"

"没事，没事。"奚将阑将琉璃球收起来，用力拍了拍柳长行的肩膀，夸赞道，"哥哥，你的运气真是绝了。"本以为还要在这桃林幻境找上许久，没想到柳长行一来就寻到了，得来全不费工夫。

柳长行不稀罕奚将阑的夸赞，总觉得阴阳怪气的，他担心苟娘出事，也没多问，直接道："你知道这阵法怎么出去吗？"

奚将阑了了一桩心事，随口道："用灵力破开？"

柳长行幽幽道："我要是在这里能用灵力，还用得着耽搁这么久？"

奚将阑一愣："你无法用灵力？"

"嗯。"

这可就难办了。奚将阑摸了摸下巴，在四面八方看了一圈："我瞧瞧看，这里好像是个阵法——嘶，我不太擅长阵法，这往往是伏瞒的活儿。"

柳长行道："至少你比我精通。"柳长行每回阵法课要么抄伏瞒的要么抄奚绝的，很少及格。

此处只是个藏东西的地方，茍娘也不会太精密的阵法，奚将阑在最大的几棵桃树边走了几圈后，终于发现这阵法端倪。只是他第一反应却是脸色微绿，心想糟糕。

柳长行见他脸色不对："怎么？破不开吗？"

奚将阑转身认真道："我们还是想怎么找回灵力吧。"

柳长行愕然道："为什么？"

"这是阵法'逢桃花'。"奚将阑道，"很难破，得需要灵力。"

盛焦像是透明人似的跟在两人身边，本来等着阵法破，听到"逢桃花"三个字，愣了一下后，默不作声走到一旁盘腿坐下，竟然开始打坐起来。

柳长行突然大笑三声："哈、哈、哈！"

奚将阑狐疑看他，傻了？

"不瞒你说，我从天衍学宫出师后，把所有阵法都忘得一干二净，唯独记住了'逢桃花'。"柳长行淡淡道。

奚将阑眼珠子都瞪出来了。

柳长行斩钉截铁道："只要用两人的童子血滴在阵眼和生门处，便能直接破阵，不用浪费灵力。"

奚将阑匪夷所思："你闲着没事记这个做什么？"

"你管我呢。"柳长行是个狠人，当即灵力一闪，将指尖血逼出，熟练地找到阵眼滴了进去。

果不其然，指尖血落入阵眼后，地面法阵倏地闪现一道红光。有机会！柳长行高兴极了。

奚将阑一言难尽。

"来啊，绝儿。"柳长行拉着他熟练地走到生门，捏着奚将阑的爪子抖了抖，"快点，你自己逼指尖血，我出手怕是粗暴得很，别把你小鸡爪子给剁下来。"

奚将阑委婉地说："哥哥，我觉得吧……咱们还是先恢复灵力吧，到时候用剑劈开阵法，多威风啊你说是不是？"

柳长行嫌他太啰嗦，直接粗暴地用灵力在奚将阑食指指腹一划。

奚将阑还在嘟哝："真的，等一等，哥哥！你先听我解释，咱们用灵力——啊！"奚将阑的指尖血倏地滴在生门阵法处。

柳长行颠颠地等着阵法破除。但左等右等，生门阵法却没有像阵眼那般散发红光。柳长行和奚将阑大眼瞪小眼，谁都没说话。

不知过了多久，柳长行突然将奚将阑的爪子一甩，厉声道："奚将阑——"

奚将阑当即心虚地一屁股坐在地上，努力将自己缩成小小一团，抱着膝盖闷不作声。

"我说过什么，运日说过什么，掌院又说过什么？！你都抛诸脑后了是吧！"柳长行愤怒得头发都要竖起来，眼泪控制不住唰地往下落，哽咽道，"你没了修为就这么自甘堕落吗？！你你你，你小小年纪怎么就那么贪图享乐呢？！"

奚将阑被骂得头都抬不起来，将脸埋在膝盖中默不作声。

柳长行气得半死，胡乱一抹眼泪，骂骂咧咧："你真是要把我气死了！你还骗我，我看你就是个好色坏子！"

奚将阑头一回被骂得不敢回嘴。

柳长行不像乐正鸠那样会骂人，颠来倒去地只会骂那几句，没一会儿就词穷了。他气得脑瓜子嗡嗡的，揉着眉心好一会儿，低声呵斥道："等出去我再和你好好算账！拉着诸行斋其他人一起和你算总账！你给我等着！"

奚将阑不吱声。

柳长行怒容满面，泪水又啪嗒往下落，被奚将阑这个"不孝子"给气得差点儿晕过去。

盛焦端坐桃花树下，眉目冷若冰霜，好似不食人间烟火的神祇。有了奚将阑做对比，柳长行越看盛焦这副"没有世俗欲望、无情无欲"的模样就越满意。

"唉。"柳长行重重叹了一口气，走到盛焦身边，骂骂咧咧地数落道，"绝儿也太不自爱，叮嘱过无数遍的话都当耳旁风，还好这回咱们三个进'逢桃花'，否则指不定困死了都出不去。"

盛焦睁开冰冷又无情的黑沉眼眸，一副清心少欲的无情道大能气派，漠然和他对视，气势凛然，赛雪欺霜。

柳长行满意地直点头，理所应当道："——无灼，给我一滴你的指尖血，我去破阵。"

盛焦面如沉水，微微偏头，冷淡道："让他将灵力还与我，我便破阵。"

"啊？"柳长行蹙眉，"绝儿封了你的灵力？"

"嗯。"

柳长行蹙眉道："不过就算还给你，你也无法在'逢桃花'动灵力，我拎剑试过，连棵树都劈不开……"

盛焦冷冷道："那是你。"

柳长行眼泪又落下来了："你竟又如此羞辱我。"

盛焦冷漠闭上眼睛，一副油盐不进不给灵力就不破阵的模样。当年他被整个诸行斋排挤，看来也有原因。

柳长行但凡被中伤"剑术太差"，肯定要哭上一遭，但盛焦根本对他的眼泪无动于衷，他只好满脸泪痕地走到奚将阑面前。

"绝儿，快将灵力还给盛宗主。"柳长行坐下来，强忍着骂他的冲动，劝说他，"苟娘还在外面不知生死，咱们先出去再说。"

奚将阑没想到盛焦竟然在这里等着他，眼眸都瞪大了："我……他！

我就算给了他灵力，他也劈不开这幻境。"

"谁让他劈阵法了？"柳长行奇怪道，"他已答应，拿到灵力就会用指尖血破阵。"

"我不给！"奚将阑冷冷道，"我死也不给，我们一起死在此处好了，反正我早就不想活了。"

柳长行捏住他的耳朵尖往外轻轻一揪，不悦道："不要耍孩子脾气——你若担心盛焦的天衍珠会害你，哥哥在此保证，就算豁出去这条性命也会护你平安无恙，不让他伤你分毫。"

奚将阑看向盛焦。盛焦对此不置一词，眼睛都没眨，只说："给我灵力。"

奚将阑气得要扑上去打他，骂道："我给你大爷！"

柳长行忙拦住他。

奚将阑死死抓着柳长行，这次的可怜样根本不是装出来的，眼圈微红道："哥哥，你信我，给了他灵力我肯定小命不保。"

"哦。"柳长行说，"你这个小骗子嘴里没有半句真话，我不信。"

奚将阑没想到自己平时做的孽，竟然像是回旋镖直接扎到自己身上，扎得他满脸痛苦、有苦难言，恨不得抽自己一巴掌。

柳长行不敢和盛焦硬碰硬，只好撺掇奚将阑赶紧答应天道大人的条件，还了灵力取盛焦指尖血破阵才是正道。

奚将阑此等睚眦必报的脾气哪里肯受这种憋屈，冷冷地一振衣袖，盘腿坐稳。"就这么耗着吧。"他冷冷道，"看谁能耗过谁。"

柳长行蹙眉："你我三人都在幻境中，苟娘孤身一人，怕是会有危险。"

奚将阑漠然道："我管她死活。"

柳长行诧异道："你刚才不是还保证，会保护她和奚明淮吗？"

奚将阑似笑非笑地说："我这个小骗子，嘴里还有一句真话？当然也是哄骗她的。"

柳长行惊愕地看着他。

奚将阑对上柳长行的视线，愣了好一会儿，偏过头笑着讥讽道："我的本性你们不早就一清二楚吗，天衍珠断我罪断得没错。我此番本就是为了奚明淮记忆而来，既然记忆已拿到，我还管她死活做什么。在你们心中，我不就是个为达目的不择手段的阴险小人吗，你现在又……"接连不断自嘲的话好似一把未带剑柄的锋利剑刃，伤人的同时自己也遍体鳞伤。

奚将阑甚至都不知道自己在说什么，只想要驱除心中难言的难堪和羞耻，哪怕用痛苦去填他也甘之若饴。

但话还没说完，柳长行突然伸手将他单薄身躯紧紧抱在怀中，奚将阑一愣。

柳长行身量宽阔，没怎么长个的奚将阑几乎被他拥了满怀，热泪簌簌从脸颊滑落，滴落在奚将阑发间，胡乱滚落在地。

"好绝儿。"柳长行泪流满面，哽咽着道，"你可吃了大苦了。"年少时的奚绝倨傲矜贵，骄纵狂妄，柳长行从未听他说过这种自轻自贱的话。

奚将阑呆了好一会儿，眼眶微微一红，抖着双手环抱住柳长行宽阔的背，将脸埋在柳长行怀中，呜咽道："哥哥……"

柳长行摸着他散乱的发，温柔道："嗯。"

盛焦冷眼旁观。

奚将阑浑身微微发抖，声音都带着哭腔："你信我吧，盛焦就是故意算计我的。"

柳长行幽幽道："绝儿，你又找骂是不是？"

奚将阑顿时嫌弃地推开他："不信算了，那就在这儿干等着让荀娘从外面将阵打开吧。"

柳长行蹙眉："我怕她也自顾不暇。"

"我留了人保护她。"奚将阑擦掉脸上虚假的眼泪，冷冷瞪了盛焦一眼，"我们等上一刻钟也照样能出去，就不劳烦天道大人了。"

盛焦默不作声。头顶桃花瓣簌簌随风，被风卷着飘入望不见的天幕。

"真桃花啊？""逢桃花"外，黑猫化为少年，蹲在桃花画旁边捏起一片花瓣，"这个季节哪来的桃花？"

偌大内室已经成一片废墟，前来暗杀荀娘的灵力已接连被黑猫撕毁吞噬，它美滋滋地饱餐一顿。荀娘坐在角落调息重伤的经脉，不置一词。

"无尽期"明明化为人形，却还像是猫似的蹲在那儿，优雅地舔了舔爪子，酷似奚将阑花魁脸蛋的眉目间浮现好奇之色："他们什么时候能出来呀？"

荀娘闭眸，轻声道："这个阵法难进，但很好出。他们寻到储存记忆的琉璃球，不出片刻就能出来。"

"无尽期"说："哦。"他变回黑猫继续舔爪子，但是四只爪子都舔了个遍，也不见里面的人出来。

"无尽期"从未离开奚将阑这么久，像是失去依附的纤细藤蔓，不安地嘟啵："怎么还没出来？他不会出事了吧？奚将阑？将阑！"它跑过去蹲着后足伸爪子去拍那木雕画。

荀娘终于调得差不多了，轻轻睁开浓密羽睫，蹙眉看向桃花画。

黑猫等不及似的："不能直接让他们出来吗？"

荀娘摇头："这个幻境是我用来藏奚明淮记忆的，开始布时就没打算让人进去。就算是我也很难同一天强行打开第二次。"

黑猫蹙眉。

"再等等吧。"荀娘道，"应该是有事耽搁了。"

第十八章

祸水东引去

一个时辰后。奚将阑腿都麻了，"逢桃花"幻境愣是没有丝毫变化。

三人面面相觑。

柳长行委婉地道："绝儿，还继续等吗？"

奚将阑噎了一下。仔细回想，方才苟娘打开阵法时好像呕了口血，想来这阵法从外面怕是很难打开。

盛焦垂眸坐着，散落地面的袍裾已落了一层虚幻桃花。

奚将阑默默磨了磨牙，站起来走到盛焦面前一屁股坐下，冷冷道："我将'换明月'解开，你当真能破开阵法？"

盛焦言简意赅："能。"

奚将阑知道盛焦从不会做无把握之事，思忖片刻，突然道："但这次我封住你的灵力是凭借我自己的本事，等你破开'逢桃花'后，能不能再让我用一次'换明月'封你灵力？"

饶是盛焦再处变不惊，也被奚将阑这番话给镇住了。他实在想不通，奚将阑到底哪来的胆子和脸皮说出这种话？但凡换个脑子正常的人，都必不可能答应。

"我害怕。"奚将阑眸子冰冷地注视着盛焦，"我怕你的天衍珠，所以答应我吧，求求你了。"

盛焦岿然不动，冷淡道："我若反悔，你当如何？"

奚将阑对盛焦这种闷葫芦莫名信任，笑嘻嘻道："你可是獬豸宗宗主啊，又不是我这种巧言令色的骗子，出尔反尔哪是君子所为？"

盛焦眉间轻蹙，似乎不满这句话："你也在诸行斋九思苑受学四年。"

奚将阑愣了愣，像是听到什么笑话似的笑了出来："我为了活着，连尊严都能舍弃，还能算什么君子呢？天衍学宫出了我这等丢人现眼的学生，怕是把招牌都砸了吧。"

盛焦五指微微一蜷。

"你答应吗？"奚将阑羽睫湿润地注视着他，哪怕提出再无理的要求，态度也是可怜兮兮的，就好像盛焦不答应他便是罪大恶极之人。

盛焦漠然与他对视。

奚将阑大概也觉得自己脸皮太厚，想了想又加了个筹码，两指捏起那枚琉璃球在盛焦面前一晃："你若应允，我便将奚明淮的记忆给你。"

这个筹码终于说明了诚意，盛焦抬手去拿那枚琉璃球："好。"

奚将阑却往后一撤，嬉皮笑脸道："君子一言，等我出去了就给你。"

奚将阑也知道自己鬼话连篇，在旁人眼中信誉几近于无，本以为盛焦会不信他，正要绞尽脑汁给他几个没啥用的保证。没想到盛焦只是点点头，示意成交。

奚将阑诧异地眨了眨眼睛。

盛焦道："灵力。"

"哦。"奚将阑回过神来，难得乖巧地去解灵力。"换明月"是奚将阑本已下好的言灵，不用灵力便能催动。

"逢桃花"幻境满树桃花，桃瓣随意飘散，纷纷扬扬宛如一场雪。法印落下的刹那，盛焦被禁锢的灵力瞬间恢复，和还虚境全然不同的灵力波动像是一场突如其来的骤雨狂风。

灵力遽然散开，以雷霆万钧之力荡漾至四面八方。只是一瞬，整个幻境成千上万棵桃树被震得花落满地，狂风席卷朝天幕而去。

盛焦漠然起身，一身灵力险些将猝不及防的奚将阑扫了出去。柳长行一把接住摇摇欲坠的奚将阑。

奚将阑怔然看着盛焦，心脏狂跳，一股没来由的危机感瞬间涌上心头。盛焦……已不是还虚境。他甚至不算半步大乘期，心境和灵力悉数已破瓶颈，此时只差雷劫便能彻底一跃成为十三州寥寥无几的大能。大乘期之上，便是得道，被天道封为仙君飞升。

奚将阑不知想到什么，脸色煞白如纸。"逢桃花"能限制还虚境及以下修士的灵力，却无法阻拦大乘期。

盛焦面无表情，甚至不用天衍珠或本命剑冬融，掌心凝出一团雷纹灵力，在偌大幻境中宛如风雨欲来前的强势威压。无数桃树化为齑粉，桃林转瞬荡平，一览无遗。

盛焦沉着脸将掌心灵力猛地落向阵眼处。就见一阵红光和雷纹相撞，地面出现丝丝龟裂，须臾间延伸至四面八方。

幻境，瞬间破了。

从阵法幻境到现实的感觉宛如撕破虚空，奚将阑这个毫无灵力的身体像是被无数双手朝周遭生拉硬扯般，撕裂感蔓延至整个神魂，但也只是瞬间。等到奚将阑微微喘息着睁开眼睛时，三人已经回到红尘识君楼。

墙上的桃花画像是被雷劈过，冒出丝丝缕缕的黑烟。站在窗边往下看的荀娘被惊得转身，视线落在已经彻底毁坏的"逢桃花"阵法上，神色愕然。

"无尽期"等得不耐烦已经在追着自己尾巴转圈，乍一瞧见奚将阑，高兴得热泪盈眶："奚将阑！"它四爪一蹬，肥胖的身躯依然矫健，"咻"地蹦到奚将阑肩上，亲昵地蹭了蹭他的脸庞，倏地化为一团黑雾绕着奚将阑脖子转了两圈，钻入后颈消失不见。

奚将阑摸了摸后颈，轻轻浮现出笑容。

荀娘轻轻问："记忆拿到了？"

"嗯。"奚将阑两指捏着琉璃球，皮笑肉不笑道，"藏得还挺深。"差点儿将他仨困死在里面。

奚将阑捏着球，正要问问荀娘这怎么看，后知后觉听到窗外似乎有喧哗声。他走过去往下面一扫，发现那群选花魁点灯的人竟然还未散，甚至更加狂热地将云灯点着抛向红尘识君楼。

"这是怎么回事？"奚将阑问。

荀娘道："红尘识君楼的老规矩，为花魁点灯最多的贵人，会被奉为贵宾迎入顶楼雅间。"

在奚将阑被困在"逢桃花"的一个多时辰里，红尘已经清点花灯数量——兰娇娇当之无愧为新花魁，众人已然欢呼一阵。

荀娘低声道："今日点灯最多的是一位姓玉的仙君，据说已被楼主请来花楼了。"

奚将阑的笑容瞬间消失，又是玉颓山那个混账。

话刚说完，门被人轻轻一敲。红尘推门而入，瞧见这满室狼藉讶然眨了眨眼，但她大概有急事，也没多过问，反正砸了再重新布置就是，红尘楼不缺钱。

"乖乖。"红尘笑得温柔，"能和姐姐借一步说话吗？"

奚将阑蹙眉："直接说便是。"

"那位玉仙君到了。"红尘道，"他今日为你点灯五万盏，想请你去雅间一叙。"

五万盏，其中不知有多少掺了"弃仙骨"。

丝丝缕缕的伪天衍并不成气候，未服用过"弃仙骨"的人闻了，只能算和花楼助兴的撩情香差不多，只要不常常吸食便无大碍，怕就怕这玉颓山在打其他坏主意。

"听说姐姐和售云灯的分成是八二分，"奚将阑似笑非笑，"我为姐姐赚了如此多的灵石，不分我一杯羹说不过去吧？"

大概是玉颓山开价太高，爱财如命的红尘听到此话竟也没和他翻脸，思忖好一会儿拍案道："成啊，分，分你一半。"

盛焦和柳长行心道："这小骗子，惯会赚钱。"

奚将阑也没多说，他也想会一会玉颓山，微微一点头："嗯，请仙君稍候，等会儿我就过去。"

红尘一喜，高高兴兴地走了。

奚将阑从盛焦小臂上拿起他脱下的花魁外袍随意披在身上，漫不经心朝外走去。

荀娘犹豫："奚绝……"

奚将阑将琉璃球一抛，头也不回道："放心吧，那人神通广大，知晓我拿到奚明淮的记忆定然不会再揪着你不放。"他一笑，意有所指："就算要杀，也是来杀我才对。"

荀娘一愣。

奚将阑没多说，转身离开。况且柳长行在此，除非大乘期亲至，才能真正要了荀娘性命。

四周全是"弃仙骨"的气息，奚将阑好不容易将"弃仙骨"的后症给熬过去，乍一吸入伪天衍——哪怕只是空中微弱的那几缕，体内经脉的渴求也跟着缓慢泛上来。玉颏山来者不善，奚将阑摩挲着琉璃球，咬破牙齿上的毒丹强行积攒出一丝灵力正要往琉璃球里探，身后传来一阵脚步声。

盛焦跟上来了。

奚将阑这才意识到还有个更大的麻烦没解决。盛焦在诸行斋从不与人说话交谈，若不是奚将阑成天带着他玩，他八成会和伏瞒一样存在感全无。这么多年过去，盛焦身份、修为今非昔比，哪怕什么都不说依然压迫感十足，让人无法忽视。

奚将阑停下脚步，微微侧身，似乎在等盛焦。

盛焦神色冷漠，似乎还带着点不悦，沉着脸刚走上来，奚将阑突然拉开旁边空无一人的狭窄幽室，用力将盛焦往里一推。

两人挤进去，"砰"地将门关上。这间幽室狭窄又背着光，视线所及一片昏暗。

奚将阑冷冷道："没想到天道大人竟然也学会算计人了，难道说是近墨者黑，是我这个诡计多端的人带坏了天道大人不成？"

盛焦凛若冰霜，在昏暗中漠然看他。

"盛无灼，说话。"奚将阑冷冷道，"说点我想听的。"

盛焦沉默好一会儿，说了句奚将阑最不想听的："不要唤我盛无灼。"

奚将阑当即怒道："盛焦！信不信我真的杀了你！"

"信。"盛焦冷然道，"你真的要去见玉颓山？"

奚将阑冷笑："对啊，为什么不见，这是规矩。"

奚将阑一和他说话就来气，狠狠一咬牙，强行克制住骨髓中细细密密蔓延全身的痛苦，面如沉水掐诀就要朝着盛焦用"换明月"。盛焦这个准大乘期让奚将阑莫名忌惮，还是要先封了他灵力，以免夜长梦多。

盛焦却淡淡道："记忆。"

奚将阑浑身痛苦难耐，已没心思和他插科打诨胡言乱语，生平第一次这么乖顺听话言而有信，二话不说将奚明淮的记忆递过去。

盛焦将球接过收起来，却没有像他们说好的束手就擒。

奚将阑蹙眉："干什么？"

盛焦墨黑眼眸沉沉盯着奚将阑苍白的脸，不知瞧出什么异样，突然像是改变主意似的，眼神一凛，指尖凝出灵力，瞬息凝成个缚绫朝奚将阑手指缠去。

奚将阑瞳孔一缩，警惕道："堂堂獬豸宗宗主难道言而无信吗！别动，我要用'换明月'。"

"你用。"盛焦说。

奚将阑莫名有种不好的预感："那……那你不要反抗。"

盛焦却说："我答应过不反抗吗？"

奚将阑惊骇地看他。盛焦公正端方，好似在獬豸宗断案，满脸皆是令人信服的清正坦荡，说出的却是近乎要无赖的话。

"可你……"奚将阑真急了，"你答应我封你灵力，不就是默认不反抗吗，否则我怎会拿奚明淮记忆这么重要的东西去换？"要是盛焦反抗，那还有交易的必要吗！

盛焦冷淡道："我没答应这个。"

奚将阑气炸了："盛焦！"

盛焦修为完全碾压他，垂着眸不顾奚将阑的挣扎，终于将缚绫缠在奚将阑纤细的手指上，死死缠了无数圈，束缚住他。

奚将阑体内那好似万千虫子啃噬的痛苦不知怎么突然像是被一股流水似的灵力压制住了——那是从缚绫传过去的盛焦的灵力。

缚绫缠好后，盛焦眼神冰冷，漠然道："去吧。"

奚将阑整个人都傻了。从来只有奚将阑鬼话连篇、出尔反尔诈别人，哪里想过自己有朝一日会被最正直的盛焦反将一军！

盛焦眉眼凛冽冷寂，宛如雪山之巅常年森寒的冷石。和奚将阑的恣肆纵情全然不同，盛焦无论在何处都是一派寡情少欲的模样，此等高岭之花，奚将阑从未想过提防他。

"盛无灼。"奚将阑嗓音都在抖，抱着最后一丝希望，妄图让此人拾起君子的皮，喃喃道，"食言而肥，寡信轻诺，你所行之事对得起天衍学宫的栽培吗？你……还是君子吗？"

盛焦安安静静和他对视，语调冷然疏淡："不是。"

盛焦从来清风峻节，此时板着那张无情无欲的脸耍无赖，奚将阑怒不可遏之余，竟然有种自己带坏盛宗主的心虚。

"我……我不逃。"奚将阑能屈能伸，勉强露出个笑容，将手递上前，可怜巴巴地故态复萌，乞求盛宗主，"你给我解开吧，求求你了，盛无灼。"

盛焦垂眸冷冷看他。

奚将阑被他这个看破一切的眼神气得脑袋都在发蒙，怒气冲冲推开他："滚……滚开。"

盛焦往旁边一撤，让开门口。奚将阑一时又找不回场子，只好用力拉开门就往外跑。盛焦看着他狼狈而逃。

奚将阑跑了两步大概觉得太跌份儿，转过身来冷冷放了句狠话："你要是再敢这样算计我，我真杀了你。"奚将阑五指朝着盛焦心口一点，威胁道，"叭……就……就叭的一下，你就死了。"

盛焦面容冰冷，不知有没有信他打肿脸充胖子的狠话。

奚将阑说完只觉更丢人，沉着脸见为他点了五万盏云灯的玉仙君去了。

盛焦面无表情看着奚将阑离去，好一会儿才回过神将那颗琉璃球拿出来。"望镂骨"的记忆像是桃花飞絮，萦绕在半透明的珠子中缓缓飞旋。

盛焦手指轻轻摩挲珠子，将一股天衍灵力缓缓灌入其中。这珠子来得太过轻易，总让盛焦莫名有种不祥的预感。似乎从姑唱寺贩卖奚清风的相纹开始，探查奚家被屠戮之事顺利异常，可明明六年间他动用獬豸宗一切眼线查遍十三州，也没有寻到半分线索。

从姑唱寺奚清风相纹出现，到恶歧道应巧儿，再到疯了的奚明淮……最后到九霄城红尘识君楼，找到奚明淮的记忆。好像一切都有人在引导着他来寻那所谓的真相。

盛焦甚至本能地不相信这珠子里的"记忆"是真的。

天衍灵力将"望镂骨"的琉璃球瞬间充盈，"嗤"的一声闷响，偌大琉璃瞬间像是水球似的在盛焦指尖爆开。桃花、飞絮瞬间纷纷扬扬地萦绕整个狭窄幽间。

昏暗幽间中，一连串记忆缓缓从烟雾中浮现。暴风骤雨下，乞巧节的纸灯浸在全是血的水中，视线所及，似乎是奚明淮拎着灯迷茫地往前走，偌大奚家几乎每一步都能瞧见一具血肉模糊的尸身。奚明淮似乎是吓傻了，跟跄着跪倒在倾盆大雨中。

轰隆隆——轰雷掣电，眼前煞白一片，照亮远处两个厮打在一起的漆黑人影。奚明淮跪坐在一棵桂树下怔然看去。

奚家家主正在和身着黑衣的人交手，灵力在大雨中冲撞出璀璨火花，砰砰作响。但奇怪的是，奚家家主明明是个还虚境，对上黑衣人竟然落了下风，像是被某种无形的力量压制着，能使出的灵力竟然只有十分之三。

轰隆隆，又是一阵惊天巨响，黑衣人的剑悄无声息穿透奚家家主的胸膛。奚明淮悚然看着，整个人都在疯狂颤抖。

倏尔，慢条斯理擦剑的黑衣人似乎听到动静，微微侧身，兜帽下眼神森冷。奚明淮一惊，趔趄着摔倒在地，手撑在身后拼命地往后退。

黑衣人低低笑了起来，剑微垂，剑尖划过地面积水，溅起一道雪白水花，慢条斯理地朝着奚明淮而来。

奚明淮下意识想要逃，但浑身却也像是被压制住一般，双腿用力蹬地却根本无法起身，只能眼睁睁看着那尊杀神含笑而来。明明只是几步的距离，奚明淮却感觉过了数百年般，他无处可逃，只能惊恐地瞪大眼睛看向面前的人。

黑衣人居高临下看着他，笑吟吟地说道："你看到了？"

电闪雷鸣，雪白电光猛地将面前之人的脸照亮。黑与白交替数次，电光才消停，彻底黯淡下去。

奚明淮猛地瞪大眼睛。那张脸……

盛焦霍然挥出一道灵力，脸色阴沉至极地将记忆定格在电光闪现的那一刹那，瞳孔剧缩盯着那张脸。那人墨发微垂，面容温煦柔和——竟是天衍学宫掌院，温孤白！

应琢等得脑袋上都长蘑菇了。外面的喧哗与他无关，只听师兄的话乖顺坐在那儿，等。但是半天过去，奚将阑愣是没回来。苟娘难见，师兄不会出事了吧。

应琢眉头轻皱，手指无意识地轻动，几根蛛丝绕着手腕缠来缠去。

自从上次在恶歧道想将奚将阑做成傀儡而被杀了后，应琢便不敢对奚将阑太过强制专横。离相斋多出妖邪，应琢一向乖戾，无所畏惧，但每每在奚将阑身边却莫名被压了一头，有时他甚至觉得奚将阑比自己更像离相斋的人。看着人畜无害吊儿郎当，实则乖僻邪谬。

应琢深吸一口气，做足心理准备，将"檐下织"悄无声息地顺着红尘识君楼散发出去，慢吞吞地去寻奚将阑所在方位。只是雪白蛛丝才刚探出去，突然像是被人捏住一般，轻轻一拽。应琢倏地睁开眼眸，冷冷看向门口。

玉颓山黑衣白发，近乎半透明的手指捏着肉眼根本瞧不见的蛛丝，言笑晏晏道："哟，小蜘蛛，这么巧啊。"

应琢脸色一变，霍然起身。

玉颓山捏着马蹄糕啃了一口，面具下的视线上上下下将应琢打量一番，意有所指道："你这具躯壳不错，我想拆一拆，看看能不能也弄个新躯壳。"这话太理所应当了，好似应琢这个躯体已是他的囊中之物。

应琢敏锐地察觉到此人来者不善，掌心猛地翻出一团灵力。下一瞬，玉颓山伸出手朝他眉心倏地一点。

应琢浑身一僵，像是被某种力量强行压制，傀儡那逼真的眼眸倏地涣散，整个人悄无声息化为玉石模样。只是须臾，应琢放置在这具躯壳中的分神便已散去，只剩一副木头空壳。

玉颓山笑吟吟地将这具木头傀儡变成一只小蜘蛛，让它趴在自己手背上，边逗边回了红尘为他准备的雅间。这是红尘识君楼最奢华的雅间，往往只招待贵客仙君。

一掷千金点了五万盏云灯的玉仙君正落拓不羁地坐着，桌案上放着丰盛的吃食，本该全是撩情香和胭脂水粉气息的雅间中全是菜香。

玉颓山优哉游哉地盘腿刚坐下，一只"飞燕"悄无声息地飞来，原地化为一个半透明的人影。

那人淡淡道："如何？"

玉颓山头也没抬，饶有兴致地让小蜘蛛在他手背上爬来爬去，心不在焉地说道："温掌尊急什么，就算他拿到奚明淮的记忆，天衍珠也不会定你有罪。"

烛火倏地一闪。宛如一道电光，照亮那道分神的脸。

温孤白淡然站在窗边，似笑非笑道："就算日后东窗事发，你也不会受天衍雷谴，自然不急。"

玉颓山捏着小杯小心翼翼浅尝九霄城的酒。但他大概从未喝过酒，才含了一口便重重咳嗽起来，呛得眼圈通红，捂着唇半天才缓过来。

玉颓山咳得面具都歪了，隐约瞧见一只金色眼眸。那只桃花眸……竟有些像奚将阑?

温孤白淡然道："盛焦断罪的天衍珠已然五十颗，过不了多久，天衍雷谴便要到了。"

玉颓山将面具戴好，咳得嗓子微哑，含糊道："奚明淮的记忆被我动过手脚，盛焦肯定能看出来，只要他心有疑虑，天衍珠便不会妄下定论，况且……"他终于缓过来，却不愿再试酒，闷闷不乐地拿着糕点啃，继续道："那小骗子惯会骗人，盛焦第一反应定然是怀疑他动了手脚。"

温孤白笑着道："你是不是把盛焦想得太过愚蠢了?"

"你要实在怕死……"玉颓山随口道，"等会儿小骗子过来，我在他身上下个'祸水引'的阵法，就算日后盛焦断罪到你身上，只要将因果雷劫引到他身上就好了。"

温孤白脸色微沉，似笑非笑道："你倒是舍得?"

"舍得啊。"玉颓山漫不经心道，"若是不推个替死鬼出来，盛焦迟早会查到我们身上，此事早了结对你我都好。"

温孤白默不作声。

玉颓山支着下颌看向雅间门口，眸中带着点对"替死鬼"即将到来的期盼。"来吧。"玉颓山像是吟诗似的呢喃道，"快点过来。"

雅间之外，姓奚的替死鬼正沉着脸拢好被盛焦险些扯下来的衣袍，眼眸倏尔闪现一丝金纹。"能不能闭上嘴？"他冷冷道，"不要总看我笑话。"

黑猫化为黑雾趴在奚将阑肩上，疑惑道："什么，我没说话。"

奚将阑没回答，伸出小指轻轻勾了勾，眉眼中全是不耐烦："缚绫，你知道怎么解开吗？"

黑猫幽幽道："你未免太看得起我了。"

奚将阑说："那我要你何用？"

黑猫顿时炸毛："你对头、獬豸宗宗主，还虚境！'堪天道'！无论哪一个都能压死我这只可怜又可爱的小猫！我就算使出吃奶的劲儿，也只是吞噬缚绫片刻罢了。你还指望我解开，奚将阑你说，我如果有这个本事……"

奚将阑突然道："等等，你说什么？"

黑猫歪头："我这只可怜又可爱的小猫？"

奚将阑没搭理它的自吹自擂，道："你说你能吞噬缚绫片刻，也就是说盛焦会以为缚绫断了？"

黑猫不明所以："对啊。"但也只是盛焦以为，灵力消失后，奚将阑还是个被人拿线放的风筝，根本跑不了多远。

"哦。"奚将阑拉长了音，唇角轻轻勾起一个狡黠的笑容，伸手摸了摸黑猫，笑眯眯道，"真是只可怜又可爱的小猫啊。"

黑猫语塞，怎么无缘无故夸它？这小骗子又在打什么坏主意？！

十步之外便是玉颓山所在的雅间。玉颓山也能吃得很，一桌子丰富的糕点被他扫荡了一大半，温孤白已化为飞燕落在窗棂上，一言难尽地看着他吃吃吃。饿死鬼投胎吗？

吃了半天，门口依然没有动静。

玉颓山歪了歪脑袋，隐约有种不好的预感，他正要叫红尘识君楼的小厮过来问问花魁还来不来，紧闭的雕花门突然被人一剑劈开。

玉颓山顿时放下心来："哦哦哦！"兰娇娇来了！

温孤白心道："哪家的花魁来陪客是用破门而入的粗暴法子？"

果不其然，有人迈着沉重步伐而来，强悍的威压宛如一道狂风猛地扫进雅间，将奢华贵重的饰品震碎成齑粉簌簌落地。偌大屏风轰然倒地。

玉颓山欣然抬眸看去。盛焦宛如一尊杀神，面容森冷带着铺天盖地的戾气而来，手中冬融剑散发的寒意让整个红尘识君楼都结了一层薄薄寒霜。

玉颓山顿时失望地拿了个糕点塞嘴里，边啃边含糊道："什么啊，不是兰娇娇啊。"

一百零六颗天衍珠四散而开，盛焦长发在背后飞舞，冷冷道："奚绝呢？"

玉颓山茫然："啊？"

在缚绫被强行截断的那一刹那，盛焦脑海一阵空白，等他反应过来时，已提着剑冲到玉仙君的雅间。

盛焦一身遮掩不住的戾气好似尖刺似的不住往外散，大乘期的灵力几乎把整个红尘识君楼震得东倒西歪。他拎着剑一步步走向玉颓山，俊美面容凛若冰霜。

盛焦唇未动，冰冷声音响彻周遭："奚将阑。"

玉颓山盘腿坐在那儿，被这股气势压得面具差点儿碎了。他仰着头迷茫地看着盛焦："啊，我……我也在等呢，你见着他没啊？"

话音刚落，盛焦眸中寒芒一闪，一道快得让人根本看不见的剑意倏尔袭过。

玉颓山愣了一下，一绺白发悄无声息地从肩上滑落到地，指尖捏着的马蹄糕也碎成渣，落得他满手都是。代表项上人头的发丝被削断，玉颓山置若罔闻，却呆呆看着手上还没啃完的马蹄糕，像是被震傻了。

盛焦面无表情地看他。

突然，玉颓山霍然起身，怒道："都说了他不在我这儿！"骷髅面具竟然扭曲成一个狰狞咆哮的模样，浑身天衍灵力化为张牙舞爪的利爪，阴森朝着盛焦而去。

"轰——"金色天衍灵力和天衍珠的幽蓝雷纹宛如秋风扫叶交缠相撞，整个九霄城的地面为之一震。

伪装成小姑娘悄无声息逃出红尘识君楼的奚将阑脚下一个趔趄，险些直接摔趴下。他扶了一把墙艰难站稳，仰着头看向三楼激荡过来的浩瀚灵力，啧啧称奇道："还真打起来了。"

黑猫匪夷所思道："你不是要去见玉颓山吗？"

"那狗东西指不定没憋好屁，我闲着没事送上门去被他奚落吗？"奚将阑大概在恶歧道待久了，说话越发粗暴。

黑猫看着红尘识君楼的动静，满脸呆滞地在风中凌乱："你确定……不是在报复盛宗主？"

奚将阑冷笑一声，却没有否认。反正此番他作为兰娇娇赚的钱已能盖十个红尘识君楼了，奚将阑毫无心理负担，隐藏好身形就溜达着离开此处。

"你还能撑多久？"奚将阑熟练地向"游丹"走去，打算先找到乐正鸠、鄢聿两人再说，"还能再来一刻钟吗？"

黑猫看着奚将阑小指上漆黑的绳子，估摸着道："半刻钟已是极限了。"

奚将阑身轻如燕，在云端飞窜："也足够了。"算计盛焦一时爽，还是先给自己找好退路，拉个哥哥保命。

但奚将阑才刚到"游丹"所在的云岛，因暂时截断缚绫而逐渐枯萎的经脉像是被无数根针扎了一般。周遭全是"弃仙骨"的气息，奚将阑纵使再能忍，一时竟也承受不住，趔趄着扶着墙，险些直接跪下去。

黑猫吓了一跳，忙跳下来化为人形："奚将阑？怎么了？"

"弃仙骨"的反噬来得又凶又急，奚将阑已出了一身冷汗，趔趄着扶着墙走到一处狭窄幽巷中缓了一会儿。本以为能熬过伪天衍的后症，但没想到九霄城太多的灵力像是寻到源头似的，源源不断朝着他体内钻。是玉颏山点给兰娇娇的云灯？

奚将阑后背靠在墙上缓慢地跌坐在地，眼眸一阵涣散又聚焦，捂着唇将痛苦难耐的呻吟吞入腹中。

黑猫吓了一跳，下意识就要将缚绫给恢复。

"不……不要……"奚将阑抓住他的手虚弱地摇摇头，汗湿的墨发贴在雪白脸颊，孱弱又艳美，"我缓一缓就好，不要让他来……"

奚将阑能丢脸丢得十三州人尽皆知，但却在盛焦面前总想维持当年骄纵小仙君的架势，不肯将一丁点脆弱摊给他看。只要不让"弃仙骨"钻入他的经脉中，缓一缓就能过去。

奚将阑强行封闭灵台和内府，咬着食指屈起的指节，汗水和被逼出来的泪水顺着雪白脸颊往下落，身体都在细细发着抖。

黑猫着急得乱转，但奚将阑向来是个倔脾气，只能徒劳无功地蹲在那儿盯着他小指上的缚绫瞧。半刻钟时间很快就过，漆黑的绳也逐渐泛起原本的鲜红。就在"无尽期"彻底散去后，像是从水里捞出来的奚将阑突然一抓黑猫的爪子，强行让它化为黑雾融在后颈中。

下一瞬，一个人影凭空出现，迈着轻缓的步子悄无声息走到奚将阑身边，垂着眸居高临下看着他。

奚将阑瞳孔已经彻底涣散，墨发披散逶迤在地，察觉到有人却已没有丝毫力气去管，身体彻底支撑不住微微往旁边倒去。一只冰凉的手轻轻扶住他，让他没有倒向地面。

奚将阑经脉像是枯竭干涸出裂纹的旱地，疼痛、焦渴袭向脑海，蛊惑着让他吸食周遭唾手可得的"弃仙骨"。但他始终保持着最后一丝清明，坚守灵台没让伪天衍入经脉。

浑浑噩噩间，视线中出现了一张熟悉的骷髅脸。

玉颏山浑身狼狈，面具被打碎，露出一只金色眼眸，他扶着奚将阑的侧脸，磨着牙几乎从牙缝里飘出来几个字："你又算计我？"上回在恶歧道被当了一回枪，没想到这次竟又被设计了。

奚将阑怔然看他，不知有没有听懂他的话，微微闭上眼睛，任由自己被无尽痛楚拖入昏暗中。

第十九章

夜阑玉颓山

盛焦和玉颓山几乎将红尘识君楼给拆了。

玉颓山这具天衍灵力凝成的分神只是化神境，一身天衍险些被盛焦的"堪天道"震碎。

整个中州都畏惧盛焦六亲不认的秉性和几乎入大乘期的"堪天道"相纹，否则玉颓山和温孤白也不会如此费心设计让奚将阑顶罪。

化为"飞燕"的温孤白冷眼旁观。盛焦是温孤白所带的诸行斋中最有出息的学生，他一向冷静端正从不枉私，哪怕同族有罪也照杀不误。可如此冷面冷心的杀坯，只因奚绝的缚绫断了就失去理智杀上门来。

奚绝顶罪或许不会惨死陨落，但他和玉颓山落在盛焦手中却是无路可逃。"飞燕"扑扇着翅膀离去。

玉颓山被打得狼狈不堪，想要逃走却被天衍珠强行困住。

"盛木头！"玉颓山扶着面具骂骂咧咧，"我连花魁的面都没见着，你逮着我算什么道理！獬豸宗宗主也这般是非黑白不分吗？啊？！"

盛焦不为所动，冬融剑满是森然戾气。

玉颓山分神都几乎被打散，却还在扶着即将破碎的面具，似乎忌惮盛焦看到自己的脸。

恰在这时，盛焦小指上明明已经断裂的缚绫突然有了反应，盛焦一愣。

就是这一个错神的工夫，玉颓山倏地化为一道金色烟雾，从天衍珠缝隙中瞬间溜走。

盛焦沉着脸也没有去追。事已至此，他总算明白自己又被奚将阑给算计了。缚绫一动不动，显然奚将阑正停在某处。

盛焦面无表情循着缚绫的方向闪身而去。就算给奚将阑绑上缚绫，他也有本事使坏算计，还是得让他在自己眼皮子底下寸步不离才对。

盛焦心中不知盘算什么，但才未到"游丹"，本来已重新连接的缚绫遽然没了感应。

这次并非断裂，而是似乎被人隐去了奚将阑的气息，就连那两颗天衍珠也无法感知。

盛焦的神色彻底沉了下来。

奚将阑的每一场梦似乎都能嗅到淡淡的桂花香。天衍学宫诸行斋只有盛焦的斋舍有好几棵参天桂树，每年秋日盛开时花影缤纷，馥郁飘香。

"盛焦？哥哥？"小奚绝爬到桂树上，探头探脑地朝着半掩的窗户小声地喊。

诸行斋第一次秘境历练，盛焦便因他受了重伤，若不是温孤白到得及时，两人怕是要葬身于迩之口。奚绝没什么大碍，就是呛了几口水，但酆聿总觉得他不协调的四肢八成有什么大病，强行将他按在榻上休息了半日。

直到入夜酆聿离开，奚绝一蹦而起，胡乱披了件外袍噔噔噔跑到盛焦住处。盛焦房门紧闭，拒不见客。不过就算他大门敞开，也没人来看他。

奚绝做贼心虚，不敢直接闯进去，只能在外面小声喊，喊魂儿似的。"哥哥？盛焦哥哥？"

没一会儿，半掩的窗户倏地打开，代表着"别嚷了，进来"。

奚绝顿时从桂树上跳下来，顺手折了枝桂花，笑嘻嘻地推门而入。

盛焦盘腿坐在榻上闭眸养神，手腕上的天衍珠微微旋转，雷纹发出咝咝声响，好似群蛇吐芯子。

"哥……哥哥……"奚绝将桂枝放到腰后，溜达着过去，完全不拿自己当外人地坐在盛焦榻上，"你好些了吗？"

盛焦并不搭理他。

奚绝也不气馁，将腰后的桂枝"唰"地拿出捧到盛焦面前，大献殷勤："哥哥，我折桂赔罪来啦。"

盛焦睁开冰冷的眼眸冷冷看他，奚绝抓紧机会冲他卖乖一笑。

盛焦垂眸看了看那凝着露珠的桂枝，沉默许久才伸手接过来。也不知道这小骗子到底怎么想的，折盛焦院里的桂枝来送盛焦。

梦中天旋地转。

奚绝身量颀长，笑嘻嘻地坐在盛家盛焦小院的床榻上，微微仰着头道："无灼，这个字多好啊，你若还未定字，就用我这个呗。"

夕阳余晖，盛焦逆着光注视着他，声音淡漠："父亲会为我取字。"

奚绝瞪他："但我就喜欢这个，你那个渣爹能起什么有内涵的字啊，还不如我呢。"

盛焦默不作声。

"那你叫我爹。"奚绝说，"我勉为其难当你一回父亲，为你取字。"

盛焦："……"

奚绝一身暖黄法衣裹在纤瘦身上，懒洋洋地倚靠在雕花床柱上，坐在床沿晃荡着脚，哼唧道："盛无灼，盛无灼。"

盛无灼。

还未及冠的少年奚将阑五官还带着些许稚嫩，唇红齿白乌发雪肤，勾唇笑起来好似融化日光中的残雪。

"弃仙骨"的反噬太过强烈，奚将阑经脉河涸海干，浑浑噩噩做了一晚上的梦，浑身冷汗出了一层又一层，以至于挣扎着醒过来时，耳边隐约有金石相撞的声音。

奚将阑惺忪困倦，捂住耳朵不想再听。可一动，声音更响更真实，像是近在眼前。奚将阑艰难睁眼，循声望去，就见自己双手手腕处绑着细长锁链，大概是怕他挣扎伤到，手腕内侧里面还垫了软巾。

奚将阑长发凌乱，迷茫环顾四周。层层雪蚕丝帐被风吹得轻轻拂动，价值千金的迴深香袅袅而上，丹青古画、白瓷灵器、处处皆风雅，也处处皆奢靡。

奚将阑嗅了嗅，发现周遭只有迴深香甘甜幽远的气息，并无"弃仙骨"。窗外昏暗，桌案上点着一盏长明烛，似乎已是深夜。奚将阑眉头紧锁，唤醒"无尽期"。

黑猫转瞬出现，瞧见奚将阑这副模样，吓了一跳："你这是又遇到仇敌了？"

奚将阑随口吩咐他："去瞧瞧这里是什么地方？"说着，他凑到手腕边用牙齿轻轻叼着那玄铁锁链，似乎想要咬开。

黑猫忙阻止："你也不怕把牙给崩了？"

话音刚落，奚将阑唇齿间溢出一线血丝，落在坚硬玄铁上呲呲几声微弱声响，竟直直将锁链蚀出一个洞来。

黑猫心道："毒药还能被你这么用？"黑猫彻底服气，"喵"的一声跑下去打探敌情。

锁链对奚将阑来说啥也不是，没一会儿他就摆脱了束缚。不过这锁链似乎也没想困死他，倒像是怕他在"弃仙骨"反噬时胡乱挣扎伤到自己。

奚将阑倚在床头嗅着迴深安神香，耐着性子等黑猫回来。

很快，黑猫像是一道黑影掠了过来，惊恐道："这里是恶歧道啊！"

奚将阑一愣，下意识道："不可能。"恶歧道离南境上万里远，就算坐行舫少说也要三四日，怎么可能才半天就回到北境？

奚将阑沉着脸从满是奢靡气息的住处走出去，游廊下方便是熟悉的恶歧道长街。

奚将阑一惊："哦。"

不过他定睛一看，却发现长街只是海市蜃楼般的幻境，有人匆匆而过时，那处像是热气蒸腾似的扭曲一瞬，过一会儿才恢复原状。奚将阑轻轻抚了抚小指，感受缚绫还在，就知道自己还在九霄城。他正想去四处打探，游廊拐角处传来一阵交谈声。

"'引画绕'不是对重塑身躯很有用吗，玉大人为何掺和进这一遭，还得罪了药宗和酆家？"

"不懂……大概是，玉大人单纯想尝尝'引画绕'的滋味？"

"嗯，很有可能，很合理。"

奚将阑蹙眉，游丹往往一年只养出一棵"引画绕"，难道被玉颓山买下了？奚将阑摸了摸后颈，像是一只猫似的悄无声息走到拐角处，匆匆瞥了一眼正在交谈的人。果真是恶歧道的人，身上全是"弃仙骨"的灵力。

黑猫小声问："怎么出去？"下方是蜃景，不知通往何处，房间外的游廊又是一圈圈的并无通往楼下的路。

奚将阑挑眉："为何要出去？"

黑猫看到他这个神色，唇角抽了抽："你……你又在打什么坏主意？"

奚将阑说："嘻。"

然后黑猫就眼睁睁看着奚将阑幻化成恶歧道之人的模样，熟稔地拐弯走上前，冷着脸道："怎么在这里躲懒?！还敢私自妄议玉大人，脑袋还想不想要了！"

几人私底下聊玉颓山本就心虚，忽然被呵斥根本没敢去看奚将阑的脸，满是冷汗地躬身赔罪。

"大……大人饶命！"

"我们再也不敢了。"

奚将阑斥道："赶紧散了。"

众人忙点头称是。

黑猫……黑猫看得目瞪口呆，每一次都会被奚将阑的大胆震惊到。

他到底是怎么敢的啊？

奚将阑特别敢，甚至还主动点了一个人，道："你，若是没有要事，就去给玉大人收拾用过的点心碟碗。"

那人受宠若惊，颔首称是，高高兴兴地前去玉大人住处。奚将阑悄悄跟在他身后，顺利无比地寻到玉颓山的房间。

黑猫叹为观止，由衷感慨道："喵喵！"

奚将阑总觉得这猫和自己待一块，连脏话都学会了，幽幽道："不要说污秽之词，猫只要可怜可爱便好，别学些有的没的，来喵一个我听听。"

黑猫喵了一声，没好气道："自古以来，能让剧毒之物生的灵识幻化成猫的，奚将阑，你是头一个——你到底多喜欢猫啊？"

奚将阑没搭理它。

等到那人给玉颓山收拾完桌案离开，奚将阑纤瘦的身形宛如鬼魅，悄无声息进入玉颓山的房间。玉颓山的房间一股子点心味，还有两件沾了汤汁的雪白衣袍和骷髅面具晾在那儿，大概还没来得及清洗。桌案上成堆书卷牙签玉轴，墙上悬挂着几幅画，奚将阑仔细一看，画上竟是一堆点心。

奚将阑腹诽："饿死鬼投胎。"然后利索地在各种地方找匣子、箱子。

黑猫诧异道："你找什么？"

"'引画绕'。"奚将阑做贼似的翻来翻去，随口道，"乐正鸠和酆聿也是白费，连棵草药都买不到，还得我亲自出马。"

黑猫心道："亲自出马……偷是吧？"

就在奚将阑几乎把整个房间翻了一遍时，雕花木窗突然传来一声微弱声响，"咔嗒"一声。

奚将阑偏头看去。烛火倒映下，雕花木窗被悄无声息地推开，两个漆黑人形倏地窜进来。一人浑身阴气，一人身着黑衣头戴兜帽，鬼鬼祟祟——正是酆聿和乐正鸠。

奚将阑手中还拿了个匣子，面无表情和他们大眼瞪小眼。

酆聿险些惊叫出声："阿绝，你怎么在这儿？！"

奚将阑脸都绿了："我还想问你们呢，诸行斋九思苑教的是君子之道，你们俩偷鸡摸狗穿穴逾墙，是君子所为吗？！"

乐正鸠压低声音，冷冷道："敢问奚少爷，您现在在做什么？"

"我和你们不同。"奚将阑振振有词，"我是被人请进来的，没翻墙。"

两人语塞，所以他偷东西就合情合理了？

奚将阑道："你们真来偷'引画绕'？"

"滚蛋，我是那种财不如人就偷鸡摸狗的人吗？"酆聿没好气地道，"谁让人家出的灵石多呢，豪掷千金比我还要人傻钱多，我都怀疑那个人是不是走了什么歪路子……"

乐正鸠实在是忍不了酆聿的不着调，冷冷打断他的话，言简意赅："玉颓山有问题。"

奚将阑一愣："哪里？"

"灵力。"乐正鸠道，"他能操控天衍。"

奚将阑迷茫："我也能……我六年前也能操控天衍灵力。"

乐正鸠蹙眉纠正："不是灵力，是天衍！"虽然玉颓山修为并不强悍，但莫名给人一种浑身发怵毛骨悚然的感觉。好似十三州所有天衍都能受其掌控。

奚将阑诧异，正要细问，却听到外室传来一阵轻缓的脚步声。有人来了！

酆聿愕然："他不是又去吃松鼠鳜鱼了吗？！怎么这么快就回来了？"

奚将阑腹诽："到底多爱吃松鼠鳜鱼？这都吃毁几套衣物了还吃？"

三人屏住呼吸，外室有个陌生声音传来："玉大人，游丹已将您的'引画绕'送来了。"

奚将阑松了一口气。鄂聿和乐正鸠却如临大敌，拽着他要往窗底下扔，催促道："快走啊！那是玉颓山身边的狗腿子，叫什么玉壶的！邪门得很，快走。"

奚将阑眸子一转，突然转身将玉颓山沾了汤汁的白袍随意一裹，又将骷髅面具戴在脸上，墨色长发悄无声息变成一头雪白。鄂聿和乐正鸠两人一愣。

奚将阑淡淡学着玉颓山的声音："嗯，进来吧。"

鄂聿和乐正鸠差点儿要冲上去连拖带拽将他扛走，但此时已来不及了，奚将阑竖起手指抵在唇边轻轻"嘘"了一声，将两人推到屏风后面："别说话。"

两人心道："这人狗胆怎么就这么大？"

狗胆包天的奚将阑懒洋洋坐在玉颓山的椅子上，拿着一本书胡乱翻了翻，神态自然，老神在在，完全不知惊慌是什么。

很快，玉壶捧着个小匣子进来。这人身形颀长，戴着半张骷髅面具，只能瞧见半张俊美的脸，浑身散发的气势森冷凛然，让人不寒而栗。

玉壶缓步而来，视线落在奚将阑身上，冰冷眼眸像是霜雪初融，冰块脸竟然露出个温柔的笑容："大人。"

奚将阑淡淡扬着下颌："嗯，放那吧。"

玉壶恭敬称是，将小匣子放下后，又将森冷视线投向屏风后。

奚将阑漫不经心拿起小匣子打开——里面的确是"引画绕"，长得很像龙须糖的灵草，怪不得玉颓山想买来尝一尝。

看到玉壶眸光冰冷看着屏风，奚将阑明知故问道："怎么？还有事吗？"

玉壶回神，见奚将阑如此泰然自若，也没多问："并无，玉壶告退。"

"嗯。"

玉壶后退几步，缓缓离开。

直到门被关上，酆聿和乐正鸩才从屏风后出来，幽幽看他。

奚将阑一晃小匣子，像是小狐狸似的坏笑道："看吧，我才不是偷呢。"

奚将阑将"引画绕"塞到袖子里，拉着两人就要跳窗走。

乐正鸩沉声道："先别走，我要四处看一看。"

奚将阑将骷髅面具随手丢在桌案上，疑惑道："看什么？"

"我总觉得那个玉颓山很奇怪。"乐正鸩兜帽下的眼眸像是一只狩猎的鹰隼，直勾勾盯着奚将阑，"而且……你似乎没对我说实话。"

奚将阑瞳孔微缩，满脸无辜地问："什么实话？天地可鉴，我自从同你们重逢，所言句句属实。"

酆聿说："呕。"

奚将阑："……"

"属实个屁。"酆聿幽幽道，"依我看你对我说的那些，也只有重生之事是真的了。"

奚将阑怜悯地看了一眼他的好兄弟。

乐正鸩不耐烦道："你要走就先走，我得查明玉颓山的底细才行。"

奚将阑不想跟着掺和，弱声道："我……我现在毫无修为，还是先走为上，省得拖你们后腿，你们慢慢查吧。"

乐正鸩点头："不述，你带他去找盛焦。"

酆聿本来是跟着乐正鸩看乐子的，下意识就要拒绝，但仔细一想跟着奚将阑和盛焦反倒更有乐子可瞧，便点头答应。

乐正鸩黑色兜帽隐在昏暗中，像是鬼魅般悄无声息地飘出去。

奚将阑眼眸倏地闪过一抹金纹，他磨磨蹭蹭地蹲在窗边往下看了看："好高啊，我就这样跳吗？"

酆聿不耐烦拎着他的后领："啰唆，摔不死不就成了吗？"

奚将阑翻了个白眼，心道："迟早死在好兄弟手里。"

就在奚将阑犹豫着要不要跳时，玉颓山的房门突然被撞开。两人疑惑回头，就见乐正鸠像是被狼撵了似的瞬间飘过来，一脚一个将奚将阑和鄮聿直接踹了下去："快走！"

奚将阑长发被吹得飘到脸上，匆匆往外拨了拨，恢复视线后抬眸一看，瞳孔剧缩。

乐正鸠毫不犹豫纵身而下，黑袍翻飞。在他身后，水镜像是一道结界，混合着"弃仙骨"的紫色烟雾，织成铺天盖地的网朝他们扑来。

奚将阑稳住身形，看到那面镜子，眼眸倏地闪现一抹冷意。

鄮聿猛地张开双手，一把将奚将阑单薄的身体抱在怀里，咆哮道："我都说了！那狗东西邪门得很！乐鸠正你疯了吗，怎么把他引来了！"

乐正鸠也怒道："鬼知道他怎么去而复返？别碰水镜，会被拖进去的！"

鄮聿厉声道："你怎么这么废物！"

乐正鸠："少废话，给我！"

奚将阑还在疑惑"给"什么，就感觉鄮聿突然抱起他用力一抛，直接将猝不及防的他扔到乐正鸠怀中。

紧接着，三人轰然落在恶歧道的海市蜃景里。

鄮聿鬼刀森然咆哮，狠狠劈向朝他们压下来的水镜。天衍灵力相撞，露出漆黑扭曲的虚空。

乐正鸠扛着奚将阑就走，边跑边道："不述，靠你了！"

鄮不述怒道："断后不都是盛焦的活儿吗，怎么丢给我了？！我打不过啊！"

乐正鸠说："但你扛揍。"

鄮聿骂骂咧咧地拿着鬼刀劈劈劈，妄图在水镜落下来前让两人先逃出去。但玉壶实在邪门，悄无声息从水镜中出现，冷冷道："一个都别想走。"

鄮聿见本体出现，当即飞身上前重重斩下。可玉壶的身体竟像是周遭水镜一般，虽然从脖颈处斜斜切下，却如同剑意入水中，溅起两道分水浪。

鄸聿瞳孔一缩。这个邪门的人……竟然本体就是水镜吗？

玉壶一抬眼眸，漫天蔽野的"弃仙骨"化为狰狞烟雾，重重将鄸聿一下撞飞出去。

轰——鄸聿像是坠落飞星，直直摔在乐正鸩面前。好在鄸聿的护身禁制替他挡了一击，否则这一下非死即伤。

三人大眼瞪小眼。鄸聿一跃而起，一把薅住奚将阑的脚踝往他那边拽："换人！换你去挨打！"

乐正鸩死死抱着奚将阑不松手："滚开！我的相纹可是无差别攻击，难道你也想和他一起被毒死吗！"

奚将阑满脸生无可恋，恨不得自己去挨打算了。就在两人争执不休时，天边猛地上来一道雪白雷光，险些将三人困死的水镜猛地一阵扭曲，像是被热意蒸腾似的，化为雾气袅袅而上。

众人一愣。烟尘混乱中，一个漆黑人形拎着剑陡然出现，身形疾如雷电转瞬便至——盛焦。乐正鸩和鄸聿抢奚将阑的动作一顿。

在奚将阑咬破锁链的刹那，两人间的缚绫便已恢复原状，告知盛焦他所在的位置。

盛焦面如沉水，一百零六颗天衍珠散落四周，雷纹仿佛要招来雷谴，散发的震慑力让人不寒而栗。

玉壶冷然对上盛焦，眸中闪现一抹狠厉，水镜瞬间化为无数破碎琉璃片，嗖嗖穿破虚空朝盛焦而去。方才对乐正鸩、鄸聿他都没下死手，但盛焦却不知哪里得罪了他，那琉璃片的杀意几乎漫溢而出。

乐正鸩和鄸聿宛如看到救星，七手八脚拽着奚将阑扑了过去，转瞬躲到最可靠的盛焦背后。"盛焦救命！"

盛焦早已习惯，冷冷看了奚将阑一眼。白日里奚将阑算计盛焦一番，此时做贼心虚，装死不吭声。

玉壶冷冷道："盛宗主不请自来，有何贵干？"

盛焦漠然握住冬融剑，将三人护在身后，一言不发。

"这三人擅闯我恶歧道，盗走灵物'引画绕'。"玉壶道，"盛宗主来得倒是刚好，省得我们告去獬豸宗，免了一桩麻烦事。"

盛焦蹙眉，偏头看向身后三人。

酆聿振振有词道："怎么能叫盗呢？分明是你亲手送给我们绝儿的。"

玉壶："……"

天衍珠全然不动。盛焦朝着玉壶冷然抬剑，示意来战。

玉壶瞳仁一缩，周遭水镜一阵扭曲沸腾。突然他不知发现了什么，眉头狠狠一皱，似乎在犹豫。很快，玉壶微微闭眸，水镜也随之平缓，围绕四面八方的结界也阒然无声从空中退去。

盛焦冷冷看他。

玉壶却道："告辞。"竟然不再过问，甚至没有开口将"引画绕"要回去，像是一缕烟雾般悄然消失在原地。

周遭蜃景也跟着散去。四人像是从虚空中离开，倏地回到九霄城。剑拔弩张的气氛终于消散。

酆聿松了一口气："盛宗主的名号还真好使啊。"

奚将阑像是只逃避现实的鸵鸟一声不吭，任由乐正鸩怎么推他都不肯走，恨不得死了算了。直到一股淡淡桂花香缓缓逼近，奚将阑浑身一僵。

盛焦冷冷地看着他。

奚将阑一转身又是一条英雄好汉，熟练地撒娇装痴："哥哥真是英明神武，修为堪称十三州第一人。你一出现，任何妖魔鬼怪都无处遁形啦。"

盛焦眼瞳全是寒意。奚将阑知道此事不像之前那样好敷衍，眼珠转来转去，拼命思索着该怎么渡过难关。

盛焦注视着奚将阑的小指，看模样似乎想把他小拇指给撅了。

奚将阑眼眸一动，盛焦熟稔地捕捉到奚将阑眸中一闪而逝的狡黠，知道此人又要打坏主意，索性冷眼旁观，看他如何诓骗。

只是不知道为何，奚将阑脸色倏地一变，直接捂住唇吐出一口乌紫的血，好似浑身生机都被这口血给带走了，小脸瞬间煞白。哪怕早有准备，盛焦还是被这口灼眼的血给烫了一下，下意识扶住奚将阑。

奚将阑浑身发抖，口中不住溢出毒血，他似乎挣扎着想要说话，却被一口血呛住，当即咳了个死去活来，撕心裂肺。

盛焦一愣，立刻将灵力源源不断灌入那干涸的经脉中。

乐正鸠已火急火燎地奔过来，手指在奚将阑腕上一探，脸色瞬间变了。

奚将阑睛孔涣散像是沉浸在一场再也醒不过来的美梦中，嗅着淡淡桂花香，缓缓闭上眼眸。

"无尽期"每年都会毒发一回，奚将阑本来打算事情平息就将虞昙花炼成灵药，但是这短短几日发生的事情太多，忙得他脚不着地，根本忘了自己还没吃虞昙花这回事。纵使他想要将黑猫储物戒里的虞昙花拿出来吃却也根本来不及，只能任由自己坠入越来越黑的深渊中。

身体一直往下坠，好似是个无底洞，耳畔无数纷杂的声音一点点被剥离，逐渐只剩下几个人在轻轻说话。

"灵级相纹最难招架，你若是一直不说相纹是什么，万一遭到反噬，我们也救不了你。"

"是什么？"

"雷声，我听到了两道雷声。"

"……是你害死了你爹娘，如果不是你，他们会惨死吗？"

"相纹！"

"你的相纹！到底是什么？！"

奚将阑听着耳畔的咆哮声，竟然有点想笑。人人都在问他的相纹是什么，却从来没人问过他……到底想不想要这个相纹。天道恩赐、天衍青睐又有何用？奚将阑从来不认为拥有灵级相纹是一件多得意的事。

轰隆隆。

一道轻缓的雷声骤然破开那喋喋不休的嘶吼咆哮，将奚将阑浑浑噩噩的神志劈得清明一瞬。昏昏沉沉中，似乎有人将一颗熟悉的丹药凑到他唇边。奚将阑死死咬住的牙被迫分开，强行将那颗灵丹吞入腹中，喉结轻轻一动。

虞昙花炼成的灵丹进入体内，瞬间将经脉中那股灼烧剧痛压下去，奚将阑闷咳几声，恹恹地靠在软枕上，隐约感觉身下似乎在微微晃动，好像身处行舫中。刚才强行给他喂药的盛焦已经离开。

奚将阑出了一身冷汗，浑身黏湿不适，他挣扎着爬起来，下意识掐诀清洗身体，但手指掐了半天诀，依然没有半分舒适感。

倏地，一个清洗诀打过来。奚将阑身体和衣袍瞬间干爽如初，他松了一口气，恹恹地看向来人。

乐正鸩坐在床榻边握着奚将阑的手腕，边探边随口道："你睡了一日一夜。"

奚将阑诧异："啊？"

在行舫幽间中，乐正鸩也没有戴兜帽，冷峻的眉眼显得异常冷肃。他冷冷道："奚绝，我再问你一遍，你的相纹到底是被'无尽期'吞噬掩藏，还是真的没了？"

奚将阑刚醒来，脑子根本不够转，迷迷茫茫道："啊？什么？"

"玉颏山身份不对。"乐正鸩近乎逼问地盯着奚将阑的眼眸，语不惊人死不休，"我怀疑他并非真实的人，而像你的'无尽期'一样，是一道灵识。"

奚将阑一呆："什么灵识？"

乐正鸩直勾勾盯着奚将阑，一字一顿道："自然是……"相纹。

让尘的"窥天机"预知整个十三州只会有十三个灵级相纹，但第十三灵级相纹并未觉醒，若说真的和相纹有关，那就只有奚将阑一直瞒着的十二相纹了。

整个幽间一阵死寂。

奚将阑呼吸微弱，和乐正鸠对视许久，轻声呢喃道："你怀疑……玉颓山是我的相纹？"

乐正鸠不作声。

奚将阑微微闭了闭眼，深吸一口气，像是下了决心，手指死死拽着袖口："就当是你想的那样吧。"

乐正鸠沉声道："果真如此？"

"算是吧。"奚将阑低喃道，"我的相纹的确唤'玉颓山'，能够操控天衍为己所用。"

乐正鸠瞳孔剧缩，在门外的盛焦却沉下脸来。

奚将阑无声叹息，伸手揉了揉眉心："但这个相纹太难操控，总是妄图夺取我的身体，最终在我及冠那日化为人形，彻底脱离我的控制。"

乐正鸠直直盯着奚将阑。奚将阑满脸苦涩，好似煞有其事。

没一会儿，酆聿敲门走进来，面如菜色："别问了，盛焦说，首先排除玉颓山是奚绝相纹的这个可能。"

乐正鸠顿时回过味来，怒气冲冲地伸手就要揍人。

奚将阑直接躺尸，死猪不怕开水烫："别打我啊，我大病初愈可遭不住你的巴掌，打坏了我，我回去就找婉夫人诉苦，到时候看咱俩谁吃亏。"

乐正鸠咬牙切齿道："你嘴里到底什么时候能有一句真话？"

奚将阑翻了个身，用倔强的背影回答这个问题。

乐正鸠气得拂袖而去，离老远都能听到他在和酆聿骂骂咧咧。

幽间再次恢复安静。奚将阑伸了个懒腰，环顾四处，满意地点点头。行舫的雅间，宽敞开阔，看来行舫玉令并不是盛焦那个吝啬鬼买的。

想到这里，奚将阑思绪乱飞。盛焦看到"望镂骨"的记忆了吗，他会不会相信温孤白是罪魁祸首？天衍珠那五十颗珠子有没有变化？

奚将阑刚醒来就被一堆问题闹得头痛欲裂，想再睡个回笼觉。但一翻身就见盛焦不知何时站在床幔边，高大身形好似巍峨冷山，居高临下地看着他。

奚将阑吓得差点儿蹦起来，心口一阵剧烈悸动，惊得他捂着心脏喘了几口气，病恹恹道："盛宗主，你想吓死我吗？"

盛焦坐在床沿，冰冷眸子漠然注视着奚将阑苍白的脸，轻轻启唇："算账。"

奚将阑一愣。算账，什么账？坐个行舫买雅间，难道还要和盛宗主平摊费用吗？这人也太抠了。

视线扫到小指上红得几欲滴血的缚绫，奚将阑睡得迷迷糊糊的脑子终于清醒，这才意识到……盛焦是打算找他算"设计他和玉颓山打架"的账。

九霄城，恶歧道蜃景。

玉颓山穿着黑衣美滋滋吃了松鼠鳜鱼，身上半点脏污都没溅，他满意得地连连点头，只觉自己大有进步，明日再穿白衣吃一次试试看。

松鼠鳜鱼吃多了有点腻，玉颓山优哉游哉回去，唤来玉壶，问他要"引画绕"吃。

玉壶躬身行礼，面无表情："我已将'引画绕'给过您了。"

玉颓山愣了一下："啊？没有吧。"

玉壶重复："给过了。"

"哦。"玉颓山干巴巴道，"我……怎么一点印象没有？"

玉壶才不管他，冷冷转身就要走。

"等等。"玉颓山也不纠结"引画绕"了，道，"我请来的贵客呢？"

玉壶说："走了。"

玉颓山小声说："你怎么放他走了啊？"

玉壶蹙眉："您说要留他过夜了吗？"

玉颓山噎了一下。好像……的确没有。

玉壶看起来不耐烦要揍人，玉颓山忙不迭请他走，自己跑过去看。用心布置的雅间里空无一人，床榻两边有两根被毒液腐蚀过的锁链，还有几丝血痕落在锦被上。

玉颓山随意一翻锦被，只听"咔嗒"一声，有个东西差点儿被他甩飞出去。定睛一看，竟是个巴掌大的木头人。

玉颓山饶有兴致地将木头人捡起，翻来覆去看了看，像是发现什么，半透明的手指轻轻一抚。木头人的伪装瞬间散去，只剩最后一口气的曲相仁轰然落在地面上，艰难呕出几口血。玉颓山仔细辨认这张血肉模糊的脸，绕着圈地看了半天才认出来。

"啊。"玉颓山像是猫似的蹲在那儿，也不嫌脏地伸手戳了戳曲相仁的眉心，笑眯眯道，"曲大人，好久不见啦。"

曲相仁眼眸涣散，根本没听到这句话。

玉颓山指尖点过去一丝天衍灵力灌入他的灵台，曲相仁倒吸一口气，闷咳几声，强行清醒过来。玉颓山很满意他的惨状，手指有一下没一下点着曲相仁的眉心。

曲相仁的眼神终于艰难聚集，落在一张骷髅面具上，当即吓得再次背过气去。

"哦哦。"玉颓山像是终于反应过来，忙不迭将面具摘下来，"吓着你了是吧，是我的不对，我这就拿下来。"被盛焦几乎打碎的骷髅面具缓缓摘下，露出一张雪白俊美的脸来。

曲相仁视线一凝，眼瞳猛地瞪大，竟是比见那张骷髅面具还要惊惧。"你……"喉中不断涌出源源不断的鲜血，因平躺着的姿势几乎灌进气管中，让他撕心裂肺地咳出血沫来。

玉颏山惊讶地一指自己："啊？我？我怎么啦？"

曲相仁咳得面目狰狞，眼珠几乎凸出眼眶，眸子遍布血丝，几乎用尽全身力气，嘶声道："你……十二……相纹……竟然！"最后一个字落下，曲相仁再也支撑不住狠狠摔回去，喉中发出濒死之人的气音，瞳孔逐渐涣散。

漆黑眼眸像是一面镜子，缓缓将蹲在那儿看他的人的面容倒映出来。玉颏山……竟长了一张和奚将阑一模一样的脸。

其实不能说一模一样，或许是玉颏山六年来长了个儿，身形高大，五官长开，没有奚将阑那种还未褪去的少年感。他始终笑着，但浑身一股邪气乖戾的气势，让人不寒而栗，和奚将阑的气质全然不同。

玉颏山笑嘻嘻地又将一点天衍灵力点过去，续上曲相仁的命。

曲相仁已经完全动不了了，一双浑浊眼眸充满惊恐和怨恨。他第一次知道，原来生不如死是这种滋味。

玉颏山金瞳微闪，脸庞浮现一抹邪崇又森然的戾气，可他偏偏还在笑，声音又轻又柔，"原来……你们都叫我十二相纹啊。"

万丈高空行舫之上。

盛焦身形高大，仅仅是坐在那儿就存在感极强，奚将阑心虚不已，莫名有种浑身上下被禁锢的错觉，不自然地往后挪了挪，想逃离盛焦的威慑范围。

盛焦冷冷道："奚将阑。"

奚将阑故作镇定，打算倒打一耙："怎么了？算计你又怎么了？怎么这么禁不起逗呢？你出尔反尔的事儿我还没找你算账呢，你倒恶人先告状找上我来了，天底下哪有这样的道理？"

盛焦语塞，奚将阑从来都很会诡辩，黑的都能说成白的。别管有没有理，他得先在气势上赢一把再说。

盛焦眼瞳看起来要渗出寒冰来。

奚将阑见糊弄不过，瞬间改变战术，轻声细语地说："天道大人出尔反尔让我吃这么大的亏，相识多年你也该知道我这狗脾气，心有不顺想要报复也是理所应当的，你能理解的吧？"

盛焦冷心冷情，满脸写着"无法理解"。

奚将阑再接再厉："再说了，是你在'逢桃花'先算计我的，算计人者人恒算计之，这个道理天道大人不可能不懂的吧。"

盛焦不懂这些歪道理，正要说话，外面却有人在哐哐敲门。

"阿绝，出来！"是乐正鸩。

行舫行在高空之中，大概是又飞跃一片乌云，雨水噼里啪啦打在窗户上。奚将阑还以为有什么急事，忙跑过去开门。

乐正鸩幽幽看他一眼，道："过来。"

奚将阑不明所以地跟着乐正鸩到了中堂，瞥了一眼后，脸登时绿了。中堂小矮桌旁，柳长行正在和鄅聿打两人牌，几十枚玉牌飘在两人身边，看来才开局。

奚将阑幽幽道："柳迢迢你不是在九霄城吗，还有你，鄅聿，你不是要去南境给掌院送东西吗，怎么还在这儿？"

柳长行道："我师尊吩咐说不必保护荀娘了，也就没必要在九霄城待着。"

鄅聿语速很快，连口气都不带喘的："我爹用犀角灯传信给我，掌院已经出关回到中州，我也不必再过去啊。"

第二十章

终绝堪天衍

奚将阑头昏脑涨地趴在桌子上，有气无力道："诸位，谁能顾念顾念我才大病初愈剧毒未解啊，你们是嫌我死得不够快吗？"

"少来。"酆聿说，"你不是都服用了虞昙花吗？我看你一丁点事儿都没有，起来，先打牌。"

估摸着再有几个时辰就回到中州，奚将阑睡了这么久早已没了困意，只好打牌。

酆聿捏着玉牌，随口道："我一直忘问了，巧儿呢？"

奚将阑摸牌的手一顿，拧眉道："他的分神被人打散了，傀儡身体也不翼而飞，等回中州我再去问问。"

酆聿蹙眉："谁有本事把他的分神打散啊？"

奚将阑没回答，像是想到什么，偏头问乐正鸩："哥，你哪来的虞昙花？"

乐正鸩垂眸看牌，随口道："天道大人的。"

奚将阑一愣，这才意识到当时曲饶那个小夙货送给盛焦不少虞昙花，他竟然还真收着了。

酆聿皱眉道："是不是又要经过雷云了？"

乐正鸩、柳长行和酆聿三人头也不抬，手指不约而同结了个诀打向奚将阑眉心。

"定魂诀！"

三个定魂诀一起，奚将阑直接被打得仰倒，玉牌稀里哗啦落了他满身。

酆聿随意一瞥，偷看他牌："他手里有睽卦、噬嗑卦，小心点别被他堵了啊。"

奚将阑愤然起身："不准看我的牌！——盛焦，盛无灼，来！"

盛焦推门而入，蹙眉看向聒噪的四人。诸行斋众人只有在需要盛焦打架或断后的时候才会给他好脸色，平日里连个眼神都不给他，倒是乐正鸠盯着盛焦默默磨了磨牙，恨不得将人从万丈高空扔下去。

盛焦坐在奚将阑身边。

奚将阑莫名不爽，回头瞪了他一眼，压低声音道："离我远点。"

盛焦不说话。

乐正鸠不耐烦地捏着玉牌敲桌子："该你出牌了。"

"哦。"奚将阑扭头继续打牌，但他运气一向不怎么样，皱着眉在两张卦象中犹豫好一会儿，还是没想好打哪张。

乐正鸠看起来暴躁得要砍他了。

突然，一只手伸来，指尖在飘浮空中的一张观卦屈指一弹。盛焦帮他选完一张牌后，又若无其事地坐直。

奚将阑强忍着继续打牌。但又轮到他的时候，又开始纠结打哪个。盛焦又替他选了一张。奚将阑没忍住，怒道："我不想打那个，你干吗替我做选择？打那张我就输了，打这张才稳赢。"

盛焦冷眼看他吹，奚将阑在诸行斋打了这么多年的牌，几乎没见他赢过。

奚将阑倒是很有自信这局能赢："我这局因你这个牌输了，你要怎么赔给我？"

"你们到底谁打？"乐正鸠彻底不耐烦了，"你打？你打你还让盛焦指指点点？还有盛焦你，难道没听过'观牌不语真君子'这句话吗，你要是再这样，以后谁还找奚绝打牌？"

奚将阑忙道："打打打，我打——你能不能别乱指，我就打这个！"他将盛焦打出去的那张牌捡回来，又打出去另外一张。

柳长行双耳不闻窗外事，一心只有手中牌，见状大喜："我等的就是这张牌，赢了，哈哈哈！"

奚将阑差点儿气得仰倒，转头骂盛焦："都怪你！"

乐正鸠将牌一摔，冷冷道："打个鬼！不打了。"

柳长行好大一个剑修，心思敏感得要命，当即眼眶一红："怎么我一赢你就如此不高兴，还摔牌？你莫不是对我有意见？终究是我蹭了你们行舫，不配打牌不配赢。"说完，把桌子上赢来的灵石扫到怀里，泪流满面地走了。

乐正鸠头疼欲裂，只觉得诸行斋没一个让人省心的。

酆聿正在收牌，随意一瞥旁边的犀角灯传来一道传音："阿绝，帮我打开，听听看是不是玉度。"

奚将阑埋怨了盛焦一通，沉着脸挪到酆聿身边坐着，掐了个枷鬼诀打开犀角灯。

的确是横玉度的传音："今年天衍学宫大比，我们要不要趁机会相聚一番。恰好让尘终于得了空闲。"

平常诸行斋每年相聚时，奔逃在外的奚将阑和盛焦总是缺席——除了一回忘了喊伏瞒，剩下其他人无论多忙都会赴约。今年一直装死的奚将阑终于露面，盛焦应该也有时间过来。

诸行斋八人终于能团聚一次。

酆聿收牌的动作一顿，和乐正鸠不约而同看向奚将阑。当年奚将阑破了让尘闭口禅之事闹得沸沸扬扬，若是两人相见，不知要如何相处。

奚将阑倒是没心没肺地说道："好啊，去呗，我好久没见让尘和伏瞒了。对了，伏瞒的字是什么来着，当时及冠礼我没去成。"

酆聿悄无声息松了一口气。

乐正鸠蹙眉："伏瞒的字……是什么来着？"

众人开始冥思苦想伏瞒的字到底是什么，想了一路都没想起来。最后还是到达中州后，哭够了的柳长行下台阶时，随口道："不隐啊。"

奚将阑脚下一滑差点儿从木阶上摔下去，哈哈大笑道："不隐？哈哈哈，的确是他能取出来的字，很不错。"

中州正在下着连绵细雨。众人都能掐避雨诀，奚将阑只能干淋着，长发上全是雪白水雾。

乐正鸩正要打给他一个避雨诀，却见盛焦从储物戒里拿出一把竹骨伞，在奚将阑脑袋上撑起，挡住漫天雨雾。奚将阑忙往伞里挤，这么纤弱的身体几乎把伞占了大半，还把撑伞的盛焦半个身子挤到外面去。

盛焦默不作声，也没布避雨诀，任由肩头被雨水打湿。

乐正鸩看得想骂人。

"引画绕"已拿到，乐正鸩马不停蹄就要带奚将阑回药宗，先解了毒再说。柳长行大概是得了剑宗宗主授意，寸步不离地跟着奚将阑。鄸聿又闲着无趣一心只想着玩儿，回到中州也不跟他多复命，而是颠颠要去药宗玩儿。

盛焦本是想跟过去，但刚到门口就被乐正鸩再次拒之门外，又把那破破烂烂的"盛焦不得入内"的牌子拿来杵着。

奚将阑正要说什么，乐正鸩却一把捂住他的嘴，强行将他从伞底薅出去，咬牙道："闭嘴！"

奚将阑朝盛焦伸手，似乎想说什么："唔唔！"乐正鸩连拖带拽地将他带进了药宗。

盛焦撑着伞孤身站在那儿，目送着奚将阑消失在药宗生门。往常再等个片刻，婉夫人就会熟练地过来将他带进药宗，盛焦刚等了一会儿，獬豸宗的传讯玉令微微一闪。

倦寻芳传音给他："宗主，让大人说有急事同您商议，让您前去让家一趟。"

盛焦蹙眉。因"窥天机"，让尘从来都是对未来之事三缄其口，两耳不闻天下事，这几年来单独寻盛焦更是寥寥可数，更何况是直接找到獬豸宗。

盛焦偏头看了一眼紧闭的药宗生门，拇指将玉令按灭，身形宛如一道雷电，倏地消失在原地。只有一把伞孤零零放在门口，雨滴簌簌而落。

酆聿和柳长行两个没心没肺的一进药宗就高高兴兴四处溜达，全然不拿自己当外人，嚷嚷道："婉夫人，我们又来叨扰啦！"

下雨天婉夫人也在药圃，听到声音赶忙过来，瞧见众人平安无事，悄无声息松了一口气。奚将阑浑身被雨水淋透，像是落汤鸡似的狼狈极了。婉夫人看得心疼不已，赶紧拉着他进房间，让乐正鸩去拿衣裳给他换。

酆聿胡乱给奚将阑擦干头发，笑嘻嘻地对婉夫人道："夫人啊，咱药宗有什么灵丹妙药吗，吃了就能蹿高的？"

奚将阑满头长发被酆聿搓得乱糟糟的，从乌黑头发缝隙里阴恻恻盯着酆聿，大概想要暗杀他。

婉夫人笑个不停："太可惜了，没有哦。"

酆聿不知死期将至，还拍了拍奚将阑的脑袋："那夫人，阿绝这不长个算不算什么病啊？我记得奚家的人各个都人高马大，怎么就他这么矮呢？"

奚将阑心中已经开始高高兴兴地想在哪里抛尸了。

婉夫人认真想了想，道："绝儿应该是结婴太早了。"正在抽条儿的时候突然结婴，就算吃再多灵丹妙药也没法子揠苗助长，身量基本定型。

"哈哈哈，但盛焦也和他同时结婴啊。"酆聿哈哈大笑，"都是十七岁，这相差也太大了。"

话音刚落，婉夫人一直盈着笑的眼眸一凝，似乎闪过一抹哀戚，她伸手抚摸着奚将阑的侧脸，笑着呢喃道："……是结婴太早了。"只是这句话却和方才那句的语调全然不同。

奚将阑按住婉夫人的手在她温热掌心一蹭，笑嘻嘻地说："夫人您还听不出来呀，酆聿是在嫉妒我天资好结婴早呢。啧啧，就算你眼都绿了，也照样是二十岁结婴，比我晚了好几年呢。"

鄂聿闻言顿时炸毛："我是天级相纹！天级！二十岁结婴已是天赋异禀逸群之才！你打听打听去，整个十三州哪有人比得上我！"

"和那些蠢材相比有什么得意的？"奚将阑嬉皮笑脸，"鄂二十，你和我奚十七比啊。"

鄂二十气得追着他打。

奚将阑哈哈大笑。哪里都能输，就是嘴不能输。

没一会儿，乐正鸠将自己年少时做的未来得及穿就蹿个儿的新法衣拿来，随手丢给奚将阑："来，奚十七，我小时候的衣服，你穿上应该正好。"

奚将阑脸色绿油油地捧着衣服去内室换了。

等到了无人的地方，黑猫猛地从他后颈钻出来，急急道："你拿到'引画绕'了？"

奚将阑将湿答答的衣物脱下来，随口道："嗯。"

黑猫急得打转："婉夫人真的能将我'解'了？她是不是要杀了我啊？！'引画绕'是做什么的，为什么要用它入药？"

奚将阑认认真真穿衣服，不搭理它。

黑猫都要哭出来了："奚将阑！将阑你可不能不管我啊，当年我没想吃你相纹，是你自己主动和我做交易让我毁的。这几年我可从未想过要害你，还救了你好几次性命呢，你不能如此无情！"

听黑猫喋喋不休地哭诉，奚将阑莫名有种自己是欺骗感情的负心汉的错觉。

"你不是喜欢听猫叫吗？"黑猫眼泪哗啦啦往下流，忍辱负重地说，"喵喵，喵喵喵！"

奚将阑没忍住笑出声来，伸手将黑猫抱在怀里揉了揉，笑眯眯道："我都说了喜欢猫，怎么会让你死呢？"

黑猫抽了抽鼻子，哽咽道："真的？"这小骗子的话它一句都不敢信。

奚将阑温柔地说：“当然是骗你的。”

黑猫顿时炸毛，张牙舞爪地伸爪子挠他："我杀了你！"

奚将阑哈哈大笑。

乐正鸠不耐烦地敲了敲门："好了吗？"

黑猫吓得立刻钻回奚将阑后颈，不敢冒头。

奚将阑将衣服穿好后走出来，乐正鸠上下打量着他，嫌弃地一抬手将奚将阑的耳饰摘下来。"你那耳饰不嫌坠得慌吗，而且和我衣裳也不搭。"

奚将阑吓了一跳，赶忙就扑过来抢："给我！"

"你着什么急？"乐正鸠将手高抬，看这小矮子蹦着去够，没忍住笑出来，挑眉道，"这难道是什么重要物件，你离了就不能活啊？"

奚将阑满脑门冷汗："哥……哥哥，还给我吧，这是……"

两人正争抢着，门口正在啃灵丹吃的酆聿优哉游哉地接口道："……那可是盛宗主送他的，吝啬鬼十年才送一次礼物，扔了多不划算啊。"

酆聿是在拿奚将阑之前的谎话故意戗他，没想到小骗子像是没听到他说话一般，背对着他还在踮着脚尖够乐正鸠手中的耳饰。

奚将阑眼圈微红，难过得唇都在微微发抖："哥哥，求求你了，这是我娘亲留给我的唯一一件遗物。"说盛焦送他的生辰礼物，乐正鸠肯定更不会还他。还是打感情牌好了。只是没想到这话说出口，乐正鸠却愣住了。

奚将阑还在努力去夺耳饰："哥！哥哥！"

乐正鸠神色莫名沉了下来，直勾勾盯着奚将阑的眼睛，好半天才低声道："绝儿……"

奚将阑茫然："啊？"

乐正鸠眸子阴沉，几乎咬着牙道："你的耳朵……"

奚将阑眼眸倏地睁大。他这话哪里露出破绽了？还是说乐正鸠也和盛焦一样，已经能熟练甄别他的谎言了？就在奚将阑满心凌乱时，余光一扫终于看到站在门口满脸愕然的酆聿，猛地一呆。酆聿看起来在那儿站了挺久。

酆聿手中松子哗啦啦撒了一地，不可置信地看着他，呢喃道："你听不到？"

奚将阑心道："完了。"

让家所居之地名唤姑射幽谷，钟灵毓秀，三方背靠青山，只有一条河流蜿蜒至入口。盛焦并未坐船，踩在一块被雷劈下的榕木上顺流而下，黑袍猎猎，片刻便至。还未进谷，河岸边的一处水榭中已有一人等候许久。

盛焦足尖一点，悄无声息地上岸，缓步走向水榭。

穿过长满苔藓的鹅卵石，雪白瀑布于山间悬挂。让尘长发半束，一袭素衣孤身坐于亭中，微微垂眸用炎热火石烹茶。

盛焦来得正好，水刚烧开，白烟蒸腾而上，让尘神清骨秀的面容半遮半掩。瀑布带来的水雾从他周身而过，好似骤然慢下来，世间万物皆会为他停留。

盛焦面无表情走到让尘对面坐下。

让尘微微抬眸，俊秀脸庞露出个淡笑："听玉度说，你刚从南境回来？"

和横玉度的温润不同，让尘宛如去修了佛，浑身皆是看破红尘的萧然物外。他一尘不染，眸光温柔却空泛，世间万物对他而言不过一眼春秋。

盛焦垂眸看茶，漫不经心地"嗯"了一声。在天衍学宫时两人一个修了闭口禅、一个是锯嘴葫芦，单独相处时，能好几天都不发出丝毫声音，诡异得要命。除了小奚绝能和他们俩聊到一起去，其他人都不爱同他们单独相处。

让尘闭口禅破后也不再继续修炼，撩着雪白宽袖为盛焦斟茶，淡淡道："奚家之事，可寻到罪魁祸首了？"

盛焦并不回答，催动灵力发出冰冷声音："六年前，你同奚绝说了什么？"

让尘笑了起来，毫不避讳道："说了天机。"

盛焦冷冷看他。

让尘像是没注意到他全是杀意的眼神，轻轻道："无灼，你记得不述的鬼刀吗？"

盛焦不想和他说酆不述，只想说奚将阑。

让尘却自顾自地说道："当时不述刚得到那把凶刃，欢天喜地拿到九思苑给我们看。"酆聿是个所有心思都写在脸上的直性子，第一次得到自己的本命兵刃，高兴得那几日直接抱着鬼刀睡觉。

好不容易等到天衍学宫开学，半大少年藏不住虚荣心，当即抱着鬼刀颠颠向其他人炫耀。"看！我爹给我寻的，说是十三州最凶的凶刃呢……阿绝！别瞎摸，摸坏了你赔得起吗？"

几个少年都没有本命兵刃，全都涌上来惊奇地转着圈看。

柳长行羡慕不已："真是一把好刀啊，这里面是有魂灵吗？"

酆聿眉头都扬起来了："是啊，据说凶悍无比，哈！我之后肯定能彻底降服它，让它为我所用！"

奚绝也眼巴巴地看，听到酆聿在那吹，笑嘻嘻地说："我以后也要找一把很凶的剑，到时候咱们对砍，看谁的凶！"

酆聿哼道："那必然是我的！"

少年们叽叽喳喳，高兴地畅享未来。让尘本来也在旁边看，但视线刚一落在酆聿身上，突然愣了一下。

在未拿到这把鬼刀之前，酆聿身上皆是幽幽蓝火似的气息，但此时高高兴兴抱着鬼刀眉飞色舞的酆聿……竟然浑身皆是象征不祥的血红。

　　那股灼眼的红色还在从鬼刀上不断往酆聿经脉中钻，酆聿的脸色越来越白、越来越难看，在一阵欢笑声中，竟然瞬间化为满脸惨白七窍流血，被刀中魂灵反噬的狰狞死状。让尘惊得连连后退。再次定睛看去时，酆聿依然高高兴兴地抱着鬼刀，脸色并无任何变化。

　　让尘心口狂跳，转瞬出了一身冷汗——他眸中天衍金纹微转，是"窥天机"不受他控制在本能运转。酆聿还在和柳长行勾肩搭背，设想彻底降服鬼刀后的美梦。让尘当时才刚修炼闭口禅没多久，轻轻启唇似乎想说什么，却噎住了。

　　这是他第一次如此真切地感受"窥天机"的奇妙，却浑身冷汗失魂荡魄。

　　正在开开心心和酆聿说话的小奚绝突然偏头看了一眼让尘，手胡乱摸了摸耳朵，满脸迷茫。"……什么？"

　　让尘额头全是汗水，"窥天机"第一次运转让他经脉灵力悉数抽干，勉强稳住一会儿却再也忍不住，猛地跌倒。

　　众人急忙围上去扶他。"让尘？！"

　　等到让尘再次醒来时，已是三天后。他下意识要去找酆聿，却听横玉度笑得眸子都弯了，和他说："酆聿正在追杀奚绝呢。"

　　让尘疑惑，打了个手势："什么？"

　　"前几日你昏睡着，奚绝手欠，说是要拿酆聿的鬼刀瞻仰瞻仰，不知道怎么弄的突然就把那凶刀给折断了，里面魂灵当场魂飞魄散。"

　　横玉度干咳一声，却还是忍不住笑："现在酆聿正在四处追杀奚绝呢。"

　　让尘一愣。鬼刀……断了？

　　这时，酆聿拎着那柄断刀气势汹汹破门而入，咆哮道："奚绝呢？那狗东西在不在这里？"

　　横玉度笑着说："不在。"

　　酆聿转身气势汹汹地走了，边跑边骂骂咧咧道："肯定在盛焦那儿！

啊啊啊，我杀了你！呜呜，还我鬼刀——！"

让尘做梦般注视酆聿离去的背影。三日前他在酆聿身上看到的狰狞的血红已然消失不见，再次变回幽幽蓝火。

"你想说什么？"盛焦冷声道。

让尘抿了一口茶，垂着浓密羽睫，轻言细语地问："无灼，你觉得阿绝的相纹到底是什么？"

盛焦蹙眉："他只道很鸡肋。"

让尘却笑了："灵级相纹，何来鸡肋之说？"

盛焦没有回答，这是奚将阑为数不多的真话。

"当年我看到奚绝结局。"让尘见盛焦不想多谈，索性回答他一直想要知道的问题，"……他会因奚家之事，死在你手中。"

盛焦瞳孔剧缩，这和奚将阑说得一模一样。

盛焦沉声道："你在那次天机中看到了什么？"

"不多。"让尘摇头。

盛焦将茶盏一放，滚烫的水落在他的手指上："你……"让尘看着温和，但他闭口禅一修就是八年，耐性定力可见一斑，但凡他不想说的，就算盛焦拿冬融架在他脖子上，也得不到半句话。

盛焦沉着脸起身，连一口茶都没喝，转身便走。

让尘叫住他："无灼，今日的确有要事要和你说。"

盛焦停下脚步，却不耐转身听。

"第十三个灵级相纹……"让尘将盛焦的茶水重新续上，用一种闲谈般的语调轻声道，"或许已出现在十三州。"

盛焦霍然回身。

药宗细雨霏霏。婉夫人泡了壶热茶，端坐房中，透过卷帘看向院外微雨打新叶，一派静谧幽寂。

突然，一声惨叫响彻药宗。"啊！鄷聿冷静！鄷不述！哥哥！"奚将阑撒了欢地冲进雨中，抱着脑袋拼命跑。

鄷聿连避雨诀都不掐，扛着刀追上去，大喊："我杀了你，啊啊啊！你竟敢又骗我！奚将阑受死——！"

奚将阑浑身是雨水，被撵得到处跑，好不容易抢回来的耳饰没扣好，上下乱跳打得耳垂疼。他哭丧着脸道："我当时的确是想救你一命，你再信我一次吧！哥！哥救命！"

"叫爹也不好使！"鄷聿气得怒发冲冠，一回想起自己对"重生"这等无稽之谈深信不疑这么久，恨不得宰了这小骗子，"你对我根本没有一句真话！"

奚将阑见逃不过，像是猴子似的蹿上树，扶着树干喘个不停，脸上全是水痕："先……先冷静，我真的可以解释。"

鄷聿一踹树，咆哮道："你解释个屁！终归还是鬼话连篇，没一句是真的！"

婉夫人感慨地看着两人对峙，道："阿绝真是稳重太多了。"

乐正鸩心道："被人追得上树了还稳重？"乐正鸩跪坐在婉夫人对面，没好气道："哪里稳重了？这小骗子好像说上一句真话就能要了谁的命似的，要不是同在诸行斋四年，谁爱搭理他？"

婉夫人捏杯盏的手一顿。"是啊。"她轻声道，"能要了谁的命呢？"

奚将阑见鄷聿要气得砍树了，抱着树干大喊："乐正鸩救命啊！"

乐正鸩才不救他，说谎话被拆穿，活该被撵。

鄷聿踹树踹得树叶上的雨水掉下来砸到身上，气得嘴唇都在哆嗦："奚绝！下来！给我道歉我就不追究了！"

奚将阑吓得要命，但这次不知为何却梗着脖子道："我没错我不道歉！你杀了我算了，反正我早就不想活了……啊！啊啊啊，救命！道歉是吧？我道歉就是了，鄷不述，你爹我错了，饶了爹吧！"

酆聿被气得脑瓜子嗡嗡的。

恰在这时，一道熟悉的灵力由远及近。奚将阑扒开湿答答的叶子往外看，眼睛一亮，像是瞧见救星般："盛焦！盛无灼救命！"

盛焦神色阴沉，一身好似无处宣泄的戾气即将破体而出，但一瞧见奚将阑被撵到爬树，眉头轻轻一皱，暴戾之气瞬间消散。

乐正鸩正乐得看奚将阑笑话，一扫见盛焦顿时气不打一处来，怒而拍案："谁把他……"

婉夫人淡淡道："我。"

乐正鸩瞬间蔫了。

盛焦这根救命稻草来了，奚将阑立刻从树上跳下来，踉跄着勉强站稳，扑上前去："盛无灼救我，酆聿真打算杀了我！"

盛焦沉着脸看到他跑到自己身后躲着，微微抬手挡住他，冷冷看向酆聿。

酆聿浑身是水，气得直跳脚："滚开！这是我和奚绝的私人恩怨！"

奚将阑冻得直打哆嗦，嘴硬道："我真的是想救你……"

酆聿咆哮得嗓子都哑了："那你直接说就是了，用得着七拐八拐吗？还重生？我呸！你把我当傻子哄呢！"

奚将阑不吭声，酆聿冲上来去抓奚将阑。

奚将阑躲在盛焦后面，见他默不作声，眼睛一转，像是当年被酆聿追杀时那般故技重施："'换明月'！'听之、任之'——盛焦……"

盛焦眉头紧锁，心中莫名浮现一丝不太明显的怒意——他几乎不知动怒是什么，所有情感全都是被奚将阑逼出来的，乍一出现他自己都分辨不出来那是什么。只知让他浑身不舒服。明明已挡在奚将阑面前，可他仍旧不愿意相信自己会救他。就像他一直深信不疑自己会杀他一样。

盛焦难得没有反抗，任由奚将阑用了"换明月"。若是奚将阑觉得用"听之、任之"能让他觉得安心，那便用好了。

这个念头刚一浮现，盛焦脑海思绪一凝，突然有种不好的预感，但已来不及了。奚将阑的“听之、任之”已经出了口，本来认为的“盛焦救我”却变成了“盛焦——缚灵”！熟悉的束缚灵力的感觉瞬间遍布全身，大乘期的盛宗主再次被小小的“听之、任之”给困住全身灵力。

酆聿也愣住了，没弄明白奚将阑这是整的哪一出。

奚将阑得逞后，大概不敢看满脸冷意的盛焦，湿答答答地从盛焦身后跑出去，熟练地和酆聿勾肩搭背。

“不就是道歉吗，对不起对不起，我错啦，哥哥饶了我这一回吧，我下回肯定不这样了。”

“你……”酆聿匪夷所思道，“你闲着没事束盛焦灵力做什么？”

奚将阑分辨他的唇形，笑嘻嘻地说：“你难道没看到他的天衍珠吗？”

酆聿回头看去，却见因盛焦灵力被束缚，天衍珠已然黯淡无光。“什么？”

“刚才我看到……”奚将阑淡淡道，“天衍珠变成六十颗了。”

酆聿愕然：“你的？”

“嗯。”

这下，酆聿倒是警惕地一把将奚将阑护到身后，忌惮地看着盛焦：“长行不是说你已寻到奚明淮的记忆了，那记忆里难道有奚绝吗？”

盛焦眼眸冰冷地说道：“奚明淮的记忆被人动过手脚。”

奚将阑道：“难道你怀疑是我？但我从‘逢桃花’拿出记忆后，根本没有灵力，怎么可能会动手脚？”

盛焦却道：“我是说，六年前动过手脚。”

奚将阑一愣。

酆聿像是护崽子似的：“那就等不隐过来再说，他精通阵法机关，若是那记忆真被人动过手脚，定然能瞧出来。你少没有证据只靠臆想就用那破珠子定罪，难道你还想像上一任獬豸宗宗主一样把人抓去獬豸宗问罪受刑吗？”

盛焦五指一蜷。

奚将阑感动道："不述哥哥！"

酆聿瞪他："你骗我的事等会儿再和你算账。"

三人在雨中对峙，婉夫人无奈道："绝儿，别淋坏了。快回来，我准备为你解毒。"奚将阑如蒙大赦，忙颠颠地跑了。

酆聿瞪了盛焦一眼，也跟着跑走，嚷嚷道："夫人，你只心疼绝儿，也不管管我吗？"

婉夫人笑得不停："管，都管。"

盛焦孤身站在雨中，避雨诀已失效，漆黑衣袍已湿透。

乐正鸠隔着雨幕同他冷冷对视，直到奚将阑和婉夫人走开，才漠然开口："当年我为你炼灵丹强行突破还虚境，是为了助你入獬豸宗救阿绝。"

盛焦默然。

"当年若不是你那一颗'诛'字天衍珠，獬豸宗不会逮到借口把阿绝抓去拷问。"乐正鸠冷冷道，"他为何怕你的天衍珠，你自己心中有数。"

盛焦不说话。

乐正鸠懒得和这个闷葫芦闲侃，留下一句："入还虚境的灵丹三十万，说好了的，赶紧还我，咱们两清。"他拂袖便要走。

盛焦终于道："让尘说，今年夏日奚绝会死在天衍珠雷谴之下。"

乐正鸠脚步一顿，悚然回身："什么？"

"这个天机如今依然还在。"盛焦第一次和乐正鸠说这么长的话，"有人在引我将奚家之事查到奚绝身上。"

乐正鸠猛地冲到雨中，厉声道："你明知道此事同他无关！纵夫人待阿绝这样好，整个奚家几乎将他宠上天，由得他横行霸道骄纵恣睢……"

"是吗？"盛焦却冷冷道，"那你可知道，奚绝曾在大雪日被纵夫人罚跪三日？"

乐正鸤一愣，不可置信地看着盛焦，"什么时候的事？"

"他被雷惊走魂后不久。"

奚绝小时候那般纨绔，就是因纵夫人太过溺爱，无论出什么事都会给他收拾烂摊子，久而久之，才长成那副整个中州都厌恶的嚣张跋扈的脾性。到底发生什么事，才会让纵夫人狠下心来这般责罚身体孱弱的小奚绝？

两人一时无言，只余雨声。

好一会儿，乐正鸤才低声道："你在奚明淮记忆中，看到的人到底是谁？"

盛焦吐字如冰："温孤白。"

乐正鸤悚然，下意识道："不可能！"

奚家被屠戮后，地脉下的天衍灵脉被人洗劫一空，温孤白是个未觉醒相纹、只靠自己修炼成还虚境的修士，就算拿到天衍也无处可用。更何况当时的温孤白修为只是化神境，根本不可能一夜之间将奚家人残杀殆尽。

盛焦冷声道："有人同他合谋。"只是不知到底是不是奚将阑。

乐正鸤眉头紧锁，脑袋几乎炸了。奚家之事牵扯上奚将阑已算是惊骇，怎么突然又把温孤白牵涉其中？

乐正鸤揉着眉心："无瑕还说什么？"

"十三相纹……早已出现。"

奚将阑又换了身衣裳，被婉夫人拉着坐在软榻上，一旁小案上摆满虞昙花、"引画绕"和一堆乱七八糟说不上名字的灵草。

因天衍珠失去灵力供给，奚将阑耳畔一阵死寂。若是在其他人面前，他必定强撑精神掩饰自己，但偌大房间只有婉夫人在，他索性坐在那放空自己，默默看着外面的雨幕发呆。

婉夫人将草药准备好，微一偏头看到奚将阑涣散失神的眼眸，心口倏地一疼。她坐下来摸了摸奚将阑的脑袋，轻声道："想什么呢？"

奚将阑小声说："北境没有中州这般多雨。"

婉夫人笑道："南境才多雨，有时一下能下一个月，你前几年是不是在南境住过一段时日？"

"嗯。"奚将阑含糊道，"杀曲家长老的时候，他好难杀，我躲了好久呢。"

婉夫人"扑哧"一声笑出来："还有谁要杀吗？"

奚将阑看起来有些迷迷糊糊，眨了眨眼仔细辨认婉夫人唇形，好一会儿才笑着说："杀得差不多啦，还差一个，过几天就能杀了。"

婉夫人摸了摸他的头："真不用我帮你？"

"不用。"奚将阑摇头。

婉夫人没再说话，和他一起看着外面的雨幕。

奚将阑剧毒刚发作过一遭，又一连淋了两回雨，浑身经脉滚烫，没一会儿就烧得迷迷糊糊，神志昏沉。明明刚才还说要杀人，但不知怎么突然感觉莫名疲累，盯着雨幕嘟嘟囔囔道："娘，雨什么时候能停啊？我想出去玩。"

婉夫人正在将虞昙花入药，闻言柔声道："想你娘了？"

奚将阑没有看到她说什么，眸子空洞地盯着雨幕好久，突然垂下眸，眼中毫无征兆滑落两行泪。

婉夫人心一软，将药放下轻轻将他抱在怀里，像是哄孩子似的轻柔道："雨很快就停了，等雨停了我们将阑就出去玩。"

奚将阑肩膀微微颤抖，眼眸失神许久，轻轻伸手抓住婉夫人的袖口。鼻息间全是温暖的气息，好像年幼时被娘亲抱在怀里般，奚将阑呆愣许久，突然忍不住哽咽着哭了出来。

他满脸泪痕地咬住手指，呜咽着道："……我害死我爹娘了，都是我的错。我知道错了，娘，我不出去玩了。"

婉夫人手掌轻轻拍着他的后背，声音更加轻柔："不是你的错，怎么是你的错呢？"

奚将阑浑身都在发抖，像是魔怔似的念叨着"是我的错"，婉夫人手指无意中触碰到他满是冷汗的额头，这才意识到他浑身滚烫。

婉夫人忙将他轻柔地放在软榻上，手中温柔的灵力缓缓灌入他的经脉中。

奚将阑这回烧得眼眸涣散，像是个半大孩子死死拽着婉夫人的袖子哭得满脸是泪，嘴中胡乱叫着"娘"。

酆聿本来在外面守着，听到动静慢吞吞探出个脑袋，小声道："夫人，阿绝……要我帮忙吗？"

婉夫人唯恐奚将阑说胡话，忙拒绝："没事，好孩子你先去玩吧。"

酆聿隐约扫见奚将阑烧成那样，也没心思玩，但婉夫人这意思就是不想让他在这里待着，他干巴巴"哦"了一声，不情不愿地出去找柳长行。

奚将阑烧得头重脚轻，浑浑噩噩像是走在满是白雾的黄泉路，四周阴暗全然不见尽头，好似整个世界只有他一人。

终于，乌云散去，皎洁月光将周遭照亮。他正身处天衍学宫。

"……你可想好了？"有人说。

奚绝迷茫抬头，就见玉兰树下，一身天衍学宫掌院服的温孤白正含笑看他，柔声道："你的相纹能力越来越强，中州世家已在盘算，让奚绝在及冠之日将相纹彻底变成为他们所用的死物。"

梦中的奚将阑还在迷茫，视线微微一瞥，在温孤白清澈的眼眸中发现自己的模样。小奚绝身形纤细，眸中闪现一抹天衍金纹，邪魅诡异。

奚绝漫不经心道："你能保证将奚家人全部屠戮殆尽？"

温孤白笑了起来："不是还有你吗？十二相纹，操控天衍轻而易举。"

奚绝淡淡道："我现在被困在奚家天衍灵脉之中，无法动用灵力。"

"离你及冠还有四年。"温孤白温润的眸中闪现一抹冰冷，"破开奚家灵脉的阵法，我们有的是时间。"

奚绝正要说话，突然听到声响。

两人倏地转身。鄂聿和横玉度愕然站在不远处，不知听了多久。

奚绝瞳孔一缩，温孤白倒是饶有兴致笑了："两个好学生大半夜不睡觉，在这里做什么呢？"

横玉度心口狂跳，还没来得及说话，"换明月"敏锐察觉到一股杀意，鸟雀啼叫一声瞬间化为护身结界将两人挡住。

"锵——"一声脆响，灵级相纹"换明月"竟被温孤白直接撞破。

温孤白依然满脸温和之色，好似还是在九思苑授课的温润掌院，他将手中灵力散去，声音骤然变得冰冷："……所以我才厌恶一切天衍相纹。"明明是走捷径才获得的灵力，却道什么天衍恩赐，一群虚伪之人。

横玉度察觉到不对，厉声道："鄂聿！快走——"

鄂聿没反应过来，温孤白的化神境灵力已转瞬而至。

哪怕是灵级、天级相纹，两人终究只是个才满十六岁的少年，在绝对的灵力压制下浑身近乎动弹不得。一股濒死的寒意瞬间袭向两人心头。两人只是晚上睡不着出来散步，没想到竟撞上温孤白和奚绝商议屠戮奚家之事。

横玉度脸色惨白如纸。

奚绝只是孤身站在玉兰树下，诡异金瞳冷冷看来，满脸皆是漠不关心的冷然。

就在温孤白的灵力即将刺入横玉度和鄂聿心口时，奚绝终于轻飘飘开口："算了。"

温孤白灵力一顿。

"横家和酆家不好招惹。"奚绝垂着眸漫不经心看着自己的手指，随口道，"改了他们的记忆，放他们走。"

温孤白似笑非笑："你难道还顾念同窗之谊？"

"同窗？"奚绝像是听到天大的笑话，促狭笑了笑，"我和他们？我连半天都没和他们相处过，何来的同窗之谊？"

温孤白眼睛微微一眯，似乎在辨认奚绝这话的真假。

终于，温孤白将森然冷厉的灵力收回，在横玉度和酆聿被杀意笼罩得还未回神时，手指打入一道灵力进入他们的脑海中，强行抹去了他们的这段记忆。

等到横玉度和酆聿迷迷糊糊回过神，只隐约瞧见温孤白和一个身形纤瘦的少年逐渐远去的背影。

两人面面相觑。

"掌院和学生……月下私会？"

"嘶——"

奚将阑猛地惊醒，睁开眼睛心跳如擂鼓。

婉夫人正在给他擦汗，见他终于醒来，悄无声息松了一口气："我还当'引画绕'出了什么问题，还好你没事。"

奚将阑耳朵上空无一物，却不知为何能隐约听到婉夫人的声音，像是从远处而来蒙着一层结界，奋力听才能听见。他浑身冷汗，四肢发软根本动不了，只能动了动唇，迷茫道："'无尽期'，解了？"

"嗯。"婉夫人柔声道，"你已睡了大半天。"

奚将阑头疼得要命，正要理清楚思绪，一只猫突然一下蹦到他的胸口，差点儿一屁股把他坐背过气去。

"将阑！喵呜呜！"黑猫一把鼻涕一把泪地用猫爪钩着奚将阑的衣

襟，哭天喊地道，"我就知道你还有良心不会真的杀我。呜呜呜，我要跟你一辈子！喵喵喵！喵喵！"

奚将阑差点儿吐出去雪白的幽魂，有气无力地幽幽道："劳烦，不必如此恩将仇报。"

"引画绕"能够重塑身躯，"无尽期"由灵药重新凝成身躯，彻底从奚将阑经脉中分离出来，拥有独立的身体。奚将阑被强行占据十几年的经脉终于能如常运转，但因丢了一半相纹灵力像是断断续续的水流，一时半会儿恢复不了。

婉夫人将他扶起来，温柔神色难得带着点不满："你的经脉枯涸得厉害，好像前几日还服用了伤身之物吧？"

奚将阑有些心虚："咳，情势所迫。"

"下不为例。"婉夫人弹了他眉心一下，笑道，"你若没有其他事，这段时日就在药宗待着，我每日为你用灵力温养。"

奚将阑还没说话，一旁的门被轻轻敲了下。两人回头看去。

盛焦不知何时来的，正站在门槛外，神色漠然道："不劳烦婉夫人费心，我接他回去。"

婉夫人："接去哪儿？"

"獬豸宗。"

婉夫人知晓两人从小玩到大，也没多问，起身指了指一旁叠得整齐的衣物："沐浴后换上新衣裳，小心别再起烧。"奚将阑的经脉需要用灵力温养，药宗总是不及十三州第一人的盛宗主灵力厉害。

奚将阑点头。

婉夫人又叮嘱几句："每日得用灵力疏通经脉，还有灵药，我去给你拿。"

奚将阑："嗯，嗯嗯！知道了。"

婉夫人这才离开。

外面的雨终于停了，碧空如洗，夕阳西下，暮色苍茫。

奚将阑长发披散，黑衣裹在身上将他身形衬得更加纤瘦颀长，他有一下没一下摸着猫，根本不想看盛焦的神色。不用想也知道盛焦肯定要找他算"缚灵"的账，不知道这次还能不能敷衍过去。

但奚将阑仔细一想，心说："不对啊，我作恶从来都是坦坦荡荡，本来就没怀好心思嘛，为什么要解释敷衍呢？"奚将阑顿时有了底气，也不心虚作祟，抬头理不直气也壮地瞪了盛焦一眼。

盛焦启唇正要说话。

奚将阑熟练地倒打一耙截断他的话："你都能对我用缚绫，我对你用个缚灵又怎么了？我都说了这是各凭本事，谁也别抱怨谁？大不了你等我灵力彻底恢复了，咱们打一场。"

盛焦大概是彻底放弃和他争辩，转身就走。

夜色已深，中州长街灯火通明。

玉颏山跟着玉壶在各个小吃摊位上溜达，雪白衣襟上已全是蘸料，他大概是彻底放弃了，抱着一堆吃食好奇地看来看去。

玉壶冷冷道："玉大人。"

"哦哦哦。"玉颏山忙不迭跟紧他，"玉壶啊，你帮我再去游丹问问呗，我还想要个'引画绕'重塑个身体。"

玉壶面无表情："已去问了，半个月后游丹会重新送来一棵。"

玉颏山高兴起来："太好了，如果他们不给我还想着杀上门去呢，还好游丹的人识趣。"

玉壶蹙眉："您真的要和温孤白合作？"

"是啊。"

玉颏山将糖画咬得咯吱作响，因天气太热糖已化了，黏糊糊粘得他手指都是，随口道："不合作也没办法了，盛焦要是还虚境，咱们还能垂死挣扎，但他已至大乘期。大乘期招来的天雷你知道多厉害吗，一个雷劈下来，哐啷啷，我们仨都得成齑粉，混在一起你中有我我中有你不分你我。"

玉壶道："温孤白此人可信吗？"

"管他可不可信？"玉颓山将手指上的糖水正要偷偷摸摸往玉壶身上蹭，被冷冷瞪了一眼只好缩回来蹭在自己的白衣裳上，含糊地说，"就算温孤白反水也没法子将所有事推到我身上，他现在肯定一门心思算计奚将阑。"

两人走着走着，玉颓山又瞧见卖糖葫芦的摊位，当即兴高采烈跑过去。糖葫芦是现做的，摊主正在炒糖。玉颓山也不着急，高高兴兴地蹲在那等。

有人站在他身边，淡淡道："天衍学宫秘境历练比试，你要来吗？"

玉颓山头也不抬，眼巴巴看着糖，心不在焉道："去啊，你不就想在那个时候对奚将阑动手吗，有大乐子怎么能不去？"

温孤白一袭白衣，戴着帷帽挡住面容，笑着道："今年天衍学宫中有个名叫秦般般的，她的相纹'三更雪'是因你而生？"

"'三更雪'？"玉颓山歪歪脑袋想了半天，"不记得了，大概吧，总归就是个天级罢了。"

温孤白沉默。自从十三州只会出现十三个灵级相纹后，所有世家便着重培养天级相纹，但对玉颓山来说，天级相纹也只配有"总归""罢了"这种不屑一顾的评价。

"哦，对了。"玉颓山像是想起来什么似的，"奚将阑把盛焦灵力封了，你如果觉得冒险可以趁机会杀了盛焦，到时候我们三个谁都不用挨雷劈了。"

温孤白冷淡道："你觉得大乘期能被封住灵力超过一日吗？"

玉颓山哈哈大笑："那完了，奚将阑惨了。"

摊主终于将糖炒好，将串好的山楂往蜜糖里一放，发出刺刺的声响。

温孤白漠然道："你会和奚绝一起算计我吗？"

玉颊山眼巴巴盯着糖山楂，漫不经心道："温掌尊，当年在天衍学宫你我商谈屠戮奚家之事时，不已经准备好将此事全都推给他吗？他甚至还被獬豸宗的人抓去熬刑三个月，你觉得我如果和奚绝是一起的，会眼睁睁看着他受刑而自己去恶歧道道逍遥吗？"

温孤白垂眸，心道："也是。"面前这人看着温和，实则薄情，毫无人性。温孤白转身离开。

玉颊山偏头看着温孤白转身离去的背影，不知怎么突然一勾唇，手指轻轻朝着他一抓，坏笑道："砰。"

玉壶突然道："玉大人。"

玉颊山这才收回手，大笑着道："玩一玩嘛，没想现在就杀他。"

温孤白一走，两人旁边的结界骤然散去，摊主将糖山楂递给他。玉颊山将面具一歪，眉开脸笑地接过来。

他正要给钱，长发已白年逾半百的摊主乐得不行："送给你吃啦，不收钱。"没见过哪个成年人像是孩子般蹲在地上等糖葫芦的，这人倒是稚子心性。

玉颊山吃了不要钱的糖山楂，笑得更欢喜了。他走了两步，突发奇想将手指上一个储物戒薅下来，随手丢到糖葫芦的摊位上。摊主被砸了个正着，满脸蒙然。

玉壶冷冷道："那里面有十几万灵石。"

玉颊山纵声笑起来："管他呢。"

玉壶腹诽："一个个的，都是败家子。"

奚将阑裹上宽大外袍，跟着盛焦闷闷往外走。

乐正鸩听闻消息，怒气冲冲地追上来："盛无灼！奚绝你能带走，但你到底要不要还债？！这都欠了多少年了？"

盛焦蹙眉。

奚将阑朝着乐正鸩正色道："哥，哥别这么小气！这事儿我做主，这账就一笔勾销了，咱药宗不差那几个钱！"

乐正鸩匪夷所思道："你做主？你做哪门子主？！"

奚将阑脸皮厚得很："不就三十万灵石吗，也没多少。"

乐正鸩几乎咆哮道："败家子有你这样败的吗？给你半个药宗你能三天就败完！没用的东西！"

奚将阑被骂也不生气，朝他嘻嘻笑。

乐正鸩本来没想要这三十万，更何况一个入还虚境的灵丹也没贵得这么离谱，他就是看不惯盛焦想找碴儿罢了。见找碴儿找到奚将阑身上去了，他只好不情不愿地一摆手，骂道："给我滚！"

奚将阑哈哈大笑，拉着盛焦就走。

酆丰追上来："你俩都没有犀角灯！记着啊，三日后戌时天衍学宫诸行斋，别忘记了！不隐已经在半路了，很快就到！"

奚将阑朝他摆手："知道啦。"等到奚将阑和盛焦回到獬豸宗，奚将阑才猛地反应过来……

哦对，他把盛焦的灵力给封了，还拿什么东西来给自己温养灵脉？

一场雨后，清澈筑的桂花绽放，香气馥郁迷人。

奚将阑刚解完毒浑身疲惫，脱了鞋就往床上爬，舒舒服服地蜷缩在床榻上，根本不去想灵力的事儿。耳朵依然像是隔了一层厚厚结界，无论什么声音都听不真切。

相纹受损，就算往后恢复灵力，他八成也得戴着璎珞扣耳饰了。不过都戴了这么多年，奚将阑早已习惯。

奚将阑迷迷糊糊躺了半天，前去处理积压事务的盛焦悄无声息过来，盯着奚将阑的睡颜好一会儿，突然毫无征兆地问："十二相纹，是什么？"

奚将阑睁开眼睛，幽幽瞥了盛焦一眼，没好气道："想知道啊，可以告诉你，但盛宗主打算拿什么来换？"

盛焦似乎想明白了什么：问奚将阑"你的相纹是什么"时，他极其排斥从不说实话；但若是问"十二相纹"，他竟想要乖乖回答。

盛焦道："你想要什么？"

奚将阑想了想："暂时没什么想要的——那你先欠着，等我想到的时候再说。"

盛焦蹙眉。

"放心，绝对不会让盛宗主去杀人放火。"奚将阑保证。

盛焦道："好。"

奚将阑上次被盛焦算计过一回，听到他如此斩钉截铁又有些不放心："我怎么不太信你了呢，你发个誓。"

盛焦并起两指立了个誓。

奚将阑这才放心。仔细一想倒也是，他只是吃过一次亏就这么警醒，盛焦当初可是被他从小骗到大，要是再不长教训，八成是个傻子。回想起年少时他说什么盛焦信什么，奚将阑又乐了起来，眼尾泪痣艳红灼灼，好似要滴血。

"十二相纹。"

奚将阑嗅着周遭的冰冷桂花香，不像前几次那样排斥说出相纹名字，含糊着道："名唤……"

盛焦瞳孔一缩。

奚将阑道："堪天衍。"

盛焦的相纹名唤"堪天道"，已是整个十三州为数不多能被称为"天道之子"的存在。而这个"堪天衍"……只是细想这个名字，简直让人毛骨悚然。

盛焦冷冷道："'堪天衍'能催生相纹？"

奚将阑不高兴道："你怎么还问，不是都说了只回答这一个问题吗？"

盛焦见他不耐烦了，索性不再追问，但眸中依然冰冷。"奚绝，别让我发现你在盘算什么。"

"你就吹吧你。"奚将阑嗤笑，"就算告诉你十二相纹的名字，你也猜不出我想做什么。"

盛焦定定看他半晌，沉着脸拂袖而去。

奚将阑嗔着笑看着盛焦近乎恼羞成怒离开的背影，手枕着后脑勺，懒洋洋听着耳畔隐隐约约的声音。

"我自逍遥天地游，闲听万物声。"他嘴中哼唧着像是在吟诗，"雷鸣、花开……"

奚将阑说着说着突然就笑了，眸子弯弯地呢喃道："心有枯涸焦土，也能花开啊？"

图书在版编目（CIP）数据

将阑 / 一丛音著 . — 武汉：长江出版社 , 2023.8

ISBN 978-7-5492-8931-8

Ⅰ . ①将… Ⅱ . ①一… Ⅲ . ①长篇小说—中国—当代 Ⅳ . ① I247.5

中国国家版本馆 CIP 数据核字 (2023) 第 112955 号

将阑 / 一丛音　著

出　　版	长江出版社
	（武汉市解放大道 1863 号）
选题策划	刘思懿
市场发行	长江出版社发行部
网　　址	http://www.cjpress.com.cn
责任编辑	陈　辉
特约编辑	刘思懿
印　　刷	北京盛通印刷股份有限公司
版　　次	2023 年 8 月第 1 版
印　　次	2023 年 8 月第 1 次印刷
开　　本	655mm × 935mm　1/16
印　　张	32.5
字　　数	480 千字
书　　号	ISBN 978-7-5492-8931-8
定　　价	69.80 元（全两册）